赵琦美钞校本古今杂剧考论

徐子方 著

江苏文库

研究编

江苏文化史
专题

江苏文脉整理与研究工程

江苏人民出版社

图书在版编目(CIP)数据

赵琦美钞校本古今杂剧考论 / 徐子方著. -- 南京：
江苏人民出版社，2024.12
(江苏文库. 研究编)
ISBN 978 - 7 - 214 - 29109 - 7

Ⅰ. ①赵… Ⅱ. ①徐… Ⅲ. ①杂剧—文学研究—中国
—古代 Ⅳ. ①I207.37

中国国家版本馆 CIP 数据核字(2024)第 098633 号

书　　　名	赵琦美钞校本古今杂剧考论	
著　　　者	徐子方	
出 版 统 筹	张　凉	
责 任 编 辑	张　凉	
责 任 监 制	王　娟	
装 帧 设 计	姜　嵩	
出 版 发 行	江苏人民出版社	
地　　　址	南京市湖南路 1 号 A 楼,邮编:210009	
照　　　排	江苏凤凰制版有限公司	
印　　　刷	苏州市越洋印刷有限公司	
开　　　本	718 毫米×1000 毫米　1/16	
印　　　张	27.25　插页 4	
字　　　数	392 千字	
版　　　次	2024 年 12 月第 1 版	
印　　　次	2024 年 12 月第 1 次印刷	
标 准 书 号	ISBN 978 - 7 - 214 - 29109 - 7	
定　　　价	92.00 元	

(江苏人民出版社图书凡印装错误可向承印厂调换)

江苏文脉整理与研究工程

总主编

信长星　许昆林

第二届学术指导委员会

编纂出版委员会

出版说明

　　江苏文化源远流长、历久弥新,文化经典与历史文献层出不穷,典藏丰富;文化巨匠代有人出、彪炳史册,在中华民族乃至整个人类文明的发展史上有着相当重要的地位。为科学把握江苏文化的内涵与特征,在新时代彰显江苏文化对中华文化的贡献,江苏省委、省政府决定组织实施"江苏文脉整理与研究工程",以梳理江苏文脉资源,总结江苏文化发展的历史规律,再现江苏历史上的文化高地,为当代江苏构筑新的文化高地把准脉动、探明趋势、勾画蓝图。

　　组织编纂大型江苏历史文献总集《江苏文库》,是"江苏文脉整理与研究工程"的重要工作。《文库》以"编纂整理古今文献,梳理再现名人名作,探究追溯文化脉络,打造江苏文化名片"为宗旨,分六编集中呈现:

　　(一)书目编。完整著录历史上江苏籍学人的著述及其历史记录,全面反映江苏图书馆的图书典藏情况。

　　(二)文献编。收录历代江苏籍学人的代表性著作,集中呈现自历史开端至一九一一年的江苏文化文本,呈现江苏文化的整体景观。

　　(三)精华编。选取历代江苏籍学人著述中对中外文化产生重要影响、在文化学术史上具有经典性代表性的作品进行整理,并从中选取十余种,组织海外汉学家翻译成各国文字,作为江苏对外文化交流的标志性文化成果。

　　(四)方志编。从江苏现存各级各类旧志中选择价值较高、保存较好的志书,以充分发挥地方志资治、存史、教化等作用,保存江苏的地方文献与历史文化记忆。

（五）史料编。收录有关江苏地方史料类文献，反映江苏各地历史地理、政治经济、文化教育、宗教艺术、社会生活、风土民情等。

（六）研究编。组织、编纂当代学者研究、撰写的江苏文化研究著作。

文献、史料、方志三编属于基础文献，以影印方式出版，旨在提供原始文献，以满足学术研究需要；书目、精华、研究三编，以排印方式出版，既能满足学术研究的基本需求，又能满足全民阅读的基本需求。

"江苏文脉整理与研究工程"工作委员会

江苏文库·研究编编纂人员

主　编

王月清　张新科

副主编

徐之顺　姜　建　王卫星　胡发贵　胡传胜　刘西忠

一脉千古成江河

——江苏文库·研究编序言

樊和平

　　"江苏文脉整理与研究工程"是江苏文化史上继往开来的一个浩大工程。与当下方兴未艾的全国性"文库热"相比,江苏文脉工程有三个基本特点:一是全面系统的整理;二是"整理"与"研究"同步;三是以"文脉"为主题。在"书目编—文献编—精华编—史料编—方志编—研究编"的体系结构中,"研究编"是十分独特的板块,因为它是试图超越"修典"而推进文化传承创新的一种学术努力。

　　"盛世修典"之说不知起源于何时,不过语词结构已经表明"盛世"与"修典"之间的某种互释甚至共谋,以及由此而衍生的复杂文化心态。历史已经表明,"修典"在建构巨大历史功勋的同时,也包含内在的巨大文化风险,最基本的是"入典"的选择风险。《四库全书》的文化贡献不言自明,但最终其收书的数量竟与禁书、毁书、改书的数量大致相当,还有高出近一倍的书目被宣判为无价值。"入典"可能将一个时代的局限甚至选择者个人的局限放大为历史的文化局限,也可能由此扼杀文化多样性而产生文化专断。另一个更为潜在和深刻的风险,是对待传统的文化态度。文献整理,尤其是地域典籍的整理,在理念和战略上面临的最大考验,是以何种心态对待文化传统。当今之世,无论对个体还是社会,传统已经不仅是文化根源,而且是文化和经济发展的资源甚至资本。然而一旦传统成为资源和资本,邂逅市场逻辑的推波助澜,就面临沦为消费和运作对象的风险,从而以一种消费主义和工具主义的文化态度对待文化传统和文献整理。当传统成为消费和运作的对象,其文化价值不仅可能被误读误用,而且也可能在对传统的消费中使文化坐吃山空,造就出文化上的纨绔子弟,更可能在市场运作中使文化不断被糟蹋。"江苏文脉整理与研究工程"的"整理工程"以全面系统的整理的战略应对可能存在的第一种风险,即入典选择的风险;以"研究工程"应对第二种可能的风险,即消费主义与工具主义的风险。我们不仅是既往传统的继承者,更应当是未来传统的创造者;现代人的使命,不仅是继承优秀传统,更应当创造新的优秀传统,这便是传统的创造性转化与创新性发展的真义。诚然,创造传统任重道远,需要经过坚忍不拔的卓越努力和大浪淘沙般的历史积淀,但对"江苏文脉整理与研究工程"而言,无论如何必须在"整理"的同时开启"研究"的千里之行,在研究中继承和发展传统。这便是"研究编"的价值和使命所在,也是"江苏文脉整理与研究工程"在"文库热"中于顶层设计层面的拔群之处。

一 倾听来自历史深处的文化脉动

20 世纪是文化大发现的世纪,20 世纪以来西方世界最重要的战略,就是文化战略。20 世纪 20 年代,德国社会学家马克斯·韦伯的《新教伦理与资本主义精神》,揭示了西方资本主义文明的文化密码,这就是"新教伦理"及其所造就的"资本主义精神",由此建构"新教伦理+资本主义"的所谓"理想类型",为西方资本主义进行了文化论证尤其是伦理论证,奠定了 20 世纪以后西方中心论的文化基础。20 世纪 70 年代,哈佛大学教授丹尼尔·贝尔的《资本主义文化矛盾》,揭示了当代资本主义最深刻的矛盾不是经济矛盾,也不是政治矛盾,而是"文化矛盾",其集中表现是宗教释放的伦理冲动与市场释放的经济冲动分离与背离,进而对现代西方文明发出文化预警。20 世纪 70 年代之后,亨廷顿的《文明的冲突与世界秩序的重建》将当今世界的一切冲突归结为文明冲突、文化冲突,将文化上升为西方世界尤其是美国国家战略的高度。以上三部曲构成西方世界尤其是美国文化帝国主义的国家文化战略,正如一些西方学者所发现的那样,时至今日,文化帝国主义被另一个概念代替——"全球化",显而易见,全球化不仅是一种浪潮,更是一种思潮,是西方世界的国家文化战略。文化虽然受经济发展制约甚至被经济发展水平所决定,但回顾从传统到现代的中国文明史,文化问题不仅逻辑地而且历史地成为文明发展的最高最难的问题,正因为如此,文化自信才成为比理论自信、道路自信、制度自信更具基础意义的最重要的自信。

在全球化背景下,文脉整理与研究具有重大的国家文化战略意义,不仅必要,而且急迫。文化遵循与经济社会不同的规律,全球化在造就广泛的全球市场并使全球成为一个"地球村"的同时,内在的最大文明风险和文化风险便是同质性。全球化催生的是一个文化上的独生子女,其可能的镜像是:一种文化风险将是整个世界的风险,一次文化失败将是整个人类的文化失败。文化的本质是什么?梁漱溟先生说,文化就是人的生活的根本样法,文化就是"人化"。丹尼尔·贝尔指出,文化是为人的生命过程提供解释系统,以对付生存困境的一种努力。据此,文化的同质化,最终导致的将是人的同质化,将是民族文化或西方学者所说地方性知识的消解和消失;同时,由于文化是人类应对生存困境的大智慧,或治疗生活世界痼疾的抗体,它所建构的是与自然世界相对应的精神世界和意义世界,文化的同质性将导致人类在面临重大生存困境时智慧资源的贫乏和生命力的苍白,从而将整个人类文明推向空前的高风险。应对全球化的挑战和西方文化帝国主义的国家战略,"江苏文脉整理与研究工程"是整个中华民族浩大文化工程的一部分和具体落实,其战略意义决不止于保存文化记忆的自持和自赏,在这个全球化的高风险正日益逼近的时代,完整地保存地方文化物种,认同文化血脉,畅通文化命脉,不仅可以让我们在遭遇全球化的滔滔洪水之时可以于故乡文化的山脉之巅"一览众山小"地建设自己的精神家园和文化根据地,而且可以在患上全球化的文化感冒甚至某种文化瘟疫之后,不致乞求"西方药"来治"中国病",而是根据自己的文化基因和文化命理,寻找强化自身的文化抗体和文化免疫力之道,其深远意义,犹如在今天经过独生子女时代穿越时光隧道,回首当年我们的"兄弟姐妹那么多"

和父辈们儿孙满堂的那种天伦风光,不只是因为寂寞,而且是为了中华民族大家庭的文化安全和对未来文化风险的抗击能力。

"江苏文脉整理与研究工程"是以江苏这一特殊地域文化为对象的一次集体文化自觉和文化自信,与其他同类文化工程相比,其最具标识意义的是"文脉"理念。"文脉"是什么?它与"文献"和文化传统的关系到底如何?这是"文脉工程"必须解决的基本问题。

庞朴先生曾对"文化传统"与"传统文化"两个概念进行了审慎而严格的区分,认为"传统文化"可能是历史上曾经存在过的一切文化现象,而"文化传统"则是一以贯之的文化道统。在逻辑和历史两个维度,文化成为传统都必须同时具备三个条件:历史上发生的,一以贯之的,在现实生活中依然发挥作用的。传统当然发生于历史,但历史上发生的一切,从《道德经》《论语》到女人裹小脚,并不都成为传统,即便当今被考古或历史研究所不断发现的现象,也只能说是"文化遗存",文化成为传统必须在历史长河中一以贯之而成为道统或法统,孔子提供的儒家学说,老子提供的道家智慧,之所以成为传统,就是因为它们始终与中国人的生活世界和精神世界相伴随,并成为人的生命和生活的文化指引。然而,文化并不只存在于文献典籍之中,否则它只是精英们的特权,作为"人的生活的根本样法"和"对付生存困境"的解释系统,它必定存在于芸芸众生的生命和生活之中,由此才可能,也才真正成为传统。《论语》与《道德经》之所以成为传统,不只是因为它们作为经典至今还为人们所学习和研究,而且因为在中国人精神的深层结构中,即便在未读过它们的田夫村妇身上,也存在同样的文化基因。中国人在得意时是儒家,"明知不可为而偏为之";在失意时是道家,"后退一步天地宽";在绝望时是佛家,"四大皆空",从而建立了与自给自足的自然经济结构相匹合的自给自足的文化精神结构,在任何境遇下都不会丧失安身立命的精神基地,这就是传统。文化传统必须也必定是"活"的,是在现实中依然发挥作用的,是构成现代人的文化基因的生命因子。这种与人的生活和生命同在的文化传统就是"脉",就是"文脉"。

文脉以文献、典籍为载体,但又不止于文献和典籍,而是与负载它的生命及其现实生活息息相关。"文脉"是什么?"文脉"对历史而言是

"血脉",对未来而言是"命脉",对当下而言是"山脉"。"江苏文脉"就是江苏人的文化血脉、文化命脉、文化山脉,是历史、现在、未来江苏人特殊的文化生命、文化标识、文化家园,以及生生不息的文化记忆和文化动力。虽然它们可能以诸种文化典籍和文化传统的方式呈现和延续,但"文脉工程"致力探寻和发现的则是跃动于这些典籍和传统,也跃动于江苏人生命之中的那种文化脉动。"江苏文脉整理与研究工程"的最大特点就在于它是"文脉工程"而不是一般的"文化工程",更不是"文库工程"。"文化工程""文库工程"可能只是一般的文化挖掘与整理,而"文脉工程"则是与地域的文化生命深切相通,贯穿地域的历史、现在与未来的生命工程。

　　"江苏文脉整理与研究工程"是"整理"与"研究"的璧合,在"研究工程"中能否、如何倾听到来自历史深处的文化脉动,关键是处理好"文献"与"文脉"的关系。"整理工程"是对文脉的客观呈现,而"研究工程"则是对文脉的自觉揭示,若想取得成功,必须学会在"文献"中倾听和发现"文脉"。"文献"如何呈现"文脉"? 文献是人类文明尤其是人类文化记忆的特殊形态,也是人类信息交换和信息传播的特殊方式。回首人类文明史,到目前为止,大致经历了三种信息方式。最基本也是最原初的是口口交流的信息方式,在这种信息方式中,信息发布者和信息传播者都同时在场,它是人的生命直接和整体在场并对话的信息传播方式,是从语言到身体、情感的全息参与,是生命与生命之间的直接沟通,但具有很大的时空局限。印刷术的产生大大扩展了人类信息交换的广度和深度,不仅可以以文字的方式与不在场的对象交换信息,而且可以以文献的方式与不同时代、不同时空的人们交换信息,这便是第二种信息方式,即以印刷为媒介的信息方式或印刷信息方式。第三种信息方式便是现代社会以电子网络技术为媒介的信息方式,即电子信息方式。文献与典籍是印刷信息方式的特殊形态,它将人类文化史和文明史上具有特殊价值的信息以印刷媒介的方式保存下来,供后人学习和研究,从而积淀为传统。文字本质上是人的生命的表达符号,所谓"诗言志"便是指向生命本身。然而由于它以文字为中介,一旦成为文献,便离开原有的时空背景,并与创作它的生命个体相分离,于是便需要解读,在

一脉千古成江河

005

解读中便可能发生误读,但无论如何,解读的对象并不只是文字本身,而是文字背后的生命现象。

文献尤其是典籍是不同时代人们对于文化精华的集体记忆,它们不仅经受过不同时代人们的共同选择,而且经受过大浪淘沙的历史洗礼,因而其中不仅有创造它的那个个体或文化英雄如老子、孔子的生命表达,而且有传播和接受它的那个民族的文化脉动,是负载它的那个民族的文化生命,这种文化生命一言以蔽之便是文化传统。正因为如此,作为集体记忆的精华,文献和典籍是个体和集体的文化脉动的客观形态,关键在于,必须学会倾听和揭示来自远方的生命旋律。由于它们巨大的时空跨度,往往不能直接把脉,而需要具有一种"悬丝诊脉"的卓越倾听能力。同时,为了把握真实的文化脉动,不仅需要对文献和典籍即"文本"进行研究,而且需要对创造它们的主体包括创作的个体和传播接受的集体的生命即"人物"进行研究。正如席勒所说,每个人都是时代的产儿,那些卓越的哲学家和有抱负的文学家却可能成为一切时代的同代人。文字一旦成为文献或典籍,便意味着创作它的个体成为一切时代的同代人,但无论如何,文献和它们的创造者首先是某个时代的产儿,因而要在浩如烟海的文献和典籍中倾听到来自传统深处的文化脉动,还需要将它们还原到民族的文化生命之中,形成文化发展的"精神的历史"。由此,文本研究、人物研究、学派流派研究、历史研究,便成为"文脉研究工程"的学术构造和逻辑结构。

二 中国文化传统中的江苏文脉

江苏文脉是中国文化传统的一部分,二者之间的关系并不只是部分与整体的关系,借助宋明理学的话语,是"理一"与"分殊"的关系。文脉与文化传统是民族生命的文化表达和自觉体现,如果只将它们理解为部分与整体的关系,那么江苏文脉只是中国文化传统或整个中华文化脉统中的一个构造,只是中华文化生命体中的一个器官。朱熹曾以佛家的"月映万川"诠释"理一分殊"。朗月高照,江河湖泊中水月熠熠,此番景象的哲学本真便是"一月普现一切水,一切水月一月摄"。天空中的"一月"与江河中的"一切水月"之间的关系是"分享"关系,不是分享了"一月"的某一部分,而是全部。江苏文脉与中国文化传统之间的关系便是"理一分殊",中国文化传统是"理一",江苏文脉是"分殊",正因为如此,关于江苏文脉的研究必须在与整个中国文化传统的关系中整体性地把握和展开。其中,文化与地域的关系、江苏文化在中华文化发展中的贡献和地位,是两个基本课题。

到目前为止的一切人类文明的大格局基本上都是由以山河为标志的地理环境造就的,从轴心文明时代的四大文明古国,到"五大洲四大洋"的地理区隔,再到中国山东—山西、广东—广西、河南—河北,江苏的苏南—苏北的文化与经济差异,山河在其中具有基础性意义。在这个意义上,可以将在此以前的一切文明称为"山河文明"。如今,科技经济发展迎来一个"高"时代:高铁、高速公路、电子高速公路……正在并将继续推倒由山河造就的一切文明界碑,即将造就甚至正在造就一个"后山河时代"。"后山河时代"的最后一道屏障,"山河时代"遗赠给"后山河时代"的最宝贵的文明资源,便是地域文化。在这个意义上,江苏文脉的整理与研究,不仅可以为经过全球化席卷之后的同质化世界留下弥足珍贵的"文化大熊猫",而且可以在未来的芸芸众生饱尝"独上高楼,望尽天涯路"的孤独之后,缔造一个"蓦然回首"的文化故乡,从中可以鸟瞰文化与世界关系的真谛。江苏独特的地域环境与江苏文化、江苏文脉之间的关系,已经不是所谓"一方水土一方人"所能表达,可以说,地脉、水脉、山脉与江苏文脉之间的关系,已经是一脉相承。

我们通过考察和反思发现,水系,地势,山势,大海,是对江苏文脉尤其是文化性格产生重大影响的地理因素。露水不显山,大江大河入大海,低平而辽阔,黄河改道,这一切的一切与其说是自然画卷和自然事件,不如说是江苏文脉的大地摇篮和文化宿命的历史必然,它们孕生和哺育了江苏文明,延绵了江苏文脉。历史学家发现,江苏是中国唯一同时拥有大海、大江、大湖、大平原的省份,有全国第一大河长江,第二大河黄河(故道),第三大河淮河,世界第一大人工河大运河,全国第三大淡水湖太湖,全国第四大淡水湖洪泽湖。江苏也是全国地势最低平的一个省区，绝大部分地区在海拔50米以下，少量低山丘陵大多分布于省际边缘，最高峰即连云港云台山的玉女峰也只有625米。丰沛而开放的水系和低平而辽阔的地势馈赠给江苏的不只是得天独厚的宜居，更沉潜、更深刻的是独特的文化性格和文脉传统，它们是对江苏地域文化产生重大影响的两个基本自然元素。

不少学者指证江苏文化具有水文化特性，而在众多水系中又具长江文化的特性。"水"的文化特性是什么？"老聃贵柔"，老子尚水，以水演绎世界真谛和人生大智慧。"天下莫柔弱于水，而攻坚强者莫之能胜。"柔弱胜刚强，是水的品质和力量。西方文明史上第一个哲学家和科学家泰勒斯向全世界宣告的第一个大智慧便是：水是万物的始基。辽阔的平原在中国也许还有很多，却没有像江苏这样"处下"。老子也曾以大海揭示"处下"的智慧："江海所以能为百谷王者，以其善下之，故能为百谷王。"历史上江苏的文化作品、江苏人的文化性格，相当程度上演绎了这种"水性"与"处下"的气质与智慧。历史上相当时期黄河曾经从江苏入海，然而黄河改道、黄河夺淮，几番自然力量或人力所为，最终黄河在江苏留下的只是一个"故道"的背影。黄河在江苏的改道当然是一个自然事件或历史事件，但我们也可能甚至毋宁将它当作一个文化事件，数次改道，偶然之中有必然，从中可以发现和佐证江苏文脉的"长江"守望和江南气质。不仅江苏的地脉"露水不显山"，而且江苏的文化作品，江苏人的文化性格，一句话，江苏文脉，也是"露水不显山"，虽不是"壁立千仞"，却是"有容乃大"。一般说来，充沛的水系，广阔的平原，往往造就自给自足的自我封闭，然而，江苏东临大海，无论长江、淮河，还是历史上的黄河，都从这里入大海，归大海，不只昭示江苏的开放，而且演绎江苏文化、江苏文脉、江苏人海纳百川的博大和静水深流的仁厚。

黄河与长江好似中华文脉的动脉与静脉，也好似人的身体中的任督二脉，以长江文化为基色的江苏文化在中华文脉的缔造和绵延中作出了杰出贡献。有学者指出，在中国文明史上，长江文化每每在黄河文化衰弱之后承担起"救亡图存"的重任。人们常说南京古都不少为小朝廷，其实这正是"救亡图存"的反证，"天下兴亡，匹夫有责"的口号首先由江苏人顾炎武喊出,偶然之中有必然。学界关于江苏文化有三次高峰或三次大贡献,与两次大贡献之说。第一次高峰是开启于秦汉之际的汉文化,第二次高峰是六朝文化,第三次高峰是明清文化。人们已对六朝文化与明清文化两大高峰对中国文化的贡献基本达成共识,但江苏的汉文化高峰及其贡献也应当得到承认,而且三次文化高峰都发生于中国社会的大转折时期,对中国文化的承续作出了重大贡献。在秦汉之际的大变革和大一统国家的建构中,不仅在江苏大地上曾经演绎了波澜壮阔的对后来中国文明产生深远影响的历史史诗,而且演绎这些历史史诗的主角刘邦、项羽、韩信等都是江苏人,他们虽然自身不是文化人,但无疑对中国文化产生了深远影响。董仲舒提出"罢黜百家,独尊儒术"的主张,奠定了大一统的思想和文化基础,他本人虽不是江苏人,却在江苏留下印迹十多年。江苏的汉文化高峰对中国文化的最大贡献,一言概之即"大一统",包括政治上的大一统和思想文化上的大一统。六朝被公认为中国文化发展的高峰,不少学者将它与古罗马文明相提并论,而六朝文化的中心在江苏、在南京。以南京为核心的六朝文化发生于三国之后的大动乱,它接纳大量流入南方的北方士族,使南北方文化合流,为保存和发展中国文化作出了杰出贡献。明朝是中国历史上第一次在南京,也是第一次在江苏建立统一的帝国都城,江苏的经济文化在全国处于举足轻重的地位,扬州学派、泰州学派、常州学派,形成明清时代中国文化的江苏气象,形成江苏文化对中国文化的第三次重大贡献。三大高峰是江苏的文化贡献,在重大历史转折关头或者民族国家危难之际挺身而出,海纳百川,则是江苏文化的精神和品质,这就是江苏文脉。也正因为如此,江苏文化和江苏文脉在"匹夫有责"的担当精神中总是透逸出某种深沉的忧患意识。

江苏文脉对中国文化的独特贡献及其特殊精神气质在文化经典中得到充分体现。中国四大文学名著,其中三大名著的作者都来自江苏,这就是《西游记》《红楼梦》《水浒》,其实《三国演义》也与江苏深切相关,虽然罗贯中不是江苏人,但却以江苏为重要的时空背景之一。四大名著中不仅有明显的江苏文化的元素,甚至有深刻的江苏地域文化的基因。《西游记》到底是悲剧还是喜剧?仔细反思便会发现,《西游记》就

一脉千古成江河

是文学版的《清明上河图》。《清明上河图》表面呈现一幅盛世生活画卷,实际却是一幅"盛世危情图",空虚的城防,懈怠的守城士兵……被繁华遗忘的是正在悄悄到来的深刻危机。《西游记》以唐僧西天取经渲染大唐的繁盛和开放,然而在经济的极盛之巅,中国人的精神世界却空前贫乏,贫乏得需要派一个和尚不远万里,请来印度的佛教,坐上中国意识形态的宝座,入主中国人的精神世界。口袋富了,脑袋空了,这是不折不扣的悲剧。然而,《西游记》的智慧,江苏文化的智慧,是将悲剧当作喜剧写,在喜剧的形式中潜隐悲剧的主题,就像《清明上河图》将空虚的城防和懈怠的士兵淹没于繁华的海洋一样。《西游记》喜剧与悲剧的二重性,隐喻了江苏文脉的忧患意识,而在对大唐盛世,对唐僧取经的一片颂歌中,深藏悲剧的潜主题,正是江苏文脉"匹夫有责"的担当精神和文化智慧的体现。鲁迅说,悲剧将人生的有价值的东西毁灭给人看。《西游记》是在喜剧形式的背后撕碎了大唐时代人的精神世界的深刻悲剧。把悲剧当作喜剧写,喜剧当作悲剧读,正是江苏文化、江苏文脉的大智慧和特殊气质所在,也是当今江苏文脉转化发展的重要创新点所在。正因为如此,"江苏文脉研究"必须以深刻的哲学洞察力和深厚的文化功力,倾听来自历史深处的江苏文化的脉动,读懂江苏,触摸江苏文脉。

三　通血脉,知命脉,仰望山脉

江苏文化的巨大魅力和强大生命力,是在数千年发展中已经形成一种传统、一种脉动,不仅是一种客观呈现的文化,而且是一种深植个体生命和集体记忆的生生不息的文脉。这种文化和文脉不仅成为共同的价值认同,而且已经成为一种地域文化胎记。在精神领域,在文化领域,江苏不仅有灿若星河的文学家,而且有彪炳史册的思想家、学问家,更有数不尽的才子骚客。长江在这片土地上流连,黄河在这片土地上改道,淮河在这片土地上滋润,太湖在这片土地上一展胸怀。一代代中国人,一代代江苏人,在这里缔造了文化长江、文化黄河、文化淮河、文化太湖,演绎了波澜壮阔的历史诗篇,这便是江苏文脉。

为了在全球化时代完整地保存江苏文脉这一独特地域文化的集体记忆,以在"后山河时代"为人类缔造精神家园提供根源与资源,为了继承弘扬并创造性转化、创新性发展中国优秀传统文化,2016 年江苏启动了"江苏文脉整理与研究工程"。根据"文脉"的理念,我们将研究工程或"研究编"的顶层设计以一句话表达:"通血脉,知命脉,仰望山脉。"由此将整个工程分为五个结构:江苏文化通史,江苏历代文化名人传,江苏文化专门史,江苏地方文化史,江苏文化史专题。

"江苏文化通史"的要义是"通血脉",关键词是"通"。"通"的要义,首先是江苏文化与中国文明的息息相通,与人类文明的息息相通,由此才能有民族感或"中国感",也才有世界眼光,因而必须进行关于"中国文化传统中的江苏文脉"的整体性研究;其次是江苏文脉中诸文化结构之间的"通",由此才是"江苏",才有"江苏味";再次是历史上各个重要历史时期文化发展之间的"通",由此才能构成"史",才有历史感;最后是与江苏人的生命与生活的"通",由此"江苏文脉"才能真正成为江苏人的文化血脉、文化命脉和文化山脉。达到以上"四通","江苏文化通史"才是真正的"通"史。

"江苏文化专门史"和"江苏文化史专题"的要义是"知命脉",关键词是"专",即"专门"与"专题"。"江苏文化专门史"在框架上分为物质文化史、精神文化史、制度文化史、特色文化史等,深入研究各类专门史,总体思路是系统研究和特色研究相结合,系统研究整体性地呈现江苏历史上的重要文化史,如哲学史、文学史、艺术史等,为了保证基本的完整性,我们根据国务院学科分类目录进行选择;特色研究着力研究历史上具有江苏特色的历史,如民间工艺史、昆曲史等。"江苏文化史专题"着力研究江苏历史上具有全国性影响的各种学派、流派,如扬州学派、泰州学派、常州学派等。

"江苏地方文化史"的要义是"血脉延伸和勾连",关键词是"地方"。"江苏地方文化史"以现省辖市区域划分为界,13 市各市一卷。每卷上编为地方文化通史,讲述地方整体历史脉络中的文化历史分期演化和内在结构流变,注重把握文化运动规律和发展脉络,定位于地方文化总体性研究;下编为地方文化专题史,按照科学技术、教育科举、文学语言、宗教文化等专题划分,以一定逻辑结构聚焦对地方文化板块加以具体呈现,定位于凸显文化专题特色。每卷都是对一个地方文化的总结和梳理,这是江苏文化血脉的伸展和渗入,是江苏文化多样性、丰富性的生动呈现和重要载体。

"江苏历代文化名人传"的要义是"仰望山脉",关键词是"文化"。它不是一般性地为江苏历朝历代的"名人"作传,而只是为文化意义上的名人作传。为此,传主或者自身就是文化人并为中国文化的发展、为江苏文脉的积累积淀作出了重要贡献;或者虽然自身主要不是文化人而是政治家、社会活动家等,但对中国文化发展具有重大影响。如何对历史人物进行文化倾听、文化诠释、文化理解,是"文化名人传"的最大难点,也是其最有意义的方面。江苏历史上的文化名人汗牛充栋,"文化名人传"计划为 100 位江苏文化名人作传,为呈现江苏文化名人的整体画卷,同时编辑出版一部"江苏文化名人辞典",集中介绍历史上的江苏文化名人 1000 位左右。

一脉千古成江河,"茫茫九派流中国"。江苏文脉研究的千里之行已经迈出第一步,历史馈赠我们一次千载难逢的宝贵机遇,让我们巡天遥看,一览江苏数千年文化银河的无限风光,对创造江苏文化、缔造江苏文脉的先行者们献上心灵的鞠躬。面对奔涌如黄河、悠远如长江的江苏文脉,我们惟有以跋涉探索之心,怵惕敬畏之情,且行且进,循着爱因斯坦的"引力波",不断走近并播放来自江苏文脉深处的或澎湃,或激越,或温婉静穆的天籁之音。

我们一直在努力;

我们将一直努力!

目　录

绪　论

赵琦美钞校本古今杂剧亦称脉望馆钞校本古今杂剧,即明代著名藏书家赵琦美钞校和收藏的一批元明杂剧剧本(以下简称赵氏钞校本或赵本),数量多达数百种,在戏曲文献史上具有公认的重要地位。赵琦美殁后,这批文献迭经多家收藏,辗转易手,至晚清民国,又几经战乱,竟长时期不知踪影,以至于王国维慨叹这批作品"不知所归,亦未有记及此事者,盖存佚已不可问矣"①。然而,世事有时就会那么出人意料。1938年5月,这批剧本竟在战乱中的上海被发现,文化学者郑振铎出于抢救祖国文化遗产的使命感,多方奔走,呼吁求助,终于从古董商贩手中将这批珍贵古籍购归国有,并以赵氏藏书室命名为"脉望馆钞校本古今杂剧",这个事件当时被誉为"不亚于明清内阁大库档案、安阳殷墟甲骨文和敦煌经卷抄本"之重大发现。

然而,问题并未随着这一批戏曲文献宝库的打开而得到解决,反而开启了一扇扇与此直接或间接相关的学术大门。

一、选题概说

首先从命名谈起,应当指出,现存于国家图书馆并作为《古本戏曲丛刊》第四集复印出版的总集名称是有问题的,具体地说,不应该被称

---

① 王国维:《元刊杂剧三十种序录》,《王国维文集》第1卷,中国文史出版社1997年版,第530页。

作《脉望馆钞校本古今杂剧》,而应该称作《赵琦美钞校本古今杂剧》。

一般皆知,身处明万历后期的赵琦美虽首任古今杂剧抄校之力,功不可没,却未整理编目,着手完成这项工作的是入清后活动在康熙年间的钱曾,成果体现在《述古堂书目》和《也是园书目》二书中,而以后者为最终写定本。钱曾亡故后,这批杂剧文献经张远、季振宜、何煌、试饮堂顾氏,间有散佚,至嘉庆时藏书家黄丕烈手中,又进行了第二次整理,因编目沿用钱曾也是园,故仍以《也是园藏书古今杂剧目录》命名,并一直延续到近代。20 世纪 50 年代,中国戏曲研究院集体编纂的《中国古典戏曲论著集成》将黄目收入,同样延续了这种命名的深远影响。然而,如前所言,郑振铎是不赞成用"也是园"来命名这部分杂剧文献的。他在梳理了该文献的辗转收藏历程后,十分明确地指出:

> 所谓也是园藏者,只不过是其中受者授者之一人而已,实应作脉望馆钞校本。①

"脉望馆"为明代藏书家赵琦美的藏书处,位于今天江苏省常熟市城内。郑振铎以之与"也是园"对举,舍彼用此,突出了赵琦美在这批杂剧文献中的关键地位,具有相当明显的合理性。出自同样的理由,郑氏于1958年在其主持编纂的文献巨制《古本戏曲丛刊》第四集中,正式将收录的赵琦美钞校本古今杂剧命名为《脉望馆钞校本古今杂剧》,从而似乎了结了这一段公案。

然而,"脉望馆"与"钞校本古今杂剧"之间存在必然关联吗?

常熟赵氏脉望馆与钱谦益绛云楼、毛晋汲古阁并称为明代江南三大藏书楼,可谓名闻遐迩,以其冠名赵琦美藏书本不应成为问题,但据今知史料,琦美钞校本古今杂剧并未带回,亦非终留京师,而是转藏于武康山中别业,彼处有"老屋数间,庋书数千卷",是赵琦美终老之地。钱谦益、钱曾以及政敌打手张汉儒均有记载,此即赵氏钞校本古今杂剧

---

① 郑振铎:《跋脉望馆抄校本古今杂剧》,该文写于脉望馆古今杂剧发现后不久,发表于上海开明书店之丛刊《文学集林》,后收入《郑振铎古典文学论文集》,上海古籍出版社 1986 年版。

整体上不见于《脉望馆书目》之根本原因。笔者此前即有专文考述①,读者可另参见,此不重复。

弄清楚这一点,对于判断赵琦美钞校本古今杂剧与"脉望馆"之间的关系相当重要。我们已经知道,位于常熟老城的脉望馆为赵琦美继承自父亲赵用贤的藏书室,今存赵氏抄校古今杂剧地点既不在常熟,也就难怪《脉望馆书目》以及赵用贤的《赵定宇书目》皆未透露这方面任何信息了。当然,如果赵琦美将脉望馆作为自己的别号,如钱曾自号"述古堂主人"那样自称"脉望馆主人",名自随身,地理位置的因素即可不必过多考虑,但目前所见资料并不支持这一点。因此,将抄校本古今杂剧题署与脉望馆联系在一起,就显得勉强甚至没有必要了。

至此可以得出结论,"脉望馆"与"也是园"皆与赵琦美钞校本古今杂剧有着特殊关系,但前者并非抄校本古今杂剧之主要收藏地,亦非赵氏之别号,不具有题署之实在意义,后者更与赵琦美无关,只有在加"藏""旧藏"等前缀条件下题署才较合理;除了抄藏内府本杂剧整个过程是在北京外,武康是赵琦美钞校古今杂剧又一重要收藏处所,与"脉望馆"无直接关系。鉴于相关史实和钞校本古今杂剧收藏和流传的复杂性,"赵琦美钞校本古今杂剧"是这一批杂剧文献的最合理的题署。为方便行文,也可简称为赵氏钞校本古今杂剧,或赵本古今杂剧。

---

① 徐子方:《关于赵琦美与钞校本古今杂剧的几个问题》,《戏曲艺术》2016 年第 4 期。徐子方:《赵琦美生平履历考论》,《文化遗产》2019 年第 1 期,后为中国人民大学书报资料中心《舞台艺术(戏曲、戏剧)》2019 年第 3 期转载。
按:本人一贯认为,"脉望馆钞校本古今杂剧"提法可疑,当以"赵琦美钞校本古今杂剧"更较稳妥。其理由有三:(1) 今存《脉望馆书目》无论题署万历四十一年的玉简斋本还是题署万历四十六年的涵芬楼秘笈本,均未收录这一批杂剧。(2) 今存赵琦美钞校古今杂剧的跋文,涉及校藏地,除了两处为"真如"外,均在京师,同样与脉望馆无涉;(3) 赵琦美晚年离京后并未回常熟,乃居浙江德清之武康,藏书并与焉。赵氏书跋及时人多有记载。因此笔者得出结论:脉望馆与赵氏钞校本古今杂剧无涉,"赵琦美钞校本古今杂剧"是这一批杂剧文献最合理的题署。不久前读到赵铁锌《〈脉望馆古今杂剧〉名实关系及相关问题考辨》商榷文章(载《戏曲艺术》2019 年第 2 期),作者用大量篇幅进行辩驳,却偏偏回避了上述最关键的三点,读后颇有舍本逐末、扭曲作直之感。本欲专文讨论,但一来时间有限,二来本来很明白的问题,讲清楚即可,无须浪费版面。基于此,本稿仍以"赵琦美钞校本古今杂剧"名之,期盼更多高质量的考辩论文出现。

二、研究现状

时光荏苒,自赵琦美钞校本古今杂剧被发现到现在,已逾80年了。

毋庸置疑,作为一代戏曲文献宝库,80年来受到了有关学术界和出版界极大的关心和重视。早在赵本古今杂剧被发现的同时,卢前、叶德钧、徐调孚、章夷荪、傅惜华等名家纷纷出面评述,一时成为学术界的热门话题。与此同时,著名学者、出版家,时为上海商务印书馆董事会主席的张元济也参与其中,郑振铎致信希望他能够积极推动,增广流传,因为"此种孤本书,如不流传,终是危险也"。① 此建言得到了张的首肯,当年年底即与作为教育部代表的郑振铎签订了合作协议。② 次年,张元济即以非常积极的态度和热情落实了这一批戏曲文献的整理排印工作,从选定剧目、校订文字到制版印刷,可称事必躬亲。郑振铎自然更不例外,从选目到校订,全程参与。这是一件大事,不仅是在出版界,而且是在学术界。为保证学术质量,张元济还聘请了著名学者王季烈具体负责这项工作。王学识渊博,也是公认的曲学行家,曾著有《螾庐曲谈》一书传世。鉴于元明杂剧部分已有通行本的现实,最终收录144种罕见珍本的《孤本元明杂剧》于1941年1月由商务印书馆出版,使得传世元明杂剧数量骤然双倍增加。王季烈的校正文句、勘定讹误,以及统一体例等辛勤付出,使得这部选集成为"现行断句本元剧总集之最佳者"③。

《孤本元明杂剧》面世后,学术界予以高度肯定的同时,也有论者对其整理校改的指导思想和具体做法进行了分析,对商务印书馆未出全部剧本进行质疑和表示遗憾。④ 正因为需要做的工作还很多,整理出版赵琦美钞校本古今杂剧的工作并未停止,用力最勤的仍然是郑振铎。郑氏于20世纪50年代开始着手编订《古本戏曲丛刊》,其中第四集即将赵琦美钞校本古今杂剧全部复印出版。《四集》于1957年10月付

---

① 该信落款日期为民国二十七年六月九日,亦即西历1938年6月9日,参见《郑振铎全集》第16卷《书信》,花山文艺出版社1998年版,第199—200页。
②《商务印书馆租赁〈孤本元明杂剧〉版权契约》,《张元济古籍书目序跋汇编》下册,第1271—1272页。
③ 隋树森:《读曲杂志·王校孤本元明杂剧志误》,1944年12月《文史杂志》四卷第十一、十二期合刊。
④ 郑骞:《孤本元明杂剧读后记》,《读书青年》第1卷第5期,1944年。

印,1958年12月出书,以此向社会展示了赵本古今杂剧的全貌。整理出版赵本古今杂剧的另一个功臣是隋树森,作为一个元曲研究大家,他除了较早关注《孤本元明杂剧》的出版并写有评介文章外,最重要的是广搜博览,从各种元曲版本中选出62种明人臧懋循《元曲选》所未收录者,编成了《元曲选外编》,为研究元杂剧者提供了方便。而其中出自赵本古今杂剧的就有43种,超过该书剧目总数的三分之二。该书于1959年9月由中华书局排印出版。除此而外,卢前编纂《元人杂剧全集》(1936)、周贻白选注《明人杂剧选》(1958)、王起主编《全元戏曲》(1999)、徐征等编《全元曲》(1998)、廖可斌编《稀见明代戏曲丛刊》(2018)、程华平等《明代杂剧全编》(2020)等选集和总集,以及吴晓铃等编校《关汉卿戏曲集》(1958)等杂剧别集,也对赵本古今杂剧有着较多的倚重。另一方面,中国台湾学者也做了积极贡献。陈万鼐于1979年编辑出版的《全明杂剧》,其中65种出自赵本古今杂剧,超过总数的三分之一。可以说,正由于赵本古今杂剧的发现,作为元明杂剧文献整理基本标志的总集、选集和别集得以先后完成。

除了整理元明两代杂剧总集、选集和别集并进行最大化地利用外,对这批戏曲文献的研究工作也在同时展开。郑振铎、卢前、叶德钧、徐调孚、章荑荪、傅惜华等人的介绍本身即包括初始的研究,尤其是郑振铎,他发表的长文《跋脉望馆钞校本古今杂剧》涉及赵琦美生平、脉望馆书目及抄校本古今杂剧的版本、剧目、流传、存佚情况,条理清晰,可以称得上是本领域的最早奠基之作,所作结论至今仍是该专题研究的出发点之一。与郑振铎情况相似的是王季烈。毫无疑问,他受委托编纂《孤本元明杂剧》的过程,也是其卓有成效的研究过程。除了辨析和校正等文献整理基本研究外,王氏撰写的《孤本元明杂剧提要》"对全书所收各剧的剧情、本事、版本进行介绍,还简要评述了各剧的艺术特点及优劣之处,具有较高的学术价值"①。郑骞也认为,王编"此书的确是一部戏剧宝库",而且"各剧宾白里有许多研究元代明初及明中叶戏剧的资料,或者是关于剧本的体制,或者是关于戏剧史的演变,其中更有

① 隋树森:《读曲杂志·王校孤本元明杂剧志误》,《文史杂志》四卷,1944年12月第11、12期合刊。

许多社会风俗史料,是研究戏剧的宝库"。肯定之外,郑骞还对王氏一些观点和做法提出批评和建议,思考比较成熟和全面。①

与郑振铎、王季烈同时在此领域辛勤耕耘的一批学者专家,全力以赴并取得较大研究成果的是孙楷第。早在 1939 年 8 月,当《孤本元明杂剧》正在编纂进行时,他即从北京赶到上海,在商务印书馆花了 3 周的时间研读了这批剧本,据称仅笔记即有 10 余册,其间还向张元济请教:"其疑似难明以及欲抄录而未果者,辄询之张菊生先生。幸前辈高明,不吝指示,书问三反,教诲益勤。"②回京后,他写成 20 万字的《述也是园旧藏古今杂剧》一书,以《北平图书馆季刊》专刊的名义于 1940 年12 月出版。1947 年夏,鉴于初版的仓促和粗疏,孙氏又对之进行重大修订,"去其重复语,累赘语。材料之有遗漏者,亦补完之",改题《也是园古今杂剧考》,交由位于上海的上杂出版社 1953 年 11 月出版。该书内容分收藏、册籍、版本、校勘、编类、品题六章,主要围绕授受渊源、册籍装订、版本、校勘、品题等问题展开,后附《余所见钱谦益重编义勇武安王集》等 5 篇相关的论文。今天看来,《也是园古今杂剧考》一书虽在收藏流传方面并没有提供比郑振铎跋语更多的第一手材料,但目光集中于"授受之源,一出一人,以及本之离析合并",在相关问题的论证方面更加细致和缜密,对赵本古今杂剧的册籍、版本、校勘的探讨尤见功夫。王季烈在《孤本元明杂剧》序中赞孙著"考订甚详,足使此书增价",并在撰写《孤本元明杂剧提要》时"略采其说,入提要中"③。另一位研究者容媛称赞该书:"非特于书之授受渊源,本之离析合并,毛举栉剔,阐发靡遗,即元剧中之专名,如折、楔子、开、砌末、竹马、路歧、书会、捷讥引戏,为今人所不易了解者,皆有详尽之叙论。仅观书名,固不能知此书之博大也。"④此说应是对孙氏此书最为中肯和全面的评价。

当然,孙楷第的研究也有其局限性,因系开山之作,只能停留在最基本的外部叙考,而未深入文献内部进行戏剧学、剧场学专题讨论。试

---

① 郑骞:《景午丛编》,(台北)"中华书局"1972 年版,第 391 页。
② 孙楷第:《也是园古今杂剧考》,上杂出版社 1953 年版,第 5 页。
③ 王季烈:《孤本元明杂剧》序,商务印书馆 1941 年版。
④ 容媛:《述也是园旧藏古今杂剧》,《燕京学报》1941 年 6 月第 29 期。

图填补这方面空白的是女学者冯沅君。和孙楷第相比,冯的研究条件差了许多。当时正处抗战时期,冯氏任教于撤退至四川三台办学的东北大学,受到交通、通信不便等条件的限制,她无缘接触赵琦美钞校本古今杂剧全貌,即使王季烈所编《孤本元明杂剧》也不能全部得见,只能看到中央大学教授胡小石借自国立女子师范学院图书馆据《孤本元明杂剧》所钞藏的 21 个剧本,不到全部的十分之一。尽管如此,冯沅君“经过几番玩索后”,还是从中发现了不少问题,以此撰就《孤本元明杂剧抄本题记》一书,作为国立北平图书馆专刊丛书之一,1944 年由上海商务印书馆出版。该书包括写作缘起、穿关考订、对唱念“题目正名”者的探索、元剧联套程式补正、“脱剥杂剧”阐释、《狄青复夺衣袄车》文本校勘等六大部分,涉及元杂剧从剧本体式到舞台演出的主要方面,虽然只有 56 页,薄薄的一册,但切实解决了一些具体问题,尤其对于“穿关”的考订,对于认识元杂剧上演时各脚色服装状况,具有较高的参考价值,至今仍为多数论者所接受。1956 年,冯沅君又将该书收入作家出版社出版的《古剧说汇》。

　　20 世纪 50 年代后,相关研究逐渐沉寂,除了傅惜华《元代杂剧全目》《明代杂剧全目》,邵曾祺《元明北杂剧总目考略》等书目著录较好地利用了赵本古今杂剧以外,研究方面仅见《人民日报》1958 年 3 月 14 日曲六乙的《阅读“孤本元明杂剧”》及 1960 年 10 月号《读书》上宜山的《古典戏曲琐记》一文中对《孤本元明杂剧》的介绍等,中国台湾学者郑骞、曾永义等也在各自的领域对赵本古今杂剧做了探讨。进入新时期以后,对赵琦美钞校本古今杂剧的研究开始有了起色。数量不多,却有着实实在在的进展。最具代表性的是蒋星煜发表的《常熟赵氏〈脉望馆钞校本古今杂剧〉的流传与校注》一文①,该文在他发现清康熙年间张远《元明杂剧书后》的基础上,结合张氏《无闷堂文集》《无闷堂诗集》和元明年间藏书家陆敕先《觌庵诗抄》,对赵本古今杂剧的流传、校勘和批注等问题,有了若干重要的新发现。其中最为突出的是,在郑振铎和孙楷第研究的基础上,增加了张远一家,明确了秦酉岩、何煌等人的特殊作用,同时基本上否定了季振宜作为钞校本古今杂剧直接收藏者的身

---

① 蒋星煜:《常熟赵氏〈脉望馆钞校本古今杂剧〉的流传与校注》,《文学遗产》1980 年第 2 期。

份。蒋星煜认为，清初常熟地区收藏赵氏钞校本元明杂剧的不是如郑振铎、孙楷第等人所见的仅钱谦益—钱曾一条线，而是存在三条，即由钱谦益、钱曾而张远，由陆勅先、钱曾而何煌，还有秦酉岩自成一条。蒋星煜的研究，虽仅是一篇文章，但在一定程度上解决了钱曾在出售赵本古今杂剧给季振宜后，何以仍拥有同名文献之矛盾，以及赵本存在着同一剧作重复出现等问题，值得重视。蒋星煜以外，关注这方面问题的还有文化学者黄裳。早在 1956 年，即蒋星煜发表文章 25 年前，黄裳就注意到张远《元明杂剧书后》一文，其在《来燕榭读书记》谈及张著《无闷堂集》的版刻情况时即明确指出："超然（张远字）交钱遵王、毛斧季，居虞山久，得《也是园古今杂剧》，存跋文一篇，最可补书林掌故。"①20 世纪90 年代，他又发表了《关于张远》一文，以更为清楚的笔触叙说了同一件事，文章在全文录出张远跋后这样写道："这是一篇写得很好的书跋，它可以使我们知道，这书从赵清常归钱牧斋，又归钱遵王、张远。这是郑、孙两跋都没有说及的。"②黄氏并非专业戏曲学者，能较早发现此类信息，足见其超常的学术敏感度。不过也正因此，他的看法对戏曲史界直接影响不大。更为重要的是，虽然《来燕榭读书记》中显示了《也是园古今杂剧》的相关信息，而且时间比较早，但当时并未公开发表，而《关于张远》一文问世时已进入 90 年代了。但无论如何，指出其在蒋星煜之外发现并提出此问题还是有必要的，它有助于我们全面地掌握信息。

蒋星煜、黄裳以外，中年学者潘建国和吴真的研究也值得关注③。前者《也是园古今杂剧发现及购藏始末新考》一文，通过检阅诸多相关当事人之日记、书札、题跋等史料，发现并纠正了郑振铎《跋脉望馆钞校本古今杂剧》的遗漏或误记。后者《〈脉望馆钞校本古今杂剧〉发现史之再发现》一文，则注意到早在郑振铎发表论文之前，已有上海的"新陈"（陈乃乾）在日本《书志学》期刊上发表《元剧之新发见》，为这一批杂剧文献最早的研究成果。此二文皆有助于更加全面地认知赵琦美钞校本

---

① 黄裳：《来燕榭读书记》下册，辽宁教育出版社 2001 年版，第 81 页。
② 黄裳：《关于张远》，《读书》1990 年第 9 期。
③ 潘建国：《也是园古今杂剧发现及购藏始末新考》，《文学遗产》2019 年第 1 期；吴真：《〈脉望馆钞校本古今杂剧〉发现史之再发现》，《文献》2019 年第 5 期。

古今杂剧发现史。北京商务印书馆 2018 年出版的《校订元明杂剧事往来信札》,更有助于进一步推进这方面的研究。

　　总而言之,80 年来相关学术界和出版界对赵琦美钞校本古今杂剧的整理是重视的,成果堪称丰硕。然而,也正由于原书发现未及百年,迄今全套虽已有《古本戏曲丛刊》第四集(1958)、线装书局推出的《脉望馆钞校本古今杂剧》(2016)和国家图书馆推出的《中华再造善本·明代编·集部·古今杂剧》(2011),查阅不再困难,但均为影印本,并非校勘整理。整理方面,虽然《孤本元明杂剧》《元曲选外编》和王季思编《全元戏曲》、徐征等编《全元曲》、陈万鼐编《全明杂剧》、程华平等编《明代杂剧全编》等总集以及《关汉卿全集》等曲家别集等已有部分涉及,但迄今仍未有涵盖全部作品之校点整理本问世,甚至版本校勘等基本工作尚未全面展开,此与号称文献宝库之地位极不相称。① 研究方面,则大多处于基本面貌的介绍和描述阶段,囿于明代杂剧选本同出一源的传统认知,未能将赵琦美钞校本和同时代其他杂剧选本进行比较研究,更未能放到戏曲文献史以及藏书文化等历史大格局中讨论,缺乏系统性和全面性。所有这些均提示着整理与研究进一步深入的必要性。而自 20 世纪 40 年代郑振铎、王季烈、孙楷第、冯沅君等人之后,相关专题性研究却沉寂下来,尽管不无成果出现,但除了蒋星煜偶尔参与以外,一流大家井喷式研究即不复再现。进入 21 世纪后,情况有所变化,除了黄天骥、吴书荫等前辈学者持续关注外,一些新人加入了研究队伍,视野和方法均有所扩大,如钱超尘、曹培根等人的赵琦美及其家族研究,潘建国、吴真等人对钞校本古今杂剧发现史的研究,宋俊华、郑莉等一批年轻学者在前辈研究的基础上,对赵琦美钞校本古今杂剧中的服饰、曲律、音韵等也做了较为深入的探讨。文献整理方面,老一辈专家黄天骥先生主持、黄仕忠等中年学者参与的国家重大课题《全明戏曲》的整理编纂也将带来较大期待。但由于涉及面太宽,问题太多、太复杂,虽据说已完成结项,但尚未最终付梓面世。一句话,所有的努力都还是任重

---

① 2016 年线装书局单独出版了《脉望馆钞校本古今杂剧》,恢复了《古本戏曲丛刊》所改变的部分曲目顺序,方便了专题研究,但终究亦属影印本,并非校勘整理。

而道远。①

所有这些,正是本课题研究的基本出发点。

需要说明四点:第一,本课题为笔者 2013 年承担并完成的国家社科基金项目《脉望馆钞校本古今杂剧整理与研究》的进一步深化,因在课题研究过程中发现"脉望馆"与"钞校本古今杂剧"之间并无直接联系,作为体现研究成果的一部分,课题最终成果题目以"赵琦美"取代了"脉望馆"。第二,"整理与研究"为更具学术研究性的"考论"所取代。由于古文献整理涉及 240 多个剧本,工作量太大和太复杂,原课题是作为国家重点项目申报的(结果获批的是一般项目),当时有颗雄心,想要利用这个机会,将这一文献宝库的整理和研究承担起来,但随着研究工作的深入,课题组发现实际工作量将大大超过原定的预想,即使作为重点课题亦很困难,更非一般项目的时间、精力和经费所能完成,因而在当年课题中期检查时即将其作为重大事项变更的内容予以申请,获准改为《脉望馆钞校本古今杂剧研究》。自然,熟悉本课题的同行朋友都知道,本课题经过更加深入的研究,其最终成果的内容也显示,尽管名称已经简化,但本课题的研究依然建立在文献整理的基础之上,区别仅在于整理的结果不体现在点校本,而体现在本课题对现有赵本古今杂剧的考论之中,这也是本成果现有题名之由来。第三,鉴于明代江南藏书与常熟赵氏家族对于研究和理解赵琦美钞校本古今杂剧的极端重要性,赵本古今杂剧作为元明杂剧基本文献的独有特质,更由于认识到版本比较问题尚未得到完全解决的研究现状,本课题的重点将放在赵氏家族与明清江南戏曲藏书文化和赵氏钞校本古今杂剧的版本校勘著录两大领域,而以现存赵本古今杂剧之版本比勘作为重点。第四,本成果大部分内容题为"校录",关于校录,学界有不同理解。本稿所指,"校"即比勘,"录"即录存,"校录"者,版本比较结论之录存也,不附文本,先此说明。

希望本课题研究成果能给关心赵琦美钞校本古今杂剧的同行朋友提供一定参考,有助于未来研究之进一步深入。

---

① 参见苗怀明《二十世纪"脉望馆钞校本古今杂剧"的发现整理与研究》,《戏曲研究》第 65 辑,中国戏剧出版社 2004 年版;李占鹏:《"脉望馆钞校本古今杂剧"整理研究述评》,《绵阳师范学院学报》2012 年第 3 期。

第一章　明代戏曲文献收藏及刊刻情况

戏曲文献收藏,乃中国古代文献收藏之重要组成部分。宋代南戏诞生之后即已开始,元代形成规模,明代则为中国藏书业的兴盛发达时期,非但规模超越此前任何一代,且藏书自成体系,分别为宫廷收藏、戏曲家收藏、藏书家收藏和刻书家收藏四部分,以下分别作一考述。

一、宫廷收藏

宫廷藏书为文献之渊薮,历代经久不衰,戏曲剧本自不例外。

(一) 溯源

中国戏曲公认形成于南北宋之交,此前历代戏剧性演出,无论是优孟衣冠、汉百戏、参军戏、宋金杂剧院本,宫廷皆其主要场所,有演出必有剧本,无论简单与否。然而除了"致语(乐语)"外,剧本皆未有留存。戏曲诞生之初,情况稍稍有了改变。早期南戏在民间形成,诸如"永嘉杂剧""温州杂剧"之类,剧本今知有《赵贞女》《王□》《王焕》《蕴玉传奇》等多种,虽演出与宫廷相对隔绝,且大部分佚失,但《永乐大典》既然保存有《张协状元》,可知南戏剧本后来也有部分进入了宫廷庋藏。

元代漠北草原民族统治中原,传统雅文化大受冲击,世俗享乐上下同好,一时蔚为风尚。杂剧戏文不再是民间专利,宫廷贵族同样欣赏,

而且出于教化之目的,直接干预演出,如人们熟知的两首诗:

开国遗音乐府传,白翎飞上十三弦。大金优谏关卿在,《伊尹扶汤》进剧篇。

元·杨维桢《宫辞十二首》之二

《尸谏灵公》演传奇,一朝传到九重知。奉宣赍与中书省,各路都教唱此词。

明·兰雪主人《元宫词》

尽管途径不同,"进剧篇"和"传入禁垣"系共同特征,说的都是包括剧本在内的戏剧活动进入了朝廷,受到了皇帝的鼓励。以此推想,元代宫廷收藏戏曲应非子虚乌有。非独此也,文人士大夫阶层亦始喜好收藏戏曲剧本并整理编目。钟嗣成《录鬼簿》为现存唯一元人所编的杂剧作家生平及杂剧书目,著录剧作家152人,作品名目400多种,但并不能就说是他的个人藏书。有观点认为,元杂剧剧本收藏地点多为书会,这只是一种推想。钟氏一生屈沉下僚,应无缘宫廷收藏。但其剧目来源,自述辗转"得之于克斋先生吴公"①。《录鬼簿》卷下收有这位"克斋先生吴公"的小传:

吴仁卿,名弘道,号克斋先生。历仕府判致仕。有《金缕新声》行于世。亦有所编传奇。

元朝的府判,即地方府一级的判官,为达鲁花赤和知府属下的七品官。另外,今人孙楷第《元曲家考略》据元人许善胜大德五年(1301年)《史州启札》序考订,弘道曾官江西省检校掾史,据其小令(金字经)《颂升平》,他还担任过知县,同样是七品。《录鬼簿》记其约在至顺元年(1330年)前以府判致仕。显而易见,与著者钟嗣成所标榜的那样,《录鬼簿》的编纂自始至终都与官宦名公有关,与民间书会似乎没有关系,言其书目来源于书会,缺乏史料和逻辑支撑。至于和宫廷收藏是否有关系,目前固然没有数据可以证明,但饶有意味的是,可以结合入明后《永乐大典》等相关数据进行推理互证。

---

①《录鬼簿》卷上:"右前辈编撰传奇名公,仅止于此。……其所编撰,余友陆君仲良得之于克斋先生吴公,然亦未知其详。余生也后,不得与几席之末,不知出处,故不敢作辞作传以吊云。"

(二)入明后戏曲藏书的传承及演变

明代戏曲收藏情况发生了根本性的变化,由于新王朝以恢复汉族正统文化自居,集权专制愈加明显,宫廷和士大夫戏曲藏书竟成主流。

明初宫廷戏曲藏书以《永乐大典》和朱权《太和正音谱》所收及著录剧作为标志。据现有资料,明初官修《永乐大典》卷13965至卷13991收录戏文33种,计27卷,今存最后一卷,为《张协状元》《小孙屠》和《宦门子弟错立身》,亦即通行本《永乐大典戏文三种》之由来。戏文之外还有杂剧。该书卷20737至卷20757,计21卷,收杂剧99种,唯无作品留存。[1] 无论如何,《永乐大典》所收戏曲剧本数量的确可观。有论者认为:

> 《永乐大典目录》所列杂剧九十九种,反映了明初宫廷庋藏杂剧作品的状况,是探知明初宫廷杂剧收藏、流传和搬演等情形的绝佳切入点。[2]

论者说的虽是杂剧,戏文同样可以作如是观。《永乐大典》既为官修,《明史》且明载徐达攻陷大都,尽收元王朝宫廷图书,并无向民间征集图书之记载,这些剧作无疑根据宫廷所藏录出。要之,皆可看作元及明初宫廷戏曲文献收藏之直接与可靠证据。

宫廷之外,明初戏曲文献收藏家还有藩王。朱权《太和正音谱》收录元及明初剧作家77人,作品名目568种,无名氏作品110种。数量较之《永乐大典》更为可观。朱权(1378—1448)乃朱元璋第十六子[3],受封宁王。时人记载:"洪武初年,亲王之国,必以词曲一千七百本赐之。"[4]此系其所录图书名目之主要来源,显然也是宫廷戏曲藏书之一部分。另外,传为贾仲明所编《录鬼簿续编》收录元及明初剧作家71人,杂剧作品78种,无名氏杂剧78种。贾氏在明成祖朱棣称帝前在燕邸

---

① 《永乐大典》戏文和杂剧分别见于今存《永乐大典目录》卷二十七和卷五十四,《目录》今存连筠簃丛书本和内府精抄本两种。

② 罗旭舟:《〈永乐大典目录〉所列杂剧初探》,《文学遗产》2011年第3期。

③ 《明史》本传记朱权为朱元璋十七子,此据江西新建朱权墓出土圹志改。

④ 《李开先集》(路工辑),中华书局1959年版,第370页。

时即很受宠,是个典型的御用文人,其著录所据显然也为宫廷藏书。所有这些,均能显示宫廷王府戏曲收藏的状况。

值得注意的是,上述这些戏曲书目绝非横空出世的孤立存在,除了《录鬼簿续编》本系《录鬼簿》续集,所著录的作品在时代上直承其后、绝少重叠外,其他几部大多与《录鬼簿》有着交叉的传承关系。由于《录鬼簿》例不收无名氏剧作,则可资比较的只能是署名作品。据笔者统计,《太和正音谱》和《录鬼簿》所著录作家姓名相同者 52 人,占总数的 68%。姓名相异者 15 人,但也只是一字之差,并且异字之间多有联系,或字形相近,如"陈宁甫"之于"陈定甫","赵明道"之于"赵明远";或语音相近,如"郑廷玉"之于"郑庭玉","杨景贤"之于"杨景言";或字义相近,如"戴善夫"之于"戴善甫","梁退之"之于"梁进之";也有两个字不同的,如"赵文敬"之于"赵明镜","张国宾"之于"张酷贫"。只有极少数牵涉到姓氏有异,如"李仲章"之于"孙仲章"。但所有这些有个共同特点,就是名下的作品大部分相同,所以很容易判断为同一个人。也就是说,《录鬼簿》和《太和正音谱》这两部分别出自文人和贵族的戏曲书目,所依据的藏书作者并无任何不同。作者如此,作品自不会例外。《录鬼簿》收录名家作品 407 种,《太和正音谱》简名相同者达 376 种,占总数的 92.38%。其余 31 种剧名除了个别字句相异外,也基本相同,情况与作家姓名相类似。至于《永乐大典杂剧目》相似情况就更明显,所收名家杂剧 69 种,其中有 65 种与《录鬼簿》所收完全相同,与《太和正音谱》相关剧目则几乎全同。

由此可得出如下结论:首先,明初与宫廷密切相关的杂剧书目与元人《录鬼簿》著录所据基本上属于同一个藏书来源,前者极有可能是徐达接受元代宫廷藏书之一部分。换言之,戏曲文献的宫廷藏书应是自元代即开始了。其次,明初几部杂剧书目同样来源于宫廷收藏,而不是来自民间或文人私家藏书室。关于这一点,也可得到当时的史料旁证。明太祖以严刑峻法禁止民间唱曲,以致"学唱的割了舌头"①至成祖永乐年间竟发展到严禁戏曲收藏:

---

① 顾起元:《客座赘语》卷十四《国初榜文》。

今后人民、倡优装扮杂剧,除依律神仙道扮、义夫节妇、孝子顺孙、劝人为善及欢乐太平者不禁外,但有亵渎帝王圣贤之词曲驾头杂剧,非律所该载者,敢有收藏传诵印卖,一时拿送法司究治。奉圣旨:但这等词曲,出榜后,限他五日都要干净将赴官烧毁了。敢有收藏的,全家杀了。①

当然,在上述史料中,"这等词曲"特指"亵渎帝王圣贤之词曲驾头杂剧,非律所该载者",以及"敢有收藏传诵印卖"的剧作及演出行为,非指全部。但法令如此严酷和宽泛,尤其专门针对民间,而在民间,剧目内容有时是很难辨别和分清的,加之打击和震慑往往是全方位的,由此造成民间杂剧演出和收藏的沉寂也就万难避免。

一句话,明初的杂剧演出和收藏只能在宫中寻觅,而非民间。

(三) 明代宫廷戏曲藏书地点

明确了杂剧文献宫廷收藏的基本事实,剩下的工作就是确定入明后具体的收藏地点。

中国古代宫廷藏书地点比较复杂,戏曲收藏尤甚,因其多与编演地点相关。明代宫廷目前所知符合这一点的大致有教坊司和钟鼓司,前者属外廷,归礼部管,专"掌宴会大乐"。② 后者属内廷,亦称内府,归宦官管,"掌管出朝钟鼓,及内乐、传奇、过锦、打稻诸杂戏"。③ 从职能上看,后者戏曲演出及收藏职能更大,故赵琦美钞校的古今杂剧多标"内府"。但前者亦绝非与戏曲编演及收藏无关,赵本古今杂剧中明署"明朝教坊编演"的本子即达 22 种。今人孙楷第认为,教坊司不可能收藏剧本,编演与收藏无关,"盖教坊编演之本为钟鼓司采用耳,非其本属教坊司也"。④ 今天看来,问题可能不会如此简单,教坊司甚至其他外廷馆阁都有可能收藏戏曲。这样说并非纯粹基于推测,而是有史料可征。今存宣宗时杨士奇奉诏编定于宣德四年(1429 年)的《文渊阁书目》,其

---

① 顾起元:《客座赘语》卷十四《国初榜文》。
②《明史·乐志》。
③《明史·乐志》。
④ 孙楷第:《也是园古今杂剧考》,上杂出版社 1953 年版,第 101 页。

卷十收录有《戏曲大全》等 4 种 4 册,万历时曲家王骥德则明称其时"金、元杂剧甚多,《辍耕录》载七百余种,《录鬼簿》及《太和正音谱》载六百余种。康太史谓于馆阁中见几千百种"。① 其言"康太史"即戏曲家康海。康同时亦为明弘治状元、翰林院修撰,曾参与修宪宗、孝宗两朝实录,其在馆阁中见到杂剧剧本达几千百种,应为实录。当然亦有论者对此表示怀疑,理由是现存《康对山集》并无此类话语。果真如此,问题就比较复杂,所谓"孤证不立"。然王骥德此语并非凭空而发,今查康海友人王九思撰有《杜子美沽酒游春记》杂剧,康氏为作序,上述文字亦见于该序中:

> 予囊游京师,会见馆阁诸书,有元人传奇几千百种,而所躬自阅涉者才二三十。

此剧收入王九思《渼陂集》卷七,可靠性应无问题。更何况此说另有旁证。万历时《内阁书目》编者张萱亦称自己曾经"校书秘阁,得元人本数十百种,欣然会心。数欲为《苏子瞻春梦记》,未卒业"。② 可见明代宫廷戏曲虽多集中于内廷,馆阁外廷皆有部分收藏。万历时人宋懋登《九籥别集》卷三"御戏"条载:"每将进花及时物,则教坊作曲四折,送史官校定,当御前致词呈伎。"③文中明言晚明盛行于宫中的"四折"御戏,可肯定为杂剧而非南曲传奇。同为万历时人的胡应麟《少室山房笔丛》卷四十一《辛部·庄岳委谈下》更谓:"古昔所谓杂剧院本,几于尽废,仅教坊中存什二三耳。"④这些都说明自明终始教坊之于杂剧文献收藏的不可替代性。教坊既为编演所在,自身收藏以供随时取用亦属理所当然。孙楷第先生之疑,显然与史实不符。

仍有一点应予指出,无论外廷还是内府,收藏杂剧并非皇室所独享,除了循例赐予就藩诸王外,一般京官同样也可借阅和抄藏,臧晋叔、赵琦美,以及于慎行、于小谷父子皆曾抄藏内府系统杂剧便是显例,这就为明中后期的戏曲家、藏书家藏书创造了条件,客观上也造成了宫廷

---

① 王骥德:《曲律·杂论第三十九下》。
② 张萱:《西园存稿》卷十六《竹林小记序》。
③ 宋懋澄:《九籥集》,中国社会科学出版社 1984 年版,第 218 页。
④ 胡应麟:《少室山房笔丛》,中华书局 1958 年,第 555 页。

戏曲藏书向社会流动的进程。

　　还应指出,广义上的宫廷戏曲也应包括藩王府邸,然而明代藩王热衷于戏曲收藏见于记载的并不多,较著名的有宁王朱权、周王朱有燉、辽王朱宪㸅等数人,他们同时也是热衷戏曲的剧作家兼导演。由于永乐后藩王无权,与衣租食税的一般贵族士大夫无二,后世名声与其说是由于爵位,不如说是戏曲成就更合乎实际。故将在下一节详细介绍。

二、戏曲家藏书

　　基于个人爱好,加之明代戏曲的文人化,戏曲家往往具有一定的社会地位及财力,在明初宫廷藏书逐渐向社会流散过程中起着重要的中介作用,其收藏构成了明代戏曲藏书的另一重要组成部分,地域上则体现了由北而南的转移趋势。

(一) 朱权、朱有燉

　　戏曲家藏书中首先要提到的是宁王朱权、周王朱有燉这两位王爷。如前所述,他们的藏书大部来自朝廷所赐,严格来说,应该算作宫廷藏书的一部分,但明中后期民间戏曲藏书本来大多自宫廷流出,何况二王同时又是戏曲家,戏曲收藏当非仅为朝廷所赐,应有自身特色,需分别看待。

　　朱权原封地大宁(今内蒙古宁城县),《明史》本传称其"带甲八万,革车千乘"。朱元璋死后四年,朱棣起兵靖难,朱权于大宁城外被挟持,遂入燕军。朱棣即位后,朱权改封南昌,为避朝廷猜忌,韬晦于所筑精庐之中,每日以鼓琴著书为乐,著有《博通鉴论》《汉唐秘史》《史断》《文谱》《诗谱》《神隐志》《烂柯经》《神奇密谱》等数 10 种;戏曲方面,有杂剧 12 种:《瑶天笙鹤》《白日飞升》《独步大罗》《辩三教》《九合诸侯》《私奔相如》《豫章三害》《肃清瀚海》《勘妒妇》《烟花判》《杨娭复落娼》《客窗夜话》;曲学论著 3 种:《太和正音谱》和《务头集韵》《琼林雅韵》等,举凡历史哲学、文学艺术、宗教杂记无所不包,可见其涉猎之广、眼界之宽。英宗正统十三年，朱权卒于南昌，谥曰献，世称宁献王。朱权一生藏书丰富，但并未有书目传世，详情已不可知，唯李开先所言朝廷赐亲王书"一千七百本"可看作朱权藏书下限。考虑到朱权自己也聚书，包括历史、文学、音乐、神话、语言等方面都会收藏，其藏书上限应该更大。至于戏曲方面专书，目前只能根据《太和正音谱》推测，该书既为其所撰，著录必依托其收藏。今知《太和正音谱》收录元及明初署名剧作名目 568 种，无名氏剧作 110 种，共计 698 种。这个数字相较"一千七百本"不足半数，但那是"词曲"而非专指戏曲，故近 700 种应为朱权戏曲藏书的上限。其七世孙朱谋㙔（1564—1624）亦为藏书家，㙔字明父，一字郁仪，私谥贞静先生，封镇国中尉，摄石城王府事。自幼博览群书，著有《周易象通》8 卷、《诗故》10 卷、《骈雅》7 卷、《藩献记》4 卷、《豫章耆旧传》3 卷、《玄览》8 卷、《异林》16 卷、《金海》120 卷、《水经注笺》40 卷、《枳园近稿》《春秋戴记》《鲁论笺》等百余种。著述之外还喜聚书，藏书盛于一时。清人黄虞稷《征刻唐宋秘本书例》称："中州之西亭（朱睦㮮）、豫章之郁仪（朱谋㙔）两王孙，家藏与天府埒。"①朱谋㙔藏书后虽遭火焚不能详知，但可推知尽有其祖朱权藏书。

朱有燉（1379—1439）于明仁宗洪熙元年（1425 年）其父朱橚死后袭封周王，封地开封，在位 15 年。一生谨慎勤勉，博学多闻，史载："不以贵宠废学，进退周旋，雅有儒者气象。日与刘淳、郑义诸词臣剖析经义，多发前贤所未发。复工吟咏，工书兼精绘事，词曲种种，皆至妙品。"②一生创作颇富，诗文杂著如《诚斋新录》《诚斋词》《诚斋遗稿》《家训》以及《东书堂法帖》，杂剧 31 种，散曲小令 274 首，套数 35 套，有《诚斋乐府》传世。藏书方面，周藩的朝廷赐书较多，清阮葵生《茶余客话》论明藏书家，首列"明代藏书，周晋二府"③，可见其藏书规模。"晋府"即晋王朱棡的府邸，在今山西太原，藏书规模虽大，但留存资料甚少，戏曲更不得详知。周府则不同，定王朱橚在世时曾为造御书楼贮存，自购书也多，晋府难以相比。但与朱权相较，朱有燉无《太和正音谱》之类戏曲

---

① 转引自郭孟良《试论明代宗藩的图书事业》，《郑州大学学报（哲学社会科学版）》2002 年第 4 期。
② 管竭忠：《开封府志》卷七。
③ 阮葵生：《茶余客话》，中华书局 1959 年，第 496 页。

专书出版,其藏书具体数量更加模糊,难以具述。此状况直到万历年间的朱睦㮮始得改观。睦㮮为朱有燉庶弟有爌玄孙,袭授镇国中尉,博学通经,著述极富,有《万卷堂书目》传世①,该书卷二"书目"类收了一本《周府书目》,因知周藩藏书另有存目,可惜该书已佚。《万卷堂书目》收录曲书很少,除了卷一"乐"类收了《太和正音(谱)》及《太平乐府》《小山乐府》等少数几本散曲集外,竟未收戏曲,唯卷四"宗室"收录朱有燉二种:《诚斋集》1卷、《诚斋乐府》7册,俱题"周宪王",前书当为诗文集,后书是否为杂剧和散曲合集,抑或纯系散曲,目前文献学界有不同看法。②

(二)李开先

李开先是继宁、周二王之后北方又一位重要的戏曲家兼藏书家。

李开先(1502—1568),字伯华,号中麓,山东章丘人。嘉靖八年(1531年)进士,历官户部主事、员外郎、郎中,提督四夷馆太常寺少卿。嘉靖二十年(1541年),因开罪权臣夏言被罢官。开先一生,兼擅诗文以及杂剧传奇,又喜收藏曲本、供养"家乐"。有传奇《宝剑记》《断发记》、杂剧《园林午梦》《打哑禅》、曲论专著《词谑》,及散曲和若干杂著留存于世。收藏方面,李开先"性好蓄书,李氏藏书之名闻天下"③,时有"词山曲海"之誉。不仅如此,他还根据家藏元杂剧作品,和门人共同精选编定16种,成《改定元贤传奇》。同时校刊过乔梦符和张小山的散曲,并编选了《市井艳词》和《诗禅》等。有《李中麓书目》,惜佚。也正因此,李开先藏书的具体数目难以确定,只能间接推断。时人王世贞称其藏书"牙签纵横十万卷"④或许有些夸张,但李开先自云"得儿有数休磋晚,付托堂中万卷书"⑤,亦并非实情。具体可见李氏《藏书万卷楼记》:

> 藏书不啻万卷,止以万卷名楼。以四库胪类不尽,乃仿刘

---

① 该书今存清末罗振玉辑刊玉简斋丛书本,《丛书集成续编》收录。
② 参见拙文《再谈朱有燉杂剧集总名》,《光明日报》2018年6月18日。
③《明史·文苑一》,中华书局1974年版,第7371页。
④ 王士禛:《弇州山人四部稿》卷三十五《春夜饮李伯华少卿》,世经堂刻本。
⑤ 李开先:《七言绝句·即事次前韵》,《李开先集》,中华书局1959年版,第242页。

氏《七略》,分而藏之。楼独藏经学时务,总之不下万卷,余置别所凡五。书文明火象也,又天地精华,多则为祟,古之善藏者每分之,庶不灾丁火,吾楼书不过万,以此。①

文中明言万卷楼的原因,是欲"分而藏之"以避火灾,眼前这座万卷楼仅藏"经学时务"方面的书,其余诸书"置别所凡五",以此计算李氏藏书总数当不下 5 万卷,其中戏曲文献亦不在少数。清初毛斧季识《新刊张小山北曲联乐府》中云:"章丘李中麓开先晓音律,苦作词。最爱张小山,谓其超出尘俗。其家藏词山曲海不下千卷。"②由此可知,李开先家藏词曲文献应在千卷左右,除了《改定元贤传奇》外,包括现今唯一存世的元人所编《元刊杂剧三十种》和若干元杂剧抄本。

李开先殁后,北方戏曲家藏书日渐衰竭乃至无闻,李氏藏书于明后期陆续散出,大多为时任开封周藩宗正中尉的朱睦㮮所搜购。其万卷堂藏书,历经明清之交的社会巨变,又分别为曾任清朝刑部尚书的徐乾学及藏书家毛扆(斧季)购得,成为徐氏传是楼藏书和毛氏汲古阁藏书之一部分。

(三) 杨循吉、何良俊、胡文焕

南方戏曲家藏书,当以江苏苏州人杨循吉为较早。循吉(1456—1544),字君卿,一作君谦,号南峰、雁村居士等。南直隶苏州府吴县(今属苏州)人。成化二十年进士。授礼部主事,好读书,每得意则手舞足蹈,不能自禁,人称"颠主事",后因病致仕。钱谦益《列朝诗集小传》记其曾以曲作为武宗赏识,然未能以此再入仕:"正德庚辰,武庙幸南都,问伶藏贤:'南人有善词曲者乎?'贤以君谦对,武庙立召之,命赋打虎曲,称旨。每扈从,辄在御前承旨,为乐府小令,然不授官,与优伶杂处。君谦耻之,谋于贤,为请急放归。"③可知其曲作无他,多系御前应制。循吉极喜藏书,闻某人家有异本,必购求缮写。所藏至 10 余万卷,所藏戏

---

① 《李开先集》,中华书局 1959 年版,第 658 页。
② 张可久撰,劳平甫校《新刊张小山北曲联乐府》,《续修四库全书·集部·曲类》第 1738—05 册,第 301 页。
③ 钱谦益:《列朝诗集小传》,上海古籍出版社 1983 年版,第 280—281 页。

曲不详,然时人李开先有言:"明武宗亦妙听杂剧及散词,有进者即蒙厚赏,如杨循吉、徐霖、陈符所进不止数千本。"据此,循吉藏书中"杂剧及散词"必不在少数。

杨循吉之后,戏曲家藏书应推松江华亭(在今上海)人何良俊。良俊(1506—1573),字符朗,号柘湖,嘉靖贡生,荐授南京翰林院孔目。后因仕途不顺,遂弃官归里。自称与庄周、王维、白居易为友,题书房名为"四友斋"。著有《柘湖集》《何氏语林》《四友斋丛说》。何氏一生虽未有戏曲作品问世,但倾心曲论,曾聘请著名曲师顿仁,研讨戏曲音律,其戏曲理论载《四友斋丛说》第 37 卷,共 30 条,后人辑为《何元朗论曲》。何良俊亦好藏书,称自己"少好读书,遇有罕见之书,必厚赀购之,撤衣食为费,虽饥冻不顾也",①因此声名颇著。据云,周藩朱睦㮮曾慕名向其借抄藏书。其藏书数目,《四友斋丛说》自序称"所藏书四万卷",几与李开先藏书相埒,当系实指。该四万卷藏书中当有戏曲。作者这样自述:

> 余家所藏杂剧本几三百种,旧戏文虽无刻本,然每见于词家之书,乃知今元人之词,往往有出于二家之上者。②

何氏于戏曲所重杂剧,收藏近 300 种,亦颇可观。戏文传奇则不可知。何氏藏书印有"东海何元朗""何氏元朗""紫溪真逸""柘湖居士""何良俊印""陆沈金马门""两山"等。刻有《说苑》《新序》等。不幸的是,明末倭寇劫掠华亭,何良俊避走吴地,其藏书尽毁。

胡文焕,字德甫,一字德文,号全庵,别署抱琴居士,祖籍江西婺源,居于浙江仁和(今杭州),约明神宗万历中期前后在世,监生,曾先后任湖南耒阳县丞,署广东兴宁知县。文焕深通音律,善鼓琴,嗜好藏书,于万历、天启间建藏书楼文会堂,后又取晋张翰诗句,改名思莼馆。一生勤奋好文,著述颇丰,曾自著《琴谱》6 卷,凡分 18 条,皆论琴,后 11 条,皆论鼓琴之事。另有《古器具名》《胡氏粹编》《诗学汇选》《文会堂诗韵》《文会堂词韵》等传世。他还是一位具有较大影响的藏书家兼刻书家。清人丁申《武林藏书录》一书卷中谓,其"尝于万历、天启间购文会

---

① 何良俊:《四友斋丛说》,中华书局 1959 年版,第 5 页。
② 何良俊:《四友斋丛说》,中华书局 1959 年版,第 337 页。

堂藏书,设肆流通古籍,刊《格致丛书》至三四百种,名人贤达多有序跋"。① 今人阳海清《中国丛书广录》(湖北人民出版社 1999 年版)收录胡文焕三种丛书 140 种 210 卷,由此可略见其藏书规模。戏曲方面也有建树,传奇创作有《余庆记》《三晋记》等 4 种,杂剧有《桂花风》1 种。最值得注意的是,他所编的《群音类选》(《格致丛书》中的一种)收录戏曲 154 种,主要为戏文及传奇,杂剧虽然数量不及,但却是目前所知保存明杂剧作品较多的一部戏曲选本,由此可以推知其戏曲藏书状况。不仅如此,该书在理论上对南杂剧和传奇体制进行了明确区分,具有较强的认识价值。

(四)汤显祖、徐渭、吕天成

汤显祖(1550—1616),字义仍,号海若、若士、清远道人,江西临川人。早有文名,万历十一年中进士,曾官南京太常寺博士、礼部主事。因弹劾大学士申时行,降为广东徐闻典史,后改浙江遂昌知县,又以不阿附权贵而遭罢官。汤显祖一生醉心于著述和戏曲创作,传世有《玉茗堂全集》4 卷、《红泉逸草》1 卷、《问棘邮草》2 卷。其戏剧作品牡丹亭《还魂记》《紫钗记》《南柯记》和《邯郸记》合称"临川四梦",《牡丹亭》是他的代表作。藏书方面,汤显祖继承了家族藏书。据《文昌汤氏宗谱》,高祖汤峻明即"藏书四万余卷"②。《中国历代藏书家辞典》称汤"戏曲著名,亦喜藏书,所藏词曲书籍尤多,至千余种。藏书、著述之所名为'玉茗堂'"。③

徐渭(1521—1593),字文长,初字文清,别署田水月、天池生、天池山人,晚号青藤道士,浙江山阴(今绍兴)人。徐渭一生,才情卓绝,诗文、戏曲、书画皆工,但科场不利,屡试不中,后为浙江总督胡宗宪掌书记,对抗倭军事多所策划。胡得罪被杀后,渭亦潦倒终生。诗文集有《徐文长初集》《阙编》《徐文长三集》《徐文长全集》《徐文长佚稿》《徐文长佚草》等多种,杂剧有短剧集《四声猿》,以及尚待进一步论定的《歌

---

① 丁申:《武林藏书录》卷中,清光绪杭州嘉惠堂刻本。
② 徐朔方:《汤显祖年谱》,上海古籍出版社 1980 年版,第 2 页。
③ 李玉安、陈传艺:《中国藏书家辞典》,湖北教育出版社 1989 年版,第 143 页。

代啸》等。还有大量堪称一流的绘画和书法作品传世。此外著述尚有《南词叙录》，此书比较全面地论述了南戏的源流和发展、南戏的艺术风格和特色、南戏的声律、南戏的作家作品，以及南戏常用术语和方言的考释等，其中"宋元旧篇""本朝"中著录了 113 种戏文名目，其中多半应为本人所藏，这也在一定程度上反映了他的藏书状况。

王骥德（1540—1623），字伯良，号方诸生、玉阳生，又号方诸仙史、秦楼外史，会稽（今浙江绍兴）人。骥德受家庭熏陶，自幼即嗜戏曲。弱冠承父命改写祖父《红叶记》为《题红记》，早负才子之名，平生与同时戏曲名家多有交往。万历初，与徐渭相邻并师事之，深得后者指点，另与吕天成、沈璟、汤显祖均为莫逆。万历二十年前后，曾在山阴知县毛寿南官署设席谈艺，与寿南子毛以燧等研讨词曲。诗文集《方诸馆集》、散曲集《方诸馆乐府》均不存。所作传奇、杂剧，亦多散佚，今存者仅《题红记》《男王后》二种。所校注《西厢记》，以经史证故实，以元剧证方言，在体例、标目诸方面有其独到处理，为流传至今的一个较好的整理本。

藏书方面，王骥德主要来自家学渊源。其祖、父均精于戏曲，家藏元人杂剧数百种。其戏曲理论代表作《曲律》4 卷，为系统、全面之曲论专著。该书旁采博征，涉及北杂剧《西厢》《诈妮子》《三醉岳阳楼》《吕蒙正》《破窑》《黄粱梦》《玩江楼》《子母冤家》《萧淑兰》等，以及《王祥卧冰记》《王焕》《琵琶记》《荆钗记》《拜月亭》《杀狗记》《宝剑记》《南西厢》《玉玦》《连环》《玉合》《明珠》《双珠》《窃符》《紫钗》《紫钗》《南柯》《牡丹亭还魂记》《邯郸》《浣纱》《詅痴符记》《四声猿》《高唐记》《杜甫游春》《香囊记》《红拂记》《青衫记》《葛衣》《义乳》《龙泉记》《红蕖》《分钱》《埋剑》《十孝》《双鱼》《合衫》《义侠》《分柑》《鸳衾》《桃符》《珠串》《奇节》《凿井》《四异》《结发》《坠钗》《博笑》《神剑》《二媱》《乞麾》《四喜》《息柯余韵》《合纱》《樱桃》《鹓钗》《双鸳》《李瓯》《琼花》《青蝉》《双梅》《梦磊》《檀扇》《梵书》，王澹翁撰《双合》《金椀》《紫袍》《兰佩》《樱桃园》，叶美度撰《玉麟》《双卿》《鸾鎞》《四艳》《金锁》，吕天成撰《神女》《金合》《戒珠》《神镜》《三星》《双栖》《双阁》《四相》《四元》《二媱》《神剑》及作者自撰，以及《男后》《救友》《双鬟》《招魂》《冬青记》等 100 种。

吕天成（1580—1618），字勤之，号棘荆，别署郁蓝生、竹痴居士，浙江余姚人。父吕胤昌,字玉绳,万历十一年进士,先后官宁国府推官、吏部主事和河南参议,曾以昆曲格调改编汤显祖之《牡丹亭》。天成出身书香门第,自幼好音律,善词曲。祖母孙氏,好藏书,对于古今戏剧,收藏最富。因此,他从小得博览诸家名作,又得到外祖孙月峰和舅父孙如发的培养指授,与年岁远长过他的曲学大师沈璟过往甚密,与王骥德更成莫逆之交,故对曲学及声韵无不精通。后为诸生,善古文辞。然才高命薄,科举不第。一生著述丰富,今知名目有《烟鬟阁传奇》10 种、杂剧《齐东绝倒》《秀才送妾》《胜山大会》《夫人大》《儿女债》《耍风情》《缠夜帐》《姻缘账》8 种。此外还著有《红青绝句》1 卷、小说《绣榻野史》《闲情别传》和曲学理论著作《曲品》等。其《曲品》乃一部重要的古典戏曲理论专著,专门评论元末至当时的戏曲作家及其作品,约于万历三十八年(1610 年)完成,以后又有所增补。全书共记载和品评戏曲作家 90人,散曲作家 25 人,戏曲作品 192 种,其中大多是戏文及传奇,且为首次著录,其戏曲藏书状况于此亦可见一斑。

(五) 祁彪佳

祁彪佳(1602—1645),字虎子,一字幼文,又字宏吉,号世培。浙江山阴(今绍兴)人。出身世家。父祁承爜,字尔光,号夷度,一生淡于功名,注重修身养性,曾建成与宁波范氏的天一阁、会稽钮氏的世学楼齐名的藏书楼——号称"藏书甲于大江之南"的澹生堂,并有《澹生堂藏书目》传世,著录图籍 6700 余种,不下 8.5 万卷。其中集部上收录《录鬼簿》《曲藻》等曲书和《古今杂剧》20 卷 20 册,《名家杂剧》16 卷 16 册。祁彪佳得家学渊源,幼年聪慧,7 岁便能对句,17 岁中乡试,21 岁中进士。先后任福建兴化府推官、福建道御使、苏松巡抚,后以执法严峻、不阿权贵而得罪内阁首辅周延儒,受到降俸的处分,愤而辞官。家居 8 年后,又被任命为河南道御使掌官,不久升御使、巡抚江南。崇祯十七年,京师失陷,祁彪佳继续为定都南京的南明福王朝廷服务,却横遭权臣马士英的排挤迫害,只好再次辞官归里。弘光元年(1645 年)清兵下江南,祁彪佳不屈自沉。南明鲁王监国谥其为"忠毅",福建隆武帝谥其为"忠敏"。清乾隆时又谥为"忠惠"。祁彪佳殉国后,家人将其藏书转移到云门山化鹿寺,从此开始散失。据黄宗羲《天一阁藏书记》所记:"祁氏旷园之书,初庋家中,不甚发视。乱后迁至化鹿寺,往往散见市肆。"①一生著述很多,主要有《祁忠敏公日记》《祁忠惠公遗书》等。戏曲方面,祁彪佳写过一本反映西汉苏武出使匈奴、不屈牧羊的传奇《全节记》,惜未流传。由于客观环境和主观心境所限,戏曲活动和戏曲创作对祁彪佳来说只能是身外余事。1953 年,他的两部曲论著作《远山堂曲品》(残缺)、《远山堂剧品》被学术界发现,包括藏书在内的戏曲成就方为人们所知。

关于祁氏戏曲藏书,数据表明并不与其他藏书共命运。清人朱彝尊《静志居诗话》中透露:"参政藏书,将乱,其家悉载至云门山寺,惟遗元、明来传奇多至八百余部,而叶儿乐府不与焉。予犹及见之。"②这里值得注意的是,祁氏藏书中戏曲类部分并未转移至云门山寺,这一部分藏书大部分并非澹生堂旧藏,而是祁彪佳新聚书。时人全祖望这样记述:"忠敏亦喜聚书,尝以朱红小榻数十张顿放缥碧诸函,牙签如玉,风过有声铿然。顾其所聚,则不若夷度先生之精。"③显而易见,祁彪佳藏书虽然主要是继承乃父澹生堂,但自己添置了更多的戏曲及俗文学等,以传统四部经典标准衡量确乎"不精",但更有特色。

《远山堂曲品·剧品》受吕天成《曲品》之启发,仿体例扩展而成。祁氏《曲品》评论明代传奇作品计分妙、雅、逸、艳、能、具六品和杂调一类,加以综合性品评。现仅存残稿,妙品已佚,雅品只留 31 种,余者有逸品 26 种、艳品 20 种、能品 217 种、具品 127 种,杂调类收弋阳诸腔剧目 46 种,总计得 466 种。《剧品》体例与《曲品》同,共分妙、雅、逸、艳、能、具六品,计妙品 24 种、雅品 90 种、逸品 28 种、艳品 9 种、能品 52 种、具品 39 种。共著录和评判元明杂剧 242 种,其中 112 为已佚作品,其他书籍也不记载。二书相加,共得戏曲书目 708 种,另附杂调一类,收弋阳诸腔剧目 46 种,尤为可贵。这些书大多不见于《澹生堂藏书目》,

① 黄宗羲:《黄梨州文集》,中华书局 1959 年版,第 401—402 页。
② 朱彝尊:《静志居诗话》,人民文学出版社 1990 年版,第 495 页。
③ 全祖望:《鲒埼亭集外编》卷二十《旷亭记》,《全祖望集汇校集注》中册,上海古籍出版社 2000 年版,第 1133 页。

显系祁彪佳购置，由此可见其戏曲藏书之富。

至于祁氏藏书散出后去向，据全祖望记载，其中一半归杭州赵氏小山堂，一部分则为黄宗羲所购置，吕留良亦有购入。① 黄、吕两人并曾为购澹生堂藏书而交恶，终至绝交，这是清初藏书界颇为注目的一个插曲。

三、藏书家收藏

明代私家藏书自宋元而后，呈现一时之盛，戏曲类藏书更是独树一帜。除戏曲家自身藏书之外，主力仍为专门藏书家，且南北分合各有特点。以下分别考述。

(一) 叶盛

叶盛(1420—1474)，字与中，号蜕庵，自号白泉，又号泾东道人、淀东老渔，江苏昆山人。明正统十年进士，授官兵部给事中，官至吏部左侍郎。其间曾出任山西参政，协赞军务。又曾任巡抚两广、宣府等。明宪宗成化十年卒，谥文庄。著有《叶文庄奏疏》《水东日记》《菉竹堂稿》《秋台诗话》《卫族考》《经史言天录》《宣镇诸序》等。叶盛生平喜藏书、抄书。乾隆《苏州府志》称他生平嗜书，手自雠录至数万卷。钱大昕《江雨轩集跋》称：

> 文庄藏书之富甲于海内，服官数十年，未尝一日辍书，虽持节边徼，必携钞胥自随。每钞一书成，辄用官印识于卷端，其风流好事如此。②

于此概可见其嗜书之一斑。

关于叶盛藏书的具体数目，通过目前留存的《菉竹堂书目》可知。

---

① 全祖望：《鲒埼亭集外编》卷十七《小山堂祁氏遗书记》，《全祖望集汇校集注》中册，上海古籍出版社2000年版，第1066页。
② 叶昌炽：《藏书纪事诗》卷二，光绪文学山房本。

该书今存日本秋谷柴樵抄校本,共收书 4238 部,合 20576 册。证之以朱彝尊《静志居诗话》:"文庄中外游历,不遑宁居。而见一异书,虽残编蠹简,必依格缮写,文庄储藏之目为卷止二万余,然奇秘者多亚于册府。"① 由此可见,《菉竹堂书目》当为叶盛藏书之实录。当然,作为藏书家,叶盛所藏戏曲书并不多,"诗词集"一类收录《戏曲大全》3 册、《十英曲会》2 册、《东嘉蕴玉传奇》1 册、《阳春白雪》《风月锦囊》各 1 册等少数几种。其中值得注意的是《东嘉蕴玉传奇》,南宋张炎《山中白云词》中《满江红·傅粉何郎》一阕题赠《东嘉蕴玉传奇》注云"惟吴中子弟为第一",曲学界因此以为早期南戏作品,然未见传世。庄一拂《古典戏曲存目汇考》认为"叶氏所藏,殆即此宋南戏本"②,可见其重要。由其数量之寡,亦可知在叶盛所处的明前期,戏曲收藏尚未成为文人士大夫私家藏书所特别关注,这种情况至明中期的北方藏书家高儒和晁瑮时发生了改变。

(二) 高儒、晁瑮

高儒(1499? —1553),字子醇,自号百川子,河北涿州人。出身兵家,父名荣,字邦庆,曾官尚宝丞,后转锦衣,升镇国将军。高儒长成后亦以武为业,嘉靖间官至锦衣卫指挥同知,从三品。③ 然喜文翰,嗜诗文,富藏书,家有志道堂为其藏书之所。经多年访求购置,藏书连床插架,达万卷之数。至是,高儒以"书无目,犹兵无统驭,政无教令,聚散无稽矣。闲居启先世之藏,发数年之积,不啻万卷"④,遂于嘉靖十九年(1540 年)编成书目《百川书志》20 卷。此书目经六年考索,三易成编。体例仿晁公武《郡斋读书志》,每书名之下有简明题解。分经、史、子、集四志,此当然是传统所习见。值得注意的是,史部列"外史"一门,专收戏曲,著录《西厢记》等 15 种元及明初杂剧,并有朱有燉杂剧 31 种、《蔡伯喈琵琶记》等南戏传奇 6 种,共 52 种。作为一个北方藏书家,这样的

① 朱彝尊:《静志居诗话》,人民文学出版社 1990 年版,第 181 页。
② 庄一拂:《古典戏曲存目汇考》下册,上海古籍出版社 1982 年版,第 88 页。
③ 罗旭舟:《高儒生平家世与〈百川书志〉》,《中国典籍与文化》2014 年第 3 期。
④ 高儒:《百川书志序》,《百川书志·古今书刻》,上海古籍出版社 1957 年版,第 2 页。

收藏规模和编类方式还是较具实力和特色的。

晁瑮(1507—1560),字君石,号春陵,直隶开州(今河南濮阳)人。嘉靖二十年(1541年)进士,授翰林院检讨,官至国子监司业。喜访录收藏图书。工词赋,家富藏书,藏书楼曰宝文堂。瑮平生喜刻书,所刻之书,有饮月圃、百忍堂等版。刻印过《晁氏三先生集》《法藏碎金录》《具茨集》等。编纂有《嘉靖新修清丰县志》。嘉靖中,根据自己所藏之书,编有《晁氏宝文堂书目》3卷,收书7829种,每书下都注明是某刻本,可资考查明人版刻源流,为近世藏书家所重。其子晁东吴(1532—1554),字叔权,一字叔泰,亦参与编撰该目。李开先曾有《寄题晁春陵藏书屋》诗,赞其:"世史子长名姓芳,雄文巨笔述明昌。牙签悉付偻奴掌,缃帙频劳使者将。蝌蚪周书掘冢得,龙蛇禹刻出山藏。读书莫凿匡衡壁,自有窗前明月光。"①《晁氏宝文堂书目》在分类体系上也有自己的特点,最突出的是打破传统四库法,分上、中、下3编,上编12类,中编6类,下编15类,共分为33小类。其中在子杂、乐府2类目下,收元、明话本、小说、杂剧、传奇,为明代其他书目中少见,其中"乐府"类下收杂剧129种,包括《西厢记》等元人杂剧和朱有燉等明杂剧家作品,对研究古典戏曲收藏及明代北方私家藏书皆有重要的文献价值。

前已述及,李开先殁后,北方戏曲家藏书日渐衰竭,但并不意味着北方再无戏曲藏书,高儒、晁瑮即为此时期北方戏曲藏书家之典型代表,虽然他们并未扭转明代藏书重心由北而南的整体趋势。

(三)徐𤊢

徐𤊢(1570—1645),字惟起,更字兴公,别号三山老叟、天竺山人、竹窗病叟、笔耕惰农、筇雪道人、绿玉斋主人、读易园主人、鳌峰居士,福建闽县鳌峰坊人。惟起一生淡泊名利,童试后即摒弃科举,肆力创作,清人刘燕庭称其"博学工文,善草隶书,诗歌婉丽"。② 在乡曾与叶向高、翁正春、曹学佺、谢肇淛、陈价夫等名流结芝社,人称"芝山诗派"。又好漫游,曾于万历二十年(1592年)北上吴江,万历二十三年和万历二十

---

① 李开先:《李开先集》(路工辑校)上册,中华书局1959年版,第128页。
② 刘燕庭:《徐氏家藏书目卷首识语》。

九年两次漫游吴越,万历三十五年南游广东。崇祯十二年(1639年)赴江苏常熟,与毛晋、钱谦益等藏书家结识。又喜聚书,多方搜罗购致。筑有红雨楼藏书楼。所居有柿叶庐、柿叶山房、镜澜阁、汗竹巢(一作"轩")、绿玉山房(一作"斋")、柯古陆植馆、宛羽楼、风雅堂、竹藤斋等,为诗文自署竹窗病史、读易园主人、天竺上人、绮雪道人、笔耕惰农、只山老里等。

徐𤊺藏书为读,其于万历二十年(1602年)所作《红雨楼藏书目序》中自云:

> 性喜博览,闲常取父书读,觉津津有味。然未知载籍无尽,而学者耳目难周也。既长,稍费编摩,始知访辑。……乃撮其要者购之,因其未备者补之。更有罕睹难得之书,或即类以求,或因人而乞,或有朋旧见贻,或借故家抄录,积之十年,合先君子、先伯兄所储,可盈五万三千余卷。……分经史子集四部,部分众类,著为书目四卷。①

序中自云藏书所自、聚书之难、得书之喜,非亲历苦辛难知其味。《红雨楼藏书目》又称《徐氏家藏书目》,今存刘燕庭抄校七卷本(缺第七卷),首有万历三十年壬寅(1602年)徐氏自序、《藏书屋铭》及万历三十五年丁未(1607年)《题儿陆书轩》,另有日本东方文化学院京都研究所藏缪荃孙"艺风抄书"版本,题序与此大同小异,唯改七卷为四卷,内容亦有所增减,除存刘燕庭本所缺第七卷内容外,更收录徐𤊺不及见之陈子龙、夏完淳等人作品,显非原本。徐氏家藏书总数如徐𤊺自言当为5.3万余卷,其中包括元明戏曲168种(杂剧111、传奇57),超过了此前任何一位藏书家。

徐𤊺亡故后,其红雨楼藏书随之流散,一般认为浙江湖州陆心源𨟎宋楼收藏颇多。

---

① 徐𤊺:《红雨楼藏书目》,清道光间刘燕庭抄校本。

四、刻书家收藏

明代藏书家亦多刻书，上述徐𤊻诸人即有多部所刻书流存于世，但大多兴之所至，未成规模，影响亦多在藏书领域。另有一批人则相反，虽然藏书，但却以刻书为业，或以刻书著称。

(一) 毛晋、臧懋循

毛晋(1599—1659)，初名凤苞，晚岁更名晋，字子九，后更字子晋，号潜在，江苏常熟人。世居常熟迎春门外七星桥。晋治家有法，性嗜典籍，博学强记，后得钱谦益指点，学问大进，然科试不售，家居读书、著述、藏书及刻书。有《苏米志林》《海虞古今文苑》《毛诗名物考》《明诗纪事》《隐湖题跋》《毛诗陆疏广要》《汲古阁珍藏书目》等传世。又好抄录稀见秘籍，缮写精良，世谓"毛钞"。校刻《十三经》《十七史》《津逮秘书》等，流布甚广。毛晋藏书亦丰，有汲古阁、目耕楼藏书，其中多有宋元旧版，为稀见之书，数量达 84000 余册。明末常熟藏书以毛晋汲古阁与钱谦益绛云楼并称，雄视东南。入清后，毛氏藏书不替，影响深远。康熙中，吴梅村专门为赋《汲古阁歌》：

> 嘉隆以前藏书家，天下毗陵与琅邪。整齐旧闻汲放失，后来好事知谁及？比闻充栋虞山翁，里中又得小毛公。搜求遗佚悬金购，缮写精能镂板工。……当时海内多风尘，石经马矢高丘陵。已坏书囊缚作袴，复惊木册摧为薪。君家高阁偏无恙，主人留宿倾家酿，醉来烧烛夜摊书，双眼摩挲觉神王。古人关书借三馆，羡君自致五千卷；又云献书辄拜官，羡君带索躬耕田。伏生藏壁遭书禁，中郎秘惜矜谈进。君获奇书好示人，鸡林巨贾争摹印。读书到死苦不足，小学雕虫置废篓。君今万卷尽刊讹……①

诗中所言"小毛公"即毛晋之子毛扆，字斧季，生于明崇祯十三年，卒于清康熙五十二年。扆能继父志，性嗜书，耽校雠，精小学，有名于时，藏

---

① 叶昌炽：《藏书纪事诗》卷三，光绪文学山房本。

书刻书能继父业,编有《汲古阁珍藏秘本书目》,著录宋、元、明刻本及旧抄本 480 余种,为世所称。吴氏所言"里中又得小毛公"盖系实录,由此可见毛氏汲古阁在明清士林之影响。

戏曲文献方面,毛氏编刊明传奇选辑《六十种曲》为世人所重,今存其所编《汲古阁校刻书目》并予著录。唯《汲古阁珍藏秘本书目》已无戏曲剧本,仅收录《张小山乐府》《阳春白雪》《太平乐府》等散曲集以及《中原音韵》《太和正音谱》等曲书,《六十种曲》之外,是否另有戏曲收藏,亦不得详知。

臧懋循(1550—1620),字晋叔,号顾渚山人,浙江长兴人。自小聪慧,博闻强记。万历八年中进士,历湖北荆州府学教授、应天乡试同考官、湖北夷陵知县。万历十一年,升南京国子学博士,与汤显祖、王世贞、梅鼎祚、袁中道等友善,游六朝遗迹,命题赋诗,风雅一时。越二年,因携娈童出游,被劾罢官归里,与吴梦旸、吴家登、茅维诗酒唱和,号"吴兴四子"。万历二十四年,挈家迁居南京。万历二十九年,与曹学佺、陈邦瞻等结金陵诗社,交游唱和,辑有《金陵社集》8 卷。万历三十年(1602 年),举家返长兴。臧氏平生著述甚丰,有诗文集《负苞堂稿》,并辑有《古诗所》《唐诗所》等。戏曲方面亦多所关注,曾改编汤显祖《玉茗堂四梦》,亦好聚书,尤以收藏和刊刻杂剧为特色,自述"吾家藏杂剧多秘本",藏书室有"负苞堂""雕虫馆"等。最引人关注的是与曾官锦衣卫指挥的湖北麻城人刘承禧(字延伯)友善,一次性向后者借 200 种内府本杂剧,并以此为基础,又从山东王世贞、福建杨氏及家藏杂剧中,选辑 100 个作品,加以校订润色,编为《元曲选》,又称《元人百种曲》,是书在元刊杂剧三十种和赵本古今杂剧问世之前,是阅读和研究元杂剧剧本的唯一管道。由于臧氏在汤剧改编方面的努力,尤其是在《元曲选》编选和校订过程中显示出来的对戏曲艺术独到的体悟和贡献,他不仅是一个单纯的刻书家,而且是一个戏曲家兼刻书家。置于此处讨论,是出于叙述方便而已,这一点和毛晋有着本质差别,需特别予以指出。

(二) 赵用贤、赵琦美及常熟赵氏

赵用贤(1535—1596),字汝师,号定宇,江苏常熟人。明穆宗隆庆五年进士,选庶吉士。万历初,官检讨。万历五年,因弹劾权臣张居正而遭杖戍,罢官归里。居正殁后复起,官至吏部左侍郎。史称其性刚,负气傲物,终陷朋党争斗,激愤辞归。后卒于家,谥文毅。用贤平生嗜书,节衣缩食,搜罗达 3300 余种,近万册。其亦勤于著述,著有《松石斋文集》30 卷、《诗集》6 卷等。另编《赵定宇书目》1 册,不分卷,自记所藏书目,有明清之际旧写本传世,曾为曹寅等人珍藏。钱谦益《列朝诗集小传·赵侍郎用贤》称其"强学好问,老而弥笃,午夜摊书,夹巨烛,窗户洞然,每至达旦",①苦心雠校,经他刊刻的《五经》白文,置于宋本中几可乱真,世人视作珍藏。又尝刻《管子》《韩子》,一时号称善本。在他任南京国子监祭酒时,还曾补刊过王应麟的《玉海》等书。《赵定宇书目》虽按内容粗加归类录目,难称精致,但于传统四部之外,"词"类收录《副末十六册》《杂剧三本》,以及《琵琶记》《紫金钗》《还带记》《杜甫游春记》《渴饮记》等戏曲作品,仍显示其藏书思想之开放,极具文献价值。

　　用贤殁,藏书为其子赵琦美继承。如同祁承㸁之于祁彪佳一样,赵用贤的藏书和刻书的行为影响了整个家族,三子俱好读书:长子琦美,官至刑部郎中;次子祖美,国子监生;三子隆美,官至叙州知府。其中最值得提出的是赵琦美。琦美(1563—1624)一名开美,字玄度,又字如白,号仲朗,又号清常道人。幼聪好学,博闻强记,志在兼济,然科试不售,以荫庇出仕,藏书著述多所成就。著有《洪武圣政记》《伪吴杂记》《脉望馆藏书目》等。校勘刊刻有《新唐书纠谬》《仲景全书》《周髀算经》《东坡先生志林》《唐段少卿酉阳杂俎前集》《松石斋文集》《东坡杂着》《陈眉公杂录》等。作为赵用贤长子,在许多情况下他们是二人合作编选和校刻,时人称其父子兼师友,一时传为佳话。据《脉望馆藏书目》,其藏书达 4900 多种,2 万余册,较之《赵定宇书目》多出 1600 多种,册数多出一倍以上。然其戏曲藏书则更多半不在此书目之内。最值得重视的是,他收藏、抄录和校勘了《脉望馆钞校本古今杂剧》这一大批元明杂剧作品,虽经明清之际战乱流失,至清康熙年间钱曾手中尚存 340

---

① 钱谦益:《列朝诗集小传》丁集上"赵侍郎用贤"条。

余种①,今存也有 242 种,其中大部分是孤本。刊本如《古名家杂剧》和息机子《刻元人杂剧选》,二书赖之保留大半。钞本如内府本、于小谷本均为世之珍稀,足称戏曲文献收藏史上的一大突破。至清末,赵琦美钞校本古今杂剧终于辗转为其族裔十世孙赵宗建旧山楼收藏。20 世纪30 年代末,这一批戏曲文献在近 300 年辗转流散后重现于沪上,其重要性"不亚于殷墟甲骨文字的发现和敦煌石室的打开"(郑振铎语),堪称文化界的一件大事、盛事。琦美亦有藏书室名脉望馆,现存玉简斋本《脉望馆书目》为其九世孙子琴据恬裕斋瞿氏藏抄本转录,更是藏书史上的一段佳话,常熟赵氏藏书可谓后继有人。

跋　语

本章所述,以考述明代戏曲藏书为视角,涉及藏书家 16 人,上自贵族藩王、朝廷高官,下至文人处士、书坊业主,身份包括戏曲家藏书、藏书家藏书和刻书家藏书三大类,地域上分清南北,基本上涵盖传统藏书的分布范围,既大体展示了一代戏曲藏书状况,也总体上体现出明代藏书领域的整体经纬。当然,由于目的在于叙述戏曲藏书状况,与此无关的人与事,包括范钦、钱谦益、杨仪这样的著名藏书家也不得不有所取舍。至于洪亮吉《北江诗话》所谓"考订家藏书""校雠家藏书""收藏家藏书""鉴赏家藏书""掠贩家藏书"②之分类虽不无道理,却未能揭示实质,甚至徒然引发歧见,亦为著者所不取。发视明代戏曲藏书,不仅有助于明代戏曲文献史的系统和完善,对于进一步研究中国古代收藏史、文献史、目录史,无疑也是很好的助力。

---

① 钱曾:《也是园书目》,罗振玉辑玉简斋丛书本。
② 洪亮吉:《北江诗话》,人民文学出版社 1983 年版,第 47 页。

第二章 赵琦美生平考略

琦美生平,由于科试不售,以荫庇出仕,声名不显,资料阙如。今仅就所见,作一探考。

一、早年家居(1563—1599)

琦美于明世宗朱厚熜嘉靖四十二年癸亥,即公元 1563 年出生于江苏常熟。[①] 祖父赵承谦(1487—1568),字德光,号益斋,嘉靖十七年(1538 年)进士,授赣州府推官,擢南京吏部主事,官至广东布政参议,著有《盛唐名家诗》。父为吏部左侍郎赠礼部尚书赵用贤。兄弟三人,琦美为长。二弟祖美,国子监生,钱谦益《赵用贤墓志铭》称其“倜傥有父风”,然祖美并未如父兄做官,而是将机会让给了儿子。赵用贤故后,祖美子士履得荫为中书舍人。三弟隆美(1581—1641),字文度,号季昌,明熹宗天启二年以荫入仕,任职太常寺典簿,历官至叙州知府,著有《赵叙州集》2 卷。琦美另有姐妹七人,名均不载。

和一般士大夫子弟一样,琦美幼年当在家读书,为将来学而优则仕做准备。无名氏《太常续考》卷七一《太常寺·题名记·典簿》载:“赵琦

---

① 琦美出生年月无确凿记载,唯知其享年 61 岁,据钱谦益《牧斋初学集》卷六十六“墓表一”《刑部郎中赵君墓表》:“君以病没于长安之邸舍,天启四年之正月十八日也。”天启为明熹宗朱由校的年号,“天启四年”乃公元 1624 年,由此上推,则琦美生于公元 1563 年,即明世宗嘉靖四十三年。具体时日,据《暨阳章卿赵氏宗谱》所记为六月二十五日,然谱系近人所撰,时间过晚,且前无其他资料支持,姑系于此。

美,直隶常熟人,官生。"①此处"官生"即国子监生,乃明清荫监之一。指科举制度中,以官荫而得入国子监读书者。明初因袭前人任子之制,文官一品至七品皆得荫一子以世其禄。但国子监生仅是一种身份象征,不必亲到监读书。前章已说过,其父赵用贤松石斋书房中万册藏书,是赵琦美幼年诵读的先天优厚条件。长大后他还逐渐注意购买自己喜爱的书,当时的苏州为天下人文荟萃之地,也是琦美常去的地方。万历十六年,即琦美26岁那年,他在苏州地摊上以铢金购买了唐人段成式《西阳杂俎续集》十卷。② 与此同时,他还爱上了校书和刻书。万历十七年端阳后二日,琦美校五代杜光庭《录异记》一书,并有跋:

> ……万历己丑端阳后二日,发故篋,偶见此书跋语,抚卷慨然。为校正二十一字。赵清常记。③

"万历己丑"即万历十七年,当年赵琦美27岁。其言"发故篋,偶见此书",可见是其旧藏,但不见《赵定宇书目》,可知也是赵琦美购置。

刻书方面,年轻的赵琦美也在积极参与并有所成就。万历二十三年(1595年),校刻《东坡先生志林》五卷,其父赵用贤作序:

> 《东坡先生志林》五卷……余友汤君云孙,博学好古,其文词甚类长公,曾手录是编,刻未尽而会病卒。余子琦美因拾其遗,复梓而卒其业,且为校定讹谬,得数百言。庶几汤君之志不孤,而坡翁之在当时其趑趄于世途,轇缚于穷愁者,亦可略见云。万历乙未海虞赵用贤撰。④

很显然,苏轼此书在当时士大夫中颇受重视。赵用贤赞其"坡翁之在当时其趑趄于世途,轇缚于穷愁者,亦可略见",似乎引为同调。《明史》本传称"用贤性刚,负气傲物,数訾议大臣得失",只为党争所陷,屡起屡蹶,与苏轼境遇相似。对于此书,琦美父执汤云孙也曾花了一番功夫,

---

① 佚名:《太常续考》卷七,《文渊阁四库全书》史部第599册,第296页。
② 赵琦美:《西阳杂俎序》:"美每从吴门过,必于书摊上觅书一遍。岁戊子,偶一摊见《杂俎续集》十卷,宛然具存,乃以铢金易归。"文中"戊子"即明万历十六年,公元1588年。
③ 赵琦美:《录异记跋》,杜光庭《录异记》书后,《续修四库全书》第1264册,第509页。
④ 赵用贤:《松石斋文集》,《刻东坡先生志林小叙》,《四库禁毁书丛刊》集部,第41册,第104页。

将其全部抄录,准备刊刻,然"未尽而会病卒",可谓赍志而殁。琦美继其业,"拾其遗,复梓而卒其业,且为校定讹谬",终于使得父辈的意愿得以实现。是年,常熟及周边地区疠疫大起,赵家亦多人患疾,幸得名医沈南昉救治,未罹重大灾难。目睹这一切的赵琦美对医道救人感触很深,在已致仕居家的赵用贤支持下,校刻出版有医圣之称的东汉医学家张仲景《伤寒论》。赵琦美自己有序记其事:

> 岁乙未,吾邑疫疠大作,予家臧获率六七就枕席。吾吴和缓明卿沈君南昉在海虞,藉其力而起死亡殆偏,予家得大造于沈君矣。不知沈君操何术而若斯之神,因询之。君曰:"予岂探龙藏秘典,剖青囊奥旨而神斯也哉?特于仲景之《伤寒论》窥一斑两斑耳!"予曰:"吾闻是书于家大夫之日久矣,而书肆间绝不可得。"君曰:"予诚有之。"予读而知其为成无己所解之书也。然而鱼亥不可正,句读不可离矣。已而购得数本,字为之正,句为之离,补其脱略,订其舛错。沈君曰:"是可谓完书,仲景之忠臣也。"予谢不敏。先大夫命之:"尔其板行,斯以惠厥同胞。"不肖孤曰:"唯唯。"沈君曰:"《金匮要略》,仲景治杂症之秘也,盍并刻之,以见古人攻击补泻缓急调停之心法。"先大夫曰:"小子识之。"不肖孤曰:"敬哉!"既合刻,则名何从?先大夫曰:"可哉!"命之名《仲景全书》。既刻已,复得宋版《伤寒论》焉。①

文中称校刻前原书"鱼亥不可正,句读不可离",自己"字为之正,句为之离,补其脱略,订其舛错",可见其工程量巨大。如果不是"先大夫"父亲以"惠厥同胞"督促,琦美几乎不可能承担。而且事实上,该书自校勘到刊刻花了4年功夫,直到万历二十八年3月方才完工。琦美在《序》的最后将医人与医国联系起来,对父亲的官场遭遇和日渐凉薄的世道人心发出这样的感喟:"先大夫故尝以奏疏医父子之伦,医朋党之渐,医东南之民瘼,以直言敢谏医谄谀者之膏肓,故踬之日多,达之日少。而是书之刻也,其先大夫宣公之志欤!今先大夫殁垂四年而书成。先大夫处江湖退忧之心与居庙堂进忧之心同一无穷矣。"

---

① 赵琦美:《刻仲景全书序》,中医古籍出版社1997年影印本。

要言之,早年家居时的这些读书、校书和刻书经历,为赵琦美一生成长无疑奠定了良好的学识基础。

值得注意的是,除了独立思考外,通过购书、校书和刻书,还可以发现青年赵琦美与众不同的地方,这就是热衷于杂学而疏离儒家正统。《录异记》是中国古代神仙集,包含《鬼谷先生》等百余篇。前述琦美购置《酉阳杂俎》亦属唐代小说。至于《东坡先生志林》,《四库全书总目》以为"盖轼随手所记,本非著作,亦无书名。其后人哀而录之,命曰《手泽》;而刊轼集者不欲以父书目之,故题曰《志林》耳",同样不脱笔记小说的范围。由此可知,琦美年轻时即喜爱读书和校书,而书的内容则多为神话小说,而与正统经义无关,这同样极大地影响了其毕生思想及价值取向。了解这一点非常重要。尽管当时的文坛领袖钱谦益称赞琦美"天性颖发,博闻强记,落笔数千言",[①]却无资料表明其通过科举获得功名,这只能说明赵琦美的知识结构与官方倡导并作为科举考试内容的儒学正统存在着较大距离。可以设想,如果不是其父赵用贤官场地位的荫庇,赵琦美很可能一辈子就是一个白衣秀士。

二、南京为官(1599—1610)

万历二十四年丙申(1596 年),发生了导致赵琦美人生重大转折的事件,这一年,父亲赵用贤逝世。前已述及,用贤虽官至正三品吏部左侍郎,但过于刚直,负气傲物,数訾议大臣得失,终陷朋党争斗,受政敌陷害,加之已绝姻亲吴某乘隙诬告,遂移疾归里,忧愤以死。有司依例抚柩,可以荫一子做官,琦美身为用贤长子,乃第一个受惠者,任职正八品的南京都察院照磨。当然,他也并非本年即前往履任。按礼制,他得在家服丧,三年终制,至万历二十七年方正式赴南京,就此踏上仕进之途。

明代南京为两都之一,自太祖开国,建文继位,直至成祖永乐十九年迁都北平之前,这里是全国的政治经济和文化中心,称京师。此后,

037

---

① 钱谦益:《牧斋初学集》卷六十六"墓表一"《刑部郎中赵君墓表》。

北平改称京师,成为名副其实的首都,这里改称南京,同样设置政府六部,但管辖范围仅限于周边地区。赵琦美任南京都察院照磨。明代都察院由前代的御史台发展而来,主掌监察、弹劾及建议,不仅可以对审判机关进行监督,还拥有"大事奏裁、小事立断"的权利,为最高监察机关。都察院与刑部、大理寺并称三法司,遇有重大案件,由三法司会审,亦称"三司会审"。照磨,即"照刷磨勘"之简称,掌管磨勘和审计工作,事务原本繁巨,唯南京官制原本是个闲职,有的是时间,适合他喜爱读书、校书和刻书的个性。也正因此,在南京11年的时间内,没有资料显示他干了什么磨勘和审计的大事,倒是留下了校书和刻书的印记。

万历三十年(1602年)四月,刻苏轼《仇池笔记》成,并作序记其事:

> 《笔记》于《志林》表里书也,先大夫既已序志林而刻之矣。兹于曾公《类说》中复得此两卷,其与《志林》并见者得三十六则。去其文而存其题,庶无复辞,亦不废若原书,此余刻笔记意也。窃谓长公,才具七斗,游戏翰墨皆成文章,故片纸只字无非断圭折璧,才既高而节复峻,此足以起愒矣。况复呶呶不胜其眦睨一世则侧目而揶揄之者,固将甘心焉。而相公厮坏殆以柄国者为鳖矣,士固可杀不可辱也。议新法未必伤柄人之心,然此等语不足以彻髓耶!夫荆公固士也,学虽僻而奈何辱之哉?乌台之狱岂尽人尤也乎。刻笔记。万历壬寅孟夏日海虞清常道人赵开美识。

由序文可以得知,赵琦美校刻此书乃为了与其此前家居时和父亲合作刊刻的《东坡志林》相表里。序文的更大价值还在于显示出作者并非单纯的刻书者,亦非单纯的校勘者,而是对书中内容有过深入研究的思想者。比如,作者虽然钦佩苏东坡"才具七斗,游戏翰墨皆成文章",承认王安石"学僻",但对书中歪曲甚至诋毁王安石的文字则大不以为然,在引用古语"士固可杀不可辱"后直言:"荆公固士也,学虽僻而奈何辱之哉?"甚至联系起历史上苏东坡的"乌台诗案"冤狱,认为其被贬遭祸也有自己的原因:"乌台之狱岂尽人尤也乎?"话虽说得很重,但也多少反映了赵琦美的真实思考。

万历三十三年(1605年),即琦美43岁那年,琦美在官场结识浙江嘉禾(今嘉兴)人项群玉,得后者提供《酉阳杂俎》的数条轶文,颇为感奋。① 前已述及,琦美曾在万历十六年与苏州书摊购得唐人段成式《酉阳杂俎续集》十卷,"喜甚,便携之归。开窗拂几,较三四过,其间错误,如数则合为一则者,辄分之;脱者,辄补之;鱼亥者,就正之。不可胜屈指矣。"今得此数条增补,更觉锦上添花。次年,因公干赴京,居燕山龙骧邸。又得《洛阳伽蓝记》旧刻本,续校并最终完成之。是书校勘前后历经八载,至此方完成。琦美跋云:

> 丙午,又得旧刻本,校于燕山龙骧邸中,复改正五十余字。凡历八载,始为完书。②

"丙午"即万历三十四年,公历 1606 年。文中"校于燕山龙骧邸中"一语曾引发争议。孙楷第据此认为赵琦美此年已离开南京赴北京任职,其实这只是赵琦美的一次临时出行。"燕山龙骧邸"并非琦美在京时官邸,而是都察院为赴京公干之官员安排的临时旅邸,当然也不排除另一种可能,即为其父赵用贤生前任京官时所购置之住所遗存。原因非别,就在这后二年,琦美《酉阳杂俎》跋中自署头衔仍为"迪功郎,南京都察院照磨所照磨"。文不长,引录如下:

> 丁未,官留台侍御内乡李公,有士安、袁凯之癖,与美同好,自美案头见之,欣然欲刻焉。美曰:"子不语怪,而《杂俎》所记多怪事,奈何先生广《齐谐》也?"先生曰:"否,否! 禹铸九鼎而神奸别,周公序《山海经》而奇邪著,使人不逢不若焉。噫! 世有颇行凉德者。"侍御既以章疏为鼎、为经以别之矣,乃兹刻又大著怪事而广之。岂谓有若《尸寅》《诺皋》所记,存之于心,未见之于行事者,又章奏所不及攻而人所不及避也。藉此以诛其心,僇其意,使暗者、昧者皆趋朗日,不至烦白简矣。是亦息人心奇瑰之一端云。迪功郎南京都察院照磨所照磨海虞赵琦美撰。

文中"丁未"即万历三十五年(1607 年),时年赵琦美 45 岁。与琦美同在

---

① 《酉阳杂俎序》:"岁乙巳,嘉禾项群玉氏复以数条见示,又所未备也,复为续之。"按:"乙巳"即万历三十三年,公元 1605 年。
② 钱曾:《读书敏求记》,书目文献出版社 1984 年版,第 57 页。

南京都察院任职的侍御史李某,极力促成《酉阳杂俎》的刊刻。二人关于"子不语怪"的对话,实际上也道出了琦美自己的内心矛盾。都察院"以章疏为鼎、为经以别之"本为王道,亦台面上事,而"《杂俎》所记多怪事",刊刻此书等于"广《齐谐》",难免有不务正业之嫌。这位李御史则以"禹铸九鼎而神奸别"和"周公序《山海经》而奇邪著"皆为王道解之,事实上也解开了赵琦美长期以来横亘胸中的一块心结。校勘刻印《酉阳杂俎》之类志怪笔记小说,"大著怪事而广之",能"藉此以诛其心,僇其意,使暗者、昧者皆趋朗日,不至烦白",有何不可!

万历三十六年戊申(1608年),琦美46岁,仍在南京都察院任职。8月中,自友人孙唐卿处借得《文房四谱》录校,至九月十三日甫毕。清人黄丕烈《荛圃藏书题识》卷五"文房四谱"条引该书琦美跋语云:

> 《文房四谱》四卷,戊申八月中,友人孙唐卿氏自家山来,奚囊中持此书,因借录,并校其讹者无虑数十。续检得《徐骑省集》中有是书之序,不知何年失去,今录于前,可谓洛浦之遗矣。万历三十六年九月十三日海虞清常道人书于柏台公署。[1]

明洪武十五年(1382年)改前代所设御史台为都察院,琦美时任职南京都察院照磨,故云。《文房四谱》为宋代苏易简撰,共五卷,分为《笔谱》《纸谱》《墨谱》《砚谱》,是记载历代笔、墨、纸、砚原委本末及其故实。书前有徐铉序文,而琦美自友人孙唐卿处所借该书徐序缺损,赖徐铉《徐骑省集》补之,是为全璧。校订该书是目前所知赵琦美在南京任职期间进行的最后一项工作。据钱谦益《刑部郎中赵君墓表》,琦美在任期间也做了比较好的本职工作:

> (琦美)官南京都察院照磨,修治公廨,费约而工倍。君曰:"吾取宋人将作营造式也。"

都察院照磨掌管磨勘和审计工作,能够做到"费约而工倍",证明赵琦美并非只凭父亲余荫当官的贵家子弟,而是有才干的能吏。但由于陪都

---

[1] 黄丕烈:《荛圃藏书题识》(屠友祥校注),上海远东出版社1999年版,第315页。按:"柏台"即御史台之别称。

机构的备份性质,加之官职卑微,对于赵琦美来说,除了有时间读书、校书和刻书外,能够施展才华的这种工作业绩实在少之又少。

三、任职京师(1610—1619)

钱谦益《刑部郎中赵君墓表》记载琦美所任第二个官职是太常寺典簿。《明史·职官志》:"太常,掌祭祀礼乐之事,总其官属,籍其政令,以听于礼部。"至于典簿,属太常寺典簿厅,时设典簿二人,正七品,主要从事掌奏文书的起稿校注。这个职位较之正八品的南京都察院照磨,品级上高了两极,职责上似乎也更与文稿整理相关,对于非科举出身的赵琦美来说,无论如何这都是官场人生的一件好事。

关于琦美入京任职的时间,学术界有不同看法。前已述及,孙楷第根据赵琦美《洛阳伽蓝记跋》认为在万历三十四年,后来又据赵氏《文房四谱》跋作进一步推论:

> 丙午乃万历三十四年,是时琦美已在北京。据谦益琦美墓表,琦美由南京都察院炤磨升太常寺典薄,则是时殆官太常寺也。又《文房四谱跋》(《菦圃藏书题识》卷五《文房四谱》条引)称"戊申八月,友人孙唐卿自家山来(唐卿名允伽),借录此书,校其伪者。复从《徐骑省集》中录出是书之序。"末署"万历三十六年(岁次戊申)九月十三日海虞清常道人书于柏台公署。"柏台乃御史台别称,则是时琦美已由太常寺典薄转都察院都事也。①

万历三十四年即公历 1606 年,赵氏校书"燕山龙骧邸中","燕山"此处指代北京,"龙骧"即龙骧卫,琦美在京时寓所于此。孙氏据以推知其时琦美已在北京,似乎合乎情理,也不违背逻辑。然若就此认为赵琦美于万历三十四年已由南京都察院转任北京太常寺,则误。证明这一点也容易,前述琦美于万历二十五年所撰《酉阳杂俎序》自署"迪功郎南京都察院照磨所照磨海虞赵琦美撰",清楚表明其仍在南京任职。如果说这

---

① 孙楷第:《也是园古今杂剧》,上杂出版社 1953 年版,第 5 页。

还是孤证的话，今查《四库全书·史部·职官类·官制之属》所收《太常续考》卷七《太常寺·题名记·典簿》，即发现另有明确记载：

> 赵琦美，直隶常熟人，官生，万历三十八年任。

这就非常清楚地说明，赵琦美之任太常寺典簿，是在万历三十八年（1610 年）。《太常续考》八卷（江苏巡抚采进本），不著撰人名氏。《四库提要》谓该书"明崇祯时太常寺官属所辑也"，"总括一代之掌故，则体贵简要；专录一官之职守，则义取博赅，言各有当，故详略迥不同也。"书中所记应较可靠。琦美无科举功名，本不可能做官，当时的身份是官生，其入太常寺任职时间由此可以确定。

明确了琦美赴京任职太常寺之年份，另一条史料仍需辨析。这就是琦美《故宫遗录序》中的一段话：

> 故宫遗录者，录元之故宫也。洪武元年灭元，命大臣毁元氏宫殿，庐陵工部郎萧洵实从事焉。因而记录成帙。有松陵吴节为之序，予于万历三十六年（1608 年）间得于吴门书摊上。字画故暗不可句，因为校录一过，三十八年（1610 年）庚戌于金陵得张浙门墨本。为校正数十字，置之箧中。①

文中除了交代《故宫遗录》这部书的来龙去脉之外，还提供了两条信息，一是在万历三十六年，琦美在南京任职期间曾回常熟老家探望，时间充裕的他路过苏州时还逛了书摊买书；二是在万历三十八年，琦美仍在南京，购得《故宫遗录》的张浙门墨写抄本。前者犹可，无非丰富了赵琦美南京为官期间的经历；后者则直接关系到琦美何时赴京任职的时间。也许有人会问，既然琦美在万历三十八年仍在南京，又如何能在同时任职于北京呢？其实这个问题不难回答，因为此二条史料均未注明月份，既然真实性均无问题，只能说明分别发生在上半年和下半年，二者之间并不矛盾。况且即使已在京师任职，也不能排除回常熟老家探望路过南京逗留之可能，毕竟 11 年在此为官，同事朋友肯定不会少。所有这些，皆不能作为质疑琦美于万历三十八年已入京供职之理由。

---

① 《北平考·故宫遗录》，北京古籍出版社 1980 年版，第 72 页。

京师任职在赵琦美一生中是非常重要的时期,可以说决定他在藏书和校刻文化史上地位的几件大事都是在这一时期完成的。

首先当然是抄校内府本古今杂剧。万历四十年壬子(1612年)五月十四日,抄校于小谷本《女学士明讲春秋》杂剧,是为赵琦美抄校古今杂剧之始。这一年,是赵琦美入京任职后的第二年,其时他50岁。于小谷即于纬,乃万历时做过吏部尚书、太子少保兼东阁大学士的于慎行之继子,时任户部主事。赵琦美钞校本古今杂剧中有相当一部分系从彼处借得。今存赵本古今杂剧《女学士明讲春秋》剧末载有赵琦美跋:

> 于小谷本录校。此必村学究之笔也。无足取,可去。四十年五月十四日,清常道人。①

值得指出的是,孙楷第《也是园古今杂剧考》注意到此条,却谓:"四十年疑误。"②傅璇琮、谢灼华主编《中国藏书通史》则谓:"此时始于万历四十二年二月。"③均未说明理由。依笔者分析,当时由于本年只校此一本,别无其他,加之次年也无继续抄校之记录,故孙先生认定赵氏抄校古今杂剧应自万历四十二年开始。然这样推论主观性太强,赵琦美钞校内府本和于小谷本杂剧,本人并非内廷人员,亦非收藏者,须打点关系或进行沟通方可落实,安能如自己藏书一样方便。何况这两年琦美还有其他更急迫的事要干,如编创《容台小草》诗集,校刻出版《朝鲜史略》《皇佑新乐图记》等书。在这种情况下,不能一下子全力投入抄校古今杂剧也是极有可能的事。故在没有直接证据的情况下,不宜轻易否定赵琦美跋文中的时间题署。当然,这样说并不意味着否定赵琦美自万历四十二年开始系统抄校古今杂剧的事实。这一年,琦美共抄校了《立功勋庆赏端阳》《望江亭中秋切脍旦》《看财奴买冤家债主》3本杂剧。次年,亦即万历四十三年,琦美一发不可收,抄校了息机子刊本《包待制智赚生金阁》和内府本《马丹阳三度任风子》等67种杂剧。万历四十四年(1616年),高峰已过,抄校内府本《楚昭公疏者下船》《赵匡胤打

① 赵本古今杂剧跋语俱附于《古本戏曲丛刊》第四集所收诸剧之后,此不一一注出,下同。
② 孙楷第:《也是园古今杂剧考》,上杂出版社1953年版,第104页。
③ 傅璇琮、谢灼华主编:《中国藏书通史》,宁波出版社2001年版,第690页。

董达》等 7 种。第四年是万历四十五年(公元 1617 年),为有记录的抄校古今杂剧的最后一年,当年校录于小谷本《南极星度脱海棠仙》杂剧等 18 种。所有这些,当然都是根据明署抄校时间确定,另有大部分赵本古今杂剧没有明确记载抄校时间,按照孙楷第的看法,都应该穿插在这几年。所以可以肯定地说,赵琦美抄校古今杂剧,是这几年头等重要的大事。

除了抄校古今杂剧以外,任职京师的赵琦美所做比较重要的事应是《容台小草》和《栢台草》两部诗集的创作编定。"容台",行礼之台,亦为礼部之别称。赵琦美官太常寺,太常属礼部,故亦称容台。前面说过,万历三十八年赵琦美由南京都察院转北京太常寺典簿。官品虽由八品升了一级,但太常典簿本冷官,枯寂无聊,遂和元人倪瓒《江南春》词,陆续成六十阕,三年后完成,辑为《容台小草》。该书今存浙江图书馆所藏清五桂楼主人黄澄量所辑类书《今文类体》。① 琦美自序云:

> 癸丑,饷旋百逋交萃不保,先人之庐矣。举头今昔,乃迸迹于遗老庄吟,所谓《江南春》者,意未止于此。更续廿十叶,聊解穷愁,岂自多哉。(《支续江南春》)

"癸丑"乃万历四十一年,《容台小草》结集于此年。琦美自万历三十八年调任太常寺典簿,冷官枯寂,开始写诗打发时光。《容台小草》为赵琦美留存于世的主要诗集,内容系和元人倪瓒《江南春》组诗,内容连贯,均为江南之美,首句以"笋"字开头,末句以"营"字结尾,一韵到底。六十阕词,六十种笋,无重复焉。

《栢台草》为赵琦美的另一部诗集,今并存于浙江图书馆所藏清五桂楼主人黄澄量所辑类书《今文类体》,内容同为和倪瓒《江南春》,在三续《容台小草》的基础上续增二十阕,为四续和五续,实际上是《容台小草》的续书。② 其所以另取书名,纯粹由于创作地由太常寺转都察院之缘故。"栢台"即柏台,原指御史台,明改都察院。琦美任太常寺典簿四年后,至万历四十二年又改都察院都事,品级相同,属平调,但新职类似

---

① 《今文类体》全书 138 册,仿黄宗羲《明文海》体例分 17 类装订成册,保存 400 多家原明刻本文集奏议。因明人所编,故名。学术界亦题作《明文类体》。

② 参见童正伦《沧海有遗珠——〈明文类体〉考释》,《图书馆研究与工作》2013 年第 4 期;金昱杉:《赵琦美著〈容台小草〉的发现》,《人文天下》2017 年 4 月刊,总第 94 期。

打杂,事冗繁剧。《栢台草》自序这样慨叹:

> 容台多暇,六日而吟成三续。秋间改栢台阁。半岁,始得四续。

《江南春》原为唐人杜牧所作的一首七言绝句:"千里莺啼绿映红,水村山郭酒旗风。南朝四百八十寺,多少楼台烟雨中。"北宋寇准创为词调,三十字,三平韵,中云:"江南春尽离肠断,蘋满汀洲人未归。"元代文人画家倪瓒又以此题创作了七言诗三首,诗情较前人有了很大的拓展。弘治十一年,倪诗原件收藏人许国用将其谱入吴中文士雅集,传诵一时,唱和者云集,包括沈周、文徵明、祝允明、唐寅、杨循吉、徐祯卿等江南名流。此后正德间,吴中又连续举办多次《江南春》诗的追和活动,并引发吴门诸画家以《江南春》为题进行绘画创作,成为明清一个引人注目的文化事件。据今人统计,追和词作竟达 74 家 116 首。① 嘉靖间有人将《江南春》追和之作编订成集,万历间状元朱之蕃又有所增补。而追和活动一直延至清光绪年间,金武祥所编《江南春词集》乃集大成者。值得注意的是,所有这些与《江南春》诗的追和活动相关的人和事,皆无赵琦美无关。个中原因当然比较复杂,这里暂不拟深究。但可肯定绝非赵氏身份低微,诗作平庸,难入编选者法眼,因目前所存《江南春词集》中百余首和诗,作者出身寒微不在少数,诗作大半平庸,即使名流亦莫能外。② 赵琦美《容台小草》追和倪瓒诗达 60 首,《栢台草》40 首,一共 100 首,总数超过明清诸版《江南春词集》所收和诗全部,即使加上今人增补,总数也相距不远。仅就数量而言,在倪作《江南春》的追和传播史上也是一件值得关注的事。

琦美京师任职期间还有一件关乎个人命运的重要活动,这就是面对清军频频入侵,明军在东北迭遭败绩的形势下,匹马出关考察,归后上书建言:

> 神宗之末年,建州夷蹂我辽左,赵君官太仆寺丞,有解马之役。
> 匹马出山海关,周览□厄塞要害,遇废将老卒,从容访问我所以败,

---

① 叶晔:《明词中的次韵宋元名家词现象——以苏轼、崔与之、倪瓒词的接受为中心》,《中国文化研究》2007 年秋之卷。

② 参见张仲谋《论〈江南春〉唱和的体式及其文化意味》,《南京师大学报(社会科学版)》2017 年第 2 期。

夷所以胜者,感激挥涕,慨然奋臂出其间。归而上书于朝,条上方略。君之意以谓天子将使执政召问从何处下手,庶几倾囊倒庋,以自献其奇。仅如例报闻而已。君自此默然不自得。以使事归里。①

"神宗之末年"即万历四十七年(1619 年),这一年,琦美由正七品的都察院都事升转正六品的太仆寺丞,这次升职大大激发了他的用世之心。明制,太仆寺掌牧马之政令,以听于兵部,即与军事有关。琦美利用解马公干的机会,独自出山海关,周览形胜要塞,遍访当事,归后则上书建言,冀于国事有所裨补。然由于人微言轻,不被重视,一腔热血被浇了一盆冷水,强烈的挫败之感使得他心灰意冷,失望至极,遂掷去乌纱,使事归里。由此结束了将近十年的京师任职时期。

四、家居与客死任所(1619—1624)

离开京师后,赵琦美并未返回江苏常熟的故里,而是去了浙江武康。这方面资料最早来自赵氏同时代人钱谦益,他和赵琦美关系很近。如前所言,琦美殁后,包括抄校本古今杂剧在内的全部藏书尽归谦益所有,彼亦系赵本古今杂剧的收藏者之一。钱谦益在应赵氏后人之请为赵琦美撰写的墓表中有过这样的叙述:

(琦美)默然不自得。以使事归里,用久次,再迁刑部郎中。裴徊久之,过余而叹曰:"已矣! 世不复知我,而我亦无所用于世矣。生平好兵家之言,思以用世;好神仙之术,思以度世。今且老而无所成矣。武康之山,老屋数间,庋书数千卷,吾将老焉。子有事于宋以后四史,愿以生平所藏,供笔削之役。书成而与寓目焉,死不恨矣。"②

前已述及,赵琦美用世之心甚切,曾匹马出关,考察形势,上书建言,冀

---

① 钱谦益:《牧斋初学集》卷六十六"墓表一"《刑部郎中赵君墓表》,钱谦益著,钱曾笺注,钱仲联标校:《初学集》(下),上海古籍出版社 1985 年排印本,第 1536—1538 页。
② 钱谦益:《牧斋初学集》卷六十六"墓表一"《刑部郎中赵君墓表》,钱谦益著,钱曾笺注,钱仲联标校:《初学集》(下),上海古籍出版社 1985 年排印本,第 1536 页。

于国事有所裨补。然由于人微言轻，不被重视，失望之余，产生了归乡终老的念头。这并不奇怪，明末政治混乱，君暗臣僻，上下闭塞，建言被轻视乃在意料之中。值得注意的是，这段文字透露出琦美除了常熟祖宅之外的又一处别业，位于"武康之山"。武康在今浙江湖州，属德清县管辖，距常熟170多公里。由此可知，琦美所居非止一处。"用久次""老屋数间"表明琦美在此居住时间之长，"庋书数千卷"表明是其最终藏书所在。《墓表》不仅叙及钱、赵二人的密切关系，且在最后明确交代墓表是应逝者后人之请而作：

> 君生为贵公子，而布衣恶食，无绮纨膏粱之色。少年才气横骛，落落不可羁勒。而遇旅人羁客，煦姁有恩礼。精强有心计，时致千金，缘手散去，尽损先人之田产，不以屑意也。尤深信佛氏法，所至以贝叶经自随。正襟危坐而卒，享年六十有二。归葬于武康之茔。而君之子某状君之生平，属余为传。

《墓表》谈到了赵琦美的平生秉性，及晚年笃信佛法的事实。于情于理，钱谦益此文内容的真实性无须怀疑。

武康作为赵琦美的终老及归葬之地，在资料来源上并非孤证。清人黄丕烈《荛圃藏书题识》卷九收入琦美抄校元人张光弼诗集的跋语，中云：

> 元《张光弼诗集》二卷……今见《丈园漫录》，惜为删去五十二章，惟存四十八章，录作一家，亦备一代之遗事云。时天启二年壬戌，书于武源山中，连阴雨二十日矣，尚未有晴意，恐复作元年连绵四五月也。清常道人书。

"天启二年"即公元1622年，上距琦美"使事归里"已有三年。文中可知琦美这一年在录校元人张昱（字光弼）的诗集。地点为武源山中，今知"武源山中"，即武康山中。武康，有武康镇武源街，"武康""武源"一也。武康临近太湖，水汽氤氲，山中多阴雨，琦美记载当时连阴雨二十日，又追记去年连绵四五月的阴雨天气，可知其这几年的确一直在此居住。

但是，颇具悲剧意味的是，琦美并未能在武康老屋终老。就在录校《张光弼诗集》的当年，他又接到担任刑部贵州司郎中的朝命，虽然新职为正五品，较之此前担任的正六品太仆寺丞有高了两级，但心灰意冷、潜心佛法的赵琦美对仕途已失去了任何兴趣,他"裴徊久之",对心目中的至交钱谦益倾吐了自己怀才不遇的苦闷:"已矣! 世不复知我,而我亦无所用于世矣。"虽然朝命难违,他还是于当年八月奉命返京履职,但这种矛盾和苦闷极大地损害了他的身心。不到半年,琦美死于任所。钱谦益《刑部郎中赵君墓表》记得很明白:

> 明年,其家以讣音来,君以病没于长安之邸舍,天启四年之正月十八日也。……享年六十有二。归葬于武康之茔。

至此,赵琦美的生命终于画上了句号,但有关他的悲剧并没有结束。因旧绝姻家某氏作梗,死后的赵琦美遗骨几不得还乡。时人董其昌追记友人许微时提到有关琦美的一件事:

> 时赵玄度以秋官郎入都,公与握手道故,不胜感慨。未几,玄度客死,姻家为难,旅梓几不得还。公挥泪经纪丧事,复竭蹙御侮,归其骨。①

文中没有指明对死后赵琦美尚且不放过的所谓姻家姓名,但大体可以推知是赵家已绝亲家吴之彦,当年赵用贤有女许嫁之彦子镇。后因用贤得罪了权臣张居正,"之彦惧及,深结居正,得巡抚福建。过里门,不为用贤礼,且坐镇于其弟下,曰:'婢子也',以激用贤。用贤怒,已察知其受居正党王篆指,遂反币告绝。"②从此结下仇隙。按道理已时过境迁,赵用贤已故多年,吴家不应该对赵家后代赶尽杀绝,但明代党争就是这样残酷,以致泯灭人性。幸亏友人许少微仗义帮忙,琦美方得魂归故乡,葬武康之茔。

综观赵琦美一生,自幼聪明颖悟,嗜书好学,博闻广记,长成后热心用世,志在兼济,但由于生逢末造,科考不得意,怀才不遇,志不得舒,终于抑郁以死。在人生是一个悲剧,但他毕生勤奋好学,藏书、读书、校书和刻书不断,始终不渝,在藏书和文化传播史上留下了不可磨灭的印记。这方面,尤值得我们今天重视。

---

① 董其昌:《容台文集》卷之八《封简讨少微许公墓志铭》。
② 《明史·赵用贤传》。

第三章　脉望馆书目与赵琦美藏书

《脉望馆书目》为今日学术界公认的赵琦美藏书目,但人们也知道,它并不能与赵琦美藏书画等号,甚至并非赵琦美本人独立完成。总而言之,二者之间存在较大差距。在以下这一章中,我们将作详细分析。

一、关于《脉望馆书目》

脉望馆位于江苏常熟古城区学院街南赵弄 10 号,是赵用贤所建住宅之一部分,功能用作藏书,但赵用贤本人的藏书目题作《赵定宇书目》("定宇"乃用贤字号),生前似乎并未以脉望馆命名藏书楼,以此命名应是在赵用贤去世,赵琦美作为长子理家之后。学术界有观点将脉望馆作为赵用贤和赵琦美父子两代藏书楼,就建筑而言未必不然,就楼名而言则必不然。"脉望"原指古书中的蛀虫。汉末左慈《仙经》称:"蠹虫三食神仙字,则化为此物,名为脉望。"①将藏书之室取名"脉望馆",由此命名亦可看出琦美的嗜书程度。正因为该馆命名不出于父而出于子,故后人多将《脉望馆书目》归于赵琦美名下。但该书目内容除了部分标题批注有赵琦美所撰外,更多显示其为赵家门仆所撰,所以严格地讲,《脉望馆书目》是赵琦美及其门仆集体编撰。

《脉望馆书目》即赵氏脉望馆所藏书籍的目录。今存两个版本,一

---

① 段成式:《酉阳杂俎》续集二《支诺皋中》引,中华书局 1981 年版,第 215 页。

为琦美九世孙赵子琴据恬裕斋瞿氏藏抄本转录本,卷首总目署"海虞清常道人赵琦美",并附有赵氏《家乘》。原抄本今不得见,近人罗振玉辑刻《玉简斋丛书》将瞿本收入,故又称玉简斋本。该版本卷首有李芝绶序云:

> 吾邑素多藏书家,前明以绛云、汲古为尤著。而赵清常先生席祖、父清荫,自少即裒辑古书,甲乙部居,甄录甚富,实为绛云、汲古之先声。二百年来卷帙散佚,收藏者已罕觏一二流传之本。其目则传自吴立峰先生,今藏古里瞿氏。少琴赵君为清常裔孙,慨先代遗籍不可复得,从瞿氏借其目读之,尊甫子琴兄精楷录出,装成两册,嘱余为跋。聊志数语于卷端还之。戊辰闰月芝绶

李芝绶(1813—1893)原名蔚宗,字申兰,一作升主,号缄庵,别署裘杅漫叟,清代常熟藏书家。今人叶昌炽《藏书纪事诗》将其与同邑藏书家、旧山楼主人赵宗建合称"赵李小藏家"。

书末另附琦美十世孙赵仲洛的跋文:

> 脉望馆书目为仲洛十世祖元度公所藏,年久佚失,仅存其目,传于古里村瞿氏,系吴项儒先生抄本。咸丰初年,王文村夫子安砚恬裕斋见有此本,曾许借抄未果。今夏偶与瞿濬之五兄追谈及此,慨然送读,差喜历劫不磨,适赴金陵省试,严亲遂手录之,并即付装。同治六年九月校毕并记。赵仲洛

文中"元度"即琦美字玄度,以避康熙帝讳改。"吴项儒"即清代常熟学者、藏书家吴卓信(1754—1823),字项儒,号立峰,晚号寒知老人。"严亲"即仲洛父子琴,该书系其手录。只是因为被收入《玉简斋丛书》,现通行乃刻本。

另一为平江贝墉手写本,其卷首总目不署名。贝墉(1780—1846)字既勤,一字定甫,号简香,又号碉香居士。江苏吴县(旧称平江)人。他也是一位藏书家,据说其不问家事,不治生产,家益贫,而藏书益多,遇珍本则借阅抄录。《脉望馆书目》是其家藏抄本之一,后收入 20 世纪 20 年代孙毓修主持编印的《涵芬楼秘笈》第六集,故称"涵芬楼秘笈本",简称"秘笈本"。

孙毓修(1871—1922)字星如,一字恂如,号留庵,自署小渌天主人,江苏无锡人。清末秀才,也是一位目录学家、藏书家、图书馆学家。光绪三十三年(1907 年)入上海商务印书馆编译所,得张元济赏识。委其筹建图书室,后即为涵芬楼负责人,《四部丛刊》《涵芬楼秘笈》等均出于其手。其收录《脉望馆书目》时并有跋语作详细介绍:

> 脉望馆书目不分卷,明赵琦美撰。……此目即记其家藏书并及书画碑帖古玩,分厨标类,条理秩如。所储异本,实已不少,《不全旧宋元本》另列一类,实开近世著录宋元本之先例。有注"大官人""二官人"者,"大官人"即清常,"二官人"谓际美,字文度,由刑部郎中出知叙州府,清常同怀弟也。观此则是目当出于赵氏门仆之手旧藏钞本。《传是楼书目》亦有"太老爷"之称。毛子晋家僮尽能钞书,清门旧族,即仆隶亦皆能文,黄荛圃家之张泰又不足奇矣。此本有平江贝氏手校,平江贝塘珍藏秘书印诸记,审其字迹,尚是千墨庵主人手写本也。戊午八月无锡孙毓修跋。

孙氏跋文对《脉望馆书目》评价甚高,称其"分厨标类,条理秩如",同时以藏书家的目光分析该书目的编撰特点,指出其将《不全旧宋元本》单列一类,实开近世著录宋元本之先例。他说的情况在《脉望馆书目》"余"字号和"律"字号,前者著录"旧板不全书",后者著录"旧板书",确切地说是开了近世著录残宋元本之先河。非但如此,孙氏还特别注意到书中别注"大官人""二官人"等称谓,由此联系《脉望馆书目》编撰者的复杂关系,认为该书目虽按传统归于赵琦美名下,但实出赵氏门仆之手,是一份旧藏抄本,有着明显的继承关系。认识到这一点很重要,贝塘手写本不署名赵琦美的问题,由此也许可以解释。至于"大官人""二官人",是指赵琦美兄弟还是指赵琦美两个儿子,史料欠缺,目前尚难确证。孙毓修跋语坐实为赵琦美、赵际美兄弟,没有考虑到与同书万历四十一年条"两儿子"提法相冲突,不足为凭。

将上述《脉望馆书目》两大版本进行比较,可以发现,除了一为抄本一为刻本,以及一明确署名另一不署名外,所收书目大致相同,有其共同的体例特征,即在总体继承传统四部分类法基础上而有一些新突破。

具体以《千字文》为经，以经史子集四部为纬，下分八十七类，其中经部十五类，史部三十八类，子部二十二类，集部十二类（非正式类目不计）。另在各部类作一些新调整，如经部增大学、中庸、四书等类，史部增圣制、经济、吏部、户部、礼部、兵部、刑部、工部等类并详分地志，子部增总子、杂子、杂术门类、杂说、大西人术等类，集部增总文、总诗等，还有"词曲"类，收入 40 余种杂剧和传奇剧本。概言之，它们属于同一本书。

当然也需指出，上述两个版本存在着相异之处。首先，最明显的是二书所据书橱位置不同，依《千字文》编号也随之发生错位。如玉简斋本盈字号，秘笈本则为荒字号，其书亦互易。如词曲类玉简斋本在盈字号者，须于秘笈本荒字号寻觅。以是玉简斋本橱号荒日月，秘笈本号日月盈。其贮书虽同，而橱号相差一号。又如玉简斋本律字号，秘笈本则为调字号。玉简斋本成字号是旧板书，岁字号是佛经（不录其目），秘笈本成字号是佛经（不录其目），岁字号律字号是旧板书。而查玉简斋本成字号旧板书，竟合并了秘笈本岁字号律字号全部旧板书。如此一来，玉简斋本起天字，讫吕字，共三十号，秘笈本起天字，讫调字，共三十一号，二者相差一号。玉简斋本以吕字殿后，秘笈本则以调字作殿。其次，二书标注的编撰时间存在着模糊乃至互相矛盾的地方。[①] 今玉简斋本《脉望馆书目》吕字号录碑帖目，附未分经史子集续编杂剧，其书按时间先后分三部分登录："万历四十六年九月二十六日续编杂剧""本年十一月十二日两儿从常州带回续编杂剧""本月二十日卫奎带归续编杂剧"。据此可推知，该书吕字号所附续编杂剧，编撰于万历四十六年。其吕字号以前书目，乃万历四十六年前所编定。秘笈本吕字号碑帖附"续增未分经史子集书目"亦同。但三部分书目分别题作"万历四十一年九月二十六日续增未分经史子集书目""四十一年十一月十二日两儿于常州带回续增""本年十一月二十日卫奎带归"。以此推断，则吕字号所附续编杂剧，编撰于万历四十一年。其吕字号以前书目，乃万历四十一年前所编定。如此一来，二书于同一事出现两个纪年，一为万历四十六年，一为万历四十一年。如果说编号错位还不至于影响对该书的

---

① 参见孙楷第《也是园古今杂剧考》，上杂出版社 1953 年版，第 9—10 页。

理解和使用的话,则年份的不同乃至矛盾混乱带来的问题就大了,直接影响到今天我们对其与赵本古今杂剧之间关系的认识。关于这一点,以下我们将着重讨论。

二、《脉望馆书目》与赵氏钞校本杂剧

一般认为,脉望馆既为赵琦美藏书楼名,则赵本古今杂剧无疑应以脉望馆命名。最早发现并一力主导购置这一批戏曲文献的郑振铎即明确表示:"所谓也是园藏者,只不过是其中受者授者之一人而已,实应作脉望馆抄校本。"①他说的"也是园"系清初钱曾的藏书室。身处明万历后期的赵琦美虽首任古今杂剧抄校之力,功不可没,却未整理编目,殁后书归钱谦益绛云楼,散置如故,开始着手完成这项工作的是入清后活动在康熙年间的钱曾。曾字遵王,号也是翁,又号贯花道人、述古堂主人,常熟人,钱谦益族曾孙。绛云楼火后,谦益将包括赵琦美钞校本古今杂剧在内的烬余之书赠予钱曾,后者因此得以对其进行整理编目,成果体现在《述古堂书目》和《也是园书目》二书中,而以后者为最终写定本。钱曾亡故后,这批杂剧文献辗转历经张远、季振宜、何煌、试饮堂顾氏,间有散佚,至嘉庆时藏书家黄丕烈手中又进行了整理,因编目沿自钱曾也是园,故仍以《也是园藏书古今杂剧目录》命名,并一直延续到近代。20 世纪 50 年代中国戏曲研究院集体编纂的《中国古典戏曲论著集成》将黄目收入,同样延续了这种命名的深远影响。也正因此,孙楷第以同样的方式命名自己的研究专著,包括 20 世纪 40 年代问世的《述也是园古今杂剧》和 50 年代面世的《也是园古今杂剧考》,从而在学术界加深了相关的印记。然而,郑振铎对此并不认同。他以脉望馆取代也是园,与"也是园"对举,舍彼用此,突出了赵琦美在这批杂剧文献中的关键地位,不无合理性。出自同样的理由,郑氏于 1958 年在其主持编纂的文献巨制《古

---

① 郑振铎:《跋脉望馆抄校本古今杂剧》,该文写于脉望馆古今杂剧发现后不久,发表于上海开明书店之丛刊《文学集林》,后收入《郑振铎古典文学论文集》,上海古籍出版社 1986 年版。

本戏曲丛刊》第四集中,正式将收录的赵琦美钞校本古今杂剧命名为《脉望馆抄校本古今杂剧》,从而似乎了结了这一段公案。当代学者蒋星煜这样叙述:

> 解放以后,孙楷第发表了二十万字的专著《也是园古今杂剧考》(因此书曾经钱曾也是园收藏,故孙楷第命名为《也是园古今杂剧》,《古本戏曲丛刊》第四集影印此书时已恢复原名)。①

显而易见,蒋先生的这段话实际上将郑、孙二人的争论极大地简单化了。姑不论"恢复原名"是否成立(这一点以下还将着重论及),即孙楷第亦并非仅仅"因此书曾经钱曾也是园收藏"辄以之命名,而是有严肃认真的考虑,其在上述两书的开宗明义即这样表述:

> 琦美校录之本,宜称脉望馆本,今仍目为也是园旧藏者,以也是园目备载诸剧名,而脉望馆目无之。且斯编卷首有黄丕烈手抄目录即称"也是园藏古今杂剧"。夫书是赵琦美故物,书自钱曾而后,丕烈得斯书之前,藏者固非一家,丕烈非不知之。而独称"也是园藏书"者,以曾"也是园目"有杂剧多种,人所共知,标名宜取其著者。丕烈之意固当如是也。②

不难看出,孙氏于此书命名既考虑到抄校本任事者和最早收藏者赵琦美,也考虑到最早编目且为今存本卷首目录所继承的钱曾,同样没有忽视其他收藏诸家存在的事实,指出"也是园目备载诸剧名,而脉望馆目无之"的问题,不能说没有道理。而且由于撰于郑振铎跋文之后,显系对郑氏文中有关"应作脉望馆抄校本"主张的回应。只是由于郑振铎先生对此没有留意,在主持《古本戏曲丛刊》时仍根据自己之前的观点处理赵本古今杂剧题名,结果还是留下了一段悬疑的公案。

今天看来,问题的根源还在于《脉望馆书目》没有收录赵琦美钞校本古今杂剧,致使这批文献与常熟脉望馆之间关系出现了空白。最早

---

① 蒋星煜:《常熟赵氏〈脉望馆钞校本古今杂剧〉的流传与校注》,《文学遗产》1980 年第 2 期。
② 孙楷第:《述也是园旧藏古今杂剧》第 7 页,载《图书季刊》专刊第一种,1931 年版。同样文字又见于著者《也是园古今杂剧考》一书,上杂出版社 1953 年版,第 1 页。

注意到这个问题的人是郑振铎,其在《跋脉望馆钞校本古今杂剧》一文中明确指出:"今传的脉望馆书目,所载词曲,寥寥无几。……与今所见之脉望馆钞校本古今杂剧多至六十册以上者大异。"①对钞校本古今杂剧的来龙去脉着力较深的孙楷第也发现了同样的问题:"今所见也是园藏清常钞校本杂剧二百余种,几全不见于此编,颇不可解。"②为寻求问题的答案,孙氏把研究重点集中到《脉望馆书目》的编纂时间和版本问题。对《脉望馆书目》两个版本,涵芬楼秘笈本和玉简斋丛书本进行对比研究,看到了它们在编撰年份上的相异之处:

> 夫所记月日皆同,所录之书又同(仅玉简斋本第一目多出书四五种),则必是同年之事。二书记年,必有一误。……两处皆然,亦不敢云俱误。无已,姑两存之。

这事实上是无可奈何之举。

今天看来,孙先生的处理方式不失明智。如果仅停留在两个版本在这个问题上谁是谁非,恐怕真的要走入死胡同,只能暂且丢开。只是这样一来,想依靠该书目编定时间来解释不收钞校本古今杂剧的原因就只能落空。因为根据现有资料已确知,除了万历四十年抄校《女学士明讲春秋》一本外,绝大部分赵本古今杂剧是在万历四十二年至万历四十五年之间,如《脉望馆书目》编定于万历四十一年,则其时赵氏尚未开始大规模抄校内府杂剧,未予收录当属自然。但如编定于万历四十六年,则其时赵氏抄校内府杂剧甫完,自无不收录之理。孙氏看出了问题所在,但由于未能解决《脉望馆书目》两个版本的年份问题,故矛盾依然存在。

然而,任何事物都是辩证的。孙楷第断言"二书记年,必有一误"太过绝对。是否可以换个角度讨论:既然辨别正误的目的在于确定两个版本的《脉望馆书目》的编纂时间,应该弄明白的关键是,年份的矛盾属编撰者一时讹误还是先后所致? 如属前者,则必须等到新的史料出现方能判断,如属后者则问题相对简单,只需在排除偶然性因素之后确定两个年份皆有效即可。

---

① 《郑振铎古典文学论文集》,上海古籍出版社 1986 年版,第 936 页。
② 孙楷第:《也是园古今杂剧考》,上杂出版社 1953 年版,第 1 页。

首先大体可以断定，两个版本的《脉望馆书目》绝非同时编撰，而是先后完成的原版和修订版。其理由就是存在着前面列举并分析过的相异之处——编号错位。我们已经知道，二书所据书橱位置不同导致了两组不同的橱号出现，一为30橱，一为31橱，假如同时编订必不如此。当然，这样说还是太过粗疏。还可作进一步深入分析。既然两个版本为前后两次编撰，如所标示的编纂时间前后相差数年，则其中较早编纂的一部必然更多带有粗陋和不合理之处，而随着时间因素的作用，编纂时间较晚的那一部在趋于合理性方面发生的变化会大一些。以此衡量，标明万历四十六年的玉简斋本相较标明万历四十一年编撰的秘笈本显得要成熟和合理得多。最显著的例子是秘笈本岁字号和律字号所收皆为旧版书，本属一体，分开只是为了区分经史和子集，显得琐碎和没有必要，玉简斋本成字号将它们合并为统一的"旧板书"，显得更较合理。非但如此，同为吕字号碑帖，秘笈本以"唐"起首，以下分别为"禹""汉""后汉""宋周""周""晋""北齐""秦""金""吴""元""本朝""杂"，显得琐细零乱，且时间前后错乱。玉简斋本则改为以"三代秦汉"起首，以下分别为"六朝""唐""宋""金""元""本朝""杂碑"，显然要合理得多。即使标明年号的部分同样显示出上述特点。秘笈本"万历四十一年九月二十六日续增未分经史子集书目"显得文字拖沓，不显豁。玉简斋本改为"万历四十六年九月二十六日续编杂剧"，另两行注明"附吕字号""未分经史子集"，显得简洁明了，层次鲜明。如此例证还多。至于反证则很少见。似此充分证明，两个版本的《脉望馆书目》绝非同时编撰，秘笈本在先，是编定于万历四十一年的原版，玉简斋本在后，是编定于万历四十六年的修订版。至于为何以不同系年记载同样几件事，原因则较复杂，极有可能抄录致误。作为第二次整理藏书结果的玉简斋本《脉望馆书目》，并非另起炉灶，而是在贝墉手写本基础上增删，编纂不可能太缜密，门仆在重新誊写时图省事，在新的时间内简单抄录过去的事以塞责。自然，资料所限，这一点现在还只能是推想。编纂时间既已确定，对此迷障亦无须太过纠结。

由此可以作出以下结论，《脉望馆书目》与钞校本古今杂剧没有太大关系，后者基本不在常熟脉望馆收藏。

三、钞校本古今杂剧的最终归宿——武康和钱谦益

我们说《脉望馆书目》与钞校本古今杂剧没有直接关系，是因为前者只是在盈字号词曲类里收了关汉卿《陈母教子》、郑德辉《㑇梅香》、朱有燉《诚斋传奇》、汪道昆《大雅堂集》以及《楚昭王疏者下船》《莽张飞大闹石榴园》等30多种元明杂剧剧目，竟未透露出其他任何有关抄校本古今杂剧的信息。孙楷第对此这样分析："琦美校曲自万历四十二年十二月始，四十一年尚未有校录之曲，则杂剧不见于今本脉望馆目也固宜。""其可疑者不在万历四十六前旧目盈字号中之无琦美校录杂剧，而在于四十六年吕字号续增目中之无琦美校录杂剧，然则琦美虽有其书，固未带回乎？抑缮校甫毕，倏已易主，其时书已不在箧中也？"孙氏目光敏锐，研读细密，其疑"琦美虽有其书，固未带回"切中肯綮。但也存在问题，除了万历四十年即已开始抄校《女学士明讲春秋》这个老问题外，还有万历四十一年和万历四十六年这两个不同版本年份表述混乱的新问题，加之没有弄清楚赵本古今杂剧的最终收藏地，使得问题不但未能解决，还增加了新的谜团。①

难解的谜团还在于，今存赵琦美钞校本古今杂剧批注虽大多只署抄校日期，但也并非全然不涉及抄校处所，只是均未显示有关脉望馆的任何信息。现胪列如下：

> 望江亭中秋切脍旦一卷　元　关汉卿　撰　万历二十六年刊本(万历四十二年甲寅十二月二十日校内本于真如邸中，清常道人)

> 河南府张鼎勘头巾一卷　元　孙仲章　撰("万历四十四年十一月十四日，朝贺冬节四鼓起，侍班梳洗之余，校于小谷本，清常道人记")

> 刘晨阮肇误入天台一卷　明　王子一　撰　万历二十六年刊

---

① 旧时文人士大夫私家藏书，多重经史诗文，于戏曲小说则不甚措意，即使收藏，亦不予编目，如钱谦益《绛云楼书目》即为显例。赵氏《脉望馆书目》既已部分收录杂剧，则这方面原因亦可排除。

本("丁巳六月初八日四鼓,侍班待漏次校于小谷本,自八月雨后此方有两寸许,清常道人记")

十八学士登瀛洲一卷　　□　阙名　撰　今存赵氏抄校本剧末有琦美校语云:"于小谷本录校,乙卯二月初八日,有事昭陵,书于公署,清常道人。"

海门张仲村乐堂杂剧一卷　　□　阙名　撰　今存赵氏抄校本剧末有琦美校语云:"万历四十三年乙卯七月初十日校内本,是日瑞王成婚并记,清常道人琦"①

太乙仙夜断桃符记一卷　　□　阙名　撰　今存赵氏抄校本剧末有琦美校语云:"于小谷本校录,万历四十四年丙辰四月朔日校,是日始雷电雨,清常书于真如邸中"②

可以看出,资料中涉及处所的有两类,一是北京,二是真如。前者可以理解,因为用以抄校之内府本即出自钟鼓司,非在京师则不可能完成。况琦美以父荫为官数十载,最终病殁于刑部郎中任上,长期客居于彼亦属自然。唯后者尤值得注意,万历四十二年和万历四十四年两次题署均在真如邸中。今真如在上海普陀区,距赵氏常熟原籍近100公里,此在交通不便的明代距离实不算近,常熟古称虞,与真如风马牛不相及,上文"真如"无论如何不能视作赵氏常熟老宅之别称,只能算是别业。按中国传统,子女长大后一般会分家别居,琦美是家中老大,下面还有祖美、隆美两兄弟,结婚成家后出宅另居亦属自然。但其他任何资料皆无赵琦美真如别业之信息,仅凭这一孤证亦很难确定。有论者因而认为这里的"真如"一词乃佛教用语,表明琦美在京借住于佛寺。但也仅是推测,得不到其他资料证明。无论如何,北京也好,"真如"也罢,皆与常熟无关,将此地与赵琦美钞校古今杂剧联系起来实在有些牵强。

---

① 按:文中"瑞王"孙楷第、郑振铎均认作赵氏家人"瑞五",误。此处"瑞王"当指朱常浩,万历帝第五子。万历二十九年常浩被封为瑞王,天启七年到汉中就藩,万历四十三年朱常浩正在北京,而赵琦美亦在京为官。其二,瑞王朱常浩25岁成婚。参见金昱杉《赵琦美生平考》(《人文天下》2017年8月刊)。

② 据《古本戏曲丛刊》四集所收《脉望馆钞校古今杂剧》影印本整理,可参见。

弄清楚这一点,对于判断赵本古今杂剧与"脉望馆"之间关系相当重要。在本书第二章中我们已经讨论过,赵琦美的晚年并不住在常熟老宅,而是迁居到浙江湖州的武康。与之紧密联系,一直随同赵琦美京师居留的抄校本古今杂剧亦即顺理成章地被转移到了武康。这方面最权威的当然是前章所引赵琦美自己关于"武康之山,老屋数间,庋书数千卷"的表述。而且更堪注意者,进入武康的不仅是钞校本古今杂剧,甚至包括赵琦美名下所有藏书。同时代人钱曾和张汉儒均从不同的角度记载了与赵琦美晚年藏书地点相关的事。

作为钱谦益的"门人加亲属",钱曾对于赵琦美的了解无疑来自这位族祖,《读书敏求记》一书亦曾记载:

> 清常殁,书尽归牧翁,武康山中,白昼鬼哭。①

鬼哭之事自然无稽,唯作者强调"武康山中"和"书尽归"值得重视,毫无疑问,在钱曾的心目中,死后葬于武康山中的赵琦美获知自己一生辛苦聚集起来的藏书由于子孙不能保守而转归他人而悲伤痛哭。"书尽归牧翁"时的地点不在常熟而在武康。《读书敏求记》作于钱曾的晚年,上距赵琦美、钱谦益等当事人的故世已数十年,赵氏族人对钱谦益所撰墓表中关于琦美晚年别业和葬地的描述未有不同意见,由此更从侧面证实了武康之于赵琦美一生行踪以及最终藏书地的真实性和重要性。

张汉儒是钱谦益的同乡,也是常熟人,崇祯九年,曾受后者的政敌温体仁的指使,具揭帖攻击钱谦益及瞿式耜恶状五十六款,中有一款直指谦益得琦美遗书一事:

> 钱谦益见刑部郎中赵元度两世科甲,好积古书古画,价值二万金,私藏武康山内,乘其身故,欺其诸男在县,离隔五百余里,声抢四十八厨古书归家,以致各男含冤,焚香咒诅。

一般认为,张汉儒的攻讦动机不纯,罗织罪名,不足凭信,然此款涉及赵

---

① 钱曾:《读书敏求记》卷二"杨衒之洛阳迦蓝记"条目,王云五主编商务印书馆 1937 年排印本,第 61 页。

琦美藏书地点及最终归于钱谦益的事实，却大体成立。其言"两世科甲"当指琦美曾任广东参议的祖父赵承谦和官至礼部左侍郎的父亲赵用贤，"四十八厨"当指赵氏藏书总数，和今存《脉望馆书目》31 橱的著录相较多 17 橱，除了有可能蓄意夸张外，还应考虑原未在脉望馆书目著录的抄校本古今杂剧，两下合并数量上相差实际上并不很大。"武康山内""诸男在县，离隔五百余里"，将琦美藏书地点及和家人的关系说得相当明白。张汉儒攻讦目的是要通过大肆宣传贬低对方的人品，是要让社会大众所接受，不可能置基本事实基本常识都不顾。无论如何，亲友政敌皆不约而同指认琦美藏书于"武康山内"，其重要性不言自明，诚如近人章钰所言："足为清常藏书处所之一证也。"①对于这些，钱谦益自己亦曾提及"子有事于宋以后四史，愿以生平所藏，供笔削之役"，赵琦美自己愿意将其藏书供他研究之用。孙楷第注意到这一点，认为也许这就是钱谦益在赵琦美死后接受其藏书的原因：

> 如谦益言，谦益之于赵氏，当时当有维持调护之功。至其得琦美书，其中容又曲折近乎豪取者。观钱曾《洛阳伽蓝记跋》"鬼哭"之言，似有微意；而谦益撰琦美墓表称琦美言愿以生平所藏供谦益著书之用，则似持此以为己应得琦美书之理由，其事可于言外思之也。②

认识到这一点，也就可以从反面证明张汉儒关于赵琦美晚年藏书地以及最终书归钱谦益的说法并非凭空捏造。

琦美所言，当然并不专指其抄校本古今杂剧，而是整个藏书，这个问题尚可进一步讨论。但从逻辑上衡量，赵氏"武康之山，庋书数千卷"，肯定包括钞校本古今杂剧。至此可以得出如下结论，琦美钞校本古今杂剧的确未曾带回，但并非终留京师，而是转藏于武康山中别业，而且死后归钱谦益所有。至于琦美晚年缘何将藏书转移至武康并定居于此，以致"诸男在县，离隔五百余里"，资料所限，目前只能存疑了。

---

① 引自《藏园批注读书敏求记校正》（钱曾原著，管庭芬、章钰校正，傅增湘批注，冯惠民整理），中华书局 2012 年版，第 203—204 页。
② 孙楷第：《也是园古今杂剧考》，上杂出版社 1953 年版，第 16 页。

仍需指出，任何研究结论都不绝对。从严格意义上衡量，《脉望馆书目》也并非与赵氏钞校本古今杂剧毫无瓜葛，而是收录了少量作品，透露出一些蛛丝马迹。

这方面特别令人关注的是《莽张飞大闹石榴园》和《状元堂陈母教子》二剧，它们是目前所能见到同时在《脉望馆书目》和现存赵氏钞校本古今杂剧中的剧目。前者署名无名氏，后者署名元关汉卿。二剧均不见于《赵定宇书目》及明代其他戏曲书目，但两个版本的《脉望馆书目》均予收录，可知为赵琦美独家收藏。今存本俱为《古本戏曲丛刊》四集收入，《莽张飞大闹石榴园》位于《脉望馆钞校本古今杂剧》第三十八册，属于无名氏"三国故事"中的一种，和另一内府本杂剧《关云长单刀劈四寇》共同编为一册。《状元堂陈母教子》位于《脉望馆钞校本古今杂剧》第六册，和同为内府本的《山神庙裴度还带》以及另一来历不明的抄本《尉迟恭单鞭夺槊》共同编为一册。由于既无旧本又无它本著录，此二剧均为海内孤本，王季烈《孤本元明杂剧》因予收录。另外，形式上二剧均为抄本，文本有数处有据原书复校的痕迹，剧末没有赵琦美跋语，无从知道抄校的时间。但由于平江贝墉手写本《脉望馆书目》的存在，我们可以推知赵氏抄校绝不晚于万历四十一年。非但如此，由于至今未见该剧其他任何版本来源，我们即可断定《莽张飞大闹石榴园》和《状元堂陈母教子》均出自内府，是赵琦美抄校并带回常熟的内府杂剧绝无仅有的两本。

情况恰恰相反的也有。《楚昭王疏者下船》是另一个同时为《脉望馆书目》两个版本收录的杂剧剧本，但与上述二剧迥异，完全似是而非。该剧今存元刻本，《录鬼簿》亦予收录，题目全称俱同。而今存钞校本古今杂剧中与之相近的是《楚昭公疏者下船》，位于第十四册，与《宋上皇御断金凤钗》和《布袋和尚忍字记》共同编为一册，署名元郑廷玉。二者一字之差，一为"楚昭王"一为"楚昭公"，差别虽小，意义各别，昭示着时代变异。元人开放，较少道德束缚。明人更趋正统，致不承认当年僭称的楚王名号，同时也为避免与明初分封在武昌的楚昭王朱桢的名号相冲突。而从题目看，与今存钞校本大体相同的倒是臧懋循《元曲选》所收本（简称元曲选本），二者正名均作《楚昭公疏者下船》。当然也有细微不同,前者题目为"伍子胥怀冤雪恨",后者则为"伍子胥一战入郢",但皆表现同一事件,无本质区别。由此更可得出结论,《脉望馆书目》所收本和今存钞校本分属元明两个版本系统,并非同一剧作。非但如此,今存钞校本剧末存有赵琦美跋语:"内本校录,旹万历四十四年丙辰二月二十六日清常赵琦美识。"不难推知,既然琦美抄校该剧的时间是万历四十四年,则不应同时为《脉望馆书目》两个版本收录,起码万历四十一年编纂的平江贝墉手写本不应包括。今二者同时收录,明白显示与今存钞校本不同。简言之,《脉望馆书目》收录的《楚昭公疏者下船》与今存赵氏钞校本非同一剧作。

搞清楚这一点,也就可以对上述结论作如下补充:《脉望馆书目》并非与赵琦美钞校本古今杂剧毫无关系,其带回常熟的少量内府杂剧在书目中已有所反映,但为数极少,其余绝大多数钞校本古今杂剧应与此地没有关系。

第四章　赵本古今杂剧流变聚焦

天启四年,公元 1624 年正月十八日,赵琦美卒于刑部贵州司郎中之任上,其于此前已转移到浙江武康山中别业的抄校本古今杂剧不久即为钱谦益绛云楼接收。清顺治七年(1650 年)绛云楼不幸被火烧毁,钱谦益将劫后余书转赠族曾孙钱曾,此后又经过一系列变故,几经辗转,终于在外敌入侵民族危亡时购归国家,堪称一件凤凰涅槃式的文化事件。孙楷第《也是园古今杂剧考》对其进行了认真梳理,蒋星煜等学者又做了一些补充。本章拟在前人基础上做一点深度考察,以揭示其前后两次汇总编目之状况。

一、钱曾:第一次汇总编目

钱曾(1629—1701)字遵王,号也是翁,又号贯花道人、述古主人,江苏常熟人。明诸生,出身世宦,曾祖钱岱,字汝瞻,号秀峰,隆庆五年进士,万历初官至湖广监察御史。祖父钱时俊,字用章,万历三十二年进士,官至湖广副使。父钱裔肃,字嗣美,号澹屿,万历四十三年乙卯科举人,以藏书著称。钱曾自小受家学影响,虽出身富裕却未有纨绔子弟劣习。《光绪常昭合志稿》卷三十二《人物·藏书家》称其"好学工诗",后又为族祖钱谦益器重,得其指点诗法。谦益(1582—1664)字受之,号牧斋,晚号蒙叟、东涧老人,常熟人,万历进士,崇祯间官至礼部侍郎,文名甚著,被公认为当时的文坛盟主。酷爱聚书,藏书楼绛云楼,为当时江南三大藏书楼之一。其时牧斋之门海内学者联翩而至,遵王每得升堂入室,相与议论,渐长见识,牧斋喜谓"得遵王而门人加亲也"。① 钱曾作诗取法晚唐,典雅精细,陶冶功深。沈德潜《清诗别裁集》谓其诗"得牧斋一体"。钱谦益尤激赏其《秋夜宿破山寺绝句》"莫取琉璃笼眼界,举头争忍见山河",在选取同时代人诗作为《吾炙集》时,以之为压卷,并在诗后评论道:"观遵王新句,灵心慧眼,玲珑穿透,本之胎性,出乎毫端。"可谓推许备至。钱曾著有《怀园集》《判春集》《奚囊集》《今吾集》等。然钱曾对科举功名似不感兴趣,入清后更无意仕途,顺治十八年在江南奏销案中因欠赋被革去生员,便索性成了与功名彻底绝缘的前朝遗民,酷爱读书和藏书则始终如一,自称"食不重味,衣无完彩,摒当家资,悉藏典籍"②。藏书室先后命名为述古堂、也是园和莪匪楼。除了继承了其父的丰富藏书外,又得绛云楼焚余之秘籍,使得藏书聚至4100余种,其中有很多宋元刻本和精抄本,成为继钱谦益和毛晋之后的又一江南藏书名家。他还与当时的毛晋毛扆父子、陆贻典、季振宜、冯舒冯班兄弟、叶奕、顾湄等藏书家互通有无,易书抄校,从而使一些珍本秘籍得以流传。钱氏抄书以其纸墨精良、校勘仔细而著称,世称"钱抄",与毛晋抄本媲美。钱曾去世后,藏书大部分归于泰兴季振宜。其藏书印有"彭城世家""述古堂藏书记""虞山钱曾遵王藏书""钱遵王藏书""莪匪楼藏书""钱遵王述古堂藏书""克庵""传家一卷帝王书""籛后人"等印。子钱沅,字楚殷,继承藏书,有藏书印为"传家一卷帝王书"等。

　　钱曾在藏书史上的一大功绩,则是完成了赵琦美钞校本古今杂剧的整理编目工作,此在后者的收藏及研究史上也是第一次。

　　目前已经查明,赵琦美虽首任古今杂剧抄校之力,功不可没,却未装订成书,诸剧本呈单册置放,更未整理编目。③ 钱谦益接收赵氏藏书以后,对传统四部典籍之重视远胜于戏曲小说等俗文学,赵本古今杂剧在他那里可谓散置如故,其《绛云楼书目》甚至摒弃不收,遑论单独编目。钱曾当然不同,其对藏书文献兴趣广泛,原不囿于正统四部,然自

---

① 王应奎:《海虞诗苑》卷四,清乾隆二十四年刻本。
② 钱曾:《述古堂书目》序,清道光三十年粤雅堂丛书本。
③ 孙楷第:《也是园古今杂剧考》五《编类》,第175页。

钱谦益手中接受绛云楼烬余之书，其交换条件便是当后者去世后为其校理诗集，一直未敢忘怀。康熙三年钱谦益卒，不久又发生导致柳如是自缢身亡的钱氏族人逼债家难，钱曾卷入其中，被指负恩，百口莫辩，可谓焦头烂额，故于赵本古今杂剧之整理编目，相当时间内亦未措手。至康熙八年己酉（1669 年）春，因受友人毛扆、陆敕先怂恿，始生将述古堂藏书整理编目之念并付诸实施：

> 诸家《经籍志》，惟焦氏详而有法。予每思悉举所藏编纂目录，自惭四库单疏，区类诠次，未免有挂一漏万之讥，缘是卒卒中止。今年春，斧季邀我过止宿隐湖，烧烛检书，快谈至夜分。倦而思寝，斧季诱而使之言，意将穷予所藏而后已。予嘉其志，遂条悉以对，胸中秘而久不欲宣于人者，竟如猩猩血，缕缕而出矣。斧季复诱予写书目。时敕先在旁，目笑我两人，间或出一二语以相怂恿。予归遂发兴丛书于堂，四部胪列，援毫次第，颇效焦氏体例，稍以己意参之，厘为十卷，浃辰始毕。然终不敢谓已成一家之书目也。唯是聊且录之，如甲乙账簿，命侍史备遗忘，便检觅，以应斧季之请，不烦借书一瓻可耳。①

此即为钱曾《述古堂书目》的由来。《述古堂书目》今存两个序，上面所引是后序，其中明言"厘为十卷"。另外还有一个前序，序中表达自己对宋版书的偏爱，而未言及卷数。两序一署"佛日前七日"，一署"佛日前三日"，之间相差四天。虽然时间不长，却涉及两个版本：四卷本和十卷本，前者为广东粤雅堂丛书之一种，首附前序，末附《述古堂宋版书目》，因不收戏曲，故赵本古今杂剧不在内。后者今存稿本，首附前序及后序，傅增湘藏，卷十"古今杂剧"，自"元马致远"以下至"教坊编演"共著录 300 种杂剧剧本，今存赵琦美钞校本古今杂剧绝大多数皆在其内。毫无疑问，此即系钱曾对当时手边拥有的赵琦美钞校本古今杂剧所进行的初次系统整理。其结果，便是赵琦美钞校古今杂剧第一次有了目录，而且第一次有了总目——《古今杂剧》。

然而，由于时间久远，更由于资料有限，钱曾这一次整理编目暴露

---

① 钱曾：《述古堂书目》后序。

出来的问题不少,其中突出的便是十卷本的《述古堂书目·古今杂剧》所收剧目分为两类,134 种注明"内府穿关本抄"①,166 种注明"抄"。也就是说,钱曾此次编目所据赵本均为抄本。而今存赵本古今杂剧中除了抄本,另有 68 种刊本。《述古堂书目》的著录似乎说明钱曾当时手边只有抄本而无刊本,换言之,钱曾自钱谦益处所得绛云楼烬余赵氏古今杂剧并非全豹,仅为抄本而无刊本。而事实上,赵琦美当时是既有抄本又有刊本,此从今存本古今杂剧无论抄本刊本都有赵琦美跋语可证。同样,钱谦益在赵琦美身故后"声抢"其四十八橱藏书无疑包括古今杂剧全部。这中间的差距令人费解。对此孙楷第进行了如下推测:

> 曾所藏古今杂剧乃逐渐得之,非一时所得也。……述古目所述抄本应有二种:一为赵琦美旧抄本,一为据刊本重抄本。(钱)曾虽未得刊本而以重抄本代之,故剧不阙。乃其后复得刊本,则又以刊本代重抄本,故今存本有抄本有刊本与述古堂目异也。②

从逻辑上看,孙氏的推论有一定道理。十卷本后附"续编杂剧"也从侧面证明了这一点。

在"续编杂剧"中,包括朱有燉作品 31 种,徐渭 4 种,汪道昆 4 种,程士廉 4 种,凌波 9 种,汪廷讷 5 种,孟称舜 4 种,其余康海、王九思、冯惟敏、梁辰鱼、王衡、徐复祚等剧作家作品以及无名氏之作,总数达 81 种,其中尽有今存赵琦美钞校本,可补赵本明杂剧之不足。由此亦可见,钱曾得赵琦美钞校本古今杂剧确非一时一地。而十卷本《述古堂书目》"续编杂剧"在后来有一些散佚,也有一些为钱曾后来所编的《也是园书目》所收。也就是说,钱曾对于赵本古今杂剧的第一次汇总编目并非止于《述古堂书目》,而是到了《也是园书目》方始完成。而且即使《也是园书目》亦并非赵琦美钞校本古今杂剧之全豹,除了此前已佚钱曾不及见之外,亦有《也是园书目》编完以后购进的,它们既不见于钱曾的《述古堂书目》和《也是园书目》,却存在于郑振铎购藏的"脉望馆钞校本古今杂剧"之中。关于这一点在其后相关章节还将具体涉及,此不

---

① 今存赵本元明杂剧中,只有 102 种附有"穿关"。
② 孙楷第:《也是园古今杂剧考》二《册籍》,第 55—56 页。

赘述。

《也是园书目》今存本较多，大多为抄校本，如清道光二十五年翁心存恔华吟馆抄本，另有周星诒本、陈揆校并跋的九卷本等，通行本为罗振玉辑玉简斋从书本，十卷，与述古堂目一周内前后两序不同，钱曾于也是园目未专门作序，仍沿用《述古堂书目》前后序。也是园为钱曾后期藏书楼名，与述古堂恰好相对。① 前已述及，钱曾编纂《述古堂书目》时在康熙八年，据该书前后序可知。其何时居也是园并编《也是园书目》则无直接资料。然该书第六卷《画录》收《芥子园画传五卷》，而通行本《芥子园画传》前有康熙己未李渔序（"康熙己未"乃康熙十八年），孙楷第据此推断钱曾居也是园当在此前，《也是园书目》之编订也不会在此年之前。也就是说，上距《述古堂书目》编定已经整整十年了。

从体例上看，《也是园书目》与十卷本《述古堂书目》基本相同，和赵琦美《脉望馆书目》秘笈本和玉简斋本情况相似，可以看作原本和增订本。今就古今杂剧而言，钱曾继承了赵琦美的做法，一以《太和正音谱》的顺序，首先著录元杂剧名家作品，先书其人，后录其剧，所载自马致远以下至郑廷玉共 40 人，录剧凡 95 种。其次著录无名氏作品 40 种。元以后是明代，先著录名家作品，自丹邱先生以下至周宪王共 11 人，录剧 26 种。又其次著录无名氏作品，按题材背景分为"春秋""西汉""东汉""三国""六朝""唐朝""五代""宋朝""杂传""释氏""神仙""水浒""明朝""教坊编演"14 类 139 种。微有不同的是述古目明代无名氏作品分类少"六朝"，总数为 13 类。周宪王杂剧，述古目排在杨升庵之后，也是园目则移前至丹邱先生之后、王子一之前。另有杨升庵，述古目排在斛园居士后，也是园目移前置康对山之后、桑绍良之前。最大的不同是《述古堂书目》于"古今杂剧"正目之后，另有"续编杂剧"一类，显系康熙八年初次编目后新得之书，这批新书至十年后又有散佚，余书编入《也是园书目》。今也是园目著录杂剧，较述古堂目多 41 种，其中即有一部分来自后者。如周宪王《诚斋传奇》，《述古堂书目》卷十杂剧目正目著录仅

---

① 有材料将明末乔中炜建于上海城南之南园（嘉庆时为李心怡所得并改称也是园）与钱曾在常熟的也是园藏书楼混同，并称园中度鹤楼即钱曾也是园藏书楼，误。现无任何材料表明钱曾在上海建有别业，况康熙时南园为上海知县曹绿岩所有，与钱曾无关。

10 种,"续编杂剧"著录 31 种,已是宪王杂剧全豹。《也是园书目》所录诚斋传奇 31 种,显系合并述古堂正目和"续编杂剧"后剔除重复者而编。此外,尚有王九思《杜子美沽酒游春》、康海《东郭先生误救中山狼》等剧同样编入《也是园书目》。也是园目中另有一部分则不见于述古堂目,如《苏东坡误入佛游寺》《李琼奴月夜江陵怨》《崔驴儿指腹成婚》《赛金莲花月南楼记》等剧,显然是述古堂目附"续编杂剧"之后所得。也有的虽然同时进入《也是园书目》与十卷本《述古堂书目》,但作者署名则发生变化,由名家作品变成了无名氏,这方面如徐渭《四声猿》四剧,冯惟敏《泼僧尼知而故犯》则不仅姓名失去,剧名也变成了《僧尼共犯》。所有这些,皆可证明《也是园书目》与《述古堂书目》并非同一本书,而是有着承接和变化关系。钱曾对赵琦美钞校本古今杂剧的首次整理和编目前后达十年之久。

二、张远:异军突起的收藏者

张远(1648—1722)字超然,福建侯官人。父泰元,字汝亨,邑布衣,早逝。远少孤,从母陈氏受章句。及长,以闽地多难,苦于科敛,流亡道路,康熙六年至江苏常熟,入赘何氏,因家焉。①《清史列传·文苑传》说他:"贯穿经书大义,下笔有奇气。避逆藩乱,挟策游四方,千里间关,未曾一辍铅椠。"②到过桂林、采石、泰山、洞庭、广州、北京,交游也多一时名宿,如曹溶、查嗣瑮、梁佩兰、屈大均、王翚、钱陆灿、陆贻典、叶燮、潘未、杜浚、朱彝尊、顾嗣立等,都有唱和诗篇。康熙三十八年(1699 年)乡试第一,官云南禄丰知县,卒于滇中。有《无闷堂集》存世。诗文均为当时名流所激赏。陈衍《石遗事诗话》卷二十四称其:"五古多学韩,近人郑子尹作,甚与相似,《哭母》一首其最也。七言参以太白,才笔兴象,

① 关于张远侨寓常熟的时间,历来说法不同。邓之诚《清诗纪事初编》卷八谓诗人:"自闽入吴,当在康熙六七年,诗中谓'庚戌年滞永州'是也。"而远母陈氏卒于康熙十三年甲寅(1674 年),诗人已在外 7 年,则大致可推。
② 王钟翰点校:《清史列传》卷七十,中华书局 1987 年版,第 5765 页。

足有以轶长水、跨新城。"①其言"长水"乃指朱彝尊,"新城"乃指王士禛,皆为清诗巨擘。陈衍此评,可见其推重。

张远出生福建,本与常熟无关,即使侨寓于此,也不过六七年光景,地方志书不予记载,难觅踪迹。且张远当时以诗著称,于戏曲及相关藏书关系亦甚微。故无论郑振铎还是孙楷第,其所勾画的赵琦美钞校本古今杂剧收藏和流传路线图,皆无张远的一席之地。其他介入此领域的专家学者,无论发现、研究还是介绍,在相当长的时期内也根本不会想到张远。只是在 20 世纪 80 年代蒋星煜《常熟赵氏〈脉望馆钞校本古今杂剧〉的流传与校注》一文发表后,张远才进入人们的视野,即使这样也无人对造成这一段空白缘由作出解释。今天看来,钱曾以后赵琦美古今杂剧之所以花落张远并非偶然。张远虽不专事戏曲,但对戏曲并非外行,他喜爱观剧,且视角独到,这从他的诗文集也可看出来。《无闷堂集》版本比较复杂,黄裳《清代版刻一隅》《来燕榭读书记》都曾介绍过。笔者根据南京图书馆所藏三十卷本大致搜检一下,其与戏曲和表演艺术有关的诗作就有《京邸观比舍杂剧失笑一绝》《甲子除夕招同流寓诸公羊城守岁观打碟杂剧》《初夏园林听沈姬度曲》《和秦乐天访歌者苏生不遇》《杨立兄招观女乐即席口占》《徐安兄孝廉屡订往中丞宅观伶人未果,予比舍优人拙恶,而观者如堵,赋此》《北行乐》《大雪携琴访陈先生弹古调》等篇什。有的记述其观剧情况,有的涉及音乐演奏,也有的关注演员。其中描述"比舍"即邻家戏场演剧的情况尤值得注意:

> 舞袖郎当一笑哗,定场谁道压京华。开喉一唱千人和,不到墙东是邻家。(《京邸观比舍杂剧失笑一绝》)②

常言道长袖善舞,这里的"舞袖"带来的却是哄堂大笑,显然形象太差,舞技也不高明。然而这样的"低俗"的杂剧演出却受到京城大众的欢迎:"开喉一唱千人和""定场谁道压京华"。另一首《徐安兄孝廉屡订往中丞宅观伶人未果,予比舍优人拙恶,而观者如堵,赋此》③反映的内

---

① 陈衍:《石遗事诗话》,人民文学出版社排印本,第 376—377 页。
② 张远:《无闷堂集》卷二十三,清康熙刻本。
③ 同上。

容与此相同，从题目上看，诗人是应朋友邀约赴时任左台御史中丞的宋荦宅邸看戏的，但吸引他的却是"比舍优人"虽然演技卓劣却"观者如堵"的场面，这就是当时花部戏曲鲜花着锦烈火烹油时的场景，可见诗人观剧视角的敏感和独到。另有一首《北行乐》抒发的是漫游之乐，但诗人眼中看到的却是"瞽师弹琵琶，亢喉引北曲"①，传统并没有绝迹。作为一位受过儒家正统教育的文人士大夫，厅堂演出在他的生活中也是必不可少。康熙二十三年（1684 年）除夕之夜，流寓羊城（今广州）的张远招请同时客居于此的外地友人一起守岁，其间一项很大的活动便是观剧，有《甲子除夕招同流寓诸公羊城守岁观打碟杂剧》诗记其事：

> 华筵开旅邸，小乐舞杯盘。海错饶殊味，椒花尚旧欢。秦筝飘雨外，粤酒上眉端。②

"打碟杂剧"为何物，作者没有明言，估计就是宋杂剧金院本式的杂耍小戏。③ 不仅如此，张远也有机会接触名家名剧的演出。康熙四十二年（1703 年）十二月，时任江苏巡抚的宋荦招朱彝尊、顾嗣立等观演《桃花扇》，张远也在受邀之列。顾嗣立有《十二月十四日商丘公招同朱竹垞、蔡息关、邵子湘、张超然、冯文子、张日容、吴荆山、胡元方、徐学人、汪西亭，陛交徐七来令嗣稚佳、兰挥，令孙经一、西茳集小沧浪观〈桃花扇传奇〉，谨次原韵六截句》以记其事。④ 所有这些，皆为张远关注元明杂剧并在钱曾身后购得赵琦美钞校本古今杂剧的重要心理依据。

与赵琦美钞校本古今杂剧有直接联系的是张远《元明杂剧书后》一文。文不长，迻录于下：

> 右元人杂剧百三十六种，明人百四十七种，又教坊杂编二十种。旧钞者十之八，旧刻者十之二，皆清常道人手校，悉依善本改

---

① 张远：《无闷堂集》卷二十三，清康熙刻本。
② 同上。
③ 屈大均：《翁山文外》卷一《宗周游记》："观会于汉桃洞，洞去泾阳六七里，有东岳祠，士女至者数万人，百戏纷纶，迭呈妙幻，若走絙、打碟、掷筝、唱炼相、演元人院本杂剧、弹大小琵琶、歌讴风花雪月……"（《续修四库全书》第 412 册，第 17—18 页）
④ 顾嗣立《闾丘诗集》卷十九，四库全书存目丛书集部第 266 册，第 301 页。

正。中有一二未校者,乃陆君敕先取秦西岩本校勘,朱墨烂然。先辈藏书,虽词曲之末,亦必校雠精密,毋敢草草,为可法也。清常归之东涧先生,先生归之遵王。遵王与予交好,述古堂藏书三万余卷,无一时俗本,装潢精好,吴中无出其右。往往谈及藏书,必歉然以为未足。惟语及元明杂剧,则自谓已备,无复挂漏。遵王没,归之予。予卤莽懒漫,读书惟观大略,阅诸老校体,汗浃浃下也。毛君斧季云:敕先家亦有钞本,欲假此本校定不可得。以资遗典签者,乘取一卷对勘,刻期还之。复伺间得他本,如此者经年,数岁始毕。后亦归遵王,今为吴趋何氏所得。藏书之不易如此。而陆君之风流,亦见一斑矣。斧季,敕先婿也,言殊不谬云。①

文章信息相当丰富。首先,钱曾收藏的赵琦美钞校本古今杂剧并未售予季振宜,而是在其去世后转到张远的手上。这一点非常重要。郑振铎、孙楷第等前辈学者根据《述古堂书目》和《季沧苇藏书目》中均著录抄本元曲三百,加上钱曾又有曾售书给季振宜(沧苇)的记载,大多认定赵本古今杂剧流传链条中经由钱曾(遵王)到季振宜(沧苇)再到何煌的这一段。而张远《元明杂剧书后》则明确指出,《季沧苇藏书目》所著录实际上是陆敕先转钞本。这就意味着所谓《季沧苇藏书目》在赵本古今杂剧流传链中根本不存在。钱曾生前并未将赵氏钞校本杂剧出售,故得始终拥有。相对于学术界传统认知,这些都不啻是颠覆性的惊天发现。其次,如蒋星煜此前已提到和分析过的,张远所得钱曾所藏抄校本古今杂剧,是包括刊本和抄本在内的,它们包括赵琦美钞校本,也包括陆敕先和秦西岩的抄校本。文章详细叙述了陆抄本的由来,涉及赵琦美、钱谦益、钱曾、陆敕先、秦西岩、毛斧季和张远等复杂关系,信息量极大,虽然只是一篇短文,但颇具爆炸性。

张远文章今天看来仍有些难解的问题,其中最主要的就是陆抄本的下落。按照蒋星煜的解释,陆抄本也曾为钱曾所藏,后来卖给了季振宜,这也就是《季沧苇藏书目》与钱曾《述古堂藏书目》著录相吻合的原因,从而解决了孙楷第未能了断的一段公案。然而,说《述古堂藏书目》

---

① 张远:《无闷堂集》卷七,清康熙刻本。

著录古今杂剧全部都是陆抄本,那么赵琦美钞校本哪里去了呢?张远在《元明杂剧书后》文中无一语言及季振宜,这也令人费解。季氏在当时堪称名流,其生于明崇祯三年,字诜兮,号沧苇,江苏泰兴人,清顺治四年进士,官浙江兰溪知县,升刑部主事,迁户部员外郎、郎中。顺治十五年(1658年),为浙江道御史,巡视河东盐政。在当时不但颇有官声,今天看还是著名的藏书家、版本学家和校勘家。张远作为兴趣爱好非常接近的文人士大夫,又在江苏常熟居住多年,不可能对其一无所知。《元明杂剧书后》一文中的表述似乎予人印象,此书与彼无关。当然,张远对陆抄本下落亦并非毫无交代,文中明言"后亦归遵王,今为吴趋何氏所得"。"归遵王"自然不错,"今为吴趋何氏所得"而非季氏,季振宜又落空了。所有这些,都是有关张远的史料发现后产生的新问题。资料所限,无法理清,只能先行存疑,另俟他日了。

话题再回到"吴趋何氏"。今天看来,"吴趋"犹吴门,指吴地,门外曰趋。"吴趋"有时也专指苏州。"吴趋何氏"也是一个文化家族,最出名的是何焯与何煌。何焯号义门先生,系学者型官员。何煌一生未做官,但在藏书和校勘贡献良多,在赵琦美钞校本古今杂剧流传史上占据重要位置。至于张远所存赵氏钞校本古今杂剧何时为其所得,目前尚无直接资料,张远之《无闷堂集》也未多透露其与何氏兄弟交往情况。然有一点值得注意,张远定居常熟是因为入赘,夫人也姓何,或即苏州何氏同族,如此则可进一步推测,其离开常熟后,包括元明杂剧在内的藏书为何煌所得。此说虽纯系推测,但也并非毫无依据。瞿墉《铁琴铜剑楼藏书目录》卷一六载:"《东观馀论》,二卷……旧藏张超然家。超然名远,闽人,来寓于虞。卷中朱笔皆其所校。"[1]张金吾《爱日精庐藏书续志》卷四亦记:"《唐诗极元》二卷,秦氏西岩手抄本,张超然藏书。……张氏手识曰:'庚申九月九日得于虞城肆中,超然'。"[2]由此可知,张远侨居常熟时勤于收书,且藏书后曾被当地藏书家收藏。当然,论定此问题尚需更多史料,目前也只能推测而已。

---

① 瞿镛:《铁琴铜剑楼藏书目录》卷十六,咸丰瞿氏家塾本。

② 张金吾:《爱精庐藏书续志》卷四,续修四库全书史部第925册,第657页。

三、何煌：最勤奋的校勘者

何煌（1668—1745）字心友，一字仲友，号小山，别号仲子，江苏长洲（今苏州）人。光绪间叶昌炽《藏书纪事诗》卷四《何焯屺瞻、弟煌心友》载："煌字心友，号小山，尝自署何仲子。"①民国二十二年（1933年），曹永源、李根源纂《吴县志》卷六十八列传六以煌附其兄焯传：

> 煌字仲友，初随兄往京师，归里后与蒋杲、陈景云辈以文字往来，所居曰语古斋，喜收旧籍，遇宋椠即一二残本皆购藏之，平生校书颇富，经籍而外，若前后《汉书》《说文》《通典》，流传至今最著有国初《说文》汲古阁本，毛斧季因笔墨小讹，每多剜改，致失宋版之真，煌以朱笔纠正，且赞之曰："劝君慎下雌黄笔，幸勿刊成项宕乡。"（见《说文》下题跋）阮文达校勘《十三经》，其疏于《公羊》《谷梁》，皆据煌所校宋椠官本，又校《孟子经注》旧刻。嘉庆时，元和顾广圻以朴学名家极称煌所校本为精碻云。②

传不长，记事也简。其言煌随兄何焯往京师，未言任何职。历史上何焯名气较大但官位不显，康熙二十四年始拔贡，其后十余年科试未见进益，四十一年冬因李光地推荐，特赐举人。次年会试下第，再赐进士，选庶吉士，命值南书房。先后任武英殿纂修、编修。数因忌者搆难而遭削职，甚至一度入狱。所任多闲职，卒赠侍读学士。很显然，以何焯之官位，无法在官场上给何煌以切实支持。况何煌并无科举功名，这一点他和钱曾、毛扆，乃至赵琦美皆有相同之处。只是赵琦美的父亲官做得大，靠着荫庇可以当上小京官，其他几位无此条件，只能白衣终身。所以可以肯定，何煌赴京师，纯为跟着兄长增广见闻，当然其间亦未免没有借机阅读宫廷藏书的目的。达到与否，资料所限，无从判断。然有一点可以肯定，惟其无功名，且终身未做官，何煌可以潜心做学问。谁都

---

① 该书今有1931年苏州护龙街文学山房影印本。
② 该书今存1933年苏州文新公司排印本《中国地方志集成·江苏府县志辑》，江苏古籍出版社1991年影印本。

知道,何氏兄弟均嗜书,何煌尤甚,据云遇有珍惜古籍,即使零星残本散页,亦多方搜求,视为珍奇。何焯在京之南书房和武英殿修书,得弟支持不少。不仅如此,何煌与当时的学者名流往来颇多,上文言及蒋呆、陈景云皆为藏书名家。《藏书纪事诗·蒋呆子遵,蒋重光子宣》:"三径家风比杜暹,赐书高拥邺侯签。荒凉松菊图重绘,想见廉州太守廉。"说的就是曾任广东廉州知府的蒋呆,史称其"文学博赡,兼长吏事"。① 《江南通志》有传。另一位陈景云(1670—1747)亦为藏书家、校勘学家,字少章,曾撰《绛云楼书目注》4卷,并著有《读书纪闻》12卷、《韩集点勘》4卷、《柳集点勘》3卷、《三国志举正》4卷、《通鉴胡注举正》2卷、《两汉订误》《纲目辨误》《纪元考略》和文集等。卒后门人私谥文道先生。此外,何煌与常熟藏书家毛扆也有交往,文中透露他们围绕汲古阁本《说文》因过度校勘而剜改,几致使宋本失真的一段争论。"劝君慎下雌黄笔,幸勿刊成项宕乡"显示了著者校勘观的严谨。然上文称何煌藏书室名"语古斋"则属误记。据孙楷第检视,今存《义门先生集》以及《何义门题跋》等书中载何焯《娄寿碑跋》《杨大瓢所藏瘗鹤铭跋》《予宁堂法书跋》《杨安城补臂图册跋》《跋李贺歌诗编》《鸿都十经跋》等文均题署"语古小斋",可知其并非何煌所专有。何煌自己本人更是酷爱聚书和校刻,校勘有《汉书》《说文》《通典》《云烟过眼录》《孟子经注》以及《左传春秋音义》《经典释文》《国语补音》等典籍。嘉庆时阮元、段玉裁校刊《十三经注疏》及《公羊》《谷梁》等书,所据皆何煌校本。何煌藏书印传世有"虹桥何氏""仲子考藏""小河水部"等。

何煌对戏曲古籍亦较留意,所得元明人曲本甚多,最值得一提的是两部大书:《元刊杂剧三十种》和《赵琦美钞校本古今杂剧》。就戏曲文献收藏而言,纵使拥有这两部书中的任何一部即当值得自豪,何况同时拥有两部。非但如此,根据上引张远《元明杂剧书后》,与赵琦美钞校本同时存在的陆敕先抄校本同样归了他。其他收藏者,如钱谦益虽"声抢"了赵琦美全部藏书,但对其中的钞校本古今杂剧却毫无整理,任其

---

① 赵洪恩等:《江南通志》卷一百四十《人物》:"蒋呆字子遵,明副使灿四世孙,康熙癸巳进士,历户部郎中,廉敏勤慎,为诸曹最。出知廉州府……文学博赡,兼长吏事。"

散置。虽然在整理《义勇武安王集》时曾经利用过"内府元人杂剧"，[1]但全无跋语，在其所编《绛云楼书目》时竟然不将其收录，可见其轻视。至钱曾虽进行了初次编目，但与校勘并未措手。张远同样，除留下一篇《元明杂剧书后》外，亦未在今存本古今杂剧上留下其他任何印记。何煌则不同，他不仅是收藏者，而且还是这一批杂剧作品的校勘者之一，今存本上目前所知有五处留下了他的校笔，他用收藏的元刊杂剧与赵氏本进行对校，解决了一些文本来源不同所导致的问题，有着特殊的认识价值和史料价值。

何煌校语数量不多，分别题于五个剧本之末页：

（1）抄本《单刀会》跋：雍正乙巳八月十日，用元刊本校。

（2）息机子刊本《看财奴》跋：雍正乙巳八月二六日灯下，用元刻校勘。

（3）息机子刊本《范张鸡黍》跋：雍正乙酉秋七夕后一日，元椠本校。中缺十二调，容补录。耐中。

（4）新安徐氏刊《古名家杂剧》本《魔合罗》跋：用李中麓所藏元刊本校讫了。清常一校为枉费也。仲子。

（5）新安徐氏刊本《王粲登楼》[2]跋：雍正三年乙巳八月十八日，用李中麓抄本校，改正数百字。此又脱曲廿二，倒曲二，悉据抄本改正补录。抄本不具全白，白之缪陋不堪，更倍于曲。无从勘正。冀世有好事通人为之依科添白。更有真知真好之客足致名优演唱之，亦一快事。书以俟之。小山何仲子记。

以上校语分两大块，前四条用元刊本，后一条用元抄本校赵氏本。归结起来，至少得出如下结论：

首先，何煌所得赵琦美钞校本古今杂剧包括抄本，也包括刊本，与张远《元明杂剧书后》所述相符，校勘时间由雍正三年乙巳八月十日至雍正七年乙酉秋七夕后一日，前后延续四年之久，且直接在文本上题跋，定为这批书的收藏者。前节说过，张远得自钱曾的赵本古今杂剧后

---

[1] 孙楷第：《也是园古今杂剧考》，上杂出版社1953年版，第18页。
[2] 今存古名家杂剧残本及《汇刻书目》正续《古名家杂剧》均无载此剧，故暂系于新安徐氏名下。

来去向如何并无确凿史料可供判断,现在可以断定何煌所得正是张远所藏。至于何煌如何得到张远的藏书,则是另外一个问题。其次,何煌戏曲藏书中一个重要的部分来自李开先藏书,其中既有人们熟知的《元刊杂剧三十种》,也包括少有人知的李开先所藏元抄本,这种元抄本不止《王粲登楼》一种。上述第五条之后,何煌又附了《㑇梅香》《竹叶舟》《倩女离魂》《汉宫秋》《梧桐雨》《梧桐叶》《留鞋记》《借尸还魂》8 种,前后相加共得 9 种,其中《竹叶舟》《借尸还魂》2 种并见于元刊本。和元刊本一样,这批抄本无疑显示元杂剧文本在明代的另一种遗存。惜今已佚,否则与元刊本相较,弄清楚是否为同一个版本系统,倒是一件令人感兴趣的事。第三,何煌以元刊本和李开先所藏抄本校赵本,更容易看出元明杂剧文本方面的发展演变,与赵琦美主要以同时代的抄本和刊本之间互校,其认识意义要大得多。孙楷第以此认为赵琦美所校"于是正文字方面,无甚收获。琦美之于元明旧曲,其功不在于校而在于抄",[①]话说得虽过于绝对,琦美钞校及考订自有其价值,但以此反证何煌校书价值则是相当明确的。

岂止跋语,何煌校对成就更多地体现在正文上。

检视何煌所校五剧,墨笔校改处可谓比比皆是,平均皆在 200 处以上,校对量特别大。而连续字数超过 5 个以上的异文以及增补异曲则非不同版本难为,赵校既根据同一版本来源,"于是正文字方面,无甚收获",这方面更可见何煌校对成就。以《单刀会》为例,全本校改处达 240余处,其中涉及重大、连续字数超过 5 个以上的异文比勘有 37 余处,增补了 7 支异文曲子;又如《看财奴》剧,全本校改处达 260 余处,其中涉及重大、连续字数超过 5 个以上的异文比勘有 33 余处,增补了 23 支异文曲子。《范张鸡黍》一剧全本校改处达 270 余处,其中涉及重大、连续字数超过 5 个以上的异文比勘有 8 处,较之前二剧虽不算多,但何煌发现与原刊本相较赵本少了 12 支曲子,依旧收获不菲。《魔合罗》剧中全本校改处达 280 余处,其中涉及重大、连续字数超过 5 个以上的异文比勘有 21 处,增补了 4 支异文曲子,同时指出了 2 处倒曲、3 处失曲;《王

---

① 孙楷第:《也是园古今杂剧考》,上杂出版社 1953 年版,第 168 页。

粲登楼》剧中全本校改处达 220 余处,其中涉及重大、连续字数超过 5 个以上的异文比勘有 20 处,增补了 17 支异文曲子和大量宾白,同时指出了末折"一本【水仙子】有【殿前欢】【乔牌儿】【挂玉钩】【沽美酒】【太平令】五曲",和赵本比较,实际上可以看作两个不同的本子。

　　总而言之,何煌在赵本古今杂剧流传过程中的整理校对中确实下了相当功夫,就涉及剧本的校改力度、版本信息和取得成果而言,远胜赵琦美的初校,这是值得充分肯定的。但也应指出,由于用元刊本和元抄本校改明刊本明抄本,版本相差太大,工作量亦更巨,故所校剧本只有 5 部,今存元刊本 30 种,何煌仅利用了 1/6。其所据校改的元抄本虽已失传,但据何煌自己记载所藏 9 部,即有另外 8 部未能继续校对,仍可见其缺憾。更何况据《也是园书目》,赵琦美钞校本古今杂剧至钱曾时尚存 341 种,何校本 5 种,不及全部剧目的 1/50,因而在整体上所起作用有限,难掩赵琦美之光辉。

四、黄丕烈:第二次汇总编目

　　"吴趋何氏"后,乾隆时赵琦美钞校本古今杂剧为苏州人顾氏所得。据孙楷第考订,顾氏家族亦以藏书著名,其藏书室名试饮堂,时称"华阳桥顾氏试饮堂""华阳桥顾氏"或"东城顾氏"。赵本藏于顾氏试饮堂多年,主人并未在整理编目和校订方面下任何功夫,纯粹收藏而已。直到清仁宗嘉庆九年(1804 年)为藏书家黄丕烈所得,由此开始了第二次汇总编目过程。

　　黄丕烈(1763—1825)字绍武,一字承之,号荛圃、荛夫,又号复翁、佞宋主人等,长洲(今江苏苏州)人。自幼好读书,以六经为学问根底。乾隆五十三年戊申(1788 年)中举。后会试数次不利。嘉庆六年(1801年)由举人大挑一等,以知县用,签发直隶。丕烈此际无意仕宦,更不欲远就事冗繁杂的地方官,乃援例纳赀,得授兵部主事,次年夏即告归,自此不复出,

　　专事藏书、校雠和著述。所藏善本、秘本、珍本极为丰富,因独嗜宋

本书,自号为"佞宋主人"。丕烈藏宋版书达百余种,专辟一室名"百宋一廛"而贮藏,自撰《百宋一廛书录》一卷。时人顾广圻为作《百宋一廛赋》,丕烈自作注释,叙述版刻源流及收藏本末。宋本之外,藏书亦富,晚年自号秋清居士,著有《荛言》等。清宣宗道光五年乙酉(1825 年)八月卒,享年 63 岁。

丕烈以藏书及校勘著于当世,史称"博学瞻闻,寝食于古","尤精校勘之学"。① 所购之书,按其类别分藏。藏书室有"士礼居""读未见书斋""陶陶室""小千顷堂""学海山居""求古居""学耕堂"等 10 余处。平生喜与藏书家交往,著名如孙从添、顾之逵、张燮、陈鳣等辈均往来甚密。与袁廷梼、周锡瓒、顾之逵并称乾、嘉间苏州四大藏书家。晚年又于玄妙观前开设滂喜园书铺,以便书籍流通,一时书贾、藏书家云集。非但如此,丕烈藏校兼擅。《清史列传·文苑传》说他:"好刻古籍,每刻一书,行款点画,一仍旧本,即有伪踬,不敢擅改,别为札记,缀于卷末。钱大昕、段玉裁甚称之,谓可以矫近世轻改古书之弊。"正因为如此,丕烈所校书,及所札记,在藏书界和刻书界均有声望,学术界亦颇受重视。辑刻有《士礼居丛书》,收书 22 种,《黄荛圃藏书题跋》10 卷,以及《荛圃藏书题跋续集》等。藏书印主要有"百宋一廛清赏""读未见书斋""荛圃手校""士礼居精校书籍印记""求古居""宋廛百一之藏"等 40 余枚。著有《盲史精华》《荛言》《士礼居藏书题跋记》《续录》等。

丕烈得赵琦美钞校本古今杂剧之详情,见其该书今存本第一册跋文:

> 余不喜词曲,而所蓄词极富。……曲本略有一二种,未可云富。今年始从试饮堂购得元刊、明刊、旧抄、名校等种。……毛氏云:李中麓家词山曲海,无所不备。而余所藏培楼沟渠也。然世之好书者绝少,好书而及词曲者尤少。……拟哀所藏词曲等种汇而储诸一室,以为"学山海之居"。庶几可为讲词曲者卷勺之助乐。甲子冬十一月二十有八日,读未见书斋主人黄丕烈识于百宋一廛之北窗。

---

① 王钟翰点校:《清史列传》卷七十二,中华书局 1987 年版,第 5931 页。

"甲子"乃嘉庆九年(1804 年),时黄丕烈 41 岁。跋中所言,起码可以归结两点:(1) 赵本古今杂剧在何煌与黄丕烈之间,的确经过试饮堂顾氏之手,换言之,顾氏也是赵本古今杂剧的收藏者之一。郑振铎《跋脉望馆钞校本古今杂剧》文中引用了上述黄丕烈的话,却在勾画赵本受授源流列表时将其排除,是不合逻辑的。也许郑先生认为"试饮堂"主人姓名难以确考,但这并不能成为将其抹掉的理由。相比较而言,孙楷第的处理更为恰当。(2) 丕烈得赵本古今杂剧是在其自兵部主事任上告归两年后,家资富裕,正是藏书的黄金时期,也正是立志杜门著述的最佳时期。他自己不喜词曲,也知道世之藏书家很少重视词曲,但其购置赵本古今杂剧恰恰就是为了收藏,而且抱着一种"为讲词曲者卷勺之助乐"的使命,无论如何这是值得肯定的事。

说是纯粹为了收藏,黄丕烈仍与钱谦益、张远以及试饮堂顾氏不同,他在赵氏古今杂剧的整理编目方面仍旧付出了自己的心血,这就是其手书《也是园藏书古今杂剧目》的编定。

《也是园藏古今杂剧目》位于今存赵琦美钞校本古今杂剧第一册卷首,墨笔手书,首页不全,只可辨识为 9 行。首行仅存"读未见书斋得"6个字。第二行仅存"元刊及明刊旧"6 个字,其中"旧"字已坏其半。第三行存"开目如后"四个字。第四行仅存"元刊本"3 字。第五行仅存"明刊"2 字。第六行存"清常"2 字。第七行存"小山手校"4 字,其中"校"字已坏其半。第八行仅存"明刊本共"4 字。第九行仅存"甲子冬十一月廿八日"9 字,底下一字破损严重,难以辨别。整页除已有文字部分外皆被撕毁,不知何人加了粘补空白页,上盖有"常熟赵氏旧山楼经略记"印章,可知为清末光绪时人赵宗建收藏时留下的印迹,与黄丕烈无关。以下数页,著录了巾箱本《蔡伯喈琵琶记》和元刊杂剧 30 种,亦为黄氏读未见书斋藏书。至第 12 个有效页码开始进入《也是园藏书古今杂剧目》正文,末记剧之总数云:"共存二百七十种。"但这个数字并不确切。首先,"东汉故事"中《刘文叔中兴走鸦路》一剧,既不见于《述古堂书目》,也不见于《也是园书目》,丕烈自何途径得知此剧无从知晓,但他将其与《马援挝打聚兽牌》《云台门聚二十八将》《汉姚期大战邳仝》3 剧并列,汇为第四十册,题下明注"缺"且云"三种共一册",显然其手中实有剧本应减 1 种。另外,列入"本朝无名氏"中的《渔阳三弄》《玉通和尚骂红莲》《月明和尚度柳翠》《木兰女》《女状元》实系徐渭《四声猿》四剧,其中《玉通和尚骂红莲》《月明和尚度柳翠》本为一剧,剧名《翠乡梦》。故丕烈所藏赵本古今杂剧总数准确统计应为 268 种。

检视整个正文,可知丕烈此次整理编目自身特点相当明显。首先,其与钱曾《也是园书目》紧密对应。大抵黄目每剧上书该剧在《也是园书目》的序数,如该剧为《也是园书目》所不载,则无序号。唯《也是园书目》"本朝无名氏"类和"水浒故事"类之间有"周王诚斋"字样,依前后格式似为剧目之一种,但事实不是,因"周王诚斋"即剧作家朱有燉,而非剧名。这种情况之出现,极有可能如孙楷第所言,是在书目编撰过程中前后调整内容及次序时粗心致误。① 对此错误,丕烈应已察觉,并在排序时予以更定。今黄目自水浒故事剧《黄花峪》开始即减少了一号,以下均较《也是园书目》相差一号。虽然如此,黄目和钱目的紧密关系并未被彻底改变。其次,丕烈手书《也是园藏古今杂剧目》显示了赵本至此已完成了装订和分册工作。原因非别,是钱曾两目均不言及册籍目,而丕烈此目,言之甚详,不唯依《也是园书目》编号,且装订为七十二册。前已述及,赵琦美没为自己的钞校本古今杂剧编目,至钱曾这项工作才得以初步完成。然钱曾所编两种,《述古堂书目》著录的只是抄本,数量亦有所不足,收藏过程还在进行。《也是园书目》虽然数量有所增加,但不注明版本,在事实上存在不同版本的情况下已经是个倒退,更何况还存在着两版本题署时间相互矛盾混乱等问题。丕烈此目反映了当时收藏赵本古今杂剧之册籍流传情况,整理编目之功效超越前人,无疑值得肯定。

丕烈于其他版本杂剧亦多有收藏,前述元刊杂剧 30 种之外,手书《也是园藏古今杂剧目》后接《古名家杂剧》和息机子刊本《刻元人杂剧选》,前者收录"文""行""忠""信"四集 16 种,因显示与赵本相重复者。今录如下:

(重)温太真玉镜台

---

① 孙楷第:《也是园古今杂剧考》二《册籍》:"盖系周王诚斋剧由后移前,而人名不删,误衍于此。"第 63 页。

（重）江州司马青衫泪

七十、铁拐李借尸还魂

（重）李铁拐度金童玉女

（重）陶学士醉写风光好

（重）萧淑兰情寄菩萨蛮

（重）开坛阐教黄粱梦

（重）吕洞宾三醉岳阳楼

（重）包待制智斩鲁斋郎

（重）包待制智勘后庭花

（重）吕洞宾桃柳升仙梦

（重）马丹阳三度任风子

（重）杜蕊娘智赏金线池

（重）钱大尹智宠谢天香

五十九、郑孔目风雪酷寒亭

（重）大妇小妻还牢末

可以看出，丕烈所藏《古名家杂剧》十六剧，大多与他所藏赵琦美钞校本相重复，但也有两剧为手书《也是园藏古今杂剧目》所无，足可补留存赵本数量之不足。然上述诸剧在丕烈同时人顾修所编《汇刻书目》中却被归入"金""石""丝""竹"，显示其时存在着两部不同版本的《古名家杂剧》，而在今存《古名家杂剧》残本中，《郑孔目风雪酷寒亭》剧本版心明确标示"信卷三"，与丕烈所藏本相一致，可靠性无疑超过《汇刻书目》。

黄目附息机子《刻元人杂剧选》，共收录 25 种，外加 5 种"有目无书"：

（重）孟浩然踏雪寻梅，马致远

（重）西华山陈抟高卧，仝

（重）死生交范张鸡黍，宫大用

（重）望江亭中秋切脍旦，关汉卿

（重）玉箫女两世姻缘，乔梦符

（重）须贾诮范雎，高文秀

（重）伊梅香骗翰林风月，郑德辉

（重）迷青琐倩女离魂，全

六十八、散家财天赐老生儿，武汉臣

七十三、秦脩然竹坞听琴，石子章

（重）鲁大夫秋胡戏妻，石君宝

（重）孝义士赵礼让肥，秦简夫

（重）东堂老劝破家子弟，全

（重）布袋和尚忍字记，郑庭玉

（重）看钱奴买冤家债主，全

（重）宋太祖龙虎风云会，罗贯中

（重）刘晨阮肇误入天台，王子一

（重）吕洞宾三度城南柳，谷子敬

（重）翠红乡儿女两团圆，杨文奎

（重）锦云堂美女连环计，无名氏

（重）张公艺九世同居，全

（重）赵匡胤智娶符金锭，全

（重）包待制智赚生金阁，全

一百三十三、包待制智赚合同文字，全

（重）王月英元夜留鞋记，全

"有目无书"5 种：

一百三十四、碧桃花

（重）度柳翠

（重）鸳鸯被

一百三十九、玉壶春

一百三十五、风雪渔樵

这一部分略有不同，两部与丕烈所藏赵琦美钞校本相重复，三剧则否，为手书《也是园藏古今杂剧目》所无，也可补留存赵本数量之不足。与《古名家杂剧》情况不同的是，此处息机子刻本所著录各剧，与《汇刻书目》"壬四十九"所收息机子剧目完全相同，显然同出一源。

总而言之，丕烈虽自称不喜词曲，但作为一个学识丰富且具有使命感的藏书家和校勘家，其对赵本古今杂剧所做的整理编目工作应是卓有成效的，编类和册数的梳理落实使得此前一些原来相对模糊的版本及收藏信息变得清晰和有条理。另外，《古名家杂剧》、息机子《刻元人杂剧选》为赵琦美收藏的明代戏曲主要刻本，也是用以校勘内府本杂剧的主要依据，丕烈有意将自己收藏的这两部分藏书进行对比，虽然没有写出校跋，但所起作用已不仅仅限于收藏，其对于我们今天认识赵本及所相关的杂剧选本在清中后期流传情况亦有裨益。正是在这些意义上，称其为钱曾后第二个在赵本整理编目方面作出重大贡献的人，并不过分。

概言之，收藏、编目、校勘乃古代文献流传之关键，赵氏钞校本古今杂剧亦不例外。除了赵琦美本人外，钱曾、张远、何煌、黄丕烈分别占据特殊位置，深加挖掘，可有更多发现。

第五章 赵本关汉卿杂剧校录及考述

关汉卿（约1210—1300）名不传，以字行，号已斋叟，别号一斋、已斋等。祖籍山西解州，曾官金太医院尹，金亡不仕，后迁河北祁州，并进入大都长期从事戏曲活动。元统一后南下湖湘江浙，晚年归葬祁州。元人钟嗣成《录鬼簿》将关汉卿列为元曲作家之首；熊梦祥《析津志》称其"生而倜傥，博学能文，滑稽多智，蕴藉风流，为一时之冠"；周德清《中原音韵自序》中称"关、郑、白、马，一新制作，韵共守自然之音，字能通天下之语，字畅语俊，韵促音调。诸公已矣，后学莫及"；明初朱权认定关汉卿"初为杂剧之始"，贾仲明吊词称关汉卿"姓名香，四大神州。驱梨园领袖，总编修师首，捻杂剧班头"，可见其地位和影响。关汉卿一生作剧60余种，为今知古代戏曲家之冠。今存于各种选本中的大约18种，在元杂剧作家中仍旧首屈一指。① 代表作有悲剧《窦娥冤》《双赴梦》、喜剧《望江亭》《救风尘》、历史剧《单刀会》《哭存孝》等。

正因为关汉卿在中国古代戏曲史上首屈一指的地位和影响，其剧作历来皆为相关学术领域的前沿热门话题，版本问题亦不例外，相关总集和别集皆已做了大量的工作。然除了少数名作如《窦娥冤》和《单刀会》等以外，版本的比较还是一个尚待开垦的领域。与元明间其他版本的关汉卿剧作相比，大多数赵琦美钞校本古今杂剧无论在题材还是在

---

① 现存关剧也有部分存在争议。《刘夫人庆赏五侯宴》和《包待制智斩鲁斋郎》因未被《录鬼簿》和《太和正音谱》著录而被疑非关作；《尉迟恭单鞭夺槊》的争议最大，《录鬼簿》关汉卿名下有《敬德降唐》而无此剧，且尚仲贤名下有《尉迟恭三夺槊》一剧，或疑此剧为尚作。然尚作原剧今存于《元刊杂剧三十种》，验之与此剧情节迥异，是知古名家本署名系误题。关于这方面问题之阐发，参见徐子方《关汉卿研究》第二章《创作分期及编年初探》，（台北）文津出版社1994年版。

体制上皆有着自己的特点。

一、赵本关剧收录情况

赵琦美钞校本古今杂剧中共收录关汉卿作品 16 种,占了现存关剧之大半,现列表如下:

作品名称及黄丕烈目录编号	刻本		抄本		
	古名家杂剧本 9	息机子本 1	内府本 3	于小谷本 1	来历不明本 3
13 刘夫人庆赏五侯宴			✓		
14 关大王独赴单刀会					✓
15 赵盼儿风月救风尘	✓				
16 温太真玉镜台	✓				
17 望江亭中秋切鲙旦		✓			
18 钱大尹智宠谢天香	✓				
19 邓夫人痛苦哭存孝			✓		
20 钱大尹智勘绯衣梦	✓				
21 包待制三勘蝴蝶梦	✓				
22 感天动地窦娥冤	✓				
23 杜蕊娘智赏金线池	✓				
26 山神庙裴度还带			✓		
25 状元堂陈母教子					✓
尉迟恭单鞭夺槊	✓				✓
王瑞兰私祷拜月亭					
137 包待制智斩鲁斋郎	✓			✓	

由上表不难看出,赵琦美钞校本关剧 16 种,除了《王瑞兰私祷拜月亭》自钱曾后即不知所终外,《尉迟恭单鞭夺槊》黄丕烈虽未编号,《包待制智斩鲁斋郎》虽不见于黄丕烈编目关汉卿名下,但二剧现存本均明确署名关汉卿。即使他们的著作权存在争议。其余 12 种涵盖了关汉卿

存世作品的大半。就版本而言,赵本关剧中多半为刻本,现存 9 种,而以《古名家杂剧》本(以下简称古名家本)为主,共 8 种。《古名家杂剧》是明人编选刊刻的收录元、明时期杂剧的作品选集,今已无完帙存世,清嘉庆间顾修编的《汇刻书目》著录正、续共 60 种,今人孙楷第《也是园古今杂剧》经过整理比较后发现今存《古名家杂剧》本中至少有 13 种为《汇刻书目》所漏收,认为"《汇刻书目》所录非全书"。① 现存情况,赵本 53 种之外,尚存残本 13 种,加上被误题为《元明杂剧》的南京图书馆藏本 27 种,除去相互重复的实存 63 种,被收入《古本戏曲丛刊》四集。赵本的发现,不仅使得《古名家杂剧》存本骤然增加将近一倍,关剧的收录数量也超过了此前及同时代的任何一个选本。《古名家杂剧》以外,息机子《元人杂剧选》本也是赵琦美钞校本古今杂剧所依据的刻本之一。今也无完帙存世,顾修《汇刻书目》著录共 30 种,赵本现存息机子本杂剧 15 种,占全部作品的一半,文献大抵可观。然数量上远不及《古名家杂剧》本,且其中现存关剧更少,只有《望江亭中秋切脍旦》1 种。

抄本方面,由上表可知赵本关剧共有 7 种,其中内府本和其他来历不明的抄本各 3 种,于小谷本 1 种。"内府"今知为内廷钟鼓司,亦即明代宫廷杂剧主要演出场所。"内府本"亦即钟鼓司所藏本。而据孙楷第考论,"其他来历不明的抄本"实际上也就是内府本。"于小谷"为明万历时内阁首辅于慎行的养子于纬,琦美与之友善,"小谷"是其号。其藏书当系慎行遗留,来源同样不出内府。在今存赵本古今杂剧中,息机子本和于小谷本远低于其他各类版本,与赵本元杂剧整体情况大致相合(关于这一点,本书其后还将论及),未被收录的关剧只有《关张双赴西蜀梦》《诈妮子调风月》2 种。值得注意的是,今存本《尉迟恭单鞭夺槊》一剧比较特殊,它不见于钱曾的《述古堂书目》和《也是园书目》,却存在于郑振铎购藏的"脉望馆钞校本古今杂剧"之中。其所以不见于钱目,只能说明钱曾二目并未反映赵琦美钞校本全貌,但也不能因此怀疑钱曾收藏流传此书的可靠性。唯一可能的解释就是,现存赵本中有一些剧目有可能是《也是园书目》编完以后购得的。

---

① 孙楷第:《也是园古今杂剧》三《板本》,第 127 页。

对上述各剧再作进一步分析还可看出，赵琦美钞校本关汉卿杂剧内容相当广泛。首先是妇女题材占优势，共 7 种，反映妓女的情感和生活的有《杜蕊娘智赏金线池》《赵盼儿风月救风尘》《钱大尹智宠谢天香》，反映良家妇女爱情和婚姻的有《温太真玉镜台》《望江亭中秋切鲙旦》《感天动地窦娥冤》《王瑞兰私祷拜月亭》。其次是反映社会矛盾的题材，亦即公案剧有 3 种，其中包公戏 2 种《包待制三勘蝴蝶梦》《包待制智斩鲁斋郎》，另有一种《钱大尹智勘绯衣梦》则为一般的清官戏，主人公和前述妓女戏《钱大尹智宠谢天香》中的正派官员钱可道是同一个人，可知关汉卿剧作人物形象内在的逻辑性。毋庸讳言，赵本关剧中亦有宣扬封建伦理和道德教化的题材，集中表现为道德剧 2 种《状元堂陈母教子》《山神庙裴度还带》，前者鼓吹"万般皆下品，惟有读书高"和"学而优则仕"，后者则通过劝善惩恶宣扬因果报应。在赵本关剧中，历史题材是一道特殊的风景线，从三国到五代，表现为 4 种历史剧《关大王独赴单刀会》《尉迟恭单鞭夺槊》《刘夫人庆赏五侯宴》《邓夫人痛苦哭存孝》，塑造出一系列英雄颂剧和悲剧人物形象。在题材分布这一点上，赵本关剧和今知关汉卿作品总体上相合。

将赵本关剧与其他版本的同名作品进行比较，当然也存在着明显的不同。以下各节将分别论述。

二、赵本《单刀会》与该剧元刊本比较

杂剧元刊本和明刊本之间差异之巨，校对之难为学界所熟知。孙楷第就此发出慨叹："夫校书之道固希望其有异文，异文愈多，则愈感兴味。凡有校书经验者皆知之。然若两本异其面目，则是改而非校，虽嗜校雠者亦废然而返矣。"[1]尽管如此，这方面工作还得有人去做。

赵本与元刊本同时收录的唯一关剧便是《单刀会》。剧本表现三国时荆州守将关羽凭借智勇单刀前赴吴将鲁肃所设意在讨索荆州的宴

---

① 孙楷第：《也是园古今杂剧考》，上杂出版社 1953 年版，第 173 页。

会,席间制伏鲁肃,最终安全返回的故事。元本《单刀会》是刊本,全称《古杭新刊的本关大王单刀会》。赵本《单刀会》是抄本,位于黄丕烈所编《也是园藏书古今杂剧目录》(简称黄丕烈编目)第 14 号,与《温太真玉镜台》《赵盼儿风月救风尘》《刘夫人庆赏五侯宴》合装为一册。该本虽未标明是内府本或直接来源于内府的于小谷本,孙楷第称此类作品为"无题识不知来历钞本",断定它们"亦当直接间接自内府本出也"。① 二本相校差别较为明显。赵本没有留下琦美自己的跋语,倒是明明白白地注明何煌的校跋:"雍正乙巳八月十日,用元刊本校。"本稿第四章谈到何煌对于赵本整理功效时曾这样表述:

> 以《单刀会》为例,全本校改处达 240 余处,其中涉及重大,连续字数超过 5 个以上的异文比勘有 37 余处,增补了 7 支异文曲子。

所有校改无疑工作量巨大,由此不难体会这两个版本相异之大。何煌之后,关于此剧元刊本和赵琦美钞校本的差异,近人王季烈《孤本元明杂剧》提要也进行了较为细致的梳理:"惟元刊本只载正末宾白,不载他人宾白,而此本(赵琦美钞校本)宾白完全。且元刊本第一折为乔国老谏吴帝,开首载'驾一行人上开住,外末上奏住,驾云外末云住',然后正末扮乔国老上,此则开首只有冲末扮鲁肃上,并无孙权上场。至曲文,则元刊本第一折多【醉扶归】【后庭花】各一支;第二折多【倘秀才】【滚绣球】【叨叨令】各一支,而无道童所唱【隔尾】一支;第三折多【柳青娘】【道和】各一支;第四折多【风入松】【沽美酒】【太平令】各一支。是二本迥然不同,各有胜处。"② 所述大体都对,唯此剧两个版本均不分折,北曲四套连排。王季烈之外,很少有人就此进一步论述。数十年后,王家东的《元刊本与明钞本〈单刀会〉杂剧之异同比较》一文,沿着王季烈的思路,从题目正名、科白以及曲词等方面,对两本差异做了更为细致的阐述。③ 现以此为基础再进行一点讨论。

---

① 孙楷第:《也是园古今杂剧考》三《板本》,第 115 页。
② 王季烈:《孤本元明杂剧》第一册《提要》,中国戏剧出版社 1957 版,第 2 页。
③ 王家东:《元刊本与明钞本〈单刀会〉杂剧之异同比较》,《忻州师范学院学报》2010 年第 1 期。

首先看题目正名,二本均置于剧末。赵本作"题目:孙仲谋独占江东地,请乔公言定三条计;正名:鲁子敬设宴索荆州,关大王独赴单刀会",元刊本作"题目:乔国老谏吴帝,司马徽休官职;鲁子敬索荆州,关大王单刀会",应当说,形式上赵本更符合明人心目中元杂剧题目正名的标准,元刊本则显得简单,除"题目"外无"正名",但较之有的元刊本只是一句话,元本《单刀会》题目还是显得整齐。真正不同的是赵本更加整齐严谨,元刊本上场人物较为零乱和复杂,不仅题目中多了"吴帝"这个角色,检视内容,元刊本的确有"吴帝"登场的关目,开场即有这样一段科白:

　　　(驾一行上,开住)(外末上,奏住)(云)(驾云)(外末云住)

"驾"即指"吴帝"孙权,亦即赵本《单刀会》题目中的"孙仲谋",但赵本该剧并无孙仲谋出场,只是作为幕后的决策者。历史上发生"单刀会"时,孙权并未称帝,乔国老也不会称他为"天子"和山呼万岁。故相比较而言,赵本显然更合乎史实,也未突破明初禁演"历代帝王圣贤"的诏令。

　　科白方面差异最大,两种版本的《单刀会》最为突出的相异之处即在于此,主要表现为赵本在元刊本基础上的增加。具体分析,很多是增加动作提示和正末之外其他角色的说白,赵本的可读性因此远胜于元刊本。如第一折中鲁肃与乔公的对白和唱:

　　　【天下乐】……你待使霸道起战讨,欺负关云长年纪老。(等云了)【那吒令】"收西川白帝城,将周瑜送了"。

　　【天下乐】【那吒令】二曲之间只用一句"等云了"带过,显得突兀,仅从文本看甚至不知所云。赵本则扩展为:

　　　【天下乐】……你则待要行霸道,你待要起战讨。(鲁云)我料关云长年迈,虽勇无能。(末唱)你休欺负关云长年纪老。(云)收西川一事,我说与你听。(鲁云)收西川一事,我不得知。你试说一遍。(末唱)【那吒令】收西川白帝城,将周瑜来送了……

这样衔接起来,文气通畅,逻辑上要合理得多。当然,元刊本的处理是要给场上演员留出发挥的空间,类似于近代兴起的幕表剧,不失为一种特点。但相对于场上案头兼擅的戏曲理想来说,元刊本毕竟显示的是草昧阶段的粗陋。

此外还有"带云",即在唱腔中"夹带"的道白,用于衔接前后两句唱词。现存元刊本在曲与曲之间很少有科白,但赵本则增加了很多。如第四折关羽和周仓的唱和对白:

> 【驻马听】水涌山叠,年少周郎何处也?不觉的灰飞烟灭,可怜黄盖转伤嗟。破曹的樯橹一时绝,鏖兵的江水犹然热,好教我情惨切!(云)这也不是江水,(唱)二十年流不尽的英雄血!

曲中的一句"云"即带云,为元刊本所无,增加后使前后两句唱词实现了自然衔接过渡,语言逻辑性亦得到了加强。类似这种情况还很多,学界已有论述,兹不一一列举。

曲词方面,由于北杂剧遵循曲本位的传统,赵本和元刊本相差不大,同为仙吕、正宫、中吕、双调四套曲,基本曲式结构未有改变。当然元明毕竟是性质不同的两个剧场,具体到每个宫调内部的曲牌也有少量增减。相较元刊本,赵本删掉了 8 支曲子,增加了 1 支曲子。减少的曲子有第一套的【醉扶归】【后庭花】曲、第二套的【叨叨令】曲、第三套的【柳青娘】【道和】曲、第四套的【风入松】【沽美酒】【太平令】曲,增加的曲词是第二折末尾的【隔尾】。今天看来,增减的曲牌,多数比较合理。元曲以唱为主,自然宫调内较多设置曲牌,至于文本有无必要则不太考虑。故删曲大都属于内容重复,删去并不害义,于演唱亦无损。倒是第四套末尾所删二曲和第二折所增一曲属于另外一种情况,赵本这样做实际上反映出元明剧场演出体制的差异。具体说,元本《单刀会》末套二曲构成的是"打散",即正剧结束后的"散场":

> 【沽美酒】鲁子敬没道理,我来吃筵席,谁想您狗幸狼心使见识偷我的冲敌军的军骑,拿住也怎支持!【太平令】教下麻绳牢拴子,行下省会与爱杀人勇烈关西,用刀斧手施行可怵到为疾,快将斗来大铜锤准备,将头稍定起,待腿胜掂直,打烂大腿,尚古自豁不了我心下恶气。

即所谓"鲁子敬偷马被打"的插科打诨。唱曲者不是正末扮演的关羽,而可能是净角扮演的周仓之类人物,时间上显然是在关羽斗败鲁肃之后,以偷马被抓挨揍等滑稽表演在散场中调节欢乐气氛,此在元杂剧演出时常见,也作"打散"。赵本《单刀会》出自未加工过的抄本,将此段"打散"删除,当非由于赵琦美自己不喜欢,而是宫廷剧场演出的需要。或许因为过于市俗化,明时宫廷不再使用。与之相反相成的是第二套末曲【隔尾】连同相关科白的增加:

> (道童云)鲁子敬,你愚眉肉眼,不识贫道。你要索取荆州,不来问我?关云长是我酒肉朋友,我交他两只手送与你那荆州来。(鲁云)道童,你师父不去,你去走一遭去罢。(童云)我下山赴会走一遭去,我着老关两手送你那荆州。(唱)

> 【隔尾】我则待拖条藜杖家家走,着对麻鞋处处游。(云)我这一去,(唱)恼犯云长歹事头,周仓哥哥快争斗,抢起刀来劈破了头,唬的我恰便似缩了头的乌龟则向那汴河里走。(下)

这无疑也是一段针对鲁子敬的插科打诨。王季烈以下论者往往注意到明本增加【隔尾】一曲,而不多注意相关科白,其实这涉及剧场演出体制。在第二套中,鲁肃为着设局单刀会降伏关羽向司马徽征求意见,遭到后者的否定,其道童也跟着一起嘲弄他。元刊本本无这一段,至赵本方始出现,显然为宫廷剧场演出时添加。有意思的是,明宫廷剧场删去了元代关剧演出时的剧末"打散",却同时在第二套演出结束时加上这一段插科打诨,这其中反映了一种什么样的考量,资料所限,不好妄猜,但有一点可以肯定,这不是明宫廷剧场的创新,关汉卿杂剧中即有此类穿插性演出。如赵本《包待制三勘蝴蝶梦》第三套最后并非主唱者的王三也开口唱了两支曲子:

> 【端正好】腹揽五车书,(张千云)你怎么唱起来?(王三云)是曲尾。(唱)都是些礼记和周易。眼睁睁死限相随,指望待为官为相身荣贵,今日个毕罢了名和利。

> 【滚绣球】包待制比问牛的省气力,俺父亲比那教子的少见识,俺秀才每比那题桥人无那五陵豪气,打的个遍身家鲜血淋漓。包待制又葫芦提,令史每妆不知,两边厢列着祗候人役,貌堂堂都是

一火洒合娘的。隔牢撺彻墙头去,抵多少凭空寻觅上天梯。

赵本《望江亭》第三折末也有类似的情况:

> (衙内云)张二嫂!张二嫂那里去了?(做失惊科,云)李稍,张二嫂怎么去了?看我的势剑金牌可在那里?(张千云)就不见了金牌,还有势剑共文书哩!(李稍云)连势剑文书都被他拿去了!(衙内云)似此怎了也?(李稍唱)
>
> 【马鞍儿】想着、想着跌脚儿叫,(张千唱)想着、想着我难熬,(衙内唱)酪子里愁肠酪子里焦。(众合唱)又不敢着旁人知道,则把他这好香烧、好香烧,咒的他热肉儿跳!
>
> (衙内云)这厮每扮南戏那!(众同下)

所有这些,皆可证明,元杂剧演出中每一套曲末尾皆可加唱小曲插科打诨,或称"曲尾",剧末又称"打散"。赵本《单刀会》删除用于"打散"的剧末两曲,而增添第二折末曲【隔尾】及相关科白,也是一种"打散"。明代宫廷剧场对元杂剧演出体制既有继承,也有变化。这些变化,包括以上所总结大量科白的增加是否合理皆可以结合其他关剧乃至元杂剧其他作品进行研究。

《单刀会》元刊本和赵琦美钞校本之间的异同,具体反映了元明北曲剧场演出体制的继承和创新,这一点在以下其他各剧的分析中将会看得更加清楚。

三、赵本《尉迟恭单鞭夺槊》与该剧古名家本、元曲选本之比较

《尉迟恭单鞭夺槊》系关汉卿"三国戏"之外又一部历史剧,一作《敬德降唐》,剧本以隋末唐初群雄蜂起逐鹿中原为题材,描写原刘武周部将尉迟敬德,为唐秦王李世民及军师徐茂公设计劝降,后敬德遭齐王李元吉等人诬陷囚禁,又得秦王救之。最后洛阳榆科园之战,秦王为敌将单雄信所窘,幸得尉迟敬德相救脱险。赵琦美钞校本中该剧是抄本,黄

丕烈编目未编号，以孙楷第所见，系《也是园书目》未著录而后增出者①，与《山神庙裴度还带》《状元堂陈母教子》合装为一册。与前述《关大王单刀会》情况相同，孙楷第将其归入"无题识不知来历钞本"一类，赵本卷首题名《尉迟恭单鞭夺槊》，题名后附注"太和正音名敬德降唐"。题目正名置于剧末："题目：单雄信割袍断义，正名：尉迟恭单鞭夺槊。"《古名家杂剧》本与之相同，唯"题目正名"四字次序略有颠倒，且内容有一字之差："题目正名：单雄信割礼断义，尉迟恭单鞭夺槊"，"割袍"改为"割礼"。《古名家杂剧》是明人编选的杂剧选集，编者陈与郊（一作王骥德），也为赵琦美钞校古今杂剧所依据的两大刊本之一（另一为息机子本），然今存皆系残本，于关汉卿杂剧独收《尉迟恭单鞭夺槊》一种，且置于尚仲贤名下。《元曲选》乃明万历时人臧晋叔所编，对后世影响极大，其收录本剧，署名同为尚仲贤。二本署名如此，是该剧特殊之处。然据《录鬼簿》和《太和正音谱》，尚仲贤剧名《尉迟恭三夺槊》，今存元刊杂剧 30 种，与此剧内容迥异，显非一剧，故可断定此剧乃关汉卿作，古名家本与元曲选本署名俱误矣。

　　总体上看，此剧四折一楔子，三本全同。道白提示方面，古名家本以人物名字中一单字来标示，如"茂、敬、元"等，元曲选本则用全称，如"徐茂公云、尉迟云、元吉云"等，赵本同。宾白方面，当道白为第一人称时，古名家本常用"厶"代替"某"，如"厶领本部人马与他交锋去""厶单雄信是也"，元曲选本及赵本则均用"某"，文本上更加清楚明白。楔子开场后徐茂功道白称尉迟恭使一条水磨鞭，赵本作铁鞭，又云"在美良川交锋，被俺统兵围住介休城"，赵本"被俺"二字后又添加一句"使倒城之计"。后文"某使一条反将计"，赵本改"反将计"作"反间计"。"只轮岂碾四辙"，赵本改"只轮"作"双"，均更合乎逻辑。唯将"深乌马"改作"三乌马"则不知所云。楔子【端正好】曲之前有提示"末唱"，曲牌下又提示"唱"，赵本于此显然改的不合理。以下第一套【仙吕点绛唇】情况

---

① 孙楷第发现："今所见丕烈手书《也是园古今杂剧目》，剧名之上有朱笔书号码。此号码即依《也是园目》编制。凡剧在《也是园目》应属第几号者，在丕烈手书目亦为第几号。……其当时存本有而《也是园目》无之者，则不编号。……其《也是园目》有而当时已无其本者，则号中断。"（《也是园古今杂剧考》二《册籍》，第 62 页）所言不虚，从之。

类同。

关于曲内衬字，古名家本皆用小字标出，便于阅读理解。赵本虽于楔子中徐茂公上场诗眉批有提示："此二行亦作小字写"，但此后他处即未见同类处理。元曲选本曲文字体，同样未有明确标示，俱未妥。非但如此，赵本【油葫芦】【天下乐】【那吒令】【鹊踏枝】【尾声】五曲皆紧接他人道白，却又不标示"末"或"末唱"，徒生混乱。第二折《古名家杂剧》本单雄信道白"三十男儿班未班"，不知所云，赵本改"班未班"作"髭未班"，"班""斑"通假，语意就通了。《古名家杂剧》本【倘秀才】曲中"一个彭越起""一个韩信起""一个英布起"，"起"字费解。赵本页眉有批"三起字是呵字"，解决了这个问题，此改动为元曲选本所继承。然以下古名家本、元曲选本均有科白"入场。敬德先行科，元吉刺，被夺坠马科"，赵本则作"（入场介）（敬德做先行，元吉做刺，被夺槊坠马科）"，二本虽大体相同，但赵本科、介混用，有失规范。又，古名家本"元帅你休幸，那单雄信好生英勇"，"休幸"不通，元曲选本作"元帅休小觑了单雄信，他人又强马又肥，使一条狼牙枣木槊，有万夫不当之勇。若只是这等，恐怕有失"，更妥。赵本改作"休去"，亦通。又，古名家本、元曲选本均有敬德回应元吉："别人不知，你须知那水磨鞭。"语带机锋，显得生动。赵本朱笔改作"别人不知我那水磨鞭"，则太平淡。以下第三折【越调斗鹌鹑】前古名家本、元曲选本均提示"末""正末唱"，表明唱曲者身份。赵本作"唱"，则模糊了唱曲者，不妥。曲中首句"人一似北极天蓬"，赵本改"一似"为"一是"，错。以下赵本【耍三台】曲中夹白夹唱，有两处均在"雄信云"后紧接提示"唱"，似乎其为唱曲者，不妥。【调笑令】之前是"茂公云"，【秃厮儿】之前是"敬德云"，第四折【出队子】【刮地风】【四门子】【水仙子】【秃厮儿】诸曲前是徐茂公的道白，古名家本、元曲选本紧接着标示主唱者为"末""正末"或"探子"，赵本虽然本套曲起首两曲【黄钟醉花阴】【喜迁莺】前标示"探子唱"以外，其后五曲则均无标示，同样不妥。值得注意的还有赵本的【水仙子】一曲，古名家本、元曲选本则均作【古水仙子】，但二者曲辞一致，并非真有今古之分。

此剧版式较它本不同，虽为抄本，但却仿刻本描出四边和行线，每页十行，每行两排文字，有意显得较为正规。但无论如何，与刻本比较仍有距离。总而言之,古名家本、元曲选本作为刊本,因要面对读者选购,故版式和文字俱较清晰、考究,赵本则由于是抄本,用于场上演出,变动较大,讹误亦随之较多,虽然琦美以朱笔做了矫正,但仍显粗糙。但正因为用于场上,其所变动以自有其意义。

四、赵本关剧与该剧顾曲斋本之比较

《顾曲斋古杂剧》一名《顾曲斋元人杂剧选》,是一部刊刻于明万历年间的元明杂剧剧本选集。然未明确编者名氏,唯卷首序署"玉阳仙史",且序后又有"王伯良""白雪斋"印各一方,"王伯良"即万历时人王骥德的字,其亦曾自号"玉阳",故多有论者认为乃王骥德所编。但也有论者认为"玉阳仙史"乃陈与郊自号,《顾曲斋古杂剧》为其所编。该选本收录关汉卿杂剧4种:《杜蕊娘智赏金线池》《温太真玉镜台》《望江亭中秋切鲙旦》《钱大尹智勘绯衣梦》。今分别予以叙述。

杜蕊娘智赏金线池

剧本描写书生韩辅臣与妓女杜蕊娘相爱,由于鸨母间阻,二人误会难释,后得韩之友人石府尹从中设法调护,终于和好如初。此剧不仅情节不见有关记载,甚至主要人物名姓亦为汉卿虚构,故创作时代难以确切考证。版本收录较多,除了赵本和顾曲斋《古杂剧》本(以下简称顾曲斋本)外,《元曲选》《古今名剧合选》皆有收录。赵本《杜蕊娘智赏金线池》为《古名家杂剧》本,位于黄丕烈编目23号,与王实甫《四丞相歌舞丽春台》《吕蒙正风雪破窑记》、宫大用《死生交范张鸡黍》合装为一册。存本版心标"信卷一",然今存《汇刻书目》壬五十四《古名家杂剧》却将其归入"竹"卷,为"金石丝竹"四集末卷之首,显非同一版本来源。

赵本和顾曲斋本相比则大同小异。前者题目正名是在剧末,"题目:韩解元轻负花月约,老虔婆间阻燕莺期;正名:石好问复任济南府,杜蕊娘智赏金线池",后者则在剧首,且以"正目"一词取代"题目正名"。以下第一折,含楔子。二本的石府尹和韩辅臣的上场诗完全不同,顾曲斋本作:"少小知名建体闱。白头犹未解朝衣。年来屡上陈情疏。怎奈君恩不放归。"(石)"流落天涯又几春。可怜辛苦客中身。怪来喜鹊迎头噪。济上如今有故人。"(韩)赵本则为:"农事已随春雨办,科差尤比去年稀。短窗睡足迟迟日,花落闲庭燕子飞。"(石)"万般皆下品,惟有读书高。"(韩)赵本更多带有元杂剧的粗疏和放逸,元曲选本则显示了明代文人士大夫的矜持和做作。楔子【端正好】之前赵本提示为"正旦",顾曲斋本则作"正旦唱"。第一套【仙吕点绛唇】之前顾曲斋本有提示"唱",赵本无。【天下乐】前顾曲斋本有提示"唱",赵本无。第二套【南吕一枝花】之前顾曲斋本有提示"唱",赵本无。【二煞】之前赵本提示为"正旦",顾曲斋本则作"正旦唱"。第三套,顾曲斋本改称"第三折",【普天乐】之前赵本提示为"正旦",顾曲斋本则作"正旦唱"。该曲后赵本提示为"净",顾曲斋本则作"净云"。【醉高歌】之前赵本提示为"正旦",顾曲斋本则作"正旦唱"。【十二月】之前赵本提示为"正旦",顾曲斋本则作"正旦唱"。【耍孩儿】之前赵本提示为"(正旦)你靠后",顾曲斋本则作"(正旦)你靠后!(唱)"。赵本【二煞】"我比那窬墙贼"中"窬"被涂改后又在旁填补,显然是赵琦美据抄本校改的痕迹。第四套,顾曲斋本改称"第四出",【双调新水令】之前赵本提示为"(正旦)可怎了也",顾曲斋本则作"(正旦)可怎了也!(唱)"。【沽美酒】之前顾曲斋本提示为"唱",赵本无提示。【太平令】前顾曲斋本有提示"正旦唱",赵本提示为"正旦"。【川拨棹】之前赵本提示为"(正旦)多谢了老爹",顾曲斋本则作"(正旦)多谢了老爹!(唱)"。所有这些,虽然琐屑,却显示赵本文字提示较为粗疏,不若顾曲斋本谨严。

温太真玉镜台

剧本描写温峤的姑母托温给表妹刘倩英做媒,温却以玉镜台为聘礼,骗娶了表妹。温的年纪远较刘为大,婚后夫妻不睦,后由温友王府尹巧设水墨宴,终于使二人和好。作品题材来源为《世说新语·假谲篇》中关于温峤骗娶表妹刘氏的故事,关汉卿选取这样的题材,其实用意即要从一个崭新的角度创作一个老夫少妻的故事,表明只要真心相爱,年龄的差别并不是男女双方结合的障碍,这一点也与作者晚年"不伏老"的生活态度有关。此剧的版本情况与《杜蕊娘智赏金线池》相同,除了赵本和顾曲斋本外,《元曲选》《古今名剧合选》亦皆收录。赵本《温太真玉镜台》为《古名家杂剧》本，位于黄丕烈编目 16 号，与《刘夫人庆赏五侯宴》《关大王独赴单刀会》《赵盼儿风月救风尘》合装为一册。存本版心标"文卷一"，然今存《汇刻书目》壬五十四《古名家杂剧》却将其归入"金"卷，为"金石丝竹"四集末卷之首，亦非同一版本来源。

　　赵本《温太真玉镜台》和顾曲斋本相比相差稍大一点。题目正名区别也在于前者是在剧末："题目：王府尹水墨宴，正名：温太真玉镜台。"后者则在剧首，且以"正目"一词取代"题目正名"。第一套【仙吕点绛唇】之前顾曲斋本有提示"唱"，赵本无。以下赵本科白："（正末云）老相公的交椅，侄儿如何敢坐？（夫人云）学士休谦，'恭敬不如从命'。（正末云）谨依尊命。"顾曲斋本亦同，唯"谨依尊命"作"谨依从命"。以下【六幺序】之前顾曲斋本有提示"唱"，赵本无。【幺篇】有句："花比腮庞，花不成妆；玉比肌肪，玉不生光。"两两相对，排偶对比，词义通畅。但赵本却以墨笔涂改，将"花比腮庞"改为"貌比莲芳"，和上下文意脱节，不但失去了排比对偶韵味，文辞也变得缺乏逻辑。【金盏儿】之前顾曲斋本有提示"唱"，赵本无。【醉中天】之前赵本提示为"末"，顾曲斋本则作"末唱"。【赚煞】之前顾曲斋本有提示"唱"，赵本无。顾曲斋本第二折温峤道白："报复去，道温峤在门首"，"报复"赵本作"报伏"。以下各折与此同。【南吕一枝花】之前顾曲斋本有提示"唱"，赵本无。曲后顾曲斋本有提示"（末云）"，赵本无。【牧羊关】之前赵本提示为"末"，顾曲斋本则作"末唱"。【隔尾】前赵本提示为"末"，顾曲斋本则作"末唱"。【四块玉】前顾曲斋本有提示"末唱"，赵本提示为"末"。以下【牧羊关】【贺新郎】二曲前顾曲斋本均有提示"唱"，赵本无。【红芍药】前顾曲斋本有提示"末唱"，赵本提示为"末"。【煞尾】前顾曲斋本均有提示"唱"，赵本无。第三折【中吕粉蝶儿】前顾曲斋本有提示"末唱"，赵本提示为"末"。曲中"安排下丹方一味"，赵本以墨笔将"丹"字涂改为"单"。【红绣鞋】前赵本提示为"末"，顾曲斋本则作"末唱"。曲中"洞房中抓了面皮"后顾曲斋本有提示（末云），赵本无。【迎仙客】之前顾曲斋本有提示"唱"，赵本无。以下【醉高歌】【醉春风】【红绣鞋】【普天乐】【满庭芳】诸曲前赵本均提示为"末"，顾曲斋本则皆作"末唱"。【上小楼】前顾曲斋本有提示"（正末云）媒婆，休说这般话！（唱）"，赵本提示无"唱"。【幺】前赵本提示为"末",顾曲斋本则作"末唱"。【耍孩儿】之前顾曲斋本有提示"唱",赵本无。第四折,顾曲斋本改称"第四出",开场提示"(孤扮府尹引祗从上,云)",赵本无"云"字。【双调新水令】之前顾曲斋本提示为"唱",赵本无提示。【驻马听】曲后顾曲斋本有提示"(末云)",赵本无。以下顾曲斋本提示为"(祗从)理会的。(报科)",赵本"祗从"一词无括号,且"祗"字右半为"互",有误。【乔牌儿】前顾曲斋本有提示"末唱",赵本提示为"末"。以下【挂玉钩】【川拨棹】【豆叶黄】【乔牌儿】【挂玉钩】诸曲前赵本均提示为"末",顾曲斋本则皆作"末唱"。而【水仙子】【甜水令】二曲之前顾曲斋本有提示"唱",赵本无。【折桂令】曲末句赵本作"醋支刺走向前来,恶支煞倒褪回去",顾曲斋本"醋支刺"作"酸支刺"。【雁儿落】前顾曲斋本有提示"末唱",赵本提示为"末"。【得胜令】后顾曲斋本有提示"(府尹云)",赵本无前括号,且无"云"字。【鸳鸯煞】之前顾曲斋本有提示"唱",赵本无。所有这些,仍均显示赵本文字提示不若顾曲斋本逻辑谨严。

望江亭中秋切鲙旦

剧本描写已故学士夫人谭记儿,在清安观主的撮合下,再嫁将赴潭州为官的书生白士中。有权豪势要杨衙内,因贪记儿美色,欲占为己有,即在朝中诬陷白士中,并得到皇帝同意,亲携势剑金牌去潭州取白首级。记儿得知后,即化装渔妇迎去江边,用计灌醉杨及随从,盗得势剑金牌并文书,白士中因获保全。后逢府官李秉忠来审理此案,杨遭削职问罪,白氏夫妻终得偕老团圆。此剧的版本情况与上述二剧同中有异,除了赵本和顾曲斋本外,《元曲选》本亦予收录。赵本《望江亭中秋切鲙旦》为息机子本,位于黄丕烈编目 17 号,与《钱大尹智宠谢天香》《邓夫人苦痛哭存孝》《钱大尹智勘绯衣梦》《包待制三勘蝴蝶梦》《感天动地窦娥冤》合为一册。首页题作"望江亭中秋切鲙旦",题下署"关汉卿",上书口标出简名"切鲙旦",版心标"古今杂剧"。剧末附赵琦美校跋:"万历四十二年甲寅十二月二十日校内本于真如邸中,清常道人。"

与《杜蕊娘智赏金线池》《温太真玉镜台》一样,赵本《望江亭中秋切鲙旦》和顾曲斋本也是同中有异。首先题目正名,前者是在剧末:"题目:清安观邂逅说亲;正名:望江亭中秋切鲙",后者则在剧首,内容亦有所不同："洞庭湖半夜赚金牌,望江亭中秋切鲙旦",同样以"正目"一词取代"题目"和"正名"。第一折开场提示赵本作"冲末净扮白姑姑",顾曲斋本则作"冲末扮白姑姑",无"净"字。以下赵本白士中自云"相见一面,便索履任",顾曲斋本则作"相见一面,便索理任",一字之差。第一套【仙吕点绛唇】之前顾曲斋本有提示"唱",赵本无。"只为这"赵本作"则为这"。【村里迓鼓】之前顾曲斋本有提示"(旦云)姑姑你差矣!(唱)",赵本作"(正旦云)姑姑你差矣也",以"正旦"名之,刻意强调其名分,全篇皆同。下衍一个"也",无"唱"。【元和令】之前顾曲斋本有提示"(姑云)夫人你怎生熬的这一顿素斋食,你不可出家也!(旦唱)",赵本作"(姑姑云)夫人你怎生熬的这一顿素斋食,你不可出家也呵",衍一个"呵",无"旦唱"。该曲后有提示:"(姑)夫人,常言道……",赵本作"(姑姑云)姐姐,常言道……",改"夫人"为"姐姐",显得突兀。【上马娇】之前顾曲斋本有提示"唱",赵本无。曲中插白:"(姑)关了门者,我不放你出去。(旦唱)",赵本同,只少了"(旦唱)"。以下曲辞:"把门子关",赵本原作"把门来关了",朱笔改作"把门了关",反而字义不通。以下【胜葫芦】曲牌,赵本作【游四门】,然曲辞相同,应是同一支曲牌之两个异名。据此,以下顾曲斋本【幺篇】,赵本作【胜葫芦】,皆不矛盾。诸曲中插白隔断后顾曲斋本皆以"(旦唱)"另作提示,赵本则无,仅以大小不同字体区别。大段科白中"姑姑""旦""白士中""庄"提示在赵本俱为"姑""旦""白""椿"所取代。全本同此。【后庭花】曲之前顾曲斋本提示为"旦唱",赵本无。顾曲斋本【尾声】赵本作【赚煞尾】。第二折【中吕粉蝶儿】【醉春风】【普天乐】【十二月】诸曲之前顾曲斋本均有提示"旦唱""唱",赵本皆无。末曲【尾声】赵本作【煞尾】,之前顾曲斋本道白"只怕落花他彀中么",赵本改作"只怕落他彀中么",更加合理。第三折开场后杨衙内道白"弟子孩儿,直您般多","您"字有误,赵本改正为"恁"。整段道白中顾曲斋本提示"旦云""杨云""亲随""张",赵本均改作"正旦云""杨衙内云""亲随云""张稍云"等,"(亲随同张稍云)妙、妙、妙",赵本作"(亲随同张稍云)相公你此一来妙哉",且有朱笔校改处,如改原作"(正旦云)相公何往"加四字为"(正旦云)相公你此一来何往"。【调笑令】之前顾曲斋本提示为"旦唱",赵本无提示,不妙。以下杨衙内道白"包髻团衫袖腿绷",赵本作"包髻、团衫、袖项帕"。【鬼三台】【圣药王】【秃厮儿】三曲之前顾曲斋本均有提示"旦唱""唱",赵本皆无。以下顾曲斋本杨衙内道白:"小娘子,你休问他",赵本作"你休问他,小娘子",朱笔又将"小娘子"涂去。以下【马鞍儿】曲前顾曲斋本有提示"张稍唱",赵本无,不妥。第四折道白顾曲斋本有提示:"(白末做抢科,云)这个是淫词!(衙内云)这个不是,还别有哩!"赵本脱落"(衙内云)"。【双调新水令】【雁儿落】之前顾曲斋本有提示"唱""旦唱",赵本无。以下【得胜令】曲杨衙内道白"被你瞒过小官也"后顾曲斋本有提示"旦唱",赵本无,不妥。

钱大尹智勘绯衣梦

剧本描写书生李庆安在接受未婚妻王闰香资助时,因丫鬟梅香被盗贼裴炎杀害,他被疑为凶手,后经开封府尹钱可得神示为之暗访申冤。此剧的版本情况与上述三剧不同,除了赵本和顾曲斋本外,《元曲选》《古今名剧合选》皆未收录。赵本《钱大尹智勘绯衣梦》为《古名家杂剧》本,位于黄丕烈编目 18 号,与《望江亭中秋切鲙旦》《钱大尹智宠谢天香》《邓夫人苦痛哭存孝》《包待制三勘蝴蝶梦》《感天动地窦娥冤》合装为一册。存本版心标"二卷",然今存《汇刻书目》壬五十四将其归入《古名家杂剧》"木"卷,为"瓠土革木"四集末卷第二,是否同一版本来源不明。赵本另有来历不明抄本。情节内容虽然与刊本基本相同,但道白更较繁富,曲辞衬字也多。

需要指出的是,赵本《钱大尹智勘绯衣梦》和顾曲斋本虽是同中有异,但相异处极少。首先题目正名,前者是在剧末:"题目正名:王闰香夜闹四春园,钱大尹智勘绯衣梦;李庆安绝处庆逢生,狱神庙暗中彰显报。"后者在剧首,内容完全相同,只是按惯例以"正目"一词取代"题目"和"正名"。以下各折入上述三剧之类型错误寥寥数处。如第一折【仙吕点绛唇】之前顾曲斋本有提示"正唱",赵本作"唱"。本折末顾曲斋本有提示"同下",赵本无。第二折【四块玉】之前顾曲斋本有提示"唱",赵本无。第三折末句钱大尹道白:"你手里要图贼救命杀人贼",语意不通,赵本改作"你手里要图财致命杀人贼"。倒是赵氏钞校来历不明本,除了曲白与上述二本有详略之差别外,剧末题目正名仅为两句:"题目:钱大尹智取贼名姓;正名:王闰香夜月四春园。"

归结起来,赵本关剧和顾曲斋本曲辞和科白基本相同,可以肯定属于同一个版本系统,就文本意义而言,顾曲斋本不厌其烦地将"唱"字标出,舞台提示刻意追求齐备,赵本则较简洁,虽不标示,但因曲牌在后,亦不影响理解。这表明它们虽同属一个版本系统,具体表现仍有所不同,不能一概而论。但正因为同属一个版本体系,故无论相异处多寡,类型大抵相同。赵氏钞校来历不明本则属于需要特别讨论的特殊情况。剧本体制上,三剧均以四大套北曲构成结构单元,曲辞更少差异,唯赵本关剧始终称折,继承的是统一的北杂剧演出传统,顾曲斋本出、折混用,当在书商刊刻时或多或少受了南曲传奇的影响。以此言之,赵氏关剧本优于顾曲斋本。然而,赵本关剧和顾曲斋本均将第三套越调和第四套双调合并称第四折,第三折剩下钱大尹审案,有白无曲,明显有违元剧固有体制。赵氏钞校来历不明本则纠正了这个错误,将第三、四两套拆分为两折,虽然第二折南吕套后仍有大量的科白,包括增加了净角扮演的昏官贾虚审案一节,显得拖沓冗长,但无论如何较之前二本在结构上更加合理。顾曲斋本版式精美,文字清晰,则为赵本二种所不如。更值得提出的是,顾曲斋本四剧各附有四幅精美的版画插图,这也是赵本两种皆难以比拟的。

五、赵本关剧与该剧元曲选本之比较

赵本关汉卿杂剧与臧晋叔《元曲选》所收本重复的剧本比较多,就今存本而言,共有《杜蕊娘智赏金线池》《温太真玉镜台》《赵盼儿风月救风尘》《钱大尹智宠谢天香》《包待制三勘蝴蝶梦》《感天动地窦娥冤》《包待制智斩鲁斋郎》7 种。由于《元曲选》编者臧晋叔对原稿进行了改动,故相异处比较大。这一点和顾曲斋本情况恰成鲜明对比。

杜蕊娘智赏金线池

关于此剧与《元曲选》所收本之间的比较,此前学术界已有专门研究,比较重要的有两篇,一是前辈学者邓绍基的《元杂剧〈金线池〉校读记》(《中国社会科学院研究生院学报》2006 年第 1 期),二是郑瑶的《〈金线池〉文本差异浅析》(《九江学院学报(社会科学版)》2013年第1期),前者着重讨论了两个版本中女主人公杜蕊娘的年龄以及金线池宴会人数合理与否的问题,后者则从剧情结构、人物形象、语言方面做了较为深入的比较分析。现以此为基础再进行一些比较分析。

二本题目正名基本相同,唯题目第二句"老虔婆间阻燕莺期",元曲选本改"间阻"为"故阻",似欲突出主观故意,但不具实质意义。石府尹定场诗则完全相异,元曲选本与顾曲斋本相同。结构上全剧四折,仙吕、南吕、中吕、双调四大套依次展开,故事情节、人物个性和结局两个版本基本一致,不同在于一些具体方面。元曲选本将【仙吕端正好】【幺篇】二曲连同相关科白从第一折分离出来,单独称楔子,这一点和赵本及顾曲斋本均不同,然更加合理。楔子科白有一处:元曲选本作"(府尹云)兄弟满饮一杯。(做回酒科)(韩辅臣云)哥哥也请一杯。"其中"(做回酒科)"逻辑关系不当,赵本删去。【幺篇】后赵本有提示:"(府尹云)兄弟去了也,待三朝五日。探望兄弟去。"元曲选本改作:"(府尹云)你看我那兄弟。秀才心性。又是那吃酒的意儿。别也不别。径自领着杜蕊娘去了也。且待三朝五日。差人探望兄弟去。"紧跟着还有一段七言绝句的"诗云"。第一折元曲选本"搽旦扮卜儿"开场,且有上场诗,赵本则单作"卜儿",无上场诗。以下科白交代韩辅臣是"石府尹老爷送来的",赵本无。以下【金盏儿】曲后【赚煞】之前,赵本只用一句道白:"母亲嫁了您孩儿者!(卜)我不嫁我不嫁!"元曲选本多了【醉中天】和【寄生草】两支曲子和相关科白。赵本【赚煞】曲辞大半也与元曲选本不同。以下卜儿道白赵本只有简单两句,元曲选本则为一大段文字,外加一首下场诗:"小娘爱的俏。老鸨爱的钞。则除非弄冷他心上人。方才是我家里钱龙到。"第二折赵本让韩辅臣在和杜蕊娘尚未发生矛盾时即求助石府尹为他做主,显然不妥,元曲选本纠正了这个错误,将第二折韩、石对白的过场戏移到第三折,与韩第二次向石求助的情节合并,显得较为合理。曲词方面则各有特色。第一折赵本之【醉中天】之元曲选本被改作【醉扶归】,曲词则完全相同,显为一曲之两名。【油葫芦】和【天下乐】二曲之间赵本和元曲选本同样显示了较为明显的不同:

赵本:

　　【油葫芦】……频频德间阻体熟分,三夜早赶离了门。(云)那
厮每走几遭便丢开了,便休教厾门厾户的!【天下乐】抵多少西出
阳关无故人,殷勤报答你养育恩。不关心,则是咱不孝顺,今日漾
人头厮摔,含热血厮喷,定夺俺心上人。

元曲选本:

　　【油葫芦】……频频的间阻休熟分。三夜早赶离门。(梅香云)
姐姐。这话说差了。我这门户人家。巴不得接着子弟。就是钱龙
入门。百般奉承他。常怕一个留他不住。怎么刚刚三日。便要赶
他出门。决无此理。(正旦云)梅香。你那里知道。(唱)【天下乐】
他只待夜夜留人夜夜新。殷勤,顾甚的恩。不依随又道是我女孩
儿不孝顺。今日个漾人头厮摔。含热血厮喷。定夺俺心上人。

　　不难看出,这两段文字表现的是同一件事,即韩辅臣受不了鸨母的
冷言冷语负气出走后杜蕊娘的反应。赵本突出的是杜蕊娘误会韩辅臣
和抱怨鸨母的双重心态,元曲选本则重在抱怨而淡化误会。而这里不
仅科白有异,曲词也出现了不同。类似这种科白乃至曲词有异的情况
还有不少,且第三折出现了完全不同的角色安排。

赵本:

　　(净同外旦上)小官人姓闵,双名人去,今日在金线池上安排酒
果,请韩辅臣、杜蕊娘两口儿圆和。先请姨姨来者!(正旦上)妹子
也,为我呵,着你置酒张筵也。

　　【中吕粉蝶儿】明知道书生。教门儿负心薄幸,尽教他海角飘
零……

元曲选本:

　　(外旦三人上云)妾身张嬷嬷,这是李姅姅,这是闵大嫂,俺们都
是杜蓬娘姨姨的亲眷。今日在金线池上,专为要劝韩辅臣杜蕊娘两
口儿圆和。这席面不是俺们设的,恐怕蓬娘姨姨知道是韩姨夫出钱
安排酒果,必然不肯来赴,因此只说是俺们请他,酒席中间慢慢的劝

他回心,成其美事。道犹未了。蘂娘姨姨早来也。(正旦上相见科云)妾身有何德能。着列位奶奶们置酒张筵,何以克当。(唱)

【中吕粉蝶儿】明知道书生,教门儿负心短命,尽教他海角飘零……

赵本语言简单,却多出了一个扮演妹夫的净角,引导以下故事情节的发展。元曲选本则抹去净角,外旦增至三人,但如前述邓绍基先生所言,此在以下剧情发展中引起了混乱,"是败笔,也可说是不通之笔墨。"赵本在这里也不是完美无缺,筵前明明表示上场者是"净同外旦"两个人,以下筵间又莫名其妙地出现了"众旦",显得还是针线不密。所有这些在元明杂剧以及其他明人杂剧选本中是很难见到的,原因当然出自赵本自身的粗陋和臧晋叔师心自用对原本的删改,成功与否,均具一定之典范意义。

温太真玉镜台

此剧与《元曲选》所收本之间的异同与《金线池》相类似,二本的题目正名内容及格式均一致,且皆置于剧末。全剧四折,也分别由仙吕、南吕、中吕、双调四大套依次展开,故事情节、人物个性和结局两个版本基本一致,不同在于一些具体方面。

第一折老夫人开场上场诗两本同中有异,前二句均作"花有重开时,人无再少日"。后二句赵本作"休道黄金贵,安乐最值钱",尤为元曲传统。元曲选本则作"生女不生男。门户凭谁立",与剧中故事情节联系比较紧密,显示的是明代宫廷杂剧的特点。以下曲中科白,赵本俱以大小字体表示,元曲选本则多标示"云""唱",显得清楚明白。以下【天下乐】【那咤令】【鹊踏枝】三曲,分别吟诵了傅说和伊尹、孔子、孟子,元曲选本皆做了较大修改。

赵本:

【天下乐】当日天下谁家得凤凰,为甚成汤基业昌?就商岩有莘求宰相,傅说版筑里生,伊尹稼穑中长,做的朝为田舍郎。

(云)自古来有德的好难说呵!

【那咤令】孔子为素王,训一人万邦,门生每受讲,立三纲五常。轩车离故乡,走四面八方。他是万代弟子师,为四海生灵望,划地到陈国绝粮。

【鹊踏枝】孟子亦荒荒，走齐梁，更不算纣剖桀诛，比干龙逢，屈原投大江，周公祷上苍，直到启金縢，才感悟成王。

元曲选本：

【天下乐】当日个谁家得凤凰。翱也波翔。在那天子堂。争知他朝为田舍郎。傅说呵在版筑处生。伊尹呵从稼穑中长。他两个也不是出胞胎便显扬。

（云）虽然如此。那得志不得志的。都也由命不由人。非可勉强。（唱）

【那咤令】他每都恃着口强。便仪秦呵怎敢比量。都恃着力强。便贲育呵怎敢赌当。元来都恃着命强。便孔孟呵也没做主张。这一个是王者师。这一个是苍生望。到底捱不彻雪案萤窗。

【鹊踏枝】只落的意彷徨。走四方。昨日燕陈。明日齐梁。若不是聚生徒来听讲。怎留得这诗书万古传芳。

由上引曲文和道白很难看出赵本和元曲选本谁更加合理，但可以肯定，元曲选本改动的不仅是科白，曲文也做了较为明显的删改。

第二折温峤对老夫人谎称保亲后赵本有科白："下，将砌末上。"元曲选本改作"（虚下，将砌末上）"，前者已下场复上，后者"虚下"即未真的下场，但马上手中有了"砌末"（玉镜台），有点像变戏法，逻辑上欠推敲。编者于此显然没有将场上演出是否方便考虑在内。情况类似的还有上场诗。以下媒人上场诗赵本作："全凭说合为活计，一生作媒做营生。"符合其身份。元曲选本则借用《诗经》成句："析薪如何。匪斧弗克。娶妻如何。匪媒弗得。"文学性较强，且未脱媒婆身份，但书卷气太浓，和舞台气氛不协。第三折元曲选本对于赵本的曲文也做了改动，删去了【中吕】套的【六煞】【五煞】两支曲子，【四煞】的曲文也做了改变。第四折【川拨棹】内容亦大部分不同：

赵本：

这官人待须臾，第一名走脏毒。① 你道是付彩涂朱，妖艳妆梳，

---

① 赵本此处有朱笔题注"一作走脏虫"，可见琦美另有所本。

赛过神仙洛浦,把紫罗襕权当住。

元曲选本:

这官人待须臾,休恁般相逼促。你道是傅粉涂朱,妖艳妆梳,貌赛过神仙洛浦,怎好把墨来乌。

比较起来,二本意思大体相近,主唱者温峤无非是回应新婚妻子,告诉她吟不出好诗的后果。但赵本曲文含义晦涩,欲说还休。元曲选本则比较清楚明白。以下温峤吟诗却又各不相同,赵本是一首七言绝句:"翰林学术坐华堂,挥笔吟诗动四方。御酒饮来花插帽,当今天子重贤良。"元曲选本是一首五言律诗:"不分君恩重,能怜玉镜台。花从仙禁出,酒自御厨来。设席劳京尹,题诗属上才。遂令鱼共水,由此得和谐。"比较起来,赵本体现着男主人公的自我肯定和颂世情怀,符合其自上场后一直表露的精神境界。元曲选本则比较细腻地描述了男女主人公共同经历的感情波澜,比较贴合剧情,仍旧各有特色。

以下文本仍互有异同。元曲选本的改动在一些地方显示了后出转精的效果。如赵本【得胜令】首句"不若如韩信吓蛮书",即暴露了用典的张冠李戴。因所谓"吓蛮书"出自元杂剧王伯成的《贬夜郎》,与李白相关。元曲选本将其改作"煞强似当日吓蛮书",效果就大不一样。以下府尹的祝词和下场诗,以及最后一曲【隔尾】,二本同样是各有不同:

赵本:

冰人完月老姻缘簿,巫娥全宋玉相思苦。今日个锦帐欢娱,索强如绣幕孤独。胜道执酒的相如,怎肯把驾车的女文君负。从今后琴趣诗篇吟和处,风流句,则我这意见功夫,会合了朝云共暮雨。

元曲选本:

从今后姻缘注定姻缘簿,相思还彻相思苦。剩道连理欢浓,于飞愿足。可怜你窈窕巫娥,不负了多情宋玉。则这琴曲诗篇吟和处,风流句,须不是我故意亏图,成就了那朝云和暮雨。

毫无疑问,元曲选本有了新变化,语言内容更具逻辑性和可读性。但二曲句式相近,韵脚不变,也显示出它们之间的前后继承性。

赵盼儿风月救风尘

剧情描写汴梁妓女宋引章,原与秀才安秀实相恋,后为浮浪子弟周舍所骗娶,遭受残酷虐待,而其旧时同伴,另一妓女赵盼儿挺身而出,设计将宋救出,重与安和好。此剧的版本情况与上述二剧同中有异,除了赵本所据《古名家杂剧》本以外,只有《元曲选》一种。赵本《赵盼儿风月救风尘》为《新续古名家杂剧》本,位于黄丕烈编目15号,与《刘夫人庆赏五侯宴》《关大王独赴单刀会》合装为一册。存本版心标"一卷"。今存《汇刻书目》壬五十九将其归入《古名家杂剧》"宫"卷,为"宫商角徵羽"五集首卷第一,是否同一版本来源不明。

二本题目正名均置于剧末,唯内容有异。赵本作:"题目:念彼观音力,还着于本人;正名:虚脾瞒俏倬,风月救风尘。"元曲选本则作:"题目:安秀才花柳成花烛,正名:赵盼儿风月救风尘。"前者五言四句,于风月场中标榜佛理,但剧中并无与观音及佛教相关的内容。后者八言两句,比较切合剧情。以下全剧四折,也分别由仙吕、商调、正宫、双调四大套依次展开,故事情节、人物个性和结局两个版本虽无根本不同,具体表现相异处还是不少。第一折科白中一段文字二本即明显有异,即当周舍向宋母提亲获允后。

赵本:

> (周舍云)我并不敢欺负大姐。母亲,把你那姊妹弟兄都请下者,我便收拾来取。(下)(卜儿云)大姐,你在家执料,我去请那一辈儿老姊妹去。(下)(外旦)母亲去了,看有什么人来。

元曲选本:

> (周舍云)我并不敢欺负大姐。母亲。把你那姊妹弟兄都请下者。我便收拾来也。(卜儿云)大姐。你在家执料。我去请那一辈儿老姊妹去来。(周舍诗云)数载间费尽精神。到今朝才许成亲。(外旦云)这都是天缘注定。(卜儿云)也还有不测风云。(同下)

两本此处情节开始并无不同，周舍达到目的下场后，宋母因要请客，随着下场。场上宋引章却未离开，等着接待客人。但紧接着是安秀实求助赵盼儿的剧情，与宋引章并无关涉，她在场逻辑上说不通，演出也无法操作。元曲选本即做了变通，让周舍、宋引章和他一起同下，如此即避免了矛盾，构思亦显得更加合理。

二本在细节方面也各有长短。第一折叙赵盼儿受安秀实之托去见宋引章为其保亲，已经决定嫁周舍的宋引章第一反应是："（怒云）我嫁了安秀才呵。一对儿好打莲花落。"元曲选本删去"怒"字提示，形象的生动性反而有所削弱。而当赵盼儿劝说失败，见到周舍时，赵本第一个反应是"来的敢是周郎"，一个"郎"字无论如何代表不了赵盼儿此刻的心情，元曲选本改称"周舍"，应更适宜。本折末当宋引章兴冲冲地准备跟着周舍赴郑州时，元曲选本给他们各添加了两句下场诗："（周舍诗云）才出娼家门，便作良家妇。（外旦诗云）只怕吃了良家亏，还想娼家做。"诗意在周舍犹可，在宋则无可能有此先见之明，显属蛇足。第二折开场周舍诬蔑宋引章不会做事且举止乖张，赵本中后者不在场，无法出一言自辩，真假莫名。元曲选本处理为两人同时上场，且增一句"（外旦云）我那里有这等事"，显得合理多了。非但如此，赵本周舍走后留在场上的宋引章自诉"进的门来，打了我五十杀威棒"，未及其他，似乎周舍之家暴仅限于此，申诉力度不足。元曲选本这句之后又增加一句："朝打暮骂。怕不死在他手里。"表明虐待已成家常便饭，这就为以下救风尘行动奠定了合理的基础。也许正出于加强赵盼儿义举的分量，元曲选本甚至添加了赵本所没有的曲文【柳叶儿】："则教你怎生消受。我索合再做个机谋。把这云鬟蝉鬓妆梳就。（带云）还再穿上些锦绣衣服。（唱）珊瑚钩。芙蓉扣。扭捏的身子儿别样娇柔。"这样安排多少有些琐碎，和赵本相比并未出现多大增色。以下同样各有特色。如赵本此折周舍听得赵盼儿要自己休掉宋引章便嫁他后盘算："（背云）且慢着。那个妇人是我打怕了的。与她一纸休书。那妇人就去了。"显得语气较平，缺乏生动。元曲选本改作："（背云）且慢着。那个妇人是我平日间打怕了的。与她一纸休书。那妇人就一道烟去了。"突出了"平日间"和"一道烟"，就生动多了。本折末元曲选本将赵本的【尾声】改为【黄钟尾】,显示了明代北曲曲牌的复杂性,值得关注。

　　第四折开场后上场人物二本有分歧。首先,赵本开场让宋引章母亲和赵盼儿、宋引章等人一起上场有误,因为按照此前剧情,宋母并未随同赵盼儿前往郑州,而此时他们正在回汴梁的路上。元曲选本改作"(旦同外旦上)",从而纠正了赵本的失误。其次,周舍气急败坏拉着赵盼儿宋引章去告官,由于赵盼儿此前已经得了休书,周舍要蛮强抢未成,故问官断令周舍败诉,赵本就此结束。由于未再提及另一男主人公安秀实,显得全剧前后缺乏照应。元曲选本注意到这一点,做了较大的改动,增加了两支曲子和相关科白。

　　　　(安秀实上云)适才赵盼儿使人来说。宋引章已有休书了。你快告官去。便好取他。这里是衙门首。不免高叫道冤屈也。(孤云)衙门外谁闹。拿过来。(张千拽入科云)告人当面。(孤云)你告谁来。(安秀实云)我安秀实聘下宋引章。被郑州周舍强夺为妻。乞大人做主咱。(孤云)谁是保亲。(安秀实云)是赵盼儿。(孤云)赵盼儿。你说宋引章原有丈夫。是谁。(正旦云)正是这安秀才。(唱)

　　　　【沽美酒】他幼年间便习儒。腹隐着九经书。又是俺共里同村一处居。接受了钗环财物。明是个良人妇。

　　　　(孤云)赵盼儿。我问你。这保亲的委是你么。(正旦云)是小妇人。(唱)

　　　　【太平令】现放着保亲的堪为凭据。怎当他抢亲的百计亏图。那里是明媒正娶。公然的伤风败俗。今日个诉与太府做主。可怜见断他夫妻完聚。

安秀实上场告状,是赵盼儿安排的结果,不仅在戏剧结构上前后呼应,而且对戏剧冲突的解决起到了相互配合的作用。如此处理,较之赵本当然要合理得多。

钱大尹智宠谢天香

　　剧本描写北宋词人柳永和名妓谢天香相恋,后柳赴京赶考,行前托友人钱大尹代为照看谢,钱出于友情而以娶为己妾的名义将谢天香保护在家里,后柳科举高中,钱即助二人重圆。此剧的版本情况和《赵盼儿风月救风尘》相同,除了赵本以外,也只有《元曲选》一种。赵本《钱大尹智宠谢天香》同为《古名家杂剧》本,位于黄丕烈编目18号,与《望江亭中秋切鲙旦》《邓夫人苦痛哭存孝》《钱大尹智勘绯衣梦》《包待制三勘蝴蝶梦》《感天动地窦娥冤》《刘夫人庆赏五侯宴》《关大王独赴单刀会》合装为一册。存本版心标"信卷二"。今存《汇刻书目》壬五十五将其归入《古名家杂剧》"竹"卷,为"金石丝竹瓠土革木"八集四卷第二,与《赵盼儿风月救风尘》应是同一版本来源。

二本题目正名均置于剧末,内容亦完全相同,故事情节、人物个性和结局,两个版本亦无根本性区别,具体表现则相异处不少,剧本体制亦存在差别。赵本四折,理应成为楔子的过场戏连同【仙吕赏花时】【幺】二曲被并入第一折,元曲选本则是规规矩矩的四折一楔子,【仙吕赏花时】二曲单独列出作楔子,正剧很单纯地由仙吕、中吕、越调、双调四大套依次展开。第一折柳永上场诗赵本作"万般皆下品,惟有读书高",是《神童诗》一句的简单复制,沿袭元杂剧固有的类型化传统。《元曲选》则是完整的一首诗"本图平步上青云。直为红颜滞此身。老天生我多才思。风月场中肯让人",非常切合剧情和角色的身份。非但如此,以下钱大尹的上场诗也是迥然不同:"陈纪立纲理庶民,聿遵王法秉彝伦。清廉正直行公道,博取芳名后代闻。"(赵本)"寒蛩秋夜忙催织。戴胜春朝苦劝耕。若道民情官不理。须知虫鸟为何鸣。"(元曲选本)前者强调秉公施政,后者重在勤政爱民。第二折曲牌大体相同,科白则稍稍有异。如柳永临行前填词有意冒犯钱大尹名讳,衙役张千转述时巧妙避开,大尹夸奖:"这厮倒聪明着哩。(张千)也颇颇的。(钱)你看这厮波!哦,这事也容易。我如今唤将谢天香来……"元曲选本删去"你看这厮波!哦,这事也容易"一句,虽不影响表达,但舞台生动性即减弱了。又,柳走后钱召谢天香准备借故责打,张千有意为谢解脱:"(张千云)上厅行首谢天香谨参。参毕无事。(旦行科)(钱)哪里去!则你是柳耆卿心上的谢天香么。"元曲选本改作:"(张千云)大姐。你过去把体面者。(正旦见科云)上厅行首谢天香谨参。(钱大尹云)则你是柳耆卿心上的谢天么。"前者虽近似插科打诨,但充满场上机趣。后者则平实叙说,案头气息浓厚。第三折【倘秀才】曲及相关科白二本亦有所不同。

赵本:

> (二贴云)敢问姐姐,当日柳七官人《乐章集》,姐姐收的好么?(旦)

> 【倘秀才】便休题花七柳七,若听得这里是那里,相公的耳朵里风闻那旧是非。休只管里气毬儿,这八句儿我也记的。

元曲选本:

> (二旦云)敢问姐姐,当日柳七官人《乐章集》,姐姐收的好么。(正旦唱)

> 【倘秀才】便休题花七柳七,若听得这里是那里,相公的耳朵里风闻那旧是非。休只管这几句,滥黄斋我也记得。

首先看角色名,赵本出现"二贴",贴即贴旦,杂剧入明后受南曲传奇影响所致。元曲选本则有意追步元人传统称为"二旦"。其次看谢天香称呼不在场的柳永,赵本作"气毬儿",是"七官人"的谐音,给人以亲昵的感觉。元曲选本则作"滥黄斋",有明显的嫌弃意味。"滥黄斋"亦称"烂黄斋",元杂剧常指酸腐无用的秀才。前述《金线池》第二折即以此称呼遭杜蕊娘鸨母嫌弃的韩辅臣:"闻得母亲说,他是烂黄斋,如今又缠上一个粉头。"相比较而言,赵本更切合谢天香真实的情感和心态。

类似的差别在作品中还比较多见。第三折末谢天香下场后赵本仍有钱大尹和张千的对话:"(钱)张千,拣个吉日良辰,立天香做小夫人。老夫且回后堂歇息去。"元曲选本无此句,因大尹在吩咐天香"后堂中换衣服去"后即下场了,天香唱【尾声】只能算是自言自语。相比较而言,第四折两本差别不大,但也值得品味。如同为【上小楼】,赵本作:"更做到题个话头,你可便心休僝僽,你觑他那首领面前一左一右不离前后,你若带酒,是必休将咱迤逗。"元曲选本作:"我待要题个话头,又不知他可也甚些机縠,倒不如只做朦胧,为着东君,奉劝金瓯。他若带酒,是必休将咱僝僽。"前者对柳永以第二人称,提示他注意钱大尹的反应,感情真挚热烈;后者对柳永以第三人称,似旁唱,但未明确提示。又以"东君"称钱,情感表露较为复杂,文人案头气味浓郁。

包待制三勘蝴蝶梦

剧本描写王姓有子三人,因其父为皇亲葛彪打死,为了复仇,三子又寻机将葛彪殴杀。开封府尹包拯审理此案,欲以其中一人为葛偿命,在申辩不准的情况下,三兄弟皆欲自认人命,而其母仅为长子、次子求情,包公以为偏爱亲子,责之,后乃弄清王母是真正忍痛割爱,包公因其义且怜之,终于设法以偷马贼代王三死,并为申报朝廷,奉旨封赠作结。此剧的版本情况和《赵盼儿风月救风尘》《钱大尹智宠谢天香》相同,除了赵琦美钞校本以外,也只有《元曲选》一种。赵本《包待制三勘蝴蝶梦》也为《古名家杂剧》本,位于黄丕烈编目 21 号,与《望江亭中秋切鲙旦》《邓夫人苦痛哭存孝》《钱大尹智勘绯衣梦》《钱大尹智宠谢天香》《感天动地窦娥冤》《刘夫人庆赏五侯宴》《关大王独赴单刀会》合装为一册。存本版心标"三卷"。今存《汇刻书目》壬五十五将其归入《古名家杂剧》"竹"卷,为"金石丝竹瓠土革木"八集四卷第三,与《赵盼儿风月救风尘》《钱大尹智宠谢天香》应是同一版本来源。

与前剧情况相类,此剧二本题目正名亦均置于剧末,内容完全相同,故事情节、人物个性和结局两个版本亦无二,细节相异则不时出现,剧本体制亦存在差别。赵本四折,传统上应单独作为楔子的过场戏连同【仙吕赏花时】【幺】二曲被并入第一折,元曲选本则是中规中矩的四折一楔子,上述二曲连同开场后的科白析出作楔子,以下即单纯由仙吕、南吕、正宫、双调四大套依次展开。第一折上场人物赵本很简单,"孛老同旦引三末上",元曲选本楔子此处作"外扮孛老同正旦引冲末扮王大丑王二丑扮王三上",涉及角色名目较多。"冲末"饰演王大比较令人费解。按道理冲末即开场角色,但此剧开场显然是外扮的孛老。赵本孛老的上场诗是:"月过十五光明少。人到中年万事休。"元曲选本前二句相同,后又增加"儿孙自有儿孙福。莫为儿孙作远忧"二句。然亦皆为元剧套话。第一折皇亲葛彪上场诗赵本作"王侯将相,宁有种乎",同为现成套话。元曲选本则作:"有权有势尽着使。见官见府没廉耻。若与小民共一般。何不随他带帽子。"野蛮而且粗俗,活画出一副权豪势要的霸道嘴脸。以下葛彪撞死王老汉,还满口污秽:"这老子诈死,赖我马咬马咬，马踢马踢，马合马合。"虽然符合其身份，也可能更具场上演出效果，但未免太过恶俗。元曲选本改作："这老子诈死赖我。我也不怕。只当房檐上揭片瓦相似。"显得更有艺术品位，亦更具可读性。以下【金盏儿】曲"这一还一报从来是，想皇天报应不容私"两句，元曲选本改作："似这般逞凶撒泼干行止，无过恃着你有权势有金赀。"前者强调善恶有报，后者谴责权贵横行。紧接着二曲：

赵本：

> 【后庭花】想天公不受私，正是一还一报时。恨小非君子，无毒不丈夫。你毫不寻思，这场公事，你三人痛莫支，你集贤为秀士，跳龙门，折桂枝，为亲爷，遭横死，须当是报怨私。若官司拿住你，审情真，问口词，下脑箍，使桉子。【柳叶儿】不想这场祸从天至，你可打得来血泊停尸……

元曲选本：

> 【后庭花】从来个人命当还报，料应他天公不受私。（带云）儿也。（唱）不由我不嗟咨，几回家看视。现如今拿住尔，到公廷责口词，下脑箍，使拶子，这其间痛怎支。【柳叶儿】怕不待的一确二，早招承死罪无辞……

说的都是按照杀人偿命的律法，儿子们肯定要吃官司，但语言表达有异。赵本强调的是王母对于自己本应有着光明前途的儿子却因报父仇而走上刑场的痛惜，元曲选本则重在因触犯刑法而遭罪的无可奈何。相比较而言，前者的感情分量更足一些。

以下三折，赵本和元曲选本比较相差不大，只有少数几处文字的校订。如第二折赵本包拯道白："不救那小蝴蝶。扬长飞去了。"元曲选本改"扬长"为"佯常"，不妥。又，赵本科白："（孤）张千开了行枷，与那解子批回去。（做开枷科。王三）母亲、哥哥：咱家去来！"元曲选本改"王三"为"王大兄弟"，不妥。第四折【尾煞】曲末乃全剧赞辞，赵本作："赦的俺子母每今后无妨碍，大小无灾，则愿的龙椅上君王万万载。"颂圣意味浓厚，显为明代宫廷剧场演出所加。元曲选本改为："赦得俺一家儿今后都安泰。且休提这恩德无涯。单则是子母团圆大古里彩。"较切合剧情实际。

感天动地窦娥冤

此剧名声甚著,长期居关作之首。剧中表现女主人公窦娥守寡后和同样孀居的婆婆蔡氏相依度日,谁知蔡婆因讨债差点被害,虽得张驴儿父子相救,但后者却乘机搬入她家,意欲霸占。窦娥不从,却中了张驴儿的圈套,被诬毒死人命。楚州贪官梼杌不加细辨,将其屈斩,刑前血溅白练,六月飞雪,此后楚州大旱三年。窦父科举得官来巡此地,窦娥鬼魂诉冤,始获昭雪。关于此剧版本,除了赵本和《元曲选》以外,尚有孟称舜编《古今名剧合选·酹江集》。赵本《感天动地窦娥冤》也为《古名家杂剧》本,位于黄丕烈编目22号,与《望江亭中秋切鲙旦》《邓夫人苦痛哭存孝》《钱大尹智勘绯衣梦》《钱大尹智宠谢天香》《刘夫人庆赏五侯宴》《关大王独赴单刀会》合装为一册。存本版心标"三卷"。今存《汇刻书目》壬五十六将其归入《古名家杂剧》"木"卷,为"金石丝竹瓠土革木"八集八卷第三,与《赵盼儿风月救风尘》《钱大尹智宠谢天香》和《包待制三勘蝴蝶梦》情况应是同一版本来源,但同中有异。关于《窦娥冤》赵本和元曲选本的比较,学界已有成果,除了各种关氏全集、选集之校勘外,专题论文直接相关的有邓晓东的《世间两种〈窦娥冤〉——〈窦娥冤〉版本比较》(艺术百家2005年第1期)和曾艳红的《两种版本〈窦娥冤〉之对比评析》(中山大学研究生学刊,2006年第2期),前者就蔡婆改嫁与否、窦娥是否骂天、窦天章形象正负及其他细节进行了比较分析。后者则从结构、曲文、思想和语言等方面进行分析比较,应当说已相当全面。现以此为基础作进一步补充叙说。

二本题目正名均置于剧末,这一点和上述三剧相同。然内容则大不相同,赵本作:"题目正名:后嫁婆婆忒心偏,守志烈女意自坚;汤风冒雪没头鬼,感天动地窦娥冤。"元曲选本作:"题目:秉鉴持衡廉访法;正名:感天动地窦娥冤。"前者强调伦理道德,后者重在公正执法。题目正名的不同决定了二本的故事情节、人物个性和结局也有了较大差异,相异处则不时出现,剧本体制亦存在差别。赵本全剧共分为四部分,仙吕、南吕、正宫、双调四大套依次展开。无楔子,前三部分以"出"划分场次,第四部分用"折"。"出"和"折"混用显系受南戏的影响。元曲选本则将赵本第一折自蔡婆开场至窦天章离开后之剧情析出，并增加窦天章唱一曲【仙吕赏花时】作楔子，四大套皆以"折"标示，为习见之四折一楔子体制，显示其有意向元杂剧传统回归。

赵本因未析出楔子，故第一折科白甚多。窦天章上场诗："腹中晓尽世间事，命里不如天下人。"元曲选本则为："读尽缥缃万卷书。可怜贫杀马相如。汉庭一日承恩召。不说当垆说子虚。"前者慨叹怀才不遇，后者则在慨叹之余尚未失去信心。二本各有特色。但有的情节安排长短立见，如赵本："（卜）秀才，你本利少我十两银子。兀的是借钱的文书还你。再借与你二两银子做盘缠。秀才休嫌轻少。"还了借贷文书以换取端云不错，但作为高利贷者，加借二两银子作盘缠并不能算是人情，因为借了还得还，一句"秀才休嫌轻少"感情上没有着落。元曲选本则改作："（卜儿云）这等，你是我亲家了。你本利少我四十两银子。兀的是借钱的文书还了你。再送你十两银子做盘缠。亲家。你休嫌轻少。"以"亲家"取代"秀才"，合乎逻辑，以下"送你十两银子做盘缠"而不是"再借与你二两银子做盘缠"，感情上也有了着落。类似这种情况还有很多。另外，值得提出的是《窦娥冤》"公堂见官"一场，赵本将其归入第三出，作为《法场》之前的过场戏，显然没有考虑到其中【牧羊关】【骂玉郎】【感皇恩】【采茶歌】四曲，属于南吕宫，与第三出的【正宫】不合，违背了元杂剧联套规则，何况公堂审案也冲淡了主人公刑场诉怨的气氛，无论从哪方面看都不合适。《元曲选》将其归入第二折张驴儿设局陷害窦娥之后，情节上较为合理，乐曲皆为南吕宫，合套亦无问题。显然，在这方面，元曲选本同样较之赵本处理得好得多。角色方面，赵本中楚州太守和公人在赵本中都由"丑"扮演，元曲选本则改为"净"。此外，为符合剧情改动的需要，元曲选本第四折增加了由"外"扮演的"州官"、"丑"扮演的"吏"和"解子"三种角色。

曲辞方面，元曲选本较赵本多了九支曲子，除了前述楔子中窦天章所唱的【仙吕·赏花时】一支外，另有第一折的【寄生草】、第三折的【耍孩儿】【二煞】【一煞】三支、第四折的【沉醉东风】【七兄弟】【梅花酒】【收江南】四支。人们经常提及的第三折窦娥所唱【正宫滚绣球】一曲，赵本作："不想天地也顺水推船。地也，你不分好歹难为地；天也，我负屈衔冤哀告天！"元曲选本改为："天地也做得个怕硬欺软。却元来也这般顺水推船。地也你不分好歹何为地。天也你错勘贤愚枉做天。"毫无疑问，元曲选本所改感情更加强烈，反抗性也更强，故 20 世纪 50 年代后多为论者所称道。今天看来，问题并非如此简单，窦娥出身饱读诗书的秀才家庭，本身又是身处社会下层的小媳妇，应该不会有着指斥天地的思想认识，赵本应更符合窦娥的身份和所受到的教育。值得注意的是元曲选本第四折，如果前三折增补的曲子并未使得故事情节与赵本比较产生明显差别的话，则第四折多出的四曲倒是真正扩展了剧情。赵本中，魂窦娥在【尾声】请求父亲为其复仇并收养她年迈的婆婆后，即由窦天章改判张驴儿等一干人犯，剧情至此结束。元曲选本则在案件缺乏人证、窦天章束手无策之际，魂窦娥现身指证，通过增加的四支曲子，窦天章得以断案，窦娥冤情始得大白。二本之处理方式孰是孰非，学术界有不同看法。今天看来，元曲选本的审案过程固然满足了观众劝善惩恶的心理，但情节过于荒诞，冲淡了悲剧气氛，也有损于作品的现实意义。所有这些，加上上述诸多的相异，足以证明两个版本的《感天动地窦娥冤》极有可能来源于不同的版本系统。这一点，和上述《赵盼儿风月救风尘》《钱大尹智宠谢天香》和《包待制三勘蝴蝶梦》恰成鲜明的对照。

包待制智斩鲁斋郎

剧本描写一个类似《包待制三勘蝴蝶梦》中葛皇亲的花花太岁鲁斋郎，白昼抢劫妇女。银匠李四的妻子被强迫带走且不说，连颇有点威势的郑州六案都孔目张珪，慑于他的权势，在一声吩咐之后，即乖乖地将妻子送上门去供其蹂躏。而素有不畏权贵的清官包待制，要想惩办这个恶棍，也不得不要个花招，将其名字改作"鱼齐即"，才算达到了目的。这一点也和《包待制三勘蝴蝶梦》中以赵顽驴代死同属一个路子。关于此剧作者，学术界有不同看法。《也是园书目》著录作无名氏，今存本则作关汉卿撰。此剧的版本情况和《赵盼儿风月救风尘》《钱大尹智宠谢天香》《包待制三勘蝴蝶梦》相同，除了赵琦美钞校本以外，也只有《元曲选》一种。赵本此剧亦系《古名家杂剧》本，位于黄丕烈编目 137 号，与无名氏之《赵匡义智娶符金定》《包待制智赚生金阁》《张公艺九世同居》

合装为一册。存本署"元关汉卿撰",题下又有墨笔批注"此本《太和正音》不收",①版心标"忠卷一"。今存《汇刻书目》壬五十四将其归入《古名家杂剧》"丝"卷,为"金石丝竹瓠土革木"八集三卷第一,与《赵盼儿风月救风尘》《钱大尹智宠谢天香》和《包待制三勘蝴蝶梦》情况应是同一版本来源。此剧特殊之处还在于经赵琦美据于小谷藏本校勘过,剧末附题识"万历四十四年十一月十二日,长至夜校于小谷本清常道人记"。

此剧与《元曲选》所收本之间的异同与《杜蕊娘智赏金线池》《温太真玉镜台》相类似,二本的题目正名内容及格式均一致,且皆置于剧末。故事情节、人物个性和结局两个版本基本一致,乐曲结构仙吕、南吕、中吕、双调四大套依次展开。不同在于一些具体方面。赵本四折,但传统应单独作为楔子的过场戏连同【端正好】【幺】二曲被并入第一折,元曲选本则将赵本第一折中鲁斋郎强夺李四妻,李四赴郑州告状病倒途中为张珪夫妻所救的情节析出为楔子,内容分为楔子和第一折两部分,显示的是中规中矩的四折一楔子。以下赵本开场鲁斋郎道白有"方今圣人在位,四海晏然,八方无事"一句,显系宫廷剧场颂圣套话,元曲选本删去为是。然另一处鲁斋郎让银匠李四为其修理酒壶,赵本:"(李四接壶整理科云)整理的复旧如初。好了也。大人试看咱。"元曲选本删去括号内"整理"二字,致使动作提示有缺,以下"复旧如初。好了也"显得突兀。以下第一折赵本【混江龙】有句"勒揢了些养家钱",元曲选本改"养家钱"作"养家缘",不妥。又,赵本鲁斋郎道白"所事不见,正所好坟也",不通,琦美墨笔改"正所好"作"见一个",通。元曲选本作"这一所好坟也",也通。以下第二折赵本鲁斋郎白"我着他今日不犯明日送来",琦美墨笔改"明"作"红",眉批且云:"红日上色,红改明,非。此古本所以可贵。"王季思主编之《全元戏曲》于此称"赵笔误校",②非是。琦美校改乃据于小谷本,剧中鲁斋郎明言"五更"即日出之前必须送达,故云"不犯红日"。本折赵本和元曲选本最大的不同还是【四块玉】和【尾

① 《太和正音》即朱权的《太和正音谱》,此批注曾引发了此剧的著作权问题,笔者对此有专门论述,认为所有疑点尚不足以否定关汉卿对此剧的著作权。参见徐子方《关汉卿北方时期作品考论》,《文献》1997年第1期。

② 王季思主编:《全元戏曲》第1卷,人民文学出版社1999年版,第370页。

声】之间,前者作:"(末)大嫂实不相瞒,如今大人要你做夫人,我特送将你来。"后者则在此后增加了一大段科白文字,包括【骂玉郎】【感皇恩】【采茶歌】三支曲子。情况约略相似的还有第四折,赵本于通常的【双调新水令】套曲前多了一曲【玉交枝】,体制上相当于变格,元曲选本将其删除,文本又回到了传统。赵本最后包待制宣读判词后全剧即结束,元曲选本则多了一曲【收尾】。

> (正末同众拜谢科)(唱)
>
> 【收尾】多谢你大恩人救了咱全家祸。抬举的孩儿每双双长大。莫说他做亲的得成就好姻缘。便是俺还俗的也不惧了正结果。

这是收尾,也是打散。有了这一曲合唱,场上气氛更浓。相比较而言,赵本结尾太平实。

就版本学和校勘意义而言,赵琦美钞校本关汉卿杂剧与元曲选本之间的比较最有价值,除了能够据以确定版本的系统及所源自之外,也可看出杂剧进入明中期后场上和案头分流的情状。当然,臧晋叔并非投身元剧文本整理和传播的唯一名家,在他之后的孟称舜也在这方面留下了深深的印记。

六、赵本关剧与该剧古今名剧合选本之比较

赵琦美钞校本关汉卿杂剧与孟称舜《古今名剧合选》收录本(简称古今名剧合选本)重出剧目不多,今知有《杜蕊娘智赏金线池》《温太真玉镜台》《感天动地窦娥冤》三种,《古今名剧合选》按作品风格分为《柳枝集》和《酹江集》两部分,《杜蕊娘智赏金线池》《温太真玉镜台》被归入《柳枝集》,《感天动地窦娥冤》被归入《酹江集》。由于古今名剧合选本基本上继承的是元曲选本,故一般认为将赵本和古今名剧合选本的比较在校勘学意义上不具有太多价值。正因为如此,本书亦不拟将赵本和古今名剧合选本一一对应比勘。然而应当指出的是,孟称舜编《古

今名剧合选》的初衷似乎有意在比较赵本和元曲选本基础上择善而从，并请专人订正，力图在内容形式上构建一个真正的善本。这一点主要反映在该本其题署和眉批之中，值得专门提出来做一叙说。

《杜蘂娘智赏金线池》题下首行题"新镌古今名剧柳枝集"，次行题剧名《金线池》，第三行注有"元关汉卿著，明孟称舜评点，朱曾莱订正"等字样，同时附有眉批点评，近似元曲选本的"音释"而又有新的变化。如楔子眉批："写唧哝哀怨之语，字字如大珠小珠落玉盘时也，岂非大作手！"第一折眉批"憋音鳖""磨岢，船也"。第二折："二折三折，尽力描写。"【端正好】曲眉批赞："韵语。"【采茶歌】眉批："到处快爽。"【三煞】眉批："醋语，絮得十分尽情。"【尾煞】眉批："又醋又絮。"第三折【中吕粉蝶儿】眉批："衷肠缕缕，越骂越觉得邈至。"【石榴花】眉批："伤感得好。"

《温太真玉镜台》卷首先题"新镌古今名剧柳枝集"，次行题剧名《玉镜台》，第三行注有"元关汉卿著，明孟称舜评点，朱曾莱订正"等字样，也附有眉批作点评，如楔子眉批："俗语韵语，彻头彻尾，说得快性尽情，此汉卿不可及处。曲中字句多从吴兴改本。"①第一折【醉中天】眉批："入情妙语更美倩。"第二折【牧羊关】眉批："话得详尽。"【四块玉】眉批："彻情摹写。"【煞尾】眉批："此等是元曲中套语，然自好。"第三折【上小楼】眉批："熨帖得妙。"【耍孩儿】眉批："形容老夫得其女妻，情况的真，妙妙！"【六煞】眉批："此二枝正说，断不可少。吴兴本尽删去，今照原本增入，但【五煞】原本全说在打造车子上，似无谓，略为改正。此下说少年人不如己，絮得极像。"第四折【乔牌儿】眉批："尽情，勒掯得妙。"

《感天动地窦娥冤》首行题"新镌古今名剧酹江集"，次行为简名《窦娥冤》，其后附"元关汉卿著、明孟称舜评点、刘启胤订正"。附有眉批点评，楔子眉批："汉卿曲如繁弦促调，音韵泠泠，不离耳上，所以称为大家。《续西厢》四折虽俊艳逊王而本色俱在。《窦娥冤》剧词调块爽，神情悲吊，尤关之铮铮者也。"第一折【仙吕点绛唇】眉批："吴兴本增有：'催人泪的是锦烂熳花枝横绣闼。断人肠的是剔团圞月色挂妆楼'等语，太觉情艳，不似窦娥口角，依原本删之。"又批："何等真切！"【后庭

---

① "吴兴改本"，即臧晋叔《元曲选》，臧系浙江吴兴（今浙江湖州）人。

花】眉批:"吴兴本首二句改云:'避凶神要择好日头。拜家堂要将香火修'。"与下"梳着个霜雪般'二语语气不贯,不如原本为佳"。第二折【贺新郎】眉批:"妙妙! 逼真烈孝女口气!""原本云:'这婆娘心如风刮絮,哪里肯身化望夫石',似非媳妇说阿婆语,改从今本。"【黄钟尾】眉批:"此句一字一点泪,吴兴本删去,照原本增入。"第三折【滚绣球】眉批:"问天,天则何辞!"【快活三】眉批:"自然迸泪。"【耍孩儿】眉批:"【耍孩儿】数枝,原本无之,依吴兴本增入。"第四折【双调新水令】眉批:"魂游景象。"【沉醉东风】眉批:"此枝亦原本所无。"

不难看出,在孟称舜看来,赵本为最接近元代杂剧的原本,《元曲选》则是在前者基础上的改本,孟氏对二本均有独到的比较研究,虽然总体上《古今名剧合选》将《元曲选》所收本作为底本,那是因为二书的共同点都是为了满足案头阅读而不是场上演出的需要,他的眉批自然也是从文从字的角度立论,但即使这样,还是看到了赵本的优点。如《温太真玉镜台》【六煞】批语"此二枝正说,断不可少。吴兴本尽删去,今照原本增入"。对于名剧《感天动地窦娥冤》,孟氏花了更多的心血。孟称舜实际上可以看作赵琦美钞校本关剧的最早校勘者之一。

赵本关剧和古今名剧合选本之间比较还可以看出一些特点。古今名剧合选本戏剧动作提示比较简单,主唱者仅称"正旦"或"正末",非如《元曲选》所收本随处可见"正末云""正旦云""正末唱""正旦唱""带云"等字样,非主唱者上下场诗前多不标示"诗云",在这方面更接近赵本。另外,古今名剧合选本唱曲提示大多置于曲牌和曲文之间,此与赵本及元曲选本又皆不同。所有这些清楚表明,将赵本和古今名剧合选本进行比较并非完全没有实在意义。

七、赵本关汉卿杂剧孤行本校录

在今知赵琦美钞校本关汉卿杂剧中,另有4种未见于元明其他杂剧选本,它们分别是位于黄目编号13的《刘夫人庆赏五侯宴》、编号19的《邓夫人苦痛哭存孝》、编号25的《王瑞兰私祷拜月亭》《状元堂陈母教子》，除了《王瑞兰私祷拜月亭》今已不存外，其余三种均为王季烈编《孤本元明杂剧》收录，现分述如下。

刘夫人庆赏五侯宴

简名《五侯宴》。剧本以五代时后唐废帝李从珂为主人公，描写他的母亲李氏原为潞州富豪赵姓的乳母，赵某私改其典身文书为卖身文书，逼其终身为奴并丢弃亲子王阿三。后阿三为李嗣源（后唐明宗）所救，认为义子，改名李从珂，长大后亦为大将，征途偶遇其母，救之，并疑己身世，即在养祖母刘夫人设五侯宴犒劳众将时问询，经过一番曲折，终获查明，母子得以相会。此剧仅存明赵氏校钞内府本，与《关大王独赴单刀会》《赵盼儿风月救风尘》《温太真玉镜台》合装为一册。抄本卷首题名《刘夫人庆赏五侯宴杂剧》，题下明署"元关汉卿"。有穿关。剧末有赵琦美跋语"内本校录，清常记"。题目正名置于剧末："题目：单雄信割袍断义，正名：尉迟恭单鞭夺槊。"

全剧五折一楔子，为元杂剧之变格。乐曲方面，除了楔子中正旦唱了一曲【正宫端正好】之外，仙吕、南吕、正宫、商调、双调五大套依次展开，也为元杂剧传统所少见。王季烈《孤本元明杂剧》提要称："一本五折，得此知元初已有是例，不始于纪君祥之《赵氏孤儿》。剧中人物可与《哭存孝》参证。"第一折称"头折"，同为元曲所不多见。全篇乃墨笔抄就，字体稚拙，当系童仆或粗通文墨之原台本或抄手所为。文中遇有"圣人"字样，均另起行，并顶格书写。剧末附有"穿关"，显示了宫廷演出本之特有规范。另外，与刊本不同的是，此本宫调和曲牌并无方括号将其与前后曲白分隔，而是另起一行单独书写，且均不与曲文连抄。文本虽经赵琦美校过，但校改处并不很多，涉及的只是个别文字，如楔子中赵太公道白"兀的一族人，不知看甚么，我试去看咱"，"试去"原稿作"是去"。相同情况亦见头折，赵太公道白"唤她抱出那孩子来，我试看咱"，"试"字被圈去，行边添入"是"，显系原稿音同致误，琦美以意改正。第三折王彦章道白："寸铁在手，万夫不当。""寸"原稿作"存"，也系音近致误。同折葛从周道白"凭着此人英雄必然得胜"，"英雄"原稿作"英勇"，本无误，改后反倒不类。下场诗末句删去"则恭"两个衬字较妥。以下李嗣源道白"小校，唤将李亚子……五员将军来者"，"者"原稿作

"之",改得是。以下同类情况还多。刘知远下场诗颈联上句"鼋皮鼓喊声振地","鼋"原稿作"驼",不确。第四折李嗣源道白"你休管他,明日阿者设一筵宴","阿者"原稿作"阿马",改得是。又,"则怕生分了孩儿么","生分"原稿作"生忿",改得是。同折李从珂道白"老阿者放心,是今日说破也","是"原稿作"世",改得是。第五折【喜江南】曲"俺孩儿堂堂状貌","状"原稿作"壮",改得是。

邓夫人苦痛哭存孝

简名《哭存孝》。叙晚唐晋王李克用部将李存孝,多立战功,然屡遭小人康君利、李存信的构陷,最终惨遭车裂。和《刘夫人庆赏五侯宴》一样,此剧亦仅存明赵氏校钞内府本,与《望江亭中秋切鲙旦》《感天动地窦娥冤》《钱大尹智勘绯衣梦》《钱大尹智宠谢天香》《刘夫人庆赏五侯宴》《关大王独赴单刀会》合装为一册。剧末有赵琦美跋语"内本校录,清常记"。无题目正名。

抄本卷首题名《邓夫人苦痛哭存孝杂剧》,题下明署"元关汉卿"。全剧四折,第一折也称"头折",每折另起一行书写。乐曲方面,仙吕、南吕、中吕、双调四大套依次展开。王季烈《孤本元明杂剧》提要称此剧:"曲文朴质,自是元人本色,然俊语无多。"无题目正名,于北杂剧传统少见。全篇乃墨笔抄就,字体与《刘夫人庆赏五侯宴》相同,亦当系童仆或粗通文墨之原台本或抄手所为。剧末附有"穿关",显示了宫廷演出本之特有规范。另外,与《刘夫人庆赏五侯宴》不同的是,此本宫调和曲牌则以圆括号围起,且与曲文连抄。文本虽经赵琦美校过,但校改处并不很多,涉及的也只是个别文字,如正文四折"康军利"中"军"均以墨笔改作"君",唯穿关不改。第二折【梁州】曲辞"又不曾关节做九故十亲……大人家踏地知根","故"原作"脊","踏"原作"达",改得是。第四折【双调新水令】曲辞"须有一个日头走到","走"原作"定",改得是。作品倒数第二页五行字体与前不一,与末页琦美校跋亦不类,当系另一人书写。

状元堂陈母教子

简名《陈母教子》。剧本以宋初陈尧叟、陈尧佐、陈尧咨兄弟"一门枢相"为题材,描写陈母冯氏教子读经,三子先后皆中状元的故事。此剧《脉望馆书目》著录今存明赵氏校钞本,与《山神庙裴度还带》《尉迟恭单鞭夺槊》合装为一册。孙楷第《也是园古今杂剧考》将其归入来历不明抄本。有穿关。题目正名置于剧末:"题目:待漏院招贤纳士,正名:状元堂陈母教子。"

抄本卷首题名《状元堂陈母教子杂剧》,题下明署"元关汉卿"。全剧四折一楔子,第一折也称"头折",每折另起一行书写。乐曲方面,仙吕、南吕、中吕、双调四大套依次展开。王季烈《孤本元明杂剧》提要对此剧评价不高,认为其:"曲文平平,关目亦未足动人。金末科目甚宽,至元初骤停科举,及皇庆二年而始复,其间无状元者八十年。汉卿生于斯时,殆以不得科名为憾,有所羡而为兹剧欤? 否则,此等文字,大可不作也。"题目正名置于剧末:"题目:待漏院招贤纳士,正名:状元堂陈母教子。"全篇亦墨笔抄就,字体与《邓夫人苦痛哭存孝》倒数第二页相同,似接前剧传抄下来。文中出现"圣人""帝都""皇家"字样 17 处,均另起行,并顶格书写。剧末附有"穿关",同样显示的是宫廷演出本之特有规范。另外,与《刘夫人庆赏五侯宴》相同,此本宫调和曲牌亦无方括号将其与前后曲白分隔,而是另起一行单独书写,且均不与曲文连抄。文本虽经赵琦美校过,但校改处亦不很多,涉及的也只是少数地方个别文字,如楔子中陈母道白"盖一堂名曰'状元堂'",原稿"名曰"之后衍一"是"。陈良佐道白"有金元宝留下四个",原稿"金元宝"之前衍一"金",删得是。第三折陈良佐道白"送与我一段孩儿锦,将来与母亲做衣服穿",其中"孩儿锦"被墨笔勾改为"锦孩儿",可能觉得这样做不通,复圈去,行边添上"孩儿锦"。又,本折【啄木鱼煞】曲辞"咱人这青春有限不再来,金榜无名誓不归","誓"原作"世",改得是。第四折陈母道白"未曾治国,先受民财,辱没先祖","没"原字涂改不清,意当如是。

不难看出,上述诸本因无他本比勘,故校改意义当不及前数节所述,然自有特点。是校对多为音同或音近致误,除个别地方外赵氏校改正确。孙楷第称琦美钞校孤行本杂剧为"以原本校重抄本",认为"这不过改正书手误写之字,此为抄书者应有之义,无足注意"。[1] 今天看来,

① 孙楷第:《也是园古今杂剧考》,上杂出版社 1953 年版,第 155 页。

此论尚可斟酌。如果仅仅"改正书手误写之字",不可能形成音同或音近致误之通例。证之他处,此类校改既然没有其他本子对校,可以肯定,皆为赵琦美根据自己的理解所作。

跋 语

以上对赵琦美钞校本关汉卿杂剧的版本情况做了比较研究。

归结起来,赵本和元明其他杂剧选本之异同主要体现在版式和体制上面,同时也有情节的繁简和观念的差别之分。如学界已经指出的那样,前者主要存在于赵本与元刊本之间,后者则更多地体现在赵本与《元曲选》《古今名剧合选》之间。至于赵本关剧与明代其他杂剧选本之间,由于同出一源,加之纯粹抄校刊刻,彼此差别很小,但也有自己的特点。总而言之,赵本关汉卿杂剧的文献价值和意义还是较为明显的。数量上几乎涵盖了现存关汉卿剧作的全部。题材内容并未因为进入宫廷遭受根本性的篡改,即使某些揭露社会黑暗的作品同样得以保存,此从一定程度上有助于今天人们对于宫廷剧场的全面认识。

需要说明的是,版本校勘最理想的是同一剧之不同版本同时比较。但关剧不同版本太多,同时对应比勘难以突出各自特点,容易造成模糊甚至混乱。本章则采取分别对待的方式,将其分为六组,分别理清赵本关剧和元刊本、《古名家杂剧》《顾曲斋古杂剧》收录本、元曲选本之版本异同。对于孤行本,则因其无从校勘而采取叙录的方式,可能更加清楚。

第六章　赵本马致远杂剧校录及考述

　　马致远(约 1250—1321 至 1324 年间),字千里,号东篱(一说字致远,晚号"东篱")。大都(今北京)人。生平资料不详。《录鬼簿》记其曾任江浙省务提举,一作江浙行省务官。元末明初贾仲明为《录鬼簿》补《凌波仙》吊词中称:"万花丛中马神仙,百世集中说致远,四方海内皆谈羡。战文场、曲状元,姓名香、贯满梨园。"由此可见其在时人心目中地位。与关汉卿、郑光祖、白朴并称"元曲四大家",在元代及后世的戏曲和文学史上均有极高声誉。一生作剧 13 种,今存 8 种。

　　和关汉卿一样,马致远亦为元曲大家,历来研究颇不寂寞,然其作品版本校勘研究仍待深入开展。尤其是马致远杂剧进入明代后更为人们关注,选本的规模和版本的复杂性甚至超过了关汉卿。赵琦美钞校本古今杂剧和元明间其他版本的马致远剧作相比,无论在题材,还是在体制上,皆有着自己的特点。

一、赵本马剧收录情况

　　赵琦美钞校本古今杂剧中共收录马致远作品 8 种,今全部留存于世。现列表如下:

作品名称及黄丕烈目录编号	刻本		抄本		
	古名家杂剧本6	息机子本2	内府本1	于小谷本	来历不明本
1 破幽梦孤雁汉宫秋	✓				
2 马丹阳三度任风子			✓		
3 吕洞宾三醉岳阳楼	✓				
4 江州司马青衫泪	✓				
5 半夜雷轰荐福碑	✓				
6 西华山陈抟高卧	✓	✓			
7 孟浩然踏雪寻梅		✓			
8 开坛阐教黄粱梦	✓				

不难看出,在数量上,赵氏钞校本马致远杂剧收录将近马剧全部存目的三分之二,连同著作权一直有争议的《孟浩然踏雪寻梅》,涵盖了马致远全部现存作品。题材内容集中于三大块:历史故事(《汉宫秋》),神仙道化(《任风子》《岳阳楼》),文人生活(《青衫泪》《荐福碑》《踏雪寻梅》)、隐逸避世(《黄粱梦》《陈抟高卧》),无反映妓女及其他中下层女性生活命运的妇女戏,也无反应社会问题及矛盾的公案剧,作品表现的生活观念、价值取向和关汉卿恰成鲜明对比。这一点赵本和其他版本的马剧并无二致。另就版本而言,赵本马剧刻本8种,和关汉卿杂剧一样,以《古名家杂剧》为主,一共6种,息机子本2种,其中《西华山陈抟高卧》同时拥有古名家本和息机子本两种不同的刊本。与之形成鲜明对比的是抄本。尽管一般都认为马致远杂剧更适合明代上层社会的口味,事实上赵琦美钞校古今杂剧也基本上遵循朱权《太和正音谱的》价值观和编纂规范。但真正体现赵本文献价值的抄本却不占多数,只有内府本1种《马丹阳三度任风子》,而在于小谷本和其他来历不明的抄本中竟然是空白。这一点很有趣,似乎证明我们此前的推论,明代流行的杂剧选本其来源大多一致,皆为宫廷流出,故不能单纯以是否抄本来作为衡量其是否为最高统治者青睐之依据。

二、赵本马致远杂剧与该剧元刊本比较

元刊本即今存《元刊杂剧三十种》所收本。前已述及,关汉卿一生作剧 60 余种,赵琦美钞校本总数也有 16 种,为元人杂剧之冠。但元刊本却只有 1 种。而马致远无论作剧总数,还是赵氏钞校本杂剧存本,均大大逊于关,却全部留存。这是他的优势所在。今知《元刊杂剧三十种》收录马致远杂剧,恰与赵本马致远杂剧二种相重复,今分述如下。

马丹阳三度任风子

剧本描写终南山甘河镇任风子虽为屠户,但丹阳真人马从义认定其有半仙之分,特来度化。先化得甘河镇一方之人都不吃腥荤,以致当地屠户都消折了本钱。为了业内和自家的利益,任风子趁月黑风高,前往刺杀马丹阳,为后者道法所制,一心皈依。风子弃妻儿、舍家业,拜马丹阳为师,出家苦修。且多次经受马丹阳设置的种种考验,修炼之心弥坚,最终得道成仙。此剧元刊本全称《新刊关目马丹阳三度任风子》,明赵氏校钞内府本位于黄丕烈编目 2 号,与《破幽梦孤雁汉宫秋》《吕洞宾三醉岳阳楼》《江州司马青衫泪》合装为一册。剧末有穿关,赵琦美跋语:"内本世本各有损益,今为合作一家,清常道人记,万历四十三年孟春人日。"从字面上理解,赵本乃琦美杂合其所见两本所成,非纯粹内府本。但今人邓绍基通过比勘,认为赵本"云白科介繁细,应是内府本的面貌。……赵琦美所说'各有损益'犹'各有利弊',并非意为两本各有缺损,所谓'合作一家'云云,实是据内本抄录,也就意味着补世本之不足"。① 所言甚是。至于世本,顾名思义即为流行本,但究属为何不得而知,但可以肯定不是来自成书于万历四十三年的《元曲选》,按孙楷第意见,极有可能是编定于万历十六年的《古名家杂剧》所收本,考虑到赵琦美曾收藏该书的事实,此推论应较可靠。

赵本卷首题名《马丹阳三度任风子》,题下明署"元马致远撰",元刊本按惯例不署作者姓名。全篇亦墨笔抄就,每套首曲宫调和曲牌与曲

---

① 邓绍基:《元杂剧〈任风子〉校读补记》,《古籍研究》1999 年第 3 期。

文连接,不另起一行,然中间往往插入提示"正末唱",其余曲牌则有夹白时即出现"……云""唱"等提示。文本构成方面,赵本全剧四折,第一折也称"头折",每折另起一行书写。元刊本则不分折,仙吕、正宫、中吕、双调四大套依次展开。题目正名均置于剧末,但内容有异。赵本:"题目:甘河镇一地断荤腥,正名:马丹阳三度任风子。"元刊本:"题目:为神仙休了脚头妻,菜园中摔杀亲儿死;王祖师双赴玉虚宫,马丹阳三度任风子。"科白方面,元本开场后仅有两句提示,"等众屠户上一折""等马一折下",赵本相对应的则为三大段文字,"冲末扮东华仙洞八仙上""扮马丹阳上""正末扮任屠同旦儿上",分别叙述了东华仙和八仙商议、马丹阳自叙和任屠及众屠户计议等三场故事情节。以下第一套仙吕二本曲牌基本相同,科白仍显多寡悬殊,元本角色之"外末"赵本则为"大屠""二屠"。第二套乐曲更多有参差,元刊本为【正宫端正好】【滚绣球】【倘秀才】【滚绣球】【呆古朵】【倘秀才】【穷河西】【叨叨令】【三煞】【二煞】【煞尾】,赵本末曲改【煞尾】作【尾声】,套中少了一曲【呆古朵】:

> 【呆古朵】出家儿……怕妖精禁持,怕狼虎掩扑……也是道高龙虎伏。

原稿此曲文字漫漶不清,不知是否导致赵本删除的直接原因,尚待进一步考察。与之相对应,科白同样众寡悬殊,除了正末扮演任屠以外,元本其余角色皆以"云住""云了"等代替,赵本则有意编撰故事情节。如元本一句"等马上,坐定,云住",赵本则衍为马丹阳自叙其点化任屠之计划一大段文字,等等。第三套元本【中吕粉蝶儿】【醉春风】【红绣鞋】【石榴花】【斗鹌鹑】【普天乐】【上小楼】【幺篇】【满庭芳】【要孩儿】【六煞】【五煞】【四煞】【三煞】【二煞】【收尾】,赵本第三折开场将元刊本"外末、旦上,云了"衍述为任屠妻央及大屠、二屠,抱着幼子前往劝说任屠回家一大篇故事。此处的曲牌联套次序则发生了较大的变化,如将【普天乐】移至【满庭芳】【要孩儿】之间,将【六煞】改题作【二煞】,【五煞】改题作【四煞】,【四煞】改题作【三煞】,【三煞】改题作【五煞】,【二煞】改题作【六煞】,【收尾】改题作【赚煞】,多了一曲【尾声】。第四套【双调新水令】【驻马听】【川拨棹】【雁儿落】【得胜令】【川拨棹】【七弟兄】【梅花

酒】【收江南】。赵本改【双调新水令】为【水令】,剧末多一曲【尾声】及散场科白颂词:

> (丹阳云)任屠,你见了那六个人来,是你身边六贼:眼、耳、鼻、舌、身、意。你见那小的么,可是你菜园中摔杀的幼子? 你还了他一报。你见了酒色财气,人我是非,贪嗔痴恶。你眼前见了也。(末唱)

> 【尾声】众神仙都来到。把任屠摄赴蓬莱岛。今日个得道成仙。到大来无是无非快活到老。

> 为你有终始。我救你无生死。贫道马丹阳。三度任风子。

(众仙各执乐器迎科)

相比较而言,元刊本最后由任屠唱了一曲【收江南】后即行下场,缺少全剧归结,显得突兀。赵本增加了下场打散,显示了宫廷剧场严谨整饬的演出特点。

西华山陈抟高卧

此剧描写宋太祖赵匡胤未遇之时得高士陈抟指点,称帝后以安车蒲轮相召到京,欲授予官位,以此酬答故旧相知。然陈抟早已看破红尘,不为利禄所动,终归西华山隐居修道。此剧元刊本全称《新刊的本泰华山陈抟高卧》,明赵氏校钞《古名家杂剧》本,位于黄丕烈编目8号,与《半夜雷轰荐福碑》《孟浩然踏雪寻梅》《开坛阐教黄粱梦》《苏子瞻风雪贬黄州》合装为一册。今存《汇刻书目》壬五十九将其归入《新续古名家杂剧》"角"卷,为"宫商角徵羽"五集三卷第一。

二本题目正名有异。元本无题目正名。赵本题目正名置于剧末,为:"题目:识真主买卦汴梁,醉故知徵贤救佐;正名:寅宾馆救使遮留,西华山陈抟高卧。"卷首题为《西华山陈抟高卧》,与元本相较存在"泰""西"一字之差。赵本题下明署"元马致远撰"。元刊本例不署作者姓名。赵本全剧四折,每折另起一行书写,仙吕、正宫、中吕、双调四大套依次展开。元刊本北曲联套与此相同,每套内曲牌大体相同,无增删。与《马丹阳三度任风子》不同,此剧元明刊本既无角色之多寡,又无宫调曲牌之增减,前后的继承性较为明显。但元本例不分折,且与赵本比

较,相同曲牌存在不同曲文衬字现象,如同为仙吕套的【混江龙】:

赵本:

【混江龙】开坛讲命,六爻搜尽鬼神惊。传圣人清高道业,指君子暗昧前程。袍袖拂开八卦图,掌中躔度一天星。怕有辩荣枯问吉凶,冠婚宅葬,求财干事,若有买卦的,处心正,全凭圣典。不顺人情。

元本:

【混江龙】俺今日开坛讲命,断文明白鬼神惊。传圣人清高道业,指君子暗昧前程。我这袍袖拂开八卦图,掌中躔度一天星。怕有辩荣枯问吉凶,冠婚宅葬,求财干事,若有买卦的,闻人静,全凭圣典。不顺人情。

不难看出,此二曲内容大体一致,字句亦约略相同。唯知元刊本曲文衬字至明时多被删却,如"俺今日"和"我这"之类,这符合明宫廷剧场脱俗趋雅、务求整饬之特质。但值得注意的是,明时剧场唱曲似乎并非全不加衬,观赵本版式曲文字体有大小,上引曲中"传圣人""指君子""怕有""若有"四组词皆以小字刻写,小字即为衬字无疑。而这些词语在元刊本均为正格曲文而非加衬。以此看来,赵本删去了元本中曲文衬字,而将原来的正格部分文字表示为衬字,对于曲格来说未始不是一种损害。是明宫廷演出变革如此,还是刊刻致误,目前尚缺乏直接资料辨明。此外,元明刊本脱俗趋雅可见于上引曲文"断文明白鬼神惊"一句,元本如此通俗易懂。赵本改为:"六爻搜尽鬼神惊。"书卷气太浓,场上诵念效果反倒不彰。

有的曲牌内容已经面目全非,如第二折【牧羊关】曲。

赵本:

则你这一身拜将悬金印。万里封侯守玉门。现如今际明良千载风云。怎学的河上仙翁。关门令尹。可不道朝中随圣主。却甚的林下访闲人。既受了雨露九天恩。怎还想云霞三市隐。

元本：

> 也不是九转火里烧丹药，三足鼎里炼水银，若会的《参同契》便
> 是真人。教虽没千言，道不离一身。你寸心休劳苦，四体省殷勤。
> 散旦是长生法，清闲真道本。

此一曲【牧羊关】，在二本前后曲均作【贺新郎】和【哭皇天】，它们虽有个别字句差异，但大体相同。唯此一曲，面貌截然不同。元本曲前科白仅为一句"使臣云了"，语境不详。赵本则系使臣请教"黄白住世之术"，陈抟回称"神仙荒唐之事。此非将军所宜问"之后所唱，针对性极强。毫无疑问不是继承元本，当为宫廷艺人编演时所改，所传达的意思更适合剧中情景。值得注意的是第四套首曲，元刊本为北杂剧常见之【双调新水令】，赵本第四套所属诸曲无疑也是双调，然首曲则作【双朵花辰令】，北曲宫调无作"双朵"者，且无【花辰令】曲牌，此在之前无论作品还是曲谱，皆未曾见，值得进一步深入考察。

科白方面，元本和赵本的最大区别仍是简繁之分。前者除主唱者正末或正旦之外的所有角色皆以"云""云了"之极简提示，后者则将这些提示衍述成大段文字及动作说明。如第一折开场后仅有一句提示："外末云了。"赵本相对应的则为赵匡胤和郑恩的自我介绍和计划寻找卖卦先生讨教时运的大段对话。又如第四折元本除唱腔外竟无一句科白，赵本则衍述成郑恩带同宫中美女试图劝诱陈抟回心转意的完整故事。当然，关于这方面的话题，学术界早就在讨论了，这里不再赘言。

三、赵本马剧与该剧改定元贤传奇本之比较

《改定元贤传奇》是《元刊杂剧三十种》之后年代最早的元人杂剧选集，明嘉靖时人李开先主持编辑。前已述及，李开先所收藏的元杂剧文本达千余种，其与门人张自慎等精挑细选，审订了16种元杂剧，题为《改定元贤传奇》，然现今留存仅7种，其中《江州司马青衫泪》和《西华山陈抟高卧》是马致远的剧作。以下分别叙说。

江州司马青衫泪

此剧根据白居易的《琵琶行》写成,表现白居易与教坊司官妓裴兴奴相恋,后因白遭贬江州司马,兴奴被骗嫁茶商,几经波折,后在江州偶遇,二人终得团圆。《改定元贤传奇》所收本(简称李本)首页缺损,但据现存本末页明署"江州司马青衫泪终"可推知该剧卷首题目。赵氏校钞《古名家杂剧》本,位于黄丕烈编目第 4 号,与《破幽梦孤雁汉宫秋》《吕洞宾三醉岳阳楼》《马丹阳三度任风子》合装为一册。版心注明"文卷二"。然今存《汇刻书目》壬五十四将其归入《古名家杂剧》"金"卷,为"金石丝竹匏土革木"八集一卷第二。以此可知,与前述《杜蕊娘智赏金线池》《温太真玉镜台》相同,它们和《汇刻书目》著录并非同一版本来源。

赵本卷首题名《江州司马青衫泪》,题下明署"元马致远撰",李本因封面缺失未知署名为何。二本题目正名相同,且均在剧末:"题目:一曲拨成莺燕约,四弦续上鸳鸯会;正名:浔阳商妇琵琶行,江州司马青衫泪。"剧末有赵琦美跋语"校过于小谷本"。乐曲体制赵本和李本亦大体相同,仙吕、正宫、双调、中吕四大套依次展开,第二套【正宫端正好】曲前加一支韵脚完全不同的【端正好】,并在该曲牌和曲文间注明"楔子"。双调套曲不放在第四折而将中吕套置于末套,均与传统不合。二本的不同在于李本不分折,继承元刊本传统,宫调、曲牌以及科白不加括号,诸套曲之间接排,不另起一行。赵本则除第一折毁损外,其余各折均明确标示,且另行单独排列。宫调、曲牌以及科白均加括号。科白方面,二本大体相近,唯第一折叙白居易等三名青年文士初次造访裴兴奴所在妓院,李本中老鸨称他们为"老大人",似觉不类。赵本改作"进士公"应较妥帖。该套末曲裴兴奴唱【赚煞】后叮嘱,李本作"白大人记者",赵本则改作"侍郎记着",仍是各自遵循自己的称呼。第二折开场李本作"扮宪宗驾引一行上",未言角色,赵本则明确"孤扮驾引一行上",其中"孤"来自宋元时杂剧"妆孤",角色意义明显。至于"宪宗"在以下自我介绍时道出,亦觉自然。第二折"丑扮小闲引净上",其中的"丑"曾引起学者注意,谓元剧本无丑,有自明始,具体则自李开先之《改定元贤传奇》,今天看来,赵本同样如是。以下科白,二本各有优劣。李本刘姓茶商上门自道"小子有三千引茶,特来仙院,买笑追欢",语太平实。赵本改"特来仙院,买笑追欢"为"特来做一场子弟",更多行院声口。另一处,李本刘商向兴奴表白"与大姐焐脚,先送白银三十两做见面钱",有点太过。赵本改"三十两"为"十两",较妥。以下李本表现商人恼羞成怒:"你不留我,到伤犯我?""留"和"伤犯"情绪表达有递进意。赵本改作:"你不留我,如何到拒绝我?"反倒有点同义反复。第三折元微之来访故友白居易,李本作:"(元)……左右报覆。(相见科,末云)微之,哪厢风吹得你来?"动作提示简单,接近元刊本。赵本则作:"左右报复去,道有故人元稹来访。(左右报云)有故人元老爹来访。(末)道有请。(左右)请。(见科)(末)微之,哪厢风吹得你来。"科白提示更为齐备,体现出明宫廷剧场之固有特色。以下江边重逢,兴奴弹奏琵琶,白居易即兴写出《琵琶行》,李本改动数语,如将原诗"老大嫁作商人妇"改为"慈亲逼作商人妇",以下"商人重利轻别离,前月浮梁买茶去"二句因暗寓对茶客薄情的怨怅而被删去,较之赵本机械录出原诗更能切合剧情。

总起来看,虽然存在着少数细节的相异,但李开先《改定元贤传奇》所收本《江州司马青衫泪》与赵琦美钞校本同剧无论科白还是曲文都存在着高度的一致性,基本可以看作是同一个剧本。有论者将其归因为赵琦美钞校本受李开先本的影响,其实不确,应该说无论李开先还是赵琦美,他们的戏曲藏书都来自宫廷,实际上属于同一个文本系统。也正因此,尽管赵琦美跋称"校过于小谷本",但校改并不多,第一折刻本有句"这早晚还不起来","这"改作"天色",反觉不妥。以下正末道白"只是大姐费了茶酒定害这一日",墨笔在"定害"后加一"了"字。第三折刻本录白诗原句"银瓶乍落水浆迸",赵校涂去"乍"而在"落"后添加"井",即非尊重原诗又不切合剧情,欠妥。末曲琦美墨笔将刻本【离亭宴煞】改作【双鸳鸯煞】,与李本相一致,应是其校改所由自。以下正末道白"早子你低言无语",墨笔将"低言无语"勾作"无语低言"。第三折【步步娇】"从做起,常自是独自托冰兰……",其中墨笔将"自"改作"子"。第四折【石榴花】"其间一位多奸猾",墨笔将"奸猾"改作"奸诈"。皇帝最后断语中有"装兴奴生居乐籍知伦理","伦理"原作"伦礼",墨笔涂改。李开先校改本在前,赵本这些涂改自然对他没有影响。虽然李氏明确声言自己"改定元贤传奇",从此剧看他的改动亦不太多。

西华山陈抟高卧

该剧状况此前已介绍过,既有元刊本,又有李开先《改定元贤传奇》所收本,以及古名家杂剧本、息机子本、阳春奏本、元曲选本等多种元明杂剧选本。赵琦美钞校本为《古名家杂剧》本,然无赵琦美校跋,是无本可校还是无异文可校,不得而知。现将其和《改定元贤传奇》所收本做一比较。

赵本卷首题名《西华山陈抟高卧》,题下明署"元马致远撰",李本与之相同,唯无"元……撰"格式。二本的题目正名则不相同,赵本剧末录有题目正名:"题目:识真主买卦汴梁,醉故知徵贤救佐;正名:寅宾馆救使遮留,西华山陈抟高卧",并有"西华山陈抟高卧卷终"字样,此与《古名家杂剧》整体情况相一致。李本则无题目正名,剧末左下角唯一"终"字。和前述《江州司马青衫泪》的情况相近,此剧的李本和赵本无论曲文还是科白,重复度相当大。乐曲体制方面,赵本和李本大体相同,仙吕、南吕、正宫、双调四大套依次展开,符合元剧基本格式。二本的不同在于李本不标出第一折,只标出二、三、四三折,宫调、曲牌以及科白不加括号,诸套曲之间接排,不另起一行。赵本各折均明确标示,且另行单独排列。宫调、曲牌以及科白均加括号。第三折开场"扮驾引侍臣上开",第四折开场"净扮郑恩衣冠引色旦上开",赵本均无"开"字。与前述元刊本情况相似,第四套首曲,李本亦正常作【双调新水令】,与赵本之【双朵花辰令】恰成鲜明对比。另一个值得注意的相异之处是在第四折,李本开场作"正末上云",赵本则作"末扮老丈上",前者为北杂剧之传统规范文本,后者则较少见,似乎重在扮演者身份,但"老丈"称呼前三折均未出现,此处出现多少有点突兀,因陈抟一身虽有点半仙半人,但此行则以常人面目出现,并未变幻,何来"老丈"?

总之,将赵琦美钞校本马致远杂剧与《改定元贤传奇》所收本进行比较是一件有意义的事,即使能够进行比较的只有两个剧本,它们所展示出的意义也足可以说明问题。今天看来,赵琦美钞校本马致远杂剧与《改定元贤传奇》所收本最为接近,基本可以看作同一个版本系统。另一方面,它们之间的部分相异之处虽然数量上很少,但涉及北杂剧的曲体和文体曾经存在过的变格,同样值得注意。

四、赵本马剧与该剧息机子本、继志斋本之比较

杂剧的息机子本,全称《元人杂剧选》,一作《古今杂剧选》或《杂剧选》,息机子当为编选者自号,真实姓名为谁不得而知。据该书自序,当编定于明万历二十六年戊戌(1598 年)。《汇刻书目》壬四十九著录其杂剧 30 种,现存残本 25 种。该书为赵琦美钞校本所据的刻本之一,赵氏保存此书 15 种,中有 11 种与该残本重复。继志斋本,又作《元明杂剧》本,诸家书目均未载,不知收剧总数,今存残本,收剧 4 种,古本戏曲丛刊编委会据北京图书馆及大兴傅氏藏明万历继志斋刊本汇印。赵琦美钞校本马剧与上述二选本重出者 2 种,分别为《西华山陈抟高卧》和《半夜雷轰荐福碑》,以下做一点比勘分析。

西华山陈抟高卧

该剧状况此前已介绍过,既有元刊本,又有李开先《改定元贤传奇》、古名家杂剧本、息机子本、阳春奏本、元曲选本等多种元明杂剧选本,系马致远杂剧中最为当时杂剧选本所关注并选录者。赵琦美钞校本为《古名家杂剧》本,现将其与息机子元人杂剧选本进行比较。

赵本卷首题名《西华山陈抟高卧》,题下明署"元马致远撰",息机子本与之相同,唯无"元……撰"格式。二本的题目正名则不相同,赵本剧末录有题目正名:"题目:识真主买卦汴梁,醉故知微贤救佐;正名:寅宾馆敕使遮留,西华山陈抟高卧。"并有"西华山陈抟高卧卷终"字样,息机子本则无题目正名,唯有一行"西华山陈抟高卧终",无"卷"字。和前述李开先《改定元贤传奇》所收本情况相近,此剧的息机子本和赵本无论内容还是形式,重复度相当大。乐曲体制方面,赵本和息机子本大体相同,仙吕、南吕、正宫、双调四大套依次展开,符合元剧基本格式。二本的不同在于,第一套【油葫芦】【天下乐】,第二套【牧羊关】既然海岳……【哭皇天】【黄钟煞】,第三套【倘秀才】俺那里草舍……【倘秀才】陛下道君子……【倘秀才】道有个治家治国【煞尾】,第四套【驻马听】【搅筝琶】

【雁儿落】【梅花酒】【离亭宴煞】【七弟兄】【梅花酒】【离亭宴带歇指煞】诸曲之前,因系次要角色道白,赵本为免主唱者混淆,故均加提示"末",息机子本概无提示,不妥。另外,息机子本宫调、曲牌以及科白不加括号,唯以黑底白字标示,且诸套曲之间接排,不另起一行。赵本各折均明确标示,且另行单独排列。宫调、曲牌以及科白均加括号。

此外科白,第二折末赵本有动作提示"并下",息机子本则无。第三折开场"扮驾引侍臣上开",赵本无"开"字。以下宋太祖道白:"替寡人整理些朝纲可是好也?"赵本改"可是好也"为"可不是好也",语气应较更妥。第四折开场"净扮郑恩衣冠引色旦上开",赵本同样无"开"字。以下息机子本与李开先本同作"正末上云",赵本作"末扮老丈上",体例上不妥。另,本折首曲息机子本与李开先本同,正常作【双调新水令】,赵本作【双朵花辰令】系唯一之变格。

半夜雷轰荐福碑

剧本描写穷秀才张镐屡屡求助但难脱困厄,荐福寺长老出于同情欲拓寺内碑帖出售,助其进京科考,谁知碑在当夜即遭天雷击碎。如此命乖运蹇,张镐几近绝望,以致想要自杀,幸得范仲淹出手帮助,才得时来运转,最终状元及第。此举今存继志斋本、元曲选本以及《古今名剧合选·酹江集》,赵琦美钞校本为《古名家杂剧》本,位于黄丕烈编目6号,与《西华山陈抟高卧》《孟浩然踏雪寻梅》《开坛阐教黄粱梦》《苏子瞻风雪贬黄州》合装为一册。今存《汇刻书目》壬五十九将其归入《新续古名家杂剧》"商"卷,为"宫商角徵羽"二集卷第一。

赵本卷首题名《半夜雷轰荐福碑》,题下明署"元马致远撰",继志斋本卷首题名《新镌半夜雷轰荐福碑杂剧》,题下署"元东篱马致远撰"。二本题目正名相同,且均在剧末:"题目:三载漫思龙虎榜,十季身到凤凰池;正名:三封书谒扬州牧,半夜雷轰荐福碑。"乐曲体制赵本和继志斋本亦大体相同,全本四折一楔子,仙吕、正宫、中吕、双调四大套依次展开,包括【仙吕赏花时】和【幺篇】在内的楔子全部内容皆被置于第一折,未单独析出。科白方面二本恰成两两相对,继志斋本除少数外动作提示皆作"介",显系受南戏影响更多。赵本则除少数外均作"科",继承更多的是元杂剧传统。第一折范仲淹道白"你报覆去,道有范学士特来相访",赵本改"报覆"为"报伏",虽今天看来词义不当,却符合元杂剧传统。另有句:"(范)兄弟,请你那东道出来,我和他厮见。(净)我如今无甚事,学堂里望那张镐去。"此二人相见缺乏过渡,显得突兀。赵本于范仲淹语后以动作提示"请科。净上"取代简单的"净",无疑要合理得多。第二折继志斋本有段科白:"(曳剌)你黄泉做鬼休怨我!(做杀末介)(末)哥哥叹性命……",其中"叹"字莫名其妙,赵本以朱笔改为"饶",当为琦美手校。以下张镐对曳剌所言:"恐怕久后白破他这事,故意着哥哥来杀坏……",赵本改"白破他这事"为"白破他这谎",应更恰当。又,"(曳剌)兀那秀才,可问你要三件信物……",赵本改"可问"为"这来"。【尾声】:"……将你那救我命的恩人来供养到老。"赵本改作:"……将你那救我命的恩人来——(曳)你敢骂我也?(末)你是赵实哥哥。(唱)我将来供养到老。"第三折继志斋本张镐道白:"五更前后打了这碑文,慢慢的行。雷响,兀的不下雨也",赵本改"雷响"二字做一句动作提示:"(内做雷响科)(云)兀的雷响,不下雨也。"所有这些添加的插话和对话,均使得语气转折有致,显得更为生动。剧末范仲淹下断有句"荐福寺长老,你做紫衣大师"。和尚封号"大师"在情理之中。赵本改"大师"为"太师"则不妥。继志斋本剧末并题"新镌半夜雷轰荐福碑杂剧终"字样,赵本无。

不难看出,与《改定元贤传奇》所收本情况相类,赵琦美钞校本马致远杂剧与息机子本、继志斋本相同剧作最为接近,可以看作同一个版本系统。但它们之间的部分相异之处虽然分量很小,但涉及明后期杂剧选本归属系统地认定,同样值得注意。

五、赵本马剧与该剧阳春奏本、顾曲斋本之比较

《阳春奏》为明四川新都人黄正位编刻,收元明杂剧 39 种,因黄氏刻书处名尊生馆,故亦作尊生馆阳春奏本。原书已散佚,仅存卷首之于若瀛万历三十七年(1609 年)序、《凡例》以及罗贯中《风云会》、马致远《陈抟高卧》、戴善夫《风光好》3 种。顾曲斋本,题作《古杂剧》,又名《顾曲斋元人杂剧选》,系玉阳仙史编选,"玉阳仙史"为王骥德抑或陈

与郊,学界无定论,万历间顾曲斋刻本,《古杂剧》共收元杂剧 20 种,传本甚少。赵琦美钞校本马剧与上述二选本重出者 3 种,分别为《西华山陈抟高卧》《破幽梦孤雁汉宫秋》和《江州司马青衫泪》,以下做一点比勘。

西华山陈抟高卧

前面分析过,该剧系马致远杂剧中最为当时杂剧选本所关注并选录者。在明人杂剧选本中,除了继志斋《元明杂剧》、顾曲斋《古杂剧》和孟称舜《古今名剧合选》等少数几种外,其余大多予以收录。赵琦美钞校本为《古名家杂剧》本,现将其与尊生馆阳春奏本进行比较。

赵本卷首题名《西华山陈抟高卧》,题下明署"元马致远撰",阳春奏本卷首题名相同,题下除了署名"元马致远撰"外,还有"明尊生馆校"字样。二本题目正名相同,且均在剧末:"题目:识真主买卦汴梁,醉故知徵贤敕佐;正名:寅宾馆敕使遮留,西华山陈抟高卧。"乐曲体制赵本和阳春奏本亦大体相同,全本四折,仙吕、南吕、正宫、双调四大套依次展开,符合元剧基本格式。阳春奏本和赵本各折均明确标示,且另行单独排列。宫调、曲牌以及科白均加括号。相比较而言,阳春奏本版式更加清晰、疏朗。

概言之,与息机子本情况不同,阳春奏本和赵本相同程度极高。诸如科白,前述息机子本与赵本比较时所列诸多优劣相异,第二折末赵本有动作提示"并下",息机子本则无。第三折开场"扮驾引侍臣上开",赵本无"开"字。以下宋太祖道白:"替寡人整理些朝纲可是好也?"赵本改为语气更妥的"可不是好也"。第四折开场"净扮郑恩衣冠引色旦上开",赵本同样无"开"字。以下息机子本与李开先本同作"正末上云",赵本作"末扮老丈上",体例上不妥。另,本折首曲息机子本与李开先本同,正常作【双调新水令】,赵本作【双朵花辰令】,系唯一之变格。所有这些,赵本与阳春奏本统统相同,简直就是同一个剧本的复制。

破幽梦孤雁汉宫秋

该剧写西汉元帝受匈奴威胁,被迫送爱妃王昭君出塞和亲。赵琦美校钞《古名家杂剧》本,位于黄丕烈编目第 1 号,与《马丹阳三度任风子《吕洞宾三醉岳阳楼》《江州司马青衫泪》合装为一册。版心上部仅有"汉宫秋"简名,以下未如其他古名家本那样注明某卷。然今存本却不见于《汇刻书目》之《古名家杂剧》和《新续古名家杂剧》,孙楷第因而认为《汇刻书目》之正续《古名家杂剧》并非足本,斯言是也。今存本首页题署"孤雁汉宫秋",题下作者署"元马致远撰"。题目正名置于剧末:"题目:毛延寿叛国开边衅,汉元帝一身不自由;正名:沉黑江明妃青冢恨,破幽梦孤雁汉宫秋。"今存顾曲斋本该剧首页题署"汉元帝孤雁汉宫秋",题下作者署"元马致远著"。上书口有"汉宫秋"简名,下部有"顾曲斋藏版"字样,题目正名置于剧首:"正目:毛延寿叛国开边衅,汉元帝一身不自由;沉黑江明妃青冢恨,破幽梦孤雁汉宫秋。"剧末标示:"汉元帝孤雁汉宫秋终",与剧首题名前后呼应。

　　《破幽梦孤雁汉宫秋》为四折一楔子,乐曲体制顾曲斋本和赵本亦大体相同,仙吕、南吕、双调、中吕四大套依次展开,【双调】套曲不放在第四折而将【中吕】套置于末套,均与传统不合。不同还在于顾曲斋本包括【仙吕赏花时】一曲在内的楔子被置于第一折之内,且除第三折以外,余皆称出不称折,赵本则统一称折。顾曲斋本正末开唱前均提示作"末唱",赵本则简称为"末"。剧首开场"冲末扮呼韩邪单于引头目一行上,冲末云",赵本开场人物相同,唯无"冲末云"。以下净扮毛延寿上场自我介绍,顾曲斋本"某乃不是别人,毛延寿便是","乃"与"是"不能并列,"乃不是"语义不通。赵本改作"某非别人,毛延寿便是",乃通。第二折开场"末扮单于王上",二本皆同,但不知此处之"末"是何角色,字面上与汉元帝所扮角色无二,只是不主唱而已。体制有疑,录此待考。第三折单于道白,顾曲斋本作"人又死了,反与汉朝背盟",赵本原文"反"作"及",墨笔改作"反",当为赵琦美手校。故此剧虽无赵氏校跋,并不意味着琦美未曾校对。第四折【满庭芳】曲有句,顾曲斋本作"谁望道人过留名,那堪更雁过留声,瑶阶夜永……",赵本删去"雁过留声",消解原作对文武无能的指责。

　　总而言之,顾曲斋本和赵本大同小异,显属同一个系统来源本子。然顾曲斋本不仅版式清晰,且附四幅插图,印制精美,较之赵本质量更高一层。

江州司马青衫泪

该剧概况前已述及。除了已经分析过的李开先《改定元贤传奇》之外,明代杂剧选本中同时收入此剧的还有赵琦美钞校《古名家杂剧》本、顾曲斋古杂剧本、元曲选本以及孟称舜编《古今名剧合选》所收本。以下就赵本和顾曲斋本的版本状况做一点比较分析。

顾曲斋本卷首题名《江州司马青衫泪》,题下明署"元马致远撰",与赵本相同。然题目正名则有所不同,顾曲斋本置于剧首:"正目:一曲拨成莺燕约,四弦续上鸳鸯会;浔阳商妇琵琶行,江州司马青衫泪。"赵本在剧末:"题目:一曲拨成莺燕约,四弦续上鸳鸯会;正名:浔阳商妇琵琶行,江州司马青衫泪。"乐曲体制赵本与顾曲斋本亦大体相同,仙吕、正宫、双调、中吕四大套依次展开,包括韵脚不同的【端正好】一曲在内的楔子被置于第二折之内,且"楔子"一词被置于【端正好】曲牌和曲文之间,不另起一行。和前述《破幽梦孤雁汉宫秋》一剧相类,双调套曲不放在第四折而将中吕套置于末套,均与传统不合。不同在于顾曲斋本附有四幅印制精美的插图。此外,该剧除第四折以外,余皆称出不称折。不同首在于科白,第一折开场白居易介绍贾岛和孟浩然:"这二位老兄。一位是范阳贾浪仙。一位是襄阳孟浩然。"顾曲斋本则删去了贾、孟二人的籍贯。介绍裴兴奴:"听的人说,这教坊司有个裴妈妈家一个女儿,小字兴奴,好生聪明。"顾曲斋本则将"妈妈家一个女儿,小字"九字删去。以下裴母道白"白侍郎要住下,着这二位打混的荒",赵本改"混"为"扰",不甚通。如果说这些还只是各有特色外,赵本和顾曲斋本还有着共同的不合逻辑之处。如第二折表现白居易遭贬江州,裴母立意将兴奴改嫁江西茶商。剧中这样写道:"(卜)俺孩儿只为白侍郎再不留人,我如今叫她出来,好歹叫她伴你。如再不肯,你写一封假书,只说白侍郎死了,她可待肯了。(丑)此计大妙!"虽如此说,却无进一步布置做假书的动作提示,以下外扮江州下书人上场报假信即显得突兀,且缺乏逻辑性。另外还有一个细节,顾曲斋本在裴兴奴唱完【滚绣球】后即注明"下",示其已下场,然当假扮的江洲下书人呈上述信后,却又让裴母将书信交与本不在场的裴兴奴:"(卜云)孩儿你看。(旦接书念)。"同样不合逻辑。顾曲斋本剧末以一"终"字标示。赵本则在剧末有赵琦美跋语

"校过于小谷本"。唯观全剧琦美校处不多。

相比较而言,赵本马剧与阳春奏本、顾曲斋本无论内容还是形式,均为大同小异。如果说阳春奏本较之赵本仍有数处明显不同的话,顾曲斋本与赵本几乎毫无区别,仅有的些微差异也是无关本质。版式上,阳春奏本和顾曲斋本相较赵本,更加清晰、疏朗。

六、赵本马剧与该剧元曲选本之比较

赵琦美校钞本马致远杂剧与元曲选本重出者甚多,超过同时期任何一部杂剧选本。以下分别考述。

破幽梦孤雁汉宫秋

赵氏该剧《古名家杂剧》本,简况见前介绍,此不赘述。值得注意的是,今存《汇刻书目》"古名家杂剧"无论正编还是续编均无此剧名目。今存本首页题署"孤雁汉宫秋",题下作者署名"元马致远撰",上书口标录简名《汉宫秋》。元曲选本剧首题署全称"破幽梦孤雁汉宫秋杂剧",题下明署"元马致远撰,明吴兴臧晋叔校",与赵本题署简名,不署校者恰成鲜明对照。题目正名均置于剧末,具体则有繁简之分,赵本较为整齐:"题目:毛延寿叛国开边衅,汉元帝一身不自由;正名:沉黑江明妃青冢恨,破幽梦孤雁汉宫秋。"元曲选本则较简单:"题目:沉黑江明妃青冢恨;正名:破幽梦孤雁汉宫秋。"实际上是赵本的正名。此外,元曲选本剧末还多了一个赵本所无而与顾曲斋本相近的标示"破幽梦孤雁汉宫秋终",体式上与剧首题名前后呼应。

《破幽梦孤雁汉宫秋》为四折一楔子,乐曲体制赵本和元曲选本亦大体相同,仙吕、南吕、双调、中吕四大套依次展开,双调套曲不放在第四折而将中吕套置于末套,均与传统不合。开场:"(冲末扮番王引部落上诗云)。"赵本则改"部落"为"一行头目",无"诗云"提示。以下毛延寿道白:"某不是别人,毛延寿的便是。"元曲选本改"不是"为"非",典型的文人语气。赵本以下"驾引内官宫女上",符合元剧传统,元曲选本改为"(正末扮汉元帝引内官宫女上)",突出主唱者,同样是强化文人剧本规范。以下毛延寿道白："欲待退了他。不要倒好了他。"两句之间没有过渡，语气断隔。元曲选本改作："我本待退了他。（做忖科云）不要倒好了他。"增加了"做忖科云"一句提示，语言转折显得自然流畅。以下："（正旦扮王嫱引二宫女上诗云）"，赵本："（正旦王嫱引二宫女上）"；以下赵本"（驾引内官上）"，元曲选本"内官"后增加"提灯"一句提示。以下【混江龙】曲中元曲选本插白"（驾云）是那里弹的琵琶响。（内官云）是"，"（内官云）快报去接驾。（驾云）不要"，赵本俱无。本折末昭君白二本之异堪玩味：

赵本：

> （旦云）陛下明朝早早驾临，妾这里候驾里（哩）。（驾唱）到明日多管是醉卧在昭阳玉（御）榻。（旦云）妾虽贱微，亦蒙恩宠，便下（舍）得分离也。（驾唱）休烦恼，吾当且是耍……

元曲选本：

> （旦云）陛下明朝早早驾临，妾这里候驾。（驾唱）到明日多管是醉卧在昭阳御榻。（旦云）妾身贱微，虽蒙恩宠，怎敢望与陛下同榻。（驾唱）休烦恼，吾当且是耍……

不难看出，二本相异处不多，却很关键，赵本中昭君对元帝戏谑的反应比较直率、急切，口语化明显，符合一个刚入宫初蒙恩宠的农家女个性。元曲选本的改动则显得过于委婉含蓄，反应的是文人心中的淑女风范。

第二折开场"末扮单于王上"，元曲选本则作"番王引部落上云"，前者重在演出者身份，后者则较少角色意识。以下"二外扮丞相上"，元曲选本作"外扮尚书，丑扮常侍上"，显示的是元明两代杂剧角色体制的演变。朝廷官员的上场诗，赵本作："调和鼎鼐理阴阳，秉法持钧坐内堂。辅国抚夷都不管，中书伴令捱时光。"元曲选本则为："调和鼎鼐理阴阳。秉轴持钧政事堂。只会中书陪伴食。何曾一日为君王。"皆为讽刺当政者的尸位素餐，但赵本的"坐内堂"，展现的是元人看朝政的平民眼光。元曲选本编者对官场领悟则要谙熟多了。第三折开场"（番使三人拥昭君上，奏胡乐科，旦）"，场上演出本，具体规定到上场人数，也不顾及"昭君"和"旦"之称呼不统一。元曲选本改作"（番使拥旦上，奏胡乐科，旦云）"，从文本看就合理得多。以下昭君投江，赵本动作提示："（做跳江科，番王救科，云）昭君不肯入番，投江而死。罢罢罢，就葬在此江边，号为青冢者。我想来，人也死了，枉与汉朝结下这般仇隙，都是毛延寿那厮搬弄出来的。左右将毛延寿拿下。解送汉朝处治。我依旧与汉朝结和，永为甥舅，却不是好。善恶终莫隐，只在速迟间。"元曲选本则为"（做跳江科，番王惊救不及叹科，云）"，此后道白大体相同，唯将"善恶终莫隐，只在速迟间"二句改作："（诗云）则为他丹青画误了昭君，背汉主暗地私奔。将美人图又来哄我，要索取出塞和亲。岂知道投江而死，空落的一见销魂。似这等奸邪逆贼，留着他终是祸根。不如送他去汉朝哈喇，依还的甥舅礼两国长存。"相比较而言，元曲选本虽意在更加清楚明白，却不无叠床架屋之感。

第四折【尾声】作【随煞】，但曲辞相同，当为同曲异名。以下全剧结尾二本有异。

赵本：

> （外扮丞相上）今日早朝散后，有番国差使命绑送毛延寿来，说只因毛延寿叛国败盟，致此祸衅，今昭君已死，情愿两国讲和。奉圣人命，已将毛延寿斩首祭了明妃者，着光禄寺大摆筵席犒赏来使回去。正是：国正天心顺，官清民自安。妻贤夫祸少，子孝父心宽。

元曲选本：

> （尚书上云）今日早朝散后。有番国差使命绑送毛延寿来。说因毛延寿叛国败盟。致此祸衅。今昭君已死。情愿两国讲和。伏候圣旨。（驾云）既如此便将毛延寿斩首祭献明妃。着光禄寺大排筵席。犒赏来使回去。（诗云）叶落深宫雁叫时。梦回孤枕夜相思。虽然青冢人何在。还为蛾眉斩画师。

两相比较，"丞相""尚书"固无关紧要，然赵本简单叙述，结局平平。元曲选本改作对话，兼有下场诗，无论案头还是场上应更合适。

马丹阳三度任风子

该剧简况见前，不赘述。赵本系抄校内府本，卷首题名《马丹阳三度任风子》，题下明署"元马致远撰"，元曲选本剧首题署全称"马丹阳三度任风子杂剧",题下明署"元马致远撰,明吴兴臧晋叔校",与赵本题署略同。题目正名均置于剧末,均作:"题目:甘河镇一地断荤腥,正名:马丹阳三度任风子。"

文本构成方面,赵本全剧四折,第一折也称"头折",每折另起一行书写。元曲选本则无"头折"称谓,自"第一折",序数统一,乐曲仙吕、正宫、中吕、双调四大套依次展开。第一折开场,赵本以"冲末扮东华仙、洞八仙上",先由东华仙自我介绍其出身得道故事,然后提出度脱任风子的使命,由汉钟离推荐马丹阳承担。以下再由马丹阳上场自叙身世及度脱任风子的任务。前已述及,此剧元刊本头折,既无东华仙和八仙登场末折,也无众神仙出场,可知赵本中这些神仙登场情节是后来添加的。非但如此,赵本出场的八仙组合与另一马剧《岳阳楼》中出现的八仙组合并不相符,前者有张四郎,后者易为徐神翁,由此可以断定二者分别反映元明间来源不同的八仙传说。不同于赵本文字冗长,重复啰唆,后出的元曲选本做了调整,删去东华仙一场,直接进入马丹阳出面自述,以下转入任屠的正戏,道白内容也做了删减。如赵本中的大屠、二屠及其大段对话在元曲选本中则以"众屠户"一语概称,省了好些笔墨。

以下套曲曲辞二本均无大差别,区别最大的仍然是道白。赵本不仅两曲之间以道白贯穿,即每支曲牌内部也多有插白与对白,较多的是与曲辞的互动。这方面并不都是重复啰唆,有些地方经过改动反而更加合理。以下试举一例:

> (大屠云)不瞒哥哥说,一个少人钱,一个家里无盘缠。折了本,赤手空拳,怎么过日月,做不得汉子了!(二屠云)我委的少人钱。
>
> 【鹊踏枝】一个道少人钱。一个道缺盘缠。您空这般鼓脑争头。怎生来便赤手空拳。(正末云)大嫂!(旦儿云)有。
>
> (唱)俺这里谢天。葫芦提过遣。咱比他稍有些水陆庄田。

上引这些插白,和曲辞形成对话。元曲选本将其全部删去,曲文显得无的放矢,效果大打折扣。该折最后任屠主动承担去杀马丹阳的任务下场后,赵本这样结尾:"(大屠云)兄弟也,如何?此人带酒走到那里,将那先生或是赶了或是杀了,俺这买卖便好做。凭着俺这一片好心,天也与俺一碗饭吃。(二屠云)哥,俺家去来。(同下)"正常叙事中夹带插科打诨,为元剧演出传统的下场方式,明宫廷剧场亦不例外。元曲选本改作"(众云)哥哥醉了也。俺众人回家去来。(下)"虽然简洁,但多少有点突兀,对以下的剧情发展缺乏必要的逻辑提示,戏剧性不强。当然,赵本也存在问题,曲中非主唱者插入道白后紧接提示"(唱)",却不注明正末唱,以致从字面看似非正末者在唱,逻辑关系模糊。虽然也许演出时不会弄错,但读起来令人感到吃力。以下各折,这种情况比比皆是。元曲选本则无此错误。

第二折剧情赵本与元曲选本基本相同,俱为任屠不顾妻子劝说执意去杀马丹阳,却为护法神所阻,并为马丹阳的道法境界所感,遂虔心拜马为师,抛妻别子出家修道。与之相联系的是科白和套曲,总的来看二本大体同一构架,科白虽然一繁一简,然后者之简无非建立在前者之上,更多的是对前者的细化,并非别开新途。乐曲方面,本套 10 支单曲基本相同,属于同一个乐曲体系,只是有一些局部差别,最具代表性的如以下一例。

赵本:

> 【二煞】高山流水知音吕,古木苍烟入画图。出家儿学列子乘风、子房慕道、陶令休官,范蠡归湖。谢师父救了我这蠢蠢之物。泛泛之才。落落之徒。撇了那砧刀上活计,情取经卷药葫芦。

元曲选本:

> 【二煞】高山流水知音许,古木苍烟入画图。学列子乘风、子房归道、陶令休官、范蠡归湖。虽然是平日凡胎,一旦修真,无甚功夫,撇下这砧刀什物,情取那经卷药葫芦。

不难看出,上述二本同一支曲相异情况有二:一是有无衬字,赵本中"则这""出家儿"即是;二是体现为元曲选本编者臧晋叔对演出本曲文的主观删改,如"蠢蠢之物,泛泛之才,落落之徒"一句元刊本即有,臧氏删去毫不爱惜,"孟浪"可见一斑。

第三折任屠出家不归,其妻抱着幼子前来寻闹,欲其还俗回家,任屠休妻摔子以示尘缘断绝之坚。除了陪同任妻前来的大屠、二屠与元曲选本的"小叔"之异外,此折上场人物二本均无增减,科白和用曲情况类似,大体未改变情节及宫调框架,最大区别在于赵本末尾于【赚煞】之后,另附【尾声】一曲,非正末所唱,而是由净色二屠所唱,突破元剧一人主唱传统。非但如此,用韵亦异,本套中吕齐微韵,此曲皆来韵。且元刊本无此曲,当系内廷伶工所添。元曲选本删之,也不为错。

第四折马丹阳为进一步考验任屠,点化六贼前来抢劫财物,又点化前折被任屠摔死的自家幼子前来索命,任屠秉持一切皆空幻的教义,宁丢性命也不与争竞,终得马丹阳信任而成正果。此折二本区别仍在于科白,开场原有马丹阳过场戏,元曲选本删去。赵本任风子上场提示"正末道扮上",强调角色扮相的变化,元曲选本从文本出发,以为浮词而删去,欠妥。以下任子杀父,二本同样有所区别。

赵本:

> (俫儿云)(做杀正末科)你休推睡里梦里。疾!(马丹阳云)任屠,你省也么?

元曲选本:

> (俫杀正末科)(下)(正末云)有杀人贼也。(丹阳上云)任屠,你省也么。

稍加比较即可看出,赵本科白过于简单,以致情节逻辑都成了问题。如"俫儿云"置于"(做杀正末科)"之前,与此后的道白隔开,明显不合。而"(马丹阳云)"也很突兀,因此前马并不在场。元曲选本虽文气流畅,但将"正末云"置于"俫杀正末科"之后,逻辑上显得不甚合理。剧作最后赵本在场上人物并无变动的情况下,让任屠唱【尾声】"众神仙都来到,把任屠摄赴蓬莱岛",同样逻辑欠妥。元曲选本此处加了舞台提示"(众仙各执乐器迎科)",文本逻辑即不存在问题。而赵本剧末下场诗:"为你有终始,救你无生死。贫道马丹阳,三度任风子。"元曲选本移至"(众仙各执乐器迎科)"之前,以致终场寂寥,不甚妥当。

吕洞宾三醉岳阳楼

此剧叙吕洞宾三到岳阳楼,度脱酒店主人夫妻郭马儿与贺腊梅脱俗成仙。赵琦美校钞《古名家杂剧》本,位于黄丕烈编目第3号,与《马丹阳三度任风子》《破幽梦孤雁汉宫秋》《江州司马青衫泪》合装为一册。版心上部仅有"岳阳楼"简名,以下注明"行卷四"。以今存本《古名家杂剧》版式推测,应归入原书"文行忠信"之"行"卷,与黄丕烈手书《古名家杂剧》序目同。所不同在于今存《汇刻书目》壬五十四,却将其归入《古名家杂剧》"石"卷,为"金石丝竹瓠土革木"八集二卷第四,可以肯定它们属于不同的版本系统。今存本首页题署"吕洞宾三醉岳阳楼",题下作者署"元马致远撰"。题目正名置于剧末:"题目正名:徐神翁斜缆钩鱼舟,汉钟离番作抱官囚;郭上灶双赴灵虚殿,吕洞宾三醉岳阳楼。"元曲选本该剧首页题署"吕洞宾三醉岳阳楼杂剧",题下作者署"元马致远撰,明吴兴臧晋叔校"。上书口有"岳阳楼"简名,上鱼尾下有"杂剧"字样,题目正名宜置于剧末:"题目:郭上灶双赴灵虚殿,正名:吕洞宾三醉岳阳楼。"实际上是赵本的正名。

该剧四折一楔子,乐曲体制元曲选本和赵本亦大体相同,仙吕、南吕、正宫、双调四大套依次展开,然具体处理则有较大不同。主要体现在赵本第三折仙吕套实系元曲选本的楔子的扩充。后者第二、三套之间加一个楔子,为【仙吕赏花时】一支单曲,赵本则增加【村里迓鼓】【元和令】【上马娇】【胜葫芦】【柳叶儿】五支曲子,以此六曲构成第三折,之后又注明"楔子",显得较为随意和混乱。非但如此,赵本第四折更包括正宫、双调两套曲子,尤属荒唐。相比较而言,元曲选本删去【村里迓鼓】等五曲,恢复【赏花时】及相关科白的楔子的独立地位,第三、第四折乐曲分别为正宫和双调,合乎元剧常规。另外,赵本正宫套双调曲后吕洞宾唱【道情曲】【幺】【三煞】【二煞】【煞尾】五支曲子,抒发仙家情志。元曲选本则代之以【伴读书】【笑和尚】【煞尾】三曲,内容则围绕郭马儿妻子被杀事件展开,比较切合剧情。

科白方面二本亦为同中有异,首先是牵涉演出体制。如第一折开场"冲末扮酒保上",是元剧所习见,元曲选本改"冲末"为净,已是明人观念。第二折赵本开场"外扮郭马儿引旦上",元曲选本改为"柳改扮郭马儿引旦儿上",前者突出的是演出角色,后者则重在文本形象转换。第三折赵本"净扮社长上",元曲选本改"净"为丑,显系受南戏传奇影响,第四折赵本有"孤扮官人一行上",元曲选本改为"外扮孤一行上"。按元剧传统,"孤"的身份即为官员,朱权《太和正音谱》:"孤,当场装官者。"由于本身不是角色类型,通常需要其他角色装扮,元曲选本以外扮孤,属正常。倒是赵本直接让孤扮官人审案断案,比较少见。其次是道白的区别。第一折吕洞宾道白:"贫道在蟠桃会上饮宴,忽见下方一道青气上彻云霄,此下必有神仙出现。贫道拨开云头视之,正照岳州岳阳郡果有神仙出现。贫道按落云头。"元曲选本删去"拨开云头""果有神仙出现",改"正照"为"却在"。以下赵本酒保、吕洞宾对话:"(末)翠微微对着楚山。(保)休道是楚山,连太山、太佛头、千佛山、华山都看见了!""(末)浪淘陶接着汉江。(保)人倒是汉阳江,连洞庭湖、鄱阳湖、白云湖、八百里长江都看见了。"元曲选本改"接"为"临","白云湖"为"青草湖",更觉真实贴切。而删去"太佛头、千佛山",更显简洁。以下道白中此类情形尚多。如第四折开场:"(末同外上)(外云)师父,我和你见官去来!"显得较为平实。元曲选本则进行了扩充:

> (正末打愚鼓简子上云)罗浮道士谁同流。草衣木食轻王侯。世间甲子管不得。壶里乾坤只自由。数着残棋江月晓。一声长啸海门秋。饮余回首话归路。笑指白云天际头。(郭马儿冲上拿科云)拿住。我如今再不等你浏(溜)了。和你见官去来。

增加了上场诗和较为激烈动作的提示,戏剧性更强。虽然这与二本的结构处理方式不同有关,但无论如何,元曲选本更注重文本逻辑性和语言艺术性则是可以肯定的。

还应指出一点,赵本有数处为赵琦美以墨笔涂改,论理应具校勘价值,其实不然。如第二折吕洞宾点茶点了"杏汤",茶自然与汤联系,本无问题。赵本改为"杏泥",并在页边天头注曰:"杏泥,即杏酪,北方人多食之。"虽似博洽,却并无必要。又如同折【梧桐树】曲,中有"岂不闻一米度三关,管甚么馄饨皮馒头馅和剩饭",赵本墨笔改"剩饭"为"和饭",页边并注"和和饭",令人不知所云。

江州司马青衫泪

此剧情况已见前介绍。赵琦美校钞《古名家杂剧》本,位于黄丕烈编目第3号,版心上部仅有"青衫泪"简名,以下注明"文卷二"。以今存本《古名家杂剧》版式推测,应归入原书"文行忠信"之"文"卷,与黄丕烈手书《古名家杂剧》序目同。今存《汇刻书目》壬五十四则将其归入《古名家杂剧》"金"卷,为"金石丝竹匏土革木"八集一卷第二,应分属不同的版本系统。赵本卷首题名《江州司马青衫泪》,题下明署"元马致远撰",元曲选本该剧首页题署"江州司马青衫泪杂剧",题下作者署"元马致远撰,明吴兴臧晋叔校"。题目正名置于剧末:"题目:一曲拨成莺燕约,四弦续上鸳鸯会;正名:浔阳商妇琵琶行,江州司马青衫泪。"元曲选本上书口有"青衫泪"简名,上鱼尾下有"杂剧"字样,题目正名宜置于剧末:"题目:浔阳商妇琵琶行;正名:江州司马青衫泪。"实即赵本之正名。

乐曲体制赵本和元曲选本亦大体相同,仙吕、正宫、双调、中吕四大套依次展开,属比较常见的四折一楔子。赵本虽然第一折首页毁损,其余各折均明确标示,另行单独排列。宫调、曲牌以及科白均加括号,这些皆与元曲选本相同,且合乎传统。值得注意的是赵本的楔子比较特殊,其第二套【正宫端正好】曲前加一支韵脚完全不同的【端正好】,并在该曲牌和曲文间注明"楔子",整折因此有点不伦不类,当为宫廷艺人文化水准不高,信笔添改所致。元曲选本则将此【端正好】从第二折剥离,使之独立为一个真正的楔子,较为得当。二本体制的共同点是双调套曲不放在第四折而将中吕套置于末套,此与传统不合。科白方面,赵本戏剧动作提示比较简单,主唱者仅称"正旦""旦"或"正末""末"等,非如《元曲选》所收本随处可见"正末云""正旦云""正末唱""正旦唱""带云"等字样,非主唱者上下场诗前多不标示"诗云"。角色安排和剧中人物更是繁简有别。如第一折开场"末同二外上",元剧传统"末"通常为旦本中"正末"之简称,以此称呼剧中白居易当较合适。元曲选本作"冲末扮白乐天同外扮贾浪仙孟浩然上",详细注明了白、贾、孟三人的上场角色,显得整齐得多。然以白居易为开场之"冲末",以下更以姓名呼之,而不称角色,又较模糊。以下裴母和裴兴奴先后出场,赵本作"卜儿上""正旦上",依旧很简单,元曲选本作"老旦扮卜儿上""正旦扮裴兴奴引梅香上",充分显示《元曲选》全面展示人物类型和场上角色之文本特色。似此简繁情况还很多。前述白、孟、贾三人出游,赵本下场时只有一句:"(贾云)咱去来。(同下)"元曲选本则增加了下场诗:"(贾浪仙云)咱三人去来。(诗云)高兴出尘外。携尊酌物华。(孟浩然诗云)偷将休沐暇。去访狭邪家。"第二折赵本唐宪宗开场诗:"励精图治在勤民,祖舜宗尧德政新。格致功多求实效,最嫌浮藻事虚文。"元曲选本则除第一句外余皆各异:"励精图治在勤民,宿弊都将一洗新。虽则我朝词赋重,偏嫌浮藻事虚文。"下场时赵本作:"(左右云)领圣旨。(驾云)今日无事,且回宫去来。(下)"元曲选本则简单作"(内官云)领圣旨。(随下)"。以下江西茶客上场,赵本简单叙过,元曲选本同样增加了上场诗:"都道江西人。不是风流客。小子独风流。江西最出色。"如果说这些还只是各有特色外,以下的科白则显示出元曲选本对赵本的刻意修改。

赵本:

> (卜)俺孩儿只为白侍郎再不留人,我如今叫她出来,好歹叫她伴你。如再不肯,你写一封假书,只说白侍郎死了,她可待肯了。(丑)此计大妙!老妈,你叫大姐出来。

元曲选本:

> (卜儿云)俺孩儿只为白侍郎再不留人,我如今叫他出来,好歹教他伴你。若再不肯,你写一封假书,只说白侍郎已死,他可待肯了。(丑云)此计大妙。妈妈。你叫大姐出来陪着。我就去做假书。不要迟了。(下)

两相比较,元曲选本增加了张小闲下场做假书的动作提示,以下场上剧情继续进行,丑再扮江洲下书人报假信也便顺理成章。和前述顾曲斋本一样,赵本缺少这一离场做假书的提示,下书人上场报假信即显得突兀,且缺乏逻辑性。

第三折元微之顺访江州,与白居易相会,赵本于二人称呼"小官""小生""下官"混用,元曲选本一律互称"下官",符合戏剧情境和官场规矩。而白居易上场更直接提示为"正末",证实了前面所言本剧正末冲场之论,赵本反映的是演出实况,元曲选本角色标注则显得模糊。以下江西茶商酒醉,白、裴趁机逃脱,商人醒后却又被锁拿:"(地方云)你胡说!这明月满江,再无一只船,只是你这船在此,走往哪里去?想是你致死了,故意找寻。我拿你州衙里见官去来!(众锁净下)"元曲选本于此增加一首下场诗:"(净诗云)我刘一郎何曾捣鬼,小老婆多应失水。(地方诗云)这里面定有欺心,送官去敲折大腿。"同样显示的是文本整齐。第四折二本大体相同,唯有两曲确有差异。

赵本:

> 【剔银灯】旧主顾先生好么,新女婿郎君煞惊唬,小的每那翰林学士行无多话。你今日酒钱儿更休还,咱从头认都不差,索动劳你似陈蕃下榻。
>
> (驾)兴奴,你怎生认得他?(旦)
>
> 【蔓菁菜】怎敢唬当今驾,正是大赊淡酒帮人家,拖狗皮的措大。妾往常酒布袋将他厮量抹,怎生他也治国平天下。

元曲选本:

> 【剔银灯】旧主顾先生好么,新女婿郎君煞惊唬,那翰林学士行无多话。则这白侍郎正是我生死的冤家,从头认,都不差,可怎生装聋作哑!
>
> (驾云)兴奴,你仔细认者,敢不是他么。(正旦唱)
>
> 【蔓菁菜】他怎敢面欺着当今驾,他当日为寻春色到儿家,便待强风情下榻。俺只道他是个诗措大酒游花。却原来也会治国平天下。

不难看出,二本曲牌一致,内容基本相同,表现的是裴兴奴奉皇帝命在朝堂上与白居易相认的经过,曲辞相同的也超过半数,不同在于表达的方式,元曲选本更加直接快当。

半夜雷轰荐福碑

本剧简介见前。赵本为古名家本,位于黄丕烈编目 6 号,今存《汇刻书目》壬五十九将其归入《新续古名家杂剧》"商"卷,为"宫商角徵羽"二集卷第一。赵本卷首题名《半夜雷轰荐福碑》,题下明署"元马致远撰",元曲选本卷首题名《半夜雷轰荐福碑杂剧》,题下署"元马致远撰,明吴兴臧晋叔校"。二本题目正名相同,且均在剧末:"题目:三载漫思龙虎榜,十季身到凤凰池;正名:三封书谒扬州牧,半夜雷轰荐福碑。"元曲选本上书口有"青衫泪"简名,上鱼尾下有"杂剧"字样,题目正名置于剧末:"题目:三封书谒扬州牧;正名:半夜雷轰荐福碑。"实即赵本之正名。

乐曲体制赵本和元曲选本本亦大体相同,仙吕、正宫、中吕、双调四大套依次展开,不同在于赵本四折,实际上是包括【赏花时】和【幺篇】在内的楔子全部内容皆被置于第一折,未单独析出,此在赵氏抄校之《古名家杂剧》诸本为多见。元曲选本则为典型的四折一楔子,楔子在一、二折之间,符合元剧正常体式。以下范仲淹和宋公序对话:"(范)今奉圣人命,着老夫江南采访贤士,宋公序相公所除黄州为理,今日便索登程。(宋公序云)哥哥。您兄弟已行。别无他事。"元曲选本删去"相公有什么话说",导致以下宋的答话没有着落,不妥。然赵本以下叙宋将赴黄州做官,与下文"扬州太守宋公序"不合,亦不符合历史上宋庠(字公序)的任职经历。元曲选本改"黄州"作"扬州",校改为是。以下科白曲辞二本大体相同,唯有龙神的上场诗各别:"羲皇八卦定乾坤,神有神威辅弼臣。死后复同天地命,独魁水底作龙神。"(赵本)"独魁南海作龙神,兴云降雨必躬亲。曾因误受天公罚,至今不敢借凡人。"(元曲选本)前者自述来历,后者道其苦辛,各有特色。第二折张浩(净扮)假冒张镐的官职前往赴任,不意路上遇见,遂起心杀人灭口,胁迫官差曳剌下手,赵本有这样对话:

> (曳云)……马走的紧,洒家紧赶着跟不上,接不着相公。(净)你知道你那罪过么?(曳)洒家知道。(净)你要饶你那罪过么?(曳)可知要饶哩。(净)你路上曾见秀才来否?(曳)洒家见来。(净)你杀了他去,我便饶了你!

元曲选本这一段文字基本相同,唯一不同的是曳剌在张浩问他是否知罪时回答说"不知罪",和赵本一字之差,意义各别。曳剌明明承认自己"接不着相公",且"可知要饶",又怎么会说不知罪,逻辑上说不过去。

由此可知,元曲选本虽时间在后,却是改正为误。

曲文方面,二本同样有着同一曲牌不同曲辞的情况。如第四折:

赵本:

> 【七弟兄】这里放着试金石,这是万邦取则龙鱼地,对金銮赤脚伴驴蹄。不比你那看青山满眼骑驴背。

> 【梅花】大胆的姜维,到大来是情理。说小生当日,正波逆流移,他若得个亲随,不若是要离,他黄金铺地,在我险白发故人稀,今日个在那里!

元曲选本:

> 【七弟兄】就里,端的,现放着试金石。这是万邦取则鱼龙地,对金銮壮志吐虹霓,不比你那看青山满眼骑驴背。

> 【梅花酒】呀,张仲泽你忒下得,说小生当日,正波逆流移,无处可也依栖。他倚恃着黄金浮世在,我险些儿白发故人稀,当日在村庄里。

观二本曲辞相异处,有的改得对,如改"对金銮赤脚伴驴蹄"为"对金銮壮志吐虹霓",改"大胆的姜维,到大来是情理"为"呀,张仲泽你忒下得",均更加切合上下文的具体情境。也有的则不如不改,如将"这里放着试金石"改作"就里,端的",即不知所云。也有的二本各有特色,如赵本"他若得个亲随,不若是要离,他黄金铺地,在我险白发故人稀,今日个在那里",切合张镐和张浩的矛盾,针对性较强。而元曲选本改作"他倚恃着黄金浮世在,我险些儿白发故人稀,当日在村庄里",则显得较为含蓄,符合张镐的书生身份,但必须结合上文方能理解。

西华山陈抟高卧

本剧简况前已述及。赵琦美校钞本为《古名家杂剧》本,位于黄丕烈编目 8 号,今存《汇刻书目》壬五十九将其归入《新续古名家杂剧》"角"卷,为"宫商角徵羽"五集三卷第一。存本卷首题为《西华山陈抟高卧》,题下明署"元马致远撰"。元曲选本卷首题名《西华山陈抟高卧杂剧》,题下署"元马致远撰,明吴兴臧晋叔校"。上书口有"陈抟高卧"简名,上鱼尾下有"杂剧"字样。二本题目正名大体相同,且均在剧末。赵本作:"题目:识真主买卦汴梁,醉故知徵贤救佐;正名:寅宾馆救使遮留,西华山陈抟高卧。"元曲选本"醉故知"作"念故知","救使遮留"作"天使遮留",两字之差,内涵则一。体制上二本均为全剧四折,每折另起一行书写,仙吕、南吕、正宫、双调四大套依次展开。

第一折开场赵本作"冲末扮赵大舍引郑恩上开",以下行文又屡屡称赵为"外",郑为"净",是知冲末只是开场之称呼,用何角色扮演并不固定,赵本表示过于模糊,以下称郑为净尤嫌突兀,似此反不如元曲选本直接注明"冲末扮赵大舍引净扮郑恩上"更加清楚明白。同理,以下赵本"正末道扮上"也不如元曲选本"正末道扮陈抟上"来得明白晓畅。可以说,相比较而言,此剧赵本和元曲选本相异处并不很多,值得注意的除了上述角色提示等细节外,也有着曲辞正文和衬字多寡之区别。如第二折陈抟回应使臣询问"黄白住世之术":"【牧羊关】则当学一身拜将悬金印,万里封侯守玉门。你如今际明良千载风云,怎学的河上仙翁、关门令尹。可不道朝中随圣主,却甚的林下访闲人。既受了雨露九天恩,怎道得云霞三市隐。"元曲选本改"则当学"为"则你这","你如今"改作"现如今","怎道得"改为"怎还想",改动不多,但读来语气更直接,针对性也更强。以下赵匡胤上场,自称"宋太祖","太祖"为死后尊号,用作自称不妥。元曲选本改作"宋官家",较为恰当。第四折陈抟上场:"末扮老丈上",元曲选本则作"正末上"。前已述及,赵本与除阳春奏本之外的诸本皆不同。以下本套首曲【双朵花辰令】,其他诸本(除阳春奏本之外)亦正常作【双调新水令】。不难发现,该剧二本的曲文相异处多于科白。再如第四折陈抟回应宫女引诱和郑恩以酒色相劝:

赵本:

> 【七弟兄】这场,厮央,不相当。粉白黛绿妆官样,茜裙罗袜缕金裳,绣帏中取乐催身丧。

> 【梅花酒】会定当论道经邦,燮理阴阳,却惜玉怜香,撮合山错了眼光,就里的我也仓皇。您休使智量。俺乐处是天堂。

元曲选本:

> 【七弟兄】这场,厮央,不相当。你便有粉白黛绿妆官样,茜裙

罗袜缕金裳,则我这铁卧单有甚风流况。

　　【梅花酒】你可也忒莽撞,则道你燮理阴阳,却惜玉怜香,撮合山错了眼光,就儿里我也仓皇。您休使着这智量。俺乐处是天堂。

虽然二本表达的感情相同,但比较起来,赵本所谓"绣帏中取乐催身丧""会定当论道经邦"表达的是宗教和政治伦理的一般说教,元曲选本自云"则我这铁卧单有甚风流况",其增加的衬字如"你便有""则我这""你可也""则道你"等均显示其语气更强,同样更具针对性。剧末陈抟为摆脱宫女的诱惑纠缠,披衣秉烛待旦,赵本【太平令】曲后有一动作提示:"末孤坐科",元曲选本删去这一提示,反觉不妥。

邯郸道省悟黄粱梦

　　剧叙书生吕岩赴京求取功名,在邯郸道黄化店内得遇仙人钟离权,言及功名富贵。钟离给吕一枕头,称其可致如意。吕因枕之入睡,梦中经历了富贵穷通,醒来店婆所煮之黄粱米饭尚未熟,方悟一切皆空,遂看破红尘,决定跟钟离出家修道。赵琦美校钞《古名家杂剧》本,位于黄丕烈编目 8 号,与《半夜雷轰荐福碑》《西华山陈抟高卧》《孟浩然踏雪寻梅》《苏子瞻风雪贬黄州》合装为一册。版心上部仅有"邯郸梦"简名,以下注明"行卷三"。以今存本《古名家杂剧》版式推测,应归入原书"文行忠信"之"行"卷,与黄丕烈手书《古名家杂剧》序目同。所不同在于今存《汇刻书目》壬五十四却将其归入《古名家杂剧》"石"卷,为"金石丝竹瓠土革木"八集二卷第三,可以肯定他们属于不同的版本系统。今存本首页题署"邯郸道省悟黄粱梦",题下作者署"元马致远撰"。题目正名置于剧末:"题目:劝修行离却利名卿,别尘世双赴蓬莱洞;正名:汉钟离度脱唐吕公,邯郸道省悟黄粱梦。"元曲选本该剧首页题署"邯郸道省悟黄粱梦杂剧",题下作者署"元马致远撰,明吴兴臧晋叔校"。上书口有"黄粱梦"简名,上鱼尾下有"杂剧"字样,题目正名置于剧末:"题目:汉钟离度脱唐吕公;正名:邯郸道省悟黄粱梦。"实即赵本之正名。元曲选本剧末标出《邯郸道省悟黄粱梦终》,赵本无之。

　　乐曲体制元曲选本和赵本亦大体相同,仙吕、商调、大石调、正宫四大套依次展开,其中大石调的使用,以及正宫作末套在元剧中均较少见,然具体处理则有较大不同。与赵氏抄校之《古名家杂剧》诸本情况大体相同,赵本四折,实际上是将包括【赏花时】和【幺篇】在内的楔子全部内容皆置于第一折,未单独析出,元曲选本则为典型的四折一楔子,楔子在一、二折之间,符合元剧正常体式。科白方面,二本也是大同小异。"骊山老母"虽系东华帝君派遣和钟离权一道下界度脱吕洞宾,但第一折出场时化身为旅店婆婆,赵本径作"骊山老母上",并有上场诗"教你当家不当家,及至当家乱如麻。早起开门七件事,柴米油盐酱醋茶",完全店婆声口,与骊山老母身份不类。况以下各折出场又称其为"卜",显然较为混乱。元曲选本改为"正旦扮王婆上",且删去上场诗,应较合适。以下吕洞宾上场诗二本倒是各具特色:"万般皆下品,唯有读书高。"(赵本)"褰策上长安,日夕无休歇。但见黄花歇,如何不心急。"前者为元杂剧惯用套话,后者则切合此刻吕洞宾的身份及心境。再以下钟离权上场,赵本自称"文武双全,拜征西大元帅",但未说清何时拜帅,元曲选本做了弥补,钟离权自云:"在汉朝曾拜征西大元帅。"此折乐曲仍有相异处。其中赵本【雁儿落】元曲选本改作【醉雁儿】,赵本【后庭花】曲中有"(酒色财气)这四件儿忒均匀,你若依本分,必登仙道",虽作教化,却过于含糊。元曲选本这数语则作"这四件儿不饶人,你若是将他断尽,便神仙有几分",直截了当,贴近生活。曲后洞宾道白,赵本作:"我十年苦志。一举成名。那个出家的能够如此?"语言简洁,但过于平实。元曲选本改为:"我十年苦志。一举成名。是荷包里东西。拿得定的。神仙事渺渺茫茫。有什么准程。教我去做他。"富有生活气息,更较生动。以下【醉中天】一曲,同样各有特色。

赵本:

> 假若你手段欺韩信,舌辩赛苏秦,造下冤业远在儿孙近在身,万事争如忍。你若不苦志修行谨慎,片晌间灵丹腹孕,又索甚盼长生远路风尘。

元曲选本:

> 假饶你手段欺韩信,舌辩赛苏秦,到底个功名由命不由人,也未必能拿准。只不如苦志修行谨慎,早图个灵丹腹孕,索强似你跨

青驴踯躅风尘。

前曲宗教感化意味浓厚，只是显得迂远空幻，后曲虽同样意在教化，却非常贴近现实，容易动人。

剧情安排二本基本相同。第一折赵本表现吕洞宾入梦后，钟离权不仅让骊山老母一同入梦，更将吕洞宾的驴、旅店的鹅一并化入梦境，变成了吕洞宾梦境中的妻子儿女。元曲选本则除了钟离权和骊山老母相随变化外，并无骞驴鸡鹅随同变化等事。又，第二折叙吕洞宾梦中富贵，升兵马大元帅。然二书时代背景不同，赵本先云吕洞宾作战对象是南北朝时石勒和苻坚，但前折钟离权明明唱的是"本待把你个唐吕岩教训"（赚煞），本折高太尉为吕饯行时唱的也是"则要你在意扶持唐社稷"（幺），时空错乱一至于斯。元曲选本改作应对"蔡州吴元济反"，是中唐时事，符合史实，也合乎逻辑。曲牌之异仍时有所见，赵本末曲【收尾煞】，元曲选本改作"随调煞"，内容则一。个别字句讹误，诸如赵本"骞驴"原作"骞卫"，琦美墨笔改。元曲选本则无视焉。第四折开场赵本为"骊山老母扮卜儿上"，有意点出神人互化，元曲选本则径谓"旦扮卜儿上"，刻意淡化。以下【后庭花】曲："他怀里又没烧饼与孩儿每，厮波波！"其中原文"饼"字漫漶不清，琦美墨笔竟添。元曲选本改作："他怀里又没点点。与孩儿每讨波波！"

通篇看来，赵本和元曲选本从内容到形式基本相同，相异处不大，大致可以看作同一版本系统。

七、赵本马剧与该剧古今名剧合选本之比较

赵琦美校钞本马致远杂剧与古今名剧合选本重出者不多，共有 4 种：《破幽梦孤雁汉宫秋》《马丹阳三度任风子》《江州司马青衫泪》《半夜雷轰荐福碑》。前面说过，由于《古今名剧合选》编者孟称舜本基本上继承的是元曲选本，故一般认为将赵本和孟本的比较在校勘学意义上不具太多价值，但由于孟称舜有时想要在元曲选本和其他明刊本之间择善而从，故虽然变动不大，就文献整理意义而言也不能完全无视。以下

分别考述。为行文方便,古今名剧合选本以下简称孟称舜本或孟本。

破幽梦孤雁汉宫秋

　　本剧简况前已述及。赵琦美校钞本为《古名家杂剧》本,校录见前,不赘。孟称舜本首行题"新镌古今名剧酹江集",次行为简名《孤雁汉宫秋》,其后附"元马致远著、明孟称舜评点、刘启胤订正"。孟本最大特点是每折均附眉批点评,作用各别。可分两类,一是点出风格得失,如楔子眉批:"读〈汉宫秋〉剧,真若孤雁横空,林风肃肃,远近相和,前此惟白香山浔阳江上琵琶行可相伯仲也。"第一折【醉扶归】曲眉批:"赞昭君千言万语,不若此数语为妙。"第二折【牧羊关】曲眉批:"前三支尚是常调,此下语语痛快尽情。"第三折眉批:"全折俱极悲壮,不似喁喁小窗前语也。"第四折眉批:"全折凄清堪听。"这些都是称许,也有的指出问题,如【贺新郎】眉批:"胡地草白,独昭君冢上草青。二句虽属成语,但青冢二字用在此时未妥。"眉批另一部分是将元曲选本与其他明人选本进行对比,重在指出臧晋叔所改得与失。如第一折【混江龙】眉批:"如'仙音院里'以下可随意增加别出一韵。吴兴本率多删改,凡不若原辞迢递。今改仍旧。"他说的"吴兴本"即指臧晋叔《元曲选》所收本,因臧氏家吴兴,故云。第二折【斗虾蟆】眉批:"此枝与后三煞皆依吴兴本,以原词考之,于谱稍未谐,余间有异同,皆不及标出。"第三折【梅花酒】眉批:"数枝情既悲怆,音亦洪畅,吴兴本改数语亦颇有次第,而原本固自佳,不若仍之,存饩羊之旧。吾意古本非甚讹谬,不宜轻改。该本有胜前者,始不妨稍从之耳。"这里道出了校改的原则,颇有道理,至今仍可视为圭臬。第四折【十二月】:"末句出吴兴改本,说情事甚熨帖。"同样是对臧晋叔改本的称许。

　　二本的乐曲体系大体相同,仙吕、南吕、双调、中吕四大套依次展开,唯双调套曲不放在第四折而将中吕套置于末套,与传统不合。科白和曲词也大体相同,相异者仅为极少数,但值得注意。如第二折赵本"二外扮丞相上",孟本则从元曲选本改作"外扮尚书丑扮常侍上",同样显示了元明两代杂剧角色体制的演变。朝廷官员的上场诗,赵本作:"调和鼎鼐理阴阳,秉法持钧坐内堂。辅国抚夷都不管,中书伴令捱时光。"前引元曲选本为:"调和鼎鼐理阴阳。秉轴持钧政事堂。只会中书陪伴食。何曾一日为君王。"孟本与赵本同。它们无疑皆为讽刺当政者的尸位素餐,但赵本的"坐内堂"展现的是元人看朝政的平民眼光,较之元曲选本更为真实,孟本不从元曲选而与赵本趋同,更有眼光。前引第二折【斗虾蟆】眉批称该曲"皆依吴兴本",与赵本比较其实区别不大,最明显即在前几句:"直教奏熟了汉主杀的楚性刘,可惜了俺韩元帅九里山前战斗……"(赵本),"当日个谁展着英雄手,能枭项羽头,把江山属俺炎刘? 全亏了俺韩元帅九里山前战斗……",此外还有【三煞】中数句赵本:"紫台行吏须知咱是君臣,哪一件不依卿所奏!"孟本相应处改作:"紫台行吏都是俺手里的众公侯,有那椿儿不共卿谋,哪件儿不依卿所奏!"前者两句被改作四句,后者两句被改作三句,显然都于曲格不合,眉批所言有以也。第三折【梅花酒】赵本"迥野荒凉,草却又添黄",孟本增加"我在这"三个字。第三折番王下场时赵本并有两句诗:"善恶终莫隐,只在速迟间。"孟本删去。第四折赵本【醉春风】末句:"怎做的吾当染之轻!"孟本改为"偏不许楚襄王枕上云雨情"。【十二月】曲末句"汉昭君离乡背井千里途程",孟本删去"千里途程",增加"知他在何处愁听"。

全剧结束时四句韵语,赵本作:"国正天心顺,官清民自安。妻贤夫祸少,子孝父心宽。"孟本改作:"叶落深宫雁叫时,梦回孤枕夜相思。虽然青冢人何在,还为娥眉斩画师。"

马丹阳三度任风子

该剧简况见前,不赘述。赵本系抄校内府本,卷首题名《马丹阳三度任风子》,题下明署"元马致远撰",孟称舜本首行题"新镌古今名剧酹江集",次行为简名《三渡任风子》,其中"三渡"而非其他诸本之"三度",以下全篇如此。以下题署:"元马致远著、明孟称舜评点、刘启胤订正。"署名后便是题目正名:"正目:甘河镇一地断荤腥,马丹阳三度任风子。"这一点和赵氏抄本不同,赵本题目正名在剧末:"题目:甘河镇一地断荤腥,正名:马丹阳三度任风子。"和前剧一样,此剧孟本的眉批也很有特点,首先是对剧本特色之揭示。如第一折眉批:"此剧机锋隽利,可以提醒一世。尤妙在语言本色,自是当行人。""语与东篱诸剧较别",皆系总括全剧。以下第一折眉批:"好点缀,信手拈来!"第三折眉批"绝好机锋""烈口语""透顶语",第四折眉批"妙谑"等等皆是。另外,眉批中大部分是将孟本和元曲选本进行比较。如第二折【穷河西】眉批:"'我待跨鹤来'二句是任屠自说,要飞飞不得也。吴兴本改作'他不是跨鹤来,怎生有这般翅羽',非。"即通过比较否定了臧晋叔的擅改。【煞尾】眉批:"四句,吴兴本删去。"第三折【三煞】眉批:"此枝,吴兴本无之。"俱为客观校勘。

当然,如前所述,赵本是抄校内府本,与《古今名剧合选》所收本之间文本尤其是科白相差很大,但由于后者基本上沿自臧晋叔《元曲选》所收本,尽管编者孟称舜标榜择善而从,就整体而言,孟本仍旧更接近元曲选本。此本亦然,赵本和元曲选本之异同大抵也为孟本之异同。鉴于此前已将赵本和元曲选本做了比勘,此节不再重复,仅就孟本有意"择善"者列举几处。如第二折【穷河西】赵本作:"艾哟,我这里观觑了悠悠的五魂无,原来这马丹阳领着这个护身符。我待跨鹤来,怎生插翅羽。他将我来当拦住,则我这泼性命在他跟前怎生过去。"孟本删去了"我这里"和"师父"等字样,将"我待跨鹤来,怎生插翅羽"改为"他不是跨鹤来,可怎生有这般翅羽"。孟氏眉批指出前者是任屠自语,面对马丹阳的护法神,他想飞飞不出去。但尽管不同意元曲选本的校改,孟称舜还是依从了臧晋叔"他不是跨鹤来,可怎生有这般翅羽",正是《元曲选》中所收本该剧此处的曲文。另如【煞尾】:

赵本:

> 谁想泥猪疥狗生涯苦,玉兔金乌死限拘。修无量乐有余,朱硃顶鹤喞花鹿,唤野猿啸风虎,云满窗月满户,花满蹊酒满壶,风满帘香满垆,看读先王孔圣书,习学清虚庄列术。闭口藏舌有若无,暗气吞声实若虚,苦眼铺眉只做愚,缩项潜身则粧古,滚滚韶华似客居,急急光阴风内烛,一厦茅庵足可居,春夏秋冬总不复。春天园林赏花木,夏日山间避炎暑。秋月篱边玩松菊,冬雪檐前看梅竹。流水高山列画图,皓月清风为伴侣。酒又不饮色又无。财又不贪气不出。当日个酒醉了沙陀裂飞虎,色迷了金陵陈后主,财压了荥阳范亚夫,气逼了乌江楚项羽。我因此上锄了田苗种菜蔬,收拾荆筐担粪土,准备着麻绳搅辘轳,老做庄家小做屠。

孟本：

> 再谁想泥猪疥狗生涯苦，玉兔金乌死限拘。修无量乐有余，朱顶鹤献花鹿，唤野猿啸风虎，云满窗月满户，花满蹊酒满壶，风满帘香满垆，看读玄元道德书，习学清虚庄列术。小小茅庵是可居，春夏秋冬总不殊。春景园林赏花木，夏日山间避炎暑，秋天篱边玩松菊，冬雪檐前看梅竹，皓月清风为伴侣。酒又不饮色又无。财又不贪气不出。酒醉沙陀裂飞虎，色迷金陵陈后主，财压荥阳范亚夫，气逼乌江楚项羽。我准备麻绳拽辘轳，水担荆筐担粪土。锄了田苗种了菜蔬，老做庄家小做屠。

这是一支长曲，就曲格而言前所未有。孟本删去了"闭口藏舌有若无，暗气吞声实若虚，苦眼铺眉只做愚，缩项潜身则粧古，滚滚韶华似客居，急急光阴风内烛"六句，但这并非孟本首创，在此之前，臧晋叔元曲选本已作此删，此外还删去"流水高山列画图""当日个酒醉了沙陀裂飞虎，色迷了金陵陈后主，财压了荥阳范亚夫，气逼了乌江楚项羽。我因此上锄了田苗种菜蔬，收拾荆筐担粪土"等曲辞，远远超过了孟本眉批所说的"四句"。

江州司马青衫泪

此剧简况见前，不赘。今存赵琦美钞校《古名家杂剧》本，首页题署"江州司马青衫泪"，题下作者署"元马致远撰"，题目正名置于剧末："题目正名：徐神翁斜缆钩鱼舟，汉钟离番作抱官囚；郭上灶双赴灵虚殿，吕洞宾三醉岳阳楼。"剧末有赵琦美跋语"校过于小谷本"。孟称舜本首行题"新镌古今名剧柳枝集"，次行为简名《青衫泪》，其后附"元马致远著、明孟称舜评点、朱曾莱订正"。题目正名置于卷首："正目：一曲拨成莺燕约，四弦续上鸳鸯会；浔阳商妇琵琶行，江州司马青衫泪。"

乐曲体制赵本和孟本亦大体相同，仙吕、正宫、双调、中吕四大套依次展开，双调套曲不放在第四折，而将中吕套置于末套，赵本第二套【正宫端正好】曲前加一支韵脚完全不同的【端正好】，并在该曲牌和曲文间注明"楔子"，均与传统不合。和赵本以及其他明杂剧选本相比，孟本的最大特色还在于眉批，编者对马致远及其剧作成就给予了充分肯定，如剧首眉批："马致远号东篱,大都人,老浙江行省务官。东篱词清雄奔放,具有出尘之概。此剧天机雅趣,别成一种兴奴写照处。真是借他檀板摅我闺情。用俗语愈觉其雅,板语愈觉其韵,此元人不可及处。"第三折眉批:"《琵琶行》酸楚悲怨,千载称绝。有此辞不可无此剧,其才情自是相敌也。"第四折眉批将其与元曲家乔吉的作品相比较:"通折叙事与《两世姻缘》相似。"另一方面同样将此本与元曲选收录本比较。第一折【后庭花】眉批:"今人不饮二句,吴兴本作:'都是你朦胧酒戒,那醉乡侯安在哉?'"第四折【红绣鞋】眉批:"绿珠二句系吴兴改本,余曲中亦间有从之者,不及标出。"后一则说得简单笼统,不妨录出以资比较。赵本原文:"他有数百块名高天下,两三船玉屑金芽,也待似贾谊昔日困长沙。说到那堪伤处,对圣主诉怨咱,都是那寄爱书的该万剐。"孟本改"名高天下"为"名高丹峡",增加"他准备着一场说谎来大,本待要绿珠辞卫尉",改"也待似贾谊昔日困长沙"为"则说道贾谊没长沙"删去"说到那堪伤处,对圣主诉怨咱"。

总的说来,孟本此剧基本上继承了赵本,改动寥寥无几。

半夜雷轰荐福碑

本剧简况前已述及。赵琦美校钞本为《古名家杂剧》本,叙录见前,不赘。孟称舜本首行题"新镌古今名剧酹江集",次行为简名《雷轰荐福碑》,其后附"元马致远著、明孟称舜评点、刘启胤订正"。署名后便是题目正名:"正目:三载漫思龙虎榜,十季身到凤凰池;三封书谒扬州牧,半夜雷轰荐福碑。"这一点和赵氏抄本不同,赵本题目正名在剧末:"题目:三载漫思龙虎榜,十季身到凤凰池;正名:三封书谒扬州牧,半夜雷轰荐福碑。"

乐曲体制赵本和孟称舜本亦大体相同,仙吕、正宫、中吕、双调四大套依次展开,不同在于赵本包括【赏花时】和【幺篇】在内的楔子全部内容皆被置于第一折,未单独析出,故字面上为全本四折,此在赵氏抄校之《古名家杂剧》诸本为多见。孟称舜本则为典型的四折一楔子,楔子在一、二折之间,符合元剧正常体式。其眉批仍可分为评点和比较两大类,但以前者为多。如第一折眉批:"半真半谑,行文绝无粘带。一种悲吊情怀,如寒蛩夜唧,使听者凄然,自是绝高手笔。"第二折眉批"妙语"

"句法新"。第三折【一煞】眉批："写惊弓之状,工、妙!"第四折【水仙子】眉批："一篇照应!"也有将孟本和元曲选本进行比较的,但仅一则,即第四折【七弟兄】眉批："'赤脚伴驴蹄',吴兴本改作'壮志吐虹霓'。"

科白方面,二本亦大体相同,少量相异,如范仲淹和宋公序对话:"(范)今奉圣人命,着老夫江南采访贤士,宋公序相公所除黄州为理,今日便索登程。(宋公序云)哥哥。您兄弟已行。别无他事。"孟称舜本承袭元曲选本删去"相公有什么话说",导致以下宋的答话没有着落,不妥。然赵本以下叙宋将赴黄州做官,与下文"扬州太守宋公序"不合,亦不符历史上宋庠(字公序)的任职经历。孟称舜本遵从元曲选本改"黄州"作"扬州",改为是。以下范仲淹来探望张镐,至门首让学生通报,赵本作:"(范)你报伏去,道有范学士特来相访。(学生见末云)有范学士在门首。(末)哥哥数载不见,道有请。(范)贤弟别来无恙?(末)哥哥请坐,受您兄弟两拜!"孟本大抵相同,唯删去"哥哥数载不见"一句不妥,因为这一句体现了张镐和范仲淹之间特殊的兄弟感情,也为以下二人见面张镐即报以两拜的情理依据,否则一句淡淡的"道有请"只能体现出普普通通的朋友关系。相似的情况还在范仲淹索看张镐万言长策时,赵本:"(范)兄弟你身边有何功课?(末)恁兄弟积下万言长策,哥哥你试看咱。(范)兄弟能染也!我将此万言长策献与圣人,保举你为官。"孟本删去"兄弟能染也!"显然不妥,因为这一赞叹句表明翻看了万言长策之后的赞叹,然后才谈得上进献皇帝保举为官。删去后,显示范仲淹看都未看即准备向皇帝推荐,逻辑上不是很缜密。第二折龙神的上场诗亦各不相同:"羲皇八卦定乾坤,神有神威辅弼臣。死后复同天地命,独魁水底作龙神。"(赵本)"独魁南海作龙神,兴云降雨必躬亲。曾因悮受天公罚,至今不敢借凡人。"(孟本)前者自述来历,后者道其苦辛,各有特色,然孟本实系沿自元曲选本,并非自创。本折末曲赵本曲牌【尾声】孟本改作【煞尾】,是一曲之两名。第四折【水仙子】孟本有插白:"……送的来路绝人稀。(范)兄弟,那死的死了,扬州为何不去?(正末)便道你扬州牧能意气,我则怕又做了死病难医。"而赵本由于没有范仲淹的一句插白,显得曲文逻辑贯穿模糊,令人不知所以。另有一语,即土豪张浩和张镐相处,学《论语·为政》一句:"知之为知之,不知为不知,是知也。"随处念叨。孟本安排尤甚,除了第一折其在张家庄见到范仲淹时反复诵念,以致后者认定他是愚鲁之人。此后,孟本继续延伸这一喜剧情节,如第二折假冒官位前往赴任,途中依旧作念此句,至杀张镐及曳剌不成,被宋公序抓捕,甚至第四折堂上问罪,口中依然念叨,凸现了喜剧机趣。这一点为赵本所不及。

前面提到过,由于孟称舜本基本上继承的是元曲选本,故一般认为将赵本和孟本的比较在校勘学意义上不具有太多价值。同时亦须指出,虽然孟编《古今名剧合选》宣称在比较赵本和元曲选本基础上择善而从,并请专人订正,力图在内容形式上构建一个真正的善本,但这种情况毕竟只占少数。对赵琦美钞校本马致远杂剧与《古今名剧合选》进行比较之后,更加深了这方面的印象。

跋　语

赵本马致远杂剧虽然题材较单纯,数量只有 8 种,只及关汉卿作品数量半数,但全数留存,且涉及不同版本数量较多,亦更加复杂。其为《改订元贤传奇》本、息机子本以及阳春奏等文人选本所重并进入赵琦美视域,显示了他在明人眼中的特殊地位。

第七章　赵本其他元名家杂剧考校举隅

关汉卿、马致远以外,赵本古今杂剧收录最多的名家剧目当然是元代其他杂剧家的作品。一般认为,除了纯粹文献学意义的收藏价值外,赵琦美钞校本古今杂剧的意义即在其出自内府,裨后世考察和认识明前期宫廷杂剧演出状况,这样看自有道理,但并不全面。就时代而言,正因为大多数元杂剧名家剧本出自内府这个特殊环境,赵本提供了认识他们的独有视角。此外还应补充一点,就是无论留存作品多寡,其在不同选本中展示的形态特征有着惊人的一致性,这种一致性通过版本比勘将看得更加细致入微,也更加清楚明白。关汉卿、马致远如此,其他名家亦概莫能外。

一、元代名家杂剧的收录情况概述

钟嗣成编撰《录鬼簿》所重名公才人,唯其名,其作方得流传。"名公"无疑就是传统意义上的文人士大夫,"才人"则是宋元时一个特殊的社会阶层,特指一些不得于时,不为上层社会所容,或不屑进入上流社会,甘愿混迹世俗的下层落魄文人,也包括略通文墨并有作品流传当世的艺人。明以后雅俗分明,文人戏曲成为主流,"名公"范围扩大,"才人"渐趋模糊以致消失。但在宫廷内部,情况则不相同。传统观念多认为宫廷剧场代表教化、保守和奢靡,其实不然。元代优秀的杂剧家及其作品大多通过宫廷剧场得以保存,即使那些今天认为擅长暴露现实黑暗,有着反抗精神的剧作家,其作品同样概莫能外。这一点,考察一下赵琦美钞校本古今杂剧元代名家作品收录情况即可以明白地看出来。

赵琦美钞校本古今杂剧元代名家作品收录情况一览表①

版本 作家作品	刊本 34		抄本 24		
	古名家杂剧本 26	息机子本 8	内府本 11	于小谷本 6	来历不明本 7
马致远(8)	6	1+1	1		
费唐臣(1)				1	
王实甫(2)	1		1		
宫大用(1)		1			
关汉卿(16)	7	1	3		3
白仁甫(3)	2			1	
△乔梦符(3)					
△尚仲贤(4)					
△庾吉甫(1)					
高文秀(6)			2	1	
郑德辉(7)	2	1	1		2
李文蔚(3)			2		1
史九敬先(1)				1	
孟汉卿(1)	1				
戴善夫(2)	1				
△纪君祥(1)					
△梁进之(1)					
▲杨显之(2)					
▲陈定甫(1)					
▲李寿卿(2)					

① 本表以钱曾《也是园书目》中"古今杂剧"所收剧家作品为经,以赵琦美钞校的刻本和抄本著录情况为纬;表中加△号者系也是园目、黄丕烈目均著录而今已佚之剧作家,加▲号者系仅也是园目收录、黄丕烈目已佚之剧作家,加☆号者系也是园目、黄丕烈目均无著录但今存于脉望馆古今杂剧之剧作家。

版本 作家作品	刊本 34		抄本 24		
	古名家杂剧本 26	息机子本 8	内府本 11	于小谷本 6	来历不明本 7
孙仲章 (1)	1				
▲赵明远 (1)					
△武汉臣 (4)					
▲李取进 (1)					
▲岳伯川 (1)					
▲康进之 (1)					
▲石子章 (2)					
▲范子安 (1)					
▲李好古 (2)					
▲张寿卿 (1)					
▲孔文卿 (1)					
▲李直夫 (2)					
▲吴昌龄 (3)					
△石君宝 (1)					
△金志甫 (1)					
△陈存甫 (1)					
△周仲彬 (1)					
罗贯中 (1)	1				
秦简夫 (3)		2		1	
☆萧德祥 (1)					
☆王晔 (1)					
☆李致远 (1)					
郑廷玉 (6)	2	1	1	1	1
☆曾瑞 (1)					
☆杨梓 (2)					
☆张国宾 (2)	1				

续表

作家作品＼版本	刊本 34		抄本 24		
	古名家杂剧本 26	息机子本 8	内府本 11	于小谷本 6	来历不明本 7
☆朱凯（1）					
杨景贤（1）	1				
李唐宾（1）					

由上表不难看出：（1）除了马致远、关汉卿之外，郑光祖、白仁甫、王实甫、郑庭玉、高文秀等几乎所有的元杂剧代表作家皆可以在赵本中找到自己的位置，罗贯中、杨景贤、李唐宾等少数元明之际杂剧家被视作元人，今则一般归入明代。（2）从数量上看，关、马之外的杂剧作家作品，郑德辉 7 种，郑庭玉 6 种，高文秀 6 种，白仁甫 3 种，王实甫 2 种……与元代钟嗣成《录鬼簿》显示的元杂剧格局相近。（3）剧作家排列顺序基本依照朱权《太和正音谱》，这样安排表明《太和正音谱》对元代剧场传统的继承和对明代剧场的影响。考虑到赵琦美钞校本古今杂剧源出宫廷的事实，这里所说的实际上就是明代宫廷剧场中的元杂剧，其与《录鬼簿》所体现的元时杂剧格局相近确实值得回味。了解这一点，即不妨得出这样的结论，虽然钱曾两目《述古堂书目》和《也是园书目》未必反映赵琦美钞校本全貌，但仅此也可显示出，元杂剧入明后进入宫廷，并未经受脱胎换骨般地改造，即使宫廷剧场，亦不能违背艺术规律。

此外，上表按收录情况进行分类，故版本的问题值得重视。与前述关汉卿和马致远情况相一致，赵琦美钞校本古今杂剧分为刊本和抄本两大类，其中《古名家杂剧》和《息机子元人杂剧选》为赵本古今杂剧中的两种刊本，前者收剧最多，今存 26 本，后者收剧 8 种。抄本在数量上少于刊本，孙楷第将其分为内府本、于小谷本和来历不明本三类，其中内府本最多，有 11 种，于小谷本和来历不明本分别为 7 种和六种。一般认为，大部分明杂剧选本多源自宫廷，就版本意义而言区别不大，但并不意味着说刻本和抄本没有任何区别。除了李开先的《改定元贤传奇》和臧晋叔的《元曲选》以及孟称舜的《古今名剧合选》明确标举从优从善更定前贤以外,其余选本也是随着选家、出版家的口味以及作品传播渠道的不同而互有区别,甚至差别较大。应该说,由于刻本牵涉出版商的盈利,编选者必须考虑所编作品对读者大众的吸引力,作家的名气和作品的魅力就是不可或缺的要素。正因为如此,赵琦美钞校本中刻本多于抄本也或多或少反映出元杂剧在明代的影响度。而赵本元杂剧刻本多于抄本,此类差别的认识价值还在于显示明代曲学界仍重元。

另外值得注意的是,上表中加▲号和△号的剧作家有 24 位,涉及作品 39 种,可知赵本有超过总数四成的元杂剧作者及其作品已佚,这其中包括两部分,一是钱曾《也是园书目》收录,至清仁宗嘉庆九年(1804 年)为黄丕烈第二次汇总编目时仍寓目并予收录的作家作品,涉及乔梦符、尚仲贤、庾吉甫、纪君祥、梁进之、武汉臣、石君宝、金志甫、陈存甫、周仲彬等 10 人及其作品;二是仅《也是园书目》收录而黄丕烈编目时已佚之剧作家,如杨显之、陈定甫、李寿卿、赵明远、李取进、岳伯川、康进之、石子章、李好古、张寿卿、孔文卿、李直夫、吴昌龄等名流。还有一部分加☆号的剧作家也同样值得注意,包括萧德祥、王晔、李致远、曾瑞、杨梓、张国宾、朱凯等 7 位,涉及作品 9 种。他们的作品没有佚失,今存于脉望馆古今杂剧之中,但无论钱曾《也是园书目》还是黄丕烈二次编目均无著录,说明至迟在明清之交这些作品连同剧作者本人已脱离了藏书家的视野,至于它们如何于清中叶后辗转进入这一批藏书之列则不得而知。以上三部分剧作合计达 49 种,近现有剧目的五分之一。所佚剧作家及作品,不乏一流名家名作,未能通过此一渠道留存,当然属于戏曲文献流传和保管不善的缘故,不能简单归因于艺术生命之高低。另外还可证明两点,一是现有脉望馆古今杂剧编目,无论是源于钱目还是源出黄目,均非明万历时赵琦美钞校本古今杂剧的全部;二是现存脉望馆钞校本古今杂剧远非赵琦美钞校本古今杂剧的全部,这一点孙楷第《也是园古今杂剧考》曾经指出,于此可更作一补充。

应当指出,所谓名家是相对的,由于资料所限,我们这里所提及并分析的名家名作,实际上即为今存本署名作品,其与严格意义上的名家名作并不是一回事。但是,这些有作品留存并明确署名的剧作家,大都为《录鬼簿》著录,有着"名公才人"的身份,经过元以来数百年的文献辗转和舞台洗礼,能够留存下来的事实本身已经证明了他们的艺术生命,称其为名家并不过分。

二、赵本其他元杂剧名家作品校录举隅

从前节列表可以看出,赵琦美钞校本古今杂剧基本涵盖元杂剧的一流名家名作,以下根据数量多寡对他们的版本情况做一点对比分析。

需要说明的是,鉴于此前元杂剧版本研究已较系统而深入的现实,本稿意在通过赵本和其他不同版本的异同比较中得出印证性结论,有足够多的样本即可,不准备将前节表中 49 位名家逐个比勘分析。质言之,除了个别较为特殊的作家如王实甫以外,本节以下只分析赵本保存三种以上的剧作家及其作品。

(一) 郑德辉

郑德辉,名光祖,平阳襄陵(今山西临汾市襄汾县)人,以儒补杭州路吏。钟嗣成《录鬼簿》称其"名香天下,声振闺阁"。平生所作杂剧可考者 18 种,现存 7 种,赵琦美钞校本古今杂剧均有留存,其中包括也是园目、黄丕烈目郑氏名下均无著录但明人董其昌阅内府本认定为郑氏剧作之一种:《程咬金斧劈老君堂》。

㑇梅香、倩女离魂

此二剧根据题材均属爱情婚姻剧。

《㑇梅香》全称《㑇梅香骗翰林风月》,叙唐代诗人白居易之弟白敏中和晋国公裴度的女儿裴小蛮的爱情故事,情节全属虚构。该剧今存除赵琦美校藏息机子本以外,尚有元曲选本和古今名剧合选柳枝集本(孟本)。旦本。关于此三种选集版本特色,前面在考述关汉卿、马致远相关剧作时即已叙及,可参见。赵本此剧首页题作"㑇梅香骗翰林风月杂剧",署名"元郑德辉",位于黄丕烈编目 45 号,与《立成汤伊尹耕莘》《锺离春智勇定齐》合为一册。版心标"古今杂剧"。元曲选本题作"㑇梅香骗翰林风月杂剧",署名"元郑德辉著　明吴兴臧晋叔校"一行。

孟称舜本首行题"新镌古今名剧柳枝集",次行为简名《翰林风月》,其后附"元马致远著、明孟称舜评点、朱曾莱订正"。三本题目正名内容相同,位置略异。赵本和元曲选本均置于剧末,作"题目:挺学士傲晋国婚姻;正名:㑇梅香骗翰林风月",孟本则置于卷首,作"正目:挺学士傲晋国婚姻;㑇梅香骗翰林风月"。

　　体制上,三本均为四折一楔子,楔子置于卷首。仙吕、大石调、越调、双调四大套依次展开。动作提示也是同中有异。赵本、元曲选本动作提示称"科",符合元剧传统。孟本则全部称"介",似受南戏及传奇影响。然赵本科白提示概不用括号,和其他曲白接排,不甚妥。角色安排方面,三本有个共同点,即皆以旦儿扮爱情女主角小蛮,以正旦扮婢女樊素,似为突出剧名"㑇梅香"之含义,然爱情主角不得畅所抒情,不无角色错位之感。以下楔子开场赵本"冲末扮白敏中上",元曲选本和孟本均改作"冲末"为"末",动作提示用括号和其他曲白分开。如此前各章所提及,赵本唱曲之前大多不提示主唱者为谁,即使所唱曲之前是非主唱者道白,容易引起误读也在所不惜,则不知用意为何。全剧以下各折均如此。就这一点而言,元曲选本和孟本处理得比较好。然此剧各曲,虽内容无大差别,但赵本明确标出衬字,其余二本则否,可看出场上演出本和案头作品之区别。上场诗同样各有异同。白敏中的上场诗:"黄卷青灯一腐儒,九经三史腹中居。学而第一须当记,养子如何不读书。"第三句孟本与赵本同,元曲选本则作"试看金榜标名姓"。老夫人上场赵本并有上场诗:"画阁兰堂锦绣重,珠围翠绕绮罗丛。奉敕承恩蒙诰命,不幸先夫禄命终。"其余二本俱无之。以下夫人为小蛮及樊素讲书毕,小蛮白云:"书且暂停,看有什么人来。"白敏中上场诗两句:"男儿若遇风云讯,便是书生得志时。"其余二本亦无之。第二折夫人上场诗,赵本作:"相府堂堂仕宦家,侯门深锁绿苔滑。治家有道声名振。惟愿安闲度岁华。"元曲选本改"侯门深锁绿苔滑"作"重门深锁碧桃花",改"治家有道声名振"为"治家不用声名振"。相比较而言,元曲选本应更合事理。孟本第二句从元曲选本,第三句从赵本,显示其择善而从。本折结束,白敏中得小蛮幽会诗笺后下场道白:"今夜做些功课,然后打扮得齐齐整整等待小娘子。小生无甚事,吃茶饭走一遭去也。"元曲选本和孟本均改末二句为"同谐鱼水之欢,共效于飞之乐。那时节只怕小姐你苦哩",语涉谐趣,更较活跃。第四折开场赵本作"使命引祗候上",孟本同,元曲选本作"外扮李尚书引祗从上",查该折内容,"使命"即"李尚书",二本无本质区别,侧重点不同而已。又白敏中上场诗,赵本作:"龙门一跃与云齐,博得身荣到风池。十年苦志寒灯夜,脱的白衣换紫衣。"孟本和元曲选本作:"宫锦宫花跃紫骝,夸官三日凤城游。不知结彩楼中女,若个争先掷绣球。"前者慨叹中试前后变化之大,后者炫耀状元夸官之荣耀。同样各有侧重。以下值得注意的是赵本版本发生了变化,自"(老夫人)差矣,我奉圣人命,你怎敢违宣抗敕"至"白敏中谁想有今日也,我非是这里的(举子)"两页刻本中断,以两页版式相同的抄本补入。揆诸事理抄补者应为赵琦美。

《倩女离魂》全称《迷青琐倩女离魂》,叙王文举与张倩女指腹为婚,张母迫使文举进京应试。倩女魂离肉体,追伴文举赶考。文举中试后,倩女灵魂和肉体合二为一,遂成连理。该剧今存除赵琦美校藏《古名家杂剧》本以外,尚有顾曲斋刊《古杂剧》本、元曲选本和古今名剧合选柳枝集本(孟本)。旦本。关于此四种版本特色,前面在考述关汉卿、马致远剧作时即已叙及,可参见。赵本此剧首页题作"迷青琐倩女离魂杂剧",署名"元郑德辉",位于黄丕烈编目 47 号,与《醉思乡王粲登楼》《虎牢关三战吕布》合为一册。版心标简名"倩女离魂"。顾曲斋本题作"迷青琐倩女离魂",署名"元郑德辉著",元曲选本题作"迷青琐倩女离魂",署名"元郑德辉著 明吴兴臧晋叔校"一行。孟称舜本首行题"新镌古今名剧柳枝集",次行为简名《倩女离魂》,其后附"元马致远著、明孟称舜评点、朱曾莱订正"。四本题目正名内容相近,位置不同。赵本、元曲选本置于剧末,前者:"题目正名:凤阙诏催征举子,阳关曲惨远行人;调素琴书生写恨,迷青琐倩女离魂。"后者:"题目:调素琴王生写恨;正名:迷青琐倩女离魂。"顾曲斋本和孟本则置于卷首,内容相同:"正目:凤阙诏催征举子,阳关曲惨远行人;调素琴书生写恨,迷青琐倩女离魂。"

剧本体制为四折一楔子,楔子置于卷首,仙吕、越调、中吕、黄钟四大套依次展开。赵本特殊在于包括【仙吕赏花时】和【幺】在内的楔子全部内容皆被置于第一折,未单独析出,故字面上为全本四折,此在赵氏抄校之《古名家杂剧》诸本为多见。此剧正文赵本与顾曲斋本比较接近，如楔子王文举上场皆作"末扮细酸上"，"细酸"乃宋元时对贫穷的年轻读书人的嘲讽称呼。元曲选本和孟本皆作"正末扮王文举上"。王文举上场诗，赵本与顾曲斋本均作"万般皆下品，惟有读书高"。元曲选本和孟本则作："黄卷青灯一腐儒，三槐九棘位中居。世人只说文章贵，何事男儿不读书。"前二者为元剧所常见，后二者则体现了明刊本的共同风格。科白提示方面，赵本、孟本均较简单，唱曲之前大多不提示主唱者为谁，即使所唱曲之前是非主唱者道白，容易引起误读也在所不惜。顾曲斋本、元曲选本则比较详赡，科白不惮重复，力求文本整齐完备。另如楔子结束下场时，元曲选本下场诗："(老夫人)(诗云)试期尚远莫心焦。且在寒家过几朝。(正末诗云)只为禹门浪暖催人去。因此匆匆未敢问桃夭。"赵本及其余诸本皆无，同样显示臧晋叔的独到用心。非但如此，赵本登场人物称呼也存在混乱，如折柳亭送别一场，王文举称呼张倩女母亲，竟是"伯母""母亲"交互使用，顾曲斋本和孟本因之，唯元曲选本统一改称"母亲"。第三折王文举中试后致书老夫人赵本和顾曲斋本均自称"侄婿"，又称"同夫人小姐一时回家"，逻辑不通。元曲选本及孟本改称"小婿"，称"同小姐一时回家"，改为是。又张千下书，见倩女后道白，赵本与顾曲斋本均作"一个好东西也"，使人莫名其妙。元曲选本和孟本改作："(净见正旦惊科背云)一个好夫人也。与我家妳妳生的一般儿。"比较起来，后二本符合情理。第四折角色安排存在问题，第二折明云魂旦乃正旦别扮，此折则与正旦同现舞台，表演体制存在针线不密之弊。

王粲登楼

此乃以文人命运为题材的历史故事剧。

《王粲登楼》全称《醉思乡王粲登楼》，叙王粲家贫学富，恃才傲物，叔父蔡邕丞相欲涵养其锐气，故作轻慢。粲愤而出走，投奔荆州刘表，仍不得志，因登楼吟咏，醉而思乡。后仍得蔡邕引荐，封为天下兵马大元帅。翁婿二人抛弃前嫌，粲与蔡女喜结良缘。该剧今存除赵琦美校藏《古名家杂剧》本以外，尚有李开先藏元代手抄本(李本)、臧晋叔《元曲选》本和孟称舜《古今名剧合选·酹江集》本。赵本此剧首页题作"醉思乡王粲登楼",署名"元郑德辉撰",上书口标录简名"王粲登楼"。末本。位于黄丕烈编目 46 号,与《迷青琐倩女离魂》《虎牢关三战吕布》合装为一册。今存《汇刻书目》"古名家杂剧"无论正编还是续编,均无此剧名目,可知该书目亦并非全璧。

元曲选本题作"醉思乡王粲登楼杂剧",署名"元郑德辉著 明吴兴臧晋叔校"。二本题目正名均置于剧末,内容则繁简有异。赵本作:"题目:穷书生一志绸缪,望中原有国难投;正名:荐贤士蔡邕闭阁,醉思乡王粲登楼。"(其中"闭阁"原作"背稿",朱笔改)元曲选本作:"题目:假托名蔡邕荐士;正名:醉思乡王粲登楼。"实即赵本之正名。剧本体制均为四折一楔子,楔子置于卷首。仙吕、正宫、中吕、双调四大套依次展开。然文本形制各有异同。上场诗也是同中有异。有的是位置相同而内容各别,如第一折店小二上场诗赵本作:"买卖归来汗未消,上床犹自想来朝。为甚当家头先白,晓夜思量计万条。"元曲选本改做:"酒店门前三尺布,人来人往图主顾。好酒做了一百缸,倒有九十九缸似滴醋。"赵本上场诗第一折末:"(蔡)王粲去了也。学士。此人莫不有些怪老夫?(曹)时下有些怪,终到后来谢也谢不及哩。(蔡)咱后堂中饮酒去来。(并下)"元曲选本改末句为:"(蔡相诗云)从来贤智莫先人。小子如何妄自尊。(曹学士诗云)今日虽然遭折挫。异时当得报深恩。(并下)"第二折刘表上场诗:"汉族兴刘四百年,孤家海外觅英贤。八方定治分疆土,御书礼乐尽依然。"(赵本)"高祖龙飞四百年,如今兵甲渐纷然。区区借得荆襄地,撑住西南半壁天。"(元曲选本)前者显示求贤,与以下剧情较合,后者则系一般性的形势。赵本以下蒯越、蔡瑁上场诗:"湛湛青天不可欺,人心不似水长流。乌江不是无船渡,一日夫妻百日恩。"杂七杂八,胡乱凑合,场上表演滑稽意味浓厚。缺点在于太俗,为重文人品味的元曲选本所不取。第三折许达上场诗:"圣德弘深万古留,寒窗静坐几春秋。一朝金榜名标上,方显男儿志已酬。"(赵本)"壮气如虹贯碧空,尘埃何苦困英雄。假饶不得风雷信,千古无人识卧龙。"(元曲选本)前者抒发仕途得意之豪迈,后者则倾吐英雄成功之艰难,同样各具特色。

剧情安排方面,第三折末王粲因不得志借酒浇愁,竟至欲跳楼自杀,幸得许达劝阻。朝廷使命至,道是:"仅有王仲宣献上万言长策,圣人见喜,宣他为天下兵马大元帅。"王粲因而否极泰来。然献万言长策一事之前未有任何交代,显得突兀。元曲选本则在本折王粲上场时增加道白:"小生只得将万言长策,寄与曹子建学士,央他奏上圣人,至今不见回报,多分又是没用的了。"就这一点而言,元曲选本更加针线缜密。因其与孟称舜酹江集本基本相同,为节省文字起见,此处不拟专门涉及后者。

李抄本的情况比较特殊。该本今已不存,目前所能见到的是赵琦美钞校本此剧天头和空白处的何煌校补稿。李抄本用意当是对赵本的校补,科白极简,王粲以外角色更仅以"上开""云住""云了"等语代替。曲文方面,李抄本共出现仙吕宫的【幺】【金盏儿】【醉扶归】、中吕宫的【喜春天(来)】【哨遍】【耍孩儿】【幺】【三煞】【二煞】、双调的【驻马听】【甜水令】【折桂令】【川拨棹】【七弟兄】【梅花酒】【收江南】【鸳鸯煞】共 15 支曲子,均无法在赵本找到对应。何煌此剧跋称该本"不具全白,白之缪陋不堪,更倍于曲,无从勘正"。具体而言,赵本除了天头和页边外,内容亦有朱笔和墨笔校改字样,均非一般性的改错别字。除了上述曲文外,其余异文比比皆是。如楔子中"单是"改为"虽是","长剑"改为"长铗"。第一折【油葫芦】曲中增加"只重衣衫不重人"一句,【幺篇】增加"整顿江山,平治尘寰""我不常如是也呵"二句,第二折【正宫端正好】增加"穿草履践长途几时得"一句,【倘秀才】增加"真乃是挟泰山以超北海"一句,【滚绣球】增加"得老兄峥嵘特来投奔""怎违相知面皮好。且等三日赍发老兄"诸句,第三折【幺篇】改"据着我"为"未称俺",【满庭芳】改"我如今"为"须是我",第四折【乔牌儿】改"他是举"为"你个引",【水仙子】改"你道你"为"我不合"等。诸如此类还很多。正由于赵本与其他两本尤其是李抄本相比,曲白异文太多,故校勘意义不大。孙楷第先生云:"夫校书之道固希望其有异文;异文愈多,则愈感兴味。凡有校书经验者皆知之。然若两本异其面目,则是改而非校,虽嗜校雠者亦废然而返矣。"[1]诚哉斯言!前辈学者郑骞很早即注意到李抄本接近元刊杂剧 30 种版式,或竟可看作增出的一种,只是区别在一为刊一为抄而

① 孙楷第:《也是园古今杂剧考》,上杂出版社 1953 年版,第 171 页。

已。其《校订元刊杂剧三十种》因将其重新整理后作为附录,甚有见地。①

附:李抄本《王粲登楼》(页眉、页边何煌校补稿②)

楔子

(蔡邕一折了)(正末同卜儿上)(卜儿云了)

(末云)母亲放心。既丞相寄书来到那里,看俺父亲面也,好歹觑当您孩儿也!况兼文章不到得落于人后,取皇家富贵如掌上观纹,母亲勿忧,您孩儿须索走一遭去。

第一折

176

(驾一折了)(蔡邕上开住)(子建上坐定)(外饮酒住)(末上。小二推上)(小二云住)

(云)你休小觑我!又是蔡丞相亲眷,我便不这般受穷来!

(小二云了)(小二云。下)

(末云)我不与这厮合口,丞相请着我哩,怕怪来迟。(到科)(见外报了)(过去见外科)(外把盏,三科)(外不□酒,云了)

(末背云)这汉好无道理也!著书叫我来一日也,不曾放参,今日请将我来,对众与我一杯酒。不与我呵□□□□□漫我□不回他几句话,换到我怎生不出才,等□再著我时,看我□□这□□(外云了)

(怒云)丞相!凡人不得□□相,海水不可□□□。□□□□生不过时,您侄儿它□它发福,也不□□相之不可!

(外云了)

【幺】你个田文傲怎做剑客看,待贤知得伊辞旦,学鸡落得人轻慢,无鱼赢得咱悲叹。你虽然紫袍金带禄千钟,不敢养锦衣绣袄军十万。

(外云了)

---

① 郑骞:《校订元刊杂剧三十种》,(台北)世界书局 1962 年版。王季思主编《全元戏曲》第四卷所收元刊杂剧 30 种亦将郑氏校订李抄本作为附录,然误题为刊本。

② 此稿系底本页眉、页边留存的何煌校补文字,不包括正文以朱笔、墨笔校改的字、词、句片段,因为除了第四折四支曲子外,没有确凿证据将它们与其他无校改痕迹的内容截然剥离。这一点与郑骞校本有所区别,可以相互参照。

（云）投人须投大丈夫，虽为卿相无宽容量，和您说甚么！（做不分出）

（子建上云了）

（云）老兄，先年不罪。蔡相与某父乃刎颈之交。父死之后，小生困于长安，虽贫呵不曾失于学问，不期蔡相书取我到此，一月不放参，今日请小生来，对众反以言语相傲。此人情理。（外云了）

【金盏儿】屈于不知己岂愁烦，伸于知己有何难，他无意济辙鱼江汉，愁何晚，空教我趋前退后两三番，我能可困亡陈蔡地，饿死首阳山，我想挂冠归去好，谁待叉手告人难！（外云了）

【醉扶归】论文呵笔扫云烟散，论武呵剑射斗牛寒。扫荡妖氛不足难，折末待掌帅府居文翰，不消我羽扇纶巾坐间，敢破强虏三十万。

（外云了）（子建分付与末了）

（末云）小生与老兄往日无旧，□赐黄金鞍马书呈，荐我荆州，此事未敢相忘。

第二折

（二净一折）（荆王上云住）

（正末背剑上云）自从离洛阳，一路上感得一场天行病，争些送了性命。将鞍马卖了，盘缠使尽，不付能较，每日三二家捱着行前进，又早数月，今将到荆州。嗨，好穷命呵！

（提到门首见外了）（报了）（荆王云了）（接见礼了）（坐定把盏科）（看书毕，荆王云了）

（末云）不是谈是非，今日难行。

（外云了）（荆王云了）

（外云了）（二净上见了）

（做背科，云）荆王门下贤士多，我若不轻傲着呵，便小小看我，我且傲者。（二净把盏云）（傲饮了）（荆王云了）

（末云）不是王粲为□。（荆王云了）

第三折

(外见了)(上楼做了)(外把盏)

好高楼呵!(外云了)

本待不烦恼来,觑了这山河形势,不由小生不烦恼。(外云了)

(云)老兄不失家地,不知此况。争奈眼前身畔,总是离愁。

【喜春天】淡烟漠漠添秋意,黄叶潇潇听捣衣,秋声秋色两相宜。我便如铁石,对此也心灰。(外云了)

(外云了)(云)老兄不知王粲心。

(外云了)(云)老兄这里。

(外云了)(云)一自离家,倏忽数载。名利皆不如意,衣敝缊袍,囊无日用之金,正是:到□不沾新雨露,还家犹带旧风尘。

(外云了)(听雁声叫科)

(云)头上雁过,飞禽尚自知寒暑,王粲那,何况你!

(外上开□□了)(与外见了)(外云了)

【哨遍】只为一纸书,飘零到楚地。数年间困杀英雄辈。非自己不能为,待贤心言行相违。信著二逆贼,我做了鹪鹩巢苇。他便是饿虎当途。没乱杀成何济!一自荆王归世,酷嗜酒消除郁闷,镇登楼伫立金梯。恨离愁不趁汉江流,怨身世难同野云飞,这里叛乱将兴,政事难行,异端并起。

(外云了)

【耍孩儿】若要收伏了汉上荆州地,何患山围故国!利兵坚甲不须多,笑谈间烟灭灰飞。鞭蘸干一江汉水清波涨,马吃尽三月襄阳绿草齐,不足与挟雠气,儿曹之辈,疥癣之疾,

【幺】紫泥宣诏到都堂内,八辅相都言称职。整朝纲、薄赋敛、省刑罚,新号令四海传檄,记骤迁东汉三公位,不教人道依旧中原一布衣。男子汉峥嵘日,撇了一瓢而饮,受用列鼎而食。

【三煞】臣事君以忠,君使臣以礼。我把奸谗醢首干戈息。若教我但居相府十余载,强似你高筑长城千万里。太平兆无多日,我

178

赵琦美钞校本古今杂剧考论

治的桃林野耕牛闲卧，华阳山战马空嘶。

【二煞】我治的花生鲜倒悬，我治的山河壮帝居，我治的两轮日月光天德，我治的四夷玉帛朝南面，我治的万象森罗拱北辰极，无瑕玉堪做皇家器，燮理阴阳气，调和鼎鼐盐梅。

第四折

（驾一折）（子建上云住）

（正末整扮元帅上，做见住）（奏乐住）（子建把盏云了）

一【双调新水令】一声雷震报春光，起蛰龙九重天上。蒯越呵，你便是臧仓毁孟轲，王粲呵，你做了禹贡起王阳。我只道老死在襄阳，峥嵘日不承望。

二【驻马听】一封诏赴阙来，王纠威风壮纪纲。万言策出朝为将，辉辉星斗焕文章，墨痕奸佞血淋浪，笔端鼓角声悲壮。男儿当自强，虹霓气吐三千丈。

（太保送宣上）（谢恩了）（外把盏问了）

三【雁儿落】又不曾扶持刘庙堂，便怎彩画入功臣像。止不过留心在笔砚间，又不曾苦战沙场上。

四【得胜令】怎做得架海紫金梁，则消得司县里绿衣郎。臣曾夜宿孙康巷，暮登天子堂。一封书拜荆王，引得人海波三千丈；万言策对吾皇，兀的是功名纸半张。

五【甜水令】也不是祸不单行，闪的我心无所向，恰便是风外柳花狂。子为归计难酬，凭栏凝望，望不断烟水茫茫。

六【折桂令】因此上醉登楼王粲思乡，子为囊箧俱乏，因此上酒债寻常，受过了客旅淹留，且放些酒后疏狂。那酒本浇我羁怀浩荡，消磨了尘世仓惶，少年科场，殢杀觥觞，恐怕春光，却忧成镜里秋霜。

（外云了）

七【乔牌儿】不由人肚里气夯，有甚脸来到俺筵上，你个引韩侯三荐萧丞相，那时情今日想。

八【水仙子】我不合精神颜色劝瑶觞，你恰甚和气春风满画堂。

第七章　赵本其他元名家杂剧考校举隅

我只道不明白饿倒在颜回巷,几曾见列金钗十二行。尽今生劫劫忙忙,又无那江湖心量,只是斋盐肚肠,吃不得玉液琼浆。

九【川拨棹】书吓的反贼降,抵多少鞭敲金镫响,九层坛上百万儿郎,戈戟旌幢弓箭刀枪,便有八面威风将军气象,金鼓鸣惊上苍。

十【七弟兄】振春雷霆势,况动关山响亮,珂珮韵锵锵。七重围里元戎将,五方旗号合堪傍,一轮皂盖飞头上。

十一【梅花酒】今日我见帝王,节昂昂,喜洋洋,相貌堂堂。得意也王仲宣,待贤也汉君王。陛下切莫过奖,君仁德赛文王,臣虚负作贤良,比昭列武成王。

十二【收江南】又不曾落梅风里钓寒江,高宗梦里筑岩墙,得白金骄马锦羁香,荐微臣表章,此恩生死不能忘。

(卜儿引旦上云了)(谢外)

十三【鸳鸯煞】张仪若不是当时一度怀惆怅,苏秦怎能勾今朝六国知名望。填还了万里驱驰,报答了十载寒窗,过道执著百万军权,三台印掌卧雪眠霜,雄赳赳驱兵将。再不对楼外斜阳望断天涯旧乡党。

(散场)

三①

四②

雍正三年乙巳八月十八日,用李中麓钞本校,改正数百字。此又脱曲廿二③,倒曲二,悉据钞本改正补录。钞本不具全白,白之缪陋不堪,更倍于曲。无从勘正。冀世有好事通人为之依科添白。更有真知真好之客足致名优演唱之,亦一快事。书以俟之。小山何仲子记。

伊尹耕莘、智勇定齐、三战吕布、斧劈老君堂
此四剧皆为以政治军事题材为背景的历史故事剧,它们的共同特

---

① ② 此二序数在这里对应【雁儿落】【得胜令】二脱曲,底本原置于(散场)之后,何校调整移前至【驻马听】和【甜水令】之间。

③ 此数字不确,实际上包含了两支倒曲,总数为廿二,加上少量宾白,即为何校全部校补内容。

点便是除了赵琦美钞校本之外,别无其他明代版本流传,无从比勘。以下据各本自身情况作一描述。

《伊尹耕莘》全称《立成汤伊尹耕莘》,叙夏朝末年,夏桀无道,诸侯反叛。伊尹耕于有莘之野,而贤名远播,方伯命官员前往征聘。伊尹应聘,率军打败夏朝官军,灭了夏桀,建立商朝。该剧今存赵琦美钞校内府本,首页题作"立成汤伊尹耕莘杂剧",署名"元郑德辉",位于黄丕烈编目43号,与《钟离春智勇定齐》《㑇梅香骗翰林风月》三种合装为一册。全本四折二楔子,楔子一在剧首,一在三四折之间。其他分头折、二折、三折、四折,仙吕、正宫、中吕、双调四大套依次展开,折数、宫调及曲牌名俱单行列出。末本。全本俱墨笔所抄,遇有"圣皇""圣君""明主""圣主""圣人"字样均顶格书写,当为内府本原有格式之照录。题目正名在剧末:"题目:修德政天乙诛夏,正目:立成汤伊尹耕莘。"正文间有涂改者,当系琦美据原本校对笔迹,数量不多,主要有头折【油葫芦】中"劳心进思行温让"之"进"改为"尽"。【金盏儿】中"面似雪形体肤如霜"改为"面似雪肤体白如霜"。第二折方伯道白"你领着驷马单车"中"单车"改为"高车"。【上小楼】"山村野夫何劳敢当"中"何劳"改为"何以"。以下汝方道白"忠君报国乃男儿所为之事。又人沉埋旅途可惜了"中"乃"之后加一个"是",删去"之事。又人",改"旅途"为"田野"。第三折【正宫端正好】中"大纛高衙"改为"大纛高牙"。第四折殿头官道白"商汤苗裔"改为"商家苗裔","国号大汤,都于亳州"改为"国号大商,都于亳邑"。以上这些涂改,一般都更合理,校改态度比较认真。剧末附有校跋:"《太和正音》有《伊尹扶汤》或即此,是后人改今名也。然词句亦通畅,虽不类德辉,要亦非俗品。姑置郑下,待考。清常。"并附穿关,其后又跋云:"万历四十三年孟夏十九日校录内本,清常道人琦识。"

今案:琦美跋语所言《伊尹扶汤》一剧,元人已有记载。杨维桢《元宫词》:"开国遗音乐府传,《白翎》飞上十三弦。大金优谏关卿在,《伊尹扶汤》进剧编。"然彼乃关汉卿作品,非郑德辉所作。是否即此剧尚需更多资料证明。

《智勇定齐》全称《钟离春智勇定齐》,叙齐无盐女钟离春解环鸣琴,抵御秦燕的故事。该剧今存赵琦美钞校内府本,首页题作"钟离春智勇定齐杂剧",题下附识"《太和正音》作《无盐破环》"。署名"元郑德辉",位于黄丕烈编目 44 号,与《立成汤伊尹耕莘》《伻梅香骗翰林风月》三种合装为一册。全本四折一楔子,楔子在二、三折之间,其他分头折、二折、三折、四折,旦本,仙吕、中吕、越调、双调四大套依次展开。全本俱墨笔所抄,字体与《伊尹耕莘》一剧同,似为一人手笔。题目正名在剧末:"题目:晏平仲文才安国,正名:钟离春智勇定齐。"正文间有涂改,当系琦美据原本校对笔迹,数量不多,主要有头折道白"(卜儿云)老的也,你休听闲言收语的",其中"收语"改为"剩语"。"你说一遍我试听咱",其中"是听"改为"试听"。【尾声】"我如今甘苦用心勤",其中"心勤"改作"辛勤"。第二折【醉春风】"我是问他一声",其中"是问"改作"试问"。楔子秦姬辇上场诗"霸卓咸阳",其中"霸卓"改为"霸占"。"穿州经县过村庄"中的"村庄"改为"村坊"。第三折吴起道白"今在卫文侯麾下",其中"卫"改作"魏"。【鬼三台】"你由兀自说兵机",其中"由"改作"犹"。第四折齐公子道白"食邑三千石",其中"石"改作"户"。剧末附有穿关。

《三战吕布》全称《虎牢关三战吕布》。叙三国时董卓专权乱政,诸侯起兵勤王,袁绍为盟主。卓将吕布英勇无敌,诸侯军屡败,危急关头,刘备、关羽、张飞联手出战,终于击败吕布,取得胜利。该剧今存赵琦美钞校内府本,首页题作"虎牢关三战吕布杂剧",署名"元郑德辉",位于黄丕烈编目 44 号,与《醉思乡王粲登楼》《迷青琐倩女离魂》三种合装为一册。全本四折二楔子,一在二、三折之间,另一在三、四折之间,其他分头折、二折、三折、四折,末本,仙吕、双调、中吕、正宫四大套依次展开。全本俱墨笔所抄,遇有"圣朝""圣皇""圣人""圣主""圣恩""圣明""圣寿"字样均顶格书写,当为内府本原有格式之照录。字体与上述二剧同,当系一人手笔。题目正名在剧末:"题目:辕门外单气张飞;正名:虎牢关三战吕布。"正文间有涂改,和前数剧一样,应为琦美据原本校对笔迹,数量不多,全录如下:头折袁绍道白"有九年之力",其中"年"改为"牛"。刘羽道白"俺三路太守来子也",其中"子"改为"了"。韩俞道白"从人奋勇,战马弯奔",其中"从"改为"征"。吕布道白"无名小将,闻早下马",其中"闻"改为"及"。关羽道白"一在三存,一亡三亡",其中"存"改为"在"。第二折吕布道白"存铁在手,万夫不当之勇;片甲遮身,千人难敌之威",其中"存"改为"寸",删去"之勇""之威"。第三折吕布道白"画戟横担定,威风气相别",其中"相"改为"象"。侯蒙上场诗"拨得青史标名姓",其中"拨"改为"博"。剧末附有穿关。

《三战吕布》为明代宫廷演剧之习见者,明无名氏宫廷题材绘画《明宪宗元宵行乐图》及署名仇英的《南都繁会图》中杂剧演出均为此剧之实景描绘。值得注意的是二者并不完全统一。"穿关"明确标注刘备穿黄袍、面部三髭髯,吕布头戴三叉冠雉鸡翎、执简,但在《明宪宗元宵行乐图》中却显示刘备穿的是绿袍、锦袄,且面白无须。吕布头上也无雉鸡翎,手执方天画戟,并无铜的任何图示,由此可知明代宫廷剧场演出存在的复杂性。剧本赖赵氏抄校本得以保存,可谓不幸中之大幸。

《斧劈老君堂》全称《程咬金斧劈老君堂》。叙唐秦王李世民奉旨讨王世充,途中单骑打猎,晚宿老君堂,遭遇敌将程咬金,被捕,后因秦琼救护,世民得脱。该剧今存赵琦美钞校内府本,首页题作"程咬金斧劈老君堂杂剧",无署名,位于黄丕烈编目 245 号,与《招凉亭贾岛破风诗》《众僚友喜赏浣花溪》《魏征改诏风云会》三种合装为一册,属古今无名氏作品唐朝故事类。剧末有跋云:"是集余于内府阅过,乃是元人郑德辉笔,今则直置郑下。"跋未署名,然根据赵本另一剧《逞风流王焕百花亭》相同笔迹跋文署名情况推论,应为万历时书画名家董其昌。论者自郑振铎而下均据以归此剧于郑德辉名下,然与前述《伊尹耕莘》《伊尹扶汤》剧一样,此剧著作权亦可疑。《录鬼簿》《太和正音谱》等元名人著作于郑德辉名下均无之。今录此,存疑。存本四折二楔子,一在剧首,另一在二、三折之间,其他分头折、二折、三折、四折。末本。仙吕、中吕、黄钟、双调四大套依次展开。全本亦墨笔所抄,遇有"圣朝""圣人""皇""皇圣""圣天子""圣明""圣寿""圣朝""皇图"字样均顶格书写,当为内府本原有格式之照录。字体与上述二剧同,当系一人手笔。题目正名在剧末:"题目:唐秦王误看金庸府;正名:程咬金斧劈老君堂。"正文间有涂改,和前数剧一样,应为琦美据原本校对笔迹,数量不多,全录如下:楔子一李世民道白"随征将军,跟某点人马去",其中"军"改为"士"。楔子二高熊上场诗"至今跌破脑戴",其中"戴"改为"袋"。李世民道白"萧铣闻早下马受降",其中"闻"改为"及"。剧末附有穿关。

（二）郑廷玉

郑廷玉,河南彰德人。生卒年及生平事迹均不详。作有杂剧 23 种,今存 6 种,赵琦美钞校本古今杂剧均有留存,今分述如下。

疏者下船

此系一历史故事剧。

《疏者下船》全名《楚昭公疏者下船》,叙吴楚相争,楚军败,昭公乘船逃奔,途遇强风将覆,船夫要求疏者下船以救其他人性命,昭公留住兄弟,妻、子自动跳江。后因申包胥争取秦军增援,终得保全。妻、子亦因神明护佑而脱险,喜庆作结。该剧今存元刊杂剧三十种本、赵琦美钞校内府本和元曲选本,赵本首页题作"楚昭公疏者下船杂剧",署名"元郑廷玉",位于黄丕烈编目 93 号,与《宋上皇御断金凤钗》《布袋和尚忍字记》三种合装为一册。元刊本全名《大都新编楚昭王疏者下船》,按惯例不署作者姓名。赵本全篇以墨笔抄就,每套首曲宫调和曲牌与曲文连接,不另起一行,然中间往往插入提示"正末唱",其余曲牌则有夹白时即出现"……云""唱"等提示。元曲选本题作"楚昭公疏者下船杂剧",署名"元郑廷玉著　明吴兴臧晋叔校"一行。书口标简名《楚昭公》,版心标"杂剧"。文本构成方面,元刊本例不分折,仙吕、越调、中吕、双调四大套依次展开,首套前有【仙吕端正好】一曲,应为楔子。赵本全剧四折,第一折也称"头折",每折另起一行书写。全本俱墨笔所抄,遇有"圣朝""圣人"字样顶格书写,系内府本原有格式之照录。字体与上述二剧同,当系一人手笔。元曲选本与同,唯首折称第一折。题目正名元刊本无,其余二本均置于剧末,但内容有异。赵本:"题目:伍子胥怀冤雪恨;正名:楚昭公疏者下船。"元曲选本:"题目:伍子胥一战入郢;正名:楚昭公疏者下船。"

三本之异首先是角色身份,同一个姬光,赵本称"吴公子姬光",元刊本、元曲选本称"吴王阖闾,名姬光",前者严格遵循明代剧场禁止扮演历代帝王圣贤的禁令,后二者作为案头文本自然不受此限。其次是上场诗,元刊本例无,后二者虽有但同一个人物各不相同。如姬光上场诗:"春秋雄霸立东吴,将士英昂有智谋。继世斯年承祖业,封疆一国建姑苏。"(赵本)"太伯当年曾逊避,至今子姓居吴地。延陵何事慕高风,几使孤家不承继。"(元曲选本)孙武上场诗:"龙韬虎略展雄才,掌握军权坐省台。只为机筹成大事,衣冠表正列天阶。"(赵本)"新书着就十三篇,篇篇兵法妙通玄。君王不信亲相试,宫中赐出女三千。"(元曲选本)赵本更多剧场套语,是为元曲通病,元曲选本则力求切合剧情,目标不同,自然风格各异。当然也有相接近的,如伍子胥上场诗:"弃楚投吴枉运机,倚天长铗耀光辉。叹嗟不遂英雄志,辜负当年举鼎威。"(赵本)"千里间关弃楚归。短箫闲向市中吹。可怜不遂英雄志。辜负当年举鼎威。"伍子胥为本剧着力刻画的主要角色,故两首上场诗精神内涵一致,形式变化亦不太大,即便如此,相异字句亦已过半。第三种情况是有和无的区别,如赵本太宰伯嚭上场诗:"七国春秋霸业强,文臣武将显忠良。自从周初分疆土,宽仁厚德立家邦。"元曲选本可能认为奸臣不应有此待遇,因而将其删除。这三种情况以下各折大体如此。上场诗以外,二本情节安排亦存在异同。元刊本和其余两本之间差距太大。郑骞《校订元刊杂剧三十种》曾慨叹:"此剧颇难校订,其故有三:第一,脱误甚多。第二,句法增减摊破多不守常规。第三,元曲选及内本与此本异多同少。有问题处无从据以校订。"①赵本以下据二明本进行了一点比勘叙说。伯嚭在伍子胥后单独上场,元曲选本则将其处理作伍子胥和伯嚭同时上,且删去伯嚭的上场诗。关于吴国统兵官,赵本通过吴国朝议时姬光之口宣布孙武为帅,伍子胥为先锋,元曲选本因之,唯以下楚昭公接到吴国战书却是"孙武为军师,伍子胥为元帅,伯嚭为先锋",前后不相一致。另外,第一折申包胥自愿赴秦廷求救兵,剧本这样安排:"(申包胥云)公子我这一去,若借起秦兵来,量伍子胥到的哪里!(唱)若来啊军民万安,楚城无难。我则怕别时容易见时难。(下)(申包胥云)二位公子,若伍子胥领兵来时,你休与他交战……"

这里最明显的毛病还是中间的两句唱来得莫名其妙,按照上下文逻辑,主语应为申包胥,但逻辑上说不过去,因为既已明明白白标示唱完即"下",以下紧接着又是一句"申包胥云"便没有了着落。只能说所

① 郑骞:《校订元刊杂剧三十种》,(台北)世界书局 1962 年 4 月初版,第 84 页。

唱者应为楚昭公,只是没有明确标示。赵本此类毛病很多,不注明主唱者,不独此剧,其他诸本同样存在。

曲辞方面,二本亦有差别。如第二折【越调斗鹌鹑】:

赵本:

> 他念父兄萦心,借吴兵应口。离楚国青春,过昭关皓首。太宰嚭为参军,孙武子为帅首。一个个恶狠狠雄赳赳,状貌威严精神抖擞。

元曲选本:

> 他走樊城兀自红颜,过昭关早成皓首。只道他暮景萧萧,依还的雄威赳赳。他本为楚国萦心,权借这吴兵应手。现如今太宰嚭敢突前。孙武子为合后。只待要投鞭儿截断长江。探囊儿平吞了俺这夏口。

不难看出,同一支曲牌二本相差太大,除了少量词语句式外,几乎成了另一支曲子。仍需指出的是,赵本有朱笔或墨笔涂改,将"念"改作"与那","我虽"改为"离","太宰嚭"改作"柳盗跖","参军"改作"先锋",有的改后尚可,有的修改则莫名其妙。更值得指出的是,元曲选较之赵本多出3支曲子:

> 【小桃红】只见他旗门开处跃骅骝,高叫道谁敢来和咱斗。早着俺千军万马都惊走,急难收。兀的般威风不信人间有。淹的呵抛下了戈矛,氲的呵遮漫了宇宙,莫不是剑气上连牛。

> (费无忌云)你看这小畜生好无礼也,全然不省的有个前辈后辈。则你那伍奢老头儿,也还让着我哩。(伍子胥云)我今日不擎你这老匹夫剁尸万段,誓不收军。(战科)(正末唱)

> 【金焦叶】那一个锦征袍窄窄的把狮蛮款兜,这一个凤翅盔律律的把红缨乱丢。那一个点钢鎗支支的把黄幡狠揪,这一个铁胎弓率率的把雕翎稳扣。

> 【天净沙】俺只道他两个都一般状貌搊搜,都一般武艺滑熟,管杀的惨迷离神嚎鬼愁。可元来半合儿不彀,早一个先纳了输筹。

这是一个表现战斗的场面,中间夹杂两个交战对手的斗口,颇有戏剧性。赵本虽然目的在于施之场上,但整个第二折皆显得沉闷和匆忙,元曲选本增加这部分曲白,艺术性得到了提升。

类似情节差异还很多。第三折表现楚昭公携带夫人、幼子和兄弟战败逃难,为江水所阻,央渔人相救,渔人以船小为难,二本处理略异。赵本作昭公一行强行上船,渔人不得已只好让步。元曲选本作渔人得知逃难者乃自己国君,马上表示即使船小也勉力相救。相比较而言,后者处理应更合理。第四折为此剧的结局,二本的处理同样有所不同。赵本作秦穆公自言是"奉大周主人之命,前往楚国加官赐赏",最后封昭公为"上卿之职"。元曲选本则非秦穆公而是百里奚奉使前来,并且非奉"大周主人之命",而是"奉主公的命,要将金枝公主与楚昭王小公子为婚,遣某亲送吉帖来此"。前者所言"大周主人"即秦楚二国共同的主人周天子。"上卿"亦为朝廷官员。本剧故事背景为春秋时期,诸侯争霸,周室衰微,但名义上仍被奉为天下共主。赵本既抄自内府,宫廷演出自当尊奉朝廷。然诸侯相争不待朝命,大开杀伐,本身即已不把朝廷和天子放在眼里,赵本让周天子出面封赏,显得虚伪和不合逻辑。元曲选本作为文人选编,不会看不到此类问题,重新安排剧情亦为理所当然。

剧末附有穿关。赵琦美跋云:"内本校录,岂万历四十四年丙辰二月二十六日清常赵琦美识。"

忍字记、断冤家债主

此二种皆为宗教感化剧。

《忍字记》全名《布袋和尚忍字记》,叙汴梁富翁刘均佐原是罗汉化身,弥勒尊者化身为布袋和尚前来点化,在其手心写一"忍"字,劝其出家,刘不肯听从。后与刘九儿因讨钱引发争执,失手将其打死,布袋和尚救活此人,初受感化的刘均佐开始在家修行。后闻知妻子与义弟刘均佑私情,怒欲持刀杀人,见"忍"字后放弃,随布袋和尚出家。但仍凡心不断,三月后返家,发现人间已过百年,孙辈皆已衰老不堪,终于省悟人生空幻,复为罗汉。该剧今存赵琦美钞校息机子本和元曲选本,赵本首页题作"布袋和尚忍字记杂剧",位于黄丕烈编目 92 号,书口标"古今杂剧",版心标简名"忍字记",正文署名"元郑廷玉",题下附识"于谷峰先生查元孟寿卿作"①,与《宋上皇御断金凤钗》《楚昭公疏者下船》三种合装为一册。元曲选本题作"布袋和尚忍字记杂剧",署名"元郑廷玉著明吴兴臧晋叔校"一行。书口标简名《忍字记》,版心标"杂剧"。题目正名二本相同,且均置于剧末:"题目:乞儿点化看钱奴;正名:布袋和尚忍字记。"

全本四折一楔子,楔子在剧首。末本。仙吕、南吕、双调、中吕四大套依次展开。二本剧情大体相同,上场角色和情节结构无大差异,总体为同一版本系统无疑。当然也有局部差异。乐曲方面如第一折【混江龙】曲有句赵本作"这酒他色泛春波斟绿蚁",元曲选本作"俺只见玉盏光浮春酒熟"。类似情况以下各折时有所见。此外尚有唱曲提示与衬字,此前多次提及赵本大多缺少唱曲者提示,此剧亦如是。元曲选本则不厌其烦随处标明"正末唱",阅读起来比较方便。而赵本诸曲大多注意标出衬字,适合演唱,元曲选本则无。再有,二本角色身份标注也有不同,典型如赵本中刘君佑的角色名目称"二末",元曲选本则作"外扮",意义较为显豁。二本最大的差别在第三折,该折叙刘君佐出家后在汴梁岳林寺修行,首座定慧和尚奉布袋和尚法旨督促。赵本至定慧和尚道白"刘均佐误了办功果也"一句时刻本中断,为抄本代替。然抄本漏了以下一大段内容:

> ……功果也。(正末上云)南无阿弥陀佛。自家刘均佐,跟师父出家,每日则是看经念佛。师父有个大徒弟,着他看管我修行,我若凡心动,他便知道就打,如今须索见他走一遭去。(见科)(首座云)刘均佐,我奉师父法旨,着你清心寡欲,受戒持斋,不许凡心动。如若凡心动者,只打五十竹篦。凡百的事则要你忍,你听者,忍之为上。(偈云)忍之一字岂非常,一生忍过却清凉。常将忍字思量到,忍是长生不老方。念佛念佛,忍着忍着。(做睡科)(正末

---

① 于谷峰即于慎行(1545—1607),字可远,又字无垢,晚号谷峰,山东东阿人,隆庆进士,官至太子少保兼东阁大学士,入参机务。万历三十五年病卒,谥文定。其本剧为元人孟寿卿,仅见于赵琦美转引,未有旁证,况元剧作家并无孟寿卿其人。郑廷玉撰此剧已见诸《录鬼簿》和《太和正音谱》,当无可疑。

云)是,忍着。念南无阿弥陀佛,南无阿弥陀佛。他睡着了也。嗨,刘均佐,我当初一时间跟师父出家,来到这寺中,每日念佛。虽我口里念佛,想着我那万贯家缘,知他是怎的也。(首座喝云)□,刘均佐,那个坐禅处有甚万贯的家缘?便好道万般将不去,只有业随身。

从内容上看,此系刘君佐上场并与首座对话,其虽然出家修行,却意志不坚定,仍想着万贯家财、娇妻幼子,致使首座不得不随时断喝提醒。以下抄本内容虽然大体对应,但两相比较亦时有异处,最明显的是抄本多了【驻马听】一曲:

> 地久天长,方信道浮生空自忙。折末你金多银广,谁能买得不无常?俺这里晓晴露滴野花香,风撼松庭响,扫地静焚香。绿苔僧院无人住……

抄本至此中断,以下刻本重新接续,但接续之首页自刘君佐道白"花朵儿浑家不打紧,有魔合罗般一双男女知他在那里"一句至【双调新水令】一曲均与抄本重复。尤需指出的是,刻本【双调新水令】后并无【驻马听】,由此可以断定该抄本与赵琦美藏校息机子本出自不同版本体系,系内府本还是于小谷本或系其他来历不明本,则不得而知。

《断冤家债主》全名《崔府君断冤家债主》,叙张善友辛苦挣下五两白银,被赵廷玉乘夜盗走。次日,有五台僧人将募化所得十两银子寄存张善友家,为张妻李氏私下吞没。后赵廷玉与和尚死后投生为张善友的两个儿子。长子乞僧辛苦挣钱,以偿还前世偷盗债务,次子福僧挥霍败家,以了结被吞没之财。后二子及李氏相继死去。孤独难捱的张善友向结义兄弟崔子玉诉苦,崔非凡人,阳世作县令,阴间作判官。张善友梦入阴司,阎王告知其二子来龙去脉,又知亡妻李氏因昧僧人化缘银两而在地狱受苦。梦醒后张善友听崔子玉详说情由,终于省悟出家。该剧今存赵琦美钞校本和元曲选本,赵本首页题作"断冤家债主",署名"元郑廷玉",位于黄丕烈编目 95 号,与《看钱奴买冤家债主》《包龙图智勘后庭花》三种合装为一册。元曲选本题作"崔府君断冤家债主杂剧",署名"元郑廷玉著　明吴兴臧晋叔校"一行。书口标简名《冤家债主》,

版心标"杂剧"。全本四折一楔子,楔子在剧首。赵本首折称头折,余则徇例以序数称。末本。仙吕、商调、中吕、双调四大套依次展开。宫调和曲牌俱不用括号,与曲文连书,楔子曲牌为【仙吕忆王孙】,均为传统所少见。全本俱墨笔所抄,字体与上述二剧迥异,当非一人手笔。题目正名在剧末,但内容略有不同,赵本作:"题目:张善友论土地阎神;正名:崔府君断冤家债主。"元曲选本改"论"为"告",一字之差。

二本内容总体相同,部分有异。楔子开场赵本作"冲末扮武仙同崔子玉上",元曲选本则作"冲末扮崔子玉上",删去了武仙这个人物,其大段道白换成了崔子玉,上场诗也相同。下场时则迥然有别:"归隐林泉傍翠岩,竹篱茅舍任吾潜。今朝辞弟重登路,后会重将义气添。"(赵本)"此行元不为功名,总是尘根未得清。传语山中修道侣,好将心寄白云层。"(元曲选本)前者标示"归隐"和"义气",与本剧佛教教义关系不大,游离于主题之外。后者强调"尘根""心寄",贴近本剧主脑。又如第三折张善友两个儿子死后,两个儿媳妇无奈归宗时的下场诗:"俺妯娌两两叹孤孀,谁想男儿一命亡。同去归宗耽寂寞,可怜年少守空房。"(赵本)"俺妯娌命运低微,将男儿半路抛离。拼的守孤孀一世,断不肯向他人再画蛾眉。"(元曲选本)前者叹息守寡命苦,后者表示守节决心,各有特点。二本的剧情细节方面相异处更多些。如第二折张善友的大儿子刚刚病死,不务正业的二儿子竟在奠酒时将祭祀台盏抢去交给狐朋狗友,当场将母亲李氏气死:

赵本:

> (卜儿云)兀的不气杀我也!(做死科)(大末做起身叫科,云)我那娘也!(正末云)孩儿,你不死了来?(大末云)我忘了也。(下)

元曲选本:

> (卜儿云)兀的不气杀我也。(做死科)(乞僧做起叫科,云)我那台盏也。(正末云)孩儿,你不死了来。(乞僧云)被那两个光棍抢了我台盏去。我死也怎么舍得。

在生死离别现场制造噱头,过于恶俗,但在元剧中不少见。赵本表现张善友大儿子(大末)本是极孝顺之人,见母亲去世痛苦叫娘,虽然生死相隔不合逻辑,但总是不违情理。元曲选本则表现其诈尸叫唤是因为不舍得台盏,突出其吝啬,虽不无所据,但终究违背人物本性,是为败笔无疑。当然,也有的剧情却显示出元曲选本更胜一筹。如第三折表现张善友找朋友崔子玉,要求他拘执阎君和土地对质被拒,离开后,赵本处理崔子玉一方面慨叹:"此人愚迷不省悟。"另一方面却又"我无甚事,将马来,回私宅中去",显得冷漠且不通情理。元曲选本则透露出将让张善友梦入地狱了解因果报应真谛的计划安排,显得更为合理。

第四折二本差异更大。为了照应楔子,赵本同样安排了武仙上场,张善友向其倾诉妻子和两儿先后亡故的痛苦,武仙则安排其梦游阴司。同样的行动铺垫在元曲选本里由崔子玉完成。少一个上场人物,未见剧情脱节,反倒显得简洁和紧凑,在这一点上,又是元曲选本略胜一筹。以下张善友梦入地狱,阎君让其重见两儿和妻子魂魄,得知因果报应真相。剧末赵本由武仙归结全剧,元曲选本同样由崔子玉归结:"今日个断送了利锁名缰,这的是张善友填还了冤家债主。"(赵本)"今日个亲见了阴府阎君,才使你张善友识破了冤家债主。"(元曲选本)前者强调名利空幻,后者突出剧情回顾,依旧各有特色。

后庭花、金凤钗
此二种皆社会问题剧。

《后庭花》全名《包待制智勘后庭花》,一作《包龙图智勘后庭花》。叙赵廉访无嗣,皇上亲赐王翠鸾为妾,赵妻妒嫉,命管家王庆杀之,王转使李顺,李顺不忍,将翠鸾母女私放,自己却被王庆灭口,后翠鸾逃难中与母亲失散,投宿狮子店,店小二逼她为妻,王不肯,店小二把她杀死。经包拯勘问,终于弄清事情真相,杀人犯被判处死刑。该剧今存赵琦美钞校古名家杂剧本和元曲选本,赵本首页题作"包龙图智勘后庭花杂剧",位于黄丕烈编目 95 号,书口标简名"后庭花",版心标"忠卷二",今存《汇刻书目》壬五十四将其归入《古名家杂剧》"丝"卷,为"金石丝竹匏土革木"八集三卷第二。正文署名"元郑廷玉撰",与《看钱奴买冤家债主》《断冤家债主》三种合装为一册。元曲选本题作"包龙图智勘后庭花杂剧",署名"元郑廷玉著　明吴兴臧晋叔校"一行。书口标简名《后庭花》,版心标"杂剧"。题目正名二本均置于剧末,内容则有所不同,赵本作:"题目:把平人屈送在黄沙,天对付相逢两事家;正名:老廉访匹配翠鸾女,包待制智勘后庭花。"元曲选本则在赵本正名基础上略作加工:"题目:老廉访恩赐翠鸾女;正名:包待制智勘后庭花。"

全本四折,末本。仙吕、南吕、双调、中吕四大套依次展开。二本剧情大体相同,上场角色和情节结构无大差异,总体为同一版本系统无疑。当然也有局部差异。第一折开场赵本作"冲末孤扮赵廉访引祗从上",元曲选本开场则作"冲末扮赵廉访引祗从上",虽一字之差,但前者显示的是元杂剧的惯常做法,即孤作为官员的专称可由不同角色扮演。后者可能觉得叠床架屋,干脆删去,看起来简洁,却丧失了相关信息。以下上场诗亦各不相同:"一片心怀家国恨,两条眉锁庙堂愁。两手补完天地缺,一心分破帝王忧。"(赵本)"一片忠勤抱国忧。渐看白发已蒙头。可怜恩赐如花女。非我初心不敢留。"(元曲选本)这两首上场诗的主人皆为赵廉访,但前诗展示的是元代一般性的官员精神境界,后者则紧密贴近本剧的情节,较为妥当。又如赵妻上场诗:"腻粉轻施点翠屏,蛾眉淡扫挽乌云。金莲半拆弓鞋小,六幅湘波拖绛裙。"(赵本)"夫主为官在汴京,禄享千钟爵上卿。一生不得闺中力,若个相扶立此名。"(元曲选)前诗一般性自恋,后诗过于自负,更贴合内容实际。同样是截然不同的两首诗,吟诵者亦为同一个人,但由两个不同角色扮演,上场诗相异这种情况在剧中还很多,基本贯穿全剧。伴随着上场诗,上场人物也有不同。如李顺妻,赵本是外旦扮演,元曲选本扮演者却是搽旦。受害者张翠鸾母女,二本均作同时上场,但主要道白者彼此相反,上场诗亦随之而变:"(卜儿引旦儿上)子母孤孀受苦辛,苍颜绿鬓绕贤门。遭磨此恨何时脱,一身悲痛怎安存。"(赵本)"(旦扮翠鸾同卜儿上诗云)数日府门下,无缘得自通。承恩不在貌,教妾若为容。"(元曲选本)当然也有角色的上场诗相同,如第三折劫色害命的店小二:"酒店门前七尺布,过来过往寻主顾。昨日做了十瓮酒,倒有九缸似头醋。"二本都采用了元剧中常见的行业套语。剧情细节和乐曲方面二本虽然大体相同,但个别地方同样存在相异之处。第二折王庆逼迫李顺写下休书,本来即已背叛丈夫的李妻假意哭泣,激愤中的李顺冲口道出将要去开封府告状。

赵本：

> （外旦）不中，王庆你先下手！（王）我不要你这媳妇，我则要你一件东西。（李）你要甚么？（王）则要你那颗头！

元曲选本：

> （搽旦云）不中，王庆你可不听见？（王庆背云）那厮说出来，必然做出来。我如今不先下手，倒着他道儿。（回云）李顺。我不要你这媳妇，则要你一件东西。（正末云）哥也，你要甚么。（王庆云）只要你那颗头。

相比较而言，元曲选本的改动细致入微，更合乎当事人的心理和情理，也更加引人入胜。另外，第四折末曲曲牌赵本作【尾声】："他则待明明将计策施，不承望暗暗的天地知。今日将杀人贼还报了衔冤负屈鬼。"元曲选本作【煞尾】，曲辞前二句相同，后一句改作"今日个勘成了因奸致命一凶贼，还报了这负屈衔冤两怨鬼"。虽然与剧情无关，但元曲选本的改动使得整个曲辞显得完整，更加多一些艺术性。

《金凤钗》全名《宋上皇御断金凤钗》，叙秀才赵鹗应举得中状元，因早朝时失仪落简被贬为庶民，困居旅店，到桥头卖诗。遇谏议大夫张天觉微服私访，被无赖李虎强索二百钱，赵鹗从旁解救。张天觉以十只金钗作为酬谢，赵以其中一只付了旅店房钱。当晚有贼人李虎偷了杨衙内手下十只银匙箸并杀人，也来旅店投宿，碰巧听到赵鹗夫妇夜话，遂用所盗匙箸调换了另九只金钗。失主杨衙内搜查时将赵鹗当作贼人抓住，赵被判死罪。后李虎来到银匠处用金钗换钱，恰遇店小二，认出金钗，李虎被扭送官府。张天觉审理此案，为赵鹗洗脱冤情，加官赐赏。该剧仅存赵琦美钞校于小谷本，首页题作"宋上皇御断金凤钗"，位于黄丕烈编目 91 号，署名"元郑廷玉"，与《布袋和尚忍字记》《楚昭公疏者下船》三种合装为一册。题目正名置于剧末："题目：穷秀士暗宿状元店，张商英私见小御阶；正名：杨太尉屈勘银匙筋，宋上皇御断金凤钗。"

全本北曲四套，仙吕、中吕、南吕、双调依次展开。末本，不分折，每套曲接写，不另分行。抄本上另有朱笔校改，大体如下：第一折【油葫芦】"知他坏了多少霜毫笔"，其中"少"为"年"所改。以下店小二道白

"如今又不得官,可怎了",其中"得"为"的"所改。第二折张天觉道白"你放心,老汉下处在周桥住",其中"下"为"在"所改。第三折【感皇恩】正末唱"你恶如蚖蛇,毒如蝮蝎",其中"蚖"为"顽"所改。第四折刽子手道白"你是读书的人,怎生做这般勾当",其中"怎"为"这"所改。最后值得注意的是,此剧的题目正名和内容存在差距。明显如剧中杨衙内自言"官封衙内之职",题目正名却称"杨太尉",剧中主持断案,为赵鹗解脱罪名的是谏议大夫张天觉,而非正名之"宋上皇御断"。似此名实不符,系宫廷艺人创作马虎还是辗转传抄致误,则不得而知。

看钱奴

此系一社会问题剧。

《看钱奴》全名《看钱奴买冤家债主》,叙穷汉贾仁偶然挖到周荣祖家藏在墙下的祖产而致富,后者则因此落魄。一夜暴富的贾仁因无儿女而托陈德甫代为物色养子,陈为其买了周荣祖的儿子长寿。20年后,贾仁财富愈多而愈吝啬,终因一抹油指头被狗所舔而气死。周荣祖夫妇乞讨时遇到长寿,发生冲突,后经陈德甫说明实情,一家人得以重聚。该剧今存元刊杂剧三十种本(元刊本)、赵琦美钞校息机子本和元曲选本,赵本首页题作"看财奴买冤家债主杂剧",署名"郑廷玉",书口标"古今杂剧",版心标"冤家债主"。位于黄丕烈编目94号,与《包龙图智勘后庭花》《断冤家债主》三种合装为一册。元刊本全名《新刊关目看钱奴买冤家债主》,按惯例不署作者姓名。元曲选本题作"看钱奴买冤家债主杂剧",署名"元　撰,明吴兴臧晋叔校"一行。① 书口标简名《看钱奴》,版心标"杂剧"。文本构成方面,元刊本例不分折,仙吕、正宫、商调、越调四大套依次展开,无楔子,末本。赵本全剧四折一楔子,每折另起一行书写。元曲选本与同。题目正名三本均置于剧末,但内容有异。元刊本只有题目"疏财汉典孝子顺孙",紧接"新刊关目看钱奴买冤家债主",无正名。赵本:"题目:穷秀才卖嫡亲儿男;正名:看钱奴买冤家债主。"其中的"看钱奴"与首页题署"看财奴"存在一字之差。元曲选本题目正名与赵本完全相同,与其首页题署亦同。剧末赵琦美跋语:"甲寅

① 此据哈佛大学哈佛燕京图书馆藏本。国内通行本《元曲选》首页撰者姓名有脱落,然该书卷首无名氏剧目中亦未有此剧,如此处理似表明臧晋叔无法确定该剧作者。

十二月二十五日校内本,清常记。"又何煌跋语:"雍正乙巳八月廿六日灯下用元刻校勘。仲子。"

　　就剧情结构及曲辞科白而言,元刊本与其余二本相差较大,有论者据以认为非一人所撰,具体说就是元刊本为一人,或即郑廷玉,赵本和元曲选本应为另外一人,或为宫廷无名氏艺人以郑剧为蓝本改编而成。此说当然仅为推想,但由此可以看出元刊本和其余两本之间的差异。赵本无疑是对元刊本的曲子做了大幅度的删减,体现了明代宫廷剧场对于表演的新要求,其优势更在于保存了何煌据元刊本的校补,即将元刊本存有而赵本刊落的整支曲子抄补出来,最大限度地保留了元明两个版本的信息,有利于读者进行对比。具体做法是,除了部分曲白在文中行边随手补上外,大部分抄补在页眉天头,如第一折之【幺篇】,第二折之【滚绣球】【脱布衫】【小梁州】【幺】【三煞】【二煞】,第四折【东原乐】【绵答絮】【秃厮儿】【鬼三台】【金蕉叶】【圣药王】等 13 支曲子。特殊的是第三折,因为需要抄补的曲子太多,何煌索性另纸抄出,夹在【梧叶儿】和【后庭花】之间,其为【梧桐叶】(即【梧叶儿】,同曲异名)【村里迓鼓】【元和令】【上马娇】【游四门】【胜葫芦】【后庭花】【双雁儿】【清歌儿】9 支曲子。另外,赵本第三折末还将元刊本的【高过煞】改称为【高过浪来里】,将【浪来里煞】改称为【尾声】。

　　比较起来,赵本和元曲选本之间差距不是那么大,二本的剧情发展和人物角色安排基本一致,特别是上述赵本关于元刊本曲文的删改基本上被元曲选本继承下来了。学术界曾有文章将此剧的元明刊本之比较作为论题,列举一些元曲选本对元刊本的改编,[①]今天看来并不恰当,原因即在于没有结合赵琦美钞校本,其言元曲选本的增删实际上在赵琦美已经完成,臧晋叔只是继承而已。当然,元曲选本亦并非完全照搬赵琦美钞校本,在人物上下场诗、剧情和曲白的细节方面皆有明显加工润色,如第一折灵派侯上场诗:"敕赐堂堂庙宇隆,四渎五岳镇西东。皇图永固山河壮,造化穷通天地中。"(赵本)"赫奕丹青庙貌隆,天分五岳镇西东。时人不识阴功大,但看香烟散满空。"(元曲选本)前者白描,后

① 曾凤凰:《〈元曲选〉与〈元刊杂剧三十种新校〉的〈看钱奴〉比较》,《怀化学院学报》2015 年第 3 期。

者加入议论,以示教化。又如卖酒的上场诗:"买卖归来汗未消,上床犹自想来朝。为甚当家头先白,晓夜思量计万条。"元曲选本将赵本卖酒的改称店小二,上场诗也全然不同:"酒店门前三尺布,人来人往图主顾。做下好酒一百缸,倒有九十九缸似头醋。"前者展现营生之艰难,后者则多少有些嘲谑。事实上这个人物富有同情心,在周荣祖夫妇风雪难挨时将其收留在家,给他们酒喝,是个正面形象。赵本的处理可能更较合适。当然,元曲选本同样有着自己的胜处,比较典型的是第四折增加了三支曲子:

> 【天净纱】若不是陈先生肯把恩施,俺周荣祖争些和雪里停尸。则这两贯钞俺念兹在兹,常恐怕报不得你故人之赐,又何须苦苦推辞。(陈德甫云)多谢了老员外。
>
> (正末云)卖酒的哥哥,我当日吃了你三盅酒,如今还你这一个银子。(店小二云)这个小子也不敢受。(正末唱)
>
> 【秃厮儿】论你个小本钱茶坊酒肆,有甚么大度量仗义轻施,你也则可怜俺饥寒穷路不自支。如今这银一个,酬谢你酒三巵,也见俺的情私。
>
> (店小二云)这等,小子收了,多谢老员外。(正末云)孩儿,这多余的银子,你与我都散与那贫难无倚的。可是为何?这二十年来俺骂的那财主每多了也。(唱)
>
> 【圣药王】为甚么骂这厮,骂那厮,他道俺贫儿到底做贫儿。又谁知彼一时,此一时,这家私原是俺家私,相对喜孜孜。

赵本的结局比较匆忙,元曲选本增加了上述这些曲文,显得比较从容,人物形象也变得丰满。

(三) 高文秀、白朴、李文蔚、秦简夫、王实甫等

1. 高文秀

高文秀,山东东平人。府学生员,生平资料不详。《录鬼簿》称其为:"东平府学生员,早卒。都下人号小汉卿。"一生作剧33种,存世5种,赵琦美钞校本古今杂剧留存3种,皆为历史故事剧。今分述如下:

渑池会

《渑池会》全名《保成公径赴渑池会》，叙战国时秦、赵相争，蔺相如保赵成公赴渑池会，席间折服秦君，完璧归赵，受封上卿。大将廉颇不服，屡屡挑衅，相如以大局为重，坦诚相待，终于握手言和，共同对敌。该剧仅存赵琦美钞校内府本，首页题作"保成公径赴渑池会杂剧"，题下注明"《太和正音》作《廉颇负荆》"，位于黄丕烈编目 40 号，署名"元郑廷玉"，与《好酒赵元遇上皇》《刘玄德独赴襄阳会》三种合装为一册。题目正名置于剧末："题目：赵廉颇伏礼亲负荆，保成公竟赴渑池会。"剧末赵琦美跋语："万历四十三年七月初八日校内本，清常记。"

全本北曲四套，仙吕、中吕、正宫、双调依次展开。末本，四折二楔子，楔子一在剧首，一在三、四折之间。第一折称头折。每折及宫调曲牌均另行抄写，显得疏朗有致。抄本上另有墨笔校改，大体如下：第一折蔺相如道白"公子先画这十五座连城图样"，其中"画"改为"进"。白起下场诗"略施小计你也难逃命"，其中删去"你也"二字。第二折使命道白"奉秦昭公之命，选于吉日良辰"，其中"于"改为"下"。赵成公下场诗"则为这玉璧离秦惹战争""则怕那渑池会上怀奸诈"，其中删去"则为这""则怕那"二赘辞。第三折秦昭公下场诗"则为这相如谋略胜孙吴"，其中删去"则为这"三字。第四折蔺相如道白"我岂惧廉将军勇哉"，其中"勇"字为朱笔圈掉。廉颇道白"望大夫恕罪而已"，其中"而已"二字为墨笔圈掉。所有这些，皆系枝微末节，无关根本，录之聊备一格。

遇上皇

《遇上皇》全名《好酒赵元遇上皇》，叙赵元好酒落魄，妻子刘月仙与臧府尹私通，臧设计令赵元送文书去汴京，限三日送到，违期当死。赵元途中为风雪所阻，偶遇微服私访的宋太祖（元刊本作宋徽宗），后者因无钱赴酒资而遭窘，赵元慷慨为其解围，太祖感之，认作义弟，且在其手臂上签字画押，免去延误文书之罪，最终并除滥官淫妇，加官晋爵。该剧今存元刊本和赵琦美钞校于小谷本，赵本首页题作"好酒赵元遇上皇"，署名"元高文秀"。剧末有跋云："于小谷本录校了，丁巳六月七日，清常道人。"该剧位于黄丕烈编目 41 号，与《保成公径赴渑池会》《刘玄德独赴襄阳会》三种合装为一册。元刊本全名《新刊关目好酒赵元遇上皇》,按惯例不署作者姓名。仙吕、南吕、中吕、双调依次展开。末本。元刊本例不分折。赵本全篇亦墨笔抄就,每套首曲宫调和曲牌皆以括号与曲文分隔开,另起一行抄写。除了元刊本科白过分简陋,二本无从比勘外,曲文大抵相同,可以推知二本来源于同一个版本系统,元至明并无根本性的改动。当然,细节差别也存在。如元刊本第一折【混江龙】曲中一句"喜的是两袖清风和月偃",赵本删去"喜的是"三个衬字。第二折元刊本【混江龙】曲"果然这美女戾其夫",元刊本"戾"则作"累"。元刊本【菩萨梁州】曲:"不想二百长钱买了命卒,哥哥,你着纸修书。"赵本则作:"不想二百长钱买了命处,胜似纸天书。"所有这些大抵各有侧重。应该注意的是元刊本和赵本之间的时代背景差异。元刊本【尾】:"赵上皇你稳坐皇都,怎知这捱风雪射粮军千受苦。"赵本则作:"赵光普你执掌权枢,怎知俺冒风雪射粮军干受苦。"很显然,前者的怨气直指皇帝,后者则专指大臣,显示出明代宫廷剧场艺人的政治自律。另,元刊本第三折【醉春风】曲:"送了我也竹叶似瓮头春,花枝般心爱妻。"赵本删去"似"和"般"二字,语句简练但意思较为模糊。最堪重视的是第四折开场,元本作"正披秉共杨戬上",其中"正"即正末,"披秉"即披袍秉笏,"杨戬"乃北宋末官员,徽宗时"六贼"之一。赵本开场则为"正末随楚昭辅上","楚昭辅"以及此前提到的"石守信"皆为宋太祖赵匡胤时的大臣。由此可知二本不同的时代背景,一为宋初太祖时,一为北宋末徽宗时。不同时代本无不可,然既称"宋上皇",即应指徽宗,其在钦宗即位即称太上皇,而太祖直至驾崩仍旧是皇帝。以此衡量元刊本处理更较合适。赵本虽误,然上皇明白标示"驾",可知宫廷剧作并不避讳前代帝王当场。

襄阳会

《襄阳会》全名《刘玄德独赴襄阳会》,叙三国时刘备依托刘表,表病重欲以荆州托之,备不忍从,建议可传表长子刘琦,次子刘琮因而怀恨,欲借襄阳会暗害刘备。备得刘琦帮助脱险。后得徐庶为谋士,击败曹仁。该剧今存赵琦美钞校内府本,首页题作"刘玄德独赴襄阳会杂剧",署名"元高文秀"。剧末有跋云:"万历乙卯仲秋二之日校内,清常记。"该剧位于黄丕烈编目 42 号,与《保成公径赴渑池会》《好酒赵元遇上皇》

三种合装为一册。题目正名置于剧末:"题目:徐元直用计破曹仁;正名:刘玄德独赴襄阳会。"

全本四折二楔子,楔子一在二、三折之间,另一在三、四折之间,其他分头折、二折、三折、四折,末本,仙吕、越调、中吕、双调四大套依次展开。全本俱墨笔所抄,正文间有涂改。如第一折刘备道白:"与我唤的蹇宪和来者。(卒子云)理会的。(蹇雍上)"其中两个"蹇"俱改为"简"(全篇逢此皆如是,余不一一)。以下简雍上场诗首句"幼小曾将武艺高",其中"高"改为"攻"。蒯越上场诗"哥哥便是轮班匠",其中"匠"改为"将"。刘备道白"吾侄自曾与曹操交锋",其中"曾"改为"从"。第二折【越调斗鹌鹑】"入的这馆驿夷门",其中"曾"改为"仪"。楔子一庞德公上场诗"剑驱星斗能驱将",其中第一个"驱"改为"挥"。以下道白"将此寇峰与你为子",其中"峯"改为"封"。(全篇逢此皆如是,余不一一)徐庶母亲道白"可以竭力进忠也",其中"进"改为"尽"。(全篇逢此皆如此,余不一一)第三折曹仁道白"三声鼓罢,拔寨起营",其中"声"改为"通"。以下刘备道白"多有英雄豪杰,师父是说一遍咱",其中"是"改为"试"。第四折【沽美酒】"则俺这将帅威风显气相",其中"相"改为"象"。

2. 白朴

白朴(1226—?)原名恒,字仁甫,后改名朴,字太素,号兰谷。祖籍山西隩州,后徙居河北真定,晚岁寓居金陵(今南京市),终身未仕。一生作剧 15 种,今存《唐明皇秋夜梧桐雨》《董秀英花月东墙记》《裴少俊墙头马上》三种,除了第一种政治历史和爱情并重外,余皆为爱情剧,赵本古今杂剧全部留存。今分述如下。

梧桐雨

《梧桐雨》全名《唐明皇秋夜梧桐雨》,叙唐明皇宠幸杨贵妃,在长生殿乞巧盟誓,又至沉香亭观赏《霓裳羽衣舞》。忽报安禄山叛乱,明皇携杨妃仓皇奔蜀,至马嵬驿,六军不发,逼明皇赐杨妃死。乱后明皇退为太上皇,日夕怀恋杨妃,夜雨梧桐,更添郁闷。该剧今存除了赵琦美钞校《古名家杂剧》本外,尚有李开先《改定元贤传奇》本、顾曲斋《古杂剧》本、继志斋《元明杂剧》本、臧晋叔《元曲选》本、孟称舜《古今名剧合选·酹江集》本等。赵本《唐明皇秋夜梧桐雨》为古名家杂剧本,位于黄丕烈编目 27 号，与《董秀英花月东墙记》《裴少俊墙头马上》合装为一册。书口标示简名《秋夜梧桐雨》，版心标"一卷"。今存《汇刻书目》壬五十五将其归入《古名家杂剧》"瓠"卷，为"金石丝竹瓠土革木"八集五卷第一，是否同一版本来源不明。李开先本首页题作《唐明皇秋夜梧桐雨》，署名"白仁甫"，版心标示简名《梧桐雨》。顾曲斋本首页题作《唐明皇秋夜梧桐雨》，署名"元白仁甫撰"，书口标示简名《秋夜梧桐雨》。继志斋本首页题作《新镌唐明皇秋夜梧桐雨杂剧》，署名"元白仁甫撰"。元曲选本题作"唐明皇秋夜梧桐雨杂剧"，署名"元白仁甫撰，明吴兴臧晋叔校"一行。书口标简名《梧桐雨》，版心标"杂剧"。孟称舜本首行题"新镌古今名剧酹江集"，次行为简名《秋夜梧桐雨》，以下题署"元白仁甫著、明孟称舜评点、刘启胤订正"。关于题目正名，赵本置于剧末："题目：高力士离合鸾凤侣，安禄山反叛兵戈举；正名：杨贵妃晓日荔枝香，唐明皇秋夜梧桐雨。"李开先本、继志斋本完全相同。元曲选本的内容则稍有差异："题目：安禄山反叛兵戈举，陈玄礼拆散鸾凤侣；正名：杨贵妃晓日荔枝香，唐明皇秋夜梧桐雨。"顾曲斋本、孟称舜本的题目正名置于剧首，且形式略异，但内容与赵本、李开先本、顾曲斋本相同："正目：高力士离合鸾凤侣，安禄山反叛兵戈举；杨贵妃晓日荔枝香，唐明皇秋夜梧桐雨。"

全本四折一楔子，末本，仙吕、中吕、双调、正宫四大套依次展开。诸本剧情大体相同，上场角色和情节结构无大差异，总体为同一版本系统无疑。当然也有局部不同。如赵本、李开先本、顾曲斋本、继志斋本曲文皆标出衬字，元曲选本、孟称舜本则未标。又赵本、李开先本、顾曲斋本、元曲选本中的动作提示皆称"科"，合乎元剧传统。而继志斋本和孟称舜本则皆作"介"，显系受南曲传奇之影响。再如赵本包括【正宫端正好】【幺】二曲在内的楔子被置于第一折之内，顾曲斋本、继志斋本因之，元曲选本和孟称舜本则均单独析出置于剧首，且对【幺】中的曲辞做了更动：原曲文"国家危急才防护"，语义含混费解，二本增加"休得待"三字，文意方顺。以下二句原作"开举选取名儒，寡人怎肯教闭塞了贤门户"，与上文不协，二本改作"分铁券赐丹书，怎肯便辜负了你这功劳簿"，文意方通。又如安禄山和唐明皇的上场诗，赵本及其他诸本均同，唯元曲选本无之。又赵本第一折杨玉环道白"不期此人（安禄山）乘我醉后私通，醒来不敢明言，日久情密"，诸本皆同，唯元曲选本删去，"秽事"因而变得含蓄。第二折李林甫上场角色，诸本自李开先以下皆由孤扮，唯元曲选本作净扮。考剧中其他登场人物角色，或末或旦，或外或净，俱系元剧场上常规行当，孤则系自宋金以来当场人物身份，而非角色行当，以致其他角色行当混用，徒生滋乱，以此衡量元曲选本所改为是。该折末曲曲牌诸本皆作【尾声】，元曲选本作【啄木儿尾】，显系臧晋叔以己意自定。第三折太子李亨角色，诸本皆作"小驾"，相对于皇帝"驾"而言，不为无据，然剧中明皇既由正末扮而不称驾，太子称小驾似无必要，元曲选本直称太子可能更较合适。除了角色称谓外，本折【沉醉东风】【拨不断】【搅筝琶】曲中李开先本、顾曲斋本和赵本均有"带唱"的提示，继志斋本作"带"，考元剧体式每有"带云"，未云"带唱"，可能因为不理解，元曲选本、孟称舜本则将其删去。另【搅筝琶】曲诸本有句"他不如吴太后般弄权，武则天似篡位"，元曲选本删。末句"一面擒拿"，不知所云，元曲选本改作"一地胡拿"，改为是。第四折赵本、李开先本、顾曲斋本、继志斋本均以小驾扮唐肃宗开场，过后高力士方上场，元曲选本、孟称舜本则删去肃宗这一过场戏，直接引入高力士，此改较为必要。而【白鹤子】以下三曲曲牌，诸本皆作【二】【三】【四】，唯元曲选本三曲曲牌皆作【幺】。赵本末页有标识"唐明皇秋夜梧桐雨杂剧终"，继志斋本标作"新镌唐明皇秋夜梧桐雨杂剧终"。元曲选本则较简单："梧桐雨终。"顾曲斋本简作："终。"李开先本和孟称舜则均无终剧表示。

值得注意的还有赵本的朱笔及墨笔校改，有的当然是文字的纠错更正，也有的却是来自不同版本的增删。如第一折【醉中天】曲"小小金盆种五生"之前增加"几个"二字。第二折【红绣鞋】曲"教寡人醒醉眼，妃子晕娇颜"，改为"不生北地，却长在江南"。【古鲍老】曲"黄翻绰向前手拍板"一句前增加"却元来"三个字。第三折【双鸳鸯煞】改作【随煞】，以下于"一程程水绿山青"之前又增加一个曲牌【鸳鸯煞】。第四折【双鸳鸯】"斜媁翠鸾翘"之前增加数句："语音清眉蹙翠黛，云鬓不整，宝髻偏斜乱蓬松。"所有增加部分均不见于现存其他诸本，显为赵琦美所见另一个不知名版本，或竟为内府本。

东墙记

《东墙记》全名《董秀英花月东墙记》,叙书生马文辅与董秀英由双方父亲自幼定亲,文辅长大后前往松江府问亲,投宿于董府隔壁。秀英游园偶遇,二人一见钟情并私下结合。董母知此事后,立逼文辅赴京应试。文辅考中状元,与秀英最终团圆。该剧今存赵琦美钞校于小谷本,剧末有跋云:"万历四十三年乙卯二月十九日校抄于小谷藏本,于即东阿于相公子也。清常道人记。"该剧位于黄丕烈编目 28 号,与《唐明皇秋夜梧桐雨》《裴少俊墙头马上》合装为一册。首页题作《董秀英花月东墙记》,署名"元白仁甫"。题目正名置于剧末:"题目:老夫人急配好姻缘,小梅香暗把诗词递;正名:马文辅平步上鳌头,董秀英花月东墙记。"

全本不分折,仙吕、正宫、中吕、越调、双调五大套依次展开,以【仙吕点绛唇】为首曲的第一套之前尚有同为仙吕宫的【赏花时】和【幺篇】,事实上形成 5 个单元,亦即通常意义上的五折一楔子。此剧现存虽为抄本,但涂改并不多,这一点在赵氏抄藏本中也是比较少见的。

墙头马上

《墙头马上》全名《裴少俊墙头马上》,叙裴尚书之子裴少俊骑马路过李家花园,恰值洛阳总管李世杰之女李千金从墙上向外窥望。二人一见钟情,相约私奔,在裴家花园匿居七年,生下一儿一女,终被裴父发现赶出。后几经周折,再得团圆。该剧今存赵琦美钞校《古名家杂剧》本、元曲选本和孟称舜《古今名剧合选·柳枝集》本。赵本位于黄丕烈编目第 29 号,与《唐明皇秋夜梧桐雨》《董秀英花月东墙记》合装为一册。今存《汇刻书目》壬五十五将其归入《古名家杂剧》"土"卷,为"金石丝竹瓠土革木"八集八卷第四,然题目略有不同,作《裴玉俊墙头马上》,然系同一本书无疑。今存本首页题署"裴少俊墙头马上",题下作者署"元白仁甫撰"。题目正名置于剧末:"题目:千金守志等儿夫,正名:裴少俊墙头马上。"元曲选本该剧首页题署"裴少俊墙头马上杂剧",题下作者署"元白仁甫撰,明吴兴臧晋叔校"。上书口有"墙头马上"简名,上鱼尾下有"杂剧"字样,题目正名宜置于剧末:"题目:李千金月下花前;正名:裴少俊墙头马上。"孟本首行题"新镌古今名剧柳枝集",次行为简名《墙头马上》,其后附"元白仁甫著,明孟称舜评点,朱曾莱订正"。题目正名置于剧首:"正目:游春郊彼此窥望,动关心两情狂荡;李千金守节存贞,裴少俊墙头马上。"实际上是赵本的散场致语,无论内容和形式,位置皆与前二种不同。

体制上,《裴少俊墙头马上》为北曲四折,旦本。乐曲安排诸本亦大体相同,仙吕、南吕、双调、中吕四大套依次展开,然具体处理则有较大不同。赵本、孟本第一折均有李总管上场诗:"花上晒衣嫌日淡,池中濯足恨鱼腥。花根本艳公卿子,虎体鸳班将相孙。"唯元曲选本无之。以下赵本梅香道白:"相公来呵,寻一门亲事。"对小姐称其父为相公,殊觉不妥,元曲选本及孟本改作"等老相公回来呵,寻一门亲事",改为是。本折元曲选本裴少俊下场诗:"偶然间两相窥望,引逗的春心狂荡。今夜里早赴佳期,成就了墙头马上。"赵本及孟本俱无之。第三折赵本老院公道白:"老不以筋骨为能,人抱根橡衣食为命。今日清明节有甚节令酒果吃些个……"孟本因之,元曲选本则将"老不以筋骨为能,人抱根橡衣食为命"二句删去,口语生动性顿减。以下【德胜令】曲末二句赵本不全,部分以墨色涂版"如是七□□□妾不能勾享富贵豪奢那里有□",竟不知所云。元曲选本及孟本为:"那犯七出的应弃舍;享富贵豪奢,这守三从的谁似妾!"即令如此,从字面上看二者亦多不相同。第四折裴少俊上场诗,赵本作:"龙楼凤阁九重城。新筑沙堤宰相行。我贵我荣君莫羡。十年前是一书生。"元曲选本及孟本则作:"亲捧丹书下九重,路人争识五花骢。想来全是文章力,未必家门积善功。"前者为元剧常见,但自称"宰相行"却不符合裴少俊目前的身份,明系套语。后者别开生面,亦较切合。剧末散场赵本较有特色:

(孤)今日个夫妻团圆,杀羊造酒做庆喜的筵席。杂剧卷终,一人有庆安天下,风调雨顺贺太平。

游春郊彼此窥望,动关心两情狂荡;李千金守节存贞,裴少俊墙头马上。

这里特地安排了散场致语,为其他两本所无,显示了赵本的场上演出本质。"杂剧卷终"四字则不可理解,似打散演员的提示,一般认为明人所编元剧选本均来源于宫廷,是否内府本抄写标记被误刊,资料所限难以判断,录此备考。

3. 李文蔚

李文蔚,元代戏曲作家。生卒年、字号不详。河北真定人。曾任江州路瑞昌县尹,与白朴相友善。著有 12 种杂剧,现存历史故事剧 3 种:《同乐院燕青博鱼》《破苻坚蒋神灵应》和《张子房圯桥进履》,赵本古今杂剧全部留存,今分述如下。

燕青博鱼

《燕青博鱼》全名《同乐院燕青博鱼》,一作《报冤台燕青扑鱼》。叙梁山头领燕青下山医病,遇到燕顺、燕和兄弟,互相救护。杨衙内横行街市,欺压平民,且与燕和妻王腊梅通奸。燕青因与燕顺兄弟合力将杨衙内和王腊梅擒获并杀之,同归梁山。该剧今存赵琦美钞校本、元曲选本和孟称舜《古今名剧合选》本。赵本首页题作"同乐院燕青博鱼杂剧",署名"元李文蔚"。位于黄丕烈编目 50 号,与《张子房圯桥进履》合装为一册。元曲选本题作"同乐院燕青博鱼杂剧",署名"元李文蔚撰,明吴兴臧晋叔校"一行。书口标简名《燕青博鱼》,版心标"杂剧"。孟本首行题"新镌古今名剧酹江集",次行为简名《燕青博鱼》,其后附"元李文蔚著、明孟称舜评点、刘启胤订正"。附有眉批点评。三本题目正名均置于剧末"题目:杨衙内倚势行凶,正名:同乐院燕青博鱼"(赵本)"题目:梁山泊宋江将令;正名:同乐院燕青博鱼"(元曲选本);"正目:梁山泊宋江将令;同乐院燕青博鱼"(孟本)。

全本四折一楔子,末本,大石调、仙吕、中吕、双调四大套北曲依次展开,首套为大石调,突破元剧传统,此剧算是开了个头。正如孟本批语所言:"元曲俱以【点绛唇】起,用别调者为非格,今观此剧以【大石调】起……则【仙吕】之说似不必拘,特作者相沿,颇多人遂以为定格耳。"此剧楔子在剧首,赵本以下分头折、二折、三折、四折,元曲选本和孟本则称第一折、第二折、第三折、第四折。赵本系墨笔所抄,另二本则为刊本。三本剧情脉络及文本结构大致相同,局部相异。如赵本楔子中宋江规定众头领于三月三清明节期间放假三天下山游玩,而燕青则请假一个月,结果因生病四十天方回,超假十天,宋江以节日期间超假措施进行惩罚。可能是考虑到犯错事项和惩戒缘由不相统一,元曲选本和孟本俱改为放假三十天。这样改动固然不无道理,却带来新问题,清明节放假需要三十天吗?答案显然是三本各有失误。以下第一折燕大下场诗:"春天日正长,烂熳百花香。赏春同快乐,休负好时光。"(赵本)"春天日正长,烂熳百花香。同乐院里吃酒去也,等人称赞我家里有这好娇娘。"(元曲选本、孟本)三本前二句均同,后二句则各出机杼。前者系一般性写实抒情,后二者则更多带有自嘲式的戏谑。以下杨衙内、店小二等人的上场诗皆有类似情况,不一一指出。角色方面亦存在相异,如赵本店小二为净扮,显示的是元杂剧传统。而元曲选本、孟本均以丑扮,显示的是南戏传奇的影响。曲文方面情况类似,赵本为一种类型,元曲选和孟本为另一种类型。第一折【初问口】,赵本作"俺是那梁山泊里的宋江,不比那洞庭湖方腊",元曲选和孟本则一致改作"则俺那梁山泊上宋江,须不比那帮源洞里的方腊",前者自我介绍,后者介绍梁山,各有侧重。历史上方腊啸聚的是浙江帮源洞,与江苏洞庭湖无关,赵本显示的是元曲作家的随意想象,元曲选本和孟本则显示了明代文人案头严谨。又如第二折【那吒令】:"你与我抹下浅盆,你与我磨下刀刃,咱端的切脍如新。"(赵本)"快与我抹下浅盆,磨下刀刃,你看我雪片也似批鳞。"(元曲选本、孟本)同样基本曲式相同,字句略异。赵本较多口语化,元曲选本和孟本则更注意精练形象。再如第三折【尾声】彼此相差就更大了:

赵本:

> 比及你成泥烧瓦罐拔干了井,更和那生铁打就的钢锹可我也掘就了坑。哥也,你品得箫吹得笙迓得篆搊得筝,提是么瓦包髻瓷腿绷,易安头苏小卿,不值钱王桂英……

元曲选本、孟本:

> 则你个纸做的瓶儿怎拔干的井,蜡打的锹儿怎撅的坑?你道他有体态,有聪明,知你的意,会你的情,有他时春自生,没他时坐不宁。怎知他欠本分,少至诚,忒淫滥苏小卿,不值钱王桂英。

上引两段曲文出自同一个曲牌,但字数句数相差较大,尤其是中间数句几乎全异,体现了元明两代剧场的曲牌演进。抒发感情也有明显不同,前者是对燕大所娶匪人的打抱不平,后者则更多了些恨铁不成钢。

科白提示方面,赵本与其他两本展现了同样的情况;

赵本:

> (正末做搬(扳)杨衙内科云)哥也,唱惹(喏)里(哩),着(做)去!(做打杨衙内科)(杨衙内做倒科)(唱)拳着处扑的尘埃中挺。

元曲选和孟本:

> (正末做扳杨衙内科,云)哥也,唱着喏去!(做打杨衙内科)(杨衙内打筋斗科)(正末唱)拳着处早可扑的精砖上盹。

不难看出,由于是抄本,赵本错别字比较多,语言比较质朴。元曲选本和孟本则更讲究选词用字,科白文辞比较整饬。仍需指出的还有唱曲者提示,赵本依然仅标"唱"而无唱曲者,虽然根据上下文意可以体悟,但总没有元曲选本和孟本来得清楚明白。关于这一点此前多次言及,对于赵本来说是个老问题了。剧本第四折科白依然展示了两类版本的异同。如表现燕青、燕顺战胜并擒获杨衙内,赵本仅用两句动作提示:"外打住排棒科""拿杨衙内搭旦上科",元曲选本和孟本则衍生出较为生动的打斗场面:

> (杨衙内同搭旦引弓兵上,云)黑洞洞的,不知那个死囚那里躲了? 大姐,我们且结果了那个绑的去,与你拔了这眼中的钉子哩。(正末喝云)兀的不是奸夫淫妇? 你往那里走?(做拿住科)(众弓兵云)不好了,我每走了罢! 将军不下马,各自奔前程。(下)(杨衙内云)我要拿他,倒被他拿了我也。(搭旦云)元来是我两个叔叔,我道你是好人那。(正末云)将这两个贼男女,都执缚定了,押回山寨,见我宋江哥哥去来。

毫无疑问,无论就内容还是形式而言,赵琦美钞校本较多保存了元杂剧的简单和质朴,为舞台演出留下了较大的空间。元曲选本为了案头阅读方便则尽可能地加工润色,剧情细节更加生动,曲文和道白显得丰满,语言更较整饬和流畅。

圯桥进履

《圯桥进履》全名《张子房圯桥进履》，叙为报国仇的韩国人张良刺秦始皇不中，至下邳寻师。仙人黄石公奉旨下凡助其成功，二人相约在圯桥会面传授兵书。为考验张良的诚心和定力，黄故意脱履，唤张良替他穿上，张良无怨言照做。黄又令他五日后圯桥等候传书，至期又借故拖延五日，张良仍然谦恭有加，终获黄石公信任，得授三卷兵书。后张良投奔刘邦，与韩信、萧何等共建立汉大功。该剧今存赵琦美钞校内府本，原阙第一叶至第五前半叶，剧末有跋云："校抄内本，乙卯二月二十一日，清常记。"该剧位于黄丕烈编目49号，与《同乐院燕青博鱼》合装为一册。题目正名置于剧末："题目：黄石公亲授兵书；正名：张子房圯桥进履。"

全本四折一楔子，末本。楔子在二、三折之间，仙吕、南吕、正宫、双调四大套依次展开，曲牌和曲文分开，占单独一行，版式比较疏朗。遇"皇恩""明君""天恩""圣主""君恩"等字样则顶格书写，显示内府本之独有规格。第一折不全，不知是否亦如前剧作"头折"。唱曲则出现"乔仙"的喜剧形象，"乔仙"在明初宫廷神仙道化剧中常见，通常是神仙队中的插科打诨者。本折中的乔仙口称道术高强，能够制伏猛虎，最后却被老虎咬住拖走。这之前他打破了元杂剧一人主唱的传统，唱了四首【上小楼】和一首【朝天子】。第二折李仁道白"因秦嬴政之仇，发愤所报"，其中"所"改为"以"。福星道白"此人有於国之心，今受其困"，其中"於"改为"忠"。第四折张良道白"申阳你若是秉忠心坚心辅佐"，其中"心"改为"贞"。剧末附跋语"乙卯三月二十三日校内本，清常道人"，有穿关。

蒋神灵应

《蒋神灵应》全名《破苻坚蒋神灵应》，叙西秦苻坚自恃武力强盛，率兵百万攻打东晋，其弟苻融等文武谏阻不听。东晋丞相谢安举荐其侄谢玄为帅，于战前在钟山蒋神庙祈祷。两军与八公山下交兵，蒋神显灵，满山草木皆化为晋兵，秦军胆裂，苻坚最终战败。该剧今存赵琦美钞校内府本，首页题作"破苻坚蒋神灵应杂剧"，署名"元李文蔚"。剧末有跋云"校抄内本，乙卯二月二十一日，清常记"。该剧位于黄丕烈编目

51号，与《老庄周一枕蝴蝶梦》《张孔目智勘魔合罗》《陶学士醉写风光好》四种合装为一册。题目正名置于剧末："题目：淝水河谢玄大功；正名：破苻坚蒋神灵应。"

全本四折一楔子，楔子在二、三折之间，其他分头折、二折、三折、四折，末本，仙吕、南吕、越调、双调四大套依次展开，楔子用【正宫端正好】一曲，为传统较少见。全本俱墨笔所抄，字体端正秀气，与此前抄本不类。曲牌和曲文接写，不另分行。但每折之间则注意分隔，楔子原抄未能注意，赵琦美即在页眉专门标识"另起"。全剧抄本上另有墨笔校改，大体如下：第一折苻融道白："今公子不听景略苻融之语，恐防有失，岂不耻哉！"其中"耻"改为"危"。楔子刘牢之道白："存铁在手，万夫不当之勇。"其中"存"改为"寸"。以下谢石道白："刘牢之，你为先部前锋。"其中"先部前锋"改为"前部先锋"。似此校改，在此剧文本并不多见。其他涂改，多为错别字之类，更无关大局。

4. 秦简夫

秦简夫，大都（今北京）人，生卒年与生平事迹均不详。《录鬼簿》称其："见在都下擅名，近岁来杭。"一生作剧5种，现存《东堂老劝破家子弟》《陶母剪发待宾》《孝义士赵礼让肥》3种伦理道德剧，赵琦美钞校本古今杂剧全部留存，今分述如下。

东堂老

《东堂老》全名《东堂老劝破家子弟》，叙富商之子扬州奴，父死后浪荡成性，将家产挥霍殆尽，沦为乞丐。父执李实号东堂老，因受亡友之托，对扬州奴苦心劝助，终使其浪子回头，重振家业。该剧今存赵琦美钞校息机子本、元曲选本和孟称舜《古今名剧合选》本。赵本首页题作"东堂老劝破家子弟杂剧"，署名"秦简夫"。书口标明"古今杂剧"，版心则题"破家子弟"，是知为该剧另一简名。赵本位于黄丕烈编目87号，与《陶母剪发待宾》《孝义士赵礼让肥》合装为一册。元曲选本题作"东堂老劝破家子弟杂剧"，署名"元秦简夫撰，明吴兴臧晋叔校"一行。书口标简名《东堂老》，版心标"杂剧"。孟本首行题"新镌古今名剧酹江集"，次行为简名《东堂老》，其后附"元秦简夫著、明孟称舜评点、刘启胤订正"。附有眉批点评。赵本、元曲选本题目正名均置于剧末，孟本则置于剧首,三本内容和形式亦略有不同:"题目:西邻友生不肖儿男,正名:东堂老劝破家子弟"(赵本)"题目:西邻友立托孤文书;正名:东堂老劝破家子弟"(元曲选本);"正目:西邻友立托孤文书;东堂老劝破家子弟"(孟本)。赵本剧末附有穿关。

　　全本四折一楔子,楔子在剧首,末本,仙吕、正宫、中吕、双调四大套北曲依次展开。诸本剧情大体相同,上场角色和情节结构无大差异,总体为同一版本系统无疑。当然也有局部不同。赵本楔子李实上场自我介绍称自己"自号东堂老,有人尊称东堂居士",元曲选本、孟本则云"自号东堂居士,如今老了,人就叫我做东堂老"。此外,赵本楔子末赵国器安排后事完毕即死,另二本则未表现其死。第一折卖茶的上场诗,赵本作:"茶迎三岛客。汤送五湖宾。"元曲选本、孟本则增加后二句:"不将可口味。难近使钱人。"另外,赵本中诱导扬州奴败家的两个油嘴柳隆卿、户子转上场诗:"养蚕桑不种田,全凭马扁度流年。为甚侵晨奔到晚。几个忙忙少我钱。"另二本则将"户子转"改作"胡子传",恢复了元剧中这两个喜剧人物的常规称呼。同时将四句诗拆分作两半,柳和胡各念诵前后二句。第一折赵本于扬州奴道白"您孩儿商量要做买卖"和"出山银堆在那桌子上"两句之间,以朱笔添加一行字"买将那货物来不要放在地下"。第二折东堂老开场和自家儿子谈论做买卖赚钱不易,元曲选本和孟本则在此前增加恼恨扬州奴不听劝阻继续败家的一段:"则从买了扬州奴的住宅,付与他钱钞,他那里去做甚么买卖,多咱又被那两个光棍弄掉了。败子不得回头。有负故人相托。如之奈何。"以下【正宫端正好】曲,赵本作:"咱人便也须要一个干运经营,我想这贫穷富贵生前定。不俫咱可便稳坐的安然等。"后二句和前一句意思冲突,元曲选本、孟本则改作:"咱人也须要个干运的这经营,虽然道贫穷富贵生前定。不俫咱可便稳坐的安然等。"增加了"虽然道"三字,逻辑上就顺畅多了。本套曲【煞尾】元曲选本、孟本于"我其实道不改教不成"后增加一句"只着那正点背画字纸儿你可慢慢的省",为以下的剧情埋下了伏笔,较之赵本显得完善。值得注意的还在第三折,赵本:"(正末云)我来到门首也。叫声:我这里提拄杖上街衢,我这里蓦入蓦入门棂去。"其中"叫声"二字用朱笔框上,以下字句则以红直线画出,页眉朱笔批注云:"叫声,内本作曲名。红直者俱曲文改正。"可能是看到了内本,元曲选本和孟本此处皆明确标出【叫声】曲牌及以下曲文。由此也可断定,赵琦美系用内府本校息机子本,其他刊本同样如是,即全部以内本校过。本稿此前多处提及其朱笔校语,疑非一般性的抄本核对,而是另有版本,于此可得明证。第四折扬州奴浪子回头之后,柳隆卿、户子转又来勾引,三本皆做了表现,同样分为两种类型:

赵本:

> (扬州奴云)我再也不敢惹你了,你别寻一个人吧!(柳隆卿云)你说这套话,你也回心了,俺别寻一个衣饭主儿去来。

元曲选本和孟本:

> (扬州奴云)哥也,我如今回了心,再不敢惹你了,你别去寻个人罢。(柳隆卿云)你说甚么话,你也回心,俺们也回心,如今帮你做人家哩。(正末云)咦。下次小的每。与我捻这两个光棍出去。(柳隆卿云)赵小哥。你也劝一劝波。(扬州奴云)你快出去。别处利市。

比较起来,赵本设置了柳隆卿、户子转企图再次拉扬州奴下水的情节,合乎人物性格逻辑,照应了全剧,值得肯定。不足之处在于情节过于简单和平淡,人物性格开掘不深,元曲选本和孟本的情节安排则较到位,变化跌宕,戏剧性更强。

赵礼让肥

《赵礼让肥》全名《孝义士赵礼让肥》,叙赵礼奉母避乱在宜秋山下,以打柴采药为生。一次被虎头寨寨主马武捉住,欲杀之造醒酒汤。礼知不免,因求返家一辞老母及兄再来就死,马应允。赵礼至期果归,其母及兄赵孝亦赶至。三人均自称体肥,请杀己而舍另二人。马大为感之,因皆放之,并赠以粮米,自己亦弃山寨赴京应举。后官至兵马大元帅,荐礼、孝为官,一门旌表。该剧今存赵琦美钞校息机子本、元曲选本。赵本首页题作"孝义士赵礼让肥杂剧",署名"秦简夫"。书口标明"古今杂剧",版心则题简名"赵礼让肥"。位于黄丕烈编目 88 号,与《东堂老劝破家子弟》《陶母剪发待宾》合装为一册。元曲选本题作"孝义士赵礼让肥杂剧"，署名"元秦简夫撰，明吴兴臧晋叔校"一行。书口标简名《赵礼让肥》，版心标"杂剧"。题目正名均置于剧末，内容略有不同："题目：宜秋山马武施恩，正名：孝义士赵礼让肥。"（赵本）"题目：虎头寨马武仗义；正名：宜秋山赵礼让肥。"（元曲选本）

全剧四折一楔子，楔子在剧首，末本，仙吕、正宫、越调、双调四大套北曲依次展开。二本剧情大体相同，上场角色和情节结构无大差异，总体为同一版本系统无疑。当然也有局部不同。第一折开场赵本作："（冲末卜儿，赵孝正末轿儿抬上）（卜儿云）荒草士马起干戈，纷纷离乱受奔波。老弱形衰尪羸体，镜中白发更添多。"元曲选本改冲末为赵孝，然并未改动卜儿念上场诗，这不符合元剧由冲末念上场诗之传统，且上场诗也有所不同："汉季生民可奈何。深山无处避兵戈。朝来试看青铜镜。一夜忧愁白发多。"第二折赵本马武道白："某早起巡山拿住这厮。某中酒也。打下泉水，磨的刀剑快，某亲自剖腹剜心也。"元曲选本删去"某早起巡山拿住这厮"一句，在"打下泉水"前加上主语"小偻罗"，又在"待某亲自剖腹剜心"后添加"做个醒酒汤儿吃"一句。相比较而言，元曲选本改得比较精当，"醒酒汤"既是"剖腹剜心"的动作目的，也是"中酒"后的必然需要。第四折邓禹的上场诗也各不相同："万里雷霆驱号令，一天星斗焕文章。"（赵本）"少小生来胆气雄，曾将长剑倚崆峒。凌烟阁上丹青画，肯着他人第一功。"（元曲选本）前者较为精练，后者更具气势。以下马武上场诗，赵本两句："铜刀安社稷，骁勇定江山。"同样比较简单。元曲选本改做四句："男儿立事业。何用好容颜。铜刀安社稷。匹马定江山。"更显丰富。以下马武道白，赵本作："自从离了宜秋山，来到京师也。谢圣恩可怜，加某为兵马大元帅之职。"叙述太简单，任职也过突兀。元曲选本增加为："自从离了宜秋山虎头寨，来到京师。谢圣恩可怜，用某为将，讨灭了赤眉铜马大盗，屡立战功，现如今某为兵马大元帅之职。"这样一来，内容丰满，亦更合乎逻辑性。

剪发待宾

《剪发待宾》全名《陶母剪发待宾》，叙晋代陶侃十分孝顺，其母亦以信义教之。一日有客范逵至，家贫无以款待。陶母因剪发换钱待宾，后范逵助陶侃科举成名。该剧今存赵琦美钞校于小谷本，剧末有跋云"于小谷本录校"。该剧位于黄丕烈编目 89 号,与《东堂老劝破家子弟》《孝义士赵礼让肥》合装为一册。首页题作《陶母剪发待宾》,署名"元秦简夫"。题目正名置于剧末:"题目:范学士荐贤举善,正名:晋陶母剪发待宾。"

全本不分折,旦本,仙吕、正宫、中吕、双调四大套依次展开,宫调和曲牌均相连书写,未另起一行。此剧现存虽为抄本,但朱笔涂改并不多,这一点与前述白仁甫《董秀英花月东墙记》情况相类。值得注意的是剧末有散场提示:

(末云)杂剧卷终也。

天下喜事,无过夫妇团圆。文章把笔安天下,武将提刀定太平。

此系元剧打散致语,与白仁甫的《裴少俊墙头马上》杂剧情况相类,显示了赵本的场上演出本质。此处同样出现"杂剧卷终也"提示,唯《墙头马上》系刊本,此剧系抄本。另,赵本有费唐臣《苏子瞻风雪贬黄州》一剧,亦系抄本,剧末同样有此提示,只是又被朱笔涂去。可知赵琦美当时已不将其作为打散致语看待了。

5. 王实甫

王实甫,字德信,元大都(今北京市)人,著杂剧 14 种,现存《崔莺莺待月西厢记》《四丞相歌舞丽春堂》《吕蒙正风雪破窑记》3 种,后二种历史故事剧为赵琦美钞校本古今杂剧校藏。

丽春堂

《丽春堂》全名《四丞相歌舞丽春堂》,一作《高宴丽春堂》,叙金右丞相完颜乐善因赌赛争竞殴打右副统军使李圭,被贬济南,终日钓鱼饮酒,后被召回,与李圭和好如初。该剧今存赵琦美钞校《古名家杂剧》本、元曲选本和孟称舜《古今名剧合选·酹江集》本。赵本位于黄丕烈编目第 10 号,与《吕蒙正风雪破窑记》以及宫大用的《死生交范张鸡黍》、关汉卿的《杜蕊娘智赏金线池》合装为一册。值得注意的是,今存《汇刻书目》"古名家杂剧"无论正编还是续编均无此剧名目。今存本首页题署"四丞相歌舞丽春堂",题下作者署"元王实甫撰",上书口标录简名《丽春堂》。题目正名置于剧末:"题目:乐善公遭贬济南府,正名:四丞相歌舞丽春堂。"元曲选本该剧首页题署"四丞相歌舞丽春堂杂剧",题下作者署"元王实甫撰,明吴兴臧晋叔校"。上书口有"丽春堂"简名,上鱼尾下有"杂剧"字样,题目正名宜置于剧末:"题目:李监军大闹香山会,正名:四丞相高宴丽春堂。"孟本首行题"新镌古今名剧酹江集",次行为简名《高宴丽春堂》,其后附"元王实甫著,明孟称舜评点,刘启胤订正"。题目正名置于剧首:"正目:李监军大闹香山会,四丞相高宴丽春堂。"

　　体制上,《四丞相歌舞丽春堂》为北曲四折,末本。乐曲安排诸本亦大体相同,仙吕、中吕、越调、双调四大套依次展开,然具体处理则有不同,除了赵本诸曲皆标明正字和衬字而其他两本则无相关标示之外,还有如下几种类型:首先是角色及科白提示,赵本校简单,其余两本则比较繁富。如第一折开场:"冲末扮官人上。"(赵本)"冲末扮押宴官引祗从上。"(元曲选本和孟本)。赵本将押宴官简称为"官人",以下更简称为"官"。元曲选本和孟本则不仅始终用全称,而且加上"引祗从",这样更符合官场体制。同样,第二折赵本开场仅三个字"官人上",另外两本则均作"押宴官引祗从上"。其次是各不相同。如第三折开场赵本作"外扮官人上",其他两本则作"外扮孤上",前者将"济南府尹"亦称做"官人",与以下"官人上"所指押宴官混同,后者则有意回到元剧的传统,然以下直称"左相上",亦与前两折所称"押宴官"有所混同。第四折开场赵本仅用二字"卜上",其他二本则皆作"老旦扮夫人上",卜即卜儿,为元剧老妇人称呼,"老旦"是角色行当。"卜儿"一般由老旦扮演。也有的则赵本简而元曲选本和孟本繁。如赵本第三折使命上场诗"雷霆驱号令,星斗焕文章"在其他二本中即被删除,第四折卜儿的上场诗,赵本作"花有重开日,人无再少年",另二本又增加"一从夫主去,皓月几回圆"二句。曲文方面,三本也是总体相同,细微处有差别。如第四折【乔木查】:

赵本:

　　相别来间阔,动止俱无恙。这里是土长根生父母乡,身居天一方,怎不凄凉?

元曲选本和孟本：

> 自别来间阔，幸得俱无恙。这里是土长根生父母邦，怎将咱流窜在济南天一方？这些时怎不凄凉？

同样是赵本简而另两本繁。也正因此，后者抒发的感情更加淋漓尽致。

还应指出，本剧版本差异主要体现在赵本和元曲选本之间，孟本主要继承了元曲选本，本身没有校勘价值。孟本的特殊之处在于它的眉批，基本上每折一则。对剧本的内容和形式做了评点，不无参考价值。如第一折眉批：

> 王实甫在元诸大家中未称第一，而《西厢》独绝者，以有董解元词为蓝本。所为并起者难为力，踵美者易为工也。其笔端香艳，自是填词家本色，与马东篱诸人清豪隽爽者不同，譬诸宋人，犹柳屯田辛稼轩之别尔。此曲较《西厢》特为雄俊而本色固在。

由此剧联系起王实甫创作成就及风格之多样，简明扼要，发前人之所未发，分析且自有独到之处。

破窑记

《破窑记》全名《吕蒙正风雪破窑记》，叙刘月娥抛绣球择婿，偏偏看中穷秀才吕蒙正，其父刘员外劝阻无效，怒而将其逐出至吕蒙正所居破窑，历经千辛万苦。后吕蒙正进京应举，二人最终团圆。该剧今存赵琦美钞校内府本，首页题作"吕蒙正风雪破窑记杂剧"，署名"元王实甫"。剧末有跋云"乙卯五月十二日校内本，清常记"，附有穿关。该剧位于黄丕烈编目第 11 号，与《四丞相歌舞丽春堂》以及宫大用的《死生交范张鸡黍》、关汉卿的《杜蕊娘智赏金线池》合装为一册。题目正名置于剧末："题目：刘员外云锦百尺楼；正名：吕蒙正风雪破窑记。"

全本四折，分头折、二折、三折、四折，末本，仙吕、正宫、中吕、双调四大套依次展开，每套宫调、曲牌以及上场诗皆另起一行，页面效果显得疏朗。正文间有墨笔涂改，但改处不多。如第二折刘员外道白："你向向着那穷秀才。我将这破砂锅把他打了，这两个碗也打了。"其中首句"向向"改作"则向"，次句删去"把他"，"打"字后添加"碎"字，末句之前添加"把"。第三折【中吕粉蝶儿】曲"袁宪也索躲,便有也颜回也难住",其中"袁宪"改作"原宪","便有也"改作"便有那"。第四折断语"世间人休把儒相欺",其中"欺"改作"弃"。所改处多非必需,只有"向向"不好理解,"原宪"涉及历史人物真实姓名。总而言之,此剧文本校勘意义有限。

和其他元代名家相比,王实甫剧作在赵琦美钞校本中留存较少,此与他剧作留存总数较少有关。王氏之为大家全在《西厢》,然《西厢》五本巨制,在明代已多视作传奇,宫廷剧场因而摈弃,自为理所当然。

跋 语

关汉卿、马致远之外,元杂剧名家名作仍很多,赵琦美钞校本亦不例外,据前节表列,已达 58 种。本章选取郑德辉、郑廷玉等 7 家 27 种,仅近半数,然尝鼎一脔,一叶知秋。这些剧目中,以历史故事剧居多,14 种,其次为社会问题剧 8 种,爱情剧 5 种。其中第一和第三类相对简单,第二类则较为复杂,包括家庭、宗教、伦理教化和公案剧在内。反映社会生活相对宽阔,然不见神仙道化剧等非现实题材。版本方面刻本、抄本均有涉及,唯前者 11 种,后者 16 种,抄本多于刻本,和关汉卿、马致远以及元剧总体情况相反。可见牵涉每个剧作家,具体情况应有所不同,不可一概而论。

第七章 赵本其他元名家杂剧考校举隅

215

第八章　赵本元代无名氏杂剧校录及考论

无名氏杂剧亦为赵琦美钞校本古今杂剧之重要组成部分,时代上可分为元、明两部分。赵本收录远较名家剧作为少,已有研究亦较少关注,详加胪列,方可奏功。现就元代作品作一考述。

一、赵氏元无名氏杂剧收录情况概述

赵琦美钞校本元代无名氏杂剧,最早著录者为清初钱曾《也是园书目》,该书卷十《古今杂剧》设有"元无名氏"一栏,收录剧目 45 种,至清嘉庆间黄丕烈重新编目时剩有 36 种,其中钱目作为无名氏作品的《河南府张鼎勘头巾》明确著录为"元孙仲章",实有 35 种,佚失剧目 9 种,其中《贤达妇京娘盗果》《捧表谏》(捧袁祥)、《孝顺贼鱼水白莲池》《李素兰风月玉壶春》《王鼎臣风雪渔樵记》《行孝道郭巨埋儿》《宣(宦)门子弟错立身》7 种入"待访剧目"栏,《包待制智赚合同文字》《萨真人夜斩碧桃花》2 种则不知去向。而剩下 35 种中,《忠义士豫让吞炭》《下高丽敬德不伏老》今知为杨梓作,《王月英元夜留鞋记》据《元曲选》为曾瑞作,《王脩然断杀狗劝夫》据《录鬼簿》为萧德祥作。《大妇小妻还牢末》今知为李致远作,《讲阴阳八卦桃花女》今知为王晔作。《刘玄德醉走黄鹤楼》为朱凯作,《降桑椹蔡顺奉母》为刘唐卿作,《罗李郎大闹相国寺》为张国宾作,《马丹阳度脱刘行首》为杨景贤作,《李云英风送梧桐叶》为李唐宾作,《包待制智赚生金阁》为武汉臣作,《包待制智斩鲁斋郎》为关汉卿作。这样核算下来,真正的无名氏剧只有23种。但尽管如此,数量上超过同时代署名作品之半,仍较可观。可以考知作者名姓者既已归入相应剧作家名下论述,后者则是本节着重论述之对象。试列表如下。

赵琦美钞校本古今杂剧元代无名氏作品收录情况一览表①

剧名 \ 版本	刻本		抄本		
	古名家杂剧本	息机子本	内府本	于小谷本	来历不明本
诸葛亮博望烧屯			✓		
庞涓夜走马陵道					✓
郑月莲秋夜云窗梦				✓	
苏子瞻醉写赤壁赋	✓				
硃砂担滴水浮沤记			✓		
风雨像生货郎旦					✓
施仁义刘弘嫁婢			✓		
刘千病打独角牛			✓		
玎玎珰珰盆儿鬼					✓
玉清庵错送鸳鸯被	✓				
关云长千里独行					✓
孟光女举案齐眉					✓
雁门关存孝打虎				✓	
狄青复夺衣袄车			✓		
摩利支飞刀对箭			✓		
阀阅舞射柳蕤丸记			✓		
逞风流王焕百花亭					✓
龙济山野猿听经	✓				
二郎神醉射锁魔镜	✓				

① 需要说明的是,上表以钱曾《也是园书目·古今杂剧》中"元无名氏"栏所收作品为经,以赵琦美钞校的刻本和抄本著录情况为纬;如今存本不署作者姓名而《也是园书目·古今杂剧》署名者,则不在此表出现。

版本／剧名	刻本		抄本		
	古名家杂剧本	息机子本	内府本	于小谷本	来历不明本
汉钟离度脱蓝彩和	✓				
赵匡义智娶符金锭		✓			
张公艺九世同居		✓			
锦云堂美女连环计		✓			

可以看出,赵本元代无名氏杂剧取材广泛,类型全面。大体可分为如下几类:首先是历史故事剧 9 种,如表现战国时孙膑、庞涓斗智故事的《庞涓夜走马陵道》,表现汉末王允离间董卓、吕布之间关系的《锦云堂美女连环计》,三国故事《诸葛亮博望烧屯》《关云长千里独行》,表现唐初薛仁贵击败高丽盖苏文故事的《摩利支飞刀对箭》,表现五代名将李存孝故事的《雁门关存孝打虎》,以及北宋题材《赵匡义智娶符金锭》《狄青复夺衣袄车》《阀阅舞射柳蕤丸记》等;其次是社会问题剧 6 种,如表现爱情和家庭生活的《郑月莲秋夜云窗梦》《玉清庵错送鸳鸯被》《孟光女举案齐眉》,表现伦理道德故事的《施仁义刘弘嫁婢》《张公艺九世同居》,表现社会风俗的《刘千病打独角牛》;第三类神仙道化剧 3 种,具体分神话题材《二郎神醉射锁魔镜》和《汉钟离度脱蓝彩和》,宗教题材《龙济山野猿听经》;第四类乃公案剧,如表现强徒害命、清官审断的《硃砂担滴水浮沤记》《玎玎珰珰盆儿鬼》,表现家庭纠纷引发命案的《风雨像生货郎旦》;最后一类乃文人生活剧 2 种《苏子瞻醉写赤壁赋》和《逞风流王焕百花亭》,前者表现宋代文豪苏东坡的逸事,后者则塑造了能文能武的书生"风流王焕"的形象。

总而言之,赵本元代无名氏杂剧虽然数量有限,但取材全面,时间从历史到现实,事件从军国大事到家庭琐事,人物从王侯将相到市井百姓,以及神话宗教、鬼怪强梁、才子妓女、文人逸事等都得到表现,虽然仍有些题材如水浒戏未形诸笔端,但无论如何这一批无名氏剧作家的表现能力还是可观的。

二、赵氏元无名氏杂剧刊本情况校录

由上表得知,赵琦美钞校本元代无名氏杂剧刊本主要分为古名家杂剧本和息机子本两大类,以下分别讨论。

(一) 赵氏古名家本

《古名家杂剧》为浙江新安徐氏所刊,总数已不可知。今存赵琦美藏校《古名家杂剧》元代无名氏作品为以下 5 种:《醉写赤壁赋》《鸳鸯被》《野猿听经》《锁魔镜》《蓝彩和》。

苏子瞻醉写赤壁赋

又名《苏东坡醉写赤壁赋》,简名《醉写赤壁赋》。叙苏东坡得罪王安石,被贬黄州,备受冷落,与黄庭坚、佛印同游赤壁,乘兴作《赤壁赋》一事。赵琦美钞校本位于黄丕烈编目 105 号,与《忠义士豫让吞炭》《锦云堂美女连环计》《郑月莲秋夜云窗梦》《王月英元夜留鞋记》以及孙仲章的《河南府张鼎勘头巾》合装为一册。今存《汇刻书目》"古名家杂剧"无论正编还是续编均无此剧名目。赵本首页题署"苏子瞻醉写赤壁赋",题下作者署名处为长方形黑块,上书口标录简名《赤壁赋》。题目正名置于剧末:"题目:王安石谗谏满庭词,正名:苏东坡醉写赤壁赋。"

此剧体制上为四折一楔子,按仙吕、南吕、越调、双调四大套依次展开,楔子仙吕宫之【赏花时】【幺篇】二曲被安排在第三折之内,位于越调首曲【斗鹌鹑】之前。末本。该剧仅存孤本,现有版本并无朱笔或墨笔校勘痕迹。

玉清庵错送鸳鸯被

简名《鸳鸯被》,叙李玉英因家难借高利贷救父,为富户刘彦明逼婚,所幸阴错阳差,得遇书生张瑞卿,遂赠鸳鸯被托付终身。后历经曲折,二人终成眷属。赵氏抄校本位于黄丕烈编目第 101 号,与《玎玎珰珰盆儿鬼》《刘玄德醉走黄鹤楼》合装为一册。存本首页题名《玉清庵错送鸳鸯被》,题下作者署名处为长方形黑块,上书口标录简名《鸳鸯被》,

四周双边,单鱼尾。该剧今存除了赵本外,另有息机子本和元曲选本。息机子本首页题作"玉清庵错送鸳鸯被",上书口标"古今杂剧",版心标简名"鸳鸯被",左右双边,单鱼尾。元曲选本该剧首页题署"玉清庵错送鸳鸯被杂剧",题下作者署"元　撰,明吴兴臧晋叔校",左右双边,上书口有"鸳鸯被"简名,上鱼尾下有"杂剧"字样。三本之题目正名俱置于剧末,但内容略有差异,赵本、息机子本作:"题目:张瑞卿寓宿会佳期;正名:玉清庵错送鸳鸯被。"元曲选本则为:"题目:金闰客解品凤凰箫;正名:玉清庵错送鸳鸯被。"

全本四折一楔子,楔子在剧首,旦本。乐曲安排二本亦大体相同,仙吕、正宫、越调、双调四大套依次展开,但具体处理则大不相同,不仅曲辞或多或少存在字句差异,而且每套曲子数目的多寡也明显存在。第一折仙吕套赵本末曲【尾声】,息机子本改作【赚煞尾】,元曲选本则为【赚煞】。元曲选本更较赵本、息机子本多出【青歌儿】【寄生草】两支曲子。第二折正宫套赵本末曲【尾声】,息机子本改作【随煞尾】,元曲选本改作【黄钟尾】。第三折越调套赵本末曲【尾声】,息机子本改作【尾】,元曲选本改作【收尾】。第四折元曲选本更较赵本、息机子本多出【步步娇】【锦上花】【清江引】三支曲子。剧情安排同样存有差异,如赵本楔子李府尹自云进京是由于"左司马家勾请",属于一般性的外出,息机子本与同。元曲选本李府尹则称遭遇了灾难:"被左司家朦胧劾奏,官里听信谗言,差金牌校尉拿我赴京问罪。"情况要凶险得多。揆诸剧情,后者应更合理。原因在于李父如系一般性外出,不至于多年不回,况以其府尹身份,刘彦明不敢逼债,至图谋霸占其女。臧晋叔如此改动,当是意识到原本疏漏而后为。正因为如此,李府尹下场诗也不同:"上马便登程,急急怎消停。晓行登途路,疾忙赴帝京。"(赵本、息机子本)"别泪不胜弹,悲歌行路难。浮云能蔽日,何处是长安。"(元曲选本)很显然,后者的悲剧气氛更为浓厚。又赵本、息机子本均作"李府尹一年未归",债务由"一个银子"变成"两个",元曲选本则作"原借十个本利"改"二十个"。道姑奉刘员外之命前来说媒,亦存在详略不同。

赵本、息机子本:

(道姑云)小姐,我想你这年纪小小的,聘事与人家,寻一个穿衣吃饭的可不好?(旦)住住住,我怕不有这个心事,争奈无人肯成就俺。……

元曲选本:

> (道姑云)小姐。我想你这年纪小小的,趁如今与人家寻一个穿衣吃饭的才是。(正旦做欲说又止科)(道姑云)小姐,这里又无外人,我和你自家闲讲,怕甚的来。(正旦云)我怕不有这个心事。争奈无人肯成就俺。……

不难看出,前者太简单,后者则较丰富,加之以下增加刘道姑的循循善诱,也符合李云英作为闺中少女接受卖身还债的身份和心理依据。非但如此,第四折增加李府尹的相关信息,交代他被左司妄奏陷害最终得以昭雪的过程,并以其复职返乡作为审断此案的重要环节,也使得赵本、息机子本过于简单的剧情结构得到完善。

龙济山野猿听经

简名《野猿听经》,叙龙济山一野生猿猴,因屡听晋光寺修公禅师说法,最终感悟而成正果。赵本位于黄丕烈编目第 125 号,与《阅阅舞射柳蕤丸记》《逞风流王焕百花亭》《二郎神醉射锁魔镜》《汉钟离度脱蓝采和》《李云英风送梧桐叶》合装为一册。今存《汇刻书目》壬六十将其归入《古名家杂剧》"角"卷,为"宫商角徵羽"五集三卷第四。存本首页题名《龙济山野猿听经》,题下无作者署名,左边有墨批"太和正音不收",审之,应为琦美书。上书口标出简名"猿听经",版心注明"四卷",四周单边,单鱼尾。题目正名置于剧末:"题目:大惠堂修公设讲;正名:龙济山野猿听经。"

全本四折一楔子,楔子在三、四折之间,末本。乐曲按仙吕、南吕、中吕、双调四大套依次展开。正文有赵琦美朱笔校勘痕迹,明显如第二折【仙吕牧羊关】"我将这经文从头念,袈裟身上穿,执幡幡伞盖拿着",其中"执"改作"把"。第四折修公禅师说法"动之则竖穷横遍",其中"竖"改作"苍"。但这样改动并不多,且无关大局。

二郎神醉射锁魔镜

简名《锁魔镜》,叙灌口二郎神赵昱与哪吒饮酒比箭时误中天界锁魔镜,致九首牛魔王、金睛白眼鬼二怪逃脱,后二人奉驱邪院主之命前往擒拿,终获成功。赵本位于黄丕烈编目第 126 号,与《阀阅舞射柳蕤丸记》《逞风流王焕百花亭》《龙济山野猿听经》《汉钟离度脱蓝采和》《李云英风送梧桐叶》合装为一册。今存《汇刻书目》壬六十将其归入《古名家杂剧》"徵"卷,为"宫商角徵羽"五集四卷第四。存本首页题名《二郎神醉射锁魔镜》,题下署名处为长方形黑块,左边空白处有墨批"太和正音不收",审之应为琦美书。上书口标出简名"锁魔镜",版心注明"四卷",四周单边,单鱼尾。题目正名置于剧末:"题目:三太子大闹黑风山;正名:二郎神醉射锁魔镜。"

全本五折,末本。乐曲按仙吕、南吕、越调、黄钟、双调五大套依次展开。正文无赵琦美朱笔校勘痕迹。

汉钟离度脱蓝彩和

简名《蓝彩和》,叙洛阳伶人许坚(艺名蓝采和)有半仙之分,却迷恋尘世生活,不肯出家。钟离权派吕洞宾下凡将其度脱,终成八仙之一。赵本位于黄丕烈编目第 127 号,与《阀阅舞射柳蕤丸记》《逞风流王焕百花亭》《龙济山野猿听经》《二郎神醉射锁魔镜》《李云英风送梧桐叶》合装为一册。今存《汇刻书目》壬六十将其归入《古名家杂剧》"宫"卷,为"宫商角徵羽"五集一卷第四。存本首页题名《汉钟离度脱蓝彩和》,题下署名为"　　撰",左边空白处有墨批"太和正音不收",天头朱笔墨批"陶真类道"四字。上书口标出简名"蓝彩和",版心注明"四卷",四周单边,无鱼尾。题目正名置于剧末:"题目:引儿童到处笑呵呵,老神仙捆手醉高歌;正名:吕洞宾点化伶伦客,汉钟离度脱蓝采和。"

全本五折,末本。乐曲按仙吕、南吕、越调、黄钟、双调五大套依次展开。正文有朱笔校勘痕迹,如第一折钟离权自称"名权,字云访",其中"访"改作"房"。第二折吕洞宾(孤)道白"只合远接,接待不着,勿令见罪",其中"远接"改作"远远接待"。改动不多,无关宏旨。

(二) 赵氏息机子本

息机子《元人杂剧选》本也是赵琦美钞校本古今杂剧所依据的刻本之一。今也无完帙存世,顾修《汇刻书目》著录共 30 种,赵本现存息机子本杂剧 15 种,其中元代无名氏作品为以下 3 种。

赵匡义智娶符金锭

简名《符金锭》,叙五代末汴梁女子符金锭与青年公子赵匡义一见倾心,为另一宦家子韩松所阻,历经曲折,终获团圆。赵本位于黄丕烈编目第 135 号,与《包待制智赚生金阁》《包待制智斩鲁斋郎》《张公艺九世同居》合装为一册。今存《汇刻书目》壬四十九《元人杂剧选》著录其简名。存本首页题名《赵匡义智娶符金锭》,题下无署名,左边空白处有墨批"太和正音不收",上书口标出"古今杂剧",版心标简名"符金锭",左右双边,单鱼尾。剧末有跋文:"乙卯四十三年正月□之日校内本,清常记。"题目正名置于剧末:"题目:强风情韩松抢绣球,正名:赵匡胤智取符金锭。"

全本四折二楔子,楔子一在剧首,一在三四折之间,末本,仙吕、南吕、中吕、双调四大套依次展开,正文多有朱笔校勘痕迹。楔子一增加郑恩的上场诗:"拳打关西五路知,英雄手段有谁及! 京师十里人皆惧,广怀胸襟敢战敌。"【仙吕赏花时】"从来有忠信",其中"有忠信"改作"言有准"。第二折媒婆道白"我好不生得聪明",改为:"我好生聪明,十分性巧。着我说媒,把人吓倒。"赵弘殷道白"民物雍和气象新",改作"百战千征定太平"。又,"即今柴梁王即位,某拜官殿前御林军都指挥使之职",其中"某拜官"改作"天下太平,四方无事,都于汴梁。某自从跟晋王南征北讨东荡西除,多立战功,官拜"一段。以下"(正旦云)不妨事。可不好也"。校笔删去"可不好也"。第四折【沉醉东风】"多谢你个仁兄智巧"曲后,增加一段道白:"(符彦卿云)孩儿,我闻知韩松领人来追赶,多亏郑恩定计救了。这件事众人不知详细,小姐尔试说一遍,俺试听咱。(旦云)父亲,听我说。"不难看出,虽然多少增加了一些内容,但数量并不大,且多在科白,可为赵氏所据内府本与息机子本版本系统相同之一证。

张公艺九世同居

简名《九世同居》,叙张公艺一家九世同居,多行善事。书生王伯清穷至无钱葬父,公艺慷慨资助,并助其盘费进京求官。最终善有善报,儿孙发达,一门封赠。赵本位于黄丕烈编目第 135 号,与《包待制智赚生金阁》《包待制智斩鲁斋郎》《赵匡义智娶符金锭》合装为一册。今存《汇刻书目》壬四十九《元人杂剧选》著录其简名。存本首页题名《张公艺九世同居》，题下无署名，左边空白处有墨批"此后俱太和正音不收"，上书口标出"古今杂剧"，版心标简名"九世同居"，左右双边，单鱼尾。剧末有跋文："此册与于小谷本大同小异，又别录一册，丁巳四月十五日，清常道人。"由此跋可知该剧尚有于小谷本，惜今已不存。题目正名置于剧末："题目：忠孝门三朝旌表；正名：张公艺九世同居。"

全本四折，分头折、二折、三折、四折，末本，仙吕、南吕、正宫、双调四大套依次展开。值得注意的是，尽管赵琦美已交代别录一册，但此剧正文仍有朱笔校勘痕迹。如第一折【赚煞尾】"一子受皇恩，满家食天禄"一句，即有朱笔改作"养育受亲恩，仕宦食天禄"。第二折【南吕一枝花】"到无常万事皆休"即有朱笔改作"遇中年万事俱休"。【牧羊关】"斋僧道营坟墓"改作"赒寿椽"。【红芍药】"寒窗数载久停留"改作"父亡三载久停留"。这些校改是根据于小谷本还是其他版本，资料所限，不得而知。

锦云堂美女连环计

简名《连环计》，叙汉献帝时王允欲除掉专权跋扈的董卓，设计先以貂蝉许吕布后送董卓，以离间董卓和吕布。计成，遂杀董卓。赵本位于黄丕烈编目第 139 号，与《忠义士豫让吞炭》《苏东坡醉写赤壁赋》《郑月娥秋夜云窗梦》《王月英月夜留鞋记》合装为一册。今存《汇刻书目》壬四十九《元人杂剧选》著录其简名。存本首页题名《锦云堂美女连环计杂剧》，题下无署名，上书口标出"古今杂剧"，版心标简名"连环计"，左右双边，单鱼尾。剧末有跋文："四十三年正月朔旦，起朝贺待漏之暇校完，清常道人记。"该剧今存除了赵本外，另有元曲选本。元曲选本该剧首页题署"锦云堂美女连环计杂剧"，题下作者署"元　　撰，明吴兴臧晋叔校"。上书口有"连环计"简名，上鱼尾下有"杂剧"字样。二本之题目正名置于剧末，内容略有不同："题目：银台门吕布刺董卓，正名：锦云堂美女连环计。"（赵本）"题目　银台门诈传授禅文；正名　锦云堂暗定连环计。"（元曲选本）

全本四折，末本，仙吕、南吕、正宫、双调四大套依次展开。第二折非主唱者貂蝉(旦儿)在吕布面前唱了一曲【双调折桂令】,且非净角之插科打诨,为传统所少见。乐曲安排及剧情脉络二本虽大体相同,但具体处理则大异。首先是剧情及人物安排,赵本中与王允共同对付董卓的"殿前太尉"是吴子兰,元曲选本则为杨彪。揆诸史实,杨彪虽未参与诛杀董卓,但确为汉末太尉,而吴子兰乃曹操专权时因参与衣带诏事件被杀的一名将军,不是太尉,更与连环计无关。另外,剧中演述蔡邕骗召董卓,为连环计最终实施立下汗马功劳,与历史上因哭董卓尸而遭王允诛杀恰好相反。这一点连元曲选本编者臧晋叔亦未能明辨更定。此外,二本科白细节均多差异,上下场诗尤甚。如董卓上场诗:"官封九锡位三公,走追奔马显英雄。文武官员闻我怕,某中心不老汉朝中。"(赵本)"拥兵入卫立奇功。文武群臣避下风。九锡恩深犹未厌。私心不老汉朝中。"(元曲选本)吕布上场诗:"赳赳威风势勇骁,剑挥牛斗气冲霄。男儿奋发平生志,贯世声名战虎牢。"(赵本)"人又英雄马又骁,太师亲赐赤麟袍。世人问我名和姓,曾见横行出虎牢。"不难看出,前后虽然不无脱胎痕迹,但用词遣句已截然不同。此在全本随处可见,不胜枚举。乐曲方面同样有所区别,第一折赵本末曲【赚煞尾】,元曲选本改为【赚煞】。第二折赵本【梁洲】,元曲选本改为【梁洲第七】。第三折曲牌【般涉调耍孩儿】,元曲选本改为【耍孩儿】。第四折元曲选本更增加【得胜令】【水仙子】二曲。非但如此,同名曲牌亦多相异之处,如第一折【混江龙】:

赵本:

> 则为俺汉朝宇宙,教我两条眉锁庙堂愁。恰便似花开值雨,不见个叶落归秋。不争似飞絮飘堤取次看,枉变做浮萍流水恁时休。我请了这皇家贵爵难消受,若一朝施谋定国,博得个万古名留。

元曲选本:

> 则为这汉家宇宙,好着俺两条眉锁庙廊愁。恰便似花开值雨,怎的个叶落归秋。俺只问鸳鹭班中怎容的诸盗贼,麒麟阁上是画的甚公侯,做官时都气勃勃待超前,立功处早退怯怯甘居后。若得他一人定国,也不枉万代名留。

同样是前后虽然不无脱胎痕迹,但用词遣句乃至立意已截然不同。前者立足于自我的道德修养,后者对于官场和人才的感喟应更深刻。

值得指出的是赵本正文的朱笔校改。如第一折董卓道白:"又加了九锡,一车马,二衣服。"其中"一车马"之前添加了"那九锡"三个字。以下"文武百官,人人失色。又有吕布、李肃",其中"又有吕布"之前添加了"扬名天下,威震八方"八个字。第二折"(董卓云)我自已擎这厮去。哎呀,打杀我也",其中"哎呀"之前添加了两句提示"(太白拿布打科,下)(董卓做躲科,云)"。似此校改,虽云数量不多,且无关大局,但显然不是赵琦美师心自用,或竟来自内府本。

(三) 内府本

内府本即出自皇宫内庭钟鼓司等处所藏演杂剧剧本。今知赵琦美钞校内府本计95种,据前节所录表,元代无名氏内府本杂剧7种,分别为《诸葛亮博望烧屯》《砗砂担滴水浮沤记》《施仁义刘弘嫁婢》《刘千病打独角牛》《狄青复夺衣袄车》《摩利支飞刀对箭》《阀阅舞射柳蕤丸记》。以下分别比勘分析。

诸葛亮博望烧屯

简名《博望烧屯》,叙三国时诸葛亮火烧新野博望坡,击败曹将夏侯惇之事。赵本位于黄丕烈编目第97号,与《宋太祖龙虎风云会》《庞涓夜走马陵道》合装为一册。首页题名《诸葛亮博望烧屯杂剧》,天头补书"元无名氏",题下以黑框注明"头折",以下各折皆以粗黑框标出。折数及每套宫调曲牌皆紧接抄写,不另行,视觉效果较为拥挤。剧末有跋文:"万历四十三年乙卯二月二十九日晦日校内本。大约与《诸葛亮挂印气张飞》同意。此后多管通一节。笔气老干,当是元人行家。清常道人记。"该剧今存除了赵本外,另有元刊本,元刊本题作"新刊关目诸葛亮博望烧屯",剧末有尾题"新刊关目诸葛亮博望烧屯"。二本之题目正名俱置于剧末,但内容略有差异,元刊本作:"题目:曹丞相发马用兵,夏侯敦进退无门;正名:关云长白河放水,诸葛亮博望烧屯。"赵本则为:"题目:关云长提闸放水;正名:诸葛亮博望烧屯。"显系截取元本之正名而成,仅将"白河"改为"提闸"。同时,该页天头又加"题目:曹丞相发马用兵,夏侯敦进退无门",当系终校者据元本校补。非但如此,赵本通篇皆有朱笔及墨笔校改,所据校本即系元刊本。

全本四折,分头折、二折、三折、四折,末本,仙吕、南吕、双调、正宫四大套依次展开,整体结构赵本与元刊本基本相同,然具体处理则大异。赵本头折开场"冲末扮刘末同关末、张飞领卒子上",以下引出刘备和关羽、张飞商量礼请诸葛亮出山相助一段故事,元本无之,径由诸葛亮开场。以下科白亦多为元本所无。乐曲安排亦有不同,元本仙吕套共14支曲牌,赵本仅8支。删去了【那吒令】【鹊踏枝】【寄生草】【幺】【金盏儿】【后庭花】6曲,将元本末曲【赚煞】改为【尾声】。第二折赵本开场"曹操同许褚领卒子上",引出曹操的点遣兵将。又,"刘末领众将上""正末引道童上",分别引出刘备和诸葛亮的计划和用兵。如此大段文字的情节在元本只是简单两句提示"曹操夏侯敦云了""末扮军师共刘备上"。此外,元本南吕套共12支曲牌,赵本仅9支。删去了【牧羊关】【骂玉郎】【感皇恩】【采茶歌】4曲,增加一曲【隔尾】,并将元本末曲【赚煞尾】改为【尾声】。第三折赵本设置了大段剧情表现曹刘两军的博望之战,元刊本只是用了"等众将各一折了""张飞云了"两句提示。乐曲方面,元本双调套共13支曲牌,赵本仅5支。删去了【步步娇】【水仙子】【川拨棹】【七弟兄】【梅花酒】【收江南】【沽美酒】【太平令】8曲,并将元本末曲【鸳鸯尾】改为【鸳鸯煞尾】。第四折赵本演述曹操军师管通潜入博望说降诸葛亮,最终失败被擒。元本同样以"曹操、管通一折""正末与皇叔一行上"两句提示交代。又,元本双调套共10支曲牌,赵本仅7支。删去了【朱履曲】【快活三】【鲍老儿】3曲,末尾并有"散场"提示。

硃砂担滴水浮沤记

简名《硃砂担》,叙歹徒铁幡竿白正杀害小商人王文用,夺其一担朱砂。文用临死时说要到阴曹地府去控告,屋檐下滴水浮沤(泡沫)可以作证。白正杀人越货后,又往文用家中,把王父推入井里,霸占了文用妻。后王文用鬼魂诉之于东岳太尉,白正终遭鬼力擒拿。赵本位于黄丕烈编目第101号,与《货郎担》《下高丽敬德不伏老》《施仁义刘弘嫁婢》合装为一册。首页题名《硃砂担滴水浮沤记杂剧》，署名"元无名氏"，每折及宫调曲牌均另行抄写，显得疏朗有致。剧末有跋文："清常道人校内本，岂乙卯三月十二日。"该剧今存除了赵本外，另有元曲选本。元曲选本该剧首页题署"硃砂担滴水浮沤记杂剧"，题下作者署"元撰，明吴兴臧晋叔校"。上书口有"硃砂担"简名，上鱼尾下有"杂剧"字样，二本之题目正名俱置于剧末，但内容略有差异，赵本作："题目：铁旛竿白正暗图财，正名：硃砂担滴水浮沤记。"元曲选本则为："题目：铁旛竿图财致命贼，正名：硃砂担滴水浮沤记。"

全本四折一楔子，楔子外，赵本分标头折、第二折、第三折、第四折，末本，元曲选本皆同，唯将"头折"改称"第一折"。乐曲安排二本亦大体相同，仙吕、南吕、正宫、双调四大套依次展开，然具体处理则多异，不仅大多数曲子皆或多或少存在字句差异，而且每套曲子数目的多寡也明显存在。第一折仙吕套赵本末曲【尾声】，元曲选本改作【赚煞尾】。第二折南吕套赵本末曲【尾声】，元曲选本改作【黄钟尾】。第三折正宫套赵本【笑歌赏】，元曲选本改作【笑和尚】。这些当然是同曲异名。但赵本此折末二曲曲牌漏抄，据元曲选本应为【煞尾】和【幺篇】。元曲选本并增加一曲【醉太平】。第四折差异更大，元曲选本较之赵本多出5支曲子：【沉醉东风】【乔牌儿】【甜水令】【折桂令】【落梅风】，同时将【尾声】改称【收尾】。角色安排方面同样存在不同，如赵本的净角，同时扮演酒店店小二、旅店店小二和地曹，元曲选本之店小二皆由丑扮，地曹由净扮。相比较而言，赵本的处理似更适合舞台。此外，赵本第二折见证白正杀王文用的东岳殿前太尉和第四折捉拿并审断白正的太尉是同一个人，而第三折决定亲自捉拿白正的天曹则是由正末扮演的，如此即产生了情节上的矛盾，即"天曹"和"太尉"两个不同人物如何调和，事实上无法调和。元曲选本将三个角色统一为太尉，逻辑上较为合理。但也有矛盾，仅第三折的太尉和前后两折的太尉事实上由两个行当扮演，更重要的是第二折出现了两个正末，"正末挑担儿慌上"，这是王文用，而下面又有"正末扮太尉领鬼力上"，二者同场，显然这是编者只考虑笔下而未顾及场上演出。科白方面相异之处也多，典型如楔子王文用和他的父亲的一段对话：

赵本：

> （孛老儿云）孩儿也，岂不闻（阴）阳不顺人情，古人云阴阳不可凭信，信了一肚闷。既然你算也算了，你做买卖去，则要你小心在意者！（正末云）则今日好日辰，辞别了父亲，便索长行也。

元曲选本：

> （孛老云）孩儿，岂不闻古人有言：离家一里，不如屋里；又道是：打卦打卦，只会说话。你怎么信那些油嘴的话头？叹不如在家里谨谨慎慎的消灾延福倒好。（正末云）父亲，阴阳不可不信。孩儿主意已定。装都拴就了，不如任孩儿去罢，恐怕在家里终日疑心惑志，便没灾难，也少不得生出病来。（孛老儿）既然孩儿决意要去，我也不留你了，只要你小心在意者。

同样一段场景下的对话，赵本比较简单，元曲选本则显得丰富，语言的生动性和逻辑性更强。

以下第一折开场，赵本作"净扮店小二同杂当上"，以下自我介绍之前并有一段打诨："买卖归来汗未消，买卖归来汗未消（唱）买卖归来可便汗未消"，场上喜剧气氛较浓。元曲选本则改净为丑，且删去了诨语。以下王文用与店小二见面，赵本作："（店小二云）有人唤门哩，我开开这门来。（见科，云）我道是谁，原来是哥哥，多时不见，吃的好了。我有一拜。你姓甚么？（杂当云）得也么，不认得可就拜。（店小二云）你来做甚么？（正末云）我来你这店里觅一宿。"元曲选本改"哥哥"为"老客"，删去杂当的诨语。非但如此，上场诗也各不相同，如同为第二折的店小二："门临古道多潇洒，店列三家旧有名。"（赵本）"别家水米和匀搅，我家水多米儿少。若到我家买酒来，虽然不醉也会饱。"（元曲选本）。可笑的是，赵本第三折这个店小二竟然又和地曹发生了关系："（净店小二倒扮地曹引鬼力上）我是一个判官，我是一个判官！（净云）买卖归来汗未消，小圣地曹的便是。"科诨效果来自扮演店小二的净角又串演地曹，混搭出粝。元曲选本以其过于胡闹，而予删除。似此相异全本多见，不枚举。

施仁义刘弘嫁婢

简名《刘弘嫁婢》,叙洛阳富户刘弘行善,素未谋面之穷官李训死前向其托妻寄子,已故裴使君之女卖身葬父,刘均予救助,将李子裴女抚养成人,结为夫妻。李弘善有善报,得生子添寿,朝廷亦予封赠赐赏。赵本位于黄丕烈编目第 104 号,与《碌砂担滴水浮沤记》《货郎担》《下高丽敬德不伏老》合装为一册。首页题名《施仁义刘弘嫁婢杂剧》,署名"元无名氏",每折及宫调曲牌均另行抄写,显得疏朗有致。文中出现"圣人""皇家""圣恩""圣明"字样,均另起行,并顶格书写。剧末附有"穿关",并有跋文:"校内本过,清常道人,乙卯季春五之日。"题目正名置于剧末:"题目:受贫穷李逊托妻;正名:施仁义刘弘嫁婢。"

全本四折一楔子,仙吕、中吕、越调、双调四大套依次展开,楔子在剧首。楔子外分标头折、第二折、第三折、第四折,末本。正文较少朱笔校勘痕迹,仅有数处亦只是纠正原抄本笔误,无关版本。

刘千病打独角牛

简名《独角牛》,叙深州农家子刘千相扑技艺高强,为人正直。时地方强梁独角牛生事,欺凌平人,刘千病中打擂,击败对手,赢得奖品,并受封饶阳县令。赵本位于黄丕烈编目第 105 号,与《王脩然断杀狗劝夫》《大妇小妻还牢末》《讲阴阳八卦桃花女》合装为一册。首页题名《刘千病打独角牛杂剧》,署名"无名氏",每折及宫调曲牌均另行抄写,显得疏朗有致。文中出现"圣人"字样均另起行,并顶格书写。剧末附有"穿关",并有跋文:"万历四十三年仲春二十三日校内本,清常道人志。"题目正名置于剧末:"题目:般般社火上东岳;正名:刘千病打独角牛。"

全本四折,分头折、二折、三折、四折,末本,仙吕、越调、正宫、双调四大套依次展开。正文较少朱笔校勘痕迹,仅有数处。第一折【尾声】"卖弄你有楞阅,无敌手",其中"阅"改为"角"。第三折折拆驴道白"打的他七手八脚,一觅哩横行",其中"觅"改为"迷"。第四折李老儿道白"我试听咱""你试说一遍",其中"是"改为"试"。所有这些,不唯数量较少,且多属于纠正原台本或抄手笔误,无关版本。

狄青复夺衣袄车

简名《衣袄车》,叙北宋狄青奉命押送军衣往西延边,途中遭番将劫夺,经苦战方得夺回,并斩番将首级,后因黄轸冒功,狄青几乎被斩,幸主将范仲淹审知真相,最终立功受赏。赵本位于黄丕烈编目第113号,与《关云长千里独行》《孟光女举案齐眉》《雁门关存孝打虎》合装为一册。首页题名《狄青复夺衣袄车杂剧》,无署名。剧末附有"穿关",并有跋文:"乙卯七月五之日校内本,清常。"题目正名置于剧末:"题目:黄轸军前赖功劳;正名:狄青复夺衣袄车。"

全本四折一楔子,仙吕、南吕、商调、中吕四大套依次展开,楔子在二、三折之间。楔子外分标头折、第二折、第三折、第四折,末本。每折及宫调曲牌均相连抄写,不另起行,宫调曲牌俱以黑框标示,页面文字显得较为拥挤。正文有数处墨笔校勘痕迹:头折狄青道白"大人呼唤,那厢使用",其中"大人呼唤"之后,添加"狄青"二字。【天下乐】"俺若是做庄农何处有",其中"庄农"一词后添加"快活"二字。第二折刘庆道白"兀那一个番将,敲饮马哩",其中"饮马"一词前添加"冰"字。第三折【商调集贤宾】"那将军相持厮杀对刀锋,有军来谁敢迎敌",其中"刀锋"改为"垒"。【醋葫芦】"史牙恰枪去的疾,狄将军刀去劈。我则见连肩带臂,恰便似锦毛彪扑倒一个玉狻猊",其中"狄将军刀去劈"之后添加数语"刀迎枪举足律律火光飞,见枪来躲过,着刀去劈"。这些校改有的是改正原台本或抄手的讹错,也有的则似来自不同版本,然以资料所限,详情不得而知。

摩利支飞刀对箭

简名《飞刀对箭》,叙唐初高丽盖苏文(官封摩利支)来犯,农家子薛仁贵前往投军报国,虽遭权贵张世贵刁难而始终不渝,终在徐茂功支持下排除干扰,箭射飞刀,大获全胜。赵本位于黄丕烈编目第121号,与《降桑椹蔡顺奉母》《罗李郎大闹相国寺》《马丹阳度脱刘行首》合装为一册。首页题名《摩利支飞刀对箭杂剧》,无署名。每折及宫调曲牌均另行抄写,显得疏朗有致。文中出现"圣人"字样均另起行,并顶格书写。剧末附有"穿关",并有跋文:"万历四十二年乙卯三月十六日校内本,清常。"题目正名置于剧末:"题目:薛仁贵跨海征东;正名:摩利支飞刀对箭。"

全本四折一楔子,仙吕、正宫、越调、双调四大套依次展开,楔子在

二、三折之间。楔子外分标头折、第二折、第三折、第四折,末本。正文除了诸如"是"改为"试"、"进"改为"尽"等无关紧要的改笔外,极少墨笔校勘痕迹。

阀阅舞射柳蕤丸记

简名《射柳蕤丸》,叙宋时北番耶律万户统兵入侵,延寿马出战,胜之,但功为监军葛怀敏所冒,为辨明真相,兵部尚书范仲淹利用五月蕤宾佳节命延、葛二人比箭,结果葛怀敏两局皆输。延寿马被封为天下兵马大元帅,葛怀敏被废为平民。赵本位于黄丕烈编目第 123 号,与《逞风流王焕百花亭》《龙济山野猿听经》《二郎神醉射锁魔镜》《汉钟离度脱蓝彩和》《李云英风送梧桐叶》合装为一册。首页题名《阀阅舞射柳蕤丸记杂剧》,署名"元　　",剧末附有"穿关",并有跋文:"内本与世本稍稍不同,为归正之,峕万历四十三年乙卯仲春念有一日也,清常道人。"由此跋可知本剧另有版本"世本",惜今已佚。题目正名置于剧末:"题目:显英才丑虏走边疆,正名:阀阅舞射柳蕤丸记。"

全本四折一楔子,仙吕、南吕、越调、双调四大套依次展开,楔子在二、三折之间。楔子外分标头折、第二折、第三折、第四折,末本。每折及宫调曲牌均另行抄写,但行距太小,显得过于拥挤。与前数剧不同,此剧正文朱笔及墨笔校勘痕迹较多,第一折删去耶律万户的第二首上场诗:"番、番、番,地恶人奔,骑宝马,生雕鞍。飞鹰走犬,野水荒山。渴饮羊酥酒,饥餐鹿脯干。凤翎箭手中施展,宝雕弓臂上斜弯。林间酒阑胡旋舞呵,着丹青写入画图间。"以下范仲淹道白"颇通经史,一举进士及第",其中"经史"一词后添加"幼习儒业,颇通"六字。这些校改字数变动较大,显非仅仅改正原台本或抄手的讹错,或系来自另一"世本"。资料所限,详情不得而知。

(四) 于小谷本

于小谷,名纬,荫父于慎行(号谷峰,为东阁大学士)为中书舍人。赵琦美和于小谷同在京城做官,当时还有大量杂剧,他们互通有无。据孙楷第考定,赵琦美收藏无名氏杂剧抄本中来自于小谷藏本的有 33 种,其中元代部分今存者 2 种。

郑月莲秋夜云窗梦

简名《云窗梦》，叙开封妓女郑月娥与书生张均卿相爱，遭鸨母间阻，强迫其嫁茶商李多。月娥坚拒，历经曲折。后张均卿科举中式得官，二人始获团圆。赵本位于黄丕烈编目第98号，与《忠义士豫让吞炭》《锦云堂美女连环计》《苏东坡醉写赤壁赋》《王月英月夜留鞋记》合装为一册。首页题名《郑月莲秋夜云窗梦》，署"元无名氏"。剧末附跋文："于小谷本录校。"题目正名置于剧末："题目：张秀才奋登龙虎榜，正名：郑月莲秋夜云窗梦。"

全本北曲四套，仙吕、正宫、中吕、双调四大套依次展开。旦本，不分折，每套曲宫调曲牌均另行抄写，有的加括号与曲文区隔，有的则不加，显得较为凌乱。正文除了诸如"是"改为"试"，以及剧末删去"杂剧卷终也"等无关重要的提示外，极少墨笔校勘痕迹。

雁门关存孝打虎

简名《存孝打虎》，叙唐末李克用奉命抵御黄巢，途中围猎时发现牧羊后生安敬思竟独力打死猛虎，奇之，遂收养敬思为义子，改名李存孝。后存孝在与黄巢作战中大获全胜。赵本位于黄丕烈编目第119号，与《关云长千里独行》《孟光女举案齐眉》《狄青复夺衣袄车》合装为一册。首页右栏题标简名，题署"元无名氏"，左栏左上则标出全名《雁门关存孝打虎》。剧末附有"穿关"，并有跋文："丁巳年借于小谷本录校，清常记。"赵本此剧另有《飞虎峪存孝打虎》一目，位于黄丕烈编目第255号，为内府本，情节基本相同。不同仅在于细节。《飞》剧首折多了黄巢领兵开场的过场戏，还多了李克用手下大将轮流上场，不似《雁》剧众将同时登场。第二折多了比箭收降周德威的过场戏。第三折黄巢将张归霸开场，不似《雁》剧黄巢登场遣张归霸迎敌。以下李存孝独战张归霸，不似《雁》双战张归霸、张国厚。李嗣源等众将混战亦为《雁》剧所无。后者且多了巢弟黄圭，即张归霸等败后亦为存孝击败。第四折探子汇报战况后即受命下场，不似《雁》剧领受了两只羊、两瓶酒、十个兔贴（休息）的赏。二本题目正名也有所不同，《雁》剧为四句："题目：张归霸布阵排兵，李克用扬威辉武；正名：长安城黄巢篡位，雁门关存孝打虎。"《飞》剧为两句："题目：雁门关箭射双雕；正名：飞虎峪存孝打虎。"《全元戏曲》漏收此剧。

全本四大套一楔子,仙吕、南吕、越调、黄钟四大套依次展开,楔子在剧首。末本,不分折,这一点也与《飞》剧不同,后者分为楔子、头折、二折、三折、四折。二剧诸套用曲虽大体相同,但《雁》剧第一套多出一支【寄生草】,末曲【赚煞】而非【尾声】。第二套多了一曲【二煞】。第三套【古竹马】后多出了一曲【幺】。第四套多了一曲【寨儿令】。即使曲牌相同的曲子,二本也多不同字句,有的差别还很大。至于科白,二本详略有异,大抵《雁》剧较简而《飞》剧较繁。考虑到前者不分折且为于小谷本等情况,应该版本更较早,《飞》剧既为内府本,当为宫廷剧场演出本,时代靠后无

疑。二本虽然皆系抄本,但《雁》剧宫调曲牌均相连抄写,不加括号与曲文区隔。正文除了如"张国霸"改为"张归霸"等个别讹误外,极少赵琦美朱笔校勘痕迹。《飞》剧则每折及宫调曲牌均另起抄写,宫调曲牌无黑框标示,页面文字显得较为疏朗,较多朱笔校勘痕迹。遇有"圣人""圣主""天朝""圣恩""圣皇"字样均顶格书写,当为内府本原有格式之照录。

(五) 来历不明抄本

赵琦美钞校元代无名氏杂剧中,除了内府本和于小谷本之外,另有一批无题识来历不明的抄本,孙楷第认为它们大多来自宫廷内府,今存者凡 45 种,属于元代者 6 种。

庞涓夜走马陵道

简名《马陵道》,叙战国时孙膑和庞涓同为鬼谷子门生,庞涓为魏将,因忌孙膑才能,佯为保举至魏当官,实质加害,孙膑遭刖足后逃至齐国,任齐军师。马陵山一战,庞涓中孙膑埋伏,战败被杀。赵本位于黄丕烈编目第 98 号,与《宋太祖龙虎风云会》《诸葛亮博望烧屯》合装为一册。首页题名《庞涓夜走马陵道杂剧》,题署"元无名氏",题下以黑框注明"楔子",以下各折皆以粗黑框标出。折数及每套宫调曲牌皆紧接抄写,不另行,视觉效果较为拥挤。剧末有跋文:"万历四十三年乙卯二月二十九日晦日校内本。"赵本之外,尚有元曲选本。元曲选本该剧首页题署"庞涓夜走马陵道杂剧",题下作者署"元   撰",明吴兴臧晋叔校。上书口有"马陵道"简名,上鱼尾下有"杂剧"字样。二本题目正名

均置于剧末,且只有一字之差:"题目:孙膑悔下云梦山;正名:庞涓夜走马陵道。"(赵本)"题目:孙膑晚下云梦山;正名:庞涓夜走马陵道。"(元曲选本)

全本四折二楔子,一在剧首,一在一、二折之间仙吕、正宫、双调、中吕四大套依次展开。末本。二本乐曲体制和情节结构大致相同,然具体处理则大异,不仅大多数曲子皆或多或少存在字句不同,且每套曲数目多寡亦明显存在。第一折仙吕套赵本末曲【尾声】,元曲选本改作【赚煞尾】。第二折南吕套赵本末曲【尾声】,元曲选本改作【煞尾】。第三折正宫套赵本【离亭宴带鸳鸯煞】,元曲选本改作【离亭宴煞】。第四折赵本【尾声】,元曲选本改称【煞尾】。所有这些当然是同曲异名,更重要的是几乎每一曲牌内容或多或少有所不同,以下略举两例。

赵本:

> 【仙吕赏花时】想着咱转笔抄书几度春,今日个执手临歧两路分。你今日践红尘,只愿兄弟官高一品,咱两下里痛伤情。

元曲选本:

> 【仙吕赏花时】想着咱转笔抄书几度春,常则是刺股悬梁不厌勤。你今日践红尘,只愿你此去呵功名有准,早开阁画麒麟。

不难看出,同一支曲牌,句数相同,但超过半数以上的曲词内容完全相异。赵本表现的是纯粹的好友送别感情,诚挚而伤感。元曲选本别离感情表达则较平淡,更多的是一种祝福。

上下场诗、角色安排和剧情设计方面同样存在差别,如第一折魏公子上场诗:"一从西土卜飞熊,宗室分茅建大功。晋业三分为魏后,修文讲武有英雄。"(赵本)"始祖成周号毕公,不知何代失侯封。一自三卿分晋后,大梁惟我独称雄。"又,第三折庞涓指令监视孙膑的角色,赵本作张千,元曲选本作卒子,就职能而言,"张千"应更符合元剧传统。第四折以齐国为首的六国联军,赵本上场的有齐将李牧、袁达以及吴起、白起等其余六国兵将,诸将上场将有大段文字作自我介绍,重新叙述孙膑遭遇等战争起因,显得冗长且拖沓。元曲选本则大大精简文字,历史人物亦予重新更定,如李牧为赵将,秦将亦由白起改为王翦,扩大了联军的阵容,增加燕将乐毅和韩将马服子,内容增多而文字减少。此外,以诈败引诱庞涓追赶的齐将也由田忌取代了袁达,合于史实。

风雨像生货郎旦

简名《货郎旦》,叙李彦和娶妓女张玉娥为妾,后者生性邪恶,且与旧相好通奸,彦和本人亦被奸夫推落水中,子春郎及乳母三姑死里逃生。13年后,彦和与沦为卖艺人的三姑相遇,又与为人收养并做官的春郎重逢,靠三姑一曲《九转货郎儿》父子相认。后春郎惩办了恶人,一家团圆。赵本位于黄丕烈编目第100号,与《硃砂担滴水浮沤记》《下高丽敬德不伏老》《施仁义刘弘嫁婢》合装为一册。首页题名《货郎旦杂剧》,无署名,折数及每套宫调曲牌皆紧接抄写,不另行,视觉效果较为拥挤。赵本之外,尚有元曲选本。元曲选本该剧首页题署"风雨像生货郎旦杂剧",题下作者署:"元　　撰,明吴兴臧晋叔校"。上书口有"货郎旦"简名,上鱼尾下有"杂剧"字样。二本题目正名均置于剧末,但形式有异,赵本为简名"货郎旦杂剧",元曲选本则较齐整:"题目:抛家失业李彦和,正名:风雨像生货郎旦。"

全本四折,赵本分头折、二折、三折、四折,旦本,仙吕、双调、正宫、南吕四大套依次展开。元曲选本除了将"头折"改作"第一折"外,余皆同。二本乐曲体制和情节结构大致相同,然具体处理则大异,每套曲子明显存在数目的多寡。第一折元曲选本较赵本多出【鹊踏枝】【后庭花】【柳叶儿】三曲,并将赵本【尾声】改作【赚煞】。第二折赵本【七弟兄】【梅花酒】【收江南】三曲不见于元曲选本,【收尾】被元曲选本改作【鸳鸯尾煞】。第三折元曲选本较赵本多出【倘秀才】,赵本【尾声】被元曲选本改作【随尾】。第四折元曲选本较赵本多出【梁州第七】和【煞尾】,余下【九转货郎儿】【二转】【三转】【四转】【五转】【六转】【七转】【八转】【九转】九支联曲在赵本仅为9支【货郎儿】。非但如此,大多数曲子皆或多或少存在字句差异,试举两例。

赵本:

【沽美酒】逞末娘不即留,那里那卖风流,趁着这这天淡云开雨乍收。可又早寻一个宿头,觅一口汤水润咽喉。住了两□娘鹤袖,只愿得下霅子打没娘那驴头。

元曲选本：

【沽美酒】逞末浪不即留，只管里卖风流，看他这天淡云开雨乍收。可便去寻一个宿头，觅一碗浆水饭润咱喉。

上引二曲，相异的不光有衬字（"那里那""只管里""趁着""可又""可便"），更有着整句的删减："住了两□娘鹤袖，只愿得下鼋子打没娘那驴头。"

上下场诗、角色安排和科白提示方面同样存在不同，如第一折张玉娥上场诗："迎新送旧为活计，全凭卖笑作营生。"元曲选本即予删去。赵本李彦和无上场诗，元曲选本则为补作："耕牛无宿草，仓鼠有余粮。万事分已定，浮生空自忙。"角色安排方面，最为显著的是张玉娥奸夫，赵本作"李彦实"，外扮，似李彦和兄弟，容易混淆，也易发生其他联想。元曲选本则作"魏邦彦"，净扮，明显较为合适。第二折主唱者赵本作正旦扮张三姑，元曲选本则为副旦扮张三姑主唱，误。科白提示方面异处更甚。如第二折奸夫淫妇暗害李彦和，赵本仅三短句"李彦和推下水科""做勒正旦科""艄公上救科"，过于简单，以致主语不清。元曲选本则作："（净推李下河）（副旦扯住净）（净勒杀副旦科）（丑扮稍公上救，喊云）。"虽并未增加更多文字，但语言逻辑更较顺畅。

玎玎珰珰盆儿鬼

简名《盆儿鬼》，叙杨文用经商途中为客店店主夫妇图财所害，骨灰被制成瓦盆，鬼魂诉冤至开封府包拯处，终得惩凶昭雪。赵氏抄校《古名家杂剧》本位于黄丕烈编目第 109 号，与《玉清庵错送鸳鸯被》《刘玄德醉走黄鹤楼》合装为一册。首页题名《玎玎珰珰盆儿鬼杂剧》，题署"元无名氏"。赵本之外，尚有元曲选本。元曲选本该剧首页题署"玎玎珰珰盆儿鬼杂剧"，题下作者署"元　　撰，明吴兴臧晋叔校"。上书口有"盆儿鬼"简名，上鱼尾下有"杂剧"字样。二本题目正名均置于剧末："题目：哀哀怨怨瓦窑神；正名：玎玎珰珰盆儿鬼。"（赵本）"题目：咿咿哑哑乔捣碓；正名：玎玎珰珰盆儿鬼。"（元曲选本）

全本四折一楔子，楔子在剧首，仙吕、中吕、越调、正宫四大套依次展开。末本。元曲选本除了将"头折"改作"第一折"外，余皆同。二本上下场诗、乐曲体制和情节结构大致相同,然具体处理则大异,首先是上场诗不同比比皆是。如楔子亭老杨从善开场:"韶华似箭催寒暑,日月穿梭春复秋。容颜去后难留住,不觉白了少年头。"(赵本)"暑往寒来春复秋,夕阳西下水东流。少年莫恃容颜好,不觉忙忙白了头。"(元曲选本)角色安排方面,赵本中男主角杨文用到了元曲选本被改作杨国用,与杨国用一起外出经商同时遭害的杨客不见于元曲选本。赵本中店小二以净扮,元曲选本则以丑扮。上场诗也各不相同:"买卖归来汗未消,上床犹自想来朝。为甚当家头先白,晓夜思量计万条。"(赵本)"别家做酒全是米,我家做酒只靠水。吃的肚里胀膨脝,虽然不醉也不馁。"(元曲选本)盆罐赵、撒枝秀夫妇在赵本中由邦老和旦儿扮,元曲选本则作净和搽旦扮演。乐曲方面,元曲选本第一折【六幺序】后有一【幺篇】,至赵本此曲曲牌已失落。赵本【尾声】至元曲选本改作【赚煞】。元曲选本第二折【耍孩儿】曲后较之赵本多出【二煞】【一煞】两支曲子,并将赵本的【尾声】改作【赚煞】。赵本第三折【庆元贞】【黄蔷薇】【庆元贞】【黄蔷薇】四曲至元曲选本变为【黄蔷薇】【庆元贞】【黄蔷薇】【庆元贞】,且赵本的【庆元贞】曲辞即为元曲选本的【黄蔷薇】,反之也一样。以下元曲选本【麻郎儿】后的【幺篇】,赵本该曲不见曲牌名,当为写手抄漏。【尾声】在元曲选本改作【收尾】。

此剧两个不同版本之间乐曲差异最值得注意的还是第四折。二本宫调明显不同,赵本为中吕宫,曲牌依次为【粉蝶儿】【醉春风】【醉高歌】【红绣鞋】【上小楼】【幺篇】【快活三】【朝天子】,元曲选本为正宫,曲牌依次为【端正好】【滚绣球】【叨叨令】【醉高歌】【红绣鞋】【小梁州】【幺篇】【快活三】【朝天子】【四边静】。问题在于两套不同宫调曲辞却大致相同。具体除了元曲选本多出【叨叨令】【四边静】二曲,其余皆可一一对应。如【粉蝶儿】对应【端正好】,【醉春风】对应【滚绣球】……以此类推。非但如此,元曲选本本折正宫套内10支曲牌半属中吕宫,具体为【醉高歌】【红绣鞋】【快活三】【朝天子】【四边静】。所有这些皆令人疑惑。究其原因,首先可能是赵本抄错,因为本剧四大套,第二套既然已经用了中吕,既不应第四套重复安排。元曲选本设置为正宫,合乎传统,亦合于常理。然而,如此推想却无法解释另一个问题,即为何此本正宫套半数以上曲牌皆用中吕宫？唯一的解释是借宫,即正宫和中吕宫之间是可以无障碍借宫的,对于元明杂剧体制来说,这是一个值得注意的例证。

关云长千里独行

简名《千里独行》,叙三国时关羽为保刘备两位夫人,有条件降曹,在为曹操刺颜良、诛文丑立功之后,独自护送两位嫂嫂,辗转千里,终得与刘备、张飞团聚。赵本位于黄丕烈编目第 113 号,与《雁门关存孝打虎》《孟光女举案齐眉》《狄青复夺衣袄车》合装为一册。首页右栏题作"关云长千里独行",署名"元无名氏"。剧末附有"穿关"。题目正名置于剧末:"题目:灞陵桥曹操赐袍;正名:关云长千里独行。"

全本四折一楔子,楔子在剧首,仙吕、南吕、中吕、双调四大套依次展开,旦本。不分折,每套曲宫调曲牌均相连抄写,不加括号与曲文区隔。正文较少朱笔校勘痕迹,仅有数处:第一折张虎道白"(净云)罢、罢,世道这里也",其中"世道"改作"事到"。剧末刘备道白"俺本是,俺本是扶持社稷忠良将",其中第一个"俺本是"被删除。所有这些,不唯数量较少,且多属于纠正原台本或抄手笔误,无关版本。

孟光女举案齐眉

简名《举案齐眉》,叙富家女孟光钟情于穷秀才梁鸿,孟父阻止未遂,将其逐出家门,备受艰辛,孟光仍不改初志,每食举案齐眉,相敬如宾。后梁鸿上京求取功名,得中状元,阖家团圆。赵本位于黄丕烈编目第 115 号,与《关云长千里独行》《狄青复夺衣袄车》《雁门关存孝打虎》合装为一册。首页题名《孟光女举案齐眉杂剧》,署名"元无名氏"。题下以黑框注明"头折",以下各折皆以粗黑框标出。折数及每套宫调曲牌皆紧接抄写,不另行,视觉效果较为拥挤。赵本之外,尚有元曲选本。元曲选本该剧首页题署"孟光女举案齐眉杂剧",题下作者署:"元撰,明吴兴臧晋叔校。"上书口有"举案齐眉"简名,上鱼尾下有"杂剧"字样。二本题目正名均置于剧末,内容则略有差异:"题目:梁伯鸾攀蟾折桂;正名:孟光女举案齐眉。"(赵本)"题目:梁伯鸾甘贫守志;正名:孟德耀举案齐眉。"(元曲选本)

全本四折,赵本分头折、二折、三折、四折,旦本,仙吕、正宫、越调、双调四大套依次展开。元曲选本除了将"头折"改作"第一折"外,余皆同。二本角色科白、乐曲体制和情节结构大致相同,然具体处理则大异。赵本头折开场"冲末扮官人同夫人领祗从上",显得简单。元曲选本开场则为"外扮孟府尹同老旦王夫人领家僮上",涉及不同角色的即有冲末、外和老旦。以下赵本男主角梁鸿以末扮,元曲选本则以外扮。赵本梅香由净扮,元曲选本则未说明。第四折赵本跟随梁鸿上场的是张千,元曲选本相对应的是无名祗从。宫调及曲牌方面。第一折赵本【游四门】【胜葫芦】,元曲选本作【胜葫芦】和【幺篇】,赵本的【尾声】元曲选本改作【赚煞】。第二折【醉高歌】元曲选本改作【笑歌赏】。【尾声】在元曲选本改作【煞尾】。元曲选本第三折【麻郎儿】【幺篇】【络丝娘】为赵本所无。赵本【尾声】在元曲选本改作【收尾】。第四折赵本较之元曲选本多出一支【雁儿落】,后者则较前者增加【庆宣和】【鸳鸯煞】二曲。非但如此,二本的曲文及相关科白也尽有不同。如第一折仙吕套【油葫芦】:

赵本:

也是咱合配天缘我便主。(梅香云)姐姐,你差了也。(正旦唱)我差了是我的分福。(正旦云)这三人里面,(唱)除梁鸿都是些小人儒,(正旦云)依着你心下呵,(唱)则待要顺人情富贵的人,都欲想咱这贫穷总是天之数。(正旦云)这三个似个比喻。(梅香云)喻将何比?(唱)一个似朽木不可雕,粪土不可污,想中原便道是无人物。(正旦云)这秀才在前时,(唱)他也曾乘骏马,穿锦衣服。

元曲选本:

这须是五百年前天对付,(梅香云)这也只凭你自家主意,有甚么天缘在那里?(正旦唱)怎教咱自做主?(云)这三人里面,(唱)除梁鸿都是些小人儒,(梅香云)小姐,你差了也,这梁鸿穷的怕人子哩!(正旦唱)你道他现贫穷合受贫穷苦,他有文章怕没文章福?(梅香云)那文章是肚里的东西,你怎么就看的出?(正旦唱)常言道贤者自贤,愚者自愚。就似那薰莸般各别难同处,怎比你有眼却无珠?

不难看出,尽管二本皆为展示孟光和梅香不同的价值观和思想境界,总体意思无本质区别,少数词句也相同,但大部分曲辞和科白各异,元曲选本对话安排比较均衡,不似赵本的正旦包场,显示的是刊本编者的加工和删改。类似情况以下全剧甚多,不拟枚举。

逞风流王焕百花亭

简名《百花亭》,叙风流才子王焕与妓女贺怜怜相爱,鸨母嫌贫爱富,强使怜怜嫁军需官高邈。后王焕投军,官至节度使,终与勇敢揭发高邈贪赃的怜怜团圆。赵本位于黄丕烈编目第 124 号,与《阀阅舞射柳蕤丸记》《龙济山野猿听经》《二郎神醉射锁魔镜》《汉钟离度脱蓝采和》《李云英风送梧桐叶》合装为一册。存本题作简名"百花亭",无署名,右栏边有批:"太和正音不收。"此抄本特殊在于近似刻本,四周单边,直线分行,书口处且标出简名"百花亭"。当然,这些皆为朱笔所勾画。剧末附有跋语:"细按是篇与元人郑德辉笔意相同,勿以为无名氏作也。思翁记。"案思翁乃董其昌自号,郑振铎、孙楷第均认为此书当为董其昌收藏或借阅过,但以本剧为郑德辉所作,则纯属想当然。赵本之外,此剧尚有元曲选本。元曲选本该剧首页题署"逞风流王焕百花亭杂剧",题下作者署"元   撰,明吴兴臧晋叔校"。上书口有"百花亭"简名,上鱼尾下有"杂剧"字样。二本题目正名均置于剧末,内容则略有差异:"题目:花艳裹贺怜赏郊园,正名:逞风流王焕百花亭。"(赵本)"题目:赏名园贺氏千金笑;正名:逞风流王焕百花亭。"(元曲选本)

全本四折一楔子,赵本分头折、二折、三折、四折,末本,楔子在一、二折之间。仙吕、中吕、商调、双调四大套依次展开。元曲选本除了将"头折"改作"第一折"外,余皆同。二本角色科白、乐曲体制和情节结构大致相同,然具体处理则有异。赵本第一折开场"卜儿引旦儿、梅香同上",元曲选本则作"老旦扮卜儿引旦贺怜怜梅香盼儿上",涉及不同角色的即有卜儿和老旦、旦和旦儿。以下赵本梅香又称"盼儿",是因为梅香仅为一种身份,元曲选本则无此提示。男女主角折花对诗也各异,赵本为茉莉:"折得茉莉迎风嗅,更有何人共此香。"(贺怜怜)"假使花娥再添朵,两支相并一丛芳。"(王焕)元曲选本则为兰花:"折得名花心自愁。春光一去可能留。"(贺怜怜)"东风若是相怜惜,争忍开时不并头。"(王焕)此折末曲第一折赵本【尾声】至元曲选本改作【赚煞】。楔子【仙吕端正好】曲辞差异较为明显。以下试作一比较:

赵本：

　　配鸾凤分莺燕，瑶台上生撅断冰弦，怎生来不与人方便。铲连理树，撅并头莲，挦比翼鸟，打交颈鸳。离恨天，怨无边。恨绵绵，泪涟涟，急煎煎，意悬悬，看何日得重相见。

元曲选本：

　　俺和你命儿乖，时儿蹇，生折散美满的姻缘。恨天公怎不与人方便，铲连理树，撅并头莲，挦比翼鸟，打交颈鸳。恨绵绵，泪涟涟，急煎煎，意悬悬，知何日得重相见。

同样不难看出，尽管二本皆为抒发贺怜怜因鸨母逼迫改嫁而产生悲愤和怨恨，总体无本质区别，部分词句也相同，但多数曲辞各异。类似情况以下甚多，毋庸枚举。以下第二折赵本【鲍老儿】【尾声】至元曲选本改作【鲍老催】【随尾煞】。第三折贺怜怜以词为王焕壮行："百世欲流芳，发愤西边扫夏凉。威震雷霆传号令，轩昂，壮志男儿立四方。公宴列鹓行，刻石镌金真栋梁。"元曲选本则作："勉强赠行装，愿尔长驱扫夏凉。威震雷霆传号令，轩昂，万里封侯相自当。功绩载旗常，恩宠朝端谁比方。"此折赵本【尾声】至元曲选本改作【浪里来煞】。第四折结尾二本亦各不同，元曲选本较赵本更多出【鸳鸯尾煞】一曲。

赵本：

　　（经略云）一行人听我下断。高常彬盗使官钱，失误边关军务。强娶有夫妻女。依律拟合处斩，推出市曹量决一刀。辕门外枭首示众，通知以戒多人。贺氏原系王焕之妻，不得已被伊母爱钱悔嫁，今日仍还本夫完聚。照此施行，做一个庆喜的筵席。高常彬盗使官钱，误军情强娶姻缘，明正罪依律处斩。枭其首号令军前。王节使从军西讨，立功勋名播西延。贺怜怜五花官诰，永偕老夫妇团圆。

元曲选本：

　　（经略云）一行人听我下断：高邈盗使官钱，失误边关军务，强娶有夫妻女，依律处斩，推出市曹量决一刀，着悬首辕门示众。贺氏原系王焕之妻，被伊母爱钱改嫁，仍还本夫完聚。如今西凉平定,军中旧例,合该椎牛飨士,做个庆赏的筵席。这功劳王焕为首,老夫一来就与他贺加升节使之荣,二来就贺他夫妻重谐之喜。(词云)只为高常彬盗使官钱,误军期强纳婵,明正罪依律处斩,仍枭首号令军前。王节使从军征讨,立功勋名播西延。贺怜怜五花官诰,永偕老夫妇团圆。(旦换装束)(正末同拜谢科)(唱)

【鸳鸯尾煞】从今后美恩情一似调琴瑟。泼生涯再不窥构肆。共立琼筵。满酌金卮。唱道是绝胜新婚。休夸燕尔。咱两个喜气孜孜。这眷爱如天赐。也不枉费尽相思。早证果了卖查梨那风流少年子。

同样不难看出,赵本科白齐备,基本上奠定了元曲选本的基础,但仍较简单,缺乏必要的动作提示,剧作结束也太匆忙。相比较而言,元曲选本则显得较为从容,剧情脉络清晰,语言亦较合乎逻辑,颇有后来居上之效。

跋 语

本章论及赵氏钞校本元代无名氏杂剧,刊本 8 种,抄本 15 种。而前章所论元代名家名作,则为刊本 34 种,抄本 24 种,恰成鲜明对比。之所以如此,宜从作者声誉、作品质量以及社会需求角度考量。孙楷第认为明代杂剧文本大多出自宫廷内府,所言甚是。刊本抄本既同出一处,而刊本流出及至问世需经携出者、编选者和刻书家之手,层层挑选,故名家名作得以优先面世,刊本多于抄本固然。同理,无名氏作品刊本少于抄本,则亦为理所应当。

第九章　赵本明代名家杂剧校录及考论

杂剧进入明代,已远离黄金时期,作家和作品数量质量均远逊于元,为不争之事。然如韩愈所谓牛溲马勃兼收并蓄,乃良医之能。况以朱有燉、徐渭为代表的有明诸家能在杂剧衰微后继续活跃于案头场上,声誉不下于元代名家,影响更及于清,必有其价值所在。赵琦美钞校本古今杂剧其云"今"者皆指此,数量且不减于元。以下分别考论之。

一、赵本明代名家杂剧的收录情况概述

明代杂剧,通常分为明前期和中后期两部分,就文献研究角度而言,元明之际和明末清初的作家作品归属问题最为复杂。此在赵琦美钞校本同样也有体现。当然,由于赵本时代不涉万历后,故其归属问题主要集中在前期。前已论及,由于赵氏生前并未对抄校本古今杂剧编目,目前最早对着一批杂剧作品进行编目的是康熙年间钱曾《也是园书目》。但钱氏编目在时代考辨方面并未下太大功夫,故即使明初曲学文献诸如《录鬼簿续编》《太和正音谱》"国朝一十六人""国朝三十三本"皆有明确记载和分类,部分属于明初的作家作品如罗贯中、黄元吉、王子一、谷子敬、贾仲明、杨文奎等,还是被钱氏置于"元"或"元明"。所有这些,至黄丕烈第二次编目仍未得到根本改善。相对而言,明中后期杂剧情况要简单得多,尽管少数作家作品的署名问题存在争议,但由于数量

有限,无碍大局。为方便说明问题起见,以下仍试作一列表。

赵琦美钞校本古今杂剧明代名家作品收录情况一览表[①]

版本 作家作品	刊本 26		抄本 19		
	古名家杂 剧本 24	息机子本 2	内府本 2	于小谷本 6	来历不 明本 11
罗贯中(1)	1				
黄元吉(1)					1
王子一(1)		1			
谷子敬(1)	1				
杨景贤(1)	1				
李唐宾(1)	1				
贾仲明(4)	4				
杨文奎(1)		1			
朱权(2)				2	
朱有燉(20)	8		2	4	6
康海(1)					1
杨升庵(1)	1				
陈自得(1)					1
桑绍良(1)					1
叶宪祖(2)	2				
冯惟敏(1)					1
陈沂(1)	1				
徐渭(4)	4				

由上表可以看出,从数量看,明前期剧作家 10 人,作品 33 种,明中后期剧作家 8 人,作品 12 种。前期无论作家还是作品数量都超过中后期。此现象固然反映了杂剧入明后逐渐衰微之本质,另一方面亦展示

第九章　赵本明代名家杂剧校录及考论

---

① 本表以钱曾《也是园书目》中"古今杂剧"所收剧家作品为经,以赵琦美钞校的刻本和抄本著录情况为纬。

了明代宫廷收藏及剧场演出仍重元代北曲经典的现实。非但如此,还可以做进一步分析。首先,除了可能创作于元末的作品占据一定比例外,明前期作品数量上还集中于个别作家,其中朱有燉一人即有 20 种,占了整个前期作品的近七成。排除这个因素,明前期和中后期杂剧数量竟相差无几。其次,也需考虑明中后期杂剧整体衰微的大背景,在杂剧黄金时代不在的情况下,赵氏钞校本仍能收录如此数量的明中后期杂剧,这个事实即展示了这个时期杂剧作为一代戏曲艺术顽强的生命活力。

二、明前期文人杂剧作品

明前期,史家多指自朱元璋开国至明英宗正统七年宦官王振专权(1368—1442),具体又分元末明初和洪熙宣德正统三朝。前者当以《录鬼簿续编》《太和正音谱》著录为准,辅之以黄丕烈编目,后者则专指《太和正音谱》明确著录为"国朝一十六人""国朝三十三本"中的诸名家剧作。因此,赵琦美钞校本古今杂剧本阶段所涉主要有如下作品。

(一) 元明之际剧作家及其作品

具体而言,元末明初剧家,包括不在《太和正音谱》所指"国朝"范围之内,亦不为《录鬼簿》所收,却为《录鬼簿续编》著录的罗贯中,以及黄丕烈编目中不注明"本朝"的剧作家如黄元吉、杨文奎。

1. 罗贯中

罗贯中(约 1330—约 1400),名本,字贯中,号湖海散人,山西并州太原人,汉族。元末明初著名小说家,曾创作杂剧 3 种,今存 1 种。

宋太祖龙虎风云会

简名《龙虎风云会》,叙五代后周时,精通韬略兵法的赵匡胤任殿前都检点,术士苗训卜知其日后定有天下。北汉入侵,匡胤领兵出征,至陈桥为部下将士拥立为帝,幼主禅位。遂改国号为宋,加封赵普、郑恩等人。某夜大雪,赵匡胤幸丞相赵普第,君臣共议大计。赵普献策,先取四川孟昶、金陵李煜、南汉刘鋹、吴越钱俶。及四国平定，其君相入朝觐见，赵匡胤盛宴庆贺。赵本今存为校藏《古名家杂剧》本，位于黄丕烈编目第 87 号，与《诸葛亮博望烧屯》《庞涓夜走马陵道杂剧》合装为一册。今存《汇刻书目》壬六十将其归入《古名家杂剧》"角"卷，为"宫商角徵羽"五集三卷第二，归属"元无名氏"一类，唯题下又书"罗贯中"。存本首页题名《宋太祖龙虎风云会》，题下署名为"元罗贯中撰"，题下有一行小字"太和正音作无名氏"，天头右侧墨批"第一号"，又云"《太和正音》无名氏凡一百一十折，此所编号依其次也"。上书口标出简名"龙虎风云会"，版心注明"卷"，四周双边，单鱼尾。题目正名置于剧末："题目：伏降四国咨谋议，雪夜亲临赵普第；正名：君相当时一梦中，今朝龙虎风云会。"赵本之外，此剧尚有多种刊本。今存顾曲斋本该剧首页题署"宋太祖龙虎风云会"，题下作者署"元罗贯中撰"。上书口标"龙虎风云会"简名，下部有"顾曲斋藏版"字样，左右双边，单鱼尾。题目正名置于剧首，内容与赵本同，唯改"题目正名"为"正目"。息机子本该剧首页题作"宋太祖龙虎风云会"，题下署"罗贯中"，上书口标出"古今杂剧"，版心标出简名"风云会"，左右双边，单鱼尾。题目正名置于剧末，内容与赵本同，唯不出现"题目正名"字样。阳春奏本该剧首页题作"宋太祖龙虎风云会"，署名作"元罗贯中撰，明尊生馆校"，上书口标出简名"风云会"，四周单边，单鱼尾。题目正名置于剧末，内容形式均与赵本同。孟称舜本该剧首页题作"新镌古今名剧酹江集"，次行为简名《龙虎风云会》，其后附"元罗贯中著、明孟称舜评点、刘启胤订正"。附有眉批点评。上书口标"酹江集"，版心标简名"风云会"，四周单边，单鱼尾。题目正名置于剧首，内容和形式均与顾曲斋本相同。

　　剧本体制为四折一楔子，楔子置于卷首，仙吕、南吕、正宫、双调四大套依次展开。诸本剧情脉络、登场人物及曲辞科白基本相同。相异者除了顾曲斋本附有插图，其余未见外，另有三处涉及文本。第一处相异为楔子的位置。赵本将包括【仙吕赏花时】在内的楔子内容皆置于第一折，未单独析出，故字面上为全本四折，如前所述，此在赵氏抄校之《古名家杂剧》诸本为多见。其余诸本可分两类，顾曲斋本和阳春奏本与赵本同，息机子本和孟称舜本则明标楔子和四折。第二处相异为过场戏的安排。第一折赵本至【赚煞】曲后提示"同下"即结束。息机子本则将赵本第二折苗光义、楚昭辅一场和太后、幼主一场移至此折末，其余诸本，除孟称舜本外均从赵本。第三处相异亦关涉文本，此剧第二折赵本包括吴越、南唐、西蜀、北汉四国得知赵匡胤受禅立宋即将统一全国的反应，顾曲斋本和阳春奏本与赵本同，息机子本和孟称舜本则将南唐、西蜀、南汉三国割裂并入第三折。归结起来，三处相异皆发生在赵本、顾曲斋本、阳春奏本和息机子本、孟称舜本之间，大体可以看作两个版本系统。

2. 黄元吉

生平不详，约当洪武年间人。今传杂剧 1 种。

黄廷道夜走流星马

简名《流星马》，叙唐初北番野驴万户有"流星马"未入贡，李道宗婿黄廷道奉命入北地相机行事，不意为野驴万户招赘东床。后廷道妻北上寻夫，夫妻盗马逃归，谁知所盗乃假流星马，因此为万户女茶茶率军追及。廷道具告所以，且以中原繁华相召，茶茶感知，遂与相偕入朝。万户闻讯，乃将真流星马入贡，剧以一门封赠作结。赵本今存为来历不明抄本，位于黄丕烈编目第 175 号，与丹丘先生（朱权）《冲漠子独步大罗天》《卓文君私奔相如》、王子一《刘晨阮肇误入天台》合装为一册，其中朱和王皆署"本朝"，黄和杨则未标朝代，是丕烈当时已不能确定。《录鬼簿续编》归之于"诸公传奇失载名氏"一类，题作《流星马》，并录其题目正名曰"左贤王招百载桂枝节，黄廷道走千里流星马"。赵本首页题名《黄廷道夜走流星马》，题下署名为"黄元吉"，同样未标朝代，显示琦美亦不清楚该剧作时。题目正名置于剧末："题目：房玄龄谋略施兵马，李道宗智退金戈甲；正名：贤达妇舍命救儿夫，黄廷道夜走流星马。"与《录鬼簿续编》著录略异。

体制方面，此剧不分折，先后以仙吕、中吕、越调、双调四套北曲组合，一人主唱，动作称科，角色安排亦承元人旧制。唯李道宗未点明皇室，且以外扮，与元剧中常以小人净角出面之李道宗迥异。而第三折众番官上场，有戴脸儿和跚竹马之类，显示明初杂剧演出及道具仍未脱离民间技艺。至于文本，此剧除了订正一些错别字外，正文改动不大。

3. 杨文奎

生平资料无考,《太和正音谱》以入"国朝一十六人"之中,并谓"杨文奎词,如匡庐迭翠"。作剧 4 种,今存其一。

翠红乡儿女两团圆

简名《儿女团圆》,叙韩弘道老而无子,寡嫂李氏则有两儿,欲独吞家私,然弘道纳妾春梅并怀身孕。李氏转生嫉妒,挑拨弘道妻,逼韩休弃。春梅被休离家后生下男孩。恰遇富户俞循礼为只生女儿烦恼,其内弟王兽医便利用春梅的难处,将娃抱回,将俞女调换,自己抚养。13年后,两家儿女长大,王乃说破隐情,使各自认领归宗。又撮合韩、俞两家儿女结亲,双双团圆。赵本今存为校藏息机子本,位于黄丕烈编目第87 号,与《黄廷道夜走流星马》《吕洞宾三度城南柳》《铁拐李度金童玉女》《吕洞宾桃柳升仙梦》《萧淑兰情寄菩萨蛮》《荆楚臣重对玉梳记》《李素兰风月玉壶春》合装为一册。其作者,存本及诸本著录皆作杨文奎撰。《录鬼簿续编》于高茂卿名下亦著录一目,题目正名作"鸳鸯村夫妻双拆散,翠红乡儿女两团圆",今人庄一拂《古典戏曲存目汇考》因此将此剧置于高茂卿名下,误。盖仅凭一条孤证不足以推翻今存本题署及《太和正音谱》《元曲选目》《今乐考证》之著录也。况连这条孤证亦有破绽,因其题目中"鸳鸯村"即与存本题目及内容不符。因此,此剧作者为杨文奎不应有疑。赵氏存本首页题作"翠红乡儿女两团圆杂剧",题下署"杨文奎",上书口标出"古今杂剧",版心标简名"儿女团圆"。左右双边,单鱼尾。原本第一至第九页纸损缺文,古本戏曲丛刊四集复印时据北京图书馆藏本写补。赵本之外,此剧尚有元曲选本。元曲选本剧首题署全称"翠红乡儿女两团圆杂剧",上书口标出简名"儿女团圆",版心标"杂剧"。题下明署"元杨文奎撰,明吴兴臧晋叔校",与赵本题署略同,然多一"元"字。题目正名置于剧末:"题目:白鹭村夫妻双拆散;正名:翠红乡儿女两团圆。"赵本无题目正名,只有一句;"翠红乡儿女两团圆杂剧终"作结。

体制上,此剧分别以仙吕、正宫、商调、双调四大套北曲依次组合,一人主唱,动作提示称科。然具体处理则异。乐曲方面,第一折末曲赵本作【尾声】,元曲选本作【赚煞尾】。第二折【哭皇天】曲末数句赵本作

"不索你大惊小怪,轻贤重色,这言语如担水向河头卖,自寻思心下也合裁",元曲选本改作"没揣的大惊小怪,便待要生非作歹"。第三折末曲赵本作【尾声】,元曲选本作【浪里来煞】。第四折【收江南】曲末句赵本作:"老夫推故小人得知。这儿俺一家儿厮似,恰似那旱苗风雨得云时。"元曲选本则改为:"都是那老天不绝俺宗支。这一家儿恰似、恰似旱苗甘雨得来时。"后者较前者意义更显豁。最后一曲二本更是同中有异:

赵本:

> 【收尾】孩儿福寿长成,合女孩儿一似啼莺全具似。瓦盆边饮白酒尽余生,天堂中戏斑衣快活死。

元曲选本:

> 【尾声】甫能认的孩儿至,又得个媳妇儿完成喜事。尽着我瓦盆边饮白酒尽余生,画堂中戏斑衣快活个死。

二曲用韵皆较驳杂,庚青、支思混用,元曲一韵到底传统至明时或已陵替矣。

角色安排方面,除了正末扮韩弘道,在第三折则安排扮俞家院公外,赵本第一折开场"冲末大旦同净福童安童上",显得简单。元曲选本开场则为"搽旦扮李氏同二净福童安童上上",涉及不同角色的即有冲末、大旦和搽旦。赵本中女性角色有大旦和二旦,分别扮演韩弘远妻李氏和韩弘道妻张氏,李氏在元曲选本中则以搽旦扮演,搽旦同时扮演韩弘道妾春梅,张氏则仍以二旦。赵本中春梅则直呼姓名,未称搽旦。第二折赵本开场:"俞循礼同俞旦上",元曲选本开场则为"(外扮俞循礼同旦儿王氏上)",前者依然较为简单,后者则为较为完善的文本。以下王兽医,赵本由净扮,元曲选本则由丑扮,前者为元剧常态,后者则显系编者臧晋叔修改。

(二)洪熙宣德正统三朝杂剧

此时期,杂剧作家作品《太和正音谱》明确著录为"国朝一十六人""国朝三十三本"的有朱权、王子一、谷子敬、刘东生、汤舜民、贾仲明、杨景贤、杨文奎、李唐宾等人及其作品。也包括在永乐初年即已开始创作,至明英宗正统年间仍有作品传世的周宪王朱有燉。由于这位王爷剧作甚多,为叙述方便,本稿将另辟一章专论。

1. 朱权

朱权(1378—1448),自称大明奇士,别号涵虚子,丹丘先生,臞仙,安徽凤阳人。朱元璋第十六子,洪武二十四年封于大宁。卒谥献,世称宁献王。一生作剧 12 种,今存 2 种。

冲漠子独步大罗天

简名《独步大罗》,叙原天界玉府上卿冲漠子,因凡缘未除,复下界至匡阜南彭蠡西托形华屋,以不忘夙本,常有冲举厌世之念,每神游太漠。东华帝君遣吕洞宾、张紫阳下界点化,为锁其心猿意马,去其酒色财气,又逐去三尸之虫,给予丹药使服之,终得复归仙班。赵本存琦美抄校于小谷本,首页题作“冲漠子独步大罗天”,位于黄丕烈编目 142号,署名“明丹丘先生”,与《卓文君私奔相如》《刘晨阮肇误入天台》《黄廷道夜走流星马》合装为一册。剧末有跋:“丁巳正月二十六日校于小谷本,清常道人。”题目正名置于剧末:“题目:天宝洞松坛逢圣友,吕纯阳同赴瑶池宴;正名:凤麟州弱水遇真仙,冲漠子独步大罗天。”

体制上,此剧不分折,先后以仙吕、中吕、正宫、双调四套北曲组合,末本,一人主唱,动作称科、角色等皆恪守元人传统,无有稍逾。虽为抄本,但字体工整,页面清晰。除了订正一些错别字外,正文改动不大,最明显是第四折【水仙子】用墨笔涂掉数句:“这一个曾向郑州为吏不贪求。(冲漠云)这个是谁?(付末云)是钟离子。”因其抄录重复之缘故。其余皆无所改动,可见抄本和校本大体属于同一系统。

卓文君私奔相如

简名《私奔相如》,叙成都富户卓王孙之女卓文君因爱慕才子司马相如而与之私奔之风流逸事。赵本存琦美抄校于小谷本,首页题作“卓文君私奔相如”,位于黄丕烈编目 144 号,署名“明丹丘先生”,与《冲漠子独步大罗天》《刘晨阮肇误入天台》《黄廷道夜走流星马》合装为一册。剧末有跋:“于小谷本,丁巳六月初七日校,清常。”题目正名置于剧末:“题目:蜀太守扬戈后从,成都令负弩前驱;正名:陈皇后千金买赋,卓文君私奔相如。"

体制上,此剧不分折,先后以仙吕、越调、南吕、双调四套北曲组合,末本,楔子在二、三折之间。抄本字体与前剧同,当为同一人。字句略有校正。如第一折司马相如道白"少有大器。负飘飘凌云之气",其中"器"改为"志","志"改为"气"。以下道白"(外云)吾闻之也:古之贤人,贱为布衣,贫为匹夫。食则膻鬻不足,衣则竖褐不完。然为非礼不进",其中"竖"改为"裋","为"改为"而"。卓王孙道白"欲往长安求仕,必与老夫门首经过",其中"与"改为"于"。第三折【玄鹤鸣】曲"世做的见落花有意随风而去",第四折【川拨棹】曲"世做得鸾凤同栖,鱼水相依",其中"世"皆改为"是"。所有这些,皆系枝微末节,无关根本,录之聊备一格。

2. 王子一

王子一,生平无考,然《太和正音谱》明确将其列为"国朝一十六人"之首。一生作剧4种,今存1种。

刘晨阮肇误入天台

简名《刘阮天台》。叙晋时刘晨、阮肇入天台山采药,迷不得返,遇二仙女相邀,遂允婚配。岁余思归,二女相送还路,至家方知已逾十世,往昔皆非。后又得太白金星指引到仙境,行满功成,同赴蓬莱。赵本今存为校藏息机子本,位于黄丕烈编目174号,与《冲漠子独步大罗天》《卓文君私奔相如》《黄廷道夜走流星马》合为一册。首页题作"刘晨阮肇误入天台",题下署"明王子一",上书口标出"古今杂剧",版心标简名"刘阮天台"。左右双边,单鱼尾。剧末附赵琦美校跋:"丁巳六月初八日四鼓,侍班待漏次校于小谷本,自八月雨后此方有两寸许,清常道人记。"赵本而外,此剧尚存李开先《改定元贤传奇》本、《古名家杂剧》本、《元曲选本》本、《古今名剧合选·柳枝集》本。诸本除了《柳枝集》本置于剧首外,题目正名皆置于剧末,即内容全部相同:"题目:太白金星降临凡世,紫霄玉女凤有尘缘;正名:青衣童子报知仙境,刘晨阮肇误入桃源。"

剧本体制为四折一楔子,楔子置于第二、三折之间,仙吕、正宫、中吕、双调四大套依次展开,末本。诸本剧情脉络、登场人物及曲辞科白基本相同。相异者最明显的有两点，一是赵本、《改定元贤传奇》本、《古名家杂剧》曲文均标出衬字，赵本并有朱笔将韵脚标出，而《元曲选本》本、《古今名剧合选·柳枝集》本则将衬字和曲文用同一字号排出，未刻意标出正衬和韵脚。二是赵本、《改定元贤传奇》本、《古名家杂剧》均将包括【赏花时】和【幺篇】在内的楔子全部内容并入第三折，位于中吕套之前，而《元曲选本》本、《古今名剧合选·柳枝集》本则将相关内容分为楔子和第三折两部分，显示的是中规中矩的四折一楔子。同样事实上构成了两个版本系统。以下第一折【混江龙】曲，赵本、《改定元贤传奇》本、《古名家杂剧》俱作大段文字：

> 怕斩身钢剑，碎脑金瓜。羡归湖范蠡，噗酒栾巴。叹鲲鹏掩翅，狼虎磨牙，荒荒秦宫走鹿，凄凄汉苑啼鸦。呜呼越邦勾践，哀哉吴国夫差。自吊屈原湘水，每怀贾谊长沙。延残喘车服不取，养终年斧钺无加。盼庭柯乃瞻恒宇，狎麋鹿而友鱼虾。

同样的曲文到了《元曲选》，做了大幅删减，成了下面数句：

> 怕的是斩身钢剑，愁的是碎脑金瓜。怎学他屈原湘水，怎学他贾谊长沙。情愿做归湖范蠡，情愿做噗酒栾巴。

时代稍后，校改多从臧晋叔的《古今名剧合选·柳枝集》本，则对《元曲选》本删减处理不满意，上引曲文皆与赵本等相同。眉批且称："俯仰今古，说来直恁爽快。吴兴本于此等处大率多删去，今悉改从旧。"

非但如此，科白亦有繁简相异者。如本折【醉中天】曲赵本二句："我是个不求仕东庄措大，休觑的半筹不挂，系不食吾岂瓠瓜。"其余诸本多同，唯元曲选本加入夹白："（太白云）我看你二位生得齐整，像个出仕的人。（正末唱）休认做名题科甲，（太白云）二位可还有甚陪伴的么？（正末云）若问我陪伴的呵，（唱）无非是麋鹿鱼虾。"显得更较丰富，但《古今名剧合选·柳枝集》本并未因而从之。似此相异处还较多，也更复杂。第二折【倘秀才】曲赵本末句："兄弟呵，咱两个指空画空。"诸本多同，而元曲选本则作："（带云）兄弟呵，（唱）咱两个莫不被樵夫调哄？"《柳枝集》本则糅合了两家："兄弟呵，莫不是那樵夫指空画空。"以下第四折赵本【甜水令】自"路转峰回"至"再成就凤友鸾交"为整个一段曲文,较为冗长。《改定元贤传奇》本、《古名家杂剧》均同。元曲选本则自中间"依然见桃源洞玉软香娇"以下割裂成另一曲【折桂令】,《柳枝集》本从之。

3. 谷子敬

谷子敬,名不详,以字行。金陵人。约明太祖洪武初前后在世,曾官枢密院掾史。通医理,明周易。幼时下堂而伤一足,乃作耍孩儿乐府十四煞以寓其意,极为工巧。所作杂剧5种,今存1种。

吕洞宾三度城南柳

简名《城南柳》,叙吕洞宾奉师命至岳州城度脱一柳树精为仙。此柳虽有仙风道骨,却是土木之身,难以度脱。吕即将一仙桃核抛于墙下,让其长成,与柳结合。后洞宾再到岳阳楼,假手酒保,砍了柳桃形骸,使其托生为人。20年后,吕乃三至岳阳楼,桃柳已成夫妇,遂点化二人出家。元人马致远有《吕洞宾三醉岳阳楼》杂剧,此剧或由彼改编,唯后半乃自出机杼。赵本今存为校藏《古名家杂剧》本,位于黄丕烈编目第176号,与《黄廷道夜走流星马》《铁拐李度金童玉女》《吕洞宾桃柳升仙梦》《萧淑兰情寄菩萨蛮》《荆楚臣重对玉梳记》《李素兰风月玉壶春》《翠红乡儿女两团圆杂剧》合装为一册。今存《汇刻书目》壬五十六将其归入《古名家杂剧》"木"卷,为"金石丝竹瓠土革木"八集八卷第四,存本首页题名《吕洞宾三度城南柳》,题下署名为"明谷子敬撰",上书口标出简名"城南柳",版心注明"四卷",四周双边,单鱼尾。剧末附赵琦美校跋:"校过于小谷本了,丁巳六月十八日记。清常。"赵本之外,此剧尚有息机子本、元曲选本和《古今名剧合选·柳枝集》本。赵本题目正名置于剧末:"题目正名:岳阳楼自造仙家酒,截头渡得遇垂纶叟;西王母重餐天上桃,吕洞宾三度城南柳。"息机子本同。元曲选本形式略有不同:"题目:岳阳楼自造仙家酒,截头渡得遇垂纶叟;正名:西王母重餐天上桃,吕洞宾三度城南柳。"《柳枝集》本题目正名置于剧首,且形式亦略有异:"正目:岳阳楼自造仙家酒,截头渡得遇垂纶叟;西王母重餐天上桃,吕洞宾三度城南柳。"

体制上,此剧分别以仙吕、正宫、南吕、双调四大套北曲依次组合,末本,一人主唱,动作提示称科。不同在于一些具体方面。赵本四折,但传统应单独作为楔子的过场戏连同【端正好】【幺】二曲被并入第一折,息机子本同。元曲选本和《柳枝集》本则将上述二曲及相关科白析出为楔子,内容分为楔子和第一折两部分,显示的是中规中矩的四折一楔子。第一折【金盏儿】曲末句赵本作"不许俺神仙留剑饮,偏容他学士典琴沽",息机子本和《柳枝集》本因之,元曲选本则作"怎做得神仙留玉珮,卿相解金鱼"。以下第二折【滚绣球】赵本作:"我待从容饮巨觥,他可殷勤捧玉钟,出红妆主人情重,强如列珍馐炮凤烹龙。尊中酒不空,筵前曲未终,怎消得贤夫妇恁般陪奉。"其余诸本多同此,唯元曲选本于"强如列珍馐炮凤烹龙"一句后增加夹白:"(净云)师父,我会舞,等浑家也唱一个曲儿,替师父送酒何如?(做舞唱科)。"如此即可引出以下两句曲唱。此折末曲曲牌诸本均作【煞尾】,唯元曲选本作"【啄木儿尾】",曲辞则俱相同。第三折【梁州】赵本末句"遮莫是天子呼来不上船,饮兴然"。有墨笔在"饮兴"后添一"如"字,成"饮兴如然"。息机子本和《柳枝集》本则作"饮兴萧然",元曲选本则改曲牌为【梁州第七】,曲末句作"饮兴陶然",比较起来,似乎元曲选本更加妥帖。第四折【乔牌儿】曲赵本首句"断然捉贼先见赃",诸本皆同,唯元曲选本改"断然"为"自古道",揆诸事理,改之是也。又【水仙子】曲诸本均作:"携一条铁拐入仙乡,袖三卷金书出建章,敲数声檀板游方丈,倒骑驴登上苍,提笊篱不认椒房,背葫芦的神通大,胜牡丹的名姓香。"元曲选本则于每一分句前皆加上"这个是",末句前改"胜"为"种"。诸本第四折【滴滴金】曲末句"倒涵养云影天光",【折桂令】曲首句"不比那绿阴中半亩方塘",元曲选本分别改作"全不比半亩方塘"和"端的是隔红尘景物非常"。

除了曲辞和科白以外,角色安排方面也存在大体相近的异同,诸本楔子中酒保老杨皆由外扮,唯元曲选本改为丑扮。以下柳精及其转世为人后的老柳和小桃,皆以本名出场,元曲选本则均作净和旦色扮演。由此可以得出结论,此剧的版本应该是作两个系统,赵本、息机子本基本相同,元曲选本则代表另一个版本体系,《柳枝集》本情况稍显特殊,因系后出,故可择善而从,许多细节向赵本、息机子本靠拢,但总体仍可视作继承了元曲选本的传统。

4. 杨景贤

杨景贤,名暹,后改名讷,字景贤,一字景言。生卒年不详。然明初贾仲明《录鬼簿续编》云"与余交五十年",永乐初尚得宠于明成祖朱棣,可知杨氏乃明初戏曲家。一生作剧 18 种,今存 2 种,赵琦美钞校本古今杂剧校藏 1 种。

马丹阳度脱刘行首

简名《刘行首》,叙汴梁名妓刘倩娇,色艺双绝,其前身乃唐明皇管玉罂夫人,马丹阳奉师王重阳之命前来劝化,终将其度脱。赵本今存为校藏古名家杂剧本,位于黄丕烈编目第 87 号,《摩利支飞刀对箭》《降桑椹蔡顺奉母》《罗李郎大闹相国寺》《马丹阳度脱刘行首》合装为一册。今存《汇刻书目》壬六十将其归入《新续古名家杂剧》"商集"卷,为"宫商角徵羽"五集二卷第四,钱曾《也是园书目》卷十以之归属"元无名氏"一类。存本首页题名《马丹阳度脱刘行首》,题下署名为"元杨景贤撰",又有朱笔将"元"改为"明",天头空白处并有眉批"《太和正音》作本朝人"。该剧题下又有一行小字"太和正音作无名氏",天头右侧墨批"第一百零八号"。上书口标出简名"刘行首",版心注明"四卷",四周单边,单鱼尾。题目正名置于剧末:"题目:大夫松假作章台柳,顷刻花能造竣巡酒;正名:醉鹁儿魔障欠先生,马丹阳度脱刘行首。"赵本之外,此剧尚有元曲选本,署名杨景贤,题目正名同样置于剧末,然内容则相异:"题目:北邙山倡和柳梢青;正名:马丹阳度脱刘行首。"

体制上,此剧四折,分别以仙吕、正宫、中吕、双调四大套北曲依次组合,末本,一人主唱,动作提示称科。赵本和元曲选本基本相同,不同在于个别细节。如第一折【油葫芦】曲末句赵本作:"觑不的他满眼尽是愚人。"原意是说在神仙眼里,凡人皆愚不可及。这并不错,元曲选本改"愚人"为"愚民",视角从神仙一下子转到凡间统治者,与剧情不符。第二折行院鸨母开场赵本作:"(卜儿上)花有重开时,人无再少年。"元曲选本则作:"(搽旦扮卜儿上,诗云)教你当家不当家,及至当家乱如麻。早起开门七件事,柴米油盐酱醋茶。"脚色多了搽旦,上场诗亦截然不同。赵本为一般老年妇人自道,元曲选本则较多带有行院老鸨的口吻。第三折开场赵本作:"(净扮林员外上)在城多少富豪家,不识明星直到老。"元曲选本删去林的两句上场诗。以下【锦上花】一曲赵本自开始至"空叹英雄,争高竞低",整个一段皆包括在内,元曲选本则自"炼药烧丹,驱神捉鬼"以下至曲末另析出为【幺篇】。以下双调套内曲牌顺序,赵本【梅花酒】【七弟兄】二曲元曲选本改作【七弟兄】【梅花酒】,然曲辞顺序不变,显然曲牌名称和内容相互错乱。今按曲书,赵本顺序错乱,元曲选本改订为是,然更定曲牌同时却未调换其内容,所以致误。

5. 李唐宾

李唐宾,字不详,号玉壶道人,广陵(今江苏扬州市)人。生卒年无考,约明太祖洪武初前后在世。官淮南省宣使。与贾仲明交厚且久。《录鬼簿续编》记其"衣冠济楚,人物风流,文章乐府俊丽"。朱权《太和正音谱》评其词"如孤鹤鸣皋"。所作杂剧 2 种,今存 1 种。

李云英风送梧桐叶

简名《梧桐叶》,叙唐时任继图、李云英夫妇遭安史兵乱失散,云英为尚书牛僧孺所救,收为义女,因思故夫,题诗梧桐叶上,偶为进京应试之继图捡得,倍增思念。后继图得中状元,游街夸官时为云英所见,牛僧孺终助其夫妻重圆。赵本今存为校藏《古名家杂剧》本,位于黄丕烈编目第 126 号,与《阀阅舞射柳蕤丸记》《逞风流王焕百花亭》《龙济山野猿听经》《二郎神醉射锁魔镜》《汉钟离度脱蓝采和》合装为一册。今存《汇刻书目》壬五十六将其归入《古名家杂剧》"土集",为"金石丝竹瓟土革木"八集八卷第一。钱曾《也是园书目》卷十以之归属"元无名氏"一类。存本首页题名《李云英风送梧桐叶》,题下署名处为长方形黑块,上书口标出简名"梧桐叶",版心注明"一卷",四周双边,单鱼尾。赵本以外,此剧尚存顾曲斋《古杂剧》本、《元曲选》本,然前者署名元乔梦符,后者撰者姓名处空白。由此可知,此剧作者问题较为复杂。然同时代之《录鬼簿续编》即已明确著录于李唐宾名下,不宜轻易否定。三本题目正名各有特点,赵本、元曲选本置于剧末,内容略有不同。前者作:"正目:任继图重匹凤鸾交,李云英风送梧桐叶。"后者作:"题目:任继图天配凤鸾交;正名:李云英风送梧桐叶。"顾曲斋《古杂剧》本则置于剧首,形式亦略异:"正目:任继图重匹凤鸾交,李云英风送梧桐叶。"

体制上,此剧以仙吕、正宫、南吕、双调四套北曲依次组合,旦本,一人主唱,动作提示称科,角色如冲末,正旦、外、卜儿、小旦及杂扮,是皆合于元人矩度。赵本和顾曲斋本、元曲选本基本相同,但也存在着个别差异,主要发生在赵本、顾曲斋本和元曲选本之间,显示了同一版本两个不同的传播历程,如第三折正旦唱【红绣鞋】。

赵本、顾曲斋本①:

> 朋友先王曲教,歹杀呵须是唐宰相根苗,(卜)今日主张不从,再休后悔。(旦)弦断无心觅鸾胶。(卜)你待守丈夫消耗也呵?(旦)芳心迷玉杵,旧约在蓝桥,云英犹未了!

元曲选本:

> 一来是先王礼教,二来是唐宰相根苗,(卜儿云)今日主张不从,再休后悔。(正旦唱)弦断无心觅鸾胶。(卜儿云)你敢待守丈夫的消耗么?(正旦唱)芳心悬玉杵,旧约在蓝桥,哎!则我个云英怎生便嫁了!

类似的还有第四折【沉醉东风】,赵本、顾曲斋本均作:"记当时兵马汹汹,恨飘零彼各西东。拆孤鸾,分只凤,谁知道这搭儿重逢。犹道相看是梦中,捱了些凄凉万种。"元曲选本前三句则作:"为兵戈担惊受恐,折夫妻断梗飘蓬。泣枕鸳,悲衾凤。"剧末元曲选本多了赵本、顾曲斋本所没有的散场诗:"夫妻守节事堪怜,仗义施恩宰相贤。金榜挂名双及第,洞房花烛两团圆。"所有这些皆可证明,虽然基本内容相一致,但相较于赵本、顾曲斋本之简,元曲选本显然经过了加工和增饰,整齐有度。

6. 贾仲明

贾仲明(1343—1422),亦作贾仲名,自号云水散人。淄川(今山东淄博)人。曾侍明成祖朱棣于燕王邸,与汤式、杨讷等均甚得宠爱,宴会应制之作备受称赏。《太和正音谱》评其词"如锦帷琼筵",后徙官兰陵(今山东枣庄),"因而家焉"。所作杂剧16种,今存6种,赵琦美钞校本所收4种。

---

① 顾曲斋本有两处错别字:"歹"作"返","犹未了"中"未"字脱落。

铁拐李度金童玉女

简名《金安寿》，叙王母座前金童玉女因一念思凡，遂谪下人间为女真人金安寿、童娇兰夫妇，遍及人间荣华。复命铁拐李度脱，二人贪恋尘世富贵而忘却本源，屡拒绝之。后经铁拐李施法使其悟人世皆虚，唯仙境长久，方大彻大悟，复归仙班。赵本今存为校藏《古名家杂剧》本，位于黄丕烈编目第 177 号，与《吕洞宾三度城南柳》《吕洞宾桃柳升仙梦》《萧淑兰情寄菩萨蛮》《荆楚臣重对玉梳记》《李素兰风月玉壶春》《翠红乡儿女两团圆》合装为一册。存本首页题名《铁拐李度金童玉女》，题下署名"元贾仲名撰"，该页天头又注"《和正音》作本朝人，非（元）人也，今正之"。① 四周双边，单鱼尾。上书口标出简名"金安寿"，版心注明"文卷四"，然今存《汇刻书目》壬五十四却将其归入《古名家杂剧》"金集"，为"金石丝竹匏土革木"八集一卷第四。以此可知，它和《汇刻书目》著录并非同一版本来源。剧末附赵琦美校跋："于小谷本校，丁巳六月十一日。清常。"赵本以外，此剧尚存继志斋元明杂剧本和元曲选本，前者署名"明贾仲名撰"，后者则与古名家本署名同。三本题目正名俱置于剧末，且内容相同："题目：金安寿收意马心猿，正名：李铁拐度金童玉女。"

全本四折，仙吕、南吕、正宫、双调四大套依次展开，末本，一人主唱，动作提示称科，大体相同，部分地方存在差异。第一折开场赵本和继志斋本作"冲末扮王母引群仙上"，元曲选本则作"（老旦扮王母引外扮铁拐李上）"。以下金安寿家乐唱曲，元曲选本删去首曲【贤圣吉】，本套仙吕宫【上马娇】曲元曲选本删去末句"同仙子共相从"。【胜葫芦】曲赵本作："可早又歌尽桃花扇底风，莺声呖呖画楼东，人比桃花娇又红，钏鸣冰腕屏开金，雀褥隐绣芙蓉。"继志斋本略有变化，将"可早又"改为"这的是"，"人比桃花"改作"人比花枝"。元曲选本则基本换了曲辞："恰便似银汉星回一道通，嫦娥出素华宫。弦管声中更漏永，千般婉转，万般调弄，不觉夜将终。"【金盏儿】末句赵本和继志斋本作"人列绣屏风"，元曲选本改作"花列绣蒙茸"。末曲赵本和继志斋本作【赚煞】，元

---

① 贾仲明的活动时代固然是由元入明，但创作盛年应在入明后乃至永乐间，时人朱权《太和正音谱》明确归之于"国朝"，应予尊重。此眉批未深入考订，不足为凭。

曲选本作【赚煞尾】。第二折南吕套首二曲正常顺序应为【南吕一枝花】后接【梁州第七】,诸本俱同,唯赵本恰好前后颠倒,当为排版差错所致,故琦美于页边用朱笔标示"此一枝后""此一枝前"。第二折【玄鹤鸣】首句赵本作"遵经道",继志斋本作"遵圣道",元曲选本则作"遵径道"。赵本本曲直到"这便是你善与人交"结束。继志斋本、元曲选本,则俱至"争似俺兰堂画阁"结束,自"我平生不识邯郸道"开始另作一曲【乌夜啼】。此折末曲赵本作【尾声】,继志斋本、元曲选本则俱作【黄钟尾】。第三折末曲赵本、继志斋本作【尾声】,元曲选本则作【啄木儿尾】。第四折【相公爱】末句赵本、继志斋本作"月夜花朝翠云台",元曲选本则作"挨甚么时光待"。【阿纳忽】末句赵本、继志斋本作"罩祥云瑞霭",元曲选本则作"罩祥云隔断浮埃"。【不拜门】末句赵本、继志斋本作"云璈天籁来",元曲选本则作"共奏着云璈天籁"。【喜人心】首二句赵本、继志斋本作"听竹声鸣籁,闻桂风清霭",末句"他壶内身无意,咱静里神心戒",元曲选本则作"看松云掩霭,闻桂风潇洒",末句"他壶内天无坏,咱静里神氏泰"。以下科白提示"八仙上舞青天歌住",元曲选本则作"八仙上,歌舞科",并补出"青天歌"内容:

> 【青天歌】真仙聚会瑶池上,仙乐和鸣鸾凤降,鸾凤双飞下紫霄,仙鹤共舞仙童唱。仙童唱歌歌太平,尝得蟠桃寿万龄。瑞霭祥光满天地,群仙会里说长生。长生自知微妙诀,番口开门应难说。不妨泄漏这玄机,惊得虚空长吐舌。舌端放出玉毫光,辉辉朗朗照十方。春风只在花梢上,何处园林不艳阳?艳阳时节采灵苗,莫等中秋月色高。颠倒离男逢坎女,黄婆拍手喜相招。相招相唤配阴阳,密雨浓云入洞房。十载灵胎生个子,倒骑白鹿上穹苍。穹苍颢气罡风健,吹得璇玑从左转。三辰万象总森罗,三界仙官朝玉殿。玉殿金阶列众仙,蟠桃高捧献华筵。仙洒仙花映仙果,长生不老亿千年。

文本这样读来要丰富得多。

赵本特殊之处在于琦美用于小谷本校古名家本,留下了相应的校勘记。除了改正错别字之外,比较重要的有数处,如第一折【胜葫芦】曲原本"屏开金雀"改作"衣飘金缕",第三折【得胜令】曲后插白在"(旦)咱把重门闭上,慢慢饮酒"中插上一句"省的那先生来打搅"。【梧叶儿】删去原曲"揪着执袋,一只手揸住道服"一句。第四折【不拜门】原作"云璈天籁来",朱笔改为"云璈天上来",【挂搭沽】曲所在页天头注云"【挂搭沽】一作【挂玉钩】"。由此可知,此剧除了上述三本之外,另有一种抄本。琦美虽未能全文录出,但据校勘记,完全可以恢复。

吕洞宾桃柳升仙梦

简名《升仙梦》,与上述马致远《岳阳楼》、谷子敬《城南柳》情节大体一致,俱叙吕洞宾度脱桃精柳精成仙之事,不赘述。赵本今存为校藏《古名家杂剧》本,位于黄丕烈编目第 178 号,与《吕洞宾三度城南柳》《铁拐李度金童玉女》《萧淑兰情寄菩萨蛮》《荆楚臣重对玉梳记》《李素兰风月玉壶春》《翠红乡儿女两团圆》合装为一册。存本首页题名《吕洞宾桃柳升仙梦》,题下署名"元贾仲名撰",题下又注"《太和正音》不载"。[①] 四周单边,无鱼尾。上书口标出简名"升仙梦",版心注明"忠卷三",然今存《汇刻书目》壬五十五却将其归入《古名家杂剧》"丝集",为"金石丝竹瓠土革木"三集卷第三。以此可知,它和《汇刻书目》著录并非同一版本来源。题目正名置于剧末:"题目:汉钟离助道用机关,正名:吕洞宾桃柳升仙梦。"

体制上,全本四折,分别由北仙吕、北中吕、北越调、北双调四套北曲领起【南东瓯令】【南好事近】【南诉衷肠】【南画锦堂】诸曲,末本,然南曲为旦唱,全本末主旦次,为前所未有。琦美于此剧亦未有校笔。

萧淑兰情寄菩萨蛮

简名《萧淑兰》,叙张世英精通经史,在友人萧公让家为西宾。公让妹淑兰爱其才貌,于清明节馆假之时到书馆求爱,遭世英拒绝,乃填【菩萨蛮】词,托老嬷嬷送世英,又遭拒绝。世英为避嫌疑,因题诗壁上,离开萧家。淑兰相思成疾,重填【菩萨蛮】词寄情,为公让得知,益重世英品德,乃托媒说合,招为妹婿。赵本今存为校藏《古名家杂剧》本,位于黄丕烈编目第 179 号,与《吕洞宾三度城南柳》《铁拐李度金童玉女》《吕洞宾桃柳升仙梦》《荆楚臣重对玉梳记》《李素兰风月玉壶春》《翠红乡儿

① 此眉批未深入考订,不足为凭。

女两团圆》合装为一册。存本首页题名《萧淑兰情寄菩萨蛮》,题下署名"元贾仲名撰",题下又注"《太和正音》不载"。① 四周单边,单鱼尾。上书口标出简名"萧淑兰",版心注明"行卷二",然今存《汇刻书目》壬五十四却将其归入《古名家杂剧》"石集",为"金石丝竹瓬土革木"二集卷第二。可知它和《汇刻书目》著录并非同一版本来源。剧末附赵琦美校跋:"万历四十五年丁巳季夏初八日校于。"赵本以外,此剧另存有顾曲斋刻《古杂剧》本、《元曲选》本、《柳枝集》本。赵本原有纸损缺文,古本戏曲丛刊四集复印时据顾曲斋本等其他刊本写补。题目正名的位置和形式诸本略有不同,赵本、元曲选本置于剧末:"题目:贤嫂嫂成合金贯锁,亲哥哥配上玉连环;正名:张世英饱存君子志,萧淑兰情寄菩萨蛮。"顾曲斋本和《柳枝集》本则置于剧首:"正目:贤嫂嫂成合金贯锁,亲哥哥配上玉连环;张世英饱存君子志,萧淑兰情寄菩萨蛮。"

体制上,全本四折,分别由仙吕、越调、双调、黄钟四大套依次展开,旦本,一人主唱,动作提示称科,大体相同,部分地方存在差异。 如第四折【四门子】:

赵本、顾曲斋本:

> 蓺龙涎兽鼎尘烟篆,酒金瓯,茶玉碗,碧天边灿灿寒星焕,碾冰轮皓月圆。乐意的酬,尽兴的欢,贪欢娱自然嫌漏短。乐意的酬,尽兴的欢,索强似风亭月馆。

《元曲选》本、《柳枝集》本:

> 香馥馥合卺杯交换,正良宵胜事攒。碧天边灿灿寒星焕,碾冰轮皓月团团。乐意的酬,尽兴的拼,贪欢娱自然嫌漏短。乐意的酬,尽兴的拼,索强似风亭月馆。

不难看出,赵本、顾曲斋本展现的是一般意义上的欢宴,元曲选本、柳枝集本更多的是展示婚宴的特色,比较切合主题。

科白也一样显示两个版本的不同。如第四折【神杖儿】曲赵本、顾曲斋本一曲到底无间断,《元曲选》本、《柳枝集》本则在"碧芥芽葱针寸

---

① 此批语未深入考订,不足为凭。

段"和"细端详俊沈娇潘"之间增加一句道白:"(云)梅香。你看这生在书院相见之时。许多道学身分。今都到那里去了。"更有助于曲辞之间语言逻辑关系的衔接。

当然,就总体而言,本剧四本的差别不是很大,以上的异文在文本中毕竟只限少数。所以,四个版本仍旧来源于同一个系统。

荆楚臣重对玉梳记

简名《对玉梳》,叙书生荆楚臣与妓女顾玉香交厚,以金尽为鸨母逐出,富商柳茂英乘虚而入,玉香拒之,且将平日积蓄暗助荆生赴京应试,双方折玉梳为信物。后荆得第授县令,而玉香不堪鸨母之逼,与婢潜行赴京寻荆,途中遭柳商拦截,以刃相逼,玉香坚执不从,危急中适逢荆生赴任经过相救,遂双双团圆,断梳再合。赵本今存为校藏《古名家杂剧》本,位于黄丕烈编目第 182 号,与《吕洞宾三度城南柳》《铁拐李度金童玉女》《吕洞宾桃柳升仙梦》《荆楚臣重对玉梳记》《李素兰风月玉壶春》《翠红乡儿女两团圆》《萧淑兰情寄菩萨蛮》合装为一册。存本首页题名《荆楚臣重对玉梳》,题下署名"元贾仲名撰",题下又注"《太和正音》不载"。① 四周单边,单鱼尾。上书口标出简名"对玉梳",版心注明"三卷",然今存《汇刻书目》壬五十六却将其归入《古名家杂剧》"土集",为"金石丝竹瓠土革木"六集卷第三。可知它和《汇刻书目》著录并非同一版本来源。赵本以外,此剧另存有顾曲斋刻《古杂剧》本、《元曲选》本、《古今名剧合选·柳枝集》本。赵本原有纸损缺文,古本戏曲丛刊四集复印时据原中央大学国学图书馆影印本写补。顾曲斋本并附有板画插图四幅。题目正名的位置和形式诸本略有不同,赵本、元曲选本置于剧末:"题目:顾玉香双美锦堂欢,正名:荆楚臣重对玉梳记。"顾曲斋本和《柳枝集》本则置于剧首:"正目:顾玉香双美锦堂欢,荆楚臣重对玉梳记。"

体制上,此剧四折一楔子,楔子在一、二折之间,以仙吕、正宫、中吕、双调四套北曲依次组合,旦本,一人主唱,动作提示称科,角色如冲末、正旦、外、卜儿、小旦及杂扮,是皆合于元人矩度。赵本和顾曲斋本、

---

① 此眉批未深入考订,不足为凭。

元曲选本基本相同,但也存在着个别差异,主要发生在赵本、顾曲斋本和元曲选本之间,显示了同一版本两个不同的传播历程。如第一折【混江龙】曲诸本中"开张的无心守分,学业的不待攻勤二句",元曲选本予以删除。本套诸本【尾声】,元曲选本则改作【赚煞尾】。楔子【赏花时】末句诸本均作"咱权分开再图收",元曲选本改作"似破镜合妆楼"。【幺】末句诸本作"恁时节男儿得志秋,听喧满凤凰楼""有一日功名成就,做夫妇可风流"。第二折赵本子母调【倘秀才】【滚绣球】第二循环时未标出曲牌,顾曲斋本因之。元曲选本,柳枝集本皆予补出。末曲赵本作【尾声】,诸本同,元曲选本则改作【黄钟尾】。第三折荆楚臣上下场均无诗,末曲赵本作【尾声】,诸本同,元曲选本则改作【煞尾】。第四折元曲选本较诸本多出【水仙子】【锦上花】【幺篇】【清江引】【离亭宴煞】五支曲子,柳枝集本末曲作【收尾】,曲辞亦有不同。诸本科白亦有详略不同,结局相异更较明显。

赵本、顾曲斋本:

> (卜儿上见旦科,云)楚臣,我道你不是个受贫的!玉香,你也该辞我一辞,怕甚么?(末)住住住!夫人不要恼,既母亲寻到此也,杀羊造酒做个庆喜的筵席。(下)

元曲选本:

> (卜儿上见科,云)相公,我道你不是个受贫的!玉香,你也该辞我一辞,怕甚么?(正旦云)亏你今日还有嘴脸来见我哩!(荆楚臣云)夫人不必烦恼。天下老鸨,那一个不爱钱的?只是这所在留不得你。左右,取我一百两俸钱来,与他为终身养赡之资。你将的去者。(卜儿云)那柳茂英将着二十载绵花,要我女孩儿睡一夜,尚然不肯,如今嫁与你做了个夫人,岂可没些财礼?至少也得一千两!(正旦唱)

> 【清江引】老鸨儿那个不爱钱?谁似你坐钱眼中间转。只争他少共多,再不问良和贱,也还比他二十载绵花好过遣。(云)这一百两俸钱,也勾你养赡半世了,还要讨多哩!(唱)

> 【离亭宴煞】这里是阳春德泽桃花县,他怎肯将小民脂血做黄

金辇,除了些月支的俸钱,无过是酒一尊琴三弄诗千卷。说甚三媒
六证财,再受你百计千方骗。俺如今也得个夫人位转,若早上了你
歹王魁贩茶船,可不干赚了我俏苏卿一世里寨。

柳枝集本:

> (卜儿上,见科)相公,我道你不是个受贫的! 玉香,你也该辞
我一辞,怕甚么? (旦)亏你今日还有嘴脸来见我哩! (末)夫人不
必烦恼。天下老鸨,那一个不爱钱的? 如今既寻到此,一家相会,
索杀羊造酒做个庆喜的筵席。

> 【清江引】(旦)老鸨儿那个不爱钱? 谁似你坐钱眼中间转。只
争他少共多,再不问良和贱,也还比他二十载绵花好过遣。

> (末)梅香将酒来,和夫人母亲共饮一杯。

> 【收尾】(旦)堂前一派笙歌劝,证果了这美满姻缘。想当日若蚤
上了那歹冯魁湘水贩茶船,可怎得我俏苏卿向金山寺中转。(仝下)

通过比较可以看出,本剧赵本和顾曲斋本完全一致,显系同一个版本,
传播渠道亦大体相同。文字较为简洁,个别地方甚至有所脱漏。元曲
选本则较繁富,不仅曲文多有增补,科白更加详瞻,且更具合理性。内
容方面,由于第四折存在上述异同,全剧结局也有差别。赵本和顾曲斋
本于鸨母上场后匆匆结束,从仅有荆楚臣的一句道白中可以感知顾玉
香对鸨母的怨气未息和荆楚臣的大度,最后以认亲团聚结束。元曲选
则以曲文和科白正面演示了男女主人公和鸨母的言语交流,荆楚臣有
保留的接受与体恤和保姆的得寸进尺与讨价还价恰成鲜明的对比,情
节流转更具有戏剧性。

三、明中后期名家杂剧作品

明中后期一般是指明孝宗成化后至明末,杂剧至此已由宫廷进入
文人家庭,创作并欣赏于案头,或以家乐演出于厅堂红氍毹上,数量和
演出规模大不如前期,然体制则逐渐向南曲传奇靠拢,特色愈加鲜明。

赵琦美钞校本中对此同样有所收录。大体有如下几家。

1. 杨升庵

杨升庵(1488—1559),名慎,字用修,初号月溪、升庵,又号逸史氏、博南山人、洞天真逸、滇南戍史、金马碧鸡老兵等。四川新都人。正德状元,官翰林院修撰,经筵讲官。嘉靖三年因"大礼议"受廷杖,谪戍于云南永昌卫。嘉靖三十八年卒于戍所,熹宗时追谥"文宪"。所作杂剧,此剧以外,尚传有《太和记》1种。

宴清都洞天玄记

简名《洞天玄记》,叙无名子道士感化袁忠(猿)、马志(马)等昆仑山"六贼"弃恶从善,并降恶龙猛虎之事,正面宣扬了道家教义。赵本今存为校藏《古名家杂剧》本,位于黄丕烈编目第186号,与时人桑绍良《独乐园司马入相》合装为一册。存本首页题名《洞天玄记》,题下署名"国朝杨升庵撰"。四周单边,单鱼尾。上书口标出简名"洞天玄记",版心为空白。值得注意的是,现存赵琦美钞校本《洞天玄记》虽明显为《古名家杂剧》本,但今存本《汇刻书目》正续编《古名家杂剧》均未见收录。题目正名位于剧末:"题目:无名子收昆仑六贼,降东蛟夺先天一气;正名:战山君配姹女婴儿,宴清都作洞天玄记。"

此剧版本,赵本之外,另存明嘉靖间焦竑所选、门人孙尔嘉(学礼)所刻《四太史杂剧》本,该书今存日本大谷大学,大陆学者黄仕忠曾经寓目并著文详细比较两本之异同,今引述如下:

> (二本)略有异同,而以《四太史杂剧》本为佳。盖弱侯所藏当为初刻本,孙学礼以雕经书诗文方式校刻戏曲,于俗体别字多已校正,很少讹脱。而《古名家杂剧》本则多俗体字,重复处均用重叠符号作简省,且相对较多讹脱改删。
>
> 此本四折,《四太史杂剧》本四剧各折均题作"出",而《古名家杂剧》本此处作"折"。《古名家杂剧》本以开头一段为楔子,标曰"开场",副末开场问答之后,才入"第一折"。正文有两处曲文有么(幺)篇,孙学礼似不甚明其体例,故《四太史杂剧》本误以"幺"为俗简字,故改作繁体字"磨",曲文不另行顶格刻印;其中第二出【胜葫芦】之"幺(篇)"仅以小字"磨"作区别,下则连刻;第三出【上小楼】

之"幺（篇）"，则刻作大字"磨"，与下连刻，直与曲文相淆。从这些细节看，孙氏似纯为学究，于戏曲一道并不熟悉。至于文字正讹方面，《四太史杂剧》本就做得比较好。

《前叙》，《古名家杂剧》本（下简称《古》本）作《前序》；"七十二岁翁"句脱一"岁"字；《古》本另有嘉靖戊午孟夏门生威楚作类子张天粹的《洞天玄记跋》，为《四太史杂剧》本所无。

第一出，"道人上开"，《古》本删"开"字；下文第四出"西林洞主上开"，《古》本也删"开"字；按，此"开"为上场时的一种舞台提示，不可缺。"侯佽先生"，本剧出现二处，《古》本均作"偎佽先生"，偎佽，窝囊，无能懦怯，当以《古》本为是；"你赏玩中秋"，《古》本刊落"中秋"二字；"做楼罗开门观看，见道人科"，《古》本无"观"字；"不弃荒寨"，《古》本"弃"字讹作"干"；"适间诗义，前六句颇晓一二"，《古》本作"适间诗，我前六句晓一二"，"我"字当因"义"字残上半而误刊；"师傅但说些儿也不妨"，《古》本作"师傅传授孩儿也不妨"；"喜能吹……善难抚……"，《古》本作"善能吹……善难抚……"；"任他为"《古》本作"任施为"。

第二出，"略听吾道来。【末】……"，《古》本简省作"吾道本来"。"三万教"，前后有二处，《古》本同，赵琦美校改作"众"，非；"洞门深锁锁钥"，《古》本作"洞门深无锁钥"。"你们吟诗，好诗也呵"，《古》本作"你们吟的好诗也呵"；"恶罐已满"，《古》本作"恶贯已满"。

第三出，"望想贪求"，《古》本作"忘想贪求"，赵琦美校改作"妄"；"三汲水"，《古》本作"三级水"；"龙树老师"，《古》本脱一"师"字；"吾有法可取此"，《古》本无"此"字。

第四出，"驭伏"，《古》本作"驯伏"。"董双成姑娘娘宝台前斗草"，按，此处一"娘"字实因校者改原刊本"七宝台"之"七"字，误认作重叠符号，故重刻一"娘"字，此处原对应上文"三花树"，《古》本不误，"忻忻羡羡"，《古》本则作"忻羡忻羡"，是，此处当亦因孙氏校改重叠符号致讹；"焚香沐首"，《古》本作"焚香沐手"；"三伏于台照不宣"，"于"，《古》本作"乞"，是。"筛金谐"，《古》本作"筛和谐"，非。篇末正名:"宴清都洞天玄记终",《古》本作"宴清都作洞天玄记"。①

由上述引文可以看出,赵本与《四太史杂剧》本内容相同,形式相近,字句部分相异,有的认为四太史本较为合理,有的则认为赵本更好。总的说来,四太史本为纯粹文人选刊,校印精细,但"于戏曲一道并不熟悉",赵本源出古名家本,一般认为出自内府,为内廷演唱所需,离舞台更近,只是校对和印工均较粗糙。

体制上,此剧四折一楔子,末本,仙吕、商调、中吕、双调四套北曲依次展开,大抵符合元人矩度,然具体唱曲组织则多有不合之处。如剧前开场是以词和后台回答形式,而非通常杂剧楔子【赏花时】曲,极似从南戏传奇付末开场移植而来。不仅如此,第一折仙吕套前开场之后又安排【正宫·端正好】和【滚绣球】二曲,同由正末主唱,又未言明"楔子"(即楔子一般也不唱正宫此二曲),此皆非传统北曲体例所应有。至于第四折黄婆唱一支南曲【包子令】,婴孩姹女对酒同唱【望江南】则更突破了北曲传统一人主唱之格范。此外,剧中角色称谓亦与传统相异,如主唱为道人,但未标明为正末,全本只有一个末色,先是用作开场,第二折曾随道人上场作应答之用,其余角色皆为杂扮,此皆前所少见。宜乎众口皆云升庵作剧"不甚合南北本腔",然这种变格在北调衰微、南调大兴之明中叶,却不失为一种新探索。有观点认为杨慎此剧为剽窃时人兰茂的《性天风月通玄记》,今查云南图书馆所藏兰茂该剧,乃一出传奇作品,题材虽近,但体制迥别,是为独立之两剧无疑。

　　2. 康对山

康对山(1475—1540),名海,字德涵,号对山、沜东渔父,陕西武功人。弘治状元,历任翰林院修撰、经筵讲官。平生著述甚多,杂剧有《中山狼》《王兰卿服信明忠烈》2种。

王兰卿贞烈传

简名《王兰卿》,又名《王兰卿服信明忠烈》,叙妓女王兰卿从良嫁为

---

① 黄仕忠:《日本大谷大学藏明刊孤本〈四太史杂剧〉考》,《复旦学报(社会科学版)》2004年第2期。

举人张于鹏侧室,平时孝敬公婆,夫妻和睦。不意张于鹏一朝病故,有富户因慕兰卿姿色,求嫁,兰卿拒之,并服毒自尽以明心迹。此剧撰者曾有争议,赵本为一来历不明抄本,未署撰者姓名。晁瑮《宝文堂书目》、钱曾《也是园书目》及姚燮《今乐考证》均作无名氏撰。然今人傅惜华、庄一拂等俱发现明嘉靖时人李开先《闲居集·对山康修撰传》称海著述,有《王兰卿》传奇一本,论定即此剧之简名,为学界所接受。赵本位于黄丕烈编目第 296 号,与《吕纯阳点化度黄龙》《边洞玄慕道升仙》《李云卿得悟升真》合装为一册。存本首页题名《王兰卿贞烈传》。题目正名在剧末:"题目:张于鹏为养仕青州,晁阳眷嫁女辞烟花;正名:富家郎设计探姻缘,玉兰卿服信明真烈。"

体制上,全本不分折,楔子在剧首,仙吕、正宫、越调、双调四大套依次展开,末本,一人主唱,动作称科,基本不出元人矩度,当为内府本原有格式之照录。唯楔子中曲牌非通常之【仙吕·赏花时】,而是【仙吕·端正好】,第四套双调中又含有众妓合唱一套南吕,此皆可看作传统北杂剧音乐体制中的变格。

3. 冯惟敏

冯惟敏(1511—1580),字汝行,号海浮,青州临朐(今属山东)人。少负才名,嘉靖十六年(公元一五二七年)中举,曾先后任涞水知县、镇江教授、保定通判等。与兄惟健、弟惟讷皆以文名,尤工词曲,语言通俗,气势壮阔,今人任二北《曲谐》称之为"曲中辛弃疾"。一生作剧 2 种。

僧尼共犯传奇

一作《僧尼共犯》,叙小僧明进与小尼惠朗冲破教规束缚,私下相爱,被多事之邻里捉"奸"拿到官司审问,幸得问官铃辖司吴守常断令还俗,二人大喜团圆作结。赵本位于黄丕烈编目第 295 号,与《灌将军使酒骂座记》《金翠寒衣记》《渔阳三弄》《玉通和尚骂红莲》《月明和尚度柳翠》《木兰女》《女状元》合装为一册。存本为一抄本,仿刻书格式,四周单边,首页题名《僧尼共犯传奇》,未署作者。钱曾《也是园书目》、黄丕烈《也是园藏书古今杂剧目录》均作无名氏作品。然今存冯惟敏《海浮山堂词稿》附刻本明确收入,当为冯氏作品无疑。题目正名在剧末:"题目正名:泼僧尼知而犯故,乔打断情法照然。"值得注意的是,题目正名与总名并列,总目非由正名出。

版本方面,赵本和《海浮山堂词稿》附刻本从内容到形式完全相同。应是同一个版本,或竟是冯本流入宫廷后为赵琦美所抄出亦未可知。就体制而言,此剧虽不出元人矩度,仙吕、南吕、越调、双调四套关联亦无不合,然主唱非一,净为主角,唱第一折,冲末唱第二折,净旦合唱第三折及末折,皆非元剧所宜有,是皆可见南曲之影响,难怪存本明标其为"传奇"也。

4. 桑绍良

桑绍良,字遂初,一字季子,山东濮阳人,一说湖南零陵人。生卒年不详。作剧1种。

独乐园司马入相

简名作《司马入相传奇》,叙宋司马光以神宗任用王安石变法,屡谏不听,遂闭门不出,专修《资治通鉴》,并同富弼、文彦博等致仕官僚结耆英社、互相唱和、攻击新法,参与结社的还有邵雍等人。剧末描写司马编定《资治通鉴》并进上宫廷后,皇帝大加褒奖,将其召回重新拜相,司马复出后尽斥赞同变法之人士。赵本今存来历不明抄本,位于黄丕烈编目第187号,与时人杨升庵《宴清都洞天玄记》合装为一册。存本首页题名《司马入相传奇》,题下署名"明濮阳桑季子绍良著""苏叔子潢校"。虽为抄本,但页面设计工整,颇似刊刻,左右单边,版心标出简名"独乐园记"。值得注意的是,此剧似乎存在两个题目正名。

剧首四句:"独乐园学士著书,耆英会司徒结社。宋天子擢用忠良,温国公超迁仆射。"似即题目正名。然剧末亦有四句:"独乐园颐养天真,燕怡堂眉寿千旬。皇明继大宋一统,司马公异世同神。"后且有一"终"字。

就体制而言,此剧恪守元代北曲传统,仙吕、中吕、越调、双调四大套关联亦符合北杂剧固有格范,角色安排亦同。

5. 叶宪祖

叶宪祖(1566—1641),字美度,一字相攸,号六桐、桐柏、槲园居士、榭园外史、紫金道人等,浙江余姚人。万历四十七年进士,曾任新会知县、工部主事,以忤魏忠贤削籍家居,崇祯改元后起复,先后任南京刑部主事、四川顺庆知府,升四川参政,改广西按察使。作品今知有杂剧24种,今存12种。

灌将军使酒骂座记

简名《骂座记》,叙汉故将军灌夫好任侠,已然诺,因见丞相田蚡仗太后外戚,欺故相魏其侯窦婴,深为不满,宴间激起怒骂,为田所执,窦婴挺身而出为灌申辩,奈因太后作梗、皇帝偏袒,灌、窦竟遭冤斩,双双死后为神,将田蚡索命报仇。赵本今存《古名家杂剧》本位于黄丕烈编目第188号,与《金翠寒衣记》《渔阳三弄》《玉通和尚骂红莲》《月明和尚度柳翠》《木兰女》《女状元》《僧尼共犯》合装为一册,作"本朝无名氏"。但今存本题下则明署"槲园居士著",而据明人孙绩《湖广郧阳知府和斋叶公墓志铭》,"槲园居士"乃叶宪祖自号,此剧乃叶作无疑。又,存本首页题名《灌将军使酒骂座记》,四周双边,单鱼尾。上书口标出简名"骂座记",版心为空白。另外值得注意的是,现存赵琦美钞校本《骂座记》虽明显为《古名家杂剧》本,但今存本《汇刻书目》正续编《古名家杂剧》均未见收录,可见版本及撰者均有进一步考论之必要。题目正名位于剧末:"题目:田丞相亏心揽祸,李少君招神谢过;正名:魏其侯救友争朝,灌将军使酒骂座。"

从体制上看,此剧较为特别。全本四套北曲仙吕、南吕、仙吕入双调、正宫,合乎传统格范,唯第三折只有一曲【二犯江儿水】,该曲为南曲牌名,属仙吕入双调。而第四折则是正宫【端正奸】和双调【新水令】二套曲,严格说来,应为一支南曲加四套北曲构成,是传统所绝少者,况一折两套,更为此前北剧所未有,而与自由多样、任意取舍之南杂剧倒很合拍。《远山堂剧品》质言此剧:"第四折前后两调,各出一宫,可分为二折;第三折只可作楔子耳。"此系从传统北杂剧角度提出的批评,虽有道理,但从南杂剧角度看并无不合。

金翠寒衣记

简名《寒衣记》,叙元末金定、刘翠翠夫妻,婚后将及半年,逢战乱失散,刘为张士诚部下李将军强掳为妻,金辗转寻至,伪称亲兄方得与刘会面并得作李之门馆先生。朱元璋定天下，元帅徐达抚治江南，金定拦衙告状获准，李以掳占人妻等事被收斩，剧以金定夫妻重圆作结。赵本今存《古名家杂剧》本位于黄丕烈编目第189号，与《灌将军使酒骂座记》《渔阳三弄》《玉通和尚骂红莲》《月明和尚度柳翠》《木兰女》《女状元》《僧尼共犯》合装为一册，作"本朝无名氏"。但今存本题下则明署"斛园居士著"，而据前述明人孙绩《湖广郧阳知府和斋叶公墓志铭》，"斛园居士"乃叶宪祖自号，此剧乃叶作无疑。又，存本首页题名《金翠寒衣记》，四周双边，单鱼尾。上书口标出简名"寒衣记"，版心为空白。值得注意的是，现存赵琦美钞校本《寒衣记》虽明显为《古名家杂剧》本，但今存本《汇刻书目》正续编《古名家杂剧》均未见收录，可知该剧版本及撰者均有进一步考论之必要。存本题目正名位于剧末："题目：李将军强谐莺燕，徐元帅打合鸾凤；正名：金秀才寒衣暗奇，刘翠翠宝镜重光。"

体制上，此剧北曲四折一楔子，较合元曲固有格范，然仙吕、越调、双调、黄钟四套北曲依次关联，则为明杂剧家所少见。且生旦当场的角色安排等同南曲，动作称介不称科，又无冲场和定场诗，所有这些，无疑皆受南曲体制影响。

跋　语

赵本明代名家杂剧15家18种，比起元名家杂剧少了1家，剧目少了三分之一。这应该很正常，因为杂剧巅峰期在元不在明，这主要体现在名家杂剧方面。至于无名氏杂剧则是另外一回事。下一章我们将专门涉及。

第十章 赵本朱有燉杂剧校录及考论

朱有燉(1379—1439),号诚斋,又号锦窠老人、全阳道人、老狂生、全阳子、全阳老人。安徽凤阳人。明太祖朱元璋第五子朱橚的长子。袭封周王,死后谥宪,世称周宪王。在明初皇帝与藩王之间的权力斗争中,有燉父子先后遭打击和压制,家族内部亦曾受到弟有爌、有熺出于忌妒的攻讦和陷害。为避祸,他力行韬晦,专事戏曲。作有杂剧 31 种,数量上仅次于关汉卿,均存于世,为元明曲家所仅见。

赵琦美钞校本古今杂剧收录朱有燉剧作 20 种。

一、赵本朱剧收录情况

赵琦美钞校本古今杂剧中共收录朱有燉作品 20 种,占了现存朱剧之大半,现列表如下:

赵琦美钞校本朱有燉杂剧收录情况一览表①

收录 剧作(20)	周藩原刻本(原本)		周宪王乐府三种本(府本三种)(2)	杂剧十段锦本(5)	古今名剧合选(柳2醉1)	四太史杂剧(1)	盛明杂剧(2)	现存脉望馆本	
	国图藏二五卷本(16)	吴藏梅二二卷本(14)						刊本(10)	抄本(10)
东华仙三度十长生	✓							✓古	
群仙庆寿蟠桃会*	✓	✓						✓古	
吕洞宾花月神仙会	✓							✓古	
惠禅师三度小桃红	✓	✓			✓柳				✓不明
张天师明断辰钩月	✓	✓							✓于
洛阳风月牡丹仙		✓	✓		✓柳		✓		✓于
清河县继母大贤	✓	✓		✓				✓古	
赵贞姬身后团圆梦	✓	✓		✓				✓古	

---

① 说明：

本表以钱曾《也是园书目》中"古今杂剧"所收剧目为经，以元明流行诸书及相关选本著录情况为纬；

《古今名剧合选》分为《柳枝集》和《酹江集》两类，本表前者简称为"柳"，后者简称为"酹"；

赵本刊本分为古名家杂剧本和息机子本两类，本表前者简称为"古"，后者简称为"息"；

赵本钞本依孙楷第分为内府本、于小谷本和来历不明抄本三大类，表中分别以"内""于""不明"标示；

现存赵本署名无名氏，但事实上已公认为朱有燉作品者，以"○"符号标出；

《也是园书目》所收剧目如系钱曾早先《述古堂藏书目》所无而新增出者，则以斜体表示。《述古堂藏书目》注明"内府穿关本"的剧目加"*"号标示；表中加▲号者系也是园目收录，然至黄丕烈编目已轶之朱有燉剧目。

收录 剧作 (20)	周藩原刻本 (原本)		周宪王乐府三种本(乐府三种本)(2)	杂剧十段锦本(5)	古今名剧合选(柳2醉1)	四太史杂剧(1)	盛明杂剧(2)	现存脉望馆本	
	国图藏二五卷本(16)	吴藏梅二二卷本(14)						刊本(10)	抄本(10)
刘盼春守志香囊怨	✓	✓					✓	✓古	
李亚仙花酒曲江池		✓		✓				✓古	
紫阳仙三度常椿寿	✓	✓						✓古	
福禄寿仙官庆会		✓							✓不明
十美人庆赏牡丹园	✓	✓	✓						✓不明
瑶池会八仙庆寿	✓	✓		✓					✓不明
善知识苦海回头	✓					✓		✓古	
黑旋风仗义疏财*		✓		✓	✓醉				✓内
▲四时花月赛娇容	✓								○不明
▲南极星度脱海棠仙	✓								○于
孟浩然踏雪寻梅	✓	✓						✓息	
▲河嵩神灵芝庆寿	✓								○于

由上表可以看出如下几点：首先，选本大体均衡，但不无侧重。今存赵琦美钞校本朱剧 20 种，刊本和抄本各占其半，其中刊本 10 种，除了误题于马致远名下的《孟浩然踏雪寻梅》为息机子本外，余皆为《古名家杂剧》本。抄本 10 种，除了《黑旋风仗义疏财》1 种为内府本外，其余 4 本为于小谷本，5 本为来历不明抄本。显示朱剧进入宫廷演出者并不多，换言之，明代宫廷演剧似乎对内容要求并不太苛求。表中标明"内府穿关本"的只有《群仙庆寿蟠桃会》《黑旋风仗义疏财》两种，也从侧面证明了这一点。其次，《四时花月赛娇容》《南极星度脱海棠仙》《河嵩神灵芝庆寿》3 种在钱曾编《也是园书目》时仍存在于"明周王诚斋"一栏内，而今存黄丕烈编《也是园藏书古今杂剧目录》"周王诚斋"时，《赛娇容》《海棠仙》已佚不见，《河嵩神灵芝庆寿》一剧则进入了"教坊编演"一栏之中。而在今存赵琦美钞校本中，这三种都以无名氏作品面世。由此可见戏曲文献收藏和流播情况之复杂。第三，表中《孟浩然踏雪寻梅》一剧情况比较特殊。今存赵本题署"马致远"，然周藩原刻本则明明白白将其收录，当为朱有燉所撰无疑。文本内容方面二本则少数有异，或为朱有燉据马作改编，如以下《曲江池》等剧而然。总而言之，即使个别著作权存在争议，赵本涵盖了朱有燉存世作品的大半，可说基本上反映了朱有燉杂剧的面貌。

二、赵本朱有燉杂剧之刊本校录

前已述及，赵本朱有燉杂剧刊本主要为《古名家杂剧》本，至于息机子本中著作权有争议的《孟浩然踏雪寻梅》一种，即使周藩原刻本明明白白载入，当为朱有燉剧作无疑，但由于今存本明署"马致远"，也是园目和黄丕烈编目朱剧也俱未收录，本稿亦因之不予讨论。为方便叙述，以下以创作时代先后为序论列。

（一）永乐朝：花酒曲江池

李亚仙花酒曲江池

简名《花酒曲江池》，叙郑元和因恋妓女李亚仙，为父所逐，沦为乞丐,后赖亚仙救助,苦读中状元,使父子复聚。郑父乃感亚仙之恩,正式为子迎娶。亚仙后封一品夫人。赵本今存为校藏《古名家杂剧》本,位于黄丕烈编目第 166 号,与《清河县继母大贤》《赵贞姬身后团圆梦》《刘盼春守志香囊怨》《紫阳仙三度长椿寿》《福禄寿仙官庆会》合装为一册。存本首页题名《李亚仙花酒曲江池》,题下署名"国朝周王诚斋撰",有朱笔改"周王"为"杨",误。四周单边,单鱼尾。上书口标出简名"花酒曲江池",版心标"四卷"。今存《汇刻书目》壬五十四将其归入《古名家杂剧》"瓠"集,为"瓠土革木"一集卷第四。赵本之外,此剧存本尚有明宣德间周藩原刊本以及明嘉靖间无名氏辑《杂剧十段锦》所收本。值得注意的是,现存赵琦美钞校本虽明显为《古名家杂剧》本,但今存本《汇刻书目》正续编《古名家杂剧》却不在集中收录朱有燉杂剧的"羽"集,而见之于元杂剧作品集中的"瓠"集。今存《古名家杂剧》此剧已佚,不知题署情况,录此存疑。诸本题目正名均位于剧末:"题目:郑元和风雪打瓦罐,正名:李亚仙花酒曲江池。"

关于此剧作时,据作者自署小引,当为永乐七年己丑(公元 1409 年)春作,时作者 30 岁,仍处于戏曲创作之早期。虽云盛年,但毕竟功力较晚年为逊,故作剧多沿丐前人。如剧首楔子【仙吕·赏花时】【幺篇】二曲及第四折【高调·上京马】,曲文皆袭自石君宝剧,无稍改异。近人吴梅论及此剧以为系臧晋叔改窜者,"非王之袭石作也""王之原作固昭如星日也",然未提出确凿证据,说服力不强。

体制上,此剧五折二楔子,仙吕、正宫、黄钟、商调、双调五套北曲依次展开,动作称科,这些无疑显示的是早期北杂剧之传统。另外,此剧也充满了对传统体制之突破。首先,全剧尽管由五套北曲构成,然赵本却将第二、三套合成一折,楔子一末唱,楔子二旦唱,第一折旦唱,第二折末唱,但中间又由外扮刘员外唱了【耍孩儿】【七煞】【五煞】【三煞】四支曲子。以下黄钟套旦唱,商调末唱,双调又是旦唱,一人主唱被彻底抛弃。其次,出现了插院本和"戏中戏"。第四套商调中插入"莲花落"一场,这实际上就是院本中"酒色财气"一篇,这种形式一来有助于今人认识晚期院本遗存,有一定史料价值;二来它对于明中叶后"戏中戏"演出方式有启发,或竟可看作后者之先导。在演唱唱法方面,此剧完全打破了传统体制,开明杂剧体制演变之先河。祁彪佳《剧品》谓"一曲两唱,一折两调,自此始"。言之是也。赵本以外,原本为吴梅所藏二十二卷本,其与赵本最大的不同便是不分折,【赏花时】和【端正好】两楔子皆标出"楔子"字样。其余二本大抵相同,显然属于同一个版本来源。

(二) 宣德朝:蟠桃会、香囊怨、团圆梦、长椿寿、继母大贤、

     十长生、神仙会

群仙庆寿蟠桃会

简名《蟠桃会》,叙瑶池蟠桃结实,西王母召请东华、南极八仙,以及人间香山九老、洛下耆英等,开蟠桃盛会。赵本今存为校藏《古名家杂剧》本,位于黄丕烈编目第 172 号,与《东华仙三度十长生》《吕洞宾花月神仙会》《惠禅师三度小桃红》《张天师明断辰钩月》《洛阳风月牡丹仙》合装为一册。存本首页题名《群仙庆寿蟠桃会》,题下署名"国朝周王诚斋撰",有朱笔改"周王"为"杨",误。四周单边,单鱼尾。上书口标出简名"蟠桃会",版心标"三卷"。今存《汇刻书目》壬五十九将其归入《新续古名家杂剧》"羽"集,为"宫商角徵羽"五集卷第三。赵本之外,此剧存本尚有明宣德间周藩原刊本,22 卷本和 25 卷本均有收藏。此外,北京大学图书馆藏马氏不登大雅文库旧抄本亦有此剧,卷首并有朱有燉自署小引,内容完全据周藩原刊本抄录。非但如此,赵本教坊编演无名氏杂剧中也有一种,题作《众群仙庆寿蟠桃会》,有论者认为乃有燉此剧之重出,但事实上此剧同朱有燉剧作不仅名称有异,上场人物多寡不一,唱法亦有差异,情节安排亦有不同,虽然不排除根据朱剧改编之可能,但总的说来不能视作同一作品。关于题目正名,赵本、周藩原刊本均位于剧末,且完全相同:"题目:珠缨宝殿迎祥瑞,玉叶金枝添喜气;正名:东华增福到瑶池,群仙庆寿蟠桃会。"关于此剧作时及创作缘起,作者自署小引云:"自昔以来,人遇诞生之日,多有以词曲庆贺者,筵会之中,以效祝寿之忱。今年值予初度,偶记旧日所制南吕宫一曲,因续成传奇一本,付之歌,唯以资宴乐之嘉庆耳。宣德岁在己酉正月良日书。"可见此剧本为祝寿而自设。宣德己酉即明宣宗宣德四年(公元 1429 年),作者

时年 50 岁。

就体制而言，此剧四折，仙吕、正宫、南吕、双调四套北曲大抵不出传统，唯演唱方式较有区别。具体说，首折仙吕套末旦分颁金童玉女双唱，次折正宫套末扮南极老人星主唱，第三折南吕套又末扮嵩山仙子旦扮大河仙女双唱，之前旦由四仙童四仙女齐唱 8 首【青天歌】，而末折则先由四毛女齐唱【新水令】一支，【庆宣和】由一毛女独唱，其后四毛女轮唱四支【清江引】，众和之。末三曲再由一毛女独唱，皆突破一人主唱之传统演唱体制，受南曲戏文体制影响特别明显。而第二折插入东方朔偷桃，则纯系插科打诨，颇有宋金杂剧院本之遗风。清人杨潮观《吟风阁杂剧》中《偷桃捉住东方朔》即受此剧之影响，或竟源出于此。赵本以外，原本与赵本最大的不同便是不分折，余皆同。

刘盼春守志香囊怨

简名《香囊怨》，叙汴梁妓女刘盼春与书生周恭相爱，而盐商陆源因贪盼春美色，愿出重金包占，盼春力拒，周恭因受父禁无法往来，盼春即立誓守志不接客，而至茶馆卖唱为生，且将周作《长相思》词缄之香囊中，不离身边。后因鸨母强迫接陆，盼春自缢明志。焚化之时，独香囊经火不灭，周发视大恸，全剧以悲剧告终。赵本今存为校藏《古名家杂剧》本，位于黄丕烈编目第 169 号，与《清河县继母大贤》《赵贞姬身后团圆梦》《李亚仙花酒曲江池》《紫阳仙三度长椿寿》《福禄寿仙官庆会》合装为一册。存本首页题名《刘盼春守志香囊怨》，题下署名"国朝□诚斋撰"。左右双边，单鱼尾。上书口标出简名"香囊怨"，版心空白。与前述朱剧《花酒曲江池》情况类似，现存赵琦美钞校本《刘盼春守志香囊怨》虽明显为《古名家杂剧》本，但今存本《汇刻书目》正续编《古名家杂剧》均未见收录，版本和撰者均可疑。赵本之外，此剧存本尚有明宣德间周藩原刊本，22 卷本和 25 卷本皆有收藏，以及明末沈泰辑《盛明杂剧》二集本。关于题目正名，赵本、周藩原刊本均位于剧末，且完全相同："题目：风流子生前言誓愿，贞烈女死后成姻眷；正名：周子敬题情锦字笺，刘盼春守志香囊怨。"《盛明杂剧》二集本则置于剧首，且只有正名二句："周子敬题情锦字笺，刘盼春守志香囊怨。"关于作时，据原剧本自署，当为宣德八年癸丑（公元 1432 年）11 月。

体制上,此剧四折一楔子,仙吕、正宫、南吕、双调四套北曲依次展开,楔子【赏花时】【幺篇】二曲连同相关科白皆被置于第二折正曲之前,一人主唱。这些无疑显示的是早期北杂剧之传统,显示作者刻意追慕元人。日本学者青木正儿著《中国近世戏曲史》谓此剧:"体例严守古法,曲辞语语本色,置之元人曲中殆不可辨也。"所言自有根据。唯剧末亦有念诵六字句三十四言,与此时期《踏雪寻梅》《复落娼》诸剧相似,是否弋阳调加滚引入,俟考。原本与赵本最大的不同便是不分折,其余皆同。《盛明杂剧》二集本亦大体相同,唯个别细节差异。如原本、赵本第一折均有净扮陆客科白:"小子爱看的是杂剧。(做放砌末了,云)今放十匹细布在此,请大姐一度新声。"《盛明杂剧》二集本删去了括号里的科白提示,显示其重视案头阅读的选本特色。

赵贞姬身后团圆梦

简名《团圆梦》,叙赵姓女子官保,自幼与钱锁儿订婚。长大后,不顾钱家衰落和母亲反对,在其父支持下出嫁钱门。婚后锁儿即被招军调驻口北,赵女安心在家奉养婆母。时有宦家子弟片舍因贪赵氏美色,欲娶为妻,赵女不为所动。后锁儿在军中病故,尸骨由同乡赵大收拾送回,赵女哭葬丈夫,且将婆母托赵大妻照看,遂自缢身亡。上天为之感动,封锁儿为义仙、赵女为贞姬,夫妻于天界重圆。赵女担心其父母得知自己死讯将去钱母处吵闹,故与锁儿双双归家托梦,以安定二老之心。赵本今存为校藏《古名家杂剧》本,位于黄丕烈编目第 168 号,与《清河县继母大贤》《刘盼春守志香囊怨》《李亚仙花酒曲江池》《紫阳仙三度长椿寿》《福禄寿仙官庆会》合装为一册。存本首页题名《赵贞姬身后团圆梦》,题下署名"国朝□诚斋撰"。左右双边,单鱼尾。上书口标出简名"团圆梦",版心空白。与前述《刘盼春守志香囊怨》情况类似,现存赵琦美钞校本《赵贞姬身后团圆梦》虽明显为《古名家杂剧》本,但今存本《汇刻书目》正续编《古名家杂剧》均未见收录。赵本之外,此剧存本尚有明宣德间周藩原刊本(22 卷本和 25 卷本均有收藏),以及明嘉靖间刻《杂剧十段锦》本。关于题目正名,赵本、周藩原刊本均位于剧末,且完全相同:"题目:行孝道勤把尊姑奉,守烈性感得神天动;正名:钱义仙生前夫妻情,赵贞姬身后团圆梦。"《杂剧十段锦》本则略有不同,且由八字句变成了七字句:"题目:行孝道奉承姑氏,守烈性感动神天;正名:钱义仙生前夫妇,赵贞姬身后团圆。"据作者自署小引,此剧作时当为明宣德八年癸丑(公元 1433 年)11 月,与《香囊怨》一剧同时。

体制上,此剧四折一楔子,乐曲设置为仙吕、南吕、正宫、双调四大套依次排列,除了第三折未标出折数外,基本合于北曲格范,角色安排等皆斤斤守法。然现存诸本之间却有着明显的异同,其中原本与赵琦美钞校本最具代表性。前者不分折,楔子登场角色如赵友谅(字老)及其妻李氏(贴净)在赵本改作副末与净,浮浪子弟片舍(正净)在赵本改作副净。第一折原本"外扮桦老"在赵本作"外扮军长"。第二折赵本邻舍赵妈妈(另卜扮)在原本则仅作"扮邻舍赵妈妈",无角色名。

场上科白提示方面,二本同样存在差异,如第二折赵老打发两个儿子送十两银子给官保贴补其生活,原本作:

> (二俫上云)俺是赵喜儿、童儿,父亲使俺来上坟,就送些银子到钱家坟上与我妹子,这里是他坟园。妹子正在此。就暗暗地与了他银子,便回去。(做相见递银与旦科,俫云)上紧接了收了,俺回去也,怕俺娘寻俺。

赵本则作:

> (二俫上)俺是赵喜儿、童儿,父亲使俺送些银子与妹子,如今瞒着母亲来到他坟上。呀,兀的妹子正在头里。(做相见科,俫)妹子,父亲着俺二人瞒着母亲送这十两银子与你做盘缠,你上紧收了,俺回去也,怕娘寻俺。

不难看出,虽然大体相同,但这一段对话,后出的赵本显得更较流畅合理。同折原本官保娘李氏闹场后,片舍紧接上场调戏官保,其婆在旁竟无反应,赵本则增加了一段科白:"(净做打旦科,卜劝科,二俫扯净下,卜)方才正要睡时,却被这不贤的婆子搅了这一回,待要就归,老人家困倦难行许多田地,媳妇你休叫我,再守着我再睡一睡与你回去未迟。(旦)妳妳请自在,媳妇不来打搅你了。"钱婆既已睡去,则以下片舍调戏等情即合乎逻辑了。另外,第三折叙片舍知锁儿死信后即派媒婆前来劝官保改嫁,原本同样简略处置:"(媒上)(做与卜赵都相见了)(媒云)

请出赵家小娘子来,老媳妇有一句话和他说。(赵云)我去唤他出来。(赵虚下急走上,云)救人,救人!"赵本则衍为以下一段文字:

> (媒上相见科,媒)钱妈妈,老媳妇今日一来吊丧二来有句话劝你肯听么?(卜)劝我甚的?(媒)你的媳妇后生年少,又且生得十分娇媚,你如今儿子死了,怎生守的这一世!我前次说的片舍又到我家央我来说亲,情愿出三五百两银子。我想你儿子在时决使不得,你儿子既没了,你家道又十分贫穷,何不依了老媳妇的说话,嫁与他了,你又得了钱财,好过日子,又不误了你媳妇的芳年。你道是何如?(卜)当初我儿子在时这事其实难从,如今我儿子死了,老身也难做主。赵妈妈你替我到后房去问我媳妇,等他自做主意。他若肯时,老身即便依从。(赵虚下急走上,云)救人,救人!

同样较之原本更具戏剧性和合理性。

第四折开场原本作"扮尊子队上云",赵本作"扮神队子上"。"尊子"乃元杂剧对祭祀神祇的特有称呼,原本如此,合乎传统。赵本则出自明人理解,较为泛泛。以下男女主人公成仙后再度上场,原本作"末旦扮仙童仙女上",赵本改作"末旦仙扮上",前者太实,且两人封号不类,后者虽较模糊,却给表演留下空间。以下原本将托梦因由通过贞姬自述表现,较之赵本增加二仙与东岳神见面对话表述,同样详略互见,后者场上色彩更浓。剧末赵本增加使命宣敕旌表并抚恤钱婆婆一节,显示朝廷的恩惠,符合内廷演剧之传统。

紫阳仙三度常椿寿

简名《常椿寿》,叙成都一椿树,曾被三国蜀汉刘备、诸葛亮封为寿椿侯,历经千载之后,吕洞宾派紫阳仙人度脱成仙。紫阳仙人奉命先设法使寿椿投胎为人,又点化牡丹转世为寿椿之妻。20年后,即先度牡丹、后度寿椿,俱成正果。赵本今存为校藏《古名家杂剧》本,位于黄丕烈编目第170号,与《清河县继母大贤》《赵贞姬身后团圆梦》《刘盼春守志香囊怨》《李亚仙花酒曲江池》《福禄寿仙官庆会》合装为一册。存本首页题名《紫阳仙三度常椿寿》,题下署名"国朝周王诚斋撰",有朱笔改"周王"为"杨",误。四周单边,单鱼尾。上书口标出简名"蟠桃会",版心标"一卷"。今存《汇刻书目》壬五十九将其归入《新续古名家杂剧》"羽"集,为"宫商角徵羽"五集卷第一。赵本之外,此剧存本尚有明宣德间周藩原刊本,22卷本和25卷本均有收藏。关于题目正名,赵本、周藩原刊本均位于剧末,且完全相同:"题目:锦香楼重逢盛牡丹,正名:紫阳仙三度常椿寿。"此剧作时,作者自署为宣德八年癸丑十二月,当为冬日祝寿而设。

此剧体制与元剧无异,北曲四折,末本,音乐宫调安排与《团圆梦》全同,仙吕、南吕、正宫、双调四大套依次展开,动作称科,每套曲接写,不另分行。这些无疑显示的是早期北杂剧之传统。赵本以外,原本最大的不同便是不分折,其余无异,显然属于同一个版本来源。

清河县继母大贤

简名《继母大贤》,叙清河县王姓后妻李氏贤惠,对前妻之子和亲生子一样看待,毫不偏心,及至亲生子打杀平人,前妻子出于兄弟情谊自愿替认罪名,李氏闻知亲往官府辨明,为之出脱。官疑凶身非李亲生,因诘之,乃得实情,遂俱赦之,并请朝廷为李封赠作结。赵本今存为校藏《古名家杂剧》本,位于黄丕烈编目第187号,与《赵贞姬身后团圆梦》《刘盼春守志香囊怨》《李亚仙花酒曲江池》《紫阳仙三度常椿寿》《福禄寿仙官庆会》合装为一册。存本首页题名《清河县继母大贤》,题下署名"国朝周王诚斋撰"。四周单边,单鱼尾。上书口标出简名"继母大贤",版心空白。与前述《刘盼春守志香囊怨》《赵贞姬身后团圆梦》等剧情况类似,现存赵琦美钞校本《清河县继母大贤》虽明显为《古名家杂剧》本,但今存本《汇刻书目》正续编《古名家杂剧》均未见收录。赵本之外,此剧存本尚有明宣德间周藩原刊本,22卷本和25卷本均有收藏。以及明嘉靖间刻《杂剧十段锦》本。关于题目正名,赵本、周藩原刊本均位于剧末,《杂剧十段锦》本则位于剧首,内容则完全相同:"题目:帮虎的兴词告状,调蝶的吃酒赌钱;正名:吕城店亲兄友爱,清河县继母大贤。"

体制上,此剧北曲四折,旦本,乐曲设置为仙吕、南吕、双调、大石调四大套依次排列,除了第三折用双调,第四折选用大石调于传统少见外,基本合于北曲格范,角色安排等皆斤斤守法。然而现存诸本之间却有着明显的异同,其中原本与赵琦美钞校本最具代表性。前者例不分折,与赵本相较,无论曲文还是科白基本一致,可见属于同一个版本来源。然而个别地方仍有详略之分,如第一折王义和费达、苗敞二无赖见面,原本科白较为简单,"(正净上)(做相见云云了)(约去酒楼了,同下)",赵本则作以下一段文字:

> (正净上)小子姓王名义,是这清河县人,家中颇有钱钞。好走的是酒楼赌局,柳户花街,与这本县费达、苗敞两个至好,顷刻不曾相离,今日半晌不见了他,好生纳闷,不免上街寻他耍子,岂不快哉呀!远远望见两个人来,好像他两好。(走上相见科,全下)

人物关系交代得较为详细。

又如第二折王义和二无赖打死店主一场,原本"(二贴净拖住店主)(正净做打死店小二科)(二贴净放倒连叫)怎地好?怎地好?(花旦闪下)",被拖住和打死的成了店主和店小二两个人,打死人的无疑是王义,而与二无赖无关。吃花酒的妓女悄无声息。人物关系比较混乱,且与以下情节不协。赵本则改作"(三净做扯打店主科)(做打死科)(旦叫云)不好了,不好了,王义打死人也!(慌下)",打死的是店主杨小二,人物关系没有混乱。二无赖是打架参与者,以下公堂撇清且嫁祸王谦更显其丑恶本性。似此细枝末节差异,二本不时可见,大抵可以看出赵本出自内廷,带有宫廷演剧痕迹,或有宫廷艺人加工润色不可知。

东华仙三度十长生

简名《十长生》,叙言圣天化育,泽被万物,竟使得土木形骸如松、柏、山、鹤、鹊、水、云、鹿、龟等亦向往皈依,求东华仙度列仙班。恰逢东华仙将之少华山赴太平瑞雪之会,便带同这些物类至会走一遭,以点化它们成仙证道,后虽几经曲折,终皆如愿。赵本今存为校藏《古名家杂剧》本,位于黄丕烈编目第 171 号,与《群仙庆寿蟠桃会》《张天师明断辰钩月》《吕洞宾花月神仙会》《惠禅师三度小桃红》《洛阳风月牡丹仙》合装为一册。存本首页题名《东华仙三度十长生》,题下署名"杨诚斋撰",朱笔将"杨"字涂改为"周王",是。四周单边,单鱼尾。上书口标出简名"十长生",版心明标"卷二"。今存《汇刻书目》壬五十九将其归入《新续古名家杂剧》"羽"集,为"宫商角徵羽"五集卷第二。赵本之外,此剧存本尚有明宣德间周藩原刊本,二本之题目正名均位于剧末,且完全相同:"题目:中岳神祝延千岁寿;正名:东华仙三度十长生。"此剧作时,据作者自署,当为宣德九年甲寅(公元1434年)12月,嗣王已近十载。

此剧体制与元剧无异,北曲四折,末本,一人主唱,动作称科,仙吕、南吕、正宫、双调四大套依次展开,动作称科,每套曲接写,不另分行。这些无疑显示的是早期北杂剧之传统。赵本以外,原本最大的不同便是不分折,其余无异,显然属于同一个版本来源。

吕洞宾花月神仙会

简名《神仙会》,叙西王母位下蟠桃仙女因未脱土木形骸,故转人世历酒色财气四劫,化身为妓女张珍奴。珍奴不堪风月卖笑之苦,加之夙有仙缘,故极欲出身修行,后得吕洞宾度脱,终归仙班。赵本今存为校藏《古名家杂剧》本,位于黄丕烈编目第173号,与《东华仙三度十长生》《群仙庆寿蟠桃会》《惠禅师三度小桃红》《张天师明断辰钩月》《洛阳风月牡丹仙》合装为一册。存本首页题名《吕洞宾花月神仙会》,题下署名"周王诚斋撰",朱笔将"王"字涂改为"杨",误。四周单边,单鱼尾。上书口标出简名"神仙会",版心明标"卷四"。今存《汇刻书目》壬五十九将其归入《新续古名家杂剧》"羽"集,为"宫商角徵羽"五集卷第四。赵本之外,此剧存本尚有明宣德间周藩原刊本,二本之题目正名均位于剧末,且完全相同:"题目:蟠桃女诗酒得金丹;正名:吕洞宾花月神仙会。"至于其作时,据有燉自署,当为宣德十年乙卯(公元1435年)12月作,时年56岁。

体制上,此剧四折一楔子,整体采用南北合套形式,末唱北曲,分别为仙吕、大石调、越调、双调四大套依次排列,基本合于北曲格范。旦唱南曲,有南越调、南中吕、南仙吕等套数。单就这一点来看,与贾仲明之《吕洞宾桃柳升仙梦》颇称同调,题材且又相近,是否受其影响,以无确证,不敢遽下断语。但有燉作剧好改前人成作则为世公认,此剧当然亦不能绝对排除借鉴这种可能性。唯第二折又夹杂院本《长寿仙献香添寿》,为历代治戏曲史者所重视,研究院本形式更乐道不置。而"戏中戏"形式,上承刘东生之《娇红记》,下开明中叶后陈与郊之《袁氏义犬》,亦堪为治演剧史者所瞩目。不仅如此,此剧唱法多样,楔子中旦末各唱一支【赏花时】,末独唱仙吕【点绛唇】套、大石调【六国朝】套、越调【梅花引】套。至第四折【双调·新水令】套,旦唱【十棒鼓】一支、八仙各唱【清江引】一支,此外诸曲又皆由末独唱。又此剧插入之南曲,皆低一格书写,虽与元剧中插曲相似,但实系各自成套,如前所述,应可视作南北曲组场之例。唱法自由还表现在旦主要唱南曲,个别地方如剧首楔子中亦唱北曲,而末主唱北曲,亦不排除第三折中亦唱南仙吕中的【前腔】。独唱、双唱、合唱在剧中更多处可见,较贾仲明《升仙梦》旦末各守南北藩篱又进了一步。赵本与原本相较,除了后者例不分折外,其余无明显差异。

三、赵本朱有燉杂剧之钞本校录与考论

刊本而外,赵本朱有燉古今杂剧还存在着半数以上的钞本,包括内府本、于小谷本和其他来历不明抄本两类,其中绝大部分皆为后二类,内府本只有水浒剧《黑旋风仗义疏财》一种。为方便叙述,以下以创作时代先后为序论列。

(一) 永乐朝:辰钩月、小桃红

张天师明断辰钩月

简名《辰钩月》,叙陈世英因见月食,即与友人娄某救之,后思嫦娥来谢,有桃妖欲采其精,幻为嫦娥形象与之共宿,诡称报恩。不久,世英病笃,家人请法师驱邪未果,惊动天庭,嫦娥因而负冤,即共封姨、山神、土地等赴张天师处申诉,天师命神将下界擒获桃妖,当面现形,案始得解。赵本今存为钞校于小谷本,位于黄丕烈编目第 163 号,与《东华仙三度十长生》《群仙庆寿蟠桃会》《吕洞宾花月神仙会》《惠禅师三度小桃红》《洛阳风月牡丹仙》合装为一册。存本首页题名《张天师明断辰钩月》,题下署名"周王诚斋撰"。剧末有跋:"丁巳三月二十八日校,清常道人。"赵本之外,此剧存本尚有明宣德间周藩原刊本,22 卷本和 25 卷本均有收藏。关于题目正名,赵本、周藩原刊本均位于剧末,且完全相

同:"题目:风月神共会清秋夜,花树大闹读书舍;正名:陈世英错认鬼成仙,张天师明断辰钩月。"此剧作时,据作者自署小引,当为永乐二年甲申(公元1409年)秋作。

体制上,此剧无论赵本还是原本均不分折,乐曲设置除了剧首二曲【赏花时】【幺篇】作楔子外,以下仙吕、正宫、中吕、双调四大套依次排列,旦本,基本合于北曲格范。唯主唱者前二折为外旦,分别饰桃花精和陈世英妳母,且末折与正旦所扮嫦娥同台,显非同一人,打破一人主唱传统,与北杂剧体制未尽合。相比较而言,原本似欲统一以正旦扮演,本较合适,但前二折主唱者均作"旦",后二折明确为"正旦",依旧留有痕迹。赵本并有墨笔校改印记,显系赵琦美所为。第二折主唱者上场原抄本提示"外扮妳母上",朱笔改"外"为"卜旦",元剧传统无卜旦角色,此改动实误。第三折【中吕粉蝶儿】"恰离了问花苑蓬瀛驾青鸾一天归兴","问"墨笔改为"阆"。第四折"(天师云)你是花木之妖,怎敢假天仙名号迷惑世人",墨笔改"花木"为"桃花"。【川拨棹】曲一句"千自由"改作"千自在百自由"。似此等等,大抵非根本性问题。

惠禅师三度小桃红

简名《小桃红》,叙飞仙会中二圣于灵山闻大魔音乐,业缘所感,化为一对男女降生人世,于扬州江都县花门柳户,成其姻好。佛遣惠禅师下界点化,而此二人一为员外,一为上厅行首,正交往火热,苦恋花酒风月。禅师几经周折,终以作法现象促其感悟,方使二仙复归本原。赵本今存为来历不明钞本,位于黄丕烈编目第153号,与《东华仙三度十长生》《群仙庆寿蟠桃会》《吕洞宾花月神仙会》《张天师明断辰钩月》《洛阳风月牡丹仙》合装为一册。存本首页题名《惠禅师三度小桃红》,题下署名"周王诚斋撰"。赵本之外,此剧存本尚有明宣德间周藩原刊本,22卷本和25卷本均有收藏。另外,孟称舜《古今名剧合选·柳枝集》本亦予收录。题目正名置于剧末:"题目:天魔女音乐奏东风,佛如来慈愍救迷踪;正名:刘员外一心贪酒色,惠禅师三度小桃红。"柳枝集本则与之相反,置于剧首,且只云正目,内容则大同小异:"天魔女音乐奏东风,佛如来慈悯救迷踪;刘员外一心贪酒色,惠禅师三度小桃红。"其作时,据存本自署小引,乃明永乐六年戊子(公元1408年),时作者年29岁,仍为定王世子。

体制上,此剧无论赵本还是原本均不分折,柳枝集本则明确分作四折一楔子。乐曲设置除了剧首二曲【赏花时】【幺篇】作楔子外,以下仙吕、南吕、正宫、双调四大套依次排列,末本,一人主唱,动作称科,基本合于北曲格范。当然也有不同,原本楔子"旦同卜儿上",赵本作"旦同小儿上",赵本误"卜"为"小",然母女同时上场则一。柳枝集本则分作两场,先是"老旦扮卜儿引梅香上",一段科白后又安排"旦扮小桃红引贴扮香上",其中梅香两次出场不合逻辑。楔子【幺篇】唱完赵本和原本均提示"(外拖末下,众云)",柳枝集本则无此提示,"众云"实际上仍为"外云"。最后是"同众下"。以下第一折开场赵本和原本均作"旦同卜上",柳枝集本作"旦引梅香上"。【寄生草】以下赵本和原本提示"旦同卜上",柳枝集本作"旦引梅香上"。以下吵闹赵本和原本中的"卜儿"角色至柳枝集本均由梅香承担。第二折赵本和原本开场均有过场戏"(众扮鼓腹讴歌村田乐上开一折了,众下)",柳枝集本无之。第三折开场赵本和原本均作"净扮二僧上",柳枝集本作"净扮僧人上",以下道白出自一人,揆诸事理,柳枝集本为是。本折赵本和原本凡是"旦同卜上",柳枝集本均作"旦引梅香上"。而【正宫端正好】曲牌下赵本和原本均有"子母调提示",柳枝集本无之。以下赵本和原本均有提示"净上",道白却是"俺二人",不妥。柳枝集本作"僧人上",尚通。

概言之,此剧赵本和原本比较接近,几乎没有明显的重要差别,柳枝集本则相差较大,显示其为编者所改,然改动大体较通。

(二) 宣德朝:牡丹仙、八仙庆寿、仗义疏财、牡丹园

洛阳风月牡丹仙

简名《牡丹仙》,叙宋代欧阳修及邵尧夫(雍)、司马君实(光)等名流在洛阳共赏牡丹,感动得牡丹花仙现形,与欧阳诸人笑谈风月,评量花事,以此引出一段佳话。赵本今存为校藏于小谷本,位于黄丕烈编目第185号,与《东华仙三度十长生》《群仙庆寿蟠桃会》《吕洞宾花月神仙会》《惠禅师三度小桃红》《张天师明断辰钩月》合装为一册。存本首页题名《洛阳风月牡丹仙》,题下署名"周王诚斋"。剧末琦美有跋:"丁巳

正月二十九日,于小谷本校抄,清常道人。"此剧存本较多,赵本之外,尚有明宣德间周藩原刊本,吴梅《奢摩他室曲丛》22卷本收藏。另有孟称舜编《柳枝集》以及沈泰辑《盛明杂剧》二集本。题目正名置于剧末:"题目:海宇清宁庆嘉会,正名:洛阳风月牡丹仙。"柳枝集本和《盛明杂剧》二集本则与之相反,置于剧首,且只云正目,内容则完全相同。关于此剧作时,据作者自署,当在宣德五年(1430年)3月,即《蟠桃会》所作之次年。

体制上,有燉此剧赵本、周藩原刊本均不分折,柳枝集本、盛明杂剧二集本则分为四折。全谱四套北曲仙吕、南吕、中吕、双调,旦末本,角色安排虽未出元人矩度,然第二折主唱者赵本、周藩原刊本均作"二旦改扮二末",柳枝集本、盛明杂剧二集本则作"二生",此皆与传统有别。且诸本均非一人主唱,是仙吕套旦独唱、南吕套末独唱、中吕、双调二套亦由旦独唱,可谓同中有异。而赵本、原本注明二末系由二旦改扮,亦为传统所无。

瑶池会八仙庆寿

简名《八仙庆寿》,叙西王母蟠桃会,唯着重描写八仙为西王母祝寿,各献寿礼,福、禄、寿三星亦临场。全本以展现八仙神貌为度,情节淡化,场面热闹。赵本今存为校藏不知来源抄本,位于黄丕烈编目第147号,与《十美人庆赏牡丹园》《善知识苦海回头》《黑旋风仗义疏财》合装为一册。存本首页题名《瑶池会八仙庆寿杂剧》,题下署名"周王诚斋"。此剧存本亦多,赵本之外,尚有明宣德间周藩原刊本,22卷本和25卷本均有收藏。另有《杂剧十段锦》丙集所收本。题目正名诸本有异,赵本未置,周藩原刊本位于剧末:"题目:香山寺九老朝真,正目:瑶池会八仙庆寿。"《杂剧十段锦》本则明显不同,作:"瑶池宴三星降祥,蟠桃会八仙庆寿。"

体制上,此剧四折,末本,仙吕、正宫、南吕、双调四套北曲依次展开,周藩原刊本例不分折,然唱曲则一。

黑旋风仗义疏财

简名《仗义疏财》,叙赵都巡以催粮为名,假公济私,欲强娶李撇古之女,适梁山好汉黑旋风李逵、浪子燕青路过,遂代李纳粮,赵于次日无理强抢,李走告梁山。逵因假扮新娘、青扮媒婆,设圈套将赵痛殴,且缚之,书其罪状于壁乃去。赵本今存为抄校内府本,位于黄丕烈编目第181号,与《十美人庆赏牡丹园》《善知识苦海回头》《瑶池会八仙庆寿杂剧》合装为一册。存本首页题名《黑旋风仗义疏财杂剧》,题下署名"周王诚斋"。此剧存本亦多,赵本之外,尚有明宣德间周藩原刊本、《杂剧十段锦》庚集本和孟称舜《酹江集》本。题目正名诸本有异,赵本、周藩原刊本位于剧末:"题目:赵都巡行凶倚势,正名:黑旋风仗义疏财。"《酹江集》本、《杂剧十段锦》本则置于剧首,作:"正目:赵都巡强娶裙钗,李撇古感叹伤怀;正名:张叔夜平蛮挂榜,黑旋风仗义疏财。"

此剧体制与元剧无异,赵本北曲四折,末本,一人主唱,动作称科,仙吕、中吕、正宫、黄钟四大套依次展开,动作称科,这些无疑显示的是早期北杂剧之传统,体现了朱有燉杂剧的固有特色。剧首宋江上场时自我介绍"晁盖哥哥因三打祝家庄身亡之后,众兄弟让某为头领",其中"三"被朱笔抹去,"祝家庄"涂改为"曾头市",显然是据《水浒传》小说改剧本,殊不知元剧中"晁盖哥哥三打祝家庄身亡"已是通例。此剧最值得注意的还是赵琦美钞校本和周藩原刻本及孟称舜《酹江集》本之间的体式差异,后二者较之前者增加了第四套双调和介于第四、五套之间的楔子【端正好】【幺】二曲,第五套实质上也是名同实异。剧情安排上,赵本头折以宋江开场,末折表现李逵、燕青、雷横、武松等人捉拿赵都巡等情节,皆为周藩原刻本及孟称舜《酹江集》本所无,而后二者以张叔夜招安宋江征剿方腊一事亦为赵本所不具备。学界前辈傅惜华在其《水浒戏曲集·仗义疏财》①题记中曾指出:"按周藩刻本,原不分折,钞本分为四折。刻本第一折中'点绛唇''混江龙''油葫芦''天下乐''醉扶归'五曲,钞本删去。第二折歌曲,刻本钞本同。第三折,两本歌曲相同,惟仅'笑和尚'牌名,钞本题作'笑歌尚'。刻本在第三折后,尚有'新水令''驻马听''雁儿落''水仙子''沽美酒过太平令''川拨掉''梅花酒''收江南''尾声'等一套曲,及楔子'赏花时''幺'二曲,钞本均为减去。第四折'醉花阴''喜迁莺''出队子''幺''刮地风''四门子''水仙子'七

_____

① 该书今有古典文学出版社 1957 年版和 1985 年版。

曲,钞本刻本虽排名相同,然词全异,且刻本多出'尾声'一曲。所言清楚明白,惟云"刻本第一折中'点绛唇''混江龙''油葫芦''天下乐''醉扶归'五曲,钞本删去。"所言显示其阅读仔细,但也带来新的问题。今查赵本,头折"点绛唇"等五曲俨然在焉,不知傅先生所言何据。青年学者朱仰东亦曾发表《朱有燉〈仗义疏财〉:脉望馆钞本与周藩原刻本比较论略》一文,该文从"宾白的增补""人物形象的增添或替换""出场顺序的重置""结局改弦易辙"四个方面进行系统对比,认为:"脉望馆钞本《仗义疏财》源于周藩刻本,脉望馆钞本对周藩刻本的改编不是一般意义上的改编。两种版本各具特色,有得有失。"①学者们对此剧的不同版本异同的描述大抵是正确的,不足在于只盯住赵本和周藩原刻本,没有注意到《杂剧十段锦》庚集本和孟称舜《酹江集》本。尤其是后者,虽然基本上沿袭周藩原刻本,但也进行了一定改变,除了明确标出五折一楔子外,上场人物科白提示均存在不同,实际上介于赵本和周藩原刻本之间。具体如第一折"外扮李撇古引正旦二俅上",原刻本中"正旦"则为"卜旦"。又第二折"扮宋江引随从上",原刻本中则无"引随从"三字。以下"做与小帮老相见科",原刻本则作"二末做与帮老相见了"。第三折"燕青扶李逵扮旦上",原刻本则作"(二末上)(燕青扶李逵旦扮上)"。以下"燕",原刻本均作"媒"。第四折开场"(扮朗孤上云)下官引兵征剿方腊,已差新降头领宋江等三十六人去与贼人交战,未知胜负如何。这早晚不见探子回也。(扮探子走马上唱科)",此段科白在原刻本中只有三短句提示"(扮问探子)(外上云云了)(探子上唱)"。以下【黄钟醉花阴】一曲结束,《酹江集》本有一句道白:"(孤)探子回了,你把两家厮杀的事,慢慢说来。"本套结束时尚有如下科白:"(孤)喜得贼人已平,一面申奏朝廷,将宋江、李逵一行人加官升赏便了。"周藩原刻本均无之。

毫无疑问,赵本《黑旋风仗义疏财杂剧》相对于周藩原刻本既有继承又有改编,反映的是朱有燉杂剧进入宫廷后为适应内廷剧场演出而被艺人改编的情况,《酹江集》本与原刻本大体相同。其结果便是形成了两个不同的版本体系。

① 《济南大学学报(社会科学版)》2013 年第 2 期。

十美人庆赏牡丹园

简名《牡丹园》，叙东华仙派西金母下界中州，赏玩名花，增福延寿。西金母大会群仙，司花女受命赴牡丹园，沿途聚合姚黄、魏紫、寿安红、素鸾、粉娥娇、鞓红、宝楼台、紫云芳、玉天仙、醉春容十牡丹仙，因号十美，群演歌舞，以呈祥瑞。赵本今存为来历不明钞本，位于黄丕烈编目第 145 号，与《善知识苦海回头》《瑶池会八仙庆寿杂剧》《黑旋风仗义疏财杂剧》合装为一册。存本首页题名《十美人庆赏牡丹园》，题下署名"周王诚斋"。赵本之外，此剧存本尚有明宣德间周藩原刊本，22 卷本和 25 卷本均有收藏。另外，明宣德间刊《周宪王乐府三种》本亦予收录。题目正名诸本均置于剧末，内容且完全相同："题目：三月春聚会大罗仙，百花放粧成锦绣天；正名：四丑女欢娱金母宴，十美人庆赏牡丹园。"其创作年代，据作者自署，当为宣德九年甲寅（公元 1434 年）冬至，应时贺节为其创作基本动因。

体制上，此剧无论赵本还是原本及周宪王乐府三种本均不分折，旦本，且故事情节完全相同。乐曲设置除了剧首二曲【赏花时】【幺篇】作楔子一外，以下仙吕、南吕、越调、正宫、双调五大套依次排列，而第二、第三套之间又有【赏花时】【幺篇】作楔子二，动作提示称科，基本合于北曲格范。真正使作者动了脑筋以显示探索精神的还是演唱方式。剧首楔子【仙吕·赏花时】带幺篇由西金母独唱。第一折仙吕套【那咤令】以前由姚旦独唱、【节节高】以下六曲由魏旦唱，最后【赚尾】一曲由姚、魏二旦双唱。第二折南吕套寿安旦唱前四曲、素鸾旦唱【骂玉郎】以下四曲，楔子【赏花时】带【幺篇】由粉旦独唱。第三折越调套由鞓旦、粉旦唱。第四折正宫由宝旦、紫旦独唱、双唱。第五折双调套由玉旦、醉旦双唱前三曲、十位牡丹旦合唱【甜水令】以下七曲。毫无疑问，此唱腔安排似完全打破了传统一人主唱之北剧体制，南戏影响昭然。

（三）宣德前未确定具体作时：赛娇容、仙官庆会

原为 6 种：《四时花月赛娇容》《兰红叶从良烟花梦》《小天香半夜朝元》《撒搜判官乔断鬼》《文殊菩萨降狮子》《福禄寿仙官庆会》。因作者

未言及,具体作时无从得知。但均为宣德间周藩原刊本,皆朱有燉剧作,且作时在宣德之前无疑。赵本收录2种。

四时花月赛娇容

简名《赛娇容》,叙牡丹仙、莲花仙、菊花仙、梅花仙和水仙仙分别以春、夏、秋、冬四节令作东道,邀松大夫、竹君子以及百花诸仙齐集赏玩仙境奇景,从中曲折反映出当时贵族生活之奢华以及互相争宠斗胜之状况。赵本今存为来历不明钞本,位于黄丕烈编目第281号,与《认金梳孤儿寻母》《王文秀渭塘奇遇》《庆丰门苏九淫奔记》《风月南牢记》《秦月娥误失金环记》合装为一册。存本首页题名《四时花月赛娇容》,题下未署著者姓名。然今存此剧周藩原刻本的确收入《新编四时花月赛娇容》一作,可知此剧确为朱有燉所作。至于今存赵本、周藩原刻本均置于剧末,且内容基本相同:"题目:牡丹艳色赏春工,松竹高标傲朔风;正名:千秋太平夸美景,四时花月赛娇容。"赵本改"千岁"为"千秋",一字之差。

体制上,此剧无论赵本还是原本均不分折,旦本,乐曲设置一仍元曲传统,仙吕、中吕、正宫、双调四大套依次排序亦切合北杂剧矩范,且故事情节完全相同,只是由于抄写缘故,个别地方存在些微差异。值得注意的还是唱曲体制。剧中仙吕套由牡丹仙独唱、中吕套莲花仙独唱、正宫套菊花仙独唱,双调套【太平令】以前由梅花、水仙双唱,【川拨棹】以下由众花仙合唱,如此则大幅度突破了传统北剧一人主唱之体制。

福禄寿仙官庆会

简名《仙官庆会》,叙福禄寿三仙奉东华大仙之命,欲为人间增福加禄添寿,遣钟馗带领神荼、郁垒等下凡驱除世上之邪鬼虚耗,终以和合喜庆作结。赵本今存为来历不明钞本,位于黄丕烈编目第159号,与《清河县继母大贤》《赵贞姬身后团圆梦》《刘盼春守志香囊怨》《李亚仙花酒曲江池》《紫阳仙三度常春寿》合装为一册。存本首页题名《福禄寿仙官庆会》,题下署名"周王诚斋"。赵本之外,此剧存本尚有明宣德间周藩原刊本,题目正名均置于剧末,内容且完全相同:"题目:贺新年神将驱傩,正名:福禄寿仙官庆会。"

体制上,此剧无论赵本还是原刻本均不分折,末本,乐曲设置一仍元曲传统,仙吕、正宫、双调、黄钟四大套依次排序,基本合乎北杂剧矩范,唯末套用黄钟而非双调,后者用在第三折,即在元剧亦较少见。第四套正末扮探子唱完后,又由末扮仙官队子念诵韵白八句,并唱【后庭花】【柳叶儿】二曲作打散。

(四)正统朝:海棠仙、灵芝庆寿

南极仙度脱海棠仙

简名《海棠仙》,叙海棠花生相奇异,又系凤有仙缘,虽为土木形骸,却得东王公(木公)、西王母相援,而南极仙翁化为寿王八百之彭员外,与之匹配夫妻,终因此被度脱成仙。赵本今存为钞校于小谷本,位于黄丕烈编目第 151 号(题下又补书"三百零四号"),与《太平仙记》《瘸李岳诗酒酝江亭》《太乙夜断桃符记》《张天师断风花雪月》《时真人四圣锁白猿》合装为一册。存本首页题名《南极仙度脱海棠仙》,题下未署著者姓名,然有"《诚斋集》,前有《海棠吟》"字样,明确来源出处。《诚斋集》乃朱有燉的作品集,今存此剧周藩原刻本前的确有一篇《咏怀庆海棠岭上海棠花吟》,可知此剧确为朱有燉所作。剧末有赵琦美跋语:"于小谷本,丁巳王正月二十二日校,清常道人。"今存赵本、周藩原刻本题目正名均置于剧末,且内容相同:"题目:西金母匹配好姻缘,北山神驱逐野妖缠;正名:东木公幻成稀世宝,南极星度脱海棠仙。"其作时,据作者自署"正统四年二月花朝日"[1],当为公元 1439 年农历二月初二日,查《明史》列传《诸王一》,有燉薨于是年,此剧与下面《河嵩神灵芝庆寿》竟可看作作者之绝笔。

体制上,此剧无论赵本还是原本均不分折,乐曲设置一仍元曲传统,仙吕、越调、正宫、双调四大套依次排序,亦切合北杂剧矩范,且故事情节完全相同,只是由于抄写缘故,个别地方存在些许差别。如赵本第一套【油葫芦】曲后动作提示"四净调躯老子",其中"子"原本为"了",原本为是。以下"西金母",赵本均改为"西池金母"。第二套"南极词云"后《鹧鸪天》,赵本作"鹧鸪云","云"字误。

---

[1] 花朝日,在我国古代是一个十分重要的民间传统节日,节期因地而异,中原和西南地区以夏历二月初二为花朝;江南和东北地区以二月十五为花朝。

河嵩神灵芝庆寿

简名《灵芝庆寿》，叙所谓皇图永固，天下太平，百兽率舞，凤凰来仪，中岳嵩山尊神派神将、黄河尊神派仙女，赴蓬莱八仙处求取仙草，其生于"中国宫廷之内，以为长生久寿之征"。赵本今存为钞校于小谷本，位于黄丕烈编目第148号（题下又补书"三百三十七号"），与《紫薇宫庆贺长春寿》《贺万寿五龙朝圣》合装为一册。存本首页题名《河嵩神灵芝庆寿》，题下未署著者姓名，然有"《诚斋乐府》有序"字样，明确来源出处。今存此剧周藩原刻本前的确有一篇《河嵩神灵芝庆寿传奇引》，可知此剧确为朱有燉所作。《诚斋乐府》是否包括朱有燉的杂剧，学术界至今众说纷纭，赵本此处题署，起码可证赵琦美所见有题名《诚斋乐府》的朱有燉杂剧集，于此论题之澄清无疑大有裨益。剧末有赵琦美跋语"于小谷本录"。今存赵本、周藩原刻本题目正名均置于剧末，且内容相同："题目：中国安子孝妻贤，梁园景山明水秀；正名：福禄会仙果延年，河嵩神灵芝庆寿。"此剧作时，剧首作者小引明确自署"正统四年二月十九日全阳老人年六十一岁书于存心殿"，上距《南极仙度脱海棠仙》杂剧之作不过半月。有燉绝笔之年，创作力尚且如此健旺，实为剧作家所罕有。

体制上，此剧无论赵本还是原本均不分折，乐曲设置一仍元曲传统，仙吕、越调、正宫、双调四大套依次排序，切合北杂剧矩范。然其演唱方式仍有自身特色。如第一折仙吕调前有净扮鼓腹讴歌的队子，念【鼓腹讴】【快活年】【阿忽令】【其二】【其三】【其四】等祝词，虽与元剧习见之净唱小曲有关，但曲牌之多，又为元剧所少见。而仙吕套末旦轮唱，中吕套【尾声】一曲末旦双唱，双调套末唱前三曲、五芝仙舞唱【沽美酒】等三曲、玉芝仙独唱【川拨棹】等四曲，更属变格。

跋　语

有燉杂剧，几乎全部留存至今，今存赵琦美钞校本朱剧也有20种，为元明剧作家所罕有者。刊本和抄本各占其半,又可见其作品传播和接受之平衡和全面。赵本无论刊本还是抄本,和周藩原刻本最大的区别还在于是否分折,后者和元刊本一样不分折,显示的是明初杂剧文本的时代特征。前二者则有很大的区别:刊本全部已分折,抄本则除了《仗义疏财》《瑶池会八仙庆寿》外皆不分。原因无他,刊本展示的是明代后期选家的整理功夫,出发点是供购买者阅读,抄本更多的是反映宫廷杂剧场的演出本来面貌。就这一点而言,它们与明初刊本没有本质的不同。而无论刊本还是抄本,其科白也比周藩原刻本丰满,显示了赵本在坚持场上演出特征的同时,已经较多注意文本的完整性和可读性,在场上和案头之间寻找结构性平衡。此外,柳枝集本、盛明杂剧本对赵本舞台性提示的删削更加明显,可以看出赵氏本质上忠实于舞台及原作,而非纯粹文人任意驰骋也。

第十一章　赵本徐渭杂剧校录与考述

　　徐渭,字文长,号天池生,晚号青藤道人,浙江山阴(今绍兴)人。才情卓绝,诗文、戏曲、书画皆工,当时即为世所重,袁宏道称其为"有明一人",汤显祖赞之为"词场飞将"。但科场不利,屡次不中,后为浙江总督胡宗宪掌书记,对抗倭军事多所策划。胡得罪被杀后,渭亦潦倒终生。著述有《徐文长集》《南词叙录》等,杂剧有《四声猿》四作,赵本古今杂剧将其尽数收录,正如前述元曲诸大家名作皆见之于赵本一样,徐渭作品的收录,同样说明赵琦美钞校本基本上反映了元明杂剧家在当时的地位和影响。

一、赵本徐渭剧作收录情况

　　《四声猿》是明杂剧代表人物徐渭的作品,包括短剧四种,即在当时已为世所公认。澂道人《题四声猿》所谓:"盖猿丧子,啼四声而肠断,文长有感而发焉,皆不得于时之所为也。"即《四声猿》题称之寓意。然而,赵琦美钞校本古今杂剧收录此剧集则表现特别,首先是未署作者,内容且五本分置,分别是《渔阳三弄》《玉通和尚骂红莲》《月明和尚度柳翠》《木兰女》《女状元》,未有《四声猿》之总名,然《女状元》剧末却有"总四目语:狂鼓史渔阳三弄,玉禅师翠乡一梦。雌木兰替父从军,女状元辞凰得凤。"此种状况前所未见,值得关注。钱曾于康熙八年所编的《述古堂书目》卷十《续编杂剧》中,则在"徐文长四声猿"目下列出"《渔阳三弄》《玉通和尚骂红莲》《月明和尚度柳翠》《木兰女》《黄崇嘏女状元》五剧"，其于十年后所编的《也是园书目》标出总名及所属四剧之题，未有《月明和尚度柳翠》一目，署名却为本朝无名氏，显然由于时间迁延，收藏者已经发生了错乱。今仍据《述古堂书目》，将此剧集置于徐渭名下考论。

现表列如下。

版本 作品	赵本	其他版本（别集、选集）				
	古名家杂剧本	钟人杰刻本	黄伯符刻本	澂道人评本	盛明杂剧初集本	酹江集本
渔阳三弄	✓	✓	✓	✓	✓	✓
玉通和尚骂红莲	✓	✓	✓	✓	✓	
月明和尚度柳翠	✓	✓	✓	✓	✓	
木兰女	✓	✓	✓	✓		✓
女状元	✓	✓	✓	✓	✓	

不难看出，今存赵本徐渭杂剧全部为《古名家杂剧》本，剧题长短不一，3种简名，2种全称，显得较为随意。其他版本中，钟人杰刻本全称应为"明万历间陶望龄校刊《徐文长文集》附集钟人杰刻本"，为目前最早的徐渭杂剧刻本，黄伯符刻本即明万历间黄伯符刻、署名"天池生"的刻本，澂道人评本为明崇祯间刻本，此3种皆出于徐渭别集。《盛明杂剧》为明崇祯间沈泰编选的明杂剧选本，共两集，此系初集。前5种收录了徐渭杂剧的全部。唯明崇祯间孟称舜编《古今名剧合选·酹江集》例外，仅收录《渔阳三弄》《木兰女》2种，眉批且对此有详细解释："文长《四声猿》于词曲家为剙调，固当别存此一种，然最妙者《祢衡》《木兰》两剧耳。《翠乡梦》系蚤年笔，微有嫩处，而《女状元》晚成，又多率句。曾见其改本，多有所更定，至《女状元》云当悉改，近无心绪，故止。是知作者亦未尽慊兴。予所见殆略同也。"孟氏本身就是一个戏曲家，杂剧和传奇皆有作品传世，所言不能说是外行。但对《四声猿》所属各剧的评价，却不仅与袁宏道、汤显祖、澂道人等同时人评价相左，迄今亦未被学术界、文化界所接受。

二、赵本徐渭杂剧之校录及考论

前已述及,徐渭杂剧存本疑点颇多,题署及体制亦容有相互抵牾之处。以下分别考述。

(一) 渔阳三弄

一名《狂鼓史》,又作《渔阳弄》,全称《狂鼓史渔阳三弄》。汉末名士祢衡作鼓吏裸衣发泄不满及在辕门外斥骂曹操事,为世熟知。此剧别出心裁,将其环境由阳世变为阴间,让即将升入天界的祢衡和沦为鬼囚的曹操在阴曹判官面前重演一场击鼓痛骂之活报剧。由于事过境迁,二人地位反转,剧中祢衡更将生前未及得见之曹操劣迹一一数遍,痛骂更显痛快淋漓。赵本今存《古名家杂剧》本,位于黄丕烈编目第 190 号,与《灌将军使酒骂座记》《金翠寒衣记》《玉通和尚骂红莲》《月明和尚度柳翠》《木兰女》《女状元》《僧尼共犯》合装为一册,署"本朝无名氏"。题作《渔阳三弄》,四周双边,单鱼尾。上书口标出简名"渔阳三弄",版心标作"一卷"。又,今存《汇刻书目》壬五十四将其归入《古名家杂剧》"革"集,为"瓠土革木"三集卷第一,二书似为同一个版本来源。赵本之外,此剧存本颇多,主要有明万历间黄伯符刻本、陶望龄校刊《徐文长文集》附集钟人杰刻本、澂道人评本、《盛明杂剧》初集本、《酹江集》本等。与赵本不同,诸本多明署徐渭(盛明杂剧本、酹江集本)、徐文长(钟人杰刻本)或天池生(澂道人评本)撰。又,诸本中除《酹江集》本以外皆将赵本《女状元》剧末"总四目语"提至《渔阳三弄》剧首作《四声猿》"总目"或"正名"。①《渔阳三弄》结尾皆以判官判词四句作结:"看了这祢正平渔阳三弄,笑得我察判官眼睛一缝。若没有狠阎罗刑法千条,都只道曹丞

---

① 《酹江集》本于《四声猿》仅收录《渔阳三弄》《木兰女》二种,眉批且对此解释云:"文长《四声猿》于词曲家为翘调,固当别存此一种,最妙者《祢衡》《木兰》两剧耳。《翠乡梦》系蚤年笔,微有嫩处,而《女状元》晚成,又多率句。曾见其改本,多有所更定,至《女状元》云当悉改,近无心绪,故止。是知作者亦未尽慊兴。予所见殆略同也。"

相神仙八洞。"

就体制而言,此剧为一套北仙吕调,押家麻韵,一韵到底,且至【赚煞】"争奈我《渔阳三弄》的鼓槌儿乏"之前均为祢衡一人主唱,以此应归入北曲杂剧系统无疑。然曲仅一套,动作提示称介,角色安排分生(祢衡)、小生(童)、旦(女),末数曲分生、小生、旦、外轮唱,最后一曲【尾】众人合唱,此皆与南曲戏文体制接近。可以看作南北合用,是为南杂剧之典范。此剧诸版本正文基本相同,显系同一个版本系统。但也存在着细微差别,如【天下乐】曲:"他该甚么刑罚,你差也不差? 他肚子里又怀着两三月小娃娃,既杀了他的娘,又连着胞一搭,把娘儿们两口砍做血虾蟆。"《酹江集》本改作:"况怀着娃娃,可与你有甚冤家,又违了甚条犯了甚法?"以下祢衡道白:"他们极了,不谋你待几时!"其中"极"字,暖红室本改作"急",改为是。又,"那孔北海没来由也",《酹江集》本改作"那孔北海好没来由也"。剧末"判曰",《盛明杂剧》初集本无此二字,暖红室本作"判白",均误。此剧对传统之突破,和时人詹时雨之《补西厢弈棋》、王九思之《中山狼院本》、杨慎之《兰亭会》、李开先之《园林午梦》和《打哑禅》、沈璟之《博笑记》和《十孝记》、梁辰鱼之《无双传补》等情况相近。然诸剧除杨作差强人意外,余皆单薄,以影响论,不是不被提起,便是屡受讥讽,效果大多不佳。文长此剧恰恰例外,以一折短剧而大受推崇,不得不承认为是其功力深厚所致,所谓厚积薄发,正言此也。今仍流行于舞台之京剧《击鼓骂曹》(亦称《打鼓骂曹》《群臣宴》)、昆剧《骂曹》,皆从此剧吸取营养,后者甚至即以此剧为蓝本,由此可见其艺术生命力。

(二) 玉通和尚骂红莲

简名《玉通和尚》,叙竹林峰水月寺玉通和尚因未随众庭参新任府尹柳宣教,被后者遣妓红莲勾引,犯了色戒,惭而圆寂。赵本今存《古名家杂剧》本,题作《玉通和尚骂红莲》,《也是园书目》著录此剧题目与今赵本相同。黄丕烈编目此剧第191号,与《灌将军使酒骂座记》《金翠寒衣记》《渔阳三弄》《月明和尚度柳翠》《木兰女》《女状元》《僧尼共犯》合装为一册,作"本朝无名氏"。前半部四周双边,后半部四周单边,单鱼尾。上书口标出简名"玉通和尚",版心标作"二卷"。今存《汇刻书目》壬五十四将其归入《古名家杂剧》"革"集,为"瓠土革木"三集卷第二,似为同一个版本来源。与《渔阳三弄》情况相同,赵本之外,此剧存本亦多,诸如明万历间陶望龄校刊《徐文长文集》附集钟人杰刻本、澂道人评本、《盛明杂剧》初集本等。除赵本外,其余诸本多明署徐渭、徐文长或天池生撰。剧末有四句结语:"泼红莲砒妆蜜卖,玉禅师汞飞炉败。佛菩萨尚且要报怨投胎,世间人怎免得欠钱还债。"并附"音释"云:"科唱处,凡'生'字俱是'玉'字,盖玉通师能要者即扮要,不拘生外净也。"这既是剧作者重视舞台演出之体现,实际上也是对北杂剧演出体制的有意识突破。

体制上,此剧为一套北双调,押先天韵,一韵到底,玉通和尚一人主唱,以此应归入北曲杂剧系统无疑。然与《渔阳三弄》一样,曲仅一套,动作提示称介,角色安排分生(玉通)、贴(红莲)、丑(懒道人),最后一曲【清江引】由道人唱,此皆与南曲戏文体制接近。可以看作南北合用,是为南杂剧之典范。赵本以外,此剧其他版本均将此剧与下面《月明和尚》作为一个完整剧本,钟人杰序本、《盛明杂剧》本称出,澂道人评本称折,正文则基本相同,显系同一个版本系统。但也存在着细微差别,如玉通和尚道白"因而也不去随众庭参",其中"因而",诸本多作"因此"。以下玉通和红莲对白:"(红)不瞒老师父说,旧时我病发时,百般医也医不好。我说出来也羞人,只是我丈夫解开那热肚子,贴在我肚子上,一揉就揉好了。看起来,百药的气味,还不如人身上的气味,更觉灵验。"其中"看起来"之后语气不类同一人,《盛明杂剧》初集本在"一揉就揉好了"和"看起来"之间增加一个提示"(生)",由独白变为对白,言语逻辑随之通畅。以下道人道白"则才山下赶老虎","则才",诸本多作"刚才"。

(三)月明和尚度柳翠

简名《月明和尚》,剧情紧接前剧《玉通和尚》叙玉通和尚圆寂后转世为柳宣教女,长大为娼,败其门风以报之。师兄月明和尚恐其迷失本性,遂在大佛寺以无言手势说法,指其本来面目,柳翠大悟,仍归佛门。

此剧版本情况最为复杂,甚至混乱。据目前通行本,应和《玉通和尚》合为一个整体,为第一出。然今存赵琦美钞校《古名家杂剧》本却将其置于元杂剧数内,题作《月明和尚度柳翠》,与关汉卿的《鲁斋郎》、无名氏的《生金阁》《九世同居》合为一组。与前剧《玉通和尚》相反,赵本前半部四周单边,后半部四周双边,单鱼尾。上书口标出简名"月明和尚",版心亦标作"二卷"。首页紧接前剧,以致古本戏曲丛刊第四集的编者在此剧首页特地用朱笔批注:"原书上半页为《玉通和尚骂红莲》的最后半页。"非但如此,此剧与前剧版心皆标作"二卷",此剧末尾且有题云"二卷终",很显然这是一个完整的作品,只不过赵琦美钞校时误将其分为两卷而已。钱曾《也是园书目》延续了这一错误,且更明确将其著录于元人李寿卿名下,而在《四声猿》题下则阙如。清顾修编、王懿荣重编《汇刻书目》与此情况相同。该书壬五十四将其归入《古名家杂剧》"革"集,为"瓠土革木"三集卷第二,似为同一个版本来源。真正对此正本清源的还是黄丕烈,其编目第一次将此举归并到《四声猿》,编号为第61号,与《灌将军使酒骂座记》《金翠寒衣记》《渔阳三弄》《玉通和尚骂红莲》《木兰女》《女状元》《僧尼共犯》合装为一册,作"本朝无名氏"。

与《渔阳三弄》情况相同,赵本之外,此剧存本亦多,诸如明万历间陶望龄校刊《徐文长文集》附集本钟人杰序本、黄伯符刻本、澂道人评本、《盛明杂剧》初集本等。除赵本外,其余诸本多明署徐渭或徐文长撰。然除了澂道人评本等个别版本外,其余诸本大多将赵本此二剧合为一种,题为《玉禅师翠乡一梦》。剧末同样以第二出剧末四句韵语作结:"大临安三分官样,老玉通一丝我相。借红莲露水夫妻,度柳翠月明和尚。"

就体制而言,此剧同为一套北双调,押江阳韵,一韵到底,旦本,柳翠一人主唱,以此应归入北曲杂剧系统无疑。然与《玉通和尚》一样,曲仅一套,动作提示称介,角色安排分旦(柳翠)、外(月明和尚)、净(仆),最后一曲【收江南】多处合唱,至"俺如今改腔换妆"则注明"此下外起旦接,一人一句",最末一句:"(合唱)呀,才好合着掌回话祖师方丈。"这些皆与南曲戏文体制接近,可以看作南北合用,为南杂剧之典范。就文辞而言,诸本基本相同,显系同一个版本系统。但也存在着细微差别,如玉通道白"又像叫狮子跋倒太行",其中"像叫""跋"诸本多作"叫做"和"拔"。又如赵本以下动作提示"作敲门,却倒地作肚疼",诸本多同,《盛明杂剧》初集本则在"却"之后加一"又",动作转折逻辑更加合理。再如【折桂令】曲"似两扇木木枕,一副磨磨浆",其中"木木""磨磨"两组叠音字,《盛明杂剧》初集本、澂道人评本均因之,后者眉批则云:"木、磨字原本不叠用。"它说的原本即指明万历间陶望龄校刊《徐文长文集》附集钟人杰刻本。由此可见诸本之间的细节差别,当然这些差别同样不足以构成另一种流传的版本出现。

(四) 木兰女

全称《雌木兰替父从军》(《远山堂剧品》《重订曲海目》《曲海总目提要》涉及此剧简名,均作《雌木兰》),叙北魏女子花弧,当克汗征兵平叛之际,为因老父年高,家无长兄,毅然女扮男装,替父出征。驰骋边关 12 年,全胜而归,以功拜尚书郎,又复女儿身,与夫王郎成婚。赵本今存《古名家杂剧》本,题作《木兰女》,《也是园书目》著录相同。黄丕烈编目此剧第 192 号,与《灌将军使酒骂座记》《金翠寒衣记》《渔阳三弄》《玉通和尚骂红莲》《月明和尚度柳翠》《女状元》《僧尼共犯》合装为一册,作"本朝无名氏"。四周单边,单鱼尾。上书口标出简名"木兰女",版心标作"三卷"。今存《汇刻书目》壬五十四将其归入《古名家杂剧》"革"集,为"瓠土革木"三集卷第三。剧末有题"三卷终"。与《四声猿》其他各本相同,此本亦不署撰者姓名。赵本以外,此剧存本尚多,主要有明万历间黄伯符刻本、陶望龄校刊《徐文长文集》附集钟人杰刻本、澂道人评本、《盛明杂剧》初集本、《酉己江集》本等,多明署徐渭、徐文长或天池生撰。剧末同样以四句韵语作结:"黑山尖是谁霸占,木兰女替爷征战;世间事多少糊涂,院本打雌雄不辨。"

体制上,此剧不分折,南北二套曲,一为北仙吕,押先天韵,一韵到底,木兰一人主唱,是为北杂剧传统无疑。另一为南曲,除了花弧(木兰)唱两支【清江引】,加上【耍孩儿】【二煞】【三煞】【四煞】【尾】之外,另有主帅唱【清江引】【前腔】,众唱两支【前腔】,二军唱【前腔】,全剧动作提示称介,角色安排分旦(木兰)、生(王郎)、丑(内使、小鬟)、外(爷、主帅）、老（娘）、小生（弟）、占（妹）、净（贼首）、杂（二军），此皆与南曲戏文体制接近，显系南北合用，为南杂剧之典范。赵本之外，其他各本除酹江集本分两折，余皆分两出。曲文和科白则基本相同，显系同一个版本系统，但个别地方略有差异，主要同样表现在酹江集本和诸本之间。如赵本及其他诸本第一折木兰整备从军衣装，其中"鞋"，诸本全同，唯酹江集本作"靴"。又，【幺篇】一句"不强似谋差夺掌把声名换，抵多少富贵由天"，酹江集本则作："不强似谋差夺掌把声名换，惹旁人笑话夤缘。"再如【油葫芦】曲插白"回来俺还要嫁人，却怎生"，钟人杰刻本、《盛明杂剧》初集本均因之，澂道人评本、《酹江集》本均在此剧前加上一句"又一件，就放大了"。值得指出的还有剧末《音释》："凡木兰试器械、换衣鞋，须绝妙。踢腿跳打，每一科打完方唱，否则混矣。""行路，扮一人执长鞭，褡裢弓刀作赶脚人。每木唱一曲完，即下马入内云俺去买什么，或明云解手。从人持鞭催众走如飞，三四转共唱北小令赶脚曲。木去，从径路又出。"所有这些，俱可视作舞台演出提示。赵本之外，钟人杰刻本、黄伯符刻本均见保留，《盛明杂剧》初集本、澂道人评本、《酹江集》本等一概删去，非是。传统又云明代文人剧只供案头不考虑舞台，以此看并不确切。

（五）黄崇嘏女状元

全称《女状元辞凤得凰》，叙五代黄崇嘏女扮男装，考中状元，为丞相周庠所赏识，欲招为婿，黄不得已，遂将真情说出，周大奇之，乃娶为子妇。赵本今存《古名家杂剧》本，题作"黄崇嘏女状元"，《也是园书目》著录相同。黄丕烈编目此剧第 193 号，与《灌将军使酒骂座记》《金翠寒衣记》《渔阳三弄》《玉通和尚骂红莲》《月明和尚度柳翠》《木兰女》《僧尼共犯》合装为一册，作"本朝无名氏"。四周双边，单鱼尾。上书口标出简名"女状元"，版心标作"四卷"。剧末尾且有题云"四卷终"。今存《汇刻书目》壬五十四将其归入《古名家杂剧》"革"集，为"瓠土革木"三集卷第四。赵本之外，此剧名列《四声猿》之末，版本大抵与前三剧同，诸如明万历间陶望龄校刊《徐文长文集》附集本、黄伯符刻本、澂道人评本、钟人杰序本、《盛明杂剧》初集本等。除赵本外，其余诸本多明署徐渭或徐文长撰。剧末同样以四句韵语作结:"(外)辞凰得凤今如此,(贴)坦腹吹箫常事矣!(生旦)世间好事属何人?(丑净)不在男儿在女子。"剧末有牌记:"万历戊子夏五溪山樵者校正,龙峰徐氏梓行。"

　　体制上,此剧名为南北五出,事实上以南曲为全剧音乐主体,北曲曲牌杂见其中,已无整套可言。非但如此,旦、净、外、丑诸角独唱、对唱、合唱俱全,末出竟至生、旦同台,南曲体制俨然。孟称舜《酹江集》本未收此剧,其原因乃孟氏不看好此剧,其有评曰:"《女状元》晚成,又多率句。曾见其改本,多有所更定,至《女状元》云当悉改,近无心绪,故止。是知作者亦未尽慊兴。予所见殆略同也。"据此,《酹江集》即没有为此剧留一席之地。现存诸本曲文和科白则基本相同,显系同一个版本系统,但个别地方略有差异,如第一出黄崇嘏道白"恁怜侬",方言气息浓厚,钟人杰序本、澂道人评本、黄伯符刻本均见保留,唯《盛明杂剧》初集本改"恁"为"您",反似胶着。以下"总救目前",钟人杰序本、黄伯符刻本、澂道人评本改"目前"为"目下"。第二出丑唱【前腔】"我人情又不做得",其中"不",诸本皆同,唯《盛明杂剧》初集本改作"莫"。第三出黄崇嘏道白"当时那毛屠出你伪造印信的事",其中"出你"一词意义含混,钟人杰序本、黄伯符刻本、澂道人评本、《盛明杂剧》初集本均改作"出首你",改为是。以下一句"把名姓儿都不隐藏,又用到大户家里",根据上下文意,"大户"不通,《盛明杂剧》初集本改为"屠户",方是。第四出【前腔】"他从征辈本是裙钗","从征",其他各本均作"从军"。第五折周丞相道白:"凤羽侥幸是男状元,你是女状元。你是他状元的先辈,他是你状元的后辈。"钟人杰序本、黄伯符刻本将后两个"状元"删去,从承前省角度看也不无道理。如前所言,尽管版本同源,但赵本和其他选本之间还是存在着细节上的差别。

跋　语

　　《四声猿》为徐渭杂剧集,赵本署为"无名氏",这反映了该剧集在当时及后世题署的混乱。以数目论,仅有4种,原不够专章考论。但因其复杂,更由于徐渭在明杂剧史上的地位及影响,故值得打破常规,专章讨论。

不难看出,《四声猿》体制有一个变化过程,《渔阳三弄》《玉通和尚》《月明和尚》皆北曲一折,如果说此三剧在乐调方面还没有完全摆脱北曲系统,而后出的《木兰女》和《女状元》更彻底地采用了南曲音乐体系。前者南北二出,首出北曲一套,旦主唱,次出南曲数支,众唱、对唱;后者南北五出,出目及角色称谓皆一如传奇,北曲传统不再,属于典型的南杂剧。言至此,徐渭杂剧创作发展历程亦明矣。

第十二章　赵本明无名氏杂剧叙录

　　无名氏杂剧占了赵琦美钞校本大半,除了前面第八章所述 23 种元剧外,明代无名氏剧作则有 132 种,超过了《元曲选》所收录的全部元杂剧作品,数量可观。非但如此,这一批剧作绝大多数皆为孤本,文献价值极高。但正由于多系孤本,无法与其他版本进行对校,校勘学意义不足,只能就现有版本情况作一点叙录。

一、赵本明代无名氏杂剧的收录情况概述

　　明代无名氏剧作当然掺杂一些公认的元人作品,如戴善夫的《瘸李岳诗酒玩江亭》和秦简夫的《孝义士赵礼让肥》,以及无名氏的《海门张仲村乐堂》。另如《鲁智深喜赏黄花峪》一种,《随何赚风魔蒯彻》《小尉迟将斗将将鞭认父》两种,前者见之于《录鬼簿续编》,后者见之于《元曲选》,一般认为皆为元人所撰作品。① 再如,《四时花月赛娇容》《南极星度脱海棠仙》《河嵩神灵芝庆寿》三种见之于周藩原刻本,应系朱有燉剧作,加上本属康海的《王兰卿真烈传》和陈自得的《太平仙记》,以及已经佚失而不见于今存赵本的作品一共 31 种,其余 100 种当为明人所作,仍远远超过了同时期署名作品。今列表如下。

---

① 赵本无名氏杂剧中可以归入元人所撰的作品当然非只此二种,王季思主编《全元戏曲》已多收录,读者自可参见。本章以下亦将叙录,此不赘。

赵琦美钞校本明无名氏杂剧收录情况一览表①

收录 \ 剧作	剧情类型				版本情况		
	历史故事剧 57	神仙道化剧 29	社会问题剧 7	爱情剧 5	内府本 45＋16	于小谷本 19	不知来历抄本 19
伍子胥鞭伏柳盗跖*	✓				<u>✓</u>		
十八国临潼斗宝*	✓				✓		
田穰苴伐晋兴齐*	✓				✓		
后七国乐毅图齐*	✓				✓		
吴起敌秦挂帅印*	✓				<u>✓</u>		
守贞节孟母三移*	✓				✓		
汉公卿衣锦还乡*	✓				✓		
运机谋随何骗英布*	✓				✓		
韩元帅暗度陈仓*	✓				✓		
司马相如题桥记	✓					✓	
马援挝打聚兽牌*	✓				✓		
云台门聚二十八将*	✓				✓		
汉姚期大战邳全*	✓				✓		
寇子翼定时捉将*	✓				✓		
邓禹定计捉彭宠*	✓				✓		
十样锦诸葛论功	✓						✓
曹操夜走陈仓路	✓						✓
阳平关五马破曹*	✓				<u>✓</u>		
走凤雏庞统略四郡*	✓				✓		
周公瑾得志娶小乔*	✓				✓		
张翼德单战吕布*	✓				✓		
莽张飞大闹石榴园*	✓				<u>✓</u>		

① 说明:

1. 本表以钱曾《也是园书目》中"古今杂剧"所收剧目为经,以现存赵琦美钞校本剧情及版本情况为纬。

2. 《述古堂藏书目》注明"内府穿关本"的剧目加"*"号标示;而今存赵本除了有明确题识者外,尚有16种附穿关但无题识者,郑振铎、孙楷第俱认为应属内府本,言之有理,从之,表中以"<u>✓</u>"标示。

收录 / 剧作	剧情类型				版本情况		
	历史故事剧57	神仙道化剧29	社会问题剧7	爱情剧5	内府本45＋16	于小谷本19	不知来历抄本19
关云长单刀劈四寇*	✓				✓		
寿亭侯怒斩关平*	✓				✓		
关云长大破蚩尤*	✓				✓		
刘关张桃园三结义	✓						✓
张翼德三出小沛	✓						✓
张翼德大破杏林庄	✓						✓
陶渊明东篱赏菊*	✓				✓		
长安城四马投唐*	✓				✓		
立功勋庆赏端阳*	✓				✓		
贤达妇龙门隐秀*	✓				✓		
招凉亭贾岛破风诗*	✓				✓		
众僚友喜赏浣花溪	✓					✓	
魏征改诏风云会*	✓				✓		
徐茂公智降秦叔宝*	✓				✓		
尉迟恭鞭打单雄信*	✓						✓
十八学士登瀛洲	✓					✓	
唐李靖阴山破虏	✓						✓
李嗣源复夺紫泥宣	✓						✓
飞虎峪存孝打虎*	✓						
压关楼迭挂午时牌	✓						✓
存仁心曹彬下江南	✓					✓	
八大王开诏救忠臣*	✓						
杨六郎调兵破天阵*	✓				✓		
焦光赞活拏萧天佑	✓						✓
宋大将岳飞精忠*	✓				✓		
张于湖误宿女真观	✓					✓	
赵匡胤打董达*	✓				✓		

赵琦美钞校本古今杂剧考论

剧作＼收录	剧情类型				版本情况		
	历史故事剧 57	神仙道化剧 29	社会问题剧 7	爱情剧 5	内府本 45＋16	于小谷本 19	不知来历抄本 19
穆陵关上打韩通	✓						✓
女学士明讲春秋	✓					✓	
王闰香夜月四春园			✓				✓
女姑姑说法升堂记*			✓		✓		
清廉官长勘金环			✓				✓
雷泽遇仙记		✓					
若耶溪渔樵闲话		✓					✓
徐伯株贫富兴衰记			✓				✓
薛包认母			✓				✓
认金梳孤儿寻母			✓			✓	
王文秀渭塘奇遇记				✓		✓	
庆丰门苏九淫奔记			✓			✓	
风月南牢记			✓			✓	
秦月娥误失金环记				✓		✓	
释迦佛双林坐化		✓				✓	
观音菩萨鱼篮记*		✓			✓		
许真人拔宅飞升*		✓			✓		
孙真人南极登仙会*		✓			✓		
吕翁三化邯郸店		✓				✓	
吕纯阳点化度黄龙*		✓			✓		
边洞玄慕道升仙*		✓			✓		
李云卿得悟升真*		✓			✓		
太乙仙夜断桃符记		✓				✓	
时真人四圣锁白猿		✓					✓
猛烈哪吒三变化		✓					✓
二郎神锁齐天大圣*		✓			✓		
灌口二郎斩健蛟*		✓			✓		

收录 \ 剧作	剧情类型				版本情况		
	历史故事剧 57	神仙道化剧 29	社会问题剧 7	爱情剧 5	内府本 45＋16	于小谷本 19	不知来历抄本 19
梁山五虎大刮牢*	✓				✓		
梁山七虎闹铜台*	✓				✓		
王矮虎大闹东平府*	✓				✓		
宋公明排九宫八卦阵*	✓				✓		
奉天命三保下西洋*	✓				✓		
教坊编演							
宝光殿天真祝万寿*		✓			✓		
众神仙庆赏蟠桃会		✓			✓		
祝圣寿金母献蟠桃*		✓			✓		
降丹墀三圣庆长生		✓				✓	
众神圣庆贺元宵节		✓				✓	
祝圣寿万国来朝		✓				✓	
争玉板八仙过沧海*		✓			✓		
庆丰年五鬼闹钟馗*		✓			✓		
紫薇宫庆贺长春寿		✓				✓	
贺万寿五龙朝圣*		✓			✓		
众天仙庆贺长生会*		✓			✓		
庆冬至共享太平宴*		✓			✓		
贺升平群仙祝寿*		✓			✓		
庆千秋金母贺延年*		✓			✓		
广成子祝贺齐天寿*		✓			✓		
黄眉翁赐福上延年*	✓				✓		
感天地群仙朝圣*		✓			✓		

可以看出，赵本明代无名氏杂剧取材与前述元代无名氏杂剧大体

相同,数量最多的是历史故事剧,58 种,从春秋战国时的《伍子胥鞭伏柳盗跖》开始,直到明成祖时的《奉天命三保下西洋》,两汉三国、六朝隋唐、五代两宋都有表现,其中杨家将故事和水浒故事皆为元代无名氏杂剧所无;其次是神仙道化剧,22 种,其中占绝大多数的是道教神话题材,两种为佛教故事(释氏):《释迦佛双林坐化》《观音菩萨鱼篮记》;社会问题剧 6 种,有公案剧《清廉官长勘金环》《认金梳孤儿寻母》,伦理道德剧《徐伯株贫富兴衰记》《薛包认母》《风月南牢记》《庆丰门苏九淫奔记》,表现避世退隐的《若耶溪渔樵闲话》等;最后一类乃爱情剧,5 种,其中有将公案和爱情结合起来的《王闰香夜月四春园》和将神话和爱情结合起来的《雷泽遇仙记》,以及表现青年男女因私情而最终结合的《王文秀渭塘奇遇记》《秦月娥误失金环记》《女姑姑说法升堂记》等。总而言之,赵本明代无名氏杂剧数量巨大,取材全面,从历史到现实,从军国到家庭,从王侯将相到市井百姓,乃至神话宗教、才子妓女、文人逸事等都得到表现,有些题材如歌颂不与统治者合作之山林隐士以及造反的水浒好汉等皆形诸笔端,这是此前元代无名氏杂剧所很难见到的。如果将这一批杂剧作品赋形舞台则体现了明前期宫廷剧场的真实面貌的话,传统认为宫廷剧场完全代表封闭和教化等贵族情趣的认知应当重新思考了。

二、内府本无名氏杂剧叙录

内府,原为官名。《周礼》谓天官所属有内府,为府藏诸官之一。后历代相沿,职能亦多变动。至宋,内府即指掌管珍贵历史文物的府藏机构,明内府因之,内涵有所扩大,除了负责监管制造器具外,刻书和藏书亦为其重要职责。历来认为,赵琦美钞校本古今杂剧最大的贡献是内府本的抄藏。然正因为绝大多数内府藏本皆为第一次抄出面世,故很难有不同来源之版本互校,只能逐一叙录之。

(一) 历史故事剧

1. 春秋故事

伍子胥鞭伏柳盗跖*

简名《伍子胥》。叙春秋时秦穆公用百里奚计,请得周天子旨意,命天下诸侯各携宝物入潼关大会斗赛,号令无宝则杀,不至则伐。穆公欲借此会控制各国诸侯,达到称霸目的。楚将军伍员智勇双全,一力保主前往,途中为吴国公子姬光夺回被盗贼来皮豹抢去之夜明帘珍宝,又制服潼关大盗展雄(柳盗跖),终于使得众诸侯平安回国,以功受封为殿前太尉。赵本该剧位于黄丕烈编目第 194 号,与《十八国临潼斗宝》合装为一册。存本首页题名《伍子胥鞭伏柳盗跖杂剧》,无署名。剧末附有"穿关",无跋。题目正名置于剧末:"题目:秦穆公无故开筵宴;正名:伍子胥鞭伏柳盗跖。"

全本四折,仙吕、南吕、越调、双调四大套依次展开。分标头折、第二折、第三折、第四折,末本。每折及宫调曲牌均另起抄写,宫调曲牌无黑框标示,页面文字显得较为疏朗。一人主唱,戏剧动作称科不称介,此皆合于元人矩度。正文赵琦美朱笔校勘痕迹,集中于头折秦穆公开场道白,增一语"乃颛顼、伯益之后",另加"今景王圣人在"。删去则较多,主要有五处,其一:"先时天下分为七十一国,其后并吞为十八国。今周景王圣人在位,这十八国惟俺秦国最强。"其二:"方今之世,四海晏然,八方无事。各国豪杰大惧俺秦邦。"其三:"我今要威伏各国,无有一个摄伏各国归依的良策",其中第一个"各国"改为"天下","一个""各国归依的"均被删。其四:"百里奚你是我手下第一个辅弼谋臣,我今与你计议,怎生做个商量",其中"第一个""怎生做个商量"均被删。其五:删去"某当拜为大将也""俺秦国有□君天下,豪杰闻之皆惧",其中"有□君天下"涂改为"虎视山东",删去"闻之"二字。以下至剧末则无较大涂改。其所以此,当为琦美嫌原稿冗长,欲以己意校改,终因问题太多、费时浩瀚而罢。

十八国临潼斗宝

简名《临潼斗宝》。剧情大抵与前述《伍子胥鞭伏柳盗跖》相同,唯更为详尽,特别是第三折正面表现临潼大会经过,具体展示伍子胥文压百里奚、武胜秦姬辇等,大智大勇。当秦君欲以甲士慑服与会诸侯时,作品突出伍员不畏强暴,挺剑而起,胁迫秦穆公不敢实施阴谋并礼送诸侯出关。剧以诸侯平安回归,共推伍子胥为天下各国元戎作结。赵本该剧位于黄丕烈编目第 195 号,与《伍子胥鞭伏柳盗跖》合装为一册。存本首页题名《十八国临潼斗宝杂剧》,无署名。剧末附有"穿关",跋云:"万历四十三年五月初八日校抄内本,清常道人。"题目正名置于剧末:"题目:伍子胥鞭伏盗跖;正名:十八国临潼斗宝。"

全本四折一楔子,楔子在一、二折之间。正文仙吕、越调、中吕、双调四大套依次展开。分标头折、第二折、第三折、第四折,末本。每折及宫调曲牌均另起抄写,宫调曲牌无黑框标示,页面文字显得较为疏朗。一人主唱,戏剧动作称科不称介,合于元人矩度。正文赵琦美墨笔校勘痕迹较少,头折秦穆公开场道白"将有百万,论文有百里奚论武有秦姬辇",其中"百万"改为"千员",其余有一些涂改则多属于改正原台本或抄手错误之类。这一点与前剧恰成鲜明对比。

田穰苴伐晋兴齐

简名《伐晋兴齐》。叙燕、晋侵齐,齐师败绩,晏婴举穰苴为将,穰苴曰:"臣卑贱,百姓不信,愿得君之宠臣为监军。"景公使庄贾往,约日中会于军门。贾娇贵,夕时始至,穰苴以军法斩贾以徇,然后出师,大败晋兵,燕军亦引去。赵本该剧位于黄丕烈编目第 195 号,与《后七国乐毅图齐》《吴起敌秦挂帅印》《守贞节孟母三移》合装为一册。存本首页题名《田穰苴伐晋兴齐杂剧》,无署名。剧末附有"穿关",跋云:"内本校抄,岁乙卯二月二十二日,清常记。"题目正名置于剧末:"题目庄监军行兵背约;正名田穰苴伐晋兴齐。"

体制上,此剧四折一楔子,楔子在三、四折之间。正文仙吕、正宫、双调、中吕四大套依次展开。分标头折、第二折、第三折、第四折,末本。每折及宫调曲牌均另起抄写,宫调曲牌无黑框标示,页面文字显得较为疏朗。一人主唱,动作称科,合于元人法度。全剧开首无冲末,而以外角冲场,末套不以双调而用中吕,亦元明杂剧所少见。正文抄写字体整齐端庄,遇有"圣主""皇宣""圣人"字样均顶格书写,当为内府本原有格式之照录。墨笔校勘痕迹较少，主要有第二折晏婴道白"因荐于主公，愿君深为试之"，其中"君深"改为"主公"。其余有一些涂改则多属于改正原台本或抄手错误之类。

后七国乐毅图齐

简名《乐毅图齐》。叙战国时燕将乐毅出兵攻齐，连下70余城，仅剩莒和即墨两座孤城未破。田单临危受命，求计于隐居中的孙膑，孙遂入燕行离间计。燕惠王中计，派骑劫取代乐毅。田单进而麻痹燕军，派使者诈降，燕军因而懈怠。田单夜间以火牛冲阵，燕军大败，骑劫被杀。田单尽复失地。赵本该剧位于黄丕烈编目第197号，与《田穰苴伐晋兴齐》《吴起敌秦挂帅印》《守贞节孟母三移》合装为一册。存本首页题名《后七国乐毅图齐杂剧》，无署名。剧末附有"穿关"，跋云："四十三年二月二十六日校内本，清常道人。"今存本末页"万载千秋仰圣皇"后文字缺失，无题目正名。

体制上，此剧北曲四折，仙吕、商调、中吕、双调四大套依次展开，一人主唱，合于元人传统。正文分标头折、第二折、第三折、第四折，末本。正文抄写字体尚属整齐，然每折及宫调曲牌均不另分行，而以括号标示，版面显得拥挤。墨笔校勘痕迹较少，主要有第三折王孙贾道白"小官齐国使命王孙贾，奉俺公子的命，着小官奉黄金千镒并降书来日投降"，其中"俺公子"三字以朱笔涂去，"小官奉"三字乃后补。以下一句"咱这里冲将阵去必然取胜也"，其中"必然取胜也"一句系朱笔校补。所有这些，大抵多属改正原台本或抄手错误之类。

吴起敌秦挂帅印

简名《吴起敌秦》。叙春秋时吴起善于军事，然游鲁游秦皆不得重用，及至魏，得李克力荐，魏文侯以为将，遂败秦兵。赵本该剧位于黄丕烈编目第198号，与《田穰苴伐晋兴齐》《后七国乐毅图齐》《守贞节孟母三移》合装为一册。存本首页题名《吴起敌秦挂帅印杂剧》，无署名。剧末附有"穿关"，无跋。题目正名置于剧末："题目：李克举荐登坛台；正名：吴起敌秦挂帅印。"

体制上，此剧北曲四折，仙吕、正宫、越调、双调四大套依次展开，一人主唱，合于元人传统。正文分标头折、第二折、第三折、第四折，末本。

存本虽属抄本,但抄写者有意划出版式边框及书口鱼尾,正文抄写字体大体工整,每字皆以细线分隔,如近代方格稿纸然,每折及宫调曲牌均另起抄写,页面文字显得较为疏朗,基本不见朱笔及墨笔校勘痕迹。

守贞节孟母三移

简名《孟母三移》。叙孟子的母亲曾三次迁移,选择良邻;断所织之布,以激励孟子勤奋学习。赵本该剧位于黄丕烈编目第 199 号,与《田穰苴伐晋兴齐》《后七国乐毅图齐》《吴起敌秦挂帅印》合装为一册。存本首页题名《守贞节孟母三移杂剧》,无署名。剧末附有"穿关",跋云:"万历四十三年七月初三日校内本,曾自四十二年甲寅雨,至是日始得雨寸许,晚禾稍甦矣。清常道人记。"另有时人董其昌题跋云:"崇祯纪元二月之望,偕友南下,舟次无眠,读此消夜,颇得卷中三昧。"题目正名置于剧末:"题目:崇道统宣王设教;正名:守贞节孟母三移。"

体制上,此剧四折一楔子,楔子在二、三折之间。正文仙吕、正宫、中吕、双调四大套依次展开,一人主唱,合于元人传统。正文分标头折、第二折、第三折、第四折,旦本。正文抄写字体尚属整齐,遇有"圣人""天朝""圣明"字样均顶格书写,当为内府本原有格式之照录,每折及宫调曲牌均另起抄写,宫调曲牌无黑框标示,页面文字显得较为疏朗,基本不见墨笔校勘痕迹。

2. 两汉故事

汉公卿衣锦还乡

简名《衣锦还乡》。叙楚汉相争,项羽依恃武力,威服天下诸侯,欲将都城由秦都咸阳迁都彭城(今江苏徐州),以利其衣锦还乡。执戟郎韩信劝谏未果,愤而辞官归里。汉王刘邦乘机收拢人心,其臣张良说韩信降汉,拜兴刘灭楚大元帅,终于设十面埋伏计,九里山前大会战,项羽兵败,自刎而亡。剧以韩信、英布等功臣俱被封官晋爵、衣锦还乡、安享太平作结。赵本该剧位于黄丕烈编目第 204 号,与《随何赚风魔蒯彻》《运机谋随何骗英布》合装为一册。存本首页题名《汉公卿衣锦还乡杂剧》,无署名。剧末附有"穿关"。题目正名置于剧末:"题目:免税粮明君创业;正名:汉公卿衣锦还乡。"

体制上,此剧四折一楔子,楔子在一、二折之间。正文仙吕、中吕、越调、双调四大套依次展开,一人主唱,合于元人传统。正文分标头折、第二折、第三折、第四折,旦本。正文抄写字体尚属整齐,遇有"圣人""明君""圣明""明主""圣明主"字样均顶格书写,当为内府本原有格式之照录。每折及宫调曲牌均另起抄写,宫调曲牌无黑框标示,页面文字显得较为疏朗,基本不见墨笔校勘痕迹。

运机谋随何骗英布

简名《骗英布》。叙秦末楚汉相争,九江王英布实力举足轻重,汉王刘邦派随何用离间计诱降,英布终为汉兵马大元帅,随何亦受封上大夫之职。赵本该剧位于黄丕烈编目第 205 号,与《汉公卿衣锦还乡》《随何赚风魔蒯彻》合装为一册。存本首页题名《汉公卿衣锦还乡杂剧》,无署名。剧末附有"穿关",跋云:"乙卯五月十九日校内本,清常。"题目正名置于剧末:"题目:施妙策张良智萧何;正名:运机谋隋何骗英布。"

体制上,此剧四折一楔子,楔子在二、三折之间。正文仙吕、南吕、中吕、双调四大套依次展开,一人主唱,合于元人传统。正文分标头折、第二折、第三折、第四折,旦本。正文抄写字体尚属整齐,遇有"圣人""明君""圣明""明主""圣明主"字样均顶格书写,当为内府本原有格式之照录。每折及宫调曲牌均另起抄写,宫调曲牌无黑框标示,页面文字显得较为疏朗,基本不见墨笔校勘痕迹。

韩元帅暗度陈仓

简名《暗度陈仓》。叙楚汉相争,刘邦屡败,遂从萧何建议,拜韩信为帅,振军拒敌。信果不负望,为严明军纪,立斩贻误军机之刘邦亲信英盖,命樊哙率军前往栈道摇旗呐喊,虚声修复,己则亲率大军由陈仓抄出楚营之后,击破之。剧以韩信大获全胜、高祖设宴庆功作结。赵本该剧位于黄丕烈编目第 207 号,与《司马相如题桥记》合装为一册。存本首页题名《韩元帅暗度陈仓杂剧》,无署名。剧末附有"穿关",跋云:"万历四十三年乙卯二月二十日校内本,清常记。"题目正名置于剧末:"题目:汉高皇明修栈道;正名:韩元帅暗度陈仓。"

体制上,此剧四折一楔子,楔子在一、二折之间。正文仙吕、越调、黄钟、双调四大套依次展开,一人主唱,合于元人传统。正文分标头折、第二折、第三折、第四折,末本。正文抄写字体尚属整齐,遇有"汉天朝"

"皇恩""圣主"字样均顶格书写,当为内府本原有格式之照录。每折及宫调曲牌均另起抄写,宫调曲牌无黑框标示,页面文字显得较为疏朗,墨笔校勘痕迹较少,唯有原文汉将"殷盖"全部涂改为"英盖"。

马援挝打聚兽牌

简名《聚兽牌》。叙西汉末王莽篡位,宗室刘秀举兵反抗,莽遣苏献、王寻、王邑等率军镇压,至昆阳城大会战事。赵本该剧位于黄丕烈编目第 209 号,与《刘文叔中兴走鸦路》(缺)、《云台门聚二十八将》《汉姚期大战邳仝》合装为一册。存本首页题名《马援挝打聚兽牌杂剧》,无署名。剧末附有"穿关",跋云:"万历四十三年五月初六日校内本,清常道人记。"题目正名置于剧末:"题目:严光智取昆阳城;正名:马援挝打聚兽牌。"

体制上,此剧北曲四套,仙吕、正宫、越调、双调四大套依次展开。末本,一人主唱,动作提示称科不称介,合于元人传统。正文分标头折、第二折、第三折、第四折,末本。正文抄写字体尚属整齐,遇有"天子""皇圣""圣明主""圣主""圣皇""圣人"字样均顶格书写,当为内府本原有格式之照录。每折及宫调曲牌均另起抄写,宫调曲牌无黑框标示,页面文字显得较为疏朗,基本不见墨笔校勘痕迹。

云台门聚二十八将

简名《云台门》。叙西汉末王莽篡汉,以南阳地方官不服,遂派苏献、苏成领兵征进。南顿太守刘钦(光武父)、陈州太守岳彦明联合拒敌失败,光武指倒顿丘城逃走,途中遇阴太公款待并以女许配。后光武起兵,势渐浩大,又得严光相助,终于推翻王莽,光复汉室。剧以光武帝大封功臣,并于云台观图留二十八将仪容作结。赵本该剧位于黄丕烈编目第 210 号,与《刘文叔中兴走鸦路》(缺)、《马援挝打聚兽牌》《汉姚期大战邳仝》合装为一册。存本首页题名《云台门聚二十八将杂剧》,无署名。剧末附有"穿关",跋云:"四十三年四月十一日校内本,清常道。"题目正名置于剧末:"题目:举义兵扶汉室中兴;正名 云台门聚二十八将。"

体制上,此剧北曲四折,仙吕、中吕、越调、双调四大套依次展开。末本,一人主唱,动作提示称科不称介,合于元人传统。正文分标头折、第二折、第三折、第四折,末本。正文抄写字体纤弱但尚工整,遇有"圣明主""圣主""圣人"字样均顶格书写,当为内府本原有格式之照录。每折及宫调曲牌均另起抄写,宫调曲牌无黑框标示,页面文字显得较为疏朗,基本不见墨笔校勘痕迹。

汉姚期大战邳仝

简名《大战邳仝》。叙西汉末年,王莽篡汉被推翻,刘玄称帝,号为更始,封刘秀为萧王,命代巡行河北。时有赵王刘林不遵帝命,另奉新主,并派大将邳仝拒敌。萧王拜邓禹为帅,姚期为先锋,以车轮战擒住邳仝,因获全胜。赵本该剧位于黄丕烈编目第 211 号,与《刘文叔中兴走鸦路》(缺)、《马援挝打聚兽牌》《云台门聚二十八将》合装为一册。存本首页题名《汉姚期大战邳仝杂剧》,无署名。剧末附有"穿关",跋云:"乙卯仲春念四日校内本,清常道人。"题目正名置于剧末:"题目:邓仲华驱兵领将;正名:汉姚期大战邳仝。"

体制方面,此剧北曲五折,分别以仙吕、越调、正宫、中吕、双调五套依次组合,一人主唱,动作提示称科,此亦基本上未脱元人传统。正文分标头折、第二折、第三折、第四折,末本。正文抄写字体尚属整齐,遇有"圣人""明君""圣明""明主""圣明主"字样均顶格书写,当为内府本原有格式之照录。每折及宫调曲牌均另起抄写,宫调曲牌无黑框标示,页面文字显得较为疏朗,基本不见墨笔校勘痕迹。

寇子翼定时捉将

简名《定时捉将》。叙汉光武帝刘秀即位前,以更始所封萧王身份兵巡河北,讨伐欲行叛乱之赵王刘林部,一举擒获刘林部勇将邳彤。赵本该剧位于黄丕烈编目第 211 号,与《孝义士赵礼让肥》《邓禹定计捉彭宠》合装为一册。存本首页题名《寇子翼定时捉将杂剧》,无署名。剧末附有"穿关",跋云:"乙卯三月二十五日校内本,清常道人。"题目正名置于剧末:"题目:姚次况复收邯郸;正名:寇子翼定时捉将。"

体制上,此剧北曲五折,分别以仙吕、正宫、越调、黄钟、双调五套依次组合,一人主唱,动作提示称科,皆合于元杂剧传统。正文分标头折、第二折、第三折、第四折,末本。正文抄写字体尚属整齐,遇有"圣人""圣主""圣明""圣德""圣明主"字样均顶格书写,当为内府本原有格式之照录。存本虽属抄本,但抄写者有意划出版式边框及书口鱼尾,正文抄写字体大体工整,每字皆以细线分隔,如近代方格稿纸然。每折及宫调曲牌均另起抄写,宫调曲牌无黑框标示,页面文字显得较为疏朗,基本不见朱笔校勘痕迹。

邓禹定计捉彭宠

简名《捉彭宠》。叙彭宠原为更始帝所置渔阳太守,光武率军巡行河北,与赵王刘林所立王郎军交锋,彭宠处中间,初欲听从部将吴汉之言归汉,后信冯政蛊惑,悔之,且欲派兵擒捉邓禹派去联络之汉将冯异,引发冲突,内部亦产生矛盾。邓禹派姚期、马武率军进击,终将彭宠擒获。赵本该剧位于黄丕烈编目第 213 号,与《孝义士赵礼让肥》《寇子翼定时捉将》合装为一册。存本首页题名《邓禹定计捉彭宠杂剧》,无署名。剧末附有"穿关"。题目正名置于剧末:"题目:吴汉设法进军粮;正名:郑禹定计捉彭宠。"

体制上,此剧以仙吕、中吕、正宫、双调四套北曲依次组合,基本合于元剧传统,一人主唱,合于元人传统。正文分标头折、第二折、第三折、第四折,末本。正文抄写字体尚属整齐,遇有"圣人""圣德""圣主""圣明""圣恩""明圣主"字样均顶格书写,当为内府本原有格式之照录。每折及宫调曲牌均另起抄写,宫调曲牌无黑框标示,页面文字显得较为疏朗,墨笔校勘痕迹较少。

3. 三国故事

阳平关五马破曹

简名《五马破曹》。叙曹操派兵守阳平关,诸葛亮先命黄忠败夏侯渊,攻取定军山,又令赵云诈打魏将旗号,赚得阳平关。操不甘,命张鲁夺回阳平关,鲁非马超对手,为所擒。孔明题诗鲁脸而释之,以羞辱曹操。操不得志,意欲班师,食鸡肋而以为令,杨修因告三军准备班师,操以漏泄军情而欲将修斩首,幸众人告免,而为脊杖四十逐出。次日操退兵遇马超,几不能脱,至与曹虎互易衣服而遁。赵本该剧位于黄丕烈编目第 219 号,与《曹操夜走陈仓路》《十样锦诸葛论功》《走凤雏庞统略四郡》合装为一册。存本首页题名《阳平关五马破曹杂剧》,无署名。剧末附有"穿关",跋云:"乙卯五月二十三日校内本,清常道人。"题目正名置于剧末:"题目:陈仓路十将成功;正名:阳平关五马破曹。"

体制方面,此剧北曲四折二楔子,一在剧首,一在三、四折之间,分别以仙吕、正宫、中吕、双调四大套组合成体,一人主唱,末本,动作提示称科不称介,是皆合于元人矩度。正文抄写字体尚属整齐,遇有"圣明君""圣人""圣明主"字样均顶格书写,当为内府本原有格式之照录。每折及宫调曲牌均另起抄写,宫调曲牌无黑框标示,页面文字显得较为疏朗,墨笔校勘痕迹较少,唯第二折马谡、诸葛亮韵白之衬字"俺去那""这一场""辱没杀""你看我"均删,可见琦美亦自增减台本,只是不多。另外,还纠正数处原抄本笔误,如第一折糜芳、张飞道白"闻早"改为"及早",韩温道白"你道"改为"你到",黄忠道白"曩王"改为"襄王",第三折"畧"均改做"料",等等。

走凤雏庞统略四郡

简名《庞略四郡》。叙赤壁战后,凤雏庞统欲投吴效力,鲁肃以为丹阳县令,统愤其不重贤,转而投蜀,简雍又以之为耒阳县令,统失望至极,乃纵酒不治事,且以县令牌信交与主簿代掌,张飞往取首级,误杀主簿。统遂应江夏四郡之聘为军师,排阵计窘张飞。后经诸葛亮周旋,统方偕黄忠、魏延以归蜀。该剧情事不见史传,亦不见于小说《三国志演义》,当系作者自运。赵本该剧位于黄丕烈编目第 220 号,与《曹操夜走陈仓路》《十样锦诸葛论功》《阳平关五马破曹》合装为一册。存本首页题名《走凤雏庞统略四郡杂剧》,无署名。剧末附有"穿关",跋云:"内本校录,清常记。"题目正名置于剧末:"题目:诸葛亮智排五虎;正名:走凤雏庞掠四郡。"

体制方面,此剧北曲四折一楔子,楔子在一、二折之间,分别以仙吕、中吕、越调、双调四大套依次组合,一人主唱,动作提示称科不称介,是皆合于元人传统。正文抄写字体尚属整齐,遇有"圣明君""圣人""圣明主"字样均顶格书写,当为内府本原有格式之照录。每折及宫调曲牌均另起抄写,宫调曲牌无黑框标示,页面文字显得较为疏朗,墨笔校勘痕迹较少,唯原文"进孝""进忠"之"进"俱改为"尽","刘峯"俱改为"刘封"。改之为是。

周公瑾得志娶小乔

简名《娶小乔》。叙汉末乔公有二女,即大乔、小乔,皆有国色。大乔为吴主孙权所娶,独小乔尚待字闺中,时有周瑜多才,其友鲁肃为之作媒求乔公,公允之,而欲瑜先功名后婚姻,俟瑜得官方许其迎娶。后孙权求贤拜周瑜为元帅,始娶小乔。剧以功名美人双收喜庆作结。该剧情事不见史传,亦不见于小说《三国志演义》,当系作者自运。赵本该剧位于黄丕烈编目第 221 号,与《张翼德单战吕布》《莽张飞大闹石榴园》合装为一册。存本首页题名《周公瑾得志娶小乔杂剧》,无署名。剧末附有"穿关",跋云:"乙卯孟秋十有一日校内本,清常记。"题目正名置于剧末:"题目:鲁子敬仁厚助英贤;正名:周公瑾得志娶小乔。"

体制上,此剧北曲四折,仙吕、中吕、越调、双调四大套依次展开。末本,一人主唱,动作提示称科不称介,合于元人传统。正文分标头折、第二折、第三折、第四折,末本。正文抄写字体纤弱但尚工整,遇有"圣主""圣人""圣恩""圣明君"字样均顶格书写,当为内府本原有格式之照录。每折及宫调曲牌均另起抄写,宫调曲牌无黑框标示,页面文字显得较为疏朗,基本不见墨笔校勘痕迹,唯原文"鲁萧"中的"萧"俱改为"肃",且注明"多草头","刘峯"俱改为"刘封"。第四折"汉青"改为"汗青",改为是。

张翼德单战吕布

简名《单战吕布》。叙汉末董卓擅政,关东诸侯袁绍、曹操等合兵讨伐,刘备、关羽、张飞率兵与焉。时卓将吕布勇悍,诸侯军莫能与敌,刘、关、张三战,败之。监军孙坚不服,因与张飞赌赛,由飞一人一骑单战吕布,如胜即得监军牌印,负则纳下兄弟三人头颅。次日,飞力战吕布,胜之。坚被迫交出牌印,飞先后将印挂在枪尖、鞭上、马上,称枪监军、鞭监军、马监军,尽情戏弄孙坚。剧以王允颁旨封赠、皆大欢喜结束。该剧情事不见史传,亦不见于小说《三国志演义》,当系作者自运。赵本该剧位于黄丕烈编目第 224 号,与《周公瑾得志娶小乔》《莽张飞大闹石榴园》合装为一册。存本首页题名《张翼德单战吕布杂剧》,无署名。剧末附有"穿关",跋云:"万历四十三年乙卯仲春二十有八日,清常道人校内府本。"题目正名置于剧末:"题目:孙监军赌印争强;正名:张翼德单战吕布。"

体制方面,此剧北曲四折,分别以仙吕、中吕、越调、双调依次组合,一人主唱,末本,戏剧动作提示称科不称介,皆合于元人矩度。正文抄写字体尚属工整,遇有"圣人""圣恩"字样均顶格书写,当为内府本原有格式之照录。每折及宫调曲牌均另起抄写,宫调曲牌无黑框标示,页面文字显得较为疏朗,墨笔校勘痕迹较少,唯头折删去孙坚韵白之衬字"我今日",另外,还纠正数处原抄本笔误。

莽张飞大闹石榴园

简名《石榴园》。叙曹操与张辽定计设宴于石榴园凝翠楼,请刘备赴宴,因席间迫其就范,关张如来相救,则一并擒之。至时玄德如约前往,曹操与之煮酒论英雄,正欲借机寻衅,而关张前来接应,楼下夏侯敦阻之,关羽令校刀手四面围定,张飞突入将玄德扶出,操计遂不得逞。该剧见于《脉望馆书目》,情事不见史传,亦不见于小说《三国志演义》,当系作者自运。赵本该剧位于黄丕烈编目第 225 号,与《张翼德单战吕布》《周公瑾得志娶小乔》合装为一册。存本首页题名《莽张飞大闹石榴园杂剧》,无署名。剧末附有"穿关",题目正名置于剧末:"题目:曹孟德定计凝翠楼;正名:莽张飞大闹石榴园。"

体制上,此剧北曲四折,仙吕、南吕、中吕、越调四大套依次展开。末本,一人主唱,动作提示称科不称介,合于元人传统。正文分标头折、第二折、第三折、第四折,末本。正文抄写字体纤弱但尚工整,遇有"圣人""当今帝""皇""圣皇""圣恩""圣明君"字样均顶格书写,当为内府本原有格式之照录。每折及宫调曲牌均另起抄写,宫调曲牌无黑框标示,页面文字显得较为疏朗,基本不见朱笔校勘痕迹,唯头折张辽道白"筵间罗惹他些风流罪过",其中"罗惹"改为"罗织"。第三折杨修道白"俺丞相要所害他",其中"所"改为"杀"。改之俱是。

关云长单刀劈四寇

简名《单刀劈四寇》。叙汉末董卓专权乱政,为王允、吕布设计所杀,卓将李催、郭汜、樊稠、张济兴兵造反,吕布率军截战不利,四贼攻入长安,王允自尽。曹操引兵勤王,其部许褚、曹仁、曹璋等为李催四寇所败。时关羽辞别刘备、张飞回蒲州祭祖,途遇战事,力劈四寇,建成大功。该剧情事不见史传,亦不见于小说《三国志演义》,当系作者自运。赵本该剧位于黄丕烈编目第 233 号,与《寿亭侯怒斩关平》合装为一册。

存本首页题名《关云长单刀劈四寇杂剧》，无署名。剧末附有"穿关"，题目正名置于剧末："题目：曹孟德遣将收长安；正名：关云长单刀劈四寇。"

体制方面，此剧北曲五本二楔子，一在二、三折间，一在三、四折之间，分别以仙吕、正宫、中吕、越调、双调五大套依次组合，一人主唱，末本，动作提示称科不称介，正文分标头折、第二折、第三折、第四折、第五折，未出元人旧制。正文抄写字体尚工整，每字皆以细线分隔，如近代

方格稿纸然，每折及宫调曲牌均另起抄写，宫调曲牌无黑框标示，页面文字显得较为疏朗，墨笔校勘痕迹较少，唯纠正少数原抄本笔误，如头折李吉道白"今有王允丞相定了一个美女连环计"，其中"女"字原稿脱落，墨笔校补。同折李肃道白"先祖乃是东汉大将军李通之后"，其中"汉"字原稿脱落，墨笔校补。第二折樊稠韵白"要报冤仇故起兵"，其中"冤"字原稿脱落，墨笔校补。

寿亭侯怒斩关平

简名《怒斩关平》。叙赤壁战后，荆襄九郡为刘备所得。有张虎、张彪二寇作乱，诸葛亮派五虎将之子关平、马忠、张包、赵冲、黄叙前往征讨，一举平定。平乃驰马返回报功，不意途中踏死平民王荣之子。荣上告，地方衙门惧不敢问。关羽自马夫处偶知此事，大怒，命斩关平。赵云、马超、黄忠诸人劝说不听，至张飞大闹法场，并与赵、马、黄声言，欲自斩其子，用儿辈同死之义相要挟，且是时王荣亦收回诉状以答众意，平始得释。该剧情事不见史传，关羽之"寿亭侯"封爵乃"汉寿亭侯"之误，凡此亦均不见于小说《三国志演义》，纯系作者自运。赵本该剧位于黄丕烈编目第 233 号，与《关云长单刀劈四寇》合装为一册。存本首页题名《寿亭侯怒斩关平杂剧》，无署名。剧末附有"穿关"，题目正名置于剧末："题目：集贤庄王荣告状；正名：寿亭侯怒斩关平。"

体制上，此剧以仙吕、南吕、中吕、双调四大套组合成体，一人主唱，动作提示称科，皆合于元人法度。正文分标头折、第二折、第三折、第四折，未出元人旧制。正文抄写字体尚工整，每折及宫调曲牌均另起抄写，宫调曲牌无黑框标示，页面文字显得较为疏朗，朱笔校勘痕迹较少，唯纠正少数原抄本笔误，如头折将"浪州"改为"阆州"，"见今如"改为

"见如今","进忠"改为"尽忠"。第三折"大纛高衙"改为"大纛高牙",第四折关羽曲辞"单凤眼"改为"丹凤眼",等等。

关云长大破蚩尤

简名《大破蚩尤》。叙宋时解州盐池突然干涸,百姓痛苦不堪,朝廷宣召张天师询问,方知系蚩尤神作祟,因其妒下界立轩辕庙致祭而不为己立庙之故也。于是范仲淹、寇准、吕夷简诸大臣即为求祷上天。天师派吕坦夫至玉泉山访住持长老,请玉泉都土地关将驱邪。关圣果不负命,率神兵殄灭蚩尤,宋廷封关为崇宁真君。范仲淹奉命为关圣立庙,因而梦见关圣及驱邪院主,后者宣玉帝敕旨封关为义勇武安王。该剧情事不见史传,更与小说《三国志演义》无关,当系作者自运。赵本该剧位于黄丕烈编目第 235 号,与《刘关张桃园三结义》《张翼德三出小沛》《张翼德大破杏林庄》《陶渊明东篱赏菊》合装为一册。存本首页题名《关云长大破蚩尤杂剧》,无署名。剧末附有"穿关",跋云:"万历四十三年岁次乙卯孟秋之月二十有二日大雨中校内本,清常道人。"题目正名置于剧末:"题目:解州地盐池作乱;正名:关云长大破蚩尤。"

体制上,此剧四折二楔子,一在一、二折,一在三、四折之间,以仙吕、南吕、正宫、双调四套北曲组合成体,一人主唱,动作称科,基本合于元人传统。正文分标头折、第二折、第三折、第四折,未出元人旧制。文本抄写字体纤弱但尚工整,遇有"圣人""圣恩""君王""帝王""圣旨""天朝""圣命""天颜""仁圣""明君"字样均顶格书写,当为内府本原有格式之照录。每折及宫调曲牌均另起抄写,宫调曲牌无黑框标示,页面文字显得较为疏朗,墨笔校勘痕迹较少,唯纠正少数原抄本笔误,如楔子一道童道白"明可明非常明",其中的"明"改为"名"。第四折关羽道白"汉将寿亭侯"改为"蜀将汉寿亭侯"等。

4. 六朝故事

陶渊明东篱赏菊

简名《东篱赏菊》。叙东晋人陶渊明生性清高孤傲,不慕荣利,更不为权势所屈。为彭泽县令仅 80 日,以督邮至不愿束带进见而毅然挂冠归里。江州刺史王弘欲见渊明,渊明不肯见,乃约庞通之(渊明友人)候于半道,始见之。颜延之送钱二万,即日送酒家。东篱菊开,王弘、庞通之送酒渊明,三人共饮。剧以檀道济向朝廷推荐渊明,帝遣檀为使,宣封渊明为本处府尹作结。赵本该剧位于黄丕烈编目第 248 号,与《刘关张桃园三结义》《张翼德三出小沛》《张翼德大破杏林庄》《关云长大破蚩尤陶渊明东篱赏菊》合装为一册。存本首页题名《陶渊明东篱赏菊杂剧》,无署名。剧末附有"穿关"。题目正名置于剧末:"题目:檀道济与善蔗贤;正名:陶渊明东篱赏菊。"

体制上,此剧北曲四套,以仙吕、南吕、正宫、双调四套北曲组合成体,一人主唱,动作提示称科不称介,基本合于元人矩度。正文分标头折、第二折、第三折、第四折,未出元人旧制。文本抄写字体纤弱但尚工整,遇有"圣恩""圣人""圣命""圣母""皇圣""君王""帝王""圣旨""天朝""天颜""仁圣""明君"字样均顶格书写,当为内府本原有格式之照录。每折及宫调曲牌均另起抄写,宫调曲牌无黑框标示,页面文字显得较为疏朗,朱笔校勘痕迹较少,唯纠正少数原抄本笔误,如第一折末补上"伴哥云"提示。第二折【菩萨梁州】"摇琴鼓舌"句中,"琴"改为"唇"。第三折【滚绣球】曲"耸听肩一天爽气"句中,"听"改为"吟"。家童道白"采子菊"改为"采了菊"。王弘道白"举一杯"改为"奉一杯"。【叨叨令】曲"也兀哥"改为"也么哥"。第四折【梅花酒】曲"一黛小山"改为"一带小山"。【喜江南】曲"播清圣"改为"播清声"。

5. 唐朝故事

长安城四马投唐

简名《四马投唐》。叙李密为王世充所败,不听部将王伯当劝阻,率柳周臣、贾闰甫并王伯当共投唐,唐高祖李渊封之为岐山公,以独孤氏妻之。会李世民征西凯旋,密奉命为馆伴使,负责接待。因与世民有旧仇,世民及部下均有意羞辱,密不堪,遂复叛唐,杀独孤氏,反出潼关,为世民军追杀之,并射死王伯当。赵本该剧位于黄丕烈编目第 249 号,与《立功勋庆赏端阳》《贤达妇龙门隐秀》合装为一册。存本首页题名《长安城四马投唐杂剧》,无署名。剧末附有"穿关"。题目正名置于剧末:"题目:邢山公忠臣尽节;正名:长安城四马投唐。"

体制上,此剧四折二楔子,一在剧首,一在二、三折之间,以仙吕、正宫、商调、双调四套北曲组合成体,一人主唱,动作称科,基本合于元人传统。正文分标头折、第二折、第三折、第四折，未出元人旧制。文本抄写字体纤弱但尚工整，遇有"圣人""圣恩""圣主""君王""帝王""圣旨""天朝""圣命""天颜""仁圣""明君"字样均顶格书写，当为内府本原有格式之照录。每折及宫调曲牌均另起抄写，宫调曲牌无黑框标示，页面文字显得较为疏朗，墨笔校勘痕迹较少，唯纠正少数原抄本笔误，如楔子一李密上场诗"少年金带挂吴钩"中"金带"改为"锦袋"。【赏花时】曲"忿勇争先"其中"忿"改为"奋"。楔子二李靖道白"西州成都府人氏"改为"京兆三原人氏"。第三、四两折多处"离山老母"改为"黎山老母"，"离阳"改为"黎阳"。

立功勋庆赏端阳

简名《庆赏端阳》。叙柴绍征讨北番获胜而归，房玄龄奉旨召集功臣设宴庆贺，席间建成、元吉和李道宗不服柴绍，彼此争论，约定于蕤宾之日（端阳）射柳垂丸赌赛，赢者封赏，输者面傅粉墨。中间柴夫人劝夫退让，李道宗夜访威吓，皆未能动摇柴绍。届期赌赛，以建成、元吉输了受罚，柴绍受赏作结。赵本该剧位于黄丕烈编目第 242 号，与《长安城四马投唐》《贤达妇龙门隐秀》合装为一册。存本首页题名《立功勋庆赏端阳杂剧》，无署名。剧末附有"穿关"，跋云："万历四十二年甲寅正月二十一日灯下校本，清常道人。"题目正名置于剧末："题目：旗武艺捶丸射柳；正名：立功勋庆赏端阳。"

体制方面，此剧北曲四折，分别以仙吕、中吕、越调、双调四大套组合而成，一人主唱，动作提示称科不称介，皆合于元人固有法度。文本抄写字体纤弱但尚工整，遇有"圣人""圣恩""圣德""圣明朝""圣君"字样均顶格书写，当为内府本原有格式之照录。每折及宫调曲牌均另起抄写，宫调曲牌无黑框标示，页面文字显得较为疏朗，朱笔校勘痕迹较少，唯纠正少数原抄本笔误，如第一折段志贤道白"存铁在手"改为"寸铁在手"，第二折凡"进忠"俱改为"尽忠"，第四折"署"均改为"料"，等等。

贤达妇龙门隐秀

简名《龙门隐秀》。叙薛仁贵在龙门镇柳员外家为佣工，柳女迎春烧夜香，见草丛中卧一白额虎，近视之，乃仁贵卧地上，异之，且怜其单寒，以红棉袄覆盖薛。婢女梅香诉其事于员外，员外因疑女与仁贵有私,遂以女配仁贵,而将二人一并逐出。会高丽入寇,朝命张士贵至绛州招兵,仁贵欲往投军,父母以家中无人侍养,欲不许,而柳氏决意侍奉翁姑,促仁贵行。后仁贵大破高丽,功封辽国公。李元帅以女妻之,仁贵固辞,李女愿以妾自处,遂与仁贵同归省父母,并见柳氏。柳氏认之为妹,不分嫡庶,和谐相处。赵本该剧位于黄丕烈编目第 243 号,与《长安城四马投唐》《立功勋庆赏端阳》合装为一册。存本首页题名《贤达妇龙门隐秀杂剧》,无署名。剧末附有"穿关",题目正名置于剧末:"题目:英雄士虎榜标名;正名:贤达妇龙门隐秀。"

体制上,此剧四折一楔子,分别以仙吕、中吕、商调、双调四套北曲依次组合,一人主唱,旦本,动作称科,合于元人矩度。正文分标头折、第二折、第三折、第四折,未出元人旧制。文本抄写字体纤弱但尚工整,遇有"圣人""圣恩""天禄"字样均顶格书写,当为内府本原有格式之照录。每折及宫调曲牌均另起抄写,宫调曲牌无黑框标示,页面文字显得较为疏朗,朱笔校勘痕迹较少,唯纠正少数原抄本笔误,如楔子及以下"葛苏文"俱改为"盖苏文"。第一折【那吒令】曲"这一场殆累呵",其中"殆"改为"带","风流罪着科范",其中"范"改为"犯"。第二折张士贵韵白:"一生好赖功",其中"赖"改为"揽"。【梧叶儿】曲"一敬来"改为"一径来"。第三折柳孛老儿韵白"一生窘暴自甘贫",其中"暴"改为"薄"。第四折大末道白"一敬的"改为"一竟的"。

招凉亭贾岛破风诗

简名《破风诗》。叙诗人贾岛苦吟,当街骑驴误撞陈府尹马头,陈诘后方知原委,令赋诗,遂大惊服,使献万言长策并为转奏,命寄居妙香寺等候。时韩吏部退之微行至寺,岛误以为书生将窃己文字,斥骂之,后从寺僧处得知就里,惧而逃南方香炉山云盖寺出家,法名五戒。此前陈府尹及退之已俱以岛引荐于朝,朝命白敏中侍郎寻访之。白至云盖寺,避暑招凉亭,偶吟风诗,五戒在旁谓所吟乃古人诗句,白怪而问之,寺长老不得已道出实情,敏中遂偕贾岛入朝。剧以贾岛被封官喜庆作结。赵本该剧位于黄丕烈编目第 242 号,与《众僚友喜赏浣花溪》《魏征改诏风云会》《程咬金斧劈老君堂》合装为一册。存本首页题名《招凉亭贾岛破风诗杂剧》,无署名。剧末附有"穿关",题目正名置于剧末:"题目:云盖寺侍郎双斗文;正名:招凉亭贾岛破风诗。"

体制方面,此剧北曲四折,分别以仙吕、南吕、正宫、双调四套依次组合成体,一人主唱,末本,动作称科不称介,皆合于元人传统。正文分标头折、第二折、第三折、第四折,未出元人旧制。文本抄写字体纤弱但尚工整,遇有"圣人""圣明主""圣朝""圣心""圣恩""圣主"字样均顶格书写,当为内府本原有格式之照录。每折及宫调曲牌均另起抄写,宫调曲牌无黑框标示,页面文字显得较为疏朗,基本不见朱笔校勘痕迹。

魏徵改诏风云会

简名《魏徵改诏》。叙隋末群雄蜂起,洛阳王世充、金墉瓦岗军李密俱各虎踞争胜。唐太宗李世民欲参与逐鹿,先窥金墉,为密手下五虎将围之老君堂,程咬金欲杀之,为秦叔宝所阻,乃生擒献密,被囚之南牢。有刘文静见密,欲以旧谊说密释世民,亦为所囚。后密战胜王世充,命尽释狱囚,诏书后批云"南牢二子,不放还乡",魏征、徐茂功奉诏释囚,将"不"改为"本",遂将世民释放,文静亦一并放出。赵本该剧位于黄丕烈编目第 244 号,与《众僚友喜赏浣花溪》《招凉亭贾岛破风诗》《程咬金斧劈老君堂》合装为一册。存本首页题名《魏征改诏风云会杂剧》,无署名。剧末附有"穿关",题目正名置于剧末:"题目:秦王脱难金墉城;正名:魏徵改诏风云会。"

体制方面,此剧北曲四折二楔子,一在一、二折间,一在二、三折之间,分别以仙吕、越调、南吕、双调四套依次组合成体,一人主唱,末本,动作称科不称介,皆合于元人传统。正文分标头折、第二折、第三折、第四折,未出元人旧制。文本遇有"圣主""圣恩""圣人"字样均顶格书写,当为内府本原有格式之照录。每折及宫调曲牌均另起抄写,宫调曲牌无黑框标示,页面抄写字体秀气且不失端庄工整,疏朗有致,几乎没有墨笔涂改痕迹。

徐茂公智降秦叔宝

简名《智降秦叔宝》。叙李密为王世充攻灭后,部下皆各分散,魏征、徐懋功降唐,秦叔宝、程知节、陆德明投王世充。世充力量因而大振,遂西行围攻唐之太原。李世民受命解太原之围,世充派叔宝为将、德明为军师,领军拒唐,另委嫡系将领苏威为帅节制之,众皆有怨意,谓世充多诈。时适逢徐懋功向世民献策,愿只身劝叔宝等投降。乃先见德明,后同劝叔宝,于是叔宝乃与程知节随懋功、德明及部将田留安、李均实等同归唐营,太原之围遂解。赵本该剧位于黄丕烈编目第245号,与《小尉迟将斗将将鞭认父》《尉迟公鞭打单雄信》《十八学士登瀛洲》合装为一册。存本首页题名《徐茂公智降秦叔宝杂剧》,无署名。剧末附有"穿关",跋云:"乙卯孟秋四之日校内本,清常琦。"题目正名置于剧末:"题目:唐元帅与兵救太原;正名:徐茂公智降秦叔宝。"

体制方面,此剧北曲四折二楔子,一在二、三折间,一在三、四折之间,分别以仙吕、正宫、中吕、双调四套依次组合成体,一人主唱,末本,动作称科不称介,皆合于元人传统。正文分标头折、第二折、第三折、第四折,未出元人旧制。文本遇有"圣主""圣恩""圣人"字样均顶格书写,当为内府本原有格式之照录。每折及宫调曲牌均另起抄写,宫调曲牌无黑框标示,页面抄写字体秀气且不失端庄工整,疏朗有致,墨笔涂改痕迹很少。

6. 五代故事

飞虎峪存孝打虎

简名《存孝打虎》。叙唐末李克用奉命抵御黄巢,途中围猎时发现牧羊后生安敬思竟独力打死猛虎,奇之,遂收养敬思为义子,改名李存孝。后存孝在与黄巢作战中大获全胜。此剧情节与前述元代无名氏剧作《雁门关存孝打虎》相同,其异同处前已具述,不另赘。赵本该剧位于黄丕烈编目第255号,与《李嗣源复夺紫泥宣》《压关楼叠挂午时牌》合装为一册。存本首页题名《飞虎峪存孝打虎杂剧》,题署"无名氏"。跋云:"万历乙卯四十三年二月十二日校内本,清常记。"无"穿关",题目正名置于剧末:"题目:陈敬思亲自持丹诏;正名:李嗣源复夺紫泥宣。"

体制方面,此剧北曲四折一楔子,分别以仙吕、南吕、越调、黄钟依次组合,一人主唱,末本,动作提示称科,合于元人传统。正文分标头折、第二折、第三折、第四折,每折及宫调曲牌均另起抄写,宫调曲牌无黑框标示,页面抄写字体纤弱但尚工整,墨笔校勘痕迹较多,然亦多为改正原台本或抄手错误,如楔子黄巢道白"上有七星魇","魇"原作"厌面",墨笔改。以下"班超"原作"班朝",墨笔改。第一折石敬瑭上场诗

"数管羌笛韵","羌"原作"腔",墨笔改。"李嗣昭"原作"李思昭",朱笔改。第三折多处"及早"原作"间早",墨笔改。有的是删去了原稿中的衬字,如第二折李克用的下场诗"我这里义儿家将千般勇,我去那长安城内破黄巢",即删去了"我这里""我去那"两短语,即系衬字。

7. 宋朝故事

杨六郎调兵破天阵

简名《破天阵》。叙杨六郎私下三关,焦赞杀谢金吾全家,被发往汝州安置后,王钦若假传圣旨,差官剽六郎首级,知州胡祥为人忠良,以死囚代之,匿六郎土窖中。时辽邦韩延寿又率兵南犯,将寇莱公并宋军围于铜台,寇情急中通过阴阳官苗士安得知六郎未死,大喜过望,乃派呼延赞子必显去宣召六郎统兵御敌,并赦免此前一切罪过。六郎终以国事为重,应诏前来,并派人去太行山招安旧部岳胜、孟良及此前假装疯魔之焦赞,加上六郎公子宗保,率军于铜台城下与辽军大战,大破韩延寿军师颜洞宾所摆天门诸阵,全胜而还。赵本该剧位于黄丕烈编目第259号,与《存仁心曹彬下江南》《八大王开诏救忠臣》合装为一册。存本首页题名《杨六郎调兵破天阵杂剧》,无署名。剧末附有"穿关"。题目正名置于剧末:"题目:韩延寿索战赌三筹;正名:杨六郎调兵破天阵。"

体制上,此剧四折一楔子,分别以仙吕、中吕、双调、正宫四套北曲依次组合,一人主唱,末本,动作称科,合于元人传统,唯末折不用双调则略异。正文分标头折、第二折、第三折、第四折,未出元人旧制。文本遇有"圣主""圣恩""圣人"字样均顶格书写,当为内府本原有格式之照录。每折及宫调曲牌均另起抄写,宫调曲牌无黑框标示,页面抄写字体秀气且不失端庄工整,疏朗有致,朱笔及墨笔涂改痕迹很少。

宋大将岳飞精忠

简名《岳飞精忠》。叙金兀术领兵40万南侵中原,宋相李纲奉旨聚文武官员商议,学士秦桧系女真放回之奸细,故力主和议,而岳飞、韩世忠、张俊、刘光世则极力主战,岳飞更力斥秦桧求和意在卖国,居心叵测,李纲亦支持主战,故秦桧之议被否决。最后议定由岳飞为帅,统一指挥韩、张、刘诸军并岳云、张宪等一班将士,与兀术决战,破其"拐子马"，擒番将粘罕、铁罕，大获全胜。剧以宋廷颁旨封赏、设宴庆功作结。赵本该剧位于黄丕烈编目第263号，与《焦光赞活拿萧天佑》《十探子大闹延安府》合装为一册。存本首页题名《宋大将岳飞精忠杂剧》，无署名。剧末附有"穿关"，跋云："万历四十三年六月十五日校内本，清常道人。"题目正名置于剧末："题目：金兀术侵犯边境；正名：宋大将岳飞精忠。"

　　体制方面，此剧北曲四折一楔子，楔子在二、三折之间，分别以仙吕、南吕、越调、双调四套依次组合成体，一人主唱，末本，动作称科不称介，皆合于元人传统。正文分标头折、第二折、第三折、第四折，未出元人旧制。文本遇有"圣人""圣主""太祖""万万岁""皇图""圣上""圣皇帝"字样均顶格书写，当为内府本原有格式之照录。每折及宫调曲牌均另起抄写，宫调曲牌无黑框标示，页面抄写字体纤弱但尚工整，墨笔校勘痕迹较少，唯纠正少数原抄本笔误，如第一折刘光世下场诗"留取芳名贯古今"，"留取"原作"搏取"，墨笔改。第三折金兀术道白"三通鼓罢拔寨起营"，"通"原作"鼕"，墨笔改。

赵匡胤打董达

　　简名《打董达》。叙宋太祖赵匡胤微时，与郑恩游关西五路，途中遇柴荣（即后周世宗）赴铜台寻访姑丈郭彦威（即后周太祖），三人结为兄弟同行，推车过土桥，桥为当地土豪董达霸占，不给钱拒绝通行。三人不予理会径自过之。董手下单潮虎宋义、歪蹄虎曹智追上索钱争斗，柴、郑打倒二虎，董追至复仇，亦为赵匡胤打死。是夜三人宿赵老人家，二虎又引董父董太公前来报仇，俱被三人杀死。剧以赵、柴、郑同见郭彦威，开筵庆贺，各授官职作结。赵本该剧位于黄丕烈编目第261号，与《张于湖误宿女贞观》《女学士明讲春秋》《穆陵关上打韩通》合装为一册。存本首页题名《赵匡胤打董达杂剧》，无署名。剧末附有"穿关"，跋云："内本校录，丙辰三月十五日，清常记。"题目正名置于剧末："题目：柴世荣贩油伞；正名：赵匡胤打董达。"

　　体制方面，此剧北曲五折，乐曲设置分别以仙吕、越调、中吕、正宫、双调五大套依次组合，一人主唱，末本，动作提示称科不称介，皆合于元人法度。正文分标头折、第二折、第三折、第四折、第五折，未出元人旧制。文本遇有"皇圣"字样均顶格书写，当为内府本原有格式之照录。

每折及宫调曲牌均另起抄写,宫调曲牌无黑框标示,页面抄写字体秀气且不失端庄工整,疏朗有致,时见墨笔校勘痕迹,意在唯纠正少数原抄本笔误,如第二折【越调斗鹌鹑】曲"景物逍遥",改作"景物萧条"。第三折歪蹄虎道白"这般村我打",改作"这般打我来"。

8. 杂传

女姑姑说法升堂记

简名《女姑姑》。叙书生张端甫穷困,沿街卖诗,开封府尹郑廉悯其命乖运蹇,因收为门馆先生,郑妻张氏又认义端甫为侄。于是端甫得与郑女琼梅以兄妹相见,在家日长,渐相爱焉,终至私下约会并星夜双双出走。府尹得知怒发,因遣家人王怀追赶勒死小姐。怀不忍,又得夫人叮嘱,遂纵二人逃去。后张端甫赴京应试得中,任新府尹。琼梅在丈夫进京后因多时无信息而出家为尼,住持幽州报国寺。其父郑府尹时已升节度使,已悔前事,至庙进香时偶识女儿,大喜过望,无奈琼梅不认,后让夫人出面亦未果。适逢新府尹谒见,得知乃为女婿,遂共劝琼梅还俗,重行婚礼,一门喜庆作结。赵本该剧位于黄丕烈编目第 273 号,与《相国寺公孙汗衫记》《海门张仲村乐堂》《王闰香月夜四春园》合装为一册。存本首页题名《女姑姑说法升堂记杂剧》,无署名。剧末附有"穿关",跋云:"内本校过,乙卯三月初二日清常记。"题目正名置于剧末:"题目:郑节度夫妇同问禅;正名:女姑姑说法升堂记。"

体制上,此剧四折二楔子,一在剧首,一在二、三套之间,分别以仙吕、越调、双调、中吕四套北曲谱入,一人主唱,旦本,动作称科,基本合于元人法度,唯楔子一用【正宫端正好】,末折非【双调】,则略异。文本遇有"圣恩"字样均顶格书写,当为内府本原有格式之照录。每折及宫调曲牌均另起抄写,宫调曲牌无黑框标示,页面抄写字体纤弱但尚工整,墨笔校勘痕迹较少,唯纠正少数原抄本笔误,如"试问""试看",原作"是问""是看",墨笔改。第一套中张端甫道白"是好动静也","动静"墨笔改为"动情"。梅香道白"与小姐排行做哥哥","排行"原作"排房",墨笔改,等等。

9. 水浒传故事

梁山五虎大劫牢

简名《大劫牢》。叙宋江、吴学究因念滦州韩伯龙英勇,遂派扑天雕李应前往招安,谁知李应到滦州后即病于招商客店,以盘缠使尽而为店家逐出,几乎冻毙街头,幸得伯龙相救,将其收留。宋江因半年不得音信,又差鲁智深、武松、刘唐、阮小五四人下山接应。鲁、武与李应见面,定下计策,趁清明节韩伯龙上坟时,将其诱至深山,李应随即放火烧掉伯龙住宅以绝其归路。果然,宋江劝韩伯龙入伙被拒,释之使归,见家业已尽,妻子已被官军捉拿,正感凄惶,又被官府以私通梁山下狱。于是李应5人劫狱,救出韩伯龙全家,同上梁山。此剧情事不见于《大宋宣和遗事》及《水浒传》小说,当系作者自运。赵本该剧位于黄丕烈编目第309号,与《鲁智深喜赏黄花峪》《梁山七虎闹铜台》合装为一册。存本首页题名《梁山五虎大劫牢杂剧》,无署名。剧末附有"穿关",跋云:"乙卯孟夏三之日校内本,清常记。"题目正名置于剧末:"题目:李应酬恩韩伯龙;正名:梁山五虎大劫牢。"

体制上,此剧北曲五折,分别以仙吕、中吕、正宫、越调、双调五套依次组合,一人主唱,动作提示称科,此亦基本上未脱元人传统。正文分标头折、第二折、第三折、第四折,末本。正文抄写字体尚属整齐。每折及宫调曲牌均另起抄写,宫调曲牌无黑框标示,页面文字显得较为疏朗,时见墨笔校勘痕迹,除了此前习见的将"是问""是看"改为"试问""试看"外,另如"鲁志深"改作"鲁智深","勿要"改作"务要"等等。

梁山七虎闹铜台

简名《闹铜台》。叙宋江命张顺下山打听米价以为山寨买粮,至铜台城,因遇贪官借放赈粮勒索平民,顺不服争论,无意中暴露身份。为躲避搜捕进入卢俊义家花园,巧遇卢妻贾氏与俊义义弟李固私通,回山报知宋江。宋江看中卢俊义及其义弟燕青之武艺,遂与吴用计议,由吴扮卜卦先生骗俊义至山东地界,又遣李逵、雷横、张横拦截卢上梁山,劝之入伙,俊义不从,遂放其回去。先是,李固随俊义至山东,见俊义上梁山,即归报贾氏,及俊义归家,二人出首于官,谓其私通梁山大盗,官受李固贿赂,因下俊义于狱。燕青遂上梁山,报知宋江求救。于是宋江遣吴用率徐宁、雷横、秦明、朱仝、燕青、李逵,共至铜台救俊义上山入伙。卢俊义事虽见于《水浒传》小说,然此剧演述细节多异,系作者自运无疑。赵本该剧位于黄丕烈编目第310号,与《鲁智深喜赏黄花峪》《梁山五虎大劫牢》合装为一册。存本首页题名《梁山七虎闹铜台杂剧》，无署名。剧末附有"穿关"，跋云："万历四十三年乙卯正月十八日三鼓校内本，清常记。"题目正名置于剧末："题目：广府壮士遭图圄；正名：梁山七虎闹铜台。"

体制上，此剧北五折一楔子，分别以仙吕、中吕、正宫、南吕、双调五套依次组合，一人主唱，动作提示称科，此亦基本上未脱元人传统。正文分标头折、第二折、第三折、第四折、末本。正文抄写字体尚属整齐。文本遇有"圣明主""圣朝""圣主"字样均顶格书写，当为内府本原有格式之照录。每折及宫调曲牌均另起抄写，宫调曲牌无黑框标示，页面文字显得较为疏朗，时见墨笔校勘痕迹，意在纠正少数原抄本笔误。如第一折【尾声】"我只待进忠诚"，其中"进"改为"尽"。雷横以及第二折宋江道白"存铁在手"，其中"存"改为"寸"。"发奋"改作"发愤"。"进忠"改作"尽忠"。第四折【骂玉郎】"奸夫逆妇"改作"奸夫淫妇"。卢俊义韵白"险把吾身一命倾"，"险"原作"显"，朱笔改。

王矮虎大闹东平府

简名《东平府》。叙正月十五元宵节将至，宋江令王矮虎赴东平府买花灯，恐其生事，又派徐宁作伴前往。抵城后，适吕彦彪方设擂台，无人敢敌。矮虎不忿，登台将其打倒，夺得利物花灯，同时也暴露了身份，东平知府知之，遂率兵追捕。王矮虎、徐宁合力拒之，又得宋江续派之关胜、呼延绰援助，终将追捕之知府、衙内等一并擒获上山。剧以王矮虎将功补过（误时日），众人喜庆节日结束。此剧情事不见于《大宋宣和遗事》及《水浒传》小说，当系作者自运。赵本该剧位于黄丕烈编目第311号，与《宋公明排九宫八卦阵》《黑旋风双献功》合装为一册。存本首页题名《王矮虎大闹东平府杂剧》，无署名。剧末附有"穿关"，跋云："乙卯三月十二日校内本，清常记。"题目正名置于剧末："题目：吕彦彪打擂元宵节；正名：王矮虎大闹东平府。"

体制方面，此剧北曲四折，分别以仙吕、中吕、越调、双调四大套北调依次组合，一人主唱，末本，动作提示称科下称介，皆合于元人矩度。正文抄写字体尚属整齐。每折及宫调曲牌均另起抄写，宫调曲牌无黑框标示，页面文字显得较为疏朗，时见墨笔校勘痕迹。

宋公明排九宫八卦阵

简名《九宫八卦阵》。叙宋江等梁山好汉受招安后,适有辽邦入侵,朝命宋江为征北总兵,卢俊义为副,吴用、公孙胜为军师,率军征伐。战前江等拜访公孙胜师父罗真人,真人授之九宫八卦阵法,遂以此排兵布阵,大败辽兵,秦明打死兀颜受,李逵擒获李金吾,杨志活捉戴真庆。战后宿太尉奉旨论功行赏,封宋江为沧州节度使,部下亦各授官。《水浒传》小说第八十三、八十五、八十七回内容大抵与此剧相同,唯九宫八卦阵法实非罗真人所传授,且辽军领兵主将为兀颜延寿、副将李金吾及太真驸马,非此剧之兀颜寿、戴真庆也(李金吾则同)。然毕竟基本情节相同,庄一拂《古典戏曲存目汇考》卷七著录称小说"即以此剧为蓝本"固不必如是,盖杂剧未必早于小说也。但二作之内在联系是相当明显的,或杂剧以小说为蓝本亦未可知。至于剧中李逵与杨志争作先锋,乃杂剧常见关目,不足为创新之处。赵本该剧位于黄丕烈编目第 312 号,与《梁山七虎闹铜台》《黑旋风双献功》合装为一册。存本首页题名《宋公明排九宫八卦阵杂剧》,无署名。剧末附有"穿关",题目正名置于剧末:"题目正名:公孙胜展三略六韬书,宋公明排九宫八卦阵。"

体制上,此剧四折一楔子,楔子在三、三折之间,分别以仙吕、正宫、中吕、双调四套北曲组合,一人主唱,末本,动作称科,合于元人矩度。存本虽属抄本,但抄写者有意划出版式边框及书口鱼尾,正文抄写字体大体工整,每字皆以细线分隔,如近代方格稿纸然,每折及宫调曲牌均另起抄写,宫调曲牌无黑框标示,页面文字显得较为疏朗,时见朱笔及墨笔校勘痕迹。

10. 本朝故事

奉天命三保下西洋

简名《下西洋》。叙明永乐年间,太监郑和奉命率大型船队,不避艰险,远涉重洋,通和诸国。途中定计挫败了苏碌国王等企图以武力掠劫财物之不友好行动,完成了通使任务。剧以西洋各国国王跟随郑和船队来华朝贡、明廷封赏作结。赵本该剧位于黄丕烈编目第 317 号,自身单独装为一册。存本首页题名《奉天命三保下西洋杂剧》,无署名。剧末附有"穿关",跋云:"万历四十三年乙卯八月初二日校内,清常记。"题目正名置于剧末:"题目:遵圣道一统大明朝;正名:奉天命三保下西洋。"

体制方面,此剧四折二楔子,一在一、二折间,一在二、三折间,分别以仙吕、正宫、中吕、双调四套组合,一人主唱,末本,动作提示称科不称介,合于元人传统。文本遇有"君王""圣人""圣恩""圣主""圣朝""天颜""皇恩""皇上""君王""明君""天朝""大明朝""圣敕""万岁""圣语"字样均顶格书写,当为内府本原有格式之照录。每折及宫调曲牌均另起抄写,宫调曲牌无黑框标示,页面抄写字体秀气且不失端庄工整,疏朗有致,朱笔及墨笔校勘痕迹较少,唯纠正少数原抄本笔误。如第三折阿罗定韵白"南方日暖风光美","美"原作"景",墨笔改。第四折"试看""试猜","试"原作"事",墨笔改。

(二) 神仙道化剧

1. 释氏

观音菩萨鱼篮记

简名《鱼篮记》。叙张无尽前世为佛祖座下第十三尊罗汉,因一念之差,遂谪至下方人间,使之历酒色财气四劫。为使张无尽不忘其本,及早顿悟,观音菩萨化为卖鱼妇下界前往点化。剧言张无尽身为府尹,当街见美貌渔妇,即欲收为己妾。因其不从即大加凌辱,诸如罚渔妇一夜磨十石麦子等,后竟自欲勒死泄愤。幸得释迦佛又命文殊、普贤化为渔妇之兄,布袋和尚又请韦驮现形以警醒之,张无尽始醒悟,皈依佛法,共见如来。赵本该剧位于黄丕烈编目第289号,与《释迦佛双林坐化》合装为一册。存本首页题名《观音菩萨鱼篮记杂剧》,无署名。剧末附有"穿关",跋云:"乙卯七月初三日校内本,清常记。"题目正名置于剧末:"题目:布袋和尚救众生;正名:观音菩萨鱼篮记。"

体制上,此剧四折一楔子,分别以仙吕、南吕、中吕、双调四大套依次组合,一人主唱,旦本,动作提示称科不称介,此皆符合元人矩度。文本遇有"君王""圣人""圣恩""圣主""圣朝""天颜""皇恩""皇上""君王""明君""天朝""大明朝""圣敕""万岁""圣语"字样均顶格书写,当为内府本原有格式之照录。每折及宫调曲牌均另起抄写,宫调曲牌无黑框标示,页面抄写字体秀气且不失端庄工整,疏朗有致,墨笔校勘痕迹较少,如第一折拾得韵白"张无尽我和你同共赴灵山",删去其中的衬字"张无尽我""同共"。第三折布袋和尚韵白"则为这张无尽兴执心迷",删去"则为这"三字,此亦为其中的衬字。第四折【新水令】"度群生发善念",其中"生"改为"迷"。

2. 神仙

许真人拔宅飞升

简名《拔宅飞升》。叙晋时许逊为旌阳令,怜贫民欠税粮追比牢狱之苦,点石成金,使百姓筑墙发掘以完国课,因得释之。后至江西,遇蛟精魅贾氏女,为驱除之,功行圆满,东华仙命崔子文、瑕丘仲引许逊合家拔宅飞升。赵本该剧位于黄丕烈编目第 290 号,与《孙真人南极登仙会》《吕翁三化邯郸店》合装为一册。存本首页题名《许真人拔宅飞升杂剧》,无署名。剧末附有"穿关",跋云:"万历四十三年七月初三日校内本,清常道人。"题目正名置于剧末:"题目:锁蛟精弃官学道;正名:许真人拔宅飞升。"

体制上,此剧四折二楔子,一在二、三折间,一在三、四折间,分别以仙吕、商调、中吕、双调四套组合,一人主唱,末本,动作提示称科不称介,合于元人传统。文本遇有"圣人""明君""圣寿"字样均顶格书写,当为内府本原有格式之照录。每折及宫调曲牌均另起抄写,宫调曲牌无黑框标示,页面抄写字体秀气且不失端庄工整,疏朗有致,墨笔校勘痕迹较少,唯纠正少数原抄本笔误。如头折县丞道白"积年民害","积"原作"绩",墨笔改。第二折道童道白"跌破脑袋","袋"原作"戴",墨笔改。正末道白"及早现形","及"原作"间",墨笔改。吴猛道白"尊师修行","尊"原作"遵",墨笔改。第三折"试听""试说","试"原作"是",墨笔改。楔子二蛟精韵白"放到有一千个响屁","到"原作"道",墨笔改。第四折正末道白"合和四象","象"原作"相",墨笔改。

孙真人南极登仙会

简名《南极登仙》。叙唐初孙思邈应召至京,不肯留,回山采药。东海龙王求治痼疾得愈,为答谢宴之于宠宫,并赠上古仙方一部,以行医普救众生。剧以思邈功行圆满,由南极星及福禄二仙度脱成仙作结。赵本该剧位于黄丕烈编目第 291 号,与《许真人拔宅飞升》《吕翁三化邯郸店》合装为一册。存本首页题名《孙真人南极登仙会杂剧》，无署名。剧末附有"穿关"，跋云："乙卯正月十七日校内本，清常道人。"题目正名置于剧末："题目：老龙王东海献神方；正名：孙真人南极登仙会。"

　　体制上，此剧四折一楔子，楔子在一、二折之间，分别以仙吕、南吕、越调、双调四套组合，一人主唱，末本，动作提示称科不称介，合于元人传统。文本遇有"圣人""明君""皇图"字样均顶格书写，当为内府本原有格式之照录。每折及宫调曲牌均另起抄写，宫调曲牌无黑框标示，页面抄写字体尚属工整，朱笔及墨笔校勘痕迹较少，唯纠正少数原抄本笔误。如头折道童道白"更把何能保此身命"，朱笔删去"身"字。韵白"才是你烂没用"，朱笔涂去"你"字。第三折【鬼三台】"这正是时间幸"，"幸"原作"痛"，墨笔改。

吕纯阳点化度黄龙

　　简名《度黄龙》。叙吕洞宾奉东华帝君之命，偕同钟离权访度有仙契者，遇黄龙山黄龙禅师方演述佛法，因与讲论至道，并行比较功力。结果黄龙大为拜服，相信佛家只能修性不能修命，而道家则可性命双修。于是他"再不念如来心愿，熟读俺仙家经卷"，拜吕洞宾为师，依其教旨在山中修炼，终于得道成仙。赵本该剧位于黄丕烈编目第 293 号，与《边洞玄慕道升仙》《李云卿得悟升真》合装为一册。存本首页题名《吕纯阳点化度黄龙杂剧》，无署名。剧末附有"穿关"，跋云："内本校录，清道人。"题目正名置于剧末："题目：东华君法令传仙道；正名：纯阳点化度黄龙。"

　　体制上，此剧四折一楔子，分别以仙吕、中吕、越调、双调四套组合，一人主唱，末本，动作提示称科不称介，合于元人传统。文本遇有"圣皇""圣主""明君""圣寿""圣明君"字样均顶格书写，当为内府本原有格式之照录。每折及宫调曲牌均另起抄写，宫调曲牌无黑框标示，页面抄写字体尚属工整，朱笔校勘痕迹较少，唯纠正少数原抄本笔误，如第一折、第二折、第三折中"试看""试在""试说""试听""试念"，"试"原作"是"，朱笔改。第三折行者道白"你这等不长俊"，朱笔改"俊"为"进"，改为是。

边洞玄慕道升仙

　　简名《洞玄升仙》。叙下界清静庵道姑边洞玄，自幼出家，虔心修道,心慈好善,累积阴功,由此感动天庭。东华帝君遂派吕洞宾、锺离权下凡,点化边洞玄,并面授金丹大道,边终得白日飞升,冲举成仙。赵本该剧位于黄丕烈编目第293号,与《吕纯阳点化度黄龙》《李云卿得悟升真》合装为一册。存本首页题名《边洞玄慕道升仙杂剧》,无署名。剧末附有"穿关",跋云:"万历四十三年孟夏五日校内本,清常道人。"题目正名置于剧末:"题目:正阳子临凡阐教;正名:边洞玄慕道升仙。"

体制方面,此剧四折一楔子,楔子在一、二折之间,分别以仙吕、中吕、越调、双调四套组合,一人主唱,末本,动作提示称科不称介,合于元人传统。文本遇有"圣皇""圣主""明君""圣寿""圣明君""仁君""圣君"字样均顶格书写,当为内府本原有格式之照录。每折及宫调曲牌均另起抄写,宫调曲牌无黑框标示,页面抄写字体尚属工整,墨笔校勘痕迹较少,唯纠正少数原抄本笔误。如"试看""试听"原作"是","叉手"原作"插手",均墨笔改。第二折钟离权道白"一元真气","真"原作"神",墨笔亦改。

李云卿得悟升真

简名《李云卿》。叙东华帝君聚张紫阳、混元真人、张果老、广成子、刘海蟾等诸仙一同讲道,忽见云霄之间,有一道青气直冲而上,乃知下界李云卿在庐山修道20年,功行已满,合当飞升,遂命张紫阳下降尘寰,度李为仙,同登紫府仙都。赵本该剧位于黄丕烈编目第293号,与《吕纯阳点化度黄龙》《边洞玄慕道升仙》合装为一册。存本首页题名《李云卿得悟升真杂剧》,无署名。剧末附有"穿关",跋云:"万历四十三年乙卯建辰之月念有五日校内本,清常。"题目正名置于剧末:"题目:玄元殿群仙讲道;正名:李云卿得悟升真。"

体制上,此剧北曲四折,以仙吕、南吕、正宫、双调四套北曲组合,一人主唱,末本,合乎北曲传统,唯第二、三两折各由净角总虚子、道童唱一支【清江引】,末折有众仙合唱两支【出队子】,稍逾元人格范。文本遇有"圣皇""圣主""明君""圣寿""圣明君""仁君""圣君"字样均顶格书写,当为内府本原有格式之照录。每折及宫调曲牌均另起抄写,宫调曲牌无黑框标示,页面抄写字体尚属工整,时见墨笔校勘痕迹。如头折东华仙开场道白"苍灵之墟","墟"原作"气",墨笔改。张果老道白"骑一白驴","驴"原作"马",墨笔改。正末道白"上仙稽首","稽"原作"有",墨笔改。以下东华仙道白"各回仙苑","苑"原作"境",墨笔改。第二折总虚子道白"小道平昔","平"原作"贫",墨笔改。第二折中墨笔涂去一句提示"东阳引度云卿子,来做长生不老仙。(同下)",第三折中墨笔添加一句提示:"酒下一斗苍耳子,和碎瓷瓦在地上。"李云卿道白"未尽其善","尽"原作"进",墨笔改。

二郎神锁齐天大圣

简名《齐天大圣》。叙齐天大圣偷窃太上老君金丹,又盗仙酒,在水帘洞聚诸妖开宴,于是上帝命二郎神率梅山七圣、巨灵神等天兵天将擒获诸妖,解至北极驱邪院主处发落。此剧情事与吴承恩小说《西游记》前八回孙悟空闹天宫事极为相类,而与明初杨景贤之《西游记》杂剧第九出"神佛降孙"倒有一定距离,在相关母题发展演变中值得考究。赵本该剧位于黄丕烈编目第 305 号,与《猛烈哪吒三变化》《灌口二郎斩健蛟》《二郎神射锁魔镜》合装为一册。存本首页题名《二郎神锁齐天大圣杂剧》,无署名。剧末附有"穿关",跋云:"万历四十三年二月十七日校内本,清常记。"题目正名置于剧末:"题目:花果园赏仙酒金丹;正名:二郎神锁齐天大圣。"

体制上,此剧北曲四折,以仙吕、中吕、越调、双调四套北曲组合,一人主唱,末本,合乎北曲传统,文本遇有"圣皇""圣主""明君""圣寿""圣明君"字样均顶格书写,当为内府本原有格式之照录。每折折数另起,以方框标示,宫调曲牌则不另分行,而以圆括号标示,版面显得拥挤。时见墨笔及朱笔校勘痕迹。第二折补充了原抄本的遗漏文字:"雄赳赳排兵布阵,看吾神去邪归正。齐天大莫谗能强,怎敌俺梅山七圣。(下)(二圣云)吾神统领天兵,擒拿妖魔,走一遭去!"第三折老猕猴道白"肿得脑袋似椰瓢","袋"原作"戴",墨笔改。

灌口二郎斩健蛟

简名《斩健蛟》。叙嘉州太守赵煜,秉性忠良正直,不料其管辖境内泠源河有一健蛟,损害生灵,方欲入水驱除,适天丁捧上帝旨意,召煜白日飞升,位列仙班。煜为神后,当地人民于灌口为他立庙祭祀,尊为二郎真君。真君没有忘却健蛟事,遂率眉山七圣及诸天神兵擒获健蛟而斩之。赵本该剧位于黄丕烈编目第 306 号,与《猛烈哪吒三变化》《二郎神锁齐天大圣》《二郎神射锁魔镜》合装为一册。存本首页题名《灌口二郎斩健蛟杂剧》,无署名。剧末附有"穿关",跋云:"万历四十三年七月五之日日校抄内本,清常道人。"题目正名置于剧末:"题目:眉山七圣擒妖怪;正名:灌口二郎斩健蛟"。

体制方面,此剧北曲四折,以仙吕、中吕、越调、双调四套北曲组合,一人主唱,末本,合乎北曲传统,文本遇有"圣人""圣敕""圣朝"字样均顶格书写,当为内府本原有格式之照录。每折及宫调曲牌均另起抄写,宫调曲牌无黑框标示,页面抄写字体尚属工整,基本不见墨笔校勘痕迹。

附:教坊编演 13 种

"教坊编演"乃一单独类型,分神仙道化、历史故事以及介于二者之间三大类,前者纯衍神仙祝寿,后二者则附丽于历史朝代,有的甚至单纯取材于现实。现分别叙录。

1. 纯粹神仙故事

宝光殿天真祝万寿

简名《宝光殿》。叙天界众仙聚会讲道,有脱空祖师胡言乱语,而虚玄真人不忿,与之争竞。上圣东华仙以真人凡心未退,罚往下界托生为孙彦弘,复命钟离权、吕洞宾引入武当山修道,钟离遣心猿意马为之魔障,彦弘不为所动,遂引度彦弘,复归仙班。心猿意马魔障不成,竟盗了仙家宝塔,为上圣所擒。时适逢下界圣君万寿,众仙遂携宝塔为圣上祝寿。赵本该剧位于黄丕烈编目第 320 号,与《众群仙庆赏蟠桃会》《祝圣寿金母献蟠桃》《降丹墀三圣庆长生》《众神圣庆贺元宵节》合装为一册。存本首页题名《宝光殿天真祝万寿杂剧》,无署名。剧末附有"穿关",跋云:"乙卯七月初三日校内本,清常道人记。"题目正名置于剧末:"题目:武当山神圣共飞升;正名:宝光殿天真祝万寿。"

体制上,此剧四折一楔子,楔子在一、二折间,一人主唱,末本,乐曲设置依次为仙吕、中吕、越调、双调四大北套,大抵合乎北杂剧格调,唯正末一角除了第一、二、四折为虚玄真人外,第三折则饰演华光圣贤,而楔子中又饰孙彦弘,此皆为传统所少见。特别是楔子中正末饰演角色改变,为以往所无者。文本遇有"圣人""仁皇""圣诞""天朝""圣上""皇仁"字样均顶格书写,当为内府本原有格式之照录。每折及宫调曲牌均另起抄写,宫调曲牌无黑框标示,页面抄写字体尚属工整,墨笔校勘痕迹较少,唯纠正少数原抄本笔误。如第一折、第二折、第四折"试说""试听",原作"是",墨笔改。第三折心猿道白"会仙观中修行办道","办"原作"扮",墨笔改。第四折弥罗洞主道白"贫道好耳根清静","根"原作"乾",墨笔改。

众群仙庆赏蟠桃会

简名《蟠桃会》。叙天界瑶池蟠桃熟透,金母设蟠桃大会,命座前侍香金童、传言玉女遍请诸仙,命董双成、许飞琼看守蟠桃,有东方朔、老没影扮麋鹿、玄鬼偷桃被捉被打,蟠桃终得无事。盛会开设,东华仙、南极星以及吕洞宾及八仙、毛女等应邀与会,并向下界人主遥祝圣寿。此剧情事多与明初朱有燉《群仙庆寿蟠桃会》相合,学界多有因而视作朱剧之改本。赵本该剧位于黄丕烈编目第 321 号,与《宝光殿天真祝万寿》《祝圣寿金母献蟠桃》《降丹墀三圣庆长生》《众神圣庆贺元宵节》合装为一册。存本首页题名《众群仙庆赏蟠桃会杂剧》,无署名。剧末附有"穿关",跋云:"乙卯孟秋六之日校内本,清常记。"题目正名置于剧末:"题目:西金母宏开玳瑁筵;正名:众群仙庆赏蟠桃会。"

体制方面,此剧四折一楔子,乐曲设置为仙吕、正宫、南吕、双调四大套依次排列,一人主唱,末本,基本合于北曲格范。唯第二、三套间有二净轮唱二支【华严海会】,第三套前穿插四毛女唱五支【出队子】,且正末除后两折扮吕洞宾外,前二折分别饰侍香金童、南极星,似与北杂剧正统未尽合,然亦处于前人所允许之范围内。尤其是改有燉剧中末旦双唱为正末一人主唱,显示当时宫廷剧场仍存北杂剧体制之偏好。文本遇有"圣皇""圣朝""圣母""圣寿""圣皇""圣主"字样均顶格书写,当为内府本原有格式之照录。每折及宫调曲牌均另起抄写,宫调曲牌无黑框标示,页面抄写字体尚属工整,墨笔及朱笔校勘痕迹较少。第二折【南吕一枝花】"金母宴蟠桃",改笔显示异文"佳景遇清霄"。第四折【双调新水令】"群仙至共欢会","会"原作"喜",墨笔改。

争玉板八仙过沧海

简名《八仙过海》。叙上界白云仙请八仙等赴阆苑赏牡丹、事后各归仙境,经过东海时,议定各显神通,不许腾云渡海。有东海龙王太子摩揭、龙毒贪心,抢了蓝采和躧足之玉板,并将其擒入大海。余七仙与之争竞,二小龙被迫送出采和,但拒绝交还玉板。吕洞宾大怒,飞剑斩了摩揭,并断龙毒一臂。龙王愤怒,聚四海龙王与八仙争斗不胜,又求得天官、地官、水官协助,八仙亦得太上老君派齐天大圣等圣众协助,伤残众多生灵而难分胜负。西天释伽如来见状而生怜悯心,遂将两家摄入灵山解和,龙王送还八扇玉板,唯除下二扇以偿龙王爱子之命。赵本该剧位于黄丕烈编目第 326 号,与《祝圣寿万国来朝》《庆丰年五鬼闹钟馗》合装为一册。存本首页题名《争玉板八仙过沧海杂剧》,无署名。剧末附有"穿关",跋云:"四十三年乙卯五月二十三日校内本,清常道人。"题目正名置于剧末:"题目:赏牡丹群仙游阆苑;正名:争玉板八仙过沧海。"

体制方面,此剧四折一楔子,楔子在二、三折之间,北曲四套,仙吕、正宫、越调、双调依次组合,一人主唱,末本,合于元剧矩度。文本遇有"圣人""圣皇""圣朝""圣母""圣寿""圣皇""圣主"字样均顶格书写,当为内府本原有格式之照录。每折及宫调曲牌均另起抄写,宫调曲牌无黑框标示,页面抄写字体尚属工整,墨笔校勘痕迹较少。如头折白云仙韵白:"太帝仙卿","仙"原作"先",墨笔改。钟离道白"名权,字云房","房"原均作"访",墨笔改。吕洞宾道白"按落云头","落"原均作"乐",墨笔改。第二折"那"均改作"拿"。楔子中东海龙王科白,墨笔删去"东海龙王云:'是甚宝也?'龙毒云"。以下"及早","及"原均作"间",墨笔改。第三折水官道白"洞中闲坐","坐"原均作"事",墨笔改。东海龙王道白"百万水卒","卒"原均作"色",墨笔改。第四折释迦佛道白"自成正学","正学"原作"之后",墨笔改。

贺万寿五龙朝圣

简名《五龙朝圣》。叙水官大帝殿前卷帘大将军,因下界人主万寿将近,奉帝敕邀集福禄寿三星、四海龙王、四渎之神商议各献宝物祝寿,命金脊龙王将其浑金圣寿牌及傍二小牌与灵芝金瓶一封、金炉一个,供于南海灵德堂中。不意有癞头大圣部领一班龟鳖虾蟹精怪将守宝者灌醉,图谋盗宝,因圣寿牌太重,仅窃走二小牌及金瓶、金炉。飞天神王亲率神兵,降伏精怪,复夺宝物。赵本该剧位于黄丕烈编目第 334 号,与《河嵩神灵芝献寿》《紫薇宫庆贺长春寿》合装为一册。存本首页题名《贺万寿五龙朝圣杂剧》,无署名。剧末附有"穿关",跋云:"内本录校,清常记。"题目正名置于剧末:"题目:庆长生四渎来宾;正名:贺万寿五龙朝圣。"

体制方面,此剧上追元人,设北曲四套,分仙吕、中吕、越调、双调依次组合,动作提示称科不称介,一人主唱,末本,合乎北杂剧固有格范。文本遇有"圣人""圣寿""皇圣""圣主""皇""圣寿""万岁""万寿""皇寿""圣明""天朝""仁皇""皇福""朝廷""皇圣""圣明""当今帝""圣朝""皇有""圣节""圣德""皇""圣诞""天颜""明君"字样均顶格书写,当为内府本原有格式之照录。每折及宫调曲牌均另起抄写,宫调曲牌无黑框标示,页面抄写字体尚属工整,墨笔及朱笔校勘痕迹较少,唯纠正少数原抄本笔误。如第三折癞头大圣韵白"丢了命还变泥鳅"之前,删去衬字"放心"。第三折、第四折多处"狗骨头","骨"原均作"刮",墨笔改。

众天仙庆贺长生会

简名《长生会》。叙下界皇帝万寿将近,东华仙会同西池金母邀请香山九老、福禄寿三星、八洞神仙、松竹梅仙子,届时同至皇宫内苑祝寿。赵本该剧位于黄丕烈编目第 335 号,与《庆冬至共享太平宴》《贺升平群仙祝寿》《庆千秋金母贺延年》合装为一册。存本首页题名《众天仙庆贺长生会杂剧》,无署名。剧末附有"穿关",跋云:"内本录校,清常记。"题目正名置于剧末:"题目:西金母桃结九千春;正名:众天仙庆贺长生会。"

体制上,此剧与同时期宫廷北杂剧一致,北曲四折,一人主唱,末本,乐曲设置为仙吕、中吕、越调、双调四大套,动作提示称科不称介,皆合乎北杂剧固有格范。文本遇有"圣人""圣主""圣寿""大明""仁主""万寿""皇朝""圣朝""帝王""皇上"字样均顶格书写,当为内府本原有格式之照录。每折及宫调曲牌均另起抄写,宫调曲牌无黑框标示,页面抄写字体尚属工整,偶见墨笔校勘痕迹。

贺升平群仙祝寿

简名《群仙祝寿》。叙南极大仙"为因下方国母,崇奉善事,看诵经咒,感动天庭",故邀集上下八洞神仙,同祝圣寿。而雀山山神亦率柳树精、虎精、鹿精、鹤精等抬灵芝瑞草至上界紫辰殿供献。剧末以玉皇大帝遣天使下降宣赞宫内圣母寿诞万岁作结。赵本该剧位于黄丕烈编目第 336 号,与《众天仙庆贺长生会》《庆冬至共享太平宴》《庆千秋金母贺延年》合装为一册。存本首页题名《贺升平群仙祝寿杂剧》,无署名。剧末附有"穿关",题目正名置于剧末:"题目:丰稔年圣主宽恩;正名:贺升平群仙祝寿。"

体制上,此剧北曲四折,乐曲设置分别以仙吕、中吕、正宫、双调四大套依次组合,一人主唱,末本,基本合于元剧传统,唯第四折末有四仙女唱【出队子】两支,且有合唱【沽美酒】【太平令】两支曲子,与北杂剧正宗有别。文本遇有"圣人""国母""圣主""皇图""圣诞""皇享""皇""圣寿""大明""皇恩""皇德""皇仁""慈恩""玉帝""万万载""万岁明君"字样均顶格书写,当为内府本原有格式之照录。每折及宫调曲牌均另起抄写,宫调曲牌无黑框标示,页面抄写字体尚属工整,偶见墨笔及朱笔校勘痕迹。第一折钟离道白"名权,字云房","房"原均作"访",墨笔改。以下多处"是"改为"试","进"改为"尽"。第二折【中吕迎仙客】"看天边气象清,敢有那","象"原均作"相","敢"原均作"岂",墨笔均改。第四折王乔道白"权表贡献之心","表"原均作"为",墨笔改。

2. 历史与神话杂糅

广成子祝贺齐天寿

简名《广成子》。叙轩辕黄帝时,广成子修道于崆峒山,朝廷殿头官派五军都检点常璧,捧玄纁丹诏两次宣召,不赴。殿头官乃亲自前往问道并当面邀请,广成子始允赴阙。及至皇上万寿圣诞,筑坛宫中,广成子为召天下五岳四渎之神,各献奇珍异宝前来祝寿。赵本该剧位于黄丕烈编目第 339 号,与《黄眉翁赐福上延年》《感天地群仙朝圣》合装为一册。存本首页题名《广成子祝贺齐天寿杂剧》,无署名。跋云:"校录内本,清常道人乙卯季春七之日。"剧末附有"穿关",题目正名置于剧末:"题目:奉皇宣遣使访高真;正名:广成子祝贺齐天寿。"

体制上,此剧北曲四折,以仙吕、南吕、中吕、双调四套依次组合,一人主唱,末本,动作提示称科不称介,此皆合于元人传统。文本遇有"圣朝""圣人""皇""圣恩""圣德""天命""天颜""圣朝""天朝""皇家""圣主""皇宣""圣寿""圣皇""明君""皇上""皇圣""圣节""主上""圣母""圣明""万寿"字样均顶格书写,当为内府本原有格式之照录。每折及宫调曲牌均另起抄写,宫调曲牌无黑框标示,页面抄写字体尚属工整,墨笔校勘痕迹较少,唯纠正少数原抄本笔误。如头折殿头官道白"望之如云,就之如镜",墨笔改为"望之如日,就之如云",使之更接近原意。① 又如玄真大仙道白"待师父功成行满之时""可赴朝廷展经纶",其中"行""廷"原作"幸""纲",墨笔改。第二折【骂玉郎】"天宫万物随吾用","万"原均作"迈",墨笔改。第三折殿头官道白"无思无虑","思"原均作"门",墨笔改。

庆千秋金母贺延年

简名《庆千秋》。叙汉文帝孝养太后甚恭,上感天庭。时值太后圣诞,上界太乙真人会同西池金母元君、冲虚真人,率诸仙女及增福神、南极星等,一同下凡至内苑献蟠桃、仙酒、灵芝、桧柏庆寿。赵本该剧位于黄丕烈编目第 338 号,与《众天仙庆贺长生会》《贺升平群仙祝寿》《庆冬至共享太平宴》合装为一册。存本首页题名《庆千秋金母贺延年杂剧》,无署名。剧末附有"穿关",跋云"内本录校,清常记"。题目正名置于剧末:"题目:益万岁真人增福寿;正名:庆千秋金母贺延年。"

体制方面,此剧北曲四折,按仙吕、南吕、中吕、双调四大套依次组合,一人主唱,末本,动作提示称科不称介,大抵合于元人矩范。文本遇有"圣人""圣母""圣主""圣明""皇""圣恩""圣明"字样均顶格书写,当为内府本原有格式之照录。每折及宫调曲牌均另起抄写,宫调曲牌无黑框标示,页面抄写字体尚属工整,墨笔校勘痕迹较少,唯纠正少数原抄本笔误,如第一折太乙真人道白"增添福寿走一遭","添"原作"刘",墨笔改。

祝圣寿金母献蟠桃

简名《献蟠桃》。叙汉武帝时,因皇帝好道,斋戒精虔,惊动天界,太

---

① 《史记·五帝本纪》:"帝尧者放勋,其仁如天,其知如神,就之如日,望之如云。"

上老君即差九天游奕使者至瑶池说知金母,令其下降承华殿,进献蟠桃祝寿。赵本该剧位于黄丕烈编目第 322 号,与《宝光殿天真祝万寿》《众群仙庆赏蟠桃会》《降丹墀三圣庆长生》《众神圣庆贺元宵节》合装为一册。存本首页题名《祝圣寿金母献蟠桃杂剧》,无署名。剧末附有"穿关",跋云:"乙卯正月十一日抄内并校,清常。"题目正名置于剧末:"题目:庆长生南极登金殿;正名:祝圣寿金母献蟠桃。"

体制上,此剧与同时期宫廷北杂剧一致,北曲四折,一人主唱,末本,乐曲设置为仙吕、南吕、越调、双调四大套,动作提示称科不称介,皆合乎北杂剧固有格范。文本遇有"圣人""圣节""圣主""圣德""帝王""皇上""圣敕""当今""皇圣""圣明""皇寿""圣朝""圣寿""主上""明圣"字样均顶格书写,当为内府本原有格式之照录。每折及宫调曲牌均另起抄写,宫调曲牌无黑框标示,页面抄写字体尚属工整,朱笔及墨笔校勘痕迹较少,唯纠正少数原抄本笔误,如第二折殿头官上场诗"为臣尽节",以下【南吕一枝花】"正纲常尽节存忠","尽"原均作"进",朱笔改。同折道士道白"告的仙师得知","仙"原均作"先",墨笔改。第三折钟离道白"名权,字云房","房"原均作"访",墨笔改。

感天地群仙朝圣

简名《群仙朝圣》。叙大明皇帝寿诞,上界诸仙,有广成子、赤松子、白玉蟾、王重阳、刘长生、谭长真、郝广宁、王玉阳、张紫阳,同奉长生本帝之命,临凡祝寿。适逢下界顺天府尹为因五谷丰登、人民安乐,至郊外祭赛,众仙幻化为云游道人,求府尹转奏愿入宫苑祝寿,地方里长老人亦希望将双穗之谷、二歧之麦进献皇上,获允。至万寿日,殿头官与府尹分别引诸仙及里长老人进献宝物、禾稼,颇得圣意。然当殿头官欲请给赏赐时,扮作云游道人之诸仙却化作一阵清风而去,至此大众方悟真仙下降。剧以众仙返天后回复长生大帝,言下界圣主仁德以及国泰民安等事作结。赵本该剧位于黄丕烈编目第 341 号,与《广成子祝贺齐天寿》《黄眉翁赐福上延年》合装为一册。存本首页题名《感天地群仙朝圣杂剧》,无署名。剧末附有"穿关",题目正名置于剧末:"题目:庆丰年万载遐龄;正名:感天地群仙朝圣。"

体制上，此剧北曲四折，乐曲以仙吕、正宫、中吕、双调四大套依次组合，一人主唱，末本，恪守元剧格范。文本遇有"仁君""圣皇""圣人""仁皇""圣寿""圣主""明圣主""帝主""圣意""明君""仁慈""圣德"字样均顶格书写，当为内府本原有格式之照录。每折及宫调曲牌均另起抄写，宫调曲牌无黑框标示，页面抄写字体尚属工整，朱笔及墨笔校勘痕迹较少，唯纠正少数原抄本笔误，如第一折【鹊踏枝】"胜五帝秉丰盈"，"帝"原均作"常"，朱笔改。

3. 历史故事剧

庆冬至共享太平宴

简名《太平宴》。叙三国时蜀汉事。时值冬至，诸葛亮奉先主命设宴大会功臣，以黄忠、赵云、马超、刘封、简雍、巩固、糜竺、糜芳、姜维诸人皆在，遂命人去请关羽、张飞。关张自荆州入川，东吴周瑜欲乘机夺取荆州，遂率军于途中截杀，为关、张杀败，剧以凯旋赴宴喜庆结束。该剧情事不见史传，亦不见于小说《三国志演义》，当亦系作者自运。赵本该剧位于黄丕烈编目第336号，与《众天仙庆贺长生会》《贺升平群仙祝寿》《庆千秋金母贺延年》合装为一册。存本首页题名《庆冬至共享太平宴杂剧》，无署名。剧末附有"穿关"，跋云："乙卯孟秋六之日校内本，清常。"题目正名置于剧末："题目：感动臣劳苦定西川；正名：庆冬至共享太平宴。"

体制方面，此剧北曲四折，以仙吕、中吕、越调、双调四套北曲组合，一人主唱，末本，合乎北曲传统，文本遇有"皇命""皇""皇朝""主公""圣人""圣主""圣明"字样均顶格书写，当为内府本原有格式之照录。每折及宫调曲牌均另起抄写，宫调曲牌无黑框标示，页面抄写字体尚属工整，时见墨笔校勘痕迹。

庆丰年五鬼闹钟馗

简名《闹钟馗》。叙唐时书生钟馗富有才华，然连续二次应试科举均因杨国忠闭塞贤路而作罢，第三次因地方官府劝勉方图再试。赴京途中宿于五道将军庙，睡中被大耗、小耗及五方鬼侮弄，馗醒而拔剑逐之，鬼惧其正直而逃匿。后至京就试，主试者张伯循为钟馗才华所惊，欲以为头名进士，而另一试官杨国忠因受贿赂，仍面斥钟馗文字低下。

张劝尴回寓候旨,次日奏过皇上,赐尴头名进士并袍笏,而尴此前已愤而身亡。玉帝怜之,敕尴管领天下邪魔鬼怪。尴托梦于殿头官转奏皇上,皇上遂命天下画尴形象以驱邪魔鬼怪。赵本该剧位于黄丕烈编目第 327 号,与《祝圣寿万国来朝》《争玉板八仙过沧海》合装为一册。存本首页题名《庆丰年五鬼闹钟尴杂剧》,无署名。剧末附有"穿关",跋云:"乙卯七月二十七日校内本,清常道人。"题目正名置于剧末:"题目:贺新正喜赏三阳宴;正名:庆丰年五鬼闹钟尴。"

体制上,此剧四折一楔子,北曲四套分别为仙吕、中吕、正宫、双调依次组合,一人主唱,末本,恪守元剧矩范。文本遇有"圣恩""圣人""皇圣""君王""明圣""圣朝""圣寿""圣主"字样均顶格书写,当为内府本原有格式之照录。每折及宫调曲牌均另起抄写,宫调曲牌无黑框标示,页面抄写字体尚属工整,墨笔校勘痕迹较少,唯纠正少数原抄本笔误,如头折判官云"闲笑一回耍子",第二折常风道白"必然要耍,则我两个跑一遭",第三折大耗道白"打他耍子","子"原均作"则",墨笔改。

黄眉翁赐福上延年

简名《黄眉翁》。叙北宋杨景(六郎)镇守瓦桥三关,尽心尽职,母佘太君在东京,数年不得一见。时值太君寿辰,景欲回京见母拜寿,虑奸臣王钦若乘机陷害,乃听从众将建议,上表通过寇莱公转告皇上,获准后回家拜寿。席间,有上界黄眉翁至,献仙桃赐福。全剧笼罩着一片吉祥喜庆气氛。六郎私下三关潜回天波府,为元无名氏杂剧《谢金吾诈拆清风府》及《杨家将演义》等小说演述,此剧一改传统擅离讯地而为上表获准之光明正大举动,忠孝不能两全之悲剧变为忠孝双全之喜剧,符合宫廷祝寿剧之要求,更无悖于君臣纲常之准则。赵本该剧位于黄丕烈编目第 340 号,与《广成子祝贺齐天寿》《感天地群仙朝圣》合装为一册。存本首页题名《黄眉翁赐福上延年杂剧》,无署名。跋云:"万历四十三年乙卯季春初九日校录内本,清常道人。"剧末附有"穿关",题目正名置于剧末:"题目:杨郡马赤心行忠孝;正名:黄眉翁赐福上延年。"

体制方面,此剧四折一楔子,楔子在二、三折之间,以仙吕、南吕、中吕、双调四大套依次组合,一人主唱,末本,合于元人矩范。每折另起,折数以墨框标示,宫调曲牌与曲文则相连抄写,以括号标示,不另起行。

页面抄写字体尚属工整，墨笔校勘痕迹较少，唯纠正少数原抄本笔误，如头折"尽忠""尽孝"，"尽"原均作"进"，墨笔改。第二折校补寇莱公的道白："孟将军，杨郡马命你来莫，央我奏圣人知道，与他母亲上寿么？（正末云）""楔子"标注"另起"。第四折【乔牌儿】"他怎敢陷忠臣"，"敢"原均作"肯"，墨笔改。

三、赵琦美钞校于小谷本杂剧叙录

前已述及，于小谷即于纬，万历朝吏部尚书、太子少保兼东阁大学士于慎行继子，荫官至户部主事。赵琦美钞校本古今杂剧中有33种系从彼处借得，其中18种为明代无名氏杂剧，按剧情亦可分为历史故事、神仙道化、社会问题、男女爱情四大类。以下分别叙录。

（一）历史故事剧

司马相如题桥记

简名《题桥记》（一作《献赋题桥》）。叙西汉司马相如未遇时，曾作客当地富户卓王孙宅，席间弄琴。卓氏有女文君新寡家居，慕相如才，夜亡奔之。后与相如双双在临邛市肆卖酒当垆，卓王孙耻之，不得已遂分与家财僮仆作嫁资。相如后为武帝所重，建节往使通巴蜀，名声大噪。卓王孙喟然而叹，庆幸女嫁得人。赵本该剧位于黄丕烈编目第208号，与《韩元帅暗度陈仓》合装为一册。存本首页题名《司马相如题桥记杂剧》，无署名。剧末附有"穿关"，跋云："万历四十三年七月二十三日漏下二鼓校于小谷本。""于相公云：不似元人矩度，县隔一层。信然！相公东阿人，拜相。见朝后便殂。观其所作笔麈，胸（中）泾渭了了。惜也不究厥施云。清常道人琦美。""《录鬼簿》有关汉卿《升仙桥相如题柱》，不是此册。四十五年丁巳十二月十八日，清常又题。"另外，明刻《杂剧十段锦》亦有一本，题作《汉相如献赋题桥》，与此当为同一本，题目作"王令尹敬贤有礼，蜀富家择婿无骄"，正名作"卓文君当炉卖酒，汉相如献赋题桥"。赵本题目正名置于剧末："题目：王令尹敬贤有礼，蜀富家择婿无骄;正名:卓文君当炉卖酒,汉相如献赋题桥。"

体制上,此剧北曲四套,【仙吕】【中吕】【双调】【越调】四大套依次展开。末本,不分折,每套曲宫调曲牌均另行抄写,以括号标示,一人主唱,合于元人传统。唯以越调作末折用曲,双调反在其先,为传统少见。且越调首曲即插入按喝之外角宣讲:

> 杂剧四折,正当关键之际。单看那司马相如儒雅风流,献了《上林》《长杨》《大人》三赋……虽多侈辞滥语,其间因事纳忠,正与诗人讽谏无异,所以后人做出这本杂剧来,单表那百世高风。观者不可视为寻常。好杂剧、上杂剧! 看这个才人将那六经三史诸子百家,略出胸中余绪,九宫八调编成律吕。明腔作之者无罪,观之者足以感兴。做杂剧犹如穿梭织锦,一段胜似一段。又如桃李芬芳,单看那收园结果。嘱咐你末泥用心扮唱,尽依曲意。

似此作法,乃此前北杂剧所无,而宋元南戏所常见者,前人或疑此剧乃同名戏文改编本,有以也。故琦美称其"不似元人矩度,悬隔一层"。《杂剧十段锦》本因此而将此段文字删除,显示了案头阅读和场上抄本之区别。存本每套及宫调曲牌均另起抄写,宫调曲牌皆以括号标示,页面抄写字体尚属工整,页面文字显得较为疏朗,基本不见墨笔校勘痕迹。

众僚友喜赏浣花溪

简名《浣花溪》。叙元宵节至,贺知章等奉命给假十日,郊外游春,于是诸人应邀同宴于杜甫之浣花溪草堂,彼此赋诗酬和。中有史思明附庸风雅,撞席被嘲。剧以使命奉旨赐御酒美肴助兴,众人叩谢皇恩作结。赵本该剧位于黄丕烈编目第 243 号,与《招凉亭贾岛破风诗》《魏征改诏风云会》《程咬金斧劈老君堂》合装为一册。存本首页题名《众僚友喜赏浣花溪杂剧》,无署名。跋云:"万历四十三年孟春念有二十五日录山东于相公子中舍小谷本抄校,清常道人琦。"剧末无"穿关",题目正名置于剧末:"题目:圣明君命玩春和景;正名:众僚友喜赏浣花溪。"

体制方面,此剧北曲四套,分别从仙吕、正宫、越调、双调四套依次组合成体,一人主唱,末本,不分折,动作提示称科不称介,大抵合于元人法度。每套另起,同一宫调内曲牌曲文则相连抄写,以括号标示,页面抄写字体尚属工整,页面文字显得较为拥挤,基本不见墨笔校勘痕迹。

十八学士登瀛洲

简名《登瀛洲》。叙唐统一后,改元贞观,因命尉迟恭监工,于京师城东十里起圆亭曰:"瀛洲。"诏褚遂良、虞世南、孔颖达、陆德明等十八学士入其中宴会赋诗,以彰文治。此举感动钧天大帝,邀东华仙与西王母,偕福禄寿三星同至瀛洲,为唐君增福延寿。赵本该剧位于黄丕烈编目第249号,与《徐茂公智降秦叔宝》《小尉迟将斗将将鞭认父》《尉迟公鞭打单雄信》合装为一册。存本首页题名《十八学士登瀛洲杂剧》,无署名。跋云:"于小谷本录校,乙卯二月初八日,有事昭陵,书于公署,清常道人。"无"穿关",题目正名置于剧末:"题目:三天大仙齐庆贺;正名:十八学士登瀛洲。"

体制方面,此剧北曲四套,分别以仙吕、中吕、越调、双调四大套依次组合,一人主唱,末本,不分折,动作称科,大抵合于元人传统。每套及同一宫调内诸曲牌均另起,以括号标示,页面抄写字体尚属工整,页面文字显得较为疏朗,时见墨笔校勘痕迹。

女学士明讲春秋

简名《女学士》。叙书生郑子雍,被葛监军部勾补军役,临行留书一封,对妻孟氏言范仲淹系故友,命其赍书携子去投靠之。范接书大异,盖所谓书乃白纸一张也。然知郑书生窘迫而出于无奈,范与郑实未谋面,遑论故交?出于仁义,范仍将孟氏母子留于家中赡养,后知孟氏乃孟子之后,学问极富,即请为课子,又发书信托葛照看郑。郑后来弃文就武,在葛部下任先锋,从征河西有功,钦命还朝,封为"武状元当朝宰辅",范仲淹又向朝廷奏明孟氏之贤,孟又受封"女学士才德夫人",剧以一门喜庆作结。赵本该剧位于黄丕烈编目第267号,与《张于湖误宿女贞观》《赵匡胤打董达》《穆陵关上打韩通》合装为一册。存本首页题名《女学士明讲春秋杂剧》,无署名。跋云:"于小谷本录校,此必村学究笔也,无足取,可去。四十年五月十四日,清常道人。"无"穿关",题目正名置于剧末:"题目:范仲淹举荐贤德,葛怀敏用武施谋;正名:郑子雍素书寄契,女学士明讲春秋。"

体制方面,此剧北曲四折,分别以仙吕、正宫、中吕、双调四套依次组合成本,一人主唱,旦本,不分折,动作提示称科不称介,是皆合于元人法度。每套及同一宫调内诸曲牌均连接抄写,以空白隔开,无括号及黑框,页面抄写字体尚属工整,页面文字显得较为疏朗,时见墨笔校勘痕迹,意在纠正少数原抄本笔误,如首套前郑子雍自述"祖贯兖州府","兖"原作"府",墨笔改。以下【混江龙】"怎如你秉承和","承"原均作"恩",墨笔改。郑末道白"小生穷苦之极","极"原作"学",墨笔改。范仲淹道白"老夫疏吴淞河道","淞"原无,墨笔补。第三套中净旦道白"不亦乐乎","亦"原作"能",墨笔改。正旦道白"万物化生","化生"原作"之马",墨笔改。"唐尧氏有虞氏","有虞"原作"周",墨笔改。第四套【雁儿落】"一心儿有尽忠","尽"原作"进",墨笔改。

张于湖误宿女真观

简名《女真观》。叙陈妙常有才色,出家于金陵女真观。张孝祥(道号于湖居士)路过,借宿观中,以词挑之不从。后观主潘法诚之侄潘必成至观暂住,两下相爱而私下结合,妙常怀孕,观主知之,乃将二人缚送建康府发落,适张为建康府尹,即断二人为夫妇。赵本该剧位于黄丕烈编目第 266 号,与《女学士明讲春秋》《赵匡胤打董达》《穆陵关上打韩通》合装为一册。存本首页题名《张于湖误宿女贞观杂剧》,无署名。跋云:"乙卯四月初七日校抄于小谷本,清常道人记。"无"穿关",题目正名置于剧末:"题目:俏书生暗结鸳鸯伴,歹姑娘分破鸾凰段;正名:陈妙常巧遇好姻缘,张于湖误入女真观。"

体制上,此剧以仙吕、正宫、商调、双调四套北曲依次组合,一人主唱,旦本,不分折,动作提示称科不称介,合于元人法度。每套及同一宫调内诸曲牌均连接抄写,以空白隔开,不另起,无括号及黑框,页面抄写字体工拙不一,应非同一原台本或抄手,页面文字显得疏密驳杂,墨笔校勘痕迹则较少,唯纠正少数原抄本笔误,如第一套中韵语"良宵共拟钟期榻",第三套【幺】"昨宵不到","宵"原均作"霄",墨笔改。第四套【七弟兄】"我见他温柔闲雅","闲"原作"点",墨笔改。

（二）神仙道化剧

释迦佛双林坐化

简名《双林坐化》。叙释迦佛在双林讲经，有魔王波旬劝其涅槃，又有毗婆达多，假作孕妇诬佛与之私通，大加讪谤。佛遂传法于阿难、迦舍后示寂。毗婆达多随即发难，欲强占如来法座，焚毁释迦棺椁，西天因而发生变乱。北方多闻天王遂召集诸天神佛会商，华光菩萨率众降伏邪魔，迫使波旬及毗婆达多皈依。剧以佛出棺见佛母后转升天界作结。赵本该剧位于黄丕烈编目第 288 号，与《观音菩萨鱼蓝记》合装为一册。存本首页题名《释迦佛双林坐化》，无署名。跋云："于小谷本。"无"穿关"，题目正名置于剧末："题目：恶魔王苦劝世尊；正名：释迦佛双林坐化。"

体制上，此剧以仙吕、正宫、越调、双调四套北曲依次组合，一人主唱，末本，不分折，动作提示称科不称介，基本合于元人法度。唯第一、二、三折分别由正末扮迦舍、韦驮、华光主唱，楔子和第四折又由正旦（扮佛母）主唱，末折【双调·沽美酒】之后，又有众合唱【双调·锦上花】【清江引】【商调·芭蕉延寿】等曲调，在恪守元杂剧格范之内府杂剧中较为少见，似乎已沾染上南曲传奇之风气。每套及同一宫调内诸曲牌均连接抄写，以空白隔开，不另起，无括号及黑框，页面抄写字体工拙不一，应非同一原台本或抄手，页面文字显得疏密驳杂，墨笔校勘痕迹则较少，唯纠正少数原抄本笔误。如，第二套"醮首罗天领散脂大将上"，"脂"原作"诸"，墨笔改。

吕翁三化邯郸店

简名《三化邯郸》。叙邯郸人卢志有神仙之分但迷恋功名，吕洞宾欲点化之，第一次为道人，至柳塘庄上，第二次化卖酒人，在南村途中，第三次化渔翁，入卢生梦中。卢生一梦五十年，出将入相，历尽荣华富贵，终因官场倾轧势败被杀而警醒，醒后所炊黄粱饭尚未熟，遂看破世情，随吕出家，并升天界。赵本该剧位于黄丕烈编目第 292 号，与《许真人拔宅飞升》《孙真人南极登仙会》合装为一册。存本首页题名《吕翁三化邯郸店》，无署名。跋云："万历丁巳四月十八日校录于小谷本，清常道人。"无"穿关",题目正名置于剧末:"题目:争名不把诗书厌,夺利常把良田占;正名:卢生一梦台街坊,吕翁三化邯郸店。"

体制上,此剧以仙吕、正宫、南吕、双调四套北曲依次组合,一人主唱,末本,不分折,动作提示称科不称介,基本合于元人法度。每套及同一宫调内诸曲牌均另起,以括号标示,页面抄写字体尚属工整,页面文字显得较为疏朗,时见墨笔校勘痕迹,意在纠正个别原抄本笔误,如第三套【哭皇天】"红炉焰焰,锦被堆堆","焰焰"原作"焱焱",墨笔改。

太乙仙夜断桃符记

简名《桃符记》。叙洛阳阎府尹之子阎英,青年无偶,寒食上坟踏青,遇一欲自缢女于,救之,初同情其不幸,继而为情所感,遂互相定约。回家后其父母即从子言为之托媒说亲,以遍觅该女家不得而未果。谁知夜来该女即来就英,自称邻女门东娘,遂欢洽焉,嗣后夜夜相会。该女实非生人,乃阎府宅中桃符所化。不久,另一桃符亦至,自称门西娘,阎英不堪缠扰,病笃。幸得太乙仙过此,知之,遂召诸神擒获二妖,阎英终得获救。赵本该剧位于黄丕烈编目第 300 号,与《太平仙记》《瘸李岳诗酒瓿江亭》《南极星度脱海棠仙》《张天师断风花雪月》《时真人四圣锁白猿》合装为一册。存本首页题名《太乙仙夜断桃符记》,无署名。跋云:"于小谷本校录,万历四十四年丙辰四月朔日校,是日始雷电雨,清常书于真如邸中。"无"穿关",题目正名置于剧末:"题目:门东娘心顺成婚配,老相公惊散鸳鸯会;正名:狠钟馗拿住二妖精,太乙仙夜断桃符记。"

体制上,此剧北曲仙吕、正宫、越调、双调四大套依次组合,动作提示称科及砌末,基本合于元人传统,唯第一折由正旦主唱,第二、三、四折皆正旦和小旦对唱及合唱,则为变格。每套及同一宫调内诸曲牌均另起,以括号标示,页面抄写字体尚属工整,页面文字显得较为疏朗,墨笔校勘痕迹则较少,唯纠正个别原抄本笔误。如,第四套先生道白"庞、刘、苟、毕四大元帅","苟"原作"狗",墨笔改。"猷魔上将","猷"原作"国",墨笔改。

附:教坊编演 4 种

降丹墀三圣庆长生

简名《庆长生》。叙下界大明国圣母好道,于京师建延福宫以求长生,由此感动上苍。十月十四日适逢圣母万寿之期,天官、地官、水官偕同西池王母、八仙,又遇福、禄、寿三星、北斗七星及至董双成、许飞琼众仙女,一齐下降凡世,同至廷福宫上寿。赵本该剧位于黄丕烈编目第 323 号,与《宝光殿天真祝万寿》《众群仙庆赏蟠桃会》《祝圣寿金母献蟠桃》《众神圣庆贺元宵节》合装为一册。存本首页题名《降丹墀三圣庆长生》,无署名。跋云:"于小谷本录校,清常道人记。"无"穿关",题目正名置于剧末:"题目:延福宫八仙同聚会;正名:降丹墀三圣庆长生。"

体制上,此剧四套北曲,仙吕、正宫、中吕、双调依次组合,一人主唱,末本,不分折,动作提示称科不称介,基本合于元人法度。每套及同一宫调曲牌均另起抄写,宫调曲牌无黑框或括号标示,页面抄写字体尚属工整,基本不见墨笔校勘痕迹。

众神圣庆贺元宵节

简名《贺元宵》。叙下界皇帝于元宵节在禁苑建鳌山"与民同乐",惊动上界玉虚师相、文昌帝君、上元一品九气天官、中元二品七气地官、下元三品五气水官以及五显灵王、直日功曹、九天采访使、五岳等神一同临凡,为当今圣上祝寿,并观元宵鳌山盛况。赵本该剧位于黄丕烈编目第 324 号,与《宝光殿天真祝万寿》《众群仙庆赏蟠桃会》《祝圣寿金母献蟠桃》《降丹墀三圣庆长生》合装为一册。存本首页题名《众神圣庆贺元宵节》,无署名。跋云:"万历丙辰孟夏二之日校录于本,清常。"次页又有批语:"此种杂剧,不堪入目,当效楚人一炬为快。"[1]无"穿关",题目正名置于剧末:"题目:玉虚师奉敕下天庭;正名:众神圣庆贺元宵节。"

体制上,此剧北曲四套,一人主唱,末本,乐曲设置依次为仙吕、正宫、越调、双调,不分折,动作提示称科不称介,皆合于传统北杂剧轨范。每套及同一宫调曲牌均另起抄写,无黑框或括号标示,页面抄写字体尚属工整,基本不见墨笔校勘痕迹。

祝圣寿万国来朝

简名《万国来朝》。叙汉高祖时,因逢圣寿,有安南、高丽、河西、女

---

① 据孙楷第考辨,此批语乃时人董其昌所为。

真、吐蕃等属国和外邦首领,携青狮、貂鼠、骆驼、白鹿、海东青、白虎、金钱豹及白玉、象牙等贡物来朝祝贺,丞相萧何引之面君。此际又有韩信、张良、曹参、英布、彭越、樊哙、陈平、周勃等一班文武功臣亦入朝祝寿,场面至为热闹。赵本该剧位于黄丕烈编目第 325 号,与《争玉板八仙过沧海》《庆丰年五鬼闹钟馗》合装为一册。存本首页题名《祝圣寿万国来朝》,无署名。跋云"小谷本"。无"穿关",题目正名置于剧末:"题目:献吉祥千邦进贡;正名:祝圣寿万国来朝。"

体制上,此剧北曲四套,依次为仙吕、正宫、越调、双调,不分折,动作提示称科不称介,一人主唱,末本,皆合于传统北杂剧轨范。每套另起,同一宫调内曲牌曲文则相连抄写,以括号标示,页面抄写字体尚属工整,页面文字显得较为疏朗,基本不见墨笔校勘痕迹。

紫薇宫庆贺长春寿

简名《紫薇宫》。叙上界诸仙奉玉帝敕命,以"下方圣人,以仁孝治天下,感动上天",因各持礼物至太极紫微宫祝贺万寿,其中如赤脚大仙、玄冥神、滕六神、广寒仙子、梅花仙子皆以雪、月、梅三白献瑞,又值瑶池蟠桃成熟,金母率仙女各捧长生寿物纷纷登场,九天使者、传言玉女、淇园仙子、玉花仙子、四值功曹,极见场面之盛。赵本该剧位于黄丕烈编目第 333 号,与《河嵩神灵芝献寿》《贺万寿五龙朝圣》合装为一册。存本首页题名《庆贺长春节》,同页正文左上则标示"紫薇宫庆贺长春寿"。无署名。跋云:"于小谷本录校,丁巳仲夏二十三日,清常。"无"穿关",题目正名置于剧末:"题目:瑶池母聚集众仙姬;正名:紫微宫庆贺长春寿。"

体制方面,此剧北曲四套,一人主唱,末本,乐曲设置依次为仙吕、越调、中吕、双调,不分折,动作提示称科,皆合于传统北杂剧轨范。每套及同一宫调曲牌均另起抄写,无黑框或括号标示,页面抄写字体尚属工整,基本不见墨笔校勘痕迹。

(三) 社会问题剧

认金梳孤儿寻母

简名《认金梳》。叙国舅侄陈雄,官都知,倚势为恶,因见秀才安英妻李淑兰美貌,遂将安谋杀,霸占其妻。淑兰因恐绝安氏后,勉强顺之。迨儿出生,陈又令用人王妈弃之水中,淑兰哭求,并以金梳玉簪赠之,王遂将婴儿送交其侄女王素云。素云无子,因将儿抚养成人。孤儿长大后知实情,并以金梳得认生母,遂诉于包待制。包设计擒陈,拘王妈对质,陈最终服罪。赵本该剧位于黄丕烈编目第 279 号,与《四时花月赛娇容》《王文秀渭塘奇遇》《庆丰门苏九淫奔记》《风月南牢记》《秦月娥误失金环记》合装为一册。存本首页题名《认金梳孤儿寻母》,同页正文左上则标示"紫薇宫庆贺长春寿"。无署名。跋云:"于小谷本。"无"穿关",题目正名置于剧末:"题目:陈都知犯法遭刑;正名:认金梳孤儿寻母。"

体制方面,此剧四套二楔子,一在剧首,一在二、三套之间,分别以仙吕、中吕、正宫、双调依次组合,一人主唱,末本,不分折,动作提示称科不称介,是皆合于元人法度。每套及同一宫调内诸曲牌均连接抄写,以空白隔开,无括号及黑框,页面抄写字体尚属工整,页面文字显得较为疏朗,朱笔及墨笔校勘痕迹较少,唯纠正少数原抄本笔误。如,第一套陈雄道白"可早几年多光景","景"原作"影",朱笔改。第三套正旦道白"我今日略排蔬酌","略"原作"料",墨笔改。

庆丰门苏九淫奔记

简名《苏九淫奔》。叙淫妇苏九姐,不守妇道,先与恶少唐国相通奸并与私奔,为唐骗走钱财后又被捉回,夫家扭送官府,当厅遭刑责并被判休弃。苏回娘家后仍不安分,又和数光棍勾搭,被诓嫁与"李四公子",李四有如癫蛤蟆,苏九姐大失所望,悔之无及。赵本该剧位于黄丕烈编目第 286 号,与《四时花月赛娇容》《王文秀渭塘奇遇》《认金梳孤儿寻母》《风月南牢记》《秦月娥误失金环记》合装为一册。存本首页题名《月夜淫奔记》,同页正文左上标示相同。无署名。跋云:"于小谷本抄校,词采彬彬,当是行家。乙卯三月十五日,清常道人记。"无"穿关",题目正名置于剧末:"题目:嘉靖朝辛丑年间事,濮阳郡风月场中戏;正名:尚书巷李四吊拐行,庆丰门苏九淫奔记。"

体制上,此剧北曲四套,依次为仙吕、中吕、南吕、双调,不分折,动作提示称科不称介,一人主唱,末本,皆合于传统北杂剧轨范。每套另起,同一宫调内曲牌曲文则相连抄写,以括号标示,剧末标示:"杂剧卷终了也。"页面抄写字体尚属工整,但前后不一,当非一人所抄。页面文字显得较为疏朗,基本不见墨笔校勘痕迹。

风月南牢记

简名《南牢记》。叙兖州统制徐仁,身为世袭武官,却耽花恋酒,先狎妓李氏,后又弃李而与刘千妻坠儿有奸,又与臧大姐勾搭,相好之间互相争风吃醋,一片乌烟瘴气。又将发妻垄氏虐待,用烙铁伤几死。于是妻兄垄常奏闻,下徐仁于狱,经判决削职,加恩改为纳款贿免。赵本该剧位于黄丕烈编目第 285 号,与《四时花月赛娇容》《王文秀渭塘奇遇》《认金梳孤儿寻母》《月夜淫奔记》《秦月娥误失金环记》合装为一册。存本首页题名《风月南牢记》,同页正文左上标示相同。无署名。跋云:"四十三年乙卯季春二之日校于本,清常记。"无"穿关",亦无题目正名。

体制方面,此剧四套一楔子,分别以仙吕、黄钟、中吕、双调依次组合,一人主唱,末本,不分折,动作提示称科不称介,是皆合于元人法度。每套及同一宫调内诸曲牌均连接抄写,以空白隔开,无括号及黑框,页面抄写字体尚属工整,但前后不一,当非一人所抄。页面文字显得较为疏朗,墨笔校勘痕迹较少,唯纠正个别原抄本笔误。如,第一套徐仁道白"大丈夫逢敌舍死,遇乐追欢","追"原作"复",墨笔改。第三套【尧民歌】"把一个范张交友","友"原作"遇",墨笔改。第四套【驻马听】"顿首诚惶,千岁山呼","岁"原作"秋",墨笔改。

(四)爱情剧

王文秀渭塘奇遇记

简名《渭塘奇遇》。叙金陵书生王文秀赴松江收租,途径渭塘,遇卢家少女玉香,两下钟情,当夜互相入梦,于梦中订婚约,醒后信物在焉。事为女父母知,召文秀许其应举成名,以女嫁之。后文秀果赴京应试得中,遂迎娶卢女,剧以一门团圆喜庆作结。赵本该剧位于黄丕烈编目第282 号,与《四时花月赛娇容》《风月南牢记》《认金梳孤儿寻母》《月夜淫奔记》《秦月娥误失金环记》合装为一册。存本首页题名《王文秀渭塘奇遇记》，同页正文左上则标示"王文秀渭塘奇遇"。无署名。跋云："于小谷本录，此村学究之笔也，姑存之，时丁巳六月十七日，清常记。"无"穿关"，题目正名置于剧末："题目：庐顺齐成就俏姻缘；正名：王文秀渭塘奇遇记。"

体制方面，此剧分别以仙吕、南吕、正宫、双调四大套依次组合，一人主唱，旦本，动作提示称科不称介，是皆合于元人传统。每套及同一宫调曲牌均另起抄写，无黑框或括号标示，页面抄写字体尚属工整，较少朱笔校勘痕迹，唯纠正个别原抄本笔误，如第一套正旦道白"可早来到也"，"早"原作"卓"，朱笔改。

秦月娥误失金环记

简名《误失金环》。叙南阳令秦辉卒于任所，夫人贺氏、女月娥，路远不能归。有杨儒者，其父与辉为莫逆交，上京应举，过而访之，夫人留儒后花园小住。会月娥游园失金环，为儒偶拾，月娥遣婢惜春索之，儒不与，以诗挑之，往返数次，渐生爱意，至私下结合。后为夫人撞见，惜春劝成婚配，以掩家丑，夫人从之。后儒科举中试，官拜本州府尹，迎月娥一同赴任，成一段佳话云。赵本该剧位于黄丕烈编目第 283 号，与《四时花月赛娇容》《风月南牢记》《认金梳孤儿寻母》《月夜淫奔记》《王文秀渭塘奇遇记》合装为一册。存本首页题名《秦月娥误失金环记》，同页正文左上标示相同。无署名。跋云："于小谷本录校，大略与《东墙记》不甚相远。乙卯二月二十二日，清常道人记。"无"穿关"，题目正名置于剧末："题目：老夫人自主成婚配，小梅香做美将春递；正名：杨仲贤游玩看花园，秦月娥误失金环记。"

体制方面，此剧四套一楔子，分别以仙吕、中吕、南吕、双调依次组合，不分折，动作提示称科不称介，是皆合于元人法度。唯主唱非一人，系一、三折为末，二、四折为旦，楔子又为卜儿即老夫人唱，无疑乃变格，或竟为南曲戏文演出体制之羼入。每套及同一宫调内诸曲牌均连接抄写，以空白隔开，无括号及黑框，页面抄写字体尚属工整，但前后不一，当非一人所抄。页面文字显得较为疏朗，墨笔校勘痕迹较少，唯纠正个别原抄本笔误。如，第二套【朝天子】"两下相留情意"，"相"原作"厢"，墨笔改。第四套正末道白"除授本府府尹之职"，"府府"原作"县大"，墨笔改。

雷泽遇仙记

简名《雷泽遇仙》。叙西王母座前仙姬许飞琼,奉命下界测试蓬莱深浅,遇书生雷泽,因有夙缘而相爱结合,不久限满,飞琼将回仙界。雷生烦恼,飞琼乃言雷乃玉帝案前掌笔金童,因过罚令下界,在雷生及第和老迈时他们仍可相会。后雷泽果然科举中试,历仕三朝,退休 20 年后度脱为仙,与飞琼重会。赵本该剧位于黄丕烈编目第 275 号,与《清廉官长勘金环》《若耶溪渔樵闲话》《徐伯株贫富兴衰记》《薛包认母》合装为一册。存本首页题名《雷泽遇仙记》,同页正文左上标示相同。无署名。跋云:"录于小谷本,此词是学究之笔,丁巳仲夏端日。清常道人。"无"穿关",题目正名置于剧末:"题目:玉女锦裙留秀士,雷郎花圃遇神仙;正名:跨鸾冉冉归天去,后约瑶池二十年。"

体制方面,此剧五套二楔子,一在剧首,一在第四、五套之间,分别以仙吕、中吕、越调、双调依次组合,动作提示称科,合于元人传统。唯非一人主唱,正旦(扮许飞琼)唱剧首楔子及第二、三折,正末(扮雷泽)唱第一、四、五折及另一楔子,且全剧登场人物仅正旦和正末两人,此皆传统所无。每套及同一宫调内诸曲牌均连接抄写,以空白隔开,无括号及黑框,页面抄写字体尚属工整,页面文字显得较为拥挤,偶见朱笔校勘痕迹。

四、无题识不知来历抄本杂剧叙录

无题识不知来历抄本,指今存赵琦美抄本系统中内府本、于小谷本之外,一部分没有题识,无法确定录自何处何时的剧作。据孙楷第统计,总数达 45 种,而能够确定为明代无名氏作品的 19 种。仍按剧情分类叙录如下。

(一) 历史故事剧

1. 三国故事

十样锦诸葛论功

简名《十样锦》。叙宋初李防与张齐贤奉朝命建立武成王庙,选太公望、管仲、范蠡、孙武子、田穰苴、乐毅、白起、张良、韩信、诸葛亮、李靖、李绩、郭子仪十三人入庙,方欲排定其位次,而齐贤忽入梦,见此十三人人庙,自定座位,中间韩信与诸葛亮互有争论,信夸其十样功,亮即以十功对之。又有张士贵、夏侯惇、周瑜三人闯入,以无座位不服,至瑜拔剑相向,齐贤惊而寤。赵本该剧位于黄丕烈编目第 217 号,与《曹操夜走陈仓路》《阳平关五马破曹》《走凤雏庞掠四郡》合装为一册。存本首页题名《十样锦诸葛论功杂剧》,无署名。无"穿关",题目正名置于剧末:"题目:八府相齐贤定座;正名:十样锦诸葛论功。"

体制上,此剧五折一楔子,以仙吕、中吕、正宫、南吕、双调五套北曲组合成体,楔子在四、五折之间,一人主唱,末本,动作提示称科,大抵合于元人传统,唯楔子未单独析出而附之于【南吕】,为此前少见耳。正文分标头折、第二折、第三折、第四折、第五折,未出元人旧制,文本抄写字体尚端正工整,每折另起并以方框标示,宫调曲牌则不另分行,而以括号标示,版面显得拥挤。基本不见墨笔校勘痕迹。

曹操夜走陈仓路

简名《陈仓路》。叙刘备进逼汉中,曹操派张鲁袭阳平关,被张飞擒获,孔明题诗鲁脸而释之,以激怒曹操,操果杀鲁。鲁弟恕遂以人马粮草降蜀。操无粮草,进退失据。时方进餐,谓鸡肋食之无味,弃之可惜。主簿杨修闻之,即告知军中收拾行装,准备班师,操以其泄漏军情斩之。次日进兵,又为蜀军突袭而败,夜从陈仓路遁走。该剧衍张鲁事不见史传,亦不见于小说《三国志演义》,当系作者自运。赵本该剧位于黄丕烈编目第 217 号,与《曹操夜走陈仓路》《阳平关五马破曹》《走凤雏庞掠四郡》合装为一册。存本首页题名《十样锦诸葛论功杂剧》,无署名。无"穿关",题目正名置于剧末:"题目:孔明收取阳平关;正名:曹操夜走陈仓路。"

体制上,此剧与《十样锦诸葛论功》几乎全同,北曲五折一楔子,楔子在四、五折之间,分别以仙吕、中吕、正宫、南吕、双调组合成体,一人主唱,末本,动作称科,合于北杂剧传统。唯楔子未单独析出而附之于【南吕】,为此前少见耳。正文分标头折、第二折、第三折、第四折、第五折,未出元人旧制,文本抄写字体尚端正工整,每折另起并以方框标示,宫调曲牌则不另分行,而以括号标示,版面显得拥挤。基本不见朱笔校勘痕迹。

刘关张桃园三结义

简名《桃园结义》。叙汉末黄巾乱起,山西浦州州尹欲乘乱割据,以关羽武艺高强而拉拢之,羽激于忠义,将其击斩,遂亡命涿州。先后遇张飞、刘备,相谈甚洽,因于桃园宰乌牛白马,祭告天地,结为异姓兄弟,以共图济世安民大计。适朝廷派皇甫嵩招安,遂聚众随皇甫嵩破黄巾建功。该剧情事不见史传,与小说《三国志演义》相关情节亦大异,当系作者自运。赵本该剧位于黄丕烈编目第 234 号,与《关云长大破蚩尤》《张翼德三出小沛》《张翼德大破杏林庄》《陶渊明东篱赏菊》合装为一册。存本首页题名《刘关张桃园三结义杂剧》,无署名。无"穿关",题目正名置于剧末:"题目:英雄汉涿郡两相逢;正名:刘关张桃园三结义。"

体制方面,此剧北曲四折,分别以仙吕、越调、中吕、双调依次组合,一人主唱,末本,动作提示称科,合于元人传统。正文分标头折、第二折、第三折、第四折、第五折,未出元人旧制,文本抄写字体尚端正工整,每折另起并以方框标示,宫调曲牌则不另分行,而以括号标示,版面显得拥挤。墨笔校勘痕迹较少,唯纠正个别原抄本笔误。如,头折关羽上场诗"曾把黄公三略读","黄"原作"羹",墨笔改。第三折【石榴花】"偶然间相会饮香醪","香"原作"酒",墨笔改。【尾声】"试看桃园三结义","试"原作"是",墨笔改。

张翼德三出小沛

简名《三出小沛》。叙刘备因徐州为吕布袭取,又别无去处,只好暂居小沛,并求与吕布相安无事。谁知张飞截获吕布派往河北买马之军将及银两,以其不往河北反在小沛扰民也。吕布愤怒,率众围定小沛,意欲乘机聚歼刘备部众。为脱此难,张飞三出小沛,冲透吕布大营,争取曹操出兵援救,里应外合,击败吕布,复得徐州。该剧情事不见史传,与小说《三国志演义》相关情节亦大异,多系作者自运。赵本该剧位于黄丕烈编目第 235 号,与《关云长大破蚩尤》《关张桃园三结义》《张翼德大破杏林庄》《陶渊明东篱赏菊》合装为一册。存本首页阙。无"穿关",题目正名置于剧末:"题目:曹丞相大破温侯;正名:张翼德三出小沛。"

体制方面,此剧北曲四折二楔子,分别以仙吕、中吕、越调、双调四大套曲依次组合成体,且一人主唱,末本,动作提示称科不称介,是皆合于元剧传统。唯二楔子,一附之于第一折内,一附之于第二折内,于传统不多见,而与前述《关云长单刀劈四寇》略同。正文分标头折、第二折、第三折、第四折、第五折,未出元人旧制,文本抄写字体尚端正工整,每折另起并以方框标示,宫调曲牌则不另分行,而以括号标示,版面显得拥挤。墨笔及朱笔校勘痕迹较少,唯纠正个别原抄本笔误,如文本抄写字体尚端正工整,每折另起并以方框标示,宫调曲牌则不另分行,而以括号标示,版面显得拥挤。墨笔校勘痕迹较少,唯纠正个别原抄本笔误,如首折"被吕布霸占","占"原作"战",墨笔改。

张翼德大破杏林庄

简名《杏林庄》。叙黄巾乱起,皇甫嵩承朝命招抚贤良,刘、关、张应招而至。时杏林庄为黄巾巢穴,张飞自告奋勇,孤身进入,里应外合,确保官军首战取胜。然后进逼兖州府,又是张飞定计,诈与众将在城下洗马,诱使城中黄巾出击,因大破之,俘获张角等。该剧情事不见史传,亦不见于小说《三国志演义》,当系作者自运。赵本该剧位于黄丕烈编目第 234 号,与《关云长大破蚩尤》《关张桃园三结义》《张翼德三出小沛》《陶渊明东篱赏菊》合装为一册。存本首页题名《张翼德大破杏林庄杂剧》,无署名,无"穿关",题目正名置于剧末:"题目:皇甫嵩复夺兖州;正名:张翼德大破杏林庄。"

体制上,此剧北曲四折,分别以仙吕、中吕、越调、双调四套依次组合,一人主唱,末本,动作提示称科不称介,皆合于元人矩度。唯此剧角色表现绿林好汉,未如元剧之邦老,而以外扮,内廷演剧如此,可异也。正文分标头折、第二折、第三折、第四折,未出元人旧制,文本抄写字体尚端正工整,每折另起并以方框标示,宫调曲牌则不另分行,而以括号标示,版面显得拥挤。墨笔及朱笔校勘痕迹较少,唯纠正个别原抄本笔误。如,第四折殿头官道白"您试说一遍咱","试"原作"是",墨笔改。

2. 唐朝故事

尉迟恭鞭打单雄信

简名《鞭打单雄信》。叙唐太宗李世民欲攻王世充,先与徐茂功登北邙山,佯为观看风景,实为窥视洛阳形势,被世充发觉识破,遣单雄信出城邀击,太宗猝不及防。情急中茂功扯单袍角,欲以旧情打动,雄信割袍断义,继迫太宗,时尉迟恭方洗马,获知后即划马单鞭往救。雄信中鞭呕血回城,太宗乃得生还。赵本该剧位于黄丕烈编目第 248 号,与《徐茂公智降秦叔宝》《小尉迟将斗将将鞭认父》《十八学士登瀛洲》《唐李靖阴山破虏》合装为一册。存本首页题名《尉迟公鞭打单雄信杂剧》,无署名,无"穿关",题目正名置于剧末:"题目:唐元帅私观洛阳城;正名:尉迟恭鞭打单雄信。"

体制方面,此剧不分折,分别以仙吕、中吕、越调、双调四大套北曲组合而成,一人主唱,末本,动作提示称科,合于元人矩度。每套及同一宫调曲牌均另起抄写,无黑框或括号标示,页面抄写字体尚属工整,版面显得疏朗。朱笔校勘痕迹较少,唯纠正个别原抄本笔误或显示异文。如,第一套单雄信道白"今有主公呼唤","有"字边显示异文"奉"。

唐李靖阴山破虏

简名《阴山破虏》。叙唐统一后,天下安定,民思休养生息,而北番颉利可汗屡次兴兵侵界,朝廷所派和谈使臣唐俭亦被扣留。太宗命李靖、李世绩、张公瑾率军进击。靖定计偷袭,有谓恐伤及唐俭,靖谓尽大忠不顺小义,机不可泄。遂派薛万彻为先锋,柴绍为合后,靖与世绩夜袭定襄,擒获颉利可汗及其子迭罗支以归。赵本该剧位于黄丕烈编目第 248 号,与《徐茂公智降秦叔宝》《小尉迟将斗将将鞭认父》《十八学士登瀛洲》《尉迟公鞭打单雄信》合装为一册。存本首页题名《唐李靖阴山破虏杂剧》,无署名,无"穿关",无题目正名。

体制方面,此剧北曲四折,分别以仙吕、越调、黄钟、双调依次组合,一人主唱,末本,动作提示称科,合于元人传统。正文分标头折、第二折、第三折、第四折,文本抄写字体尚端正工整,折数接以下文字,不另分行,然每套及同一宫调曲牌均另起抄写,无黑框或括号标示,页面抄写字体尚属工整,版面显得疏朗。基本无墨笔校勘痕迹。

3. 五代故事

李嗣源复夺紫泥宣

简名《紫泥宣》。叙黄巢起兵造反,唐廷命吏部尚书陈敬思赍五百道空头宣、五百面金银牌、五马金银,并持丹诏至沙陀,宣取李克用率军镇压。克用得知,命其子李嗣源领兵亲迎,至中途得遇敬思一行,知丹诏并金银牌面均为贼人薛铁山、贺回虎夺去,克用闻知大怒,遂命李嗣源进击薛、贺,夺回所劫御赐诸物。薛、贺亦拜纳降。赵本该剧位于黄丕烈编目第 254 号,与《飞虎峪存孝打虎》《压关楼叠挂午时牌》合装为一册。存本首页题名《李嗣源复夺紫泥宣杂剧》,无署名,无"穿关",题目正名置于剧末:"题目:陈敬思亲自持丹诏;正名:李嗣源复夺紫泥宣。"

体制方面,此剧北曲四折一楔子,分别以仙吕、正宫、越调、双调依次组合,一人主唱,末本,动作提示称科,合于元人传统。唯楔子在第二折之内,于传统少见。正文分标头折、第二折、第三折、第四折,文本抄写字体尚端正工整,每折另起并以方框标示,宫调曲牌则不另分行,而以括号标示,版面显得拥挤。基本无墨笔校勘痕迹。

压关楼迭挂午时牌

简名《午时牌》。叙李克用奉命讨黄巢,新收义儿安敬思,赐名李存孝,即令挂先锋印,有李存信、康君立忌妒,争论及中伤皆未果。时黄巢先锋孟截海勇猛善战,各路诸侯齐集压关楼,朱全忠和李克用赌赛,由李存孝出战孟截海,限午时生擒之,赢则朱即将御赐宝带转予存孝,输则存孝纳下头颅以谢。存孝果不负望,楼上刚挂午时牌,其已押解孟截海至。赵本该剧位于黄丕烈编目第 256 号,与《飞虎峪存孝打虎》《李嗣源复夺紫泥宣》合装为一册。存本首页题名《压关楼叠挂午时牌杂剧》,无署名,无"穿关",题目正名置于剧末:"题目:李存孝活挟孟截海;正名:压关楼叠挂午时牌。"

体制方面,此剧北曲四折一楔子,分别以仙吕、南吕、越调、双调依次组合,一人主唱,末本,动作提示称科,合于元人传统。唯楔子在第二折之内,于传统少见。正文分标头折、第二折、第三折、第四折,文本抄写字体尚端正工整,然每折及宫调曲牌则不另分行,而以括号标示,版面显得拥挤。偶见朱笔及墨笔校勘痕迹。

4. 宋朝故事

存仁心曹彬下江南

无简名。叙北宋统一,唯南唐不下,曹彬奉命率军讨伐,潘美副之。

南唐主李煜恐惧,令舌辩士徐铉入贡称臣求和,不允。士人樊若水曾有意量江面阔狭,时献计造浮桥以济师。江南将下,彬忽称疾不治事,诸将问安,彬谓己疾非药石能愈,若众将设誓,克城日不妄杀一人,则疾自愈。诸将感动,皆设誓以从。进军后几乎兵不血刃,俘煜等以归。赵本该剧位于黄丕烈编目第 257 号,与《八大王开诏救忠臣》《杨六郎调兵破天阵》合装为一册。存本首页题名《存仁心曹彬下江南杂剧》,无署名,无"穿关",题目正名置于剧末:"题目:秉忠正赵普与上国;正名存仁心曹彬下江南。"

体制上,此剧分别以仙吕、中吕、越调、双调四大套北曲依次组合,一人主唱,动作提示称科,是皆合于元人矩度。正文分标头折、第二折、第三折、第四折,未出元人旧制,文本抄写字体尚端正工整,每折另起并以方框标示,宫调曲牌则不另分行,而以括号标示,版面显得拥挤。墨笔校勘痕迹较少,唯纠正个别原抄本笔误,如头折【油葫芦】前增补一句道白"(正末云)量小官有何德能也"。以下赵普道白"圣人命将军为帅","命"原作"将",墨笔改。

焦光赞活拏萧天佑

简名《活拿萧天佑》。叙辽邦萧天佑率兵侵犯中原,宋廷八大王聚寇莱公,太尉党彦进及枢密使王钦若会商对策。王乃辽邦奸细贺驴儿,为达彼里应外合目的,故力主和议,为八大王及其他与会大臣否决。议定由杨六郎挂帅,率岳胜、孟良、焦赞等二十四指挥使麾军迎敌,大获全胜。赵本该剧位于黄丕烈编目第 260 号,与《宋大将岳飞精忠》《十探子大闹延安府》合装为一册。存本首页题名《存仁心曹彬下江南杂剧》,无署名,无"穿关",题目正名置于剧末:"题目:杨六郎枪刺耶律灰;正名:焦光赞活拿萧天佑。"

体制方面,此剧北曲四折,分别以仙吕、正宫、越调、双调依次组合,一人主唱,末本,动作提示称科,合于元人传统。正文分标头折、第二折、第三折、第四折,文本抄写字体尚端正工整,每折另起并以方框标示,宫调曲牌则不另分行,而以括号标示,版面显得拥挤。基本无朱笔校勘痕迹。

穆陵关上打韩通

简名《打韩通》。叙柴荣被后周封为天下兵马元帅,赵匡胤为殿前都指挥使,郑恩亦得为将军。赵、郑奉命率军征伐山东草寇,途经登州李节度家,李夫人赵氏与赵匡胤结为姊弟。时赵氏有疾,匡胤即与郑恩为其寻医求药,途经叔父赵恩家,有泼皮无理取闹。赵、郑二人不忿,将其打散。后众泼皮央魁首韩通前来寻衅,亦为二人降服。赵本该剧位于黄丕烈编目第 262 号,与《张于湖误宿女贞观》《女学士明讲春秋》《赵匡胤打董达》合装为一册。存本首页题名《穆陵关上打韩通杂剧》,无署名,无"穿关",题目正名置于剧末:"题目:登州聚会英雄汉;正名:穆陵关上打韩通。"

体制方面,此剧四折一楔子,楔子在二、三折之间,分别以仙吕、正宫、越调、双调依次组合,一人主唱、动作提示称科不称介,大抵合于元人传统。正文分标头折、第二折、第三折、第四折,文本抄写字体尚端正工整,每折另起并以方框标示,宫调曲牌则不另分行,而以括号标示,版面显得拥挤。偶见墨笔校勘痕迹,唯纠正个别原抄本笔误。如,第三折提示"韩通同白挝胡抢牵马下","牵"原作"见",墨笔改。

(二) 神仙道化剧

时真人四圣锁白猿

简名《锁白猿》。叙杭州商人沈璧重利,常泛海为业,饶有家财仍孜孜以求,有道人(时真人所化)规劝不听。此次出门月余,有白猿,自称烟霞大圣,化作沈之容貌,占了妻子财产。二年后,沈璧归家,白猿即现出怪状,将其打倒,且赶逐出门。沈无奈,先谋法师驱邪未果,后欲投西湖自尽,幸遇时真人救之,并召神兵助之擒妖。沈璧至此亦已看破世情,乃舍弃家财,率妻子修道。赵本该剧位于黄丕烈编目第 303 号,与《太平仙记》《瘸李岳诗酒翫江亭》《太乙夜断桃符记》《南极星度脱海棠仙》《张天师断风花雪月》合装为一册。存本首页题名《时真人四圣锁白猿杂剧》,无署名,无"穿关",无题目正名。

体制上,此剧北曲四折一楔子,先后以仙吕、南吕、中吕、双调四大套依次组合,一人主唱,末本,动作提示称科,此皆合于元人矩度。正文分标头折、第二折、第三折、第四折,文本抄写字体尚端正工整,每折另起,宫调曲牌则不另分行,而以括号标示,版面显得拥挤。墨笔校勘痕迹,唯纠正个别原抄本笔误。如,第二折兴儿道白"小人是沈员外家","员"原作"璧",墨笔改。

猛烈哪吒三变化

简名《哪吒三变》。叙焰魔山五个鬼王和夜叉山四个魔女作乱,残害生灵,释伽佛遂命善胜童子即哪吒三太子率神兵剿灭。哪吒先攻焰魔山,五鬼即降,又至夜叉山,擒伏四魔女。五鬼王即异鳞鬼、狮头鬼、铁头鬼、金睛鬼、无边鬼。四魔女乃天、地、运、色四类,皆先后收服皈依佛法。赵本该剧位于黄丕烈编目第304号,与《二郎神锁齐天大圣》《灌口二郎斩健蛟》《二郎神射锁魔镜》合装为一册。存本首页题名《猛烈哪吒三变化杂剧》,无署名,无"穿关",题目正名置于剧末:"题目:慈悲摄伏五鬼魔;正名:猛烈那吒三变化。"

体制方面,此剧北曲四折,以仙吕、中吕、越调、双调四大套依次组合,一人主唱,动作称科,此皆大率符合元剧传统。正文分标头折、第二折、第三折、第四折,文本抄写字体尚端正工整,每折折数另起,无括号,以方框标示,宫调曲牌则不另分行,而以括号标示,版面显得拥挤。基本不见墨笔校勘痕迹。

(三) 社会问题剧

清廉官长勘金环

简名《勘金环》。叙李仲仁、李仲义兄弟原合宅共居,后因弟媳王腊梅不贤,先搬调丈夫撵走长兄内弟孙荣,次挑唆丈夫与哥嫂吵闹分家。不久,仲仁拾得邻居之金环,图匿之,误咽入喉而死。事为仲义夫妻得知,遂诬嫂孙氏因奸药死亲夫,欲乘机并吞其家私,问官及仵作由于贪贿,屈打孙氏成招,下入死牢。幸得孙荣科举中式授廉访使巡案至县,复审此案,事乃大白。赵本该剧位于黄丕烈编目第274号,与《雷泽遇仙记》《若耶溪渔樵闲话》《徐伯株贫富兴衰记》《薛包认母》合装为一册。存本首页题名《清廉官长勘金环杂剧》,无署名,无"穿关",题目正名置于剧末:"题目:仵作沈成错检尸;正名:清廉官长勘金环。"

体制上,此剧四折一楔子,分别以仙吕、南吕、中吕、双调四大套北曲依次组合,一人主唱,旦本,动作提示称科,皆合于元人法度。正文分标头折、第二折、第三折、第四折,文本抄写字体尚端正工整,每折另起,宫调曲牌则不另分行,而以括号标示,版面显得拥挤。朱笔校勘痕迹,唯纠正个别原抄本笔误。如,楔子李仲义道白"我则依着你,咱去来","来"原作"罢",朱笔改。正旦道白"选一个吉日良辰","辰"原作"时",朱笔改。第三折李仲义道白"你真个不私休","你"原作"休",朱笔改。

若耶溪渔樵闲话

简名《渔樵闲话》。叙王鲁、赵璧、李彦、张愚四人,看破世情归隐,宁愿伐樵、种田、捕鱼、放牧,不愿为官。剧本通过他们三次聚会闲谈,数尽浮生万事,诸如奔竞利名、受贿枉法、虚伪势利等官场,乃至人生各种丑态,从而与隐士高洁成鲜明对照。末折且有朝使奉敕欲行征聘,四人各"遁于远方,不知去向"。赵本该剧位于黄丕烈编目第 276 号,与《雷泽遇仙记》《清廉官长勘金环》《徐伯株贫富兴衰记》《薛包认母》合装为一册。存本首页题名《若耶溪渔樵闲话杂剧》,无署名,无"穿关",题目正名置于剧末:"题目:听新闻市畔途中,隐故迹山间林下;正名:水云乡耕牧交谈,若耶溪渔樵闲话。"

体制上,此剧不分折,分别以仙吕、中吕、正宫、双调四套北曲依次组合,楔子在剧首,一人主唱,动作称科,皆合于元人传统。文本抄写字体尚端正工整,每套另起,宫调曲牌则不另分行,而以括号标示,版面显得拥挤。偶见墨笔校勘痕迹,唯纠正个别原抄本笔误。如,第二套【醉春风】"奢华不挂眼","华"原作"白",墨笔改。【普天乐】"看峰峦冲霄汉","峦"原作"岚",墨笔改。第四套正末道白"樵乃伐木村夫","夫"原作"村",墨笔改。

徐伯株贫富兴衰记

简名《贫富兴衰》。叙徐荣家豪富,其侄徐伯株却一介寒士,贫困至极,欲赴京赶考没有盘费,冒雪去叔宅求助,荣将其赶逐。婶心慈,暗中赠以金钗,伯株得赴京师,科举中试,授本州岛太守。此际徐荣因遭天火而一贫如洗,夫妻乞讨为生。一日偶至新太守府前行乞,伯株鄙叔父,但念婶之恩,遂接叔婶全家至宅奉养。赵本该剧位于黄丕烈编目第 277 号,与《雷泽遇仙记》《清廉官长勘金环》《若耶溪渔樵闲话》《薛包认母》合装为一册。存本首页题名《徐伯株贫富兴衰记杂剧》,无署名,无

"穿关",题目正名置于剧末:"题目:老员外赏雪排佳会,贤夫人不肯忘恩义;正名:火帝神发怒降灾殃,徐伯株贫富兴衰记。"

体制方面,此剧不分折,分别以仙吕、正宫、中吕、双调四大套依次组合,一人主唱,动作提示称科不称介,皆合于元人炬度,唯剧未有众唱【沽美酒】【太平令】两支曲子,当属变格。正文每套及同一宫调曲牌均另起抄写,无黑框或括号标示,页面抄写字体朴拙但尚属工整,版面显得疏朗。时见墨笔校勘痕迹。

薛包认母

无简名。叙东汉时薛苞被后母挑唆父亲赶出家门,不久父病故,后母随即主持分家,家私大半归亲生二子,薛苞仅分得破房坏田。然由于经营得法,加之苞妻持家有方,很快富足,而后母及亲生二子反而因为天火焚其家而一贫如洗。苞不计前嫌,待后母如初,且烧毁分家文书,重新合家安居。赵本该剧位于黄丕烈编目第 278 号,与《雷泽遇仙记》《清廉官长勘金环》《若耶溪渔樵闲话》《徐伯株贫富兴衰记》合装为一册。存本首页题名《薛包认母杂剧》,无署名,无"穿关",题目正名置于剧末:"杨宰相举善荐贤士,薛孟昌分另再同居。"

体制上,此剧不分折,分别以仙吕、越调、中吕、双调四套北曲依次组合,楔子在剧首,一人主唱,动作称科,皆合于元人传统。正文每套及同一宫调曲牌均另起抄写,无黑框或括号标示,页面抄写字体朴拙但尚属工整,版面显得疏朗。时见墨笔校勘痕迹,意在纠正个别原抄本笔误。如,【越调斗鹌鹑】"便是孩儿的孝道","是"原作"这",墨笔改。【中吕石榴花】"你做甚么来把家私使的无","甚"原作"是",墨笔改。

王闰香夜月四春园

简名《四闰香》。叙书生李庆安在接受未婚妻王闰香资助时,因丫鬟梅香被盗贼裴炎杀害,他被疑为凶手,后经开封府尹钱可得神示为之暗访申冤。赵本该剧有二,一为关汉卿作品,位于黄丕烈编目 18 号,题为《钱大尹智勘绯衣梦》;一为此本,当据关剧改编。或如赵琦美所言,乃同剧"别录一册"。该剧位于黄丕烈编目第 269 号,与《相国寺公孙汗衫记》《海门张仲村乐堂》《女姑姑说法升堂记》合装为一册。此本首页题名《王闰香月夜四春园杂剧》,无署名,无"穿关",题目正名置于剧末:

"题目：钱大尹智取贼名姓；正名王闰香夜月四春园。"

体制上，此剧分别以仙吕、中吕、越调、双调四大套北曲依次组合，一人主唱，动作提示称科，是皆合于元人矩度。正文分标头折、第二折、第三折、第四折，未出元人旧制，文本抄写字体尚端正工整，每折另起并以方框标示，宫调曲牌则不另分行，而以括号标示，版面显得拥挤。墨笔校勘痕迹较少，唯纠正个别原抄本笔误。如，头折数处"薄"，原皆为"暴"，墨笔改。

与此剧题材相同还有顾曲斋古杂剧本。关于三本之异同，此前在论述赵本关汉卿剧作时已有所涉及，可参见。

跋　语

本章所叙，涉及赵本明无名氏杂剧颇伙，历来为论者所重。孙楷第认为赵琦美其功在钞而不在校，正为此也。然检视各剧，多系孤本，虽于版本最佳，但无他本比较，无事可录，于校雠学角度意义不大，故只能题之曰"叙录"，聊胜于无耳。

第十三章　赵本古今杂剧之文化学考察

　　赵琦美钞校本之文献价值一直为世所公认,至被誉为不亚于殷墟甲骨文字的发现和敦煌石室的打开。但至今很少有从文化学的高度进行系统全面的、整体性的理论观照,而这是一个成熟的课题研究所必须达到的高度。在对这一批文献的存在形态进行细致的比勘梳理后,将尝试做一点这方面的思考。

一、赵本古今杂剧之文献学意义

　　首先,当然面对的是文献学问题,这是赵本古今杂剧价值的原始内涵。戏曲文献广义上包括纸质文本和实物遗存两部分,但文献学上则一般所指为前者,即包括提供案头阅读和场上演出的纸质剧本,对它们的研究亦即通常所称的中国古代文献学,简称文献学。内容包括版本学、校勘学(亦称校雠学)和目录学三大块。以下分三个方面论述。

(一) 第一次大规模和系统的戏曲版本展示

　　就文献存在形态而言,戏曲版本同样可分为刻本和写本两大类,前者亦称刊本,后者则包括稿本和抄本。它们在元以后即不断被发现,整体上刻本数量远远超过写本,而写本中抄本又远远多于稿本。刻本方面如《元曲选》《六十种曲》《元刊杂剧三十种》《改定元贤传奇》《古名家杂剧》《盛明杂剧》《古今名剧合选》等选集,《诚斋乐府》《四声猿》《临川四梦《大雅堂杂剧》等别集,也包括《西厢记》《西游记》《琵琶记》等单独流行的剧作,以及《雍熙乐府》《群音类选》《北词广正谱》等含有戏曲零折的选本。写本方面如《永乐大典戏文三种》、潮州出土宣德本《刘希必金钗记》、广东揭阳出土嘉靖本《蔡伯皆(喈)》等等。数量当然不少,种类也接近全面,一部中国古代戏曲史因之赖以建立,价值之高无可怀疑。但这是就整体而言,放在各自的场域单独来看,则数量有限,大多数十种,至多不过百种,或者略多。就版本学意义考量,种类更较单一,或刻或写,无有稍越。这一点直到明末亦未发生根本性改变。

赵琦美钞校本古今杂剧之出,情况即发生了根本性的变化。

首先是数量空前。赵氏当时抄校了多少种元明杂剧剧本,难于细考。目前仅从钱曾第一次编目《也是园书目》来看,即有 342 种,经过晚明至近代,数经辗转,直到 20 世纪 30 年代被重新发现,依然保留 242 种。这是非常可观的数字,超过了此前所有选本之总和。其次,也更重要的是,种类全面,既有刻本也有抄本。如前所言,钱曾编目有瑕疵,《述古堂书目》只有抄本,《也是园书目》则不标版本,但何煌时对照元本校勘,其所校跋语即已表明赵本刻本和写本同时存在的事实。今存赵琦美钞校本古今杂剧中,抄本 173 种,刊本 68 种,前者主要来自《古名家杂剧》和息机子《元人杂剧选》本。前已述及,《古名家杂剧》是明人编选刊刻的收录元、明时期杂剧的作品选集,今已无完帙存世,清人顾修编的《汇刻书目》著录正、续共 60 种,今人孙楷第《也是园古今杂剧》经过整理比较后发现今存《古名家杂剧》本中至少有 13 种为《汇刻书目》所漏收,认为"《汇刻书目》所录非全书"。[①] 现存情况,赵本 53 种之外,尚存残本 13 种,加上被误题为《元明杂剧》的南京图书馆藏本 27 种,除去相互重复的,实存 63 种,被收入《古本戏曲丛刊》四集。赵本的发现,不仅使得《古名家杂剧》存本骤然增加几近一倍,关剧的收录数量也超过了此前及同时代的任何一个选本。如孙楷第所言:"也是园藏明新安徐氏刊本曲,今存者有如是之多,则以本论,亦可谓一大发见也。"[②]《古名家杂剧》以外,息机子《元人杂剧选》本也是赵琦美钞校本古

---

① 孙楷第:《也是园古今杂剧》三《板本》,上杂出版社 1953 年版,第 127 页。
② 孙楷第:《也是园古今杂剧》三《板本》,第 123 页。

今杂剧所依据的刻本之一,今也无完帙存世,顾修《汇刻书目》著录共 30 种,赵本现存息机子本杂剧 15 种,占全部作品的一半,文献量依然可观。一句话,这两部曲选清以后即已陆续残缺乃至佚失,赖赵本得以存留大半,是一大幸事。

写本方面,与当时戏曲文献整体情况相反,赵琦美古今杂剧钞校本中写本数量大大超过了刻本。赵氏写本主要表现为抄本,而且主要是抄自宫廷,属于宫廷演出的台本,所以凡是遇有"圣朝""圣人""皇""皇圣""圣天子""圣明""圣寿""圣朝""皇图"字样均顶格书写,当为内府本原有格式之照录。忠实地保留文献原貌,这一点也是它的特色之一。非但如此,赵氏抄本在形式上也有不同表现。古籍版本学家认为,明抄本绝大多数用印好的格纸,即有框有阑线的格纸,常见的是蓝格、黑格、绿格,也有红格,晚明才有人用不印格的素纸抄写。今天看来,赵氏抄本虽然大部分皆为素纸抄写,字体亦多稚拙,但也有用的是格纸,如署名关汉卿的《尉迟恭单鞭夺槊》杂剧,虽为抄本,但却仿刻本描出四边和行线,每页十行,每行两排文字,有意显得较为规范,这一点为此前抄本所少见。此外,明无名氏杂剧《吴起敌秦挂帅印》《寇子翼定时捉将》《关云长单刀劈四寇》《宋公明排九宫八卦阵》,存本虽属抄本,但抄写者有意划出版式边框及书口鱼尾,正文抄写字体大体工整,每字皆以细线分隔,如近代方格稿纸然。由于长期以来古籍版本学领域重经籍诗文而轻戏曲小说的传统,所有这些在目前流行的相关论著及教材中很少被正面阐发,可以说,赵氏钞校本古今杂剧为明代戏曲版本乃至整个明代版本史研究提供了比较全面而系统的研究例证。

(二) 特色校勘:以抄本校刻本、以元本校明本

校勘亦称校雠,为文献学基本内容之一,亦为中国古代文献研究历来所重。元代杂剧兴盛,然文本梳理仅限于著录,如《录鬼簿》,间或音韵学研究稍稍及之,如《中原音韵》,校勘之事尚未及也。明前期、中期情况并未得到根本性改变,直到明万历之后方有臧晋叔《元曲选》对元杂剧,王骥德、凌蒙初等人对《西厢记》进行校勘整理。作为一个收藏家兼刻书家,但并非戏曲家的赵琦美,其古今杂剧钞校本留下了多重印

记、眉批、圈涂、夹注异文、校跋同时呈现，同样亦可看出戏曲校雠之复杂性和特殊性。当然，完成此项工程的非独琦美，参与赵本部分剧作校勘且有所创获的还有清雍正乃至乾嘉时苏州人何煌、黄丕烈，他们先后为这一批戏曲文献的校勘整理付出了心血，而且显示了各自的特色。琦美同时代名流，松江华亭人董其昌以及晚清苏州人顾河之，也在相关作品上留下了印记。

首先当然是赵琦美，他的校勘贯穿钞校本古今杂剧始终。在今存本赵氏钞校本古今杂剧中，附有赵琦美亲笔书写校跋的达149种，接近全部存本的六成。现列表如下。

赵氏钞校本杂剧校勘情况一览表

版本及校勘 / 校跋	刊本 31					抄本 113		
	古名家本 17+2		息机子本 10+2			内府本 71+1	于小谷本 34+1	来历不明抄本 4+2
	于小谷本校 10+2	未知本校 7	内府本校 8+1	于小谷本校 2	元本校 0+1			
元 58 名家杂剧 37	5+何2	2	5+何1		何1	11+董1	6+董1	何1
元 58 无名氏杂剧 21	……	2	2	1		9	2	4+顾1
明 86 名家杂剧 14	3	3		1			7	
明 86 无名氏杂剧 72	2					51	19	
备注	本表系根据今存赵本古今杂剧所附校勘跋语分布情况绘制，除了赵琦美本人校跋外，另有何煌、董其昌、顾河之等人之校跋。为区别起见，赵琦美之外的跋语均另增＋号标出。							

从表中不难看出，今存赵本的校勘大抵具有以下几个特点：（1）跋语主要集中在钞本，而以内府本居多，超过钞本总数至六成。董其昌跋语更只在钞本中出现。（2）校勘的工作量集中在刊本，主要有"以于小谷本校古名家本""以未注明何本校古名家本""以内本校息机子本""以于小谷本校息机子本""以元刊本校息机子本"五大类。而钞本则由于多系孤本而无从比勘，只有"以原本校重抄本"一类。（3）数量上明杂剧远超元杂剧，元名家杂剧则远超明名家杂剧，无名氏作品则主要集中在明代。

跋语自然并非赵琦美校勘古今杂剧的全部，更多的是体现在收录各剧的正文之中，其中包括未附跋文的剧本。有的是直接用朱笔改过，如今存赵本马致远《青衫泪》一剧，第三折末曲将刻本【离亭宴煞】改作【双鸳鸯煞】。以下正末道白"早子你低言无语"，墨笔将"低言无语"勾作"无语低言"。也有的直接添上，如关汉卿《窦娥冤》第四者窦天章道白"天乃大雨应时而降"，其中"应时"二字即为据内本以墨笔添加。更典型的如郑德辉《㑳梅香》一剧，第四折自"（老夫人）差矣，我奉圣人命，你怎敢违宣抗敕"至"白敏中谁想有今日也，我非是这里的（举子）"两页刻本中断，以两页版式相同的抄本补入。又如《东堂老》剧第三折，赵本："（正末云）我来到门首也。叫声：我这里提拄杖上街衢，我这里蓦入蓦入门桯去。"其中"叫声"二字用朱笔框上，以下字句则以红直线画出，页眉朱笔批注云："叫声，内本作曲名。红直者俱曲文改正。"似此等等，均可看出琦美校对所下的功夫。校勘的同时，琦美还对剧本的作者和编剧水准进行了考辨和评说。如杨景贤《马丹阳度脱刘行首》一剧题下补注"《太和正音谱》无名氏"，该页天头又注"《和正音》作本朝人"。又如《司马相如题桥记》一剧跋称："于相公云：不似元人矩度，县隔一层。信然！相公东阿人，拜相。见朝后便殂。观其所作笔麈，胸（中）泾渭了了。惜也不究厥施云。"评《博望烧屯》："大约与诸葛亮挂印气张飞同意。此后多管通一节。笔气老干，当是元人行家。"评《女学士》剧："此必村学究笔也，无足取，可去。"似此比比皆是。至于抄本，由于多为孤行本，无从校勘，故所校只能是"以原本校重抄本"，对此孙楷第解释为"不过改正书手误写之字，此为抄书者应有之义，无足注意"。由此进一步认为："琦美校曲，于是正文字方面，无甚收获。琦美之于元明旧曲，其功不在于校而在于抄。"[1]所言虽不能说一点道理皆没有，但远不能道尽琦美校勘价值之全部。今所见此类校文固多为音近致误乃至为错别字。但若深加考量，琦美于钞本所校并非皆为纠正抄手错误，也多有直接纠正抄本之错误者。如关汉卿《鲁斋郎》第二折《古名家杂剧》本鲁斋郎道白"我着他今日不犯明日送来"，琦美朱笔改"明"作"红"，眉批且云："红日上色，红改明，非。此古本所以可贵。"其言"古本"当即已佚之

---

① 孙楷第：《也是园古今杂剧考》，第155—156页。

内本。王季思主编之《全元戏曲》引录此条时称"赵笔误校",①非是。琦美校改乃据该剧内容,剧中鲁斋郎明言"五更"即日出之前必须送达,故云"不犯红日"。又如《伍子胥鞭伏柳盗跖》一剧,琦美朱笔校勘痕迹集中于头折秦穆公开场道白,增一语"乃颛顼、伯益之后",另加"今景王圣人在"。删去则较多,主要有五处:其一,"先时天下分为七十一国,其后并吞为十八国。今周景王圣人在位,这十八国惟俺秦国最强。"其二,"方今之世,四海晏然,八方无事。各国豪杰大惧俺秦邦。"其三,"我今要威伏各国,无有一个摄伏各国归依的良策。"其中第一个"各国"改为"天下","一个""各国归依的"均被删。其四,"百里奚你是我手下第一个辅弼谋臣,我今与你计议,怎生做个商量。"其中"第一个""怎生做个商量"均被被删。其五,删去"某当拜为大将也""俺秦国有□君天下,豪杰闻之皆惧",其中"有□君天下"涂改为"虎视山东",删去"闻之"二字。以下至剧末则无较大涂改。其所以如此,当为琦美嫌原稿冗长,欲以己意校改,并非仅为"改正书手误写之字"。似此例证还多,篇幅所限,不拟赘引。

何煌校勘亦为今存赵琦美钞校本古今杂剧的重要组成部分,讨论赵本校勘问题不能遗漏这一点。和赵琦美仅以内本、于小谷本等明代抄本校元杂剧的做法不同,何煌更以接近元代的刊本和抄本进行对校,由于明本和元本之间的巨大差异,故校对难度巨大。检视何煌所校 5 剧,异文比勘,增补异文曲子,朱笔校改处可谓比比皆是,平均皆在 200 处以上,可见工作量之大。但如此繁难的另一端即收获亦自不菲。如《王粲登楼》剧中,全本校改处达 220 余处,其中涉及重大、连续字数超过 5 个以上的异文比勘有 20 处,增补了 17 支异文曲子和大量宾白,同时指出了末折"一本【水仙子】下有【殿前欢】【乔牌儿】【挂玉钩】【沽美酒】【太平令】五曲,雍正三年乙巳八月十八日,用李中麓抄本校,改正数百字。此又脱曲廿二,倒曲二,悉据抄本改正补录"。正因为如此,郑骞、宁希元在辑校《元刊杂剧三十种》时,皆把何煌校文作为与原刊本并列的另一元抄本对待。关于何煌校勘详情,可参见本稿第四章第三节

---

① 王季思主编:《全元戏曲》第 1 卷,人民文学出版社 1999 年版,第 370 页。

"何煌:最勤奋的校勘者",此处不再赘言。

总而言之,赵琦美、何煌关于钞校本古今杂剧的校勘,作为最早进行的大规模戏曲校勘,不仅丰富了元明杂剧文献,对于长时期缺少关注戏曲校勘的中国古代校雠学来说,也有其重要的意义。

赵琦美、何煌以外,在赵琦美钞校本古今杂剧上留下跋语的还有董其昌、顾河之。前者跋语凡 2 处,一是内府本《守贞节孟母三移》,曰:"崇祯纪元二月之望,偕友南下,舟次无眠,读此消夜,颇得卷中三昧。"另一是于小谷本《众神圣庆贺元宵节》,曰:"此种杂剧,不堪入目,当效楚人一炬为快。"后者跋语仅 1 处,即钞本《王脩然断杀狗劝夫》,曰:"《录鬼簿》作《王脩断杀狗劝夫》,萧德祥著。顾河之记。"两者跋语除了对赵本古今杂剧的流变以及个别作品题署有些参考价值外,与校勘本身关系甚微。这里不再赘述。

(三) 世代累积型编目整理

编目为目录学之主体,可分一次型和累积型两类。和赵琦美加上何煌共同奠定了今存赵本古今杂剧校勘基础一样,赵本在目录学意义上的成果也是世代累积型的。

众所周知,戏曲目录学的最初成就便是元人钟嗣成的《录鬼簿》,目前一般认为它是一部关于元代的戏曲史料性著作,但事实上它在史料方面能够提供的就是元曲家的个人小传及其作品目录,而这是近代意义上的目录学基本架构。故严格说来,《录鬼簿》是一部戏曲目录学著作。一般认为该书撰成于元至顺元年(1330 年), 此后, 作者又至少做了两次修改和增补,孟称舜本和曹练亭本代表了两次修改和增补的实录。由此可以认定,《录鬼簿》属于最早的世代累积型曲学目录。当然,由于钟氏标举"名公才人",没有为无名氏作品留下位置。这个空白为后来的《录鬼簿续编》所填补,《续编》应该是一次成型的编目。在之后的朱权《太和正音谱》,在相当程度上也是钟嗣成的继承者,不同在于《太和正音谱》书成于明洪武三十一年(1398 年),之后未有重新增订,是为一次性编目无疑,何况包括了大量的曲学理论,致使它在单科和专题性方面略逊一筹。之后,如同戏曲创作领域出现了衰落期一样,戏曲目录学同样在朱权之后出现了断层,一般认为直到晚明吕天成《曲品》和祁彪佳《远山堂剧品》《远山堂曲品》的出现,单科专题性的一次性戏曲目录方得再次兴盛。事实上,戏曲目录还有另外一种形式,即跳出单科的层面,作为更大学科范围内之目录学之一部分。这一点近似于《太和正音谱》,元杂剧的文献目录也只是该书第四部分"群英所编杂剧",在它之后,还有《永乐大典》,杂剧部分收于《永乐大典》第20737—20757卷,共21卷,戏文部分收于《永乐大典》第13965—13991卷,共27卷,今存之《永乐大典目录》卷三七和卷五四分别列有详目,所录杂剧99种,戏文33种,皆可看作一次性戏曲编目。此外,尚有私家藏书目中的戏曲目录,明中期即已出现,典型如高儒的《百川书志》,概述卷六"外史"一门收录杂剧、传奇50余种,其中朱有燉杂剧作品31种尽数收录。再如晁瑮《宝文堂书目》,该书卷中"乐府"收录戏曲70余种。以下万历间徐惟起《红雨楼书目》卷三"子部·传奇类"收戏曲名目140种。当然,明代也有一些名家藏书目如隆庆、万历间朱睦㮮《万卷堂书目》、崇祯间钱谦益《绛云楼书目》等,大多为一次性编目。所有这些,皆显示了明代乃戏曲目录学形成和逐步成熟的时代,而赵琦美钞校本古今杂剧整理编目正是在这样的背景下起步和逐步完成的。

在本书第四章中,笔者曾言及孙楷第《也是园古今杂剧考》一书曾指出赵琦美虽首任古今杂剧抄校之力,功不可没,却未装订成书,诸剧本呈单册置放,更未整理编目。现在仍需补充一点,即琦美藏书目并不是没有,今存《脉望馆书目》便是,其中"词曲"类,便收入40余种杂剧和传奇剧本,其中包括《莽张飞大闹石榴园》和《状元堂陈母教子》等少量的钞校本古今杂剧,显然琦美不属于那种明明喜欢戏曲却囿于传统不将其收入自己藏书目的那类文人士大夫,如钱谦益。只是由于藏书不在常熟老宅,未能全部收录而已。但无论如何,对于一手完成这部钞校本戏曲文献巨制的赵琦美来说,这总是一个欠缺。这个欠缺要到清康熙年间的钱曾那里方才得到真正的弥补。

同样如前所言,钱曾从族祖钱谦益手中接受绛云楼火劫后幸存的赵琦美钞校本,加上自己的辛苦收集,以此为基础,先后两次进行了整理编目,其书面结果便是编于康熙八年的《述古堂书目》和康熙十八年之后的《也是园书目》。对于钱曾来说，他也并非是一次性完成对赵本古今杂剧编目整理的。我们已经知道，《述古堂书目》收录赵本古今杂剧只有 300 种，且全部是抄本，另有一些作为附录《续编杂剧》。直到《也是园书目》编定，收剧 341 种，至此赵本古今杂剧才算是有了自己的目录，当然也不是全部，今存本有一些剧目钱曾当时并未能收藏。《述古堂书目》和《也是园书目》皆为藏书家书目，范围比较广泛。二书皆 10 卷，前者收书 2200 余种，著录书名、著者、卷册，间或注明版本。另于书名卷数外，载册数和版本。后者收书 3800 余种，仅著录书名和著者。这两部书目，承袭明代官修书目的遗风，随书立类，《述古堂书目》分经、史、子、集（文集·诗集·疏谏·类书·诗话·四六·词）、藏（佛藏·道藏·符箓）、戏曲（曲·古今杂剧·续编杂剧）六大类。《也是园书目》分经、史、子、集、三藏、道藏、戏曲小说七大类。相比较而言，仍以后者更加合理，所谓后出转精也。将"戏曲小说""戏曲"乃至单列一类，与传统经史子集并列，可见著者思想的开放和通达。然作为一个传统文人，钱曾自然特别重视宋元刻本及其他善本，收录赵本古今杂剧，纯为机缘，且将其作为书目整体之一部分，较之《录鬼簿》等单科专目，自然稍逊一筹。这一点直到嘉庆年间的黄丕烈才得以最终完成。

本稿第四章已经对黄丕烈在赵本古今杂剧编目史上所做的工作做了比较详细的叙述，可以这样说，只有到了黄丕烈，赵琦美钞校本古今杂剧有了自己的专题性目录——《也是园藏古今杂剧目》。其所以题称"也是园"，乃由于丕烈所据即钱曾也是园所藏，黄目亦即在《也是园书目》基础上进一步提升。最明显的便是，将赵本古今杂剧编目由自《永乐大典》以来的一般性书目重新拉回到戏曲目录学专题中来，两百多年后，《录鬼簿》作者钟嗣成在这里找到了知音。这是黄目第一个特色。非但如此，黄目第二个明显特色还在于附录了《古名家杂剧》和《息机子元人杂剧选》两个目录，并以之与《也是园藏古今杂剧目》对比，明确指出 40 种重出剧目和 5 种有目无书，以下更设置"待访古今杂剧存目"，这些给未来的研究留下了空间。黄目第三个特色还在于剧家作品目录和装订成册同时进行，目录包括册籍叙录在内，从而丰富了戏曲目录学。这当然并不意味着装订成册自黄丕烈始，以孙楷第所见，黄氏"当时得书时,与本书之外另有底簿可凭或原装书册之上曾标册号,故批注时得据其次第一一书之"。① 然此前钱曾书目不书册籍,故难以确定当时是否已经装订成册。其后张远、何煌、试饮堂顾氏等收藏者均未言及册籍事,亦同样无从确定,故册数叙录连同编目有明确记载者不能不说是自黄氏始。如此,相较于钱目,黄目最大的特点即除著录作家姓名和作品题名外,便是为册籍编号,显示其首次与赵琦美钞校本古今杂剧整理编订明确联系在一起。今天可见黄目位于今存赵琦美钞校本古今杂剧第一册卷首,朱笔手书。仍以剧作家姓名为序,以下叙录其剧作。共得元杂剧作家 25 人,作品 74 种,元无名氏剧作 36 种。明杂剧作家 11人,剧作 37 种。至于剧名和编号搭配,孙楷第曾具体谈论过:"凡剧在《也是园书目》应属第几号,在丕烈手书目亦为第几号。""其当时存本有而也是园目无之者,则不编号。""其也是园目有而当时已无其本者,则号中断。"② 就这一点而言,黄目超过了钱目,亦为此前戏曲目录诸家所不及。当然,黄目于剧作家未多措意,更以"丹邱先生""周王诚斋"含糊指代朱权和朱有燉,是其局限,这一点不及钟嗣成。

总而言之,赵本古今杂剧编目自赵琦美及其家人零星片断开始,经过了钱曾的辛勤劳动,直到黄丕烈最终定型。可谓从无到有,由粗而精,确实称得上时代累积型目录学演进过程,其优点和存在之不足均值得后世重视及总结,其文献学意义同样值得重新评估。

二、赵本古今杂剧的戏剧学意义

作为一部戏曲史文献巨制,赵琦美钞校本古今杂剧的文化价值同样体现在戏剧学领域,这方面相关学术界或多或少已经注意到了。有观点明确指出:《脉本》是比《元曲选》稍前的本子,一般认为比《元曲选》保留了更多元杂剧演出的原貌,对它的价值可以概括为两点:(1) 是宫廷的实际演出本,在角色安排、语言运用上有舞台演出本

---

① 孙楷第:《也是园古今杂剧考》,上杂出版社 1953 年版,第 69 页。
② 同上书,第 62 页。

的特色。（2）是从元刊本到《元曲选》的桥梁，通过它可以了解戏剧脚本逐渐变化的进程。^①但尽管如此，迄今并未有专文系统讨论。以下略作阐述。

作为中国戏剧史上一个繁盛期，元杂剧一直为学界所关注，王国维称其为"一代之文学"。然而，除了《元刊杂剧三十种》以及周德清《中原音韵》所引用部分内容外，我们今天所见到的元杂剧绝大多数是它们在明代的面貌，对于传统普通读者来说，就是通过《元曲选》来了解元杂剧，很难体会元杂剧的本来面目。至于《元刊杂剧三十种》，虽为目前所能见到的元杂剧唯一的剧本遗存，但一来数量太少，二来版本粗陋不堪，很难相信其能全面反映元杂剧文本的实际面貌。当然，随着《元曲选外编》以及《全元戏曲》等文献的整理普及，加之相关研究的不断深入，元杂剧文献的复杂性已为越来越多的人所理解，学术界已有依据赵琦美钞校本与元刊本以及《元曲选》等明人选本的异同，对《单刀会》《窦娥冤》《哭存孝》《任风子》《赵氏孤儿》《桃花女》《疏者下船》等具体作品的比较分析，在相当程度上廓清了元杂剧在入明前后的演变状况。但寥寥数剧，涉及面仍旧有限，深度也有待进一步开掘。今天看来，虽说杂剧入明前即已衰微，入明后也并没有重回巅峰已成不争之事实，但明代也并非如传统所认为的那样是杂剧之一剂毒药，起码明前期并非如此。人们公认今存赵琦美钞校本古今杂剧显示的是明前期宫廷北杂剧剧场演出的基本风貌，在这里我们仍然看到关汉卿、马致远、白朴、郑德辉、王实甫这些元杂剧名家作品的身影，尽管朱权在其《太和正音谱》中将关汉卿贬为可上可下之才，但在赵本中他的作品留存数量仍旧为第一，其余各元曲大家也并不因为进入明代后就彻底改变了面貌。当然数量不能完全说明问题之本质，但即如内容，关汉卿的《单刀会》《窦娥冤》《望江亭》，马致远的《汉宫秋》《任风子》，白朴的《墙头马上》《梧桐雨》，郑德辉的《倩女离魂》《王粲登楼》，郑廷玉的《看钱奴》，王实甫

① ［韩］吴庆禧：《元杂剧元刊本到明刊本宾白之演变》，《艺术百家》2001年第2期。

的《破窑记》,以及纪君祥的《赵氏孤儿》等名作,都在赵本中找到了自己的位置。这些作品有的是刊本,有的是抄本。后者自不必说,它们中绝大部分就是宫廷剧场经常上演的剧目。即使刊本,根据孙楷第等人的研究,其来源无他,同样出自宫廷藏书。况且赵琦美钞校时有许多用的就是内府本,如关汉卿的名剧《望江亭》,今存赵本为息机子刊本,但剧末赵氏跋语明明白白写道:"万历四十二年甲寅十二月二十日校内本于真如邸中。"还附了抄写的穿关。由此可见,这些元剧绝大部分皆在宫廷内府演出,或者是收藏备用。这就是进入明代后的元杂剧。同样值得注意的是,就题材而言,上至帝王将相、神仙道化、圣贤高士,下到秀才妓女、商人农夫、流氓强盗,举凡元代已有,此处同样可见,其中甚至包括《朱砂担》《盆儿鬼》这样揭露社会阴暗面的社会问题剧和《梁山五虎大刬牢》《王矮虎大闹东平府》等歌颂犯上作乱题材的水浒戏系列。人们经常提及的《大明律》等禁戏律令形同虚设。传统认为明代统治者禁锢思想、摧残人才、打压戏剧,这些大多是在正史和士大夫文献中找到的答案,在相当程度上并不合乎实际。

非但如此,赵琦美钞校本古今杂剧还具备最大限度地接近原作的先天优势。由于赵本绝大多数系抄写,除了错字别字以及大多书法拙劣外,绝少以己意增删改动,在忠实于原作这一点上应无问题。学术界有观点认为,较之《元曲选》等其他明人选本,赵本更接近元杂剧真实应属可信。当然,问题不能太绝对化。今存赵琦美钞校本所收刊本 68,抄本 173,刊本源自古名家杂剧本和息机子元人杂剧选本,此二本和原本相较已有增删迹象,虽然不如《元曲选》本以及李开先《改定元贤传奇》本改动大,但毕竟有了距离。至于抄本,所依据的多为内府本,即使于小谷本和来历不明抄本也终不脱宫廷内府所出,其所忠实的对象更多的是内府演出台本而非完完全全的元代本真。最起码,剧末常见的颂圣赞语就是明代宫廷剧场所添加的。另外,将剧情修改得更适应宫廷剧场观众的喜好也应该是有的。最典型的例子便是元刊本的《楚昭王疏者下船》在赵本中变成了《楚昭公疏者下船》。笔者之前谈及这个问题时说过:"一为楚昭王,一为楚昭公,差别虽小,意义各别,昭示着时代变异。元人开放,较少道德束缚。明人更趋正统,致不承认当年僭称的楚王名号,同时也为避免与明初分封在武昌的楚昭王朱桢的名号相冲突。"①类似这种例证很多。剧情之外,形式体制方面的改动也有,这一点在以下分析中将看得更加清楚。但无论如何,就数量最多,也最接近元杂剧本真面目而言,赵琦美钞校本古今杂剧占据着十分独到的位置。

(二) 明代宫廷杂剧和文人剧

元代剧作以外,赵本古今杂剧还保存了大量明杂剧作品。如前所列举,后者的数量远远超过了前者。从某种意义上说,这一批剧本更多地反映的是明杂剧场上和案头的面貌,它们非常精确地显示明杂剧前后期分为宫廷杂剧和文人剧之类型特征。

笔者曾经论述过,所谓宫廷剧,即明初进入宫廷藩府后适合上层社会审美意趣并为之服务的杂剧。② 一般认为明初宫廷杂剧可分三大类:一为元明之际乃至明前期的文人剧作家及其作品,以贾仲明、杨景贤、汤舜民为其代表,因为三人曾为明成祖朱棣所宠幸,作品内容多体现当时的大一统社会群体心态,故又被称为御用文人剧作。此外还应包括当时或先后的一些知识分子作家,如曾"客霸府张士诚所"的罗贯中以及朱权《太和正音谱》"国朝一十六人"中提及的王子一、刘东生、谷子敬、杨文奎、李唐宾诸人,他们的详情虽不易确考,但在作品中大都表现出一种统一和规范化了的格调,这就是首先为了迎合新兴汉族上层统治者的需要,并且大体都是在宫廷演出的。二为宫廷无名氏艺人作品,以内府本杂剧及"教坊编演"诸杂剧为代表。《明史·乐志》所谓"殿中韶乐,其词出于教坊俳优……皆用乐府、小令、杂剧为娱戏",说的就是这种情况。三为明代藩王剧作家及其作品,以宁王朱权、周王朱有燉这两位王爷为代表。这里需要澄清两个问题。其一,宫廷杂剧一般认为即是在明代宫廷里上演的杂剧作品,这样理解并不全面,因为今天能够断定在明代宫廷演出的只有附"穿关"的那部分剧目,今存只有102种,不过半数,加上钱曾《述古堂书目》所载,也只有134种注明"内府穿关本",依旧不过半数,占大半的是未附"穿关"的剧目,包括明署"教坊编

① 参见本书第三章三"钞校本古今杂剧的最终归宿——武康和钱谦益"。
② 参见拙文《明前期宫廷北杂剧略论》,《河北师大学报(社会科学版)》1994年第2期。

演"的《降丹墀三圣庆长生》《众神圣庆贺元宵节》《祝圣寿万国来朝》《河嵩神灵芝庆寿》《紫薇宫庆贺长春寿》等作品。由此可见,不仅是否附有"穿关"不能作为上演与否的唯一依据一样,是否上演也不能作为判断宫廷杂剧外延的唯一依据。换言之,宫廷杂剧包括那些进入宫廷收藏随时备用的剧本。其二,就版本而言,习惯上一般认为明宫廷杂剧所指即为抄校内府本,至多加上于小谷本和不知来历抄本。其实这是一个认识误区,准确地说,应是无论刻本还是抄本,皆可分为元代和明代两部分。① 今天看来,赵氏校藏刻本中也有相当一部分是明人编演的杂剧作品,元人之作已见前述,在此不赘,其中明人宫廷杂剧作家作品分述如下。

罗贯中 1 种:

　　宋太祖龙虎风云会一卷,万历十六年刊本,古名家本

黄廷道 1 种:

　　黄廷道夜走流星马一卷,钞本

王子一 1 种:

　　刘晨阮肇误入天台一卷,万历二十六年刊本,息机子本

谷子敬 1 种:

　　吕洞宾三度城南柳一卷,万历十六年刊本,古名家本

贾仲明 4 种:

　　铁拐李度金童玉女一卷,万历十六年刊本,古名家本
　　吕洞宾桃柳升仙梦一卷,万历十六年刊本,古名家本
　　萧淑兰情寄菩萨蛮一卷,万历十六年刊本,古名家本
　　荆楚臣重对玉梳一卷,万历十六年刊本,古名家本

---

① 和赵本元杂剧情况一样,赵本明杂剧刊本亦大部分存于古名家杂剧本,少数为息机子元人杂剧选收录。又据孙楷第所考,明人杂剧选本来源除来自宫廷藏书外无他。准确地说,除了少量晚明剧作家如徐渭、叶宪祖的作品外,即使是刊本,赵琦美钞校本古今杂剧中这一批明杂剧作品绝大多数也没有脱离宫廷杂剧的范围。

杨文奎1种：

翠红乡儿女两团圆杂剧一卷，万历二十六年刊本，息机子本

朱权2种：

独步大罗天一卷，于小谷本

卓文君私奔相如一卷，于小谷本

朱有燉16种：

东华仙三度十长生一卷，万历十六年刊本，古名家本

群仙庆寿蟠桃会一卷，万历十六年刊本，古名家本

吕洞宾花月神仙会一卷，万历十六年刊本，古名家本

清河县继母大贤一卷，万历十六年刊本，古名家本

赵贞姬身后团圆梦一卷，万历十六年刊本，古名家本

刘盼春守志香囊怨一卷，万历十六年刊本，古名家本

李亚仙花酒曲江池一卷，万历十六年刊本，古名家本

紫阳仙三度常椿寿一卷，万历十六年刊本，古名家本

善知识苦海回头一卷，万历十六年刊本，古名家本

惠禅师三度小桃红一卷明　朱有燉　撰　钞本

张天师明断辰钩月一卷，于小谷本

洛阳风月牡丹仙一卷，于小谷本

福禄寿仙官庆会一卷，钞本

十美人庆赏牡丹园一卷，钞本

瑶池会八仙庆寿杂剧一卷，钞本

黑旋风仗义疏财杂剧一卷，钞本

不难看出，上述剧作自王子一至朱有燉皆为宫廷杂剧不误，共达27种之多。另外，还必须考虑到抄本的情况，就数量而言，抄本最能体现明杂剧的优势。除了元末明初黄元吉的《黄廷道夜走流星马》之外，朱权的《冲漠子独步大罗天》《卓文君私奔相如》，朱有燉的多半剧作，以及冯惟敏、桑绍良等明后期杂剧作家的作品，都以抄本形式存在。当然，抄本中更多的是无名氏作品，包括"列朝故事"和"神仙"以及"教坊编

演"剧目,数量达 100 种之多,它们构成了明宫廷杂剧的主体。我们说赵琦美钞校本明杂剧数量上远远超过元代,主要是就无名氏作品而言。关于这方面,前面已有详细阐述,此处不赘。

文人剧是明杂剧的重要组成部分。就所处时代、活动范围及所展现的审美意义而言,广义上的明代文人剧可分为两类:一是元末明初乃至明前期的文人剧作家,即所谓御用文人剧作,它们是明宫廷杂剧之一部分。二是明中后期的文人杂剧,作者多为仕途不得意的中下层文人,此亦即戏曲史上特指的文人剧,也可以看作狭义的文人剧。如著者此前所归纳的:"此时期的失意文人,既无元杂剧作家与世俗大众融为一体的机遇,又无为求自身生存、安全而趋奉权势贵族之'幸运',因而能得以在作品中充分表现自己,使个性得到最大限度的发挥。……使得他们的作品从内容到形式都体现着文人的特点,成为名副其实的文人剧。"[1]今存赵本明代文人剧大体有如下 6 家 9 种。

桑少良 1 种:

　　司马入相传奇一卷,钞本

冯惟敏 1 种:

　　僧尼共犯传奇一卷,钞本

杨慎 1 种:

　　洞天玄记一卷,万历十六年刊本,古名家本

康海 1 种:

　　王兰卿贞烈传,钞本

叶宪祖 2 种:

　　灌将军使酒骂座记一卷,万历十六年刊本,古名家本
　　金翠寒衣记一卷,万历十六年刊本,古名家本

徐渭 4 种:

---

① 徐子方:《明杂剧研究》,(台北)文津出版社 1998 年版,第 38—39 页。

渔阳三弄一卷,万历十六年刊本,古名家本

玉通和尚骂红莲一卷,万历十六年刊本,古名家本

月明和尚度柳翠一卷,万历十六年刊本,古名家本

木兰女一卷,万历十六年刊本,古名家本

黄崇嘏女状元一卷,万历十六年刊本,古名家本

以上列举皆为明中后期文人杂剧。赵本明文人杂剧刊本数量不是很多,前后期加起来一共8家23种,当然这是今存本。而查钱曾《述古堂书目》卷十《续编杂剧》,他所寓目的明代文人剧较之这个数字就大得多,仅中后期即达到20家49种。其中包括:

陈大声3种:

《花月娇双偷纳锦郎》《郑耆老义配好姻缘》《太平乐事》

汪伯玉(道昆)4种:

《楚襄王梦游高唐》《鸱夷子扁舟五湖》《张京兆闺阁画眉》《陈思王怀旧洛神》

程士廉4种:

《幸上苑帝妃春游》《秦苏夏赏》《韩陶月宴》《戴王雪访》

凌波(凌濛初)9种:

《石季伦春游金谷》《王逸少写经换鹅》《王子猷乘兴看竹》《苏不韦凿地报仇》《张园叟天坛庄记》《刘伯伦指神断酒》《崔敫功村庄桃花》《祢正平怀刺莫投》《北红拂三传》

汪廷讷5种:

《东郭氏中山救狼》《钟离令捐奁嫁婢》《韦将军闻歌纳妓》《黄善聪诡男为客》《青梅记》

徐阳初2种:

《卢长者一文钱》《唐明皇秋夜梧桐雨》

康海1种:

《东郭先生误救中山狼》

王九思1种：

　　《杜子美沽酒游春》

胡汝嘉1种：

　　《红粉侠暗掌销兵计》

梁辰鱼1种：

　　《红线女夜窃黄金盒》

冯惟敏2种：

　　《梁状元一世不伏老》《泼僧尼知而故犯》

王猴山2种：

　　《王摩佶拍碎郁轮袍》《杜祁公藏身真傀儡》

孟称舜4种：

　　《凭义胆再创残唐》《陈教授泣负眼儿媚》《桃源三访》《花前一笑》

顾思义1种：

　　《余慈相会》

应当指出，上述这些剧目实际上分为三种类型：其一，该剧目复见于钱曾《也是园书目》卷十的《古今杂剧》中，如徐渭的《四声猿》（《渔阳三弄》《玉通和尚骂红莲》《木兰女》《黄崇嘏女状元》）、康海的《东郭先生误救中山狼》、王九思的《杜子美沽酒游春》、冯惟敏的《僧尼共犯》、陈大声的《花月娇双偷纳锦郎》《郑耆老义配好姻缘》，共9种。其二，不见于《也是园书目》，却通过其他刻本保存下来。如上述"汪伯玉（道昆）4种""程士廉4种""梁辰鱼1种""王猴山2种""孟称舜4种"，以及"凌波9种"中的《北红拂三传》、"汪廷讷5种"中的《韦将军闻歌纳妓》、"冯惟敏2种"中的《梁状元一世不伏老》、"徐阳初2种"中的《卢长者一文钱》，皆通过沈泰所编《盛明杂剧》、孟称舜所编《古今名剧合选》等选本得以保存。其三俱佚，如"胡汝嘉1种""顾思义1种"，"凌波9种"中除《北红拂三传》之外的8种，以及汪廷讷的《东郭氏中山救狼》《钟离令捐奁嫁婢》《黄善聪诡男为客》《青梅记》、徐阳初的《唐明皇秋夜梧桐雨》诸剧，皆无留存。但无论如何，就数目而言，将赵氏钞校本存佚两者相加，总数达26家58种，几乎和专题性的明杂剧选本——沈泰所编的《盛明杂剧》相等。传统讨论明中后期文人剧时，大都集中在沈泰的《盛明杂剧》初、二集30家58种，至多再加上孟称舜的《古今名剧合选》、邹式金的《杂剧三集》中剔除重复的少量明人作品。赵琦美钞校本古今杂剧所收杂剧作家及其作品，几乎占了现存明杂剧的半壁江山，足以展现明代文人杂剧的基本面貌，除文献价值以外，戏剧史意义亦无言自明。

非但如此，沈泰诸人选本多据案头视角进行删改，原本舞台演出信息随之遗失。赵本则尽量保留，最具代表性的是徐渭的《四声猿》，各剧之"音释"其实并非专谈音律，而是包括了演出提示。以下略举二例：

> 科唱处，凡生字俱是玉字，盖玉通师能耍者即扮耍，不拘生外净也。
>
> ——《玉通和尚骂红莲》剧末"音释"
>
> 凡木兰试器械换鞋须绝妙，踢腿跳打，每一科打完方唱，否则混矣。行路扮一人执长鞭，搭连弓刀作赶脚人每，木唱一曲完即下马入内，云俺去买么么，或明云解手，从人持鞭催众人走如飞，二四转，共唱此小令赶脚曲，木去从近路又出。
>
> ——《木兰女》剧末"音释"

容易看出，赵本《四声猿》所附演出提示甚详，包括唱曲声韵（科唱、玉字、小令赶脚曲）、道白情态（入内云、明云）、角色安排（不拘生外净）、服饰砌末（试器械换鞋、执长鞭，搭连弓刀）皆从舞台演出考虑，相当周密。沈泰《盛明杂剧》于眉批虽称《玉通和尚骂红莲》"妙合自然""高妙"，《木兰女》"诨中自趣""趣甚"，却恰恰删去了"音释"，孟称舜《酹江集》依样画葫芦，俱可谓买椟还珠。传统观点认为，明中后期文人剧皆为案头阅读而作，读此亦应作重新认识。

(三) 曲本位的嬗变与曲白互为消长

本位,汉语词汇,指本来的位置,也用以比喻原始地位,今多指事物的根本或者源头。戏曲的本质在舞台表演,很自然曲辞即成为重中之重,曲本位因之而起。也正因此,就文本体制而言,元明两代杂剧最大区别还在于曲和白,元人心目中本体为曲,自然曲为主体,白托体于曲,是为客体,客随主便,故亦称宾。虽多有观点认为,今存《元刊杂剧三十种》乃比较简陋的台本,不能代表元杂剧的真实面貌,但曲主客宾,元人不重视宾白则是可以肯定的。北曲四套、一人主唱的元杂剧被公认为典型的曲本位,"曲本位"相对应的是"戏本位"或"剧本位",但在元曲,"戏本位"也好,"剧本位"也好,主要落实在科白上面。曲本位的表现如此,其结果便是科白遭到极大的挤压。[①] 今存元刊本在很多情况下戏剧行动以及主唱者以外的角色道白皆以诸如"把盏科""做掩泪科""上了""闪下""一折了""云了"等提示语取代,有的如《关张双赴西蜀梦》甚至有曲无白。因此,曲白关系被形象地比喻为主宾关系。这一点,身为杂剧家的明人徐渭看得很准,他在理论专著《南词叙录》中最早在字面上明确这种关系:

> 唱为主,白为宾,故曰宾白。[②]

徐渭的晚辈,对其执弟子礼的王骥德接着这个话题更具体推测:"当时皆教坊乐工先撰成间架说白,却命供奉词臣作曲。"[③]这样说当然并非毫无根据,历史上宋杂剧即有这样的传统,苏轼等文人士大夫甚至宋真宗都曾经撰写过杂剧词。《宋史·乐志》记载:"真宗不喜郑声,或为杂剧词,未曾宣布于外。"[④]应为实录。所有这些,曲论家自然最有体会。清代戏曲理论家李渔更结合南北戏曲创作实践进一步推论:"元以

---

① 这在《元刊杂剧三十种》中得到了最为清楚的体现。有观点认为,元刊本杂剧仅仅是特例,是为了应付舞台演出,不代表元曲剧本的真实面貌。这样理解显然有误,误就误在没有抓住曲本位这个关键点。

② 徐渭:《南词叙录》,《中国古典戏曲理论集成》(三),中国戏剧出版社1959年版,第246页。

③ 王骥德:《曲律·杂论第三十九上》,《中国古典戏曲论著集成》第4册,中国戏剧出版社1959年版,第148页。

④ 《宋史》卷一百四十二《史部·正史类》,四库本。

填词擅长,名人所作,北曲多而南曲少。北曲之介白者,每折不过数言,即抹去宾白而止阅填词,亦皆一气呵成,无有断续,似并此数言亦可略而不备者。由是观之,则初时止有填词,其介白之文,未必不系后来添设。"①在作品中,以《元曲选》和《六十种曲》中所收诸剧最为系统。而《元刊杂剧三十种》和《永乐大典戏文三种》的面世,更展示了元代南北戏曲的初始面貌,尤其是前者,其与《元曲选》之间的比较解决了前所未有的许多问题。

这种曲本位至明代开始发生变化。

前已述及,由于经历了元末战争动乱,民力不堪,加之统治者有意打压,明初社会娱乐消费能力和积极性普遍不高,杂剧编演多集中在直接为统治者提供服务的宫廷,而宫廷演剧更多的是在应景祝寿,图的是服装华丽、场面热闹,对于需要精心品味理解的唱腔不甚爱好,场上宾白的重要性超过了曲辞,曲本位至此向剧本位改变。

明初最早也最可靠的杂剧文本当推朱有燉杂剧的周藩刻本。前已述及,赵本无论刊本还是抄本,和周藩原刻本的最大区别在于是否分折,后者和元刊本一样不分折,显示的是明初杂剧文本的时代特征。前二者则有很大的区别:刊本全部已分折,抄本则除了《仗义疏财》《瑶池会八仙庆寿》外皆不分。原因无他,刊本展示的是明代后期选家的整理功夫,出发点是供购买者阅读。抄本更多的是反映宫廷杂剧场的演出本面貌。就这一点而言,它们与明初刊本没有本质的区别,曲本位并不因为分折与否而发生根本变化。这方面真正起作用的是指示语言和行动的科白。周藩原刻本朱有燉杂剧之科白远较元刊本为详,甚至特地标示"全宾"为招徕,尽管他的"全宾"并不真的很全,真正的全宾要到赵琦美钞校本古今杂剧才出现。今存赵本无论刊本还是抄本,其科白比周藩原刻本更丰满,正因为明中叶后杂剧接受者口味发生了如此变化,熟悉舞台的剧作家不会看不到这一点,原来的曲本位自然无法满足时代剧场的需要,甚至案头读者也不满足于仅观曲文为乐了。

从本书此前相关章节中不难看出,赵本的情节关目连同登场的次

---

① 李渔:《闲情偶寄》卷三"宾白第四",《中国古典戏曲论著集成》第7册,中国戏剧出版社1959年版,第51页。

要人物很多,尤其是宫廷无名氏内府本,其中的历史故事剧和神仙道化剧最为典型,其规模不仅为《元刊杂剧三十种》所远远不及,而且远远超过了《元曲选》,而这些都是靠科白承担的。由于内廷演剧重在取乐,这些科白大多数显得通俗甚至原始粗陋,重复啰唆,套话太多,场面千篇一律,总的说来缺乏剪裁,质量不高,但这恰恰反映了明代宫廷剧场无名氏艺人的编剧水平和演出状况。与科白大大增加的情况相反,赵本用曲则在简化。笔者此前统计过:"在现存 101 种宫廷无名氏艺人创作的杂剧作品中,大石调已彻底退出不再使用。至于身为宫廷无名氏杂剧的代表——'教坊编演'本杂剧,甚至连商调和黄钟也彻底不再使用。"①宫调以外,同一宫调内的曲牌情况同样如此。与同名元刊本比较,赵本多剧曲牌有所减少。如相较元刊本,赵本关汉卿杂剧《单刀会》删掉了 8 支曲子,增加了 1 支曲子。减少的曲子有第一套的【醉扶归】【后庭花】曲,第二套的【叨叨令】曲,第三套的【柳青娘】【道和】曲,第四套的【风入松】【沽美酒】【太平令】曲。其他诸剧情况虽有不同,但大体相近。据统计:"仙吕宫平均由 15 降为 11,中吕宫由 18 降为 10,南吕宫由 9 降为 8,越调由 12 降为 8,双调由 10 降为 6。"②这就是说,元明两代宫廷杂剧的宫调和曲白呈现的是互为消长的势头。就以与场上演出密切关系而言,赵本与元刊本杂剧没有本质上的区别,只是反映了元明两类剧场的定位不同而已。与赵本情况相近的是《元曲选》,它也是"全宾"型。赵琦美钞校本古今杂剧面世之前,尽管有朱有燉杂剧的原本在,但人们宁愿相信那只是明初的情况,晚明杂剧文本体制仍应以《元曲选》为依据。这个观点同样有误,误就误在不重视赵琦美钞校本的存在。今天看来,元刊本和赵本的共同之处即均为场上演出提供文字依据,而《元曲选》编者臧晋叔的目的在于为案头阅读提供一个比较理想的文本,赵本的面世使得学术界多开了一扇窗户,有些问题可以更加全面地考察分析。这项工作本书此前有关章节已经写得很具体,这里同样不再赘述。可以肯定的是,由于元刊本主要为场上演出提供文字依据,而《元曲选》编者臧晋叔的目的在于为案头阅读提供一个比较理想

① 徐子方:《明杂剧曲体论》,《文艺研究》2012 年第 8 期。
② 同上。

的文本,作二者之间孰优孰劣的比较则意义不大,最大的益处是看出了元明杂剧发展演变的另一种趋势:由场上向案头转化。这个结论固然不能说不对,但却隐含着潜在的危险性,就是以偏概全,把《元曲选》看成了元明杂剧发展演化的全部,由此造成了后世读者甚至学术界一种先入为主的偏见。从这个意义上说,赵琦美钞校本古今杂剧的面世真可谓适时。

(四) 统一剧场的形成和瓦解①

在中国戏曲史上,元代可谓百花齐放的时代,杂剧剧场不分雅俗和城乡,各以书会、行院和流动戏班,开放发展,不可能有统一经营和管理的剧场。明以后情况发生变化,形成了统一和封闭的宫廷剧场,此亦即赵琦美钞校本古今杂剧所能集中反映之舞台。

所谓统一剧场,即在统一的政策和机构管理下,有着相对固定和集中的演出地点及听命创作的作家和演出队伍,并形成一批独具特色的上演剧目。一般认为,明初统治者以恢复中华正统为号召,极力贬抑和排斥与儒家思想相抵触的民风民俗,特别是被传统认为离经叛道、浮浪诲淫、贻害人心的戏曲表演艺术,更是首当其冲。《明实录》载:"洪武六年二月壬午,诏礼部申禁教坊司及天下乐人,毋得以古圣贤帝王、忠臣义士为优戏,违者罪之。先是,胡元之俗,往往以先圣贤衣冠为伶人笑侮之饰,以侑燕乐,甚为渎慢,故命禁之。"②嘉靖时人何良俊即曾明确指出:"祖宗开国,尊崇儒术,士大夫耻留心词曲,杂剧与旧戏文本皆不传。"③非但如此,统治者在许多场合还对杂剧演出进行压制乃至打击。《大明律》规定:"凡乐人搬做杂剧戏文,不许装扮历代帝王后妃、忠臣烈士、先圣先贤神像,违者杖一百;官民之家,容令装扮者与同罪。其神仙道扮及义夫节妇孝子顺孙劝人为善者,不在禁限。"④此外,还一再重申戏曲演员(倡优)及其家属不许参加科举之禁令,从而断绝他们的

---

① 本节内容另可参见徐子方《明前期宫廷北杂剧略论》,《河北师大学报(社会科学版)》1994年第2期;徐子方《明杂剧剧场论》,《戏曲研究》第92—93辑,文化艺术出版社2014年版。
② 姚广孝等:《明实录》第十三册《太祖洪武》卷七十九,江苏国学图书馆传抄本。
③ 何良俊:《四友斋丛说》卷三十七《词曲》,中华书局1959年排印本。
④《大明律》卷第二十六《刑律九·搬做杂剧》。

仕进之途,贬低其社会地位。对有可能成为戏曲成长的社会性土壤方面,更不遗余力地加以防范。诸如此类禁令,不仅打压了包括杂剧演出在内的娱乐性演出,而且隔断了戏剧创作者优伶们和士大夫等观众联系和交流的需求,从根本上摧残了元杂剧百花齐放的繁盛局面,也使得元末明初尚流行的南戏四大声腔渐趋沉寂。基于此,明代开国后100余年戏曲界万马齐喑几乎成了戏曲史研究领域的共识。

然而,需要指出的是,上述情形并非明初剧场的全部,而且在相当程度上被夸大了。事实上,统治者禁戏在于愚民统治的需要,目的是要形成有利于思想控制的社会风气,作为特权阶级,他们有着消遣娱乐的需要,不可能从根本上反对演剧。上述禁令中明确规定"其神仙道扮及义夫节妇孝子顺孙劝人为善者,不在禁限",即很好地说明了这一点。更为重要的是,禁令只针对社会中下层以及普通平民百姓,统治者自己在宫廷内苑的观剧享受不在此限。正因为如此,明初戏曲呈现着互相矛盾的一体两面:一方面是整个社会戏曲活动的萧条冷落,另一方面却是宫廷演剧的畸形繁荣。就杂剧而言,本时期最引人注目的便是宫廷杂剧的繁盛,它标志着新时代统一剧场的形成,赵琦美钞校本古今杂剧所反映的正是这一点。

首先是官办勾栏的兴起,这是宫廷剧场的早期形态。

研究表明,出于教化和欣赏的双重需要,明初统治者直接出面参与北曲杂剧演出场所的建设和管理。和元代市俗化的剧场不同,作为掌管政府"宴会大乐"的教坊司在京师金陵出资兴建勾栏和兼营唱曲的富乐院。据《洪武京城图志》记载,当时的官办勾栏共有两座,一座在武定桥东,一座在会同桥南①。统治者这样做的直接目的,当然仍旧出于强化统治的需要,即对关乎世道人心的杂剧创作和演出不再放任自流,而是直接参与控制,但在客观上也以财力物力对杂剧演出提供了支持,造成了官办杂剧的特殊效果。明成祖永乐十九年(1421年)迁都以后,南北二京遂皆有教坊司,且品秩相同。迁都后北教坊位置在京师东城黄华坊。本司胡同今尚在,位于朝阳门内灯市东口以北,东西向。至于原

---

① 礼部纂修:《洪武京城图志·楼馆·勾栏》,《洪武京城图志·金陵古今图考》,南京出版社2006年版,第52页。

富乐院之职能,当时已由教坊司的丽春院取代。丽春院在皇城东侧,其中也建有勾栏,所以其街道名为勾栏胡同。历来人们谈论《西游记》小说时经常引以为据的高丽人所著《朴通事谚解》,那里面记载北京情事也有"勾栏胡同"条,题下注曰:"勾栏,俳优棚也……丽春院乐人扮演戏文杂剧处也。"赵本古今杂剧中所收朱有燉杂剧《香囊怨》表现的即为院内艺伎刘盼春的情感生活,其中更透露出当时杂剧流行的具体情况:

(旦)客官每要看甚杂剧?(末)尊兄央及大姐,但是记得的清新传奇都数一遍俺试听。(旦)那盐客到也平常,这索我数杂剧的是个风流人物。我数一遍客官每试听咱。

【油葫芦】你教我做一段清新甚传奇,我数与伊。我待要做一个诸葛亮挂印气张飞(末)这杂剧忒莽撞!(旦)我做个王鼎臣风雪渔樵记。(末)这杂剧忒孤寒。(旦)我做个关大王独赴单刀会。(末)这杂剧也不甚雄壮。(旦)做一个包待制双勘丁。(末)这杂剧有冤屈。(旦)做一个黄鲁直打到底。(末)这杂剧不清秀。(旦)做一个还乡衣锦薛仁贵。(末)这杂剧有些村野。(旦)哦,我做个李亚仙花酒曲江池。(末)这杂剧伤着俺子弟每。(旦)

【天下乐】做一个半夜雷轰荐福碑。(末)这杂剧说着俺秀才每命不成,也不要。拣小生不曾见的新杂剧做一个(旦)你教我做一个新的,有一个双斗医。(末)这杂剧说个病人有些不利市。(旦)做一个旦本儿进西施的越范蠡。(末)说着那勾践无道也不要。(旦)做一个李太白贬夜郎,做一个苏子瞻游赤壁。(末)这两个杂剧都是遭贬的,也不要。(旦)做一个泣树的田真,是软末泥。(末)这杂剧也冷淡。(净)大姐怎生记得偌多杂剧?(贴净)大姐记的还有哩!(旦)我解说着数与你,随你要看那一个杂剧。

【那吒令】你待看劝朋友的传奇,做一个管宁割席;你待看存阴骘的传奇,做一个刘弘嫁婢;你待看贞烈的传奇,做一个秋胡戏妻。(末)这三个杂剧都文饰,也不要。(旦)做一个狂夫呵有煮海生,做一个怨女呵有临江驿。(末)这两个杂剧是秀才每不仁不义,也不好。(旦)哦,有一个风月传奇,做一个赏黄花浪子回回。(末)大姐别有甚传奇?再数几个小生听。(旦)

【鹊踏枝】做一个别虞姬,做一个杜鹃啼,做一个凿壁偷光举案齐眉,做一个黑旋风山儿李逵,做一个贤达传孟母三移。(末)都不要,只索大姐做个花旦杂剧。(旦)

【寄生草】有一个寄恨向银筝怨,有一个志赏在金线池,有一个崔莺莺待月西厢记,有一个董秀英花月东墙记,有一个王月英元夜留鞋记,有一个苏小卿月夜贩茶船,有一个吕云英风月玉盒记……

然而,由宜春院乐人具体担纲的官办勾栏并不就是明前期宫廷剧场的全部,因其建在市井里,平时也允许平民百姓在里面看戏,真正意义上的统一且封闭的宫廷剧场应当设置在皇宫之内,否则易与相关禁令发生冲突,这是帝王贵胄特别在意的地方。正因为如此,明初宫廷剧场得到了最大的强化。以教坊司和钟鼓司分任外朝内廷两大功能并相继完成制度化为标志,明初宫廷剧场进入了它的繁盛阶段。至于具体做法,明人宋懋澄《九籥集·御戏》讲得非常清楚:

> 院本皆作傀儡舞,杂剧即金、元人北九宫。每将进花及时物,则教坊作曲四摺(折),送史官校定,当御前致词呈伎;数日后,复有别呈,旧本不复进。[1]

毫无疑问,当时教坊司为杂剧创作之主力,今存赵本即收录标明"本朝教坊编演"的作品 18 种。宫廷剧场还扩展到内廷钟鼓司,后者负责"掌管出朝钟鼓及内乐传奇、过锦,打稻诸戏"。[2] 进言之,如果说编剧主力在教坊司的话,则演出活动大多在钟鼓司。非但如此,亲王藩府同样构成了宫廷统一剧场的补充,其时宁王朱权、周王朱有燉等藩王府第皆为北杂剧的创作及演出重地。这当然并不表明宫廷剧场由封闭转向开放,本质上只是一种规模的扩大和功能的延伸。

由于资料缺乏,明前期北杂剧统一剧场具体剧目及编演情况很难见诸文字,唯一能够对这方面有所弥补的正是现存赵琦美钞校本古今杂剧。其中明确标示出自内府的杂剧文本,数量达 95 种,占总数的 40%。另外还有源出于小谷本、不知来源的无名氏杂剧抄本,以及附有

---

① 宋懋澄:《九籥集》,中国社会科学出版社 1984 年版,第 218 页。
②《明史·职官三》"宦官·四司·钟鼓司"条。

穿关的刻本,总数当在 133 种之多,①占今存赵本之大半。虽然不是宫廷剧场上演剧目之全部,但足以由此推知此时期宫廷杂剧剧场的剧目和演出机制。

前面说过,综观赵琦美钞校本,可知当时杂剧为御用文人、宫廷艺人和藩府亲王三大块,一为元明之际乃至明前期的文人剧作家及其作品,包括罗贯中、黄元吉、汤舜民、贾仲明、杨景贤、王子一、刘东生、谷子敬、杨文奎、刘君锡、詹时雨等人,他们中大多与当时的统治集团比较接近,汤舜民、贾仲明、杨景贤更曾为明成祖朱棣所宠幸,故其作品内容多体现当时的大一统社会群体心态,又被称为御用文人剧作。二为宫廷无名氏艺人作品,而以内府本杂剧及"教坊编演"诸杂剧为代表。三为明代藩王剧作家及其作品,而以宁王朱权、周王朱有燉两位王爷为代表。他们的剧作构成了此时期宫廷杂剧的主体。由于作家相对集中,互相有了联系和切磋的机会,加上统一在教坊司和钟鼓司机构的管理之下,因而有可能具有某种写作规范,也就是说,它们有着整体的创作意图。以历史剧为例,现存赵本依次分为"春秋""西汉""东汉""三国""六朝""唐朝""五代""宋朝""水浒""本朝"等十类,完全按历史的顺序排列,显然这里有着宏观上的统一创作规范。如果我们从作品极力歌颂历代汉族帝王将相、英雄豪杰开基创业的壮举,而独独不涉及北朝、契丹、西夏和辽、金、元等少数民族所建立的朝代来看,这种由汉家大一统所支配着的宫廷杂剧内在统一性就表现得更加明显了。神仙道化剧的情况亦与此类似。这一批专供节令庆寿供奉之用的剧本之所以还有存在的价值,并不在于它们一味祝寿颂圣之表层,而在于它们从深层反映出来的新兴汉族大一统社会人们神奇而恢宏的想象力。我们看到,在这些没有留下姓名的剧作家之构想中,西天恶魔波旬为争夺释迦佛法座而与护法诸天之间爆发争战、南海观世音感化世人之神奇鱼篮、东天诸仙倏忽变幻的法术宝贝,都成了被表现的对象。其他诸如许旌阳鄱阳斩蛟、孙思邈南极登仙、许飞琼思凡、众神仙赴王母蟠桃会以及八

---

① 参见孙楷第《也是园古今杂剧考》,上杂出版社 1953 年版,第 85 页;伏蒙蒙《脉望馆钞校本古今杂剧内府本考述》,《文化遗产》2018 年第 6 期。

仙过海、大闹天宫,二郎神、哪吒三太子这样一些在以前互不关联之零星片断神话,一下子以前所未有的规模赋形舞台,的确是这个时代所独有的。这实际上也表明剧作家自觉不自觉地把自己的创作归入体现时代气势的整体艺术规范之中,社会和艺术气氛决定了作家创作心理的指向。

进而言之,在此时期宫廷剧作家的笔下,情节的完整和场面的热闹成为追求的重点,情节剧和歌舞剧成为主要的表现形式。剧情题材集中指向历史故事和神仙道化。在结构体制上,此时期宫廷剧作家把元杂剧的四折一楔子规范化,显得更加严谨、整饬。建立在遒劲北曲基础上的四折一楔子体制结构,对于同样铺张的宫廷剧场中不断重复的历史和神话主题是颇具吸引力的。明初其他戏曲形式还没有强大到足以影响上层社会的地步,统治者对北曲形式的偏爱也在人为地加强了这种体制形式的地位。语言上也是这样。明前期宫廷北杂剧语言自然也建立了统一的规范,这就是由于时代的变更,元人那充满蒜酪气息和战斗精神之性格化、心理化语言已不再出现了,宫廷剧作家极力追求情节完整和场面热闹,使得他们笔下的戏剧语言大多严谨、整饬,具有强烈的动作性和对繁盛场面的描绘性。除了科白以外,此时期杂剧语言的行动性和描述性还体现在剧本的曲辞上面。曲辞在明前期宫廷杂剧中仍然有着重要的地位。作为剧本人物的唱辞,它们当然还保持着抒情和心理刻画等重要作用,但如同科白一样,它们同样也不是作家写作之最终目的。也就是说,曲辞主要是为了推动情节发展和渲染场面而服务的重要语言手段,行动性和叙述性仍然是作家在曲辞方面追求的主要目标。在有些剧作如朱有燉的牡丹剧中,铺叙场面成了曲辞的主要特色。在这里,不光人物性格和心理刻画不见了,情节本身亦已大大淡化,剩下的只是繁盛场面的描述。当然,此类曲辞在元杂剧和明传奇中也时有出现,但那不过是为了表现人物性格或情节发展的一种手段,并不占主要地位。而到了明初这部分宫廷杂剧,它们就成了主要的语言形式,而且和舞台及砌末等一道成了渲染场面的主要手段,显然它标志着此时期杂剧描述性语言发展到了极致。

明初统一的宫廷北杂剧规范化剧场体制还表现在演出形式上。这方面突出为赵琦美钞校内府本杂剧大多附有"穿关"。所谓"穿关"即登场人物穿戴关目,包括衣冠、髯口、应执的彻末。这在此前元刊杂剧30种中不曾见到,即使明代其他曲书如《元曲选》《古名家杂剧》《元明杂剧》《古今名剧合选》中也无标明,显为宫廷剧所独有。其中除关羽、张飞、孟良、焦赞、李逵等少数角色指明特殊装束扮相外,其余皆有一整套规范,大抵王侯同刘备、统帅同周瑜、武将同鲁肃、军师同诸葛亮。另如武净角通常为"皮盔、掩心甲",又有"苍髯""猛髯"等名目,为各剧所通用,是为规范可知。可以认为,这批"穿关",是迄今发现最早的比较规范的戏曲服饰史料。①

表现方法、体制结构、语言手段和"穿关"一道构成了此时期宫廷杂剧整体的剧场形式。很容易看出,和元杂剧的复杂性、多样化相比较,这里更多的是简化和整一。也许正因为如此,他们才更容易继承元杂剧体制并将其规范化,以此形成更加稳固,然而也更加封闭的艺术体制。这中间的价值和利弊所在,我们把它放到历史长河中去考察,将看得更加清楚。作为一代艺术,它的价值显然体现在整体之中。唯其严谨整一,唯其规范化,才能显示出统一剧场整体的巨大规模和显赫气势,才能体现出新的汉家大一统社会建立后民族自信和自负的时代精神。亦唯其如此,它才有可能在北杂剧衰微后继续统治着此时期的曲坛,才能继续保持其正宗地位。

这种统一的剧场体制在明代中后期开始走向衰落和解体。

笔者曾经指出,尽管明前期宫廷剧场具有自身的价值,并在贵族的参与和扶持下还出现了一时的繁荣,但终究未能逃脱衰亡的命运。从明人秦征兰、蒋之翘和清人王眷昌所撰《天启宫词》《崇祯宫词》来看,其演出剧目除个别如《西厢记》《宋太祖龙虎风云会》以外,其余大多为南曲传奇。此过程系自万历时始。沈德符《野获编》云:"内廷诸戏剧隶钟鼓司,皆习相传院本,沿金元之旧,其事多为教坊相通。至今上(神宗)始设诸剧于玉熙宫,以习外戏,如弋阳、海盐、昆山诸家俱有之。"很显然,自明初以来,北曲擅场之教坊司和钟鼓司杂剧,至神宗万历时已为

---

① 关于穿关,自孙楷第、冯沅君开始即已进行比较深入的研究。新时期以后,又陆续问世了一批研究成果,可参看,此处不多引述。

教习外戏（南曲）之玉熙宫取代。北杂剧之最后一块世袭领地消失了。宫廷杂剧在显示其整体艺术气势的同时，也预兆着自己处于衰老、濒死的境地。这是时代的剧场要求和剧作家所处地位所决定的，也是艺术发展规律的必然结果。① 这一点在赵琦美钞校本古今杂剧中同样有所体现。现存赵本古今杂剧所收剧本，就题材而言，明确可考的便是无名氏所撰《庆丰门苏九淫奔记》，该剧题目明言乃"嘉靖辛丑年间事"，历史上"嘉靖辛丑"即明世宗嘉靖二十年（1541 年），此后即不再有新作出现。这一点的象征意义相当重要。艺术的本质在于创新，戏剧亦如是。作为植根于舞台的宫廷杂剧艺术，一旦失去了创新剧目而只有千篇一律地上演旧剧，就离衰亡不远了。除了来自前代名家名作之外，构成宫廷杂剧主体的主要是无名氏艺人剧作。出现的徐渭等 9 家文人杂剧，即使意在演出，已无法纳入宫廷剧场。正所谓"成也萧何，败也萧何"。明前期统一而封闭的宫廷剧场因统治者强力支持而起，也因后者的消遣娱乐需要转移而衰。面对蓬勃兴起的具有强大生命力的文人南杂剧和南曲传奇，明前期宫廷杂剧不得不徐徐降下它的舞台帷幕，而为文人士大夫家乐为代表的私家小剧场——红氍毹上演出所取代。但无论如何，它的戏剧学认识价值是无可替代的。

---

① 参见徐子方《明前期宫廷北杂剧略论》，载《河北师大学报（社会科学版）》1994 年第 2 期。

结束语

对赵琦美及其钞校本古今杂剧的研究可以告一段落了。

琦美乃一代藏书家,而兼校刻专家,唯独非戏曲家,却因钞校这一批戏曲文献而在中国古代戏剧史上留下了重重的一笔。笔者除了对赵氏及钞校本杂剧流传脉络做一点补订,否定"脉望馆"的命名价值外,多半篇幅用来将赵本置于版本比较角度进行逐一考述,方法虽笨,自感收获良多。归结有四:一是比较清楚地考察了明代戏曲藏书和赵琦美生平行踪;二是理清了赵氏钞校本古今杂剧前后两次编目及收藏流变情况;三是逐一进行了赵本古今杂剧的版本比勘;四是从文献学和戏剧学两方面对赵氏钞校本古今杂剧历史文化意义做了较为系统和深入的阐释和界定。印象最深者,莫过于大体理顺赵氏生平与戏曲文献史之关系,尤其是钞校本诸剧的版本脉络及各自特色比较分析,在相当程度上改变了琦美功在抄而不在校与版本学意义不彰等先入之见,于学界应可资参考。回顾检视,经历确系艰辛。2013年7月承担国家社科基金课题《〈脉望馆钞校本古今杂剧〉整理与研究》,这项工作实际上已经提上了日程;2018年提交结项后,许多工作还没有完善,更多的是需要进一步深入,于是又申请了"江苏文脉整理研究与传播工程"项目,自那时到现在又已过去了将近3年,总算是提交出这么一份书稿,不能说非常理想,但总是尽力了。文献研究及考据性工作本来即无止境,限于资料和识见,短期内已无可能再有更大更多颠覆性创获,只能就此告一段落。

然而,赵琦美毕竟还是一位藏书家,对于其钞校本古今杂剧在藏书史上的意义仍需多讲几句。目前可以肯定的是，首先，这是历史上第一次大规模和系统的戏曲藏书。其次，这是第一次同时兼有收藏和校勘的集成式杂剧文献。第三，标志着明代杂剧文献由宫廷向社会流变之整体趋势。在他之前和同时，可能有收藏更为丰富的藏书家，也有更为重要的戏曲家兼藏书家。在他之后，类似的情况同样存在甚至更多，但同时具有以上三种价值和意义的藏书家，则除琦美之外，恐怕没有第二个。当然，对这些问题的深入探讨已经超出了本课题的研究范围。而从这个意义上说，对赵琦美钞校本古今杂剧的研究远远没有结束，在这一领域，永远会有新来者。

参考文献

一　作品类

古本戏曲丛刊初集,古本戏曲丛刊编委会,商务印书馆1954年影印版。

古本戏曲丛刊二集,古本戏曲丛刊编委会,商务印书馆1955年影印版。

古本戏曲丛刊三集,古本戏曲丛刊编委会,商务印书馆1957年影印版。

古本戏曲丛刊四集,古本戏曲丛刊编委会,商务印书馆1958年影印版。

古本戏曲丛刊五集,古本戏曲丛刊编委会,商务印书馆1964年影印版。

古今杂剧,64册,中华再造善本丛书明代编集部,北京:国家图书馆出版社2011年影印版。

脉望馆钞校本古今杂剧,北京:线装书局2016年影印版。

孤本元明杂剧,王季烈编,北京,商务印书馆,1941;北京:中国戏剧出版社,1957;台北:商务印书馆,1977。

改定元人传奇,李开先编,南京图书馆藏明嘉靖本。

元曲选,臧晋叔编,涵芬楼影印明刻本,1918年。

盛明杂剧初、二集,沈泰编,北京:中国戏剧出版社1959年影印涵芬楼本。

杂剧三集,邹式金编,北京:中国戏剧出版社1959年影印涵芬楼本。

古今名剧合选,孟称舜编,明崇祯间刻本。

全元戏曲,王季思主编,北京:人民文学出版社1999年版。

全元曲,徐征等编,石家庄:河北教育出版社,1998年版。

元曲选,臧晋叔编,北京:中华书局1979年版。

元曲选外编,隋树森编,北京:中华书局1959年版。

元曲选校注,全四册8卷,王学奇主编,石家庄:河北教育出版社1994

年版。

校订元刊杂剧三十种,郑骞,台北:世界书局 1962 年版。

新校元刊杂剧三十种,徐沁君校点,北京:中华书局 1980 年版。

元刊杂剧三十种新校,宁希元校点,兰州:兰州大学出版社 1988 年版。

元人杂剧选,顾学颉选注,北京:人民文学出版社 1998 年版。

元人杂剧全集,卢冀野编选,上海杂志公司 1936 年版。

全明杂剧,陈万鼐编,台北:鼎文书局 1979 年版。

明代杂剧全编,程华平主编,上海书店出版社 2020 年版。

明杂剧选,卢冀野编选,上海:商务印书馆 1940 年版。

明人杂剧选,周贻白选注,北京:人民文学出版社 1958 年版。

清人杂剧初、二集,郑振铎辑印,1931 年。

关汉卿戏曲集,吴晓铃等编校,北京:中国戏剧出版社 1958 年版。

关汉卿戏剧集,北大中文系编,北京:人民文学出版社 1976 年版。

关汉卿全集校注,王学奇、吴振清、王静竹校注,石家庄:河北教育出版社
1988 年版。

关汉卿全集,吴国钦校注,广州:广东高等教育出版社 1989 年版。

马致远集,萧善因、北婴、萧敏点校,太原:山西古籍出版社 1993 年版。

马致远全集校注,傅丽英、马恒君校注,王学奇审订,北京:语文出版社
2002 年版。

白朴戏曲集校注,王文才校注,北京:人民文学出版社 1984 年版。

郑光祖集,冯俊杰校注,太原:山西人民出版社 1992 年版。

朱有燉集,赵晓红整理,济南:齐鲁书社 2014 年版。

朱有燉杂剧集校注,朱有燉撰,廖立、廖奔校注,合肥:黄山书社 2017
年版。

徐渭集,徐渭,北京:中华书局 1983 年版。

四声猿,徐渭,周中明校注,上海古籍出版社 1984 年版。

二 书目、史料类

赵定宇书目,赵用贤撰,上海古籍出版社 2005 年版。

脉望馆书目,赵琦美撰,涵芬楼影印秘笈本,1924 年。

红雨楼藏书目,徐𤈷撰,清道光间刘燕庭抄校本。

百川书志·古今书刻,高儒撰,上海古籍出版社 1957 年版。

内阁藏书目录,孙能傅、张萱等撰,清抄本。

绛云楼书目,钱谦益撰,清抄本,日本东方文化书院京都研究所藏。

虞山钱遵王藏书目录汇编,钱曾撰,瞿凤起编,上海:古典文学出版社1958版。

读书敏求记,钱曾撰,北京:书目文献出版社1984年版。

藏园批注读书敏求记校正,钱曾原著,管庭芬、章钰校正,傅增湘批注,冯惠民整理,北京:中华书局2012年版。

季沧苇藏书目,季振宜撰,上海:商务印书馆1935年版。

士礼居藏书题跋记,黄丕烈著,潘祖荫编,光绪十年吴县潘氏滂喜斋刻本。

士礼居藏书题跋记续,黄丕烈著,缪荃荪编,光绪二十二年灵鹣阁丛书所收本。

士礼居藏书题跋记再续,黄丕烈著,缪荃荪编,民国元年《古学汇刊》第一集所收本。

荛圃藏书题识十卷、荛圃刻书题识一卷,黄丕烈著,缪荃孙、章钰、吴昌绶等编,民国八年江阴缪氏刻本。

士礼居藏书题跋记续编,孙祖烈编,民国上海医学书局石印本。

铁琴铜剑楼藏书目录卷十六,瞿镛撰,咸丰瞿氏家塾本。

爱精庐藏书续志卷四,张金吾撰,续修四库全书史部第925册。

藏书纪事诗卷三,叶昌炽撰,光绪文学山房本。

康熙常熟县志,南京:江苏古籍出版社1991年版。

康熙江南通志,赵洪恩监修,黄之隽编纂,四库全书史部第十一。

乾隆、道光武康县志,台北:成文出版社1984年版。

乾隆常昭合志,王锦纂、杨继熊修,言如测等纂,清光绪二十四年丁祖荫木活字印本(附丁祖荫撰校勘记一卷)。

光绪重修常昭合志,48卷,郑钟祥等修,庞鸿文纂,清光绪三十年刊本。

民国重修常昭合志,二十二卷首一卷末一卷,张镜寰修,丁祖荫、徐兆玮纂,潘一尘、张礼纲续修,庞树森续纂,民国三十八年铅印本。

光绪苏州府志,李铭皖等修,冯桂芬等纂,清光绪九年刊本。

民国吴县志,曹永源、李根源纂,1933年苏州文新公司排印本,《中国地方志集成·江苏府县志辑》,南京:江苏古籍出版社1991年影印本。

海虞诗苑·海虞诗苑续编,王应奎、瞿绍基编,罗时进、王文荣点校,上海古籍出版社2013年版。

皇明常熟文献志,管一德编撰,万历刻本。

北平考·故宫遗录,北京古籍出版社 1980 年版。

李开先集,路工辑,北京:中华书局 1959 年版。

九籥集,宋懋澄,北京:中国社会科学出版社 1984 年版。

客座赘语,顾起元著,孔一校点,上海古籍出版社 2012 年排印本。

酌中志,刘若愚,北京古籍出版社 1994 年版。

西园存稿,张萱,明刻本。

全史宫词·明及明补遗,史梦兰,北京古籍出版社 1987 年版。

今文类体,黄澄量伪托明人编,明刻本。

容台集,董其昌,明万历刻本。

松石斋文集,赵用贤,《四库禁毁书丛刊集部 041》卷之八

初学集(下),钱谦益著,钱曾笺注,钱仲联标校,上海古籍出版社 1985 年排印本。

无闷堂集,张远,清康熙刻本。

明史,张廷玉等撰,北京:中华书局 1974 年版。

清史稿,赵尔巽等撰,北京:中华书局 1977 年版。

清史列传,王钟翰点校,北京:中华书局 1987 年版。

文渊阁四库全书,台北:商务印书馆 1983 年版。

四库全书存目丛书,济南:齐鲁书社 1997 年影印本。

四库禁毁书丛刊,北京出版社 1997 年影印本。

四库未收书辑刊,北京出版社 2000 年影印本。

续修四库全书,上海古籍出版社 1985 年影印本。

三 论著类

述也是园旧藏古今杂剧,孙楷第撰,北平:图书季刊专刊 1940 年版。

也是园古今杂剧考,孙楷第撰,上海:上杂出版社 1953 年版。

西谛书话,郑振铎,北京:生活、读书、新知三联书店 1998 年版。

古典文学论文集,郑振铎,上海古籍出版社 1986 年版。

古剧说汇,冯沅君撰,北京:作家出版社 1956 年版。

元剧斟疑,严敦易,北京:中华书局 1964 年版。

景午丛编,郑骞,台北:中华书局 1972 年版。

来燕榭读书记,黄裳,沈阳:辽宁教育出版社 2001 年版。

校订元明杂剧事往来信札,张元济、王季烈等,北京:商务印书馆 2018 年版。

古典戏曲存目汇考,庄一拂撰,上海古籍出版社 1982 年版。

中国古典戏曲论著集成,编委会编,北京:中国戏剧出版社 1958 年版。

中国藏书楼,任继愈主编,沈阳:辽宁人民出版社 2001 年版。

中国藏书通史,傅璇琮、谢灼华,宁波出版社 2001 年版。

后　记

这是一部近作,更应是笔者在戏曲研究领域所花功夫最大的一部学术专著。

自 1987 年在《陕西师范大学学报》发表《中国戏曲晚熟之非经济因素剖析》一文开始,笔者从事戏曲研究已有 37 个年头了。尽管论题涉及方方面面,但重点仍未脱离元明杂剧,无论是 1994 年在中国台湾出版的第一部戏曲研究专著《关汉卿研究》,还是 2021 年修订出版的《明杂剧史》,都显示了我在这两个领域的辛勤耕耘。但我仍不满足。记得 2013 年由中国戏剧出版社出版的《明杂剧通论》一书后记中曾经提到,我打算将元明杂剧的史论研究告一段落,其背后的真正原因是要彻底清理一下这些年的研究赖以凭依的杂剧文献资料。前后经过了将近 10 年的努力,终于形成了眼前这部学术专著。我知道,由于时间及个人能力所限,并未真正达到当初立项的理想目标,但总的说来,自感还是尽心尽力的,现在还是推出去交给广大读者评判吧。

另外,还需交代一下,眼前这部专著虽然建立在文献整理基础之上,但本身并非戏曲文献整理,相关工作尚须另辟蹊径。湖南文艺出版社独具专业和图书市场目光,将《脉望馆古今杂剧校注》作为出版重点并成功申报 2022 年国家出版基金项目,本人忝为学术承担者,目前正投身于紧张工作之中,希望能在不远的将来奉献给读者,和此书相互配合,共同为这一戏曲文献宝库的最终完善作出自己应有的贡献。

徐子方

2024 年春于南京味宁轩